KB118101

꿈꾸는 자의 나성

문학동네
한국문학전집
027

윤흥길
대표중단편선

꿈꾸는 자의 나성

문학동네

차례

장마

1

밭에서 완두를 거두어들이고 난 바로 그 이튿날부터 시작된 비가 며칠이고 계속해서 내렸다. 비는 분말처럼 몽근 알갱이가 되고, 때로는 금방 보꾹이라도 뚫고 쏟아져내릴 듯한 두려움의 결정체들이 되어 수시로 변덕을 부리면서 칠흑의 밤을 온통 물걸레처럼 질펀히 적시고 있었다.

동구 밖 어디쯤이 될까. 아마 상여를 넣어두는 빈집이 있는 둑길 근처일 것이다. 어쩐지 거기서라면 개도 여우만큼 길고 음산한 울음을 충분히 낼 수 있을 것 같은 생각이 들었다. 그러나 실제로는 그보다 훨씬 더 먼 곳일지도 모른다. 잠시 꺼끔해지는 빗소리를 대신하여 멀리서 개 짖는 소리가 짬을 메우고 있었다. 그것이 저희들끼리의 무슨 군호나 되는 듯이 난리통에 몇 마리 남지 않은 동네 개들이 차례로 짖기 시작했다. 그날 밤따라 개들의 극성이 몹시도 유난했다. 그때 우리는 외할머니가 거처하는 건넌방에 모여 있었다. 외할머니의 심중에 뭔가 큰 변화가 생겨 우리는 그분을 위로하고 안심시켜드리지 않으면 안 되었기 때문이다. 그런데 어머니와 작은이모는 개들이 사납게 짖기 시작하면서부터 갑자기 입을 다물어버렸다. 서로 외할머니의 눈치만 슬금슬금 살펴가며 모기장베가 붙어 있는 방문 쪽으로, 얼멍얼멍한 모기장베가 가린 둥 만 둥 막고 있는 어둠 저쪽으로 자꾸 눈길을 돌렸다. 나방이인지 하늘밥도둑인지 모를 날벌레 한 마리가 아까부터 날개를 발발 떨면서 방문에 붙어 끊임없이 오르내리고 있었다.

"내 말이 틀리능가 봐라. 인제 쪼매만 있으면 모다 알게 될 것이다. 어디 내 말이 맞능가 틀리능가 봐라."

외할머니가 낮게 중얼거렸다. 외할머니는 아침밥에 섞어 먹을 완두를 까고 있었다. 아름이나 되어 보이는 축축한 완두 줄거리를 치마폭에 잔뜩 꾸리고 앉아서 외할머니는 꼬투리를 뚝 떼어 별로 서두르는 기색도 없이, 그러나 몸에 밴 익숙한 손놀림으로 속을 우볐다. 연둣빛 얼룩이 진 길쯤한 자실이 한옆으로 비어져나오면 그걸 손바닥에 받아 무릎맡의 대바구니에 담고 빈 깍지는 도로 치마폭 안에 떨어뜨렸다. 외할머니의 말에 뭐라고 다시 대꾸할 기회를 놓쳐버린 어머니와 작은이모는 서로 어색한 눈짓을 나누었다. 밖에서는 다시 거세어지는 빗소리가 들리고, 거기에 질세라 개들이 더욱더 사납게 짖어대었다. 빗소리가 차차로 고비에 이르더니 뒤란 장독대 쪽에서 양철이 떨어져 곤두박질하는 소리가 났다. 벽에 걸어놓았던 두레박일 것이었다. 방문을 흔들며 갑자기 한 무더기의 비바람이 쏟아져들어와 그러잖아도 위태롭게 까물거리던 호롱불을 아예 죽여버렸다. 방안은 졸지에 밀어닥친 어둠과 끈끈한 공기 속에 잠기고, 하늘밥도둑인지 나방이인지 모를 날벌레도 날개소리를 멈추었다. 서너 집 건너에서 개가 짖기 시작했다. 잠자코 있던 우리집 워리란 놈도 그 미련한 주둥이를 벌려 처음으로 웅얼거리는 소리를 했다. 사납게 짖어대는 소리가 마을 초입에서부터 우리가 사는 가운뎃말을 향하여 점점 다가오고 있었다.

"불을 키거라" 하고 외할머니가 말했다. "야가 어서 불을 키래도." 어둠 속에서 외할머니가 부시럭거렸다. "무신 놈으 날씨가 이 모냥인지, 원."

내가 방구석을 더듬어 성냥을 찾아서 호롱에 불을 댕겼다. 그러자 어머니가 심지를 돋우었다. 꼬불꼬불 그을음이 피어오르면서 천장에 둥근 무늬의 그림자를 만들었다.

"해마다 이맘때가 되면 날이 궂었어라우" 하고 어머니가 말참견을 했다.

"모든 게 날씨 탓이지요. 어머님이 그렇게 괜한 걱정을 하시는 것도 날씨 탓이에요."

작은이모도 한마디 거들었다. 시골 우리집으로 피난 내려오기 전, 외가가 서울에 있을 때, 작은이모는 그곳에서 여학교를 나왔다.

“아니다. 느덜이 모르고 허는 소리다. 이 나이 먹드락 내 꿈이 틀린 적이 어디 한 번이나 있디야?”

외할머니는 고개를 설설 흔들었다. 그렇게 고개를 흔들면서도 완두 까는 손놀림은 멈추지 않았다.

“저는 꿈 같은 거 절대로 안 믿어요. 길준이한테서 몸 성히 잘 있다고 편지 온 게 바로 엊그젠데……”

“그러문요. 요새는 전투도 없고 혀서 심심허다고 편지 끄텀머리다가 쓴 걸 어머님도 직접 보셨잖어요.”

“다아 소용없는 소리다. 느이 애비가 죽을 때만 혀도 나는 사날 전에 벌써 알어채렸다. 이빨이 아니라 그때는 손구락이었지만. 꿈에 엄지손구락이 옴싹 빠져서 도망가버리드라.”

또 그놈의 꿈 얘기.

물리지도 않나보다. 새벽잠에서 깨면서부터 줄곧 외할머니는 그놈의 꿈 얘기만 늘어놓고 있었다. 점심때가 지나고 해질녘이 되어도 외할머니는 여전히 잠에서 덜 깬 듯이 흐리멍덩한 상태로 중얼거리고 있었다. 이가 거의 빠져 합죽해진 입두덩을 끊임없이 달싹이면서 자기 신변으로 몰려오는 어떤 불길한 기운이 있음을 거듭거듭 예언하는 것이었다. 위아래를 통틀어 겨우 일곱 개밖에 남지 않았는데, 난데없이 무쇠로 만든 커다란 족집게가 입안으로 쑥

들어오더니 기중 실하게 붙어 있던 이빨 하나를 우지끈 잦뜨려놓고 달아나는 꿈을 꾸었다는 것이다. 악몽에서 깨어 정신을 수습한 다음 외할머니가 맨 처음 한 일은 손으로 더듬어 이를 낱낱이 점검해보는 그것이었다. 그러고 나서 작은이모더러 거울을 가져오래서 눈으로 다시 한번 개수를 확인했다. 그래도 미심쩍었던지 나중에는 나를 얼굴 가까이 불러 다짐을 거푸 받았다. 딱하게도 아무리 들여다봐야 이는 일곱 개 그대로였다. 더구나 어금니 대용으로 외할머니가 애지중지해온 아래쪽 송곳니는 온전히 제자리에 박혀 있었다. 그러나 외할머니는 아무도 믿으려 하지 않았다. 송곳니가 제자리에 남아 있다는 사실이 아무래도 믿기지 않는 모양이었다. 그분의 생각은 이미 현실을 떠나 꿈 쪽에만 머물고 있었다. 딸들도 사위도 못미더워했고, 바늘귀를 잘 맨대서 이따금 칭찬해주던 외손자의 시력에도 이젠 의심을 품었다. 거울 같은 건 말할 나위도 없고, 심지어는 입안에까지 직접 들어가 개수를 확인해보고 나온 당신의 손가락마저도 신용하지 않았다.

이런 상태로 그놈의 꿈 얘기만 늘어놓으며 외할머니는 긴 여름 나절을 보냈던 것이다. 참으로 답답한 노릇이었다. 그 답답함을 견디지 못하고 먼저 외삼촌을 들먹인 사람은 어머니였다. 부주의하게도 어머니의 입에서 육군 소위를 달고 일선 소대장으로 나가 있는 외삼촌 이름이 불쑥 튀어나오자 외할머니는 갑자기 축 늘어진 양쪽 볼에 심한 경련을 일으켰다. 작은이모가 조심성이 없는 어머니를 나무라는 표정을 지었다. 외할머니는 어머니의 말을 못 들은 척하고 그냥 넘겨버렸다. 노인 양반을 안심시키기 위해서는 별수 없다고 생각을 바꾸었는지 작은이모도 오래지 않아 외삼촌 얘기를 꺼냈다. 그러나 외할머니는 하나뿐인 아들 이름을 끝내 입 밖에 내지 않았다. 그러면서도 그놈의 꿈 얘기는 여전했다.

날이 어두워지면서부터는 입장들이 뒤바뀌어 위로하는 사람과 위로받는 사람을 거의 구별할 수 없게 되었다. 시간이 지날수록 외할머니의 말씨는 주술에라도 걸린 듯이 더욱 암시적이 되고, 어딘지 모르게 자신만만한 표정을 띠기조차 했다. 반면에 어머니와 이모는 까닭 없이 안절부절못하면서 일껏 까려고 가져다놓은 완두 줄거리를 우두커니 내려다보기만 했다. 결국 일감은 외할머니 앞으로 떠넘겨지고, 어머니와 이모는 심란스럽게 앉아 언제 끝날지 모르는 중얼거림에 어쩔 수 없이 귀를 기울이고 있었다.

주룩주룩 쏟아지는 비가 온 세상을 물걸레처럼 질펀히 적시고 있었다. 난리를 겪고도 용케 살아남은 동네 개들이 일제히 들고일어나 극성맞은 그 포효로 마을을 휩싼 어둠의 장막을 갈기갈기 찢어발기고 있었다. 외할머니는 몸에 익은 손놀림으로 완두 꼬투리를 후벼서 자실은 대바구니에, 그리고 빈 깍지는 치마폭 안에 정확히 갈라놓았다. 우리집 지천꾸러기 워리란 놈이 전에 없이 사납고 우람찬 소리로 짖어대기 시작했다. 그때 우리는 발소리를 저벅거리며 이웃집 담 모퉁이를 돌아나오는 인기척을 들을 수 있었다. 한 사람뿐이 아니었다. 적어도 두셋은 될 것이었다. 물구덩이라도 잘못 디뎠는지 흙탕을 튀기는 소리가 나고, 이어서 날씨를 심하게 탓하며 투덜거리는 소리까지 똑똑히 들렸다. 도대체 누구일까, 이 밤중에 억수로 내리는 비를 맞아가며 마을을 활보하는 사람들은. 전쟁이 북으로 물러갔다고는 하지만 아직도 빨치산들이 읍내 경찰서를 습격하고 불을 지를 만큼 어수선한 때였다. 예의를 좀 아는 사람이라면 웬만큼 긴한 용무가 아니고는 해가 진 뒤에 남의 집을 방문하는 법이 거의 없었다. 그런데 저 사람들은 지금 누구네 집을 찾아가고 있을까. 대관절 무슨 짓을 하려고 밤길을 떼뭉쳐 다니는 것일까. 어머니가 작은이모의 손을 덥석 움켜잡았다. 이모는 어머니한테 손을 내맡긴 채 모기장베가 엉성히 가리고 있는 어둠 속 저쪽을 뚫어지게 쏘아보고 있었다. 안방 마루 밑에서 워리란 놈이 숨넘어가는 소리로 짖어대고 있었다. 귀가 약간 어두운 외할머니까지도 우세두세하던 인기척이 바로 우리집 사립짝 앞에 머물러 한동안이나 주춤거리고 있음을 이미 깨닫고 있었다.

"기연시 왔구나, 기연시 왔어."

외할머니가 바짝 마른 소리로 중얼거렸다.

"순구" 하고 사립 밖에서 어떤 사람이 우리 아버지 이름을 불렀다. "순구 집에 있능가?"

안방에서 할머니가 콩콩 밭은기침을 했다. 아버지가 밖으로 나가려 하는 기척이 들렸다. 그러자 어머니가 깜짝 놀라며 안방 쪽에 대고 속삭였다.

"내가 살째기 나가볼 팅게 당신은 암말도 말고 죽은디끼 있어라우."

그러나 아버지는 방문을 열고 벌써 마루에 나가 있었다. 신발을 찾아 신으면서 아버지는 방금 어머니가 했던 것과 꼭같은 말을 했다. 우리는 아버지로부터 꼼짝도 말고 방안에 가만히 앉아 있으라는 주의를 받았다. 아버지가 어디를 어떻게 했는지 미친듯이 짖어대며 날뛰던 워리 녀석이 별안간 깨갱 소리를 마지막으로 주둥이를 꾹 닫아버렸다. 마당을 가로질러가면서 아버지가 조심스럽게 물었다.

"누구요?"

"나, 이 동네 구장일세."

"아니, 자네가 이 밤중에 어떻게……"

사립에 매달린 워낭이 딸랑딸랑 흔들렸다. 어른들이 몇 마디 서로 주고받는 소리가 들렸다. 그런 다음 바깥은 다시 조용해지고 줄기차게 내리는 빗소리만이 귀를 가득 채웠다. 방안을 서성거리던 어머니가 더 참지 못하고 방문을 활짝 열어젖혔다. 급히 밖으로 나서는 어머니를 작은이모가 허둥지둥 뒤따랐다. 안방에서는 우리 친할머니가 콩콩 밭은기침을 하고 있었다. 내 바로 곁에서는 외할머니가 천천히, 별로 서두르는 기색도 없이 완두를 까는 일에 아주 열중해 있었다. 완두 꼬투리를 손톱으로 우비면서 외할머니는 이렇게 중얼거렸다.

"나사 뭐 암시랑토 않다. 오널 아니면 니알 중으로 틀림없이 무신 기별이 올 종 알고 있었으니께, 진즉부터 알고 있었으니께, 나사 뭐 암시랑토 않다."

좀이 쑤셔서 곱게 앉아 견딜 수가 없었다. 나는 마침내 외할머니를 놔두고 슬그머니 건넌방을 빠져나왔다. 외할머니의 바짝 메마른 음성은 토방에까지도 들렸다.

"……나사 뭐 암시랑토 않다……"

안에서 생각했던 것보다 밖은 더 깜깜했다. 걸음을 옮길 적마다 누린내 풍기는 축축한 털북숭이가 양쪽 가랑이 사이로 척척 감겨들었다. 워리 녀석이 자꾸만 낑낑거리며 뜨뜻한 혀로 손바닥을 핥았다. 안에서 생각했던 것보다도 빗방울이 더 굵었다. 비는 얼굴을 뒤덮고 베잠방이를 적셔 단박에 내 몸뚱이를 물독에 빠진 새앙쥐 꼴로 만들어놓았다. 워리가 더이상 따라오질 못하고 뒷전을 돌면서 잔뜩 겁을 먹은 소리로 으르렁거렸다. 어른들 모습은 사립짝께로 바투 다가갔을 때에야 비로소 어렴풋하게 드러났다. 이미 이야기가 다 끝난 뒤인 듯했다. 쏟아지는 빗줄기 속에서 어른들은 그저 잠자코 있기만 했다. 군용 방수포를 머리 위로 뒤집어쓴 두 사내와 이쪽을 향하고 선 구장 어른의 낯익은 얼굴이 희미하게 보였다. 아버지와 작은이모는 금방 땅바닥으로 주저앉을 듯이 흐늘거리는 어머니를 양쪽에서 단단히 부축하고 있었다. 한참 만에야 구장 어른이 입을 열었다.

"들어가걸랑 빙모님께 말씀이나 잘 디려주게."

그러자 방수포를 쓴 어느 한쪽 사내가 뒤를 이었다. 그는 매우 내키지 않는 얘기인 듯 머뭇거려서 목소리가 굉장히 수줍게 들렸다.

"뭐라고 말씀드려야 좋을지 모르겠습니다만…… 괴롭기는 저희들도 매일반입니다. 어쩌다가 이런 일을 맡아가지고 참…… 그럼 저희들은 이만 물러가보겠습니다."

"살펴 가시오"라고 아버지가 인사를 했다.

그들은 회중전등으로 길을 더듬으며 사립을 빠져나갔다. 어머니의 입에서 흐느낌이 새어나왔다. 작은이모가 어머니한테 핀잔을 주었다. 그러자 어머니는 조금 더 큰 소리로 울기 시작했다. 아버지는 아무 말도 않고 앞장서 집안으로 들어갔다. 어머니를 부축하고 걸으면서 작은이모가 자꾸 소곤거렸다.

"제발 이러지 좀 말아요. 언니가 이러면 어머님은 어떻게 되겠어요. 어머님을 생각해야지, 어머님을……"

어머니가 입안을 주먹으로 틀어막았다. 그래서 방안에 들어설 때는 가까스로 울음을 그칠 수 있었다.

먼저 들어온 아버지가 외할머니 앞에 앉아 죄라도 지은 사람처럼 거북살스러운 자세로 뭔가를 만지작거리고 있었다. 구장 어른이 주고 갔음에 틀림없는 것은 종이쪽지였다. 아버지는 일부러 쥐어짜내듯이 온몸에서 물방울을 뚝뚝 떨어뜨렸다. 아버지뿐이 아니라 밖에 나갔다 온 사람은 나까지 넣어 모두 몸에서 흘러내리는 물방울로 방바닥을 흥건히 적시고 있었다. 옷을 엷게 입은 어머니와 작은이모는 적삼과 치마가 몸에 찰싹 눌어붙어 거의 벗은 거나 다름없을 정도로 속살이 들여다보였다. 외할머니는 아무도 쳐다보려 하지 않았다.

"거봐라" 하면서 외할머니는 또 혼잣말처럼 중얼거렸다. "거봐." 외할머니의 거동을 아까부터 나는 안타까운 마음으로 지켜보고 있었다. 나는 외할머니의 끊임없이 달싹거리는 합죽한 입보다는 완두를 까는 작업에 더 관심을 모았다. 언제부터인지 모르게 외할머니의 손놀림에 변화가 생겼음을 깨달은 것이다. 같이들 방안에 있으면서도 그걸 눈치챈 사람은 나 혼자뿐이었다. 시선을 떨군 채 일에 열중해 있는 그 모습은 여전했으나 우리가 밖에 나갔다 온 뒤부터 줄곧 외할머니는 강마른 두 팔을 가늘게 떨고 있었다. 그리고 일껏 까낸 연둣빛 싱싱한 자실을 빈 깍지가 수북이 담긴 치마폭 속에 아무렇지도 않게 떨어뜨리는 것이었다. 외할머니가 실수를 계속할까봐서 내 마음은 몹시도 조마조마했다. 가능하다면 잘못을 깨우쳐주고 싶어 나는 몇 번이나 기회를 벼르고 벼르다가 방안을 억누르는 무거운 분위기에 주눅이 들어 차마 입을 열지 못하고 말았다. 말려서 아궁이에 넣을 빈 깍지가 당연하다는 듯이 이제 곧 대바구니 속으로 들어갈 줄을 번연히 알면서도 속수무책으로 주름살이 두껍게 밀리는 우리 외할머니의 떨리는 손끝만을 지켜보는 도리밖에 없었다.

"내가 내둥 뭐라고 그러다? 오널 중으로 틀림없이 무신 기별이 온다고 안 그러다?"

창백하던 낯빛이 순간적으로 홍조를 띠어 갑자기 십 년은 젊어진 외할머니가 몇 마디 또 중얼거렸다. 줄거리에 붙은 새로운 꼬투리를 뚝 따내어 속을 우비면서 외할머니는 다시 죽은 사람처럼 창백한 얼굴이 되더니 앉은자리에서 단숨에 열 살은 더 먹어버렸다. 외할머니는 무척 흥분해 있었다. 말의 마디와 마디 짬에서 감추고 있던 거친 숨결이 불거져나오고 목젖이 울릴 정도로 자주 마른침을 넘기는 것으로 보아 그걸 느낄 수 있었다.

"느이 애비가 죽을 임시에도 나는 사날 전버텀 알고 있었다. 늙은이가 맘먹고 헐일 없응게 앉어서 요사시런 소리나 씨월거린다고 느덜은 이 에미를 야속허게 생각혔을 것이다. 그런디 지내놓고 보니께 어쩌드냐. 뭐라고 말허능가 보게 어디 느덜 쇠견이나 한번 시연이 들어봤으면 씨겄다. 어쩌냐, 시방도 에미 말이 그렇게 시덥잖게 들리냐? 그러면 못쓰느니라, 못써. 눈 어둡고 귀 어둡다고 에미까장 우습게 알면 못쓴다. 할망구라고 혀서 허는 소리마동 다 비싼 밥 먹고 맥없이 씨워리는 소리로만 들으면 큰 잘못이다. 이날 입때까장 내 꿈은 틀린 적이 없었니라. 무신 일이 생길 적마동 이 에미가 꾸는 꿈은 단 한 번도 틀린 적이 없었니라."

머리를 뒤로 젖혀 한껏 고자세를 하고 앉아서 외할머니는 자기 선견지명을 그제까지 몰라준 두 딸에게 잠시 면박을 주었다. 얼굴이 다시 벌겋게 달아 있었다. 딸들을 바라보는 충혈된 두 눈에 가득 담긴 것은 희열 바로 그것이었다. 자기 예감이 적중된 것을 누구한테나 자랑하고 싶어 어쩔 줄 모르는 기색이 역연했다. 우스꽝스러울 정도로 의기양양해하고 있는 그 표정을 오래 보고 있자니까 주술에 가까운 어떤 강렬한 기운이 가슴속에 뜨겁게 전달되어 와서 외할머니란 사람이 내게는 별안간 무섭게 느껴지기 시작했다. 그리고 비극이 덮쳐올 때마다 매번 그것을 점쟁이처럼 신통하게 알아맞혔다는 외할머니의 주장을 곧이곧대로 믿지 않을 수 없게 되었다. 말하자면 그때 우리 외할머니는 크다면 크고 작다면 작은 하나의 싸움에서 마침내 승리를 거둔 셈인데, 그러고도 모자라서 우리들마저 못살게 굴 만큼 아직도 노인다운 끈기와 옹고집에 충분한 여력이 있는 듯이 보였고, 그것이 외손자인 내게는 감히 누구도 범접 못할 불가사의한 힘으로 느껴져 오래도록 기억에 남을 강렬한 감동을 주었다.

어머니는 알게 모르게 울음소리를 점차로 높이고 있었다. 처음에는 방안에 있는 다른 사람들이 거의 눈치채지 못할 정도로 아주 가늘디가늘게 시작되었다. 그런데 웬만큼 소리를 높여봐도 역시 상관하는 사람이 없으니까 나중에는 아예 마음놓고 큰 소리로 울기 시작했다. 모기 한 마리가 이모의 백지장처럼 하얀 목덜미에 붙어 피를 빨고 있었다. 모기란 놈이 앵두알처럼 통통하게 배를 불리며 피를 빨아먹는데도 이모는 꼼짝을 않고 우두커니 앉아만 있었다. 방문이 활짝 열린 채로였다. 열린 문으로 모기떼들이 꾸역꾸역 몰려드는데도 누구 하나 닫으려는 사람이 없었다. 곳곳에서 사납게 짖어대는 개들의 소리로 군용 방수포를 둘러쓴 사람들이 마을 어디쯤을 가고 있는가를 가만히 앉아서도 빤히 어림할 수 있었다. 그들이 들어올 때와는 정반대로 개 짖는 소리가 마을 안쪽에서 바깥쪽을 향하여 점점 멀어지고 작아지고 차츰 뜸해지더니 이윽고는 아주 잠잠해져버렸다. 어느 틈에 들어왔는지 한 마리의 까만 날벌레가 방안을 이리저리 날아다니며 아까부터 소란을 피우고 있었다. 하마터면 호롱불까지 끌 뻔해가면서 온 방안을 몇 바퀴씩이나 휘젓고 다니던 끝에 그것은 내 손에 붙잡혔다. 하늘밥도둑이었다. 나의 엄지와 검지 사이에 끼여 그것은 자꾸만 꼼지락거렸다. 흙을 헤집을 때 삽으로 쓰는 튼튼한 앞발을 힘차게 버둥거리며 한사코 내 손아귀에서 도망치려 했다. 하지만 그까짓 저항이 내게 무슨 상관이냐. 그것이 죽고 사는 것은 오직 내 마음먹기 하나에 달려 있었다. 나는 그것을 얼마든지 죽일 수 있고 또 얼마든지 살릴 수도 있었다. 나는 하늘밥도둑을 쥔 두 개의 손가락에 지그시 압력을 가하기 시작했다. 이때 외할머니의 중얼거림이 들렸다.

"나사 뭐 암시랑토 않다. 진작서부텀 이럴 종 알고 있었응게 나사 뭐 암시랑토 않다."

그러자 어머니의 울음이 별안간 절정에 이르러 방안이 온통 뻣

속까지 갉는 듯한 소리로 가득차버렸다.

불싸앙헌 우리이 준이이 아이고 우리 기일준이가아 아하이고 아이고오 따른 집 자석들은 기피도 잘 허동마안 워쩌자고 우리이 준이느은 허지 말라는 소대장인가 그 웬수녀르 밥티긴가를 달어 가지이고 이 지경이 되았느은고 아이고 아하이고 이 일을 어쩐다 아냐아……

방안을 가득 채우고도 남아도는 어머니의 진한 핏빛 울음은 어느덧 두루마리 멍석이 되어 어둠에 잠긴 마당 쪽으로 끝없이 풀려 나가고, 그 위로 꺼끔해졌다 되거세어지는 장맛비가 소리를 지르면서 두껍디두껍게 깔리고 또 깔렸다.

2

작은 언덕과 작은 언덕, 그리고 낮은 산과 낮은 산 들을 앞에 주욱 거느린 채 그 세모꼴의 머리로 하늘을 떠받치고 선 건지산은 언제 보아도 모습이 의젓했다. 하기야 늘 의젓이만 보아온 그 건지산이 갑자기 그럴 줄 몰랐다고 느껴지던 우스꽝스러운 한때도 있었다. 밤이면 어른들이 거기 모여 불장난을 한다. 어떤 때는 훤한 대낮에도 산봉우리에서 모개모개 연기가 피어오르는 걸 볼 수 있다. 밤마다 그들은 얼마나 많은 오줌을 지리는 것일까. 어머니의 강압에 못 이겨 키를 쓰고 동네를 한 바퀴 돈 경험이 있는 나로서는 건지산에서부터 흘러내리는 마을 앞 시냇물을 일단 의심의 눈으로 바라보지 않을 수 없었다. 도대체 이제까지 점잖은 촌노인처럼 그저 묵중히만 서 있던 산이 갑자기 연기와 불길을 내뿜는 것부터가 장난 같았다. 어른들 놀이치고는 너무 유치하고 어리석고, 그러면서도 어떻게 보면 아주 평화스럽게 보이는 장난이었다. 봉홧불과 무수한 살상과의 상관관계를 나는 미처 깨닫지 못했다. 왜 건지산에서 불길이 오르고 난 다음이면 꼭 읍내에서 시가전이 벌어지고, 꼭 어느 고을 어떤 동네가 쑥대밭이 되어야만 하는가를 이해할 수가 없었다. 그러나 설사 그런 문제를 일찍이 이해해버렸다 해도 결과는 매한가지였을 것이다. 난생처음 봉홧불을 구경하던 당시의 망측스러운 상상에도 불구하고 내 의식 속에서의 건지산은 어느 틈에 그 의젓한 모습을 되찾고, 날이 지남에 따라 더욱더 친근하게 느껴지기 시작했다.

그런데, 아침에 일어나서 보니 그 건지산 허리 윗부분이 검은 구름으로 친친 감겨 있었다. 비는 그쳐 있었으나 건지산이 있는 동쪽 하늘자락을 완전히 덮고 있는 시커먼 구름을 보면 그것이 여태껏보다 더 많은 양의 비를 새롭게 장만하고 있음을 얼른 알 수 있었다. 이따금씩 하늘 어두운 구석에서 번개가 튀어나와 그 언젠가 마을 앞 둑길에서 어떤 사내가 어떤 사내의 가슴에 쑤셔박던 그 때의 그 죽창처럼 건지산 아니면 그 근처 어딘가를 무섭게 찔러댔다. 그리고 그럴 적마다 찔린 산이 지르는 비명과도 같은 천둥소리가 지축을 흔들었다. 그만한 덩치에 그만큼 아픈 찔림을 당한다면 내 입에서도 그 정도의 비명쯤 당연히 나오겠다 싶은 처참한 소리를 지르곤 했다. 이른아침부터 건지산이 하늘에 부대끼는 모양을 멀리서도 똑똑히 볼 수 있었다.

눈을 감고 있어도 외할머니의 발소리는 다른 사람과 확연히 구별되었다. 무게가 전혀 없는 사람처럼 겨우 치맛자락 스치는 소리만 내면서 가볍고 조심스럽게 걸었다. 그처럼 용의주도하게 다가와서는 갑자기 묘한 냄새를 풍겼다. 오래된 장롱이나 무슨 골동품 따위, 또는 흘러들어오기만 했지 빠져나갈 데라곤 없는 깊은 방죽 같은 데서나 맡을 수 있는, 참으로 이상한 냄새였다. 먼먼 옛날로부터 오늘을 향해 부는 바람에 묻어오는 냄새와 치마 스치는 소리로 구별되는 할머니. 우리 외할머니가 조심조심 다가오고 있음을 나는 어렴풋이 깨달았다. 나는 건넌방에 누워서 잠든 시늉을 하고 있었다. 외할머니란 사람이 전에 없이 두렵게 느껴지기 시작한 뒤부터 내게는 자주 잠든 시늉을 하는 버릇이 생겼다. 낮잠 자는 외손자를 깨우지 않을 양으로 외할머니는 다른 날보다 더 조심하는 것 같았다. 그러나 나는 이마에 와닿는 외할머니의 미지근한 숨결 속에서 독특한 그 냄새를 이미 싫도록 맡았고, 이제 곧 외할머니가 하려는 일이 무엇인가를 충분히 짐작해버렸다. 아니나다를까, 외할머니의 강마른 손이 내 아랫도리를 벗기기 시작했다. 어디 이놈 잠지 좀 만져보자. 다른 때 같으면 이런 말을 했을 것이다. 또 이렇게도 말했을 것이다. 즈이 오삼춘 타겨서 불알도 꼭 왜솔방울맹키로 생겼지. 그런데 외할머니는 아무 얘기도 하지 않았다. 그저 잠자코 손만 놀리면서 언제까지고 내 샅을 주무르는 것이었다. 외가가 우리집으로 피난오면서부터 시작된 그것은 내겐 크나큰 고역이요 굉장히 모욕적인 장난이기도 했다. 잠방이 속으로 들어오는 외할머니의 손을 단 한 번이라도 좋은 기분으로 받아들인 적이 있다면 나는 내 입을 찢어도 아무 말 않겠다. 국민학교 삼학년 나이에 아직도 코흘리개로 취급받기를 바라는 애들이 얼마나 될는지는 모르지만, 이만하면 철이 들 대로 든 셈이며 다 큰 거나 마찬가지라고 자부하던 나로서는 무척이나 자존심이 상하는 일이었다. 뿌리치면 외할머니가 대단히 섭섭해하기 때문에 울며 겨자 먹기로 그 수모를 모두 참아내는 도리밖에 없긴 했지만서도……

긴 한숨과 함께 외할머니의 손이 샅을 빠져나갔다. 손을 거두고 나서도 외할머니는 한참이나 더 내 얼굴을 내려다보는 눈치였다.

"불쌍헌 것……"

혼잣말을 남기면서 외할머니는 내 곁을 떠났다. 구겨진 무명 치맛자락을 소리 없이 끌면서 마루로 나서는 외할머니의 뒷모습을 나는 실눈을 뜨고 바라보았다. 방금 그 중얼거림이 누구를 가리키는 것인지는 모른다. 불쌍한 사람은 내 주위에 너무 많았다. 우선 일선에서 전사한 외삼촌이 그렇고, 사실은 나 역시도 몹시 불쌍한 처지에 있었다. 형사한테서 양과자를 얻어먹은 사건 이후로 나는 근 달소수간이나 줄곧 울안에만 틀어박혀 근신하면서, 근신할 것을 명령한 아버지와 용서할 권한을 가진 할머니의 눈치를 살피는 신세였다. 그러나 가장 불쌍한 사람은 바로 외할머니 자신이었을지도 모른다. 마루끝에 앉아서 구름에 덮인 건지산 근방을 바라보는 외할머니의 모습은 몹시도 허전해 보였다. 전사 통지서를 받던 날 저녁에 본, 강하고 두렵던 모습은 도무지 찾아볼 수 없었다. 이젠 시들 대로 시들어 먼산바라기로 오두마니 앉아 있는 초라한 할멈 하나가 있을 뿐이었다. 고역에서 해방된 기분은 그 측은한 모습으로 하여 금세 지워지고 말았다.

외삼촌의 죽음이 알려지고 나서 며칠 동안은 집안 꼴이 엉망이었다. 누구나 다 그랬지만 그중에서도 어머니가 제일 심했다. 어머니는 학교 운동회 때 우리가 그랬듯이 흰 헝겊을 머리에 질끈 동이고서 방바닥을 쳐가며 한 차례씩 서럽게 울고 나서는 자리에 누워버렸다. 그러다 끼니때만 되면 슬그미 일어나 이모가 들어다주는 꽁보리밥 한 그릇을 다급하게 비우고는 숟갈을 놓자마자 밥상머리에서 또 한 차례 서럽게 운 다음 다시 자리에 눕는 것이었다. 누워서 한다는 소리가 늘, 누구를 양자로 데려다가 끊어진 대를 이어야 되지 않겠냐는 것이었다. 거기에 비해 이모는 무척 대조적이었다. 처음부터 그랬지만 이모는 끝내 눈물 한 방울 비치지 않았다. 누구하고 말 한마디 나누는 법도 없고, 아무것도 입에 대지 않았다. 그러면서 전에 어머니가 하던 일을 도맡아 혼자 밥도 짓고 설거지도 하고 빨래도 했다. 사흘째 되는 날, 울안 샘에서 물동이를 들다가 벌렁 나자빠지는 걸 볼 때까지 나는 이모가 뒤란 대밭 속이나 침침한 부엌 안에서 우리 몰래 뭔가를 먹는 줄로만 알았다. 독하고 엉큼스런 구석이 있는 이모가 설마 사흘을 내리 굶지야 않겠지, 생각하고 안심했다.

어머니나 이모는 그래도 괜찮은 편이었다. 무엇보다 우려되는 건 할머니와 외할머니 간의 불화였다. 외삼촌과 이모를 공부시키기 위해 살림을 정리해서 서울로 떠났던 외가가 어느 날 보퉁이를 꾸려들고 느닷없이 우리들 눈앞에 나타났을 때, 사랑채를 비우고 같이 지내기를 먼저 권한 사람은 할머니였다. 난리가 끝나는 날까지 늙은이들끼리 서로 의지하며 살자는 말을 여러 번 들을 수 있었고, 얼마 전까지만 해도 두 사돈댁은 사실 말다툼 한 번 없이 의좋게 지내왔다. 수복이 되어 완장을 두르고 설치던 삼촌이 인민군을 따라 어디론지 쫓겨가버리고, 그때까지 대밭 속에 굴을 파고 숨어 의용군을 피하던 외삼촌이 국군에 입대하게 되어 양쪽에 다 각기 입장을 달리하는 근심거리가 생긴 뒤로도 겉에 두드러진 변화는 없었다. 그러던 두 분 사이에 얼추 금이 가기 시작한 것은 저 사건—내가 낯모르는 사람의 꾐에 빠져 양과자를 얻어먹은 일로 할머니의 분노를 사면서였다. 할머니의 말을 옮기자면, 나는 짐승만도 못한, 과자 한 조각에 삼촌을 팔아먹은, 천하에 무지막지한 사람 백정이었다. 외할머니가 유일한 내 편이 되어 궁지에 몰린 외손자를 감싸고 역성드는 바람에 할머니는 그때 단단히 비위가 상했던 것이다. 다음으로 두 분을 아주 갈라서게 만든 결정적인 계기는 전사 통지서를 받은 그 이튿날에 왔다. 먼저 복장을 지른 쪽은 외할머니였다. 그날 오후도 장대 같은 벼락불이 건지산 날망으로 푹푹 꽂히는 험한 날씨였는데, 마루끝에 서서 그 광경을 지켜보던 외할머니가 별안간 무서운 저주의 말을 퍼붓기 시작한 것이다.

"더 쏟아져라! 어서 한번 더 쏟아져서 바웃새에 숨은 뿔갱이 마자 다 씰어가그라! 나무 틈새기에 엎딘 뿔갱이 숯뎅이같이 싹싹 끄실러라! 한번 더, 한번 더! 옳지! 하늘님, 고오맙습니다!"

소리를 듣고 식구들이 마루로 몰려들었으나 모두들 어리둥절해져서 외할머니를 말리는 사람이 없었다. 벼락에 맞아 죽어 넘어지는 하나하나의 모습이 눈에 선히 보인다는 듯이 외할머니는 더욱 기가 나서 빨치산이 득실거린다는 건지산에 대고 자꾸 저주를 쏟았다.

"저 늙다리 예펜네가 뒤질라고 환장을 혔다?"

그러자 안방 문이 우당탕 열리면서 악의를 그득 담은 할머니의 얼굴이 불쑥 나타났다. 외할머니를 능히 필적할 만한 인물이 그제까지 집안 한쪽에 도사리고 있었음을 나는 뒤늦게 깨닫고 긴장했다.

"여그가 시방 누 집인 종 알고 저 지랄이랴, 지랄이?"

옆에서 흔들어 깨우는 바람에 갑자기 잠꼬대를 그친 사람처럼 외할머니는 멍멍한 눈길로 주위를 잠깐 둘러보았다.

"보자 보자 허니께 참말로 눈꼴시어서 볼 수가 없네. 은혜를 웬수로 갚는다드니 그 말이 거그를 두고 하는 말이고만. 올 디 갈 디 없는 신세 하도 불쌍혀서 들어앉혀놓게로 인자는 아도 으런도 몰라보고 갖인 야냥개를 다 부리네그랴. 미쳐도 곱게 미쳐야지. 그렇게 숭악시런 맘을 먹으면은 댑대로 거그한티 날베락이 내리는 벱여."

당장 메어꽂을 듯한 기세로 상대방의 서슬을 다잡고 나더니 할머니는 사뭇 훈계조가 되었다.

"아아니, 거그가 그런다고 죽은 자석이 살어나고 산 사람이 그렇게 쉽게 죽을 성부른가? 어림 반푼도 없는 소리 빛감도 말어. 인명은 재천이랬다고, 다아 저 타고난 명대로 살다가 가는 게여. 그러고 자석이 부모보담 먼처 가는 것은 부모 죄여. 부모들이 전생에 죄가 많었기 땜시 자석 놈을 앞시워놓고는 뒤에 남어서 그 고통을 다아 감당허게 맹근 게여. 애시당초 자기 팔자소관이 그런 걸 가지고 누구를 탓허고 마잘 것이 없어. 낫살이 저만치 예순 줄에 앉어 있음시나 조깨 부끄런 종도 알어야지."

"그려. 나는 전생에 죄가 많어서 아덜놈 먼첨 보냈다 치자. 그럼 누구는 복을 휘여지게 짊어지고 나와서 아덜 농사를 그따우로 지었다냐?" 하고 외할머니도 앙칼지게 쏘아붙였다.

"저놈으 예펜네 말허는 것 좀 보소이. 참말로 죽을라고 환장혔능개비. 내 아덜이 왜 어디가 어쩌간디 그려?"

"생각혀보면 알 것이구만."

"저 죽은 댐이 지사 지내줄 놈 한나 없응게 남덜도 모다 그런 종 아는가분디……"

"고만덜 혀둬요!"

"우리 순철이는 끈덕도 없다. 끈덕도 없어. 무신 일이 생겨야만 쇡이 시연헐 티지만 순철이 갸는 쏘내기 새도 요리조리 뚫고 댕길 아여."

"어따, 구만덜 허라니깨요!" 하고 아버지가 한번 더 짜증을 부렸다. 아까부터 어머니는 외할머니의 허벅지를 자꾸만 집어뜯고 있었다.

"느그 시엄씨 허는 소리 들었냐? 명색이 그리도 사분인디, 나보고 시상에 지사 지내줄 놈 한나 없는 년이란다. 자석 한나 있는 것 나라에다 바친 것만도 분하고 원통헌디, 명색이 자기 사분한티 헌다는 소리가 그 모냥이구나. 자석 잃고 쇡이 뒤집힌 에미가 무신 소린들 못 허겄냐. 그런디 말 한마디 어덕잡어가지고 불쌍헌 늙은이 앞에서 똑 아덜자식 여럿 둔 위세를 혀야만 쓰겄냐? 너도 입이 있으면 어디 말 좀 혀봐라, 야야."

외할머니는 어머니를 돌아보며 통사정을 하고, 어머니는 울상이 되어 한쪽 눈을 연방 쫑긋거려가며 외할머니의 다리를 꼬집었다. 할머니는 할머니대로 아버지를 붙들고 늘어졌다.

"야, 애비야. 니 동상 어서 죽으라고 고사 지내는 예펜네를 내가 조깨 혼내줬기로 너까지 한통속이 되여 목매달 게 뭐냐? 너한티는 장몬지 뭣인지 모르지만 나는 죽었으면 죽었지 그런 꼴 못 본다. 당장 어떻게 허지 않으면 내가 이 집을 나갈랑게 알어서 혀라."

"나갈란다! 그러잖어도 드럽고 챙피시러서 나갈란다! 차라리 길가티서 굶어죽는 게 낫지 이런 집서는 더 있으라도 안 있을란다! 이런 빨갱이 집……"

외할머니의 격한 음성이 갑자기 뚝 멎었다. 외할머니는 천천히 고개를 들어 맞은편의 아버지를 멀거니 건너다보았다. "빨갱이 집서는……" 하고 하다 만 말의 뒤끝을, 그러나 매우 자신 없는 어조로 간신히 흘리면서 이번에는 어머니 쪽을 바라보았다. 마지막으로 나를 한참 동안 눈여겨보고 나서 머리를 설레설레 흔들었다. 그러더니 갑자기 시선을 떨구는 것이었다. 쏟아져내리는 그 시선이 대바구니 속에 무겁게 담겼다. 그 대바구니를 잠자코 무릎마디로 끌어당겨 그림자처럼 조용한 몸놀림으로 한 개의 완두 줄거리를 집어올렸다. 외할머니의 얼굴은 어제나 그제 죽은 사람 모양으로 완전한 잿빛이었다.

외할머니의 말 한마디가 집안에 던진 파문은 의외로 심각했다. 외할머니의 입에서 '빨갱이'란 말이 엉겁결에 튀어나왔을 때 식구들은 도무지 믿을 수 없다는 듯이 넋을 잃은 표정들이었다. 너무도 놀란 나머지 숨소리조차 제대로 못 내면서 오직 느릿느릿 변화하는 외할머니의 동작만을 시종일관 주목할 따름이었다. 여태까지 삼촌 때문에 동네에서 손가락질을 받고 치안대와 경찰로부터 시달림을 당해오면서 가족들 간에 절대로 써서는 안 될 말로 묵계가 되어 있었다. 그리고 이 금기는 연주창에 새우젓을 가리듯이 아주 철저하게 지켜져왔다. 그런데 이토록 무서운 말을 함부로 입 밖에 쏟다니. 외할머니의 과오는 어떤 변명으로도 씻을 수 없는, 치명적인 것이었고, 그래서 가족들의 놀라움은 이루 형언할 수 없었던 것이다. 그러나 누구보다도 놀란 사람은 다름 아닌 발설 당자였다. 외할머니는 구태여 변명을 늘어놓진 않았다. 변명해봤자 소용도 없는 일이긴 하지만, 그보다는 오히려 할머니가 무슨 못 들을 소리를 해도 꾹 참고 견디는 것으로 자신의 실수를 솔직히 인정하고 있었다. 할머니의 분노를 어떻게 설명하면 좋을까. 길길이 뛰다가 거품을 물고 까무러칠 지경이었다. 그리고 외할머니와 이모를, 경우에 따라서는 어머니까지도 내보낼 것을 아버지한테서 거듭 다짐 받으려 했다.

"오널 중으로 내쫓아야 된다. 그러고 저것들이 삽짝을 나서기 전에 짐보팅이를 잘 조사혀라. 메칠 전에 내 은비네가 없어졌는디, 어떤 넌 손버릇인지 다 알 만헌 소행이니깨."

이모가 소리없이 사랑채로 건너가버렸다. 해댈 만큼 해대고 나서 할머니는 지쳐 드러눕고, 잠시 깃들인 정적을 어머니의 허겁스러운 통곡이 또 물리쳐버렸다. 그러자 아버지의 벽력같은 고함이 떨어졌다.

"그놈으 주둥빼기 안 오무릴래!"

정적은 차라리 소란보다 더 견딜 수 없는 고문이었다. 아버지는 씨엉씨엉 집을 나갔다. 외할머니는 밤늦도록 혼자 마루에 남아 파들파들 떨리는 앙상한 손으로 줄창 완두만 까대고 있었다. 아버지는 어디서 고주망태가 되어 입에서 감내를 펑펑 풍기며 새벽녘에야 집으로 돌아왔다.

먹구름에 덮인 건지산 날망으로 연거푸 시퍼런 벼락이 꽂히고 있었다. 전에는 거의 매일 밤 볼 수 있던 봉홧불이 장마가 시작되며부터는 숫제 자취를 감추었다. 이따금 건지산 쪽에 눈을 주면서 마루끝에 앉아 있는 외할머니의 뒷모습은 너무도 허전해 보였다. 그때나 다름없이 떨어지는 벼락불을 보고도 외할머니는 아무 말도 하지 않았다. 안사돈끼리 한다래끼 단단히 벌인 뒤로 무슨 일에나 여간해서는 입을 열려 하지 않았다. 완두를 까는 것만이 죽는 날까지 자기가 맡은 유일한 일이라는 듯 대바구니를 앞에 하고 외할머니는 끊임없이 손을 놀리고 있었다.

3

이북에서 우리 마을로 피난온 지 얼마 안 되는 아이 하나가 맥고자를 눌러쓴 어떤 사내와 함께 우리들 노는 장소에 나타났다. 온 얼굴이 버짐투성이인 그 아이는 한여름인데도 때가 까맣게 낀 장구통배를 득득 긁던 손을 들어 나를 가리키면서 사내에게 뭐라고 짤막한 말을 했다. 그러자 사내가 윗얼굴을 깊숙이 가린 넓은 챙 밑으로 나를 유심히 쏘아보았다. 이북 아이는 사내가 호주머니에서 꺼내주는 무엇인가를 받아쥐고는 뒤도 돌아보지 않고 토끼처럼 달아나버렸다. 맥고자의 키 큰 사내가 똑바로 나를 향하고 다가왔다. 검게 그을은 살갗, 날카롭게 굴리는 부리부리한 눈방울, 그리고 조금의 주저도 없이 곧장 목표물을 향하는 대담한 그 걸음걸이가 내게는 어쩐지 위압적이었다.

"녀석 참 귀엽게도 생겼다."

사내의 눈이 갑자기 가늘어지는가 싶더니 뜻밖에도 첫인상과는 전혀 다른 상냥한 웃음이 얼굴 가득히 만들어졌다. 사내는 내 머리를 두어 번 쓰다듬어내렸다.

"아저씨가 묻는 말에 잘만 대답하면 정말로 귀여울 텐데……"

사내의 태도는 나를 몹시 당황하게 만들었다. 나는 사내의 눈을 바로 쳐다볼 수가 없어 공연히 손바닥만 폈다 오므렸다 하면서 고개를 박고 서 있었다. 내 손아귀엔 할머니의 은비녀가 쥐어져 있었고, 그것은 돌확에다 갈아서 끝이 뾰죽한 대못으로 개조했기 때문에 못치기 놀이를 할 때 동네 애들이 아무리 큰 못으로 쳐도 넘어지지 않았다.

"아버지 성함이 김순구씨지?"

사내는 흰 남방셔츠의 단추를 끌렀다.

"그렇다면 김순철씨는 네 삼촌이 되겠구나. 그렇지?"

사내는 맥고자를 벗어 들었다. 그때까지 한마디도 대꾸하지 않았다. 그런데도 사내는 이렇게 엉너리를 치는 것이었다.

"역시 그렇구나. 착한 애라서 대답도 썩썩 잘하는구나."

사내는 맥고자를 부채마냥 흔들어 남방 속으로 바람을 불어넣었다.

"아저씨는 삼촌 친구란다. 굉장히 친한 친군데, 서로 떨어져서 오랫동안 만나질 못했다. 만나서 꼭 상의할 얘기가 있는데, 지금 네 삼촌 어디 있지?"

생전 처음 보는 그 사내는 우리 작은이모처럼 깨끗한 서울 말씨를 썼다.

"어이 더워! 여긴 굉장히 덥구나. 아저씨하구 저쪽 시원한 데로 가서 얘기 좀 할까?"

같이 놀던 애들은 따라오지 못하게 했다. 아이들이 안 보이는 마을 당산 위 나무 그늘 밑에 이르자 사내는 걸음을 멈추고 호주머니를 뒤적였다.

"삼촌한테 꼭 전할 말이 있어서 그래. 삼촌이 어디 있는지 얘기만 하면 내 이걸 주지."

은딱지에 싼 다섯 개의 납작한 물건을 내놓으면서 사내는 이렇게 말했다. 그리고 그중에서 하나를 껍데기를 벗겨 내 코앞에 디밀었다.

"너 이런 거 먹어본 적 있어?"

윤기 흐르는 흑갈색의 그것에서 먹음직스러운 향기가 풍겼다.

"쪼꼴렛이다. 아저씨가 묻는 말에 대답만 잘하면 이걸 너한테 몽땅 주겠다."

나는 될 수 있는 대로 그 이상한 과자 위에 시선이 머물지 않도록 신경을 많이 썼다. 그러나 나도 모르게 꿀꺽꿀꺽 넘어가는 침은 어쩔 수가 없었다.

"뭐 조금도 부끄러워할 것 없다. 착한 아이는 상을 받는 것이 당연하단다. 어떠냐, 대답하겠니? 네 대답 한마디면 아저씨는 친구를 만나서 좋고, 너는 이 맛있는 쪼꼴렛을 먹을 수 있어서 좋고……"

무엇 때문에 내가 망설이고 있었는지 알 수 없다. 받아서 좋을 것인가, 아니면 절대로 받아서는 안 될 것인가를 결정짓지 못해서였을까. 혹은 그런 도덕적인 문제가 아니라 단순히 그 나이의 시골 애답게 모르는 사람에 대한 낯가림 때문에 그랬을까. 확실한 것은 별로 기억에 없다. 아무튼 나는 꽤 오래 시간을 끌었던 것 같다.

"싫어?" 사내가 재촉했다. "싫단 말이지?" 사내는 몹시 섭섭한 표정을 지었다. "그렇다면 별수 없구나. 착하게 굴면 이걸 꼭 너한테 주려고 했는데, 이젠 하는 수 없다. 나한텐 필요 없는 물건야. 자, 봐라. 아깝지만 이렇게 내버리는 수밖에……"

실제로, 사내는 그걸 아무렇지도 않다는 듯이, 실제로 땅바닥에 던졌다. 던졌을 뿐만 아니고 구두 뒤축으로 싹싹 밟아 뭉개어버렸다. 내 표정을 흘끗 읽고 나서 그는 또 한 개를 내던졌다.

"난 네가 굉장히 똑똑한 앤 줄 알았는데…… 참 안됐구나."

그는 또 한 개를 구둣발로 짓밟아놓았다. 벌써 세 개째였다. 사내의 손안엔 이제 두 개의 과자가 남아 있었다. 그리고 여태까지의 사내의 태도로 보아 나머지 두 개마저도 충분히 짓밟고 남을 사람이었다. 사내가 별안간 낄낄 웃었다.

"너 이 녀석 우는구나? 못난 녀석 같으니라구. 얘, 꼬마야, 이제라도 늦진 않아. 잘 생각해봐. 삼촌이 집에 다녀갔었지? 그게 언제지?"

어른의 비상한 수완을 나로서는 도저히 당해낼 재간이 없다는 생각이 든 것은 바로 그 순간이었다. 그리고, 이 아저씨는 진짜로 삼촌의 친구일는지도 모른다. 그렇게 생각하니 마음이 한결 가벼워졌다.

막 시작할 때의 첫마디가 가장 힘들었다. 그러나 일단 얘기를 꺼낸 다음부터는 연자새에 감긴 실처럼 전날밤의 기억들이 술술 풀려나왔다.

유월 뙤약볕 속을 걸어 삼십 리 밖 산골에 사는 고모가 우리집에 왔다. 시국이 어수선한 동안에도 예고 없이 찾아와서 하루나 이틀쯤 묵어간 적이 종종 있으므로 고모의 갑작스러운 출현이 그날따라 부자연스럽게 보일 특별한 이유라곤 없었다. 그런데, 고모를 모시고 안방으로 들어갔던 어머니가 별안간 얼굴색이 노래져 뛰어나오면서부터 사정은 눈에 보이게 달라졌다. 나를 심부름시키지 않고 어머니는 당신이 직접 아버지를 부르러 달려나갔다. 논에서 지심을 매던 아버지가 흙탕에 젖은 옷차림 그대로 돌아와 우물도 거치지 않고 곧장 안방으로 향했다. 아버지 뒤를 바짝 쫓아 들어온 어머니가 멀쩡한 대낮에 사립문을 닫아걸었다. 모두들 온전한 정신이 아닌 듯했다. 나와 외갓집 식구들만 따돌려놓은 채 안방에서는 해질 무렵이 되기까지 긴 쑥덕공론들을 벌이는 것이었다. 이윽고 날이 어두워지자 따돌림을 받던 우리 세 사람에게 식은밥 한 그릇씩이 저녁으로 몫지어졌다. 내가 숟갈을 놓을 때쯤 되어 아버지는 옷을 갈아입었다. 나는 어둠이 깔린 사립 밖으로 나서는 아버지의 뒷모습을 의혹에 찬 눈으로 바라보았다.

"오널은 일찍 자거라."

할머니 앉은 자리 바로 옆에다 요를 펴면서 어머니가 말했다. 아직 초저녁인데 모두 나를 어거지로라도 재울 작정들이었다.

"웃방에다 재우지 그려라우?"

나를 턱으로 가리키며 고모가 어머니한테 말했다.

"아매 괭기찮을 것이다"라고 할머니가 말했다. "쟈는 눈만 깜었다 허면 누가 띠며가도 모르는 아다."

"죙일 노니라고 대간헐 틴디 어서어서 자거라. 니알 아적까장 눈도 뜨지 말고 죽은디끼 자빠져 자야 된다. 알겄냐?"

어머니가 내게 단단히 일렀다.

누구네 집에 밤마을을 간 것도 아니다. 틀림없이 어떤 긴한 용무를 띠고 나간 것이다. 나는 아버지가 돌아올 때까지 가능한 한 말똥말똥한 정신으로 있고 싶었다. 어른들이 도대체 무슨 꿍꿍이를 꾸미는 것인지 기어이 밝혀낼 심산이었다. 그러기 위해서는 빨리 자라는 분부에 싫어도 따르는 척할 필요가 있었다. 눈을 감자마자 걷잡을 수 없이 덮쳐오는 졸음과 싸워가며 나는 방안 동정에 귀를 곤두세웠다. 그러나 어른들 입에서는 단서가 될 말이 전연 나오지 않았다. 그리고 정작 눈을 떴어야 될 중요한 시간엔 이미 나는 깊은 잠에 빠져 있었다.

방바닥에 부딪는 둔중한 어떤 소리가 잠든 나를 얼핏 깨웠다.

"아구메나! 그게 폭발탄 아니냐?"

나는 그 순간 겁에 질린 할머니의 음성을 들었다. 양쪽에서 내 시야를 답답하게 가로막고 앉은 사람들은 어머니와 아버지였다. 두 덩치의 커다란 몸체 사이로 호롱불이 침침하게 비쳐들었다.

"괴춤에 찬 것도 마자 끌러라."

아버지가 방안의 누군가를 향해 명령조의 말을 했다. 잠시 머뭇머뭇하는 기색이더니 아버지의 맞은쪽에서 부스럭거리는 소리가 났다.

"곤총을 두 자루씩이나……"

"숭칙도 혀라!"

어머니와 할머니가 동시에 중얼거렸다. 잠은 벌써 천리만리나 도망가버렸고, 썬득한 기운이 움직이는 뱀처럼 등줄기를 타고 내렸다. 관심의 대상에서 내가 일단 벗어나 있다 해도 안심할 수 없는 일이기 때문에 한 치 시선을 옮기는 데 여간만 수고스러운 게 아니었다. 나는 옹색한 시야 안에서 벌어지는 변화에 온 신경을 모았다. 그러자 굵직한 남자 목소리가 들렸다.

"동만이는 내가 온다는 걸 모르고 잠들었는가요?"

아버지가 옆으로 약간 돌아앉으려는 낌새여서 나는 얼른 눈을 감았다. 내 얼굴을 가리고 있던 그늘이 확 물러나면서 눈뚜껑 위로 불빛이 따갑게 쏟아져내렸다.

"부러 귀뜸을 안 혔어라우" 하고 어머니가 그것이 무슨 자랑이나 되는 것처럼 얘기했다.

"염려헐 것 없다. 저 녀석은 눈만 붙였다 허면 시상 모르게 자는 아다"라고 할머니도 말을 거들었다.

방안이 잠시 조용해졌다. 아무도 선불리 입을 열 수 없는, 삭막한 분위기 같았다. 그러는 동안에도 내 귓속엔 권총과 수류탄을 찬 채 밤중 몰래 숨어들어온 사람의 그 굵은 음성이 아직 쟁쟁했다. 바로 그가 몇 달 전에 집을 나간 후 소식을 몰라 식구 모두가 애타하던 삼촌임에 틀림없다면. 유감이지만 삼촌의 목소리는 내가 첫 귀에 거의 못 알아들을 만큼 무섭게 변해 있었다. 자갈 바탕에 함부로 굴린 질항아리처럼 그렇게 거칠 수가 없고, 어떤 일에도 신명이 안 난다는 투의 그런 무심한 음색이 아니었다. 내가 기억하는 바 우리 삼촌은 아무 자리에나 끼여 버릇없이 너털웃음을 잘 웃고, 자기와는 전혀 이해 상관이 없는 남의 일에도 곧잘 뛰어들어 판세를 될수록 시끌짝하게 유도하면서 까닭 없이 흥분하고 쉽게 감동해버리는 사람이었다. 하지만 아무리 생각해봐도 조금 전의 그 소리는 어김없는 삼촌의 음성이었다. 소리의 변화만큼이나 험상궂어 있을 삼촌의 얼굴 모양을 상상해보았다. 그러자 별안간 오금이 가려워오기 시작했다. 이 가려움증은 삽시에 전신으로 번져 꼭 개미집이 많은 풀밭에 누웠기나 한 듯이 등복판이나 겨드랑 밑 아니면 발가락 사이 같은, 하필 누운 채로 어른들에 들키지 않고 손을 뻗어 용이하게 긁을 수 없는 부위들만 심하게 물것을 타는 것처럼 스멀거리는 것이었다. 거기에 설상가상으로 기침까지 나오려고 목줄띠가 근질거리고 자꾸만 입안에 침이 괴었다.

산에서의 생활이 제일 궁금한 모양이었다. 그간 어떻게 지냈는가를 할머니는 요모조모 따지고 캐물었다. '예' 아니면 '아니오' 정도로 삼촌은 대답을 극히 간단히 끝맺곤 했는데, 그만한 대화를 꾸리는 데도 때로는 약간 짜증스러운 기색이었다. 그러나 할머니는 아무 눈치도 없이 밤이 이슥하도록 질문을 혼자 도맡고 있었다.

"니 말로는 사람이 많다고는 허드라만, 혀봤자 맨나 남정네들뿐일 틴디 끄니때마동 밥이랑 국이랑은 누가 끼리냐?"

"즈이들이죠, 뭐."

"짐치나 너물 같은 경건이도?"

"예."

"시상에나! 이 에미가 저티 있었드라면 지때 간이라도 맞춰주고 헐 것인디……"

"……"

"그게 입에 맞기나 허디야?"

"괜찮어요."

"남정네 손으로 맹근 것이 오직허겄냐만, 들을시록 시장시러서 그런다."

"괜찮다니깨요."

"이리저리 처소를 욍겨댕기느라면 끄니를 걸르고 헐 때는 없냐?"

"아니오."

"아무리 급혀도 너 쨍쌀을 집어먹어서는 못쓴다. 그러다 곽란이라도 나는 날이면 큰일이다. 산중으로 의원을 부르겄냐, 약 한 첩인들 대리겄냐. 에미 말 명심혀야 된다."

"염려 마세요."

"그러고 산말랭이라니깨 말이 하절이지 밤중에는 엄동이나 진배없을 틴디, 아랫두리 개릴 이불 한쪽이나 지대로 천신허냐?"

"그럼요."

"소캐도 들을 만큼 들고?"

"……"

"치운 디서 너무 오래 있지 마라. 그러고 얼음 백힌 디는 까짓대가 질이다. 까짓대를 푹 쌂어서 그 물에다가 한참썩 수족을 정구고 나면 고닥 풀리느니라. 에미가 저티 있으면 조석으로……"

"글씨, 염려 마시랑게요!"

"니 손발을 보닝게 이 에미 가슴이 찢어지는 것 같어서 그런다. 아무리 시상이 험허다고는 혀도 그래도 귀동으로 키운 자석인디 손이 그게 뭐냐?"

"에이 참, 어머니도!"

그 이상 참을 수 없다는 듯이 삼촌이 길게 한숨을 쉬었다.

"인자 구만 좀 혀두세요."

기회를 봐서 아버지도 한마디했다.

"손구락이 얼어터져서 떨어져나가도 에미보고 걱정허지 말란 말이냐?"

할머니가 발끈해서 소리쳤다. 당신 딴엔 여전히 심각하고 절실한 어조였다. 그러자 아버지 역시 못지않게 언성을 높였다.

"쪼매만 있으면 날이 샐 챔인디 한가허게 앉어서 그런 소리나 혀야만 똑 쓰겄소? 사람이 사느냐 죽느냐 허는 판국에 시방 짐치 걱정 이불 걱정 허게 생겼냔 말요!"

할머니는 아무 소리도 못했다. 물론 할 얘기야 얼마든지 더 있었을 것이다. 하지만 아버지의 말대꾸 속에 담긴, 어쩐지 예사롭지 않은 구석이 극성스런 노인 양반을 그처럼 몬존하도록 만들었으리라.

"앞으로 어떻게 헐 작정이냐?"

한동안 뜸을 들인 후에 아버지는 이렇게 물었다. 삼촌을 향해서였다.

"뭘 말이유?"

"산에서 끝까장 버틸 작정이냐?"

대답이 없자 아버지는 또, 자수할 생각이 없느냐고 물었다. 오래 두고 별러온 말인 듯 아버지는 천천히 이야기를 털어놓기 시작했다. 아버지는 늘 쫓기기만 하는 생활의 비참함을 거듭 강조했다. 그리고 자수를 해서 고향에 돌아와 다시 농사를 지으며 편히 산다는 아무개 아무개를 예로 들면서 삼촌도 그렇게 하라고 간곡히 권하는 것이었다. 아버지는 '개죽음'이란 말을 자주 들먹였다. 개죽음, 개죽음, 개죽음, 개죽음……

"성님은 어찌서 자꼬 그것이 개죽음이라고 그러시오?"

삼촌이 갑자기 볼멘소리를 했다. 멀지 않아 인민군이 다시 내려오기로 되어 있다고 삼촌은 장담을 했다. 그날까지 그저 악착같이 버티는 거라고 말하면서, 세상이 다시 뒤바뀌는 날 화를 당하지 않도록 모든 일을 알아서 조처하라고 오히려 아버지한테 되씌우기조차 했다. 얘기를 들으면서 삼촌의 변모를 또 한번 실감할 수가 있었다. 말이 아주 청산유수였다. 옛날의 삼촌한테서 그처럼 차분한 설교조의 말씨를 기대한다는 건 어림도 없는 얘기였다. 자기 주장을 상대방에게 조리 있게 전달할 재간이 없어 걸핏하면 우격다짐을 벌이던 사람이었다. 날이 밝기 전에 산을 타야 된다면서 삼촌은 주섬주섬 뭘 챙기기 시작했다. 총과 수류탄일 것이었다. 여러 사람이 한꺼번에 움직이는 소리가 났다.

"일단 집안에 돌아온 이상 니 맘대로는 못 나간다!"

마침내 나는 눈을 떴다. 갑작스럽게 벌어진 소동 속에서 내가 천천히 몸을 일으켜 앉는 걸 부자연스럽게 보는 사람은 아무도 없었다. 삼촌은 얼굴이 온통 수염투성이였다. 아랫목 벽에 등을 대고 앉은 삼촌을 아버지와 고모 둘이서 껴안다시피 붙잡고 있었다. 고모가 붙잡고 있던 한쪽 팔을 빼앗아 흔들면서 할머니가 말했다.

"야 말만 듣고 나는 니가 어디 가서 펜안히 지내는 종만 알었다. 작년 그때맹키로 면사무소 의자에 버티고 앉어서 밀주 단속반이나 잡어다가 족치고 그러는 종 알었다. 그런디 오널사 알고 보니깨 그게 아니구나. 사정을 죄다 알었응게 인자는 죽었으면 죽었지 너를 그 험헌 디로는 안 보낼란다."

삼촌의 손을 연방 자기 뺨에 대고 비비면서 할머니는 느껴 울었다.

"에미가 따러가서 끄니랑 잠자리랑 일일이 수발을 허면 행결 맘이 뇌겄지만 그럴 순 없다니 너를 인자는 저티다 꼭 붙들어 앉혀놓고 내 눈으로 지켜볼란다. 집에 있음서 농새나 짓고, 그러다가 장개를 가서 이 에미한티 니 속에서 난 새끼들도 조깨 안어보게 허고, 그러면 얼매나 좋겠냐?"

오랜만에 고모도 입을 열어 가정을 가진 사람만이 갖는 재미를 이야기하고, 어머니도 은근히 맞장구를 놓았다. 아버지가 재차 타이르기 시작했다. 전세가 어떻게 돌아가고 있는가를 자세히 설명하면서 인민군의 헛약속에 속고 있음을 깨우치려 애를 썼다. 경찰에 아는 사람이 더러 있으니까 줄을 대면 몸을 상하지 않고도 빠져나올 방법이 있을 거라고 얘기했다. 그러나 삼촌은 끝내 "성님마자 날 쇡이기유?" 하면서 아버지의 손을 홱 뿌리쳐버렸다.

"쇡이다니?"

"들어서 다아 알고 있어요."

삐라를 주워 읽고 귀순하러 내려간 사람을 경찰이 마구잡이로 죽였다는 것이다. 과거를 무조건 용서하고 자유를 준다는 건 다 새빨간 거짓말이요 속임수라는 것이다.

"그런디 성님마자도 날더러 자수를 허라니……"

"뭐여?"

그때 아버지의 팔이 위로 번쩍 들렸다. 그리고 삼촌의 귀싸대기에서 철썩 소리가 났다. 숨을 헉헉 몰아쉬면서 아버지는 삼촌을 무섭게 째려보았다.

"내가 그럼 이놈아, 너를 이놈아, 죽을 구뎅이로 몰아는단 말이냐? 하나배끼 없는 동상 놈을 못 쥑여서 환장이라도 혔단 말이냐, 이놈아?"

"야가 불쌍헌 아를 왜 패고 야단이냐!"

가슴으로 삼촌을 감싸안으면서 할머니가 소리내어 울었다. 아버지가 담배통을 앞으로 끄집어당겼다. 풋초를 말아쥐는 두 손이 발발 떨렸다. 삼촌이 고개를 떨구었다.

닭이 첫 홰를 치는 소리가 들렸다. 장닭의 긴 울음을 듣고 삼촌은 깜짝 놀라는 표정으로 식구들을 둘러보았다. 짧은 여름밤이 이제 곧 새려 하고 있었다.

"사람을 죽였어요." 무거운 짐을 부리고는 주저앉는 사람처럼 허탈한 소리로 이렇게 중얼거렸다. "그것도 아주 많이……"

그렇게 해서 삼촌은 결국 자수를 하기로 결심했다. 그것은 참으로 긴긴 설득이었고, 삼촌이 마음을 돌리기까지 아버지가 보인 인내심은 내 보기에 정말 놀라운 것이었다. 모든 일이 아버지가 처음 계획했던 대로 잘 이루어진 셈이며, 그래도 뭔가 못 미더워하는 삼촌을 안심시키기 위해서 아버지는 확실한 보장을 받을 때까지 한 이틀 여유를 두고 동정을 살피기로 이야기가 되었다. 그동안 삼촌은 전에 외삼촌이 그랬던 것처럼 대밭 속에서 숨어 지낼 참이었다.

이야기는 다 끝났고, 이제 남은 일이란 날이 완전히 밝기까지 눈이라도 잠깐 붙여두는 것뿐이었다. 그런데 그때였다. 윗옷을 벗으려던 삼촌이 느닷없이 몸을 엎드리면서 방바닥에 귀를 대는 것이었다. 할머니가 질겁을 했다.

"무신 일이냐?"

"쉬잇!"

삼촌이 손가락을 세워 입술에 대고는 눈으로 방문 쪽을 가리켰다. 대번에 얼굴색들이 달라지면서 덩달아 바깥쪽에 귀를 모았다.

"소리가 났어요."

그러나 내 귀엔 아무 소리도 잡히지 않았다. 멀리서 우는 풀벌레 소리라면 몰라도 인기척 같은 건 전혀 없었다. 그런데도 삼촌은 방바닥에 잔뜩 귀를 붙인 채 일어날 생각을 아니했다. 숨막힐 듯한 긴장 속에서 쿵쿵 울리는 심장의 고동만 듣고 있던 나도 마침내 삼촌이 얘기하는 어떤 소리를 붙들었다. 심장의 고동과는 확연히 구별되는 그 소리는 매우 느린 간격으로 땅을 살금살금 밟고 있었다. 너무도 꼼꼼하고 신중해서 가까이 오고 있는지 점점 멀어져가는 중인지조차 구분하기 어려웠다.

"밖에 거 누구요!"

아버지가 소리는 작으나 엄하게 꾸짖는 말투로 이렇게 물었다. 그러자 움직이는 소리가 뚝 그쳤다. 불현듯 그것이 어디선가 많이 귀에 익은, 어쩌면 내가 잘 아는 사람의 발소리일지도 모른다는 생각이 들었다. 나는 그게 누구일까고 다급히 생각해보았다. 발소리가 다시 들렸다. 이번에는 전보다 조금 빨리 움직이는 듯했다. 삼촌이 몸을 벌떡 일으켰다. 그리고 눈 깜짝할 사이에 시커먼 몸뚱이가 내 앉은키를 훌쩍 뛰어넘어버렸다. 뒷문이 부서지는 소리를 내며 떨어져나가고 삼촌의 커다란 뒷모습이 어둠 속으로 곤두박질을 했다. 어느새 삼촌은 대밭 속을 빠져나가고 있었다. 어찌나 동작이 날렵하던지 누가 붙잡고 말 한마디 건넬 여가도 없었다. 삼촌이 망가뜨리고 간 뒷문을 통해서 나는 밖으로 나갔다. 부엌 옆을 돌아 안마당으로 달렸다. 혼자였지만 조금도 무섭지 않았다. 마당에서부터 텃밭을 지나 대문간까지 울바자 안에 있는 모든 것들을 한눈에 살폈으나 아무것도 안 보였다. 그러나 불이 꺼진 사랑채에 시선이 머물자 그곳에서 나는 절반쯤 열려 있던 방문이 희부연 여명을 밀어내며 소리없이 닫히는 걸 보았다. 그 발견으로 하여 나는 크나큰 희열을 맛볼 수가 있었다. 그렇다, 역시 그것은 내가 잘 아는 사람의, 귀에 익은 발소리였다.

"일이 이렇게 될 종 알었드라면 진작에 다 챙겨놀 것인디…… 먹을 것 한나 입을 것 한나 못 쥐여 보내고…… 누가 알었어야지…… 뜨뜻헌 밥 한 그럭 지대로 못 멕여 보내다니…… 누가 알었어야지……"

가슴을 뜯으며 흐느끼는 할머니 옆에서 고모가 내 손목을 꼬옥 잡아 한쪽으로 끌었다. 이어서 고모는 뜨거운 입김을 내 귓속에 불어넣었다.

"삼촌이 집에 댕겨갔다는 얘기 누구한티도 혀서는 안 되야. 알겄냐? 그런 얘기 함부로 혔다가는 왼 집안이 큰일난다. 잽혀가. 알었냐? 알었냐?"

동네 사람들이 우리집 대문 앞을 여러 겹으로 에워싸고 있었다. 그렇게들 모여서서 웅성거리며 대문 안을 넘어다보려고 열심이었다. 당산 근처까지 들리던 여인네들의 통곡은 바로 우리집에서 흘러나오는 소리였다. 내가 다가가자 사람들의 시선이 일제히 내게로 쏠렸다. 나를 턱으로 가리키면서 자기들끼리 서로 의미심장한 눈짓을 나누고는 또 쑤군거렸다. 사람들이 이내 좌우로 갈라지면서 가운데로 길이 뚫렸다. 낯선 사내가 앞장서 걸어나오고 바로 뒤를 이어 아버지가 따라나왔다. 그리고 한 걸음 떨어져 맥고자의 사내가 보였다. 그는 아버지의 팔을 뒤로 결박한 오라의 한쪽을 손에 감아쥐고 있었다. 나를 보더니 그는 헤벌쭉 웃으며 한 눈을 찡긋해 보였다. 내 앞에서 아버지가 우뚝 걸음을 멈추었다. 아버지는 몹시 안타까워하는 눈초리로 나를 내려다보며 한참이나 무슨 말을 할 듯할듯하다가는 잠자코 도로 발을 떼기 시작했다. 대문간에서는 어머니와 고모 그리고 할머니들이 한덩어리가 되어 자빠지고 고꾸라져가며 통곡을 터뜨리고 있었다. 그제야 비로소 내게도 어떤 고통의 감정이 서서히 살아나기 시작했다. 날이 어둑해질 때까지 맥고자한테 나를 일러준 그 이북 아이를 찾아 동네 안팎을 무작정 뒤지고 다니는 동안, 그것은 일종의 배신감과 어울려 갈수록 무서운 분노로 변했고, 때로는 감당 못할 큰 슬픔이 되어 눈을 후비고 가슴을 찌르기도 했다. 맥고자의 그 사내는 나한테 그런 얘길 들었다는 걸 누구한테도 알리지 않겠다고 단단히 약속한 바 있었다. 그것은 그때 나이의 내게 어른들에 의해서 기록된 최초의 치명적인 배신이었다.

그날 밤부터 나는 온전한 외할머니 차지가 되었던 것이다. 나와 외할머니 사이엔 자기도 의식하지 못하는 사이에 잘못을 저지른 자들끼리 갖는 공통의 비밀이 있었다. 그것이 우리로 하여금 온갖 구박 속에서도 서로 등을 기대고 견딜 수 있는 귀중한 힘을 주었는지도 모르겠다. 아무튼 우리 할머니는 성깔이 대단한 사람이었다. 어쩌다 집안에서 얼굴이라도 마주치는 날이면 뱀이나 밟은 듯이 질색을 했고, 이야기는 물론 나하고 한방에서 밥 먹는 것조차 완강히 거부해버렸다.

아버지는 꼬박 일주일 만에야 풀려나왔다. 먹을 걸 차입하느라고 그간 읍내를 뻔질나게 들락거렸던 어머니가 대문턱을 막 넘어서는 아버지 머리 위로 연방 소금을 뿌리면서 눈물을 질금거리고 있었다. 끌려가기 전과는 딴판으로 아버지는 얼굴이 영 말씀이 아니었다. 눈자위는 우묵 꺼지고 그 대신 광대뼈만 눈에 띄게 솟아 마치 갓 마름질한 옥양목처럼 희푸른 낯빛이 말할 수 없이 초췌해 보였다. 나를 더구나 외면하게 만든 것은 걸음을 옮길 적마다 오른쪽 다리를 절름거리며 짓는, 몹시 괴로운 표정이었다. 집에 돌아온 첫 저녁, 아버지는 당시 마을에서는 구하기 힘든 두부를 한꺼번에 세 모나 날것으로 먹어치웠다. 본디 입이 무거운 양반인 줄은 알지만 그날따라 아버지는 더욱 말이 없었다. 가끔 내 얼굴을 멀거니 내려다보며 금방 무슨 말을 꺼낼 듯하다가도 도로 시선을 거두어버리곤 했다. 아버지가 만약 매를 든다면 죽는 한이 있어도 달아나지 않기로 이미 각오가 되어 있었다. 그리고 아버지가 손만 뻗으면 넉넉히 잡을 만한 거리에 목침이 있고 등경걸이가 있었다. 뭔가 속시원한 꼴을 보지 않고는 너무 찜찜해서 아버지 앞을 도저히 물러날 수가 없을 것 같았다. 정중히 무릎을 꿇고 앉아 이제나저제나 하며 나는 기다렸다. 그러나 지나간 일에 대해서 아버지는 끝끝내 입을 다물어버렸다. 다만, 잠들기 전에 이런 말 한마디를 남기는 건 잊지 않았다.

"동만이 너 니알부터 내 허가 없이 밖으로 나댕겼다가는 다리몽생이가 분질러질 팅게 그리 알어라!"

아아, 그때 우리 아버지가 미친듯이 매를 휘둘러줬더라면, 마지막 말을 남기며 나는 얼마나 행복한 마음으로 눈을 감을 수 있었을 것인가. 아버지, 제가 잘못했어요, 하고……

4

계속해서 비는 내렸다. 어쩌다 한나절씩 빗발을 긋는 것으로 하늘은 잠시 선심을 쓰는 척했고, 그러면서도 찌무룩한 상태는 여전하여 낮게 뜬 그 철회색 구름으로 억누르는 손의 무게를 더한층 잡도리하는 것이었고, 그러다가도 갑자기 하마터면 잊을 뻔했다는 듯이 악의에 찬 빗줄기를 주룩주룩 흘리곤 했다. 아무데나 손가락으로 그저 꾹 찌르기만 하면 대꾸라도 하는 양 선명한 물기가 배어 나왔다. 토방이 그랬고 방바닥이 그랬고 벽이 그랬다. 세상이 온통 물바다요 수렁 속이었다. 쉬임없이 붇는 물로 우물은 거의 구정물이나 마찬가지여서 팔팔 끓이지 않고는 한 모금도 목을 넘길 수가 없고, 밤새 아궁이 밑바닥엔 물이 흥건히 괴어 불을 지필 적마다 어머니가 울상을 지으며 봇도랑을 푸듯 양재기질을 하지 않으면 안 되었다. 세상이 하도 빗소리 천지여서 심지어는 아버지가 뀌는 방귀마저도 그놈의 빗소리로 들릴 지경이라는 객쩍은 농담 끝에 어머니가 딱 한 차례 웃는 걸 본 적이 있다.

우중인데도 읍내에서는 야음을 틈탄 또 한 차례의 습격이 있었다. 읍내와는 짱짱한 이십 리 상거인 우리 동네에까지도 콩 볶듯 어둠을 두드리는 총성이 또렷이 들릴 정도였다. 비를 무릅써가며 당산 위에 올라섰다 돌아온 아버지 말에 의하면, 밤하늘로 치솟는 시뻘건 불길을 멀리 볼 수 있었다고 한다. 습격 사건에 관한 소식은 하루도 채 못 되어 마을에 소상하게 전해졌다.

동생네의 안부가 걱정되어 새벽같이 읍내를 다녀온 동네 사람 하나가 이웃집 진구네 아버지와 함께 일부러 아버지를 만나러 왔다. 마루에 걸터앉자마자 그는 할머니가 큰방에서 듣는 줄도 모르고 넋이야 신이야 하고 눈치없이 떠벌리기 시작했다. 경찰서 부근 인가들이 많이 상했고, 먼저 공격한 빨치산 쪽이 되레 혼구멍이 나게 당해서 목숨을 살려 산으로 도망친 숫자가 불과 몇 명밖에 안 될 거라는 얘기였다. 그가 전하는 내용 가운데 특히 인상적인 것은 읍내 곳곳에 널린 빨치산 시체들을 묘사하는 대목이었다. 거적때기에 덮인 끔찍한 모습 하나하나를 설명해 보이는 것이었다. 그는 한 가지 예로 사지가 제각기 흩어져 뒹구는 주검을 들었다. 최고로 많이 맞은 것이 세어보니 열여섯 방인가 열일곱 방인가 되더라고도 했다. 허리 위아래가 완전히 두 겹으로 포개져 시궁창에 박혀 있었다는 시체에 흥미가 쏠렸다. 사람 몸뚱이가 마치 주머니칼이 반절로 접히듯 그렇게 등 쪽으로 두 겹이 될 수 있다는 게 내게는 커다란 의문이었다. 정말 그렇게 되리라고는 아무래도 믿어지지가 않았다. 마지막으로 그는, 시체들을 모아 경찰서 뒤뜰에 전시해놓았다가 연고자가 나타나면 인도해준다더라는 소문까지 암냥해서 전했다. 그가 아버지를 만나러 온 목적이 바로 그것이었다. 그러니까 빨리 가보는 게 좋을 거라고 넌지시 권했다. 같이 온 진구네 아버지도, 두말 말고 어서 그렇게 하라고 채근을 했다. 이야기를 들으면서 아버지는 내내 참담한 표정이었다. 그리고 두 사람의 권고에 몹시 망설거리는 기색을 노골적으로 나타내고 있었다. 그러나 죽마고우인 구장 어른이 뒤늦게 찾아와 자기가 정 무엇하면 함께 따라가주겠다고 제안하자 그제야 아버지 얼굴에 결심의 빛이 떠올랐다.

행장을 차려 삿갓 위에 유지로 된 갈모를 받쳐 쓰고 빗속을 나서는 아버지 등뒤에서 할머니는 가소로워 죽겠다는 내색을 구태여 감추려 하지 않았다. 아버지의 읍내행을 할머니는 처음부터 억척스럽게 반대하고 나섰다. 그런 수고가 절대로 필요 없다는 주장이었다. 나중에는 하늘이 정해놓은 일을 아직도 곧이곧 신용하지 않는 아들의 어리석음에 불같이 화를 내는 것이었다. 할머니의 주장은 아주 단순했다. 읍내에서 어떤 일이 벌어졌든 삼촌하고는 아무런 상관도 없는 일이다. 아무리 기구한 처지에 빠진들 삼촌만은 죽지 않고 멀쩡히 살아남도록 되어 있는 것이고, 아무 날 아무 시만 되면 할머니 앞에 버젓이 나타나게끔 하늘이 알아서 진작에 다 수습해놓았다. 그런데 동생을 찾으러 시체 구덩이를 휘젓고 다니다니, 도무지 말도 안 되는 소리였다. 다른 사람은 다 몰라도 할머니 혼자만은 그걸 철저히 믿고 있었다. 믿다뿐이냐, 그날에 대비하여 사소한 일에 이르기까지 하나하나 신경을 써 준비를 게을리하지 않으며 속새로 목이 길어나게 기다리고 있는 판이었다. 할머니에겐 꼭 그럴 만한 사유가 있었다. 작은아들을 창황중에 떠나보낸 사건이 있은 후로 할머니가 지낸 나날은 그야말로 죽지 못해 사는 세상이었다. 밤잠을 못 자고 한술 밥이 안 넘어갈 정도로 한시도 안정을 못하면서 아들의 뒷소식이 궁금해 간장을 말리는 것이었다. 그때 마침 친정에 다니러 온 고모가 자기 이웃 마을에 산다는 점쟁이 이야기를 꺼냈다. 일이 그렇게 되어 할머니는 어느 하루로 날을 받아 쌀말이나 머리에 얹고 기가 막히게 용하다는 그 소경 점쟁이를 찾아나섰던 것이다. 늦은 저녁이 되어 할머니는 갈 때와는 사람이 다르게 희색이 만면해가지고 돌아와서는 식구 전부를 모은 자리에서 소경의 혜안을 극구 칭송한 다음 그를 대리하여 놀라운 신탁을 전했던 것이다. 그런데, 그로부터 손가락을 꼽아가며 고대하던 그날이, 삼촌이 집에 다시 돌아오기로 되어 있다는 그 '아무 날 아무 시'가 인제는 당장 며칠 눈앞의 일로 우리에게 다가오고 있는 중이었다.

아버지와 구장 어른은 빈손으로 돌아왔다. 아버지가 헛걸음을 한 것이 우리에겐 삼촌이 실제로 돌아온 거나 다름없는 경사였다. 그런데도 아버지는 여느 때와 매일반으로 별로 말이 없는 게 이상했다. 아버지 얼굴에는 성질이 전혀 다른 두 개의 표정이 복잡하게 얽혀 있었다. 적이 안심이 되는 한편 더욱더 착잡해지기도 하는 듯한 두 개의 얼굴이 수시로 변덕을 부리며 엇갈리고 있었다. 경찰서 뒤뜰에서 시체를 못 봤다는 사실이 결과적으로 삼촌의 생존을 의미하는 것임에 틀림없다 해도 그가 겪게 될 앞날의 고초가 두고두고 마음에 걸리는 모양이었다. 하지만 할머니는 그게 아니었다. 대번에 기고만장해가지고, 그러면 그렇지, 그것 보라고, 내가 뭐라고 그러더냐고, 우리 순철이는 보통 사람과는 다르다고, 거지반 고함을 지르듯 말하는 것이었다. 이윽고 할머니는 어린애처럼 엉엉 소리내어 울면서, 합장한 두 손바닥을 불이 나게 비비대면서 샘솟듯 흘러내리는 눈물로 뒤범벅이 된 늙고 추한 얼굴을 들어 꾸벅꾸벅

수없이 큰절을 해가면서, 하늘에 감사하고 부처님께 감사하고 신령님께 감사하고 조상님네들께 감사하고 터줏귀신에게 감사하면서, 번갈아 방바닥과 천장과 사면 벽을 향하며 이리 돌고 저리 돌고 뺑뺑이질을 치면서 미쳐 돌아가는 것이었다. 할머니가 가진 소박한 신앙과 모성애가 우리 모두의 가슴 구석구석을 뜨겁게 적시는 감동의 순간이었다. 우리는 모두 믿기로 했다. 같이 믿어주지 않고서야 어떻게 할머니를 진정시킬 수 있단 말인가. 결국 우리 식구들은 하나같이 어떤 엄숙한 종교적 분위기에 싸여 예배 의식의 한 절차처럼 서로 '아무 날 아무 시'란 주문을 나직이 외워가며 불사신 우리 삼촌의 무사 귀환을 신심 깊게 확인하기를 끝없이 되풀이했고, 그러다가 그날에 우리가 맞게 될 행복스러운 꿈의 크기를 저마다 재기 위하여 새벽이 방문 밖에까지 와 있음을 피부로 느끼며 늦은 잠자리에 다난했던 하루를 고이 눕혔다. 그토록 벅찬 하루를 우리는 살았다.

외할머니가 거처하는 사랑방에 누워 줄창 내리는 방문 저쪽의 빗소리를 어렴풋이 가늠하고 있었다. 끊어졌다가는 이어지고, 그러다가 슬그머니 되끊어지고, 때로는 커졌다 작아졌다 하는 빗소리가 마치 귓밥을 살살 긁어내는 귀이개의 연약한 끝부리처럼 내 귀에 대고 간질였다. 간밤에 얻은 피로가 미처 덜 풀려 밀어닥치는 졸음과 힘겹게 겨루면서 듣는 그 빗소리는 꼭 꿈속에서처럼 먼 세계의 일로 아련하게 들렸다. 어차피 바깥출입을 못하도록 발이 묶여 있는 나한테 지루한 장마의 계속이 그래도 불행 중 다행으로 느껴질 경우가 어쩌다 있었다. 울 밖 들판과 언덕을 태우는 쨍쨍한 햇볕이 있고 정자나무를 흔드는 바람과 거기에서 들리는 시원스러운 매미 울음이라도 있었더라면 여름날 긴 하루를 특별한 놀이나 재미도 없이 꼬빡 집안에만 갇혀 지내야 할 내게는 아마 온 세상의 빛과 소리가 한층 더 저주스럽게 여겨졌을 것이다. 어쩐 일로 잠깐씩 비가 걷히는 오후 같은 때면 그 짬을 놓칠세라 재빨리 패거리를 꾸며 우리집 대문 앞 골목길을 질주하는 동네 아이들의 북새를 방안에 앉아서도 환히 들을 수 있었다. 앞강 언저리 우북한 물푸렁이 밑이나 층계논 물목마다 훑고 다니며 히히거리는 아이들과 그들이 제각기 건져올리는 소쿠리나 통발 안에서 은빛 비늘을 번득이는, 낱낱이 살찐 붕어들이 세차게 앙탈하는 꼴을 연상할 적마다 버림받은 자의 슬픔이 울컥 되살아나곤 했다. 그들 또래 사이에서 나라는 존재는 어느덧 까맣게 잊혀져가고 있었다. 단 한 번 빈말로라도 나를 부르러 우리집 삽짝 앞에 선 때가 없었다. 세상 전부가 그들 차지인 부러움의 시각에 나는 울바자 앞 늙은 감나무 밑에 서서 다 줍고 나면 금방 두엄간에 던져버릴, 장마통에 우수수 떨어진 썩은 감꽃이나 하릴없이 주워가며 일찌감치 체념이란 걸 익혔다. 내가 바라는 건 오로지 개학뿐이었다. 이제 얼마 안 있으면 문을 닫았던 학교가 다시 열릴 것이고, 그렇게만 될 양이면 아버지의 금족령도 자연 흐지부지되어 악몽 같은 세월에도 결국은 끝장이 올 것이었다.

완두를 까던 일손을 멈추고 외할머니가 허리를 쭈욱 폈다. 죽치고 들어앉아 진종일 누구와 말 한마디 건네는 법 없이 손만 놀리는 외할머니 덕분에 거둬들인 완두는 대충 다 처분이 되었다. 그런데 헛간 구석에 아직도 남아 있는 약간의 줄거리 더미에서 탈이 생겼다. 꼬투리 속에 든 채로 습기를 잔뜩 머금은 자실에서 샛노란 싹이 포식한 구더기처럼 길게 돋아져나오고 있었다. 그것이 더 길어나기 전에 서둘러서 마저 다 까놓아야 하는 일 또한 전적으로 외할머니 책임이었다. 어찌된 영문인지 완두에 관한 일이라면 식구들은 무조건 외할머니 혼자 떠맡은 것으로 치부해버렸다. 그리고 외할머니 자신도 응당 그래야만 된다는 듯 눈곱만치도 싫은 내색 않고 그 깨끗잖은 일감을 자기 유일의 소일거리로 삼았다. 아니다. 남이 행여 손을 댈까봐 당신 혼자 한시도 쉬지 않고 오직 그것만 붙잡고 늘어지기 때문에 모두들 양보를 해버린 선의의 결과라고 해야 이야기가 더 정확해지겠다. 어쨌든 우리 외할머니는 완두만 한번 붙잡으면 시간 가는 줄도 모르고 그저 묵묵히 손을 놀리는 것이었다. 그리고 연둣빛 무늬의 길쯤한 자실과 함께 대바구니 속에다 흘러나오는 긴 한숨을 가끔 담곤 했다. 그렇게 열심이자니 생김새와는 다르게 참을성이나 강단이 놀라운 외할머니도 가끔씩은 허리나 옆구리 같은 데가 결리는 때도 있는 모양이었다. 대바구니를 옆으로 밀어놓은 다음 치마 앞자락을 툭툭 떨었다. 치마폭에 손을 문질러 닦고 나서 내 곁으로 바싹 다가앉았다. 이마에 와닿는 미지근한 숨결 속에서 나는 외할머니의 그 독특한 체취를 맡았다. 아니나다를까, 섬뜩할 만큼 차가운 손이 잠방이 속으로 슬금슬금 기어들기 시작했다. 사타귀를 주무르는 외할머니의 앙상한 손을 나는 단 한 번이라도 좋은 기분으로 받아들인 적이 없다.

"즈이 오삼춘 타겨서 붕알도 꼭 왜솔방울맹키로 생겼지……"

이모가 슬며시 홑이불을 머리 위로 뒤집어쓰는 걸 눈으로 안 보아도 옆에서 느낄 수 있었다. 얼마 전부터 이모는 기관지가 갑작스럽게 나빠져 늘 사랑방 아랫목에 누워서 나날을 보내고 있었다. 외삼촌 얘기가 나오면 이모는 으레 그렇게 이불을 둘러써버렸다.

"오삼춘이 존냐, 친삼춘이 존냐?"

외할머니가 던지는 뚱딴지같은 질문이었다. 그런 질문만 받으면 나는 어찌할 바를 몰랐다. 우선 질문 자체가 일방적인 대답을 거의 강요하다시피 하고 있었다. 묻는 순서부터가 매번 외삼촌 쪽이 먼저였다. 그리고 내 처지로서는 도저히 누구는 좋고 누구는 싫다고 얘기할 입장이 못 되었다. 사실대로 얘기하려면 둘 다 좋다고 해야 된다. 그런데 외할머니의 요구는 둘 가운데 똑 부러지게 하나만을 가려내라는 것이다.

"오삼춘이 존냐, 친삼춘이 존냐?"

그러나 나는 알고 있었다. 거듭되는 물음이나 대답 자체가 중요한 건 결코 아니었다. 대화를 이끌어나가려는 열정도, 별다른 감정도 개입시킴이 없이 그저 무심히 흘리는 듯한 그 질문이 실은 자기 자신의 긴 이야기를 꺼내기 위한 막연한 서두임을 나는 벌써 깨닫고 있었다. 그래서 당황하는 것도 처음 두어 차례뿐. 이젠 잠자코 누워서 제법 능청도 떨 줄 알게 되었다. 그러면 외할머니는 못내 섭섭하다는 표정을 지어 보였다.

"그럴 티지, 언지든지 팔은 안으로만 휘는 벱이니깨……"

그러나 섭섭한 표정도 잠시뿐, 외할머니는 곧 아무렇지도 않은 얼굴이 되어 다른 이야기를 시작하는 것이었다.

"니가 참말로 우리 권길준이 생질 노릇을 똑똑히 헐라면은 위선 느이 오삼춘이 어떤 사람였능가부텀 알어야 된다. 그러지 않고서는 어디 가서 감히 권길준이가 우리 오삼춘이라고 말헐 자격이 없지. 암, 없다마다."

외할머니가 얘기하는 동안 외삼촌은 항상 축구선수 복장을 하고 있었다. 그리고 그는 내 머릿속에 급조된, 끝없이 넓은 상상의 운동장을 한 필의 준마처럼 종횡으로 치닫고 있었다. 멋진 폼으로 푸른 하늘을 향하여 공을 뻥뻥 차올리고 있었다. 공부도 공부지만 운동에는 아주 '귀신'이었다. 특히 축구를 잘해서 '중핵교' 때부터 '대핵교'까지 늘 선수로 뽑혀 다녔다. 외할머니가 '축구 차는' 아들에 비로소 자랑을 느끼기 시작한 건 그가 중학교 오학년 되던 해 가을 난생처음으로 공설운동장에 나가 정규 시합을 관람하고서였다. 그때까지 하나뿐인 아들을 운동선수로 키우고 싶지 않았던 외할머니는 시합이 끝나자 생판 모르는 '여학상'들이 떼로 찾아와 마치 며느리가 시어머니 받들듯 허물없이 어머님이라고 부르는 데 질려버렸다. 더구나 제 남편이라도 추듯 당신 아들 자랑에 자지러지는 꼴들이 하 기가 막혀 "호말만헌 츠녀들이 이게 다 어디서 배워먹은 버리장머리냐"고 알아듣게 혼을 내어 쫓아보내긴 했지만, 그게 노상 싫은 것만은 아니었다. 그후부터 시합이 열릴 때마다 극성스럽게 뒤쫓아다니며 귀찮게 구는 여학생들을 '눈물이 쏙 빠지게' 혼을 내어 돌려보내는 것이 일이었다.

"그때 니가 그걸 꼭 봤어야만 되는 건디…… 느이 오삼춘이 내질른 꽁을 안고서나 저쪽 문지기가 뒤로 벌렁 나자빠지는 꼴을 봐뒀드라면 아매 대답허기가 수월혔을 것이다. 오삼춘이 더 좋다고 말이다."

평소에는 그토록 말수가 적다가도 일단 아들 이야기만 시작되면 끝을 모르는 사람이었다. 아들의 자랑스러운 면면을 내 마음 가운데 더욱 인상 깊게 심어주려고 외할머니는 최선을 다했다. 혹시 내가 외삼촌의 얼굴을 영영 잊어버리기라도 할까봐서, 어떻게 생겼는지 말해보라고 꼬치꼬치 그 특징을 캐물어 새삼스럽게 기억을 일깨워주기도 했다. 그것은 사실이었다. 외할머니의 뇌리에서 묵은 추억들이 자연스럽게 과장되고 더러는 필요 이상으로 미화되어 나타날 가능성을 충분히 참작한다 해도 그가 남달리 축구에 뛰어났다는 점, 그리고 주위 사람들로부터 많은 떠받듦을 당했다는 것 등은 모두 어김없는 사실들이었다.

한마디로, 그는 멋쟁이였다. 볕에 장시간 내맡겨도 그을지 않을, 사기처럼 하얀 얼굴 바탕에 지나치리만큼 오뚝한 콧날과 짙은 눈썹이 유난했다. 알이 총총 들어박힌 옥수수를 연상케 하는, 가지런한 이를 내보이며 웃는 모습과 다리가 길고 상체는 알맞게 균형이 잡힌, 해사한 모습에서 어딘지 모르게 도회인들이 갖는 귀공자다운 면모를 풍기는 사람이었다. 어렸을 때, 그가 우리집에 들러 하루나 이틀가량 묵었다 가는 걸 몇 차례 본 적이 있다. 한번은 그가 배낭을 멘 친구들을 여럿 데리고 왔다. 지리산을 가는 길에 들렀다면서 사랑채에 짐을 푼 그들은 밤새껏 하모니카를 불고 기타를 퉁겼다. 그날 밤 외삼촌 친구 중 하나가 일곱 살 난 내게 여자와 입맞추는 법을 가르쳐준다며 까칠까칠한 턱을 마구 비비대는 바람에 비명을 지르고 뛰어나온 일이 기억에 남는다. 그리고 또 한번은 어떤 예쁜 여자와 함께였다. 난리가 나기 바로 전해인데, 그때도 먼젓번 친구들이 여러 명 같이 와서 전에 없이 닷새를 놀고먹어 우리 할머니의 눈총을 샀고, 어머니 입장이 그 때문에 한때 난처했다. 그들은 외삼촌과 여자를 늘 상전처럼 공손히 모시면서 두 사람의 말이라면 죽는시늉까지도 서슴지 않았다. 외삼촌 일행은 방문을 걸어닫고 한나절씩이나 들어앉아서 자주 무엇인가를 의논하느라고 밀담을 나누었다. 나중에 어머니한테 들은 얘기지만, 그때 그들은 한참 쫓고 쫓기는 중이었다. 좌익 학생들과의 오랜 싸움 끝에 뭔가 일을 저지르고 잠시 쉬러 내려왔다는 거다. 난리가 나 대밭 땅굴 속에서 숨어 지내던 한 달 남짓을 제하고는 그런 일들이 내가 외삼촌과 접촉한 전말의 대부분인 셈이다. 짧은 기간의 접촉을 가지면서 내가 그에게 품은 건 한 사람의 피붙이로서 느끼는 친근한 정이기보다 차라리 존경심 쪽이었다. 어린 나의 존경심을 불러일으킬 만한 요소들이 확실히 그에게는 있었다. 단정한 용모나 말씨에서 풍기는 섬세한 감각과 교양은 얼핏 여성적인 면이고, 무한한 기력을 배경으로 한 민첩한 동작과 차가운 결단은 과시 사내 중의 사내였다. 그만한 나이에 벌써 조직을 이끌고 활동할 수 있었다는 점 또한 그의 비범한 면을 결정적으로 장식하는 후광과도 같은 구실을 했다. 한 인간의 내부에 공존하는 갖가지 이질적인 능력의 신기한 배합이 내게는 언제나 수수께끼였다.

삼촌은 외삼촌보다 세 살 위였다. 나이는 많아도 하는 짓들이 어떻게 보면 영락없는 어린애였다. 그가 사변 전에 밀주나 밀도살을 심하게 단속해서 마을의 원성을 산 적이 있는 사람을 용케 잡아다가 족친 이야기는 인근에서 한때 유명했다. 마을 남녀노소가 모두 모인 정자마당에서 그는 무릎을 꿇린 단속반원에게 맹물을 한정없이 들이켜는 희한한 벌을 주었다. 그동안 술 단속을 철저히 한 데 대한 상이라는 것이다. 뒤통수를 겨눈 총부리 앞에서 삼촌의 가련한 그 포로는 똥물을 켜는 오뉴월 장마 개구리 꼴이 되어 한 바께쓰는 실히 넘을 거창한 양의 맹물을 꿀꺽꿀꺽 정신없이 퍼마셨다. 그런 다음 장구통 같은 배를 내놓고 손바닥으로 철썩철썩 박자를 맞춰 두들겨가며 "나는 누룩이 손자요! 나는 짐승 새끼요! 우리 아버지는 소요! 돼지가 우리 어머니요!"라는 구호를 정확히 백 번 외쳤다. 그래도 성이 안 차는지 여흥으로 노래란 노래는 아무거나 죄 부르게 했는데, 목이 쉴 대로 쉬어 진짜 소새끼의 울음처럼 꺽꺽 막히는 소리가 너무도 처량하니까 그때까지 배꼽을 쥐어가며 재미있어하던 동네 사람들도 끝판에는 아예 웃지를 않았다. 모든 일이 그런 식이었다. 이웃 마을 용상리의 소지주 최주사를 끌어내어 혼낸 이야기도 그와 비슷했다. 그는 마을의 유명한 알건달 하나를 주례자로 내세워 이미 애어멈이 된 최주사의 고명딸과 그야말로 엉터리 결혼식을 올렸다. 역시 정자마당에서였고, 그 무렵의 시골에선 아주 보기 드문 하이칼라 신식 결혼이었다. 그리고 최주사와 최주사의 진짜 사위가 멀쩡히 보는 앞에서였다. 결혼식이 끝나자마자 그는 주례를 본 건달에게 신부를 양보해버리고 곧장 최주사 쪽으로 달라붙었다. 그날 최주사는 많이 혼났다. 입으로는 깍듯이 장인어른이라고 존대하는 불한당한테 넙치가 되도록 얻어맞고 기절해버렸다. 최주사네 딸을 열렬히 짝사랑하던 나머지 어느 달이 밝은 밤 술김에 담을 넘었다가 최주사 어른에게 붙잡혀 그 집 머슴들로부터 초주검을 당한 쓰라린 기억이 있었던 것이다.

두 사람의 성격은 아주 대조적이었다. 성격뿐만이 아니라 모든 면이 다 그랬다. 삼촌의 부역 행위가 술김에 최주사네 담을 넘는 거와 한가지 경우로, 어떤 외부적 자극이 타고난 맹목성을 부채질하여 자기도 모르게 휩쓸려들어간 시간의 소용돌이 속에서 마냥 홍청거려본 것이라면, 외삼촌의 우익 활동이나 그후의 장교 후보생 자원은 움직일 수 없는 주의주장 밑에 치밀한 계산과 검토를 거쳐 이루어진 결과였다. 자주 만난 건 아니지만 그래도 두 사람은 사이가 괜찮은 편이었다. 괜찮지 않고서는 그토록 서슬이 퍼런 인공 치하에서 한 달 이상의 피신생활이란 도저히 불가능했으리라. 붉은 완장을 차는 건 못 배우고 가난하게 큰 자기 같은 사람이나 할 짓이라고 말하면서 삼촌은 세 살이나 아래인 외삼촌을 존경하고 대우했다. 배운 사람에 대한 선망의 감정이 그런 식으로 나타난 것인지는 몰라도, 하여튼 삼촌은 숨어 지내는 젊은 사돈에 대한 존경심을 이따금 굴속으로 들여보내는 친절과 배려 속에 표시했다. 그러는 자기 감정을 "동만이 저 녀석을 생각혀서도 그러고…… 성님이나 아짐씨 체면으로 봐서도 그러고……"라는 말로 어머니 앞에서 표현하기도 했다. 그러나 외삼촌은 달랐다. 아무 꾸밈새 없는 활달한 그 성품에 은근히 호감은 가지면서도 겉으로는 철딱서니 없이 덤벙거리며 돌아가는 사돈에게 늘 싸늘한 시선을 던지는 것 같았다. 결국 외삼촌의 예감은 적중했다. 그렇게나 정이 두터운 것 같던 삼촌도 끝내는 인공 치하가 물러가던 저 광란의 날 새벽에 사람들을 시켜 땅굴을 덮치게 했다. 저녁밥을 든든히 먹고 나서 식구들 아무한테도 행방을 알리지 않은 채 외삼촌이 슬그머니 잠적해버린 지 몇 시간 후의 일이었다.

이모의 기침 소리가 들렸다. 홑이불을 들쓰고 아랫목에 반듯이 누운 채 이모는 기관지를 옥죄는 통증을 자꾸만 기침으로 배앝고 있었다. 외할머니가 뭐라고 뭐라고 중얼거리는 소리도 들렸다. 그리고 커졌다 작아졌다 하는 그놈의 빗소리도 여전히 들렸다.

“갸는 에릴 적부텀 구질털털헌 걸 원판 싫어허는 아라 죽을 때도 아매 곱게 죽었을 거여. 총알도 한 방배끼 안 맞고, 딱 심장이나 머리 같은 디를 맞어서 어디가 아프고 어쩌고 헐 저를도 없이 아조 단박에……”

전날 동네 사람이 찾아와 무책임하게 지껄이고 간 이야기들이 커다란 충격을 준 모양이었다. 읍내 곳곳에 나뒹굴던 시체들의 갖가지 형태가 밤새도록 우리집 사랑채를 넘나들며 한 불행한 노파의 꿈자리를 실컷 어지럽히고 갔는지도 모른다. 얼마든지 가능한 일이었다.

외할머니는 아들이 기왕이면 잠자듯 곱게 누워 그지없이 평안한 자세로 전사했기를 기원하고 있었다. 악마의 총탄이 제발 급소를 건드려 조금도 고통을 안 느끼고 순간적으로 저세상 사람이 되었기를, 육신의 고통은 물론 홀어미를 남겨둔 채 먼저 떠나는 자식된 도리의 아픔도 일절 없었기를 간절히 희망했다. 죽은 후에도 시신이 온전해서 옛날이야기에 나오는 원귀들처럼 흩어진 제 몸 조각을 찾아 언제까지고 산천을 방황하며 이승에 머무는, 두 번 죽는 거나 다름이 없는, 불행한 신세가 되지는 않았을 거라고, 절대로 그럴 리가 없다고 고집스럽게 중얼거렸다. 그러나 목소리에서 점차로 힘이 풀리고 있었다. 이모의 기침이 자꾸만 잦은가락으로 변하는 것과 정반대였다. 외할머니의 중얼거림은 방문 저쪽으로부터 끊임없이 건너오는 빗소리의 사이사이에 옹색하게 끼여 점점 맥을 못 추고 있었다.

5

소경 점쟁이가 예언했다는 그날이 뽀작뽀작 다가오고 있었다. 날은 여전히 궂었고, 사람들은 모두 지쳤다. 할머니 혼자만을 예외로 하고 인제는 모두가 정말 지쳐버렸다. 아주 지칠 대로 지쳐버렸다, 기다리는 것에도, 계속되는 장맛비에도.

우리 마을과 강 건너 마을을 연결하는 징검다리가 물에 잠긴 지는 이미 오래전이었다. 그후 양편 둑에 맨 굵은 동아줄에 간신히 의지하여 어른들은 혼자 힘으로, 아이들은 어른들 어깨 위에 목말을 타고 허리까지 잠기는 빠른 물살 속을 곡예를 하듯 위태롭게 건너곤 했는데, 계속 불어나는 강물로 수심이 어른의 키를 넘어버려 이젠 그것마저도 불가능해졌다고 한다. 읍내 쪽과는 교통이 완전히 두절된 셈이었다. 상류 쪽에서 떠내려오는 물건 중에 돼지도 있고 황소도 있고 뿌리째 뽑힌 소나무도 있다는 얘기가 나돌았는데, 아버지는 그럴 리가 없다고 소문을 일축해버렸다. 마을 자체가 섬진강의 상류에 속해 있기 때문에 웬만큼 심한 홍수가 아니고는 삶은 호박에 이빨도 안 들어갈 거짓말이라는 것이었다. 그러나 외부와의 교통이 끊어질 만큼 장마가 심한 것만은 부인 못할 사실이어서 우리 할머니한테 색다른 근심 한 가지를 더 안겨주었다.

"야가 틀림없이 읍내 쪽으서 올 챔인디 강이 저 모냥이니 야단이다."

내가 그렇게 귀찮게 구는데도 달아나지 않고 며칠 동안을 내리 우리집 토방에서 머무는 두꺼비 한 마리를 볼 수 있었다. 장마통에 집을 잃고 깜냥엔 비를 피해 오길 잘했다고 안심하는 성싶었다. 하지만 마루 밑으로 토방으로 그 미련하게 생긴 몸뚱이를 괜히 어정어정 밀고 다니는 꼬락서니가 보기에 딱했다. 사흘째 되는 날, 허연 뱃가죽이 하늘을 향하도록 발랑 뒤집고는 똥구멍에 보릿대를 끼워 고무공만큼이나 빵빵하게 바람주사를 놓아주었더니 어디로 갔는지 한나절쯤 눈에 안 띄었다. 그러나 이튿날 아침이 되니까 어느 틈에 되돌아와 자리를 지키고 있었다. 섬돌 위에 되똑하니 올라앉아 퉁방울눈으로 처마에서 떨어지는 낙숫물을 우두커니 내려다보고 있었다.

그 무렵, 광 속에서는 변고가 생겼다. 하루아침에 생긴 게 아니라 전부터 어두컴컴한 구석에서 은밀한 가운데 진행되어나온 변인데, 그걸 아무도 눈치채지 못했기 때문에 알고 나서의 놀라움이 더욱 컸다. 훑은 그대로 척척 쟁여놓은 겉보리 가마가 막 썩기 시작한 두엄더미처럼 모락모락 김을 피워올렸던 것이다. 전에 완두가 그랬듯 엿기름으로 쓴다면 꼭 알맞게끔 애써 수확해놓은 곡식에서 노랗게 싹이 길어나고 있었다. 아버지가 마침 쥐덫을 놓으려고 광 속에 들어갔다가 요행히 발견했기에 망정이지 하마터면 우리는 가을걷이까지 앉아서 굶을 뻔했다. 갑자기 온 집안이 일손이 한창 달릴 무렵의 농번기를 새잡이로 맞이한 것처럼 부산스럽게 돌아가기 시작했다. 뒤늦게나마 보리 가마를 안전하게 건사하는 일이 여간 큰 문제가 아니었다. 당장 광의 구조를 고쳐 바닥과 가마 사이가 뜨도록 통나무를 밑에 질러 두어 뼘 정도의 공간을 만들고, 훈김을 피우는 가마니를 모조리 끌어내다가 평평한 장소를 골라 깔아 널고 말리는 등으로 법석을 떨었다. 방바닥이고 부뚜막이고 어디 가릴 것 없이 집안 구석구석에서 걸리적거리는 게 그놈의 까끌까끌한 겉보리였다. 입정이 까다로운 편이어서 소화도 잘 안 될뿐더러 보리는 원래 내 성미에 안 맞았다. 그리고 통통한 알맹이 한가운데 일자로 팬 홈 자국을 볼 때마다 언젠가 할머니한테서 들은 이야기가 떠올라 기분이 좋질 않았다. 옛날 어떤 고을에 한 소년이 살았는데, 어느 날 아비가 불치의 난병에 걸려 유명한 의원을 찾게 되었더란다. 의원의 처방에 따라 아무나 닥치는 대로 세 사람—선비, 중, 미치광이—을 죽이고 생간을 꺼내어 달여 먹였더니 병이 깨끗이 낫더란다. 그래서 시체를 묻어 장사를 후히 지내주었는데, 이듬해 보니까 무덤 위에 이상한 열매가 맺히더란다. 그것이 오늘날의 보리이며 거기에 팬 홈은 소년이 배를 가를 때 생긴 칼자국이라는 것이다. 그런데 그 기분 나쁜 열매가 집안을 온통 차지해버려 마음놓고 움직일 수조차 없게 사람들을 구박하는 판이었다. 그러나 할머니만은 역시 대단한 양반이었다. 그와 같은 북새통 속에서도 할머니는 아랑곳없이 꼬박꼬박 자기 할일을 다했다. 우선 어머니를 시켜 장롱 속에서 꺼낸 비장의 옷감으로 한복을 마르게 했다. 집안에서 입기로는 한복만큼 의젓하고 편한 옷이 없다는 얘기였다. 삼촌이 전에 즐겨 먹었다는 호박전을, 그렇게 터무니없이 많이 장만해놓으면 이틀 후에는 몽땅 쉬어터져 한 개도 못 먹게 된다는 어머니의 만류에도 불구하고 한 광주리나 되게 부치게 했다. 손수 고사리나물을 무치면서, 세상이 하도 험하니까 이젠 나물마저 쓸 만한 게 별로 없더라고 억지스러운 푸념을 늘어놓기도 했다. 상하기 쉬운 음식은 소금에 절이고 콩기름으로 튀겨 단단히 갈무리해두었다. 준비는 대강 끝난 셈이었다. 없는 집 시골 살림으로 그만한 준비라면 웬만한 잔치쯤은 치르고도 남을 것이었다. 부엌을 둘러보는 할머니의 얼굴에서 장한 일을 끝낸 사람의 긍지가 오래도록 남아 떠나지 않고 있었다. 아직도 할머니한테 남은 근심거리가 있다면 그것은 딱 한 가지뿐이었다.

"야가 틀림없이 읍내 쪽으서 올 챔인디, 강이 저 모냥이니 야단이다, 야단!"

"어머님은 별걱정도 다 허시우. 강물이 좀 짚다고 틀림없이 올아가 못 오겄소? 장마철이면 질이 잘 맥힌다는 걸 저도 알 티닝게 석교다리로 돌아서라도 때가 되면 어련히 오겄지요."

할머니를 안심시키려고 아버지가 대수롭잖다는 듯이 말을 받았다. 그러나 할머니는 고개를 설레설레 흔들어 보였다.

"돌아서라도 오기야 오겄지. 오겄지만서도, 거그를 돌라면 시오리는 휘낀 더 걷는 심 아니냐? 입으로야 쉽지만 이 우중에 시오릿길을 더 돈다는 게 얼매나 그역시런 노릇이냐. 더군다나 얼음이 백혀서 성치도 않은 발을 가지고……"

고모는 하루 전에 왔다. 와서 찬장도 열어보고 살강 위 광주리도 둘러보며 한참 수선을 떨고 나서는 할머니와 어머니에게 수고를 칭찬했다. 모든 준비가 마음에 썩 드는 눈치였다. 고모는 할머니 못지않게 삼촌의 귀환을 철석같이 믿고 있었다. 애당초 점쟁이를 소개한 사람이 고모였다. 할머니로 하여금 점쟁이의 예언을 하늘같이 받들 게 만든 것도 고모였으니 그 믿음이 오죽하랴만, 모녀간에 어쩌면 그리도 손발이 척척 맞아들어가는지 모르겠다고 사랑채에 건너온 어머니가 은근히 험담을 할 정도였다. 그렇다고 어머니가 삼촌이 살아서 돌아오기를 바라지 않는 건 아니었다. 항상 말이 없는 이모나 한때 빨치산을 저주한 적이 있는 외할머니까지도 기왕이면 사돈네 집안일이 그렇게 되기를 은연중에 바라면서 음식 장만하는 과정을 조용히 지켜보아왔다. 그러나 바란다는 것과 믿는다는 건 전혀 별개의 문제였다. 나 역시, 삼촌이 돌아온다면 얼마나 좋을까, 하고 그날이 억세게 기다려졌다. 하지만 아무리 어린 소견에도 그런 일이 달이 지고 해가 뜨듯 그렇게 간단히 이루어질 것 같지 않았다. 삼촌이 온다면 도대체 어떤 상태에서 어디로 온단 말인가. 부엌에서 아버지가 어머니한테 이야기하는 걸 우연히 엿들은 적이 있었다. 도대체 가망이 없다는 것이었다. 할머니의 신앙이—그것은 완벽한 하나의 신앙이었다. 그리고 신앙도 아주 이만저만한 신앙이 아니었다—우리에게 남긴 뜨거운 감동에서 벗어나 한 발짝만 물러서서 생각해보면 거울 앞에 선 듯 사정이 너무도 명백해지는 것이어서 할머니와 한가지로 낙관적이 될 수 없는 현실이 그저 안타깝기만 했다. 궁여지책으로 아버지는 어디 가서 삼촌이 이미 자수를 했을 경우를 이야기했다. 그러나 그것마저도 곧 자기 입으로 부인해버렸다, 만약의 경우 정말로 그랬다면 사전에 한 번쯤 경찰로부터 무슨 연락이 있었을 것 아니냐면서. 우리 집이 항상 감시를 받고 있다는 사실을 아버지는 누구보다도 잘 알았다. 문전을 오락가락하면서 울바자 너머로 수상쩍은 눈길을 던지는 어떤 낯선 사내를 종종 볼 수가 있었고, 그가 쳐놓은 투명한 그물에 의하여 우리는 제 발로 걸을 수는 있되 실은 빠져나갈 구멍이 없는 물고기 신세나 마찬가지였다. 그 사내가 바로 이웃인 진구네 집에 들러 우리집 형편을 샅샅이 염탐하고 가거나 드물게는 아버지를 살그머니 불러내어 주막에 가서 같이 술을 마시는 때도 있다는 걸 나는 진작부터 알고 있었다. 사내의 모습이 눈에 띌 때마다 소스라치게 놀라는 사람은 나였다. 그의 출현이 나한테는 매우 중대한 의미를 지니고 있었다. 그것은 일껏 사그라지려던 죄책감에 대한 무서운 채찍질이면서 새로운 일깨움이었다. 과자 한 조각에 제 삼촌을 팔아먹는 사람 백정이라고 소리소리 외치던 할머니의 저주가 당시 그대로의 형태로 또렷이 되살아나는 것이었다. 아버지가 던지는 목침덩이에 맞아 코피를 흘리면서 나는 그날 저녁에 벌써 죽었어야 옳은 몸이었다. 사내를 만나고 돌아온 날 밤에 짓는 아버지의 우울한 표정을 읽는 일이 내게는 죽는 것 이상으로 괴로웠다. 할머니의 저주에 대항하는 유일한 방법이란 마지막 숨을 거두며 눈을 감는 자신의 처량한 모습을 상상을 통하여 보는 길뿐이었다. 오직 그것만이 나에게 감미로운 위안을 가져다주었다. 나는 어린 주검을 앞에 놓고 모든 식구들이, 그 가운데서도 특히 할머니가 남보다 서러운 소리로 많이 울어주기를 바랐다. 할머니의 후회가 크면 클수록 나는 당연하게도 더욱더 감미로운 기분에 젖을 수 있었다. 그러나 상상에서 깨어보면 나는 여전히 피둥피둥하게 살아 있었고, 그래서 돌아온 삼촌의 얼굴을 다시 대할 일이 점점 꿈만 같아지는 것이었다. 내가 삼촌이 돌아오기를 누구보다도 더 기다리면서 한편으로는 어처구니없이 독한 마음을 품는 건, 이를테면 사람들 눈에 띄지 않을 어느 으슥한 산골짜기 같은 데서 이미 오래전에 싸늘한 시체로 굳어져 내 눈앞에 다시 나타나는 날이 영영 없기를 바라는 건 순전히 그 때문이었다. 정말이지 나는 하루 앞으로 닥쳐온 그 '아무 날 아무 시'가 견딜 수 없이 두려웠다. 너무도 두려워 세상 끝날까지 오늘만이 한없이 계속되기를 어느 앞에나 빌고 싶은 심정이었다. 그러나 제아무리 그렇다고는 해도 아버지가 겪는 고통에 비기면 역시 내 괴로움 따위는 아무것도 아니었으리라. 부엌에서 이야기할 때 할머니의 지나친 처사에 볼먹은 소리를 하는 어머니를 애잔한 말씨로 타이르고 있었다.

"낸들 왜 몰라서 그러겄나. 임자 말자꾸로 아매 안 오기가 쉬울 게여. 그러고 천행으로 온다 혀도 어머님이 맘잡숫는 대로 일이 그렇게는 안 될 게여. 내가 그건 자네보담 더 잘 알어. 허지만 자식된 도리로 어쩌겄나. 허라는 대로 안 혔다가 무신 꼴을 또 당헐지 누가 아냔 말여. 시방 조깨 몸살을 앓어두는 것이 낭중에 더 험헌 일을 치르는 것보담은 낫지. 안 그런가?"

동생의 귀환이 거의 불가능하리란 걸 빤히 알면서도 노인 양반의 주장에 감히 거역할 수 없는 괴로움, 그러면서도 울며 겨자 먹기로 열심히 따르는 척해야만 되는 괴로움, 아버지는 그걸 말하고 있었다. 할머니의 신앙과 모성애가 한때 우리를 감동시켜 점쟁이의 예언에 다소간 기대를 걸어보도록 충동한 게 사실이라고는 해도, 결코 그것을 액면 그대로 믿어서가 아니었다. 거기에는 노인 양반을 절대로 실망시키지 않겠다는 조심스러운 배려가 들어 있었다. 아버지는 기대 뒤에 올 절망을, 그리고 절망 뒤에 올 무서운 결말을 일찍부터 예감하고 있었다. 최선을 다하면서 그저 가는 데까지 무작정 가볼 따름이었다. 그렇다면 용하기로 소문난 소경 점쟁이가 어디로 어떻게 온다는 얘기까지 일러주지 않은 것은 크나큰 실책이 아닐 수 없었다.

어느덧 밤이었다. 어둠이 깔리면서부터 점차로 약해지기 시작한 빗밑이 이젠 완연히 알아보게 성글어졌다. 사립문 기둥에 달아놓은 장명등이 뿌옇게 밝히는 빛무리의 둥그런 허공 속으로 장마도 기진했다는 듯 몽근 빗방울을 쉬엄쉬엄 떨어뜨리고 있었다. 난리를 치르는 동안 자연스럽게 익힌 습성으로 누가 등화관제를 명령하지 않더라도 저녁밥만 먹고 나면 집집마다 불을 꺼버리는 우리 마을에서 유독 우리집 한 채만이 전에 없이 장명등을 내달아 외로운 파수병처럼 밤을 밝히고 있었다. 역시 할머니의 성화에 못 이겨서였다. 누가 아느냐는 것이었다. 내일 진시, 그러니까 대략 오전 열시경에 오는 것으로 되어는 있지만, 사정이 갑자기 바뀌어 오밤중에 문을 두드리게 될지도 모른다는 것이었다. 아무런 채비도 없이 불시에 맞이하여 모처럼 어려운 걸음을 한 아들을 처음부터 섭섭하게 만든다는 건 결코 할머니의 원하는 바가 아니었다.

"다아 요런 때 쓸라고 비싼 섹우지름 애껴놓았지."

대문만이 아니라 처마 밑에도 장명등 하나를 더 달고 각 방마다 밤새도록 불이 꺼지지 않게 분부하면서 할머니는 여느 날과 달리 집안 전체를 대낮처럼 밝혀야 하는 이유를 매우 간단한 말로 설명했다.

"어디서 보드라도, 시오리 배까티서 보드라도, 아, 저그 불이 훤헌 디가 바로 우리집이고나, 우리 엄니가 잠 한소곰 안 자고 날 지달리는구나, 험서 허우단심 뛰박질허게 맹글어야 된다."

밤이 깊었다. 밤이 깊었으나 아무도 자려 하지 않았다. 노인 양반이 그렇게 설치고 다니는 판인데, 그걸 모르는 척하고 드러누울 만한 배포를 가진 사람이 우리집엔 없었다. 날씨마저 할머니의 비위를 맞추는 듯했다. 가랑비로 바뀌던 빗밑마저 슬금슬금 자취를 감추는 기색이더니 밤이 이슥해지자 처마 아래 울리던 낙숫물 소리도 아예 들을 수 없게 되었다. 그리고 습기를 옮겨 나르는 서늘한 바람이 불기 시작했다. 하기야 쏟을 만큼 쏟았으니 인제는 장마가 물러갈 때도 되긴 했다. 그런데 할머니는 날씨의 변화를 재빨리 내일의 경사에 결부시켜 퍽도 유리하게 해석해버렸다.

아마 자정은 훨씬 지났을 것이다. 나는 안채에서 사랑채로 돌아와 외할머니 곁에 누워 있었다. 이모도 외할머니도 여태 안 자고 있었다. 잠을 이룰 수가 없었을 것이다. 이모는 얼굴이 천장을 향하게 반듯이 누워 있었고, 외할머니는 아랫목 벽에다 등을 붙인 채 비스듬한 앉음새로 방문 쪽을 향하고 있었다. 내 눈은 호롱불이 까불거리며 천장에 그리는 그을음 무늬의 움직임을 좇고 있었다. 내 귀는 방문 저편 어둠 속으로 활짝 열려 풀밭 어디쯤에서 열심히 밤을 노래하는 소리를 듣고 있었다. 사위가 너무나 조용했다. 식구들이 모두 깨어 있는데도 그렇게 집안이 조용할 수가 없었다. 너무도 조용해서 그 조용함이 오히려 어둠의 소리를 듣는 일에 방해가 될 지경이었다. 사위를 짓누르는 적막의 우세한 힘 앞에 청각의 기능이 꼭 마비당하는 듯한 기분이었다. 그래서 내 귀에 들리는 저 소리들이 실제로는 세상에 존재하지도 않는 것들이며 나는 지금 무엇에 홀려 가짜를 진짜처럼 착각하고 있는지도 모른다는 의구심마저 들었다. 그러나 정신을 차리고는 다시 들어보면 마치 거대한 적막의 한 귀퉁이를 가냘프면서도 날카로운 줄칼로 참을성 좋게 쓸음질하는 것같이 들리는 그 소리는 나 이외의 다른 생명체가 분명히 또 있어 어둠 속에서 내처 잠들지 못하고 있음을 알리는 신호였다. 들깨 주머니에서 참깨를 가리듯 혹은 참깨 주머니에서 들깨를 가리듯 나뭇가지를 스치는 바람소리 속에서 여치의 울음과 귀뚜라미의 울음을 따로따로 구분하여 그 소리들이 풍기는, 백반처럼 시디신 맛을 나는 오래도록 음미하고 있었다. 그러자 난데없는 소리가 중간에 뛰어들었고, 생전 처음 듣는 듯한 그 이상스런 소리는 갑자기 나를 긴장 속으로 몰아넣었다. 그러나 한차례 울리고 나서 그 소리는 뚝 그쳤다. 소리의 뒤끝을 겨우 붙잡았다고 느끼는 순간에 벌써 달아나버렸으므로, 내가 또 무엇인가에 홀려 잘못 듣고 있을지도 모른다는 암담한 기분이 들었다. 잠시 후에 그 소리는 다시 들렸다. 이번에는 윤곽이 아주 뚜렷했다. 결코 크다고는 할 수 없어도 잡다한 밤의 소리 속에서 그것은 가려내기가 비교적 수월했다. 병 주둥이를 입에 대고 아이들이 흔히 장난으로 부는 소리를 듣고 있는 기분이라고나 할까, 먼바다에서 울리는 뱃고동처럼 그것은 매우 은은하게 들렸다. 그리고 그것은 매우 애매한 소리여서 출처가 어디쯤인지 도무지 짐작조차 할 수 없었다. 어떻게 생각하면 동구 밖 강언덕 근처에서 났던 것 같기도 하고, 또 어떻게 생각하면 방문 바로 건너 우리집 텃밭 속이 분명했다. 밤의 고요 속을 뚫고 은은히 건너오는 이상한 소리, 그 소리에 나는 정말로 홀림을 당하고 있었다. 도깨비불에 넋을 덜미 잡혀 밤새껏 공동묘지를 헤맸다는 어떤 아이처럼 은은하면서도 왠지 모르게 소름이 돋을 만큼 음산함이 풍기는 그 소리의 신비스러운 가락에 이끌려 내 마음은 어느새 강언덕으로 줄달음치고 있었다.

"구렝이 우는 소리다."

외할머니가 말했다. 앞을 떡 가로막고 서는 시커먼 그림자와도 같이 외할머니의 그 말이 별안간 귓전에서 울리는 바람에 나는 하마터면 소리를 지를 뻔했다.

"구렝이가 비암들을 모으는 소리여."

외할머니의 입에서 흘러나오는 말 그 자체가 바로 구렁이였고, 혓바닥을 날름거리는 그것이 내 몸뚱이를 눈 깜짝할 사이에 친친 휘감아버려 나는 숨도 제대로 쉴 수가 없었다. 대번에 식은땀이 배었다. 내 몸에 와닿는 썬득한 기운을 물리쳐준 사람은 고맙게도 이모였다. 나는 혼자가 아니었다. 그리고 그 소리를 들은 사람도 나 혼자만이 아닌 것이 얼마나 다행한 일인지 몰랐다. 언제 일어나 앉았는지 이모가 내 곁에서 방문 쪽을 노려보고 있었다. 무슨 말을 더 하려고 외할머니가 입을 달싹거렸다. 그러자 이모가 내 어깨 위에 손을 얹으면서 눈을 흘겼다.

"그만두세요."

그러나 외할머니는 자꾸만 입을 달싹거리고 있었다. 이모한테서 한마디 더 핀잔을 먹지 않았더라면 외할머니는 기어코 무슨 말인가를 하고야 말았을 것이다.

"제발 좀 그만두시라니까요!"

이모가 나를 홑이불 속으로 끌어들였다. 나는 이모의 겨드랑이 사이에 묻혀 잠시 후에 울리는 그 소리를 다시 들을 수 있었다. 먼 바다에서 울리는 뱃고동 같은 그 소리가 또 한바탕 썬득한 기운을 방안에 잔뜩 부려놓고 갔다. 이번 역시 강언덕 근처인지 텃밭 속인지 분간 못할 애매한 소리였다. 그러고는 시간이 많이 흘렀다. 세 번째를 마지막으로 하여 구렁이 우는 소리는 다시 들리지 않았다. 그러나 소리의 여운이 늦게까지 방안에 남아 아무도 입을 열지 못하도록 사람들을 위협하고 있는 성싶었다. 특히 외할머니의 경우가 가장 심해서 방문 쪽을 향해 상체를 기울인 꾸부정한 자세를 풀지 않은 채 아직도 거북살스럽게 앉아 있었다. 얼굴 표정이 몹시 동요하고 있었다. 머리라도 되게 얻어맞은 듯이 멍한 표정을 짓다가도 느닷없이 한꺼번에 많은 것들을 생각해내려는 사람처럼 한껏 찡그린 눈으로 문밖을 내다보곤 했다. 마침내 외할머니가 이쪽으로 고개를 돌렸다.

"동만아." 외할머니가 나를 불렀다. "아가, 동만아."

나하고 시선이 마주치자 외할머니는 슬며시 외면을 했다. 잠시 망설이는 기색을 보이고 나서 천천히 입을 열었다.

"너도 그렇게 생각허고 있냐?"

밑도 끝도 없는 질문을 던진 다음 외할머니는 한참을 더 망설였다.

"이 외할매 땜시 느그 삼촌이 이렇게 되았다고 생각허냐?"

나는 대답을 하기로 마음먹었다. 외할머니의 절실한 어조에 끌려 무슨 말이든 꼭 대답을 해주지 않으면 안 된다고 생각했다. 그러나 곧 그럴 필요가 없음을 깨달았다. 외할머니는 나를 보지도 않았고, 사실상 나에겐 아무런 관심도 두지 않았고, 오직 자기 외곬의 생각에만 골몰해 있는 상태였다. 설령 내가 대답을 했다손 쳐도 전혀 알아듣지 못했을 것이다.

"아니다. 그날 저녁 일은 절대로 그런 것이 아니다. 누구를 해꼬지헐라고 그런 것이 아니라 소피를 보러 나갔다가 안채에 불이 훤허고 밤중에 두런두런 얘기 소리가 들리걸래 대처나 무신 일인가 싶어서 찌끔 구다본 것뿐이다. 일판이 그렇게 될 종 누가 알었냐. 내가 미쳤다고 그런 자리에 갔겄냐. 허기사 늙은이가 눈치코치도 없이 사둔네 일에 헤살을 논 게 잘못은 잘못이지. 잘헌 일은 아니여. 잘헌 일은 아니지만서도, 그런다고 이 외할매만을 탓혀서는 못쓴다. 그날 저녁에 내가 아녔드라도 느네 삼춘은 오던 질을 되짚어서 떠날 사람이었어. 팔자를 그렇게 타고난 거여."

이모가 나를 가슴으로 꽉 끌어안았다. 나는 이모의 젖둔덕 사이에 얼굴을 파묻고는 매우 아늑한 기분으로 외할머니의 중얼거림을 들었다. 그러자 매를 흠씬 얻어맞고 한바탕 섧게 울고 난 뒤끝인 듯 온몸이 나른한 가운데 걷잡을 수 없는 졸음이 밀려들기 시작했고, 노곤한 꿈결 속에서도 이담에 크면 꼭 이모한테 장가를 들겠다고 생각하면서 나는 외할머니의 중얼거림에 어렴풋이 귀를 기울이고 있었다.

6

할머니가 대문간에 서서 호통을 치는 바람에 혼곤한 잠에서 깨었다. 날은 부옇게 밝았으나 아직도 꼭두새벽이었다. 가뜩이나 짧은 여름밤인데 그런 정도는 자나마나였다. 잠을 설친 탓으로 머릿속이 띠잉 울리고 눈꺼풀은 슬슬 감겼다. 그러나 나는 아무렇지도 않은 편이었다. 여러 날 겹치는 피로와 긴장 때문에 얼굴 모양들이 모두 말이 아니었다. 아버지는 부황이 든 사람처럼 얼굴이 누렇게 떠 부석부석했고, 어머니는 숫제 강마른 대꼬챙이였다. 외가 식구들이라 해서 특별히 나은 사람도 없었다. 그런데 우리 할머니만이 홀로 청청해가지고 첫새벽부터 기진맥진한 사람들을 게으른 소 잡도리하듯 했다. 아버지와 어머니를 대문간에 나란히 불러놓고 무섭게 닦아세우는 중이었다. 장명등이 꺼져 있었다. 기름이 아직 반나마 들어 있는데도 어느 바람이 언제 끄고 갔는지 유리등갓에 물기가 촉촉했다. 장명등 일로 할머니는 몹시 심정이 상해버렸다. 하느님이 간밤에 몰래 들어와서 아버지와 어머니의 정성을 시험하고 간 증거로 삼아버렸다. 할머니의 노여움은 거기에서 그치지 않았다. 그것 한 가지만으로도 하나밖에 없는 동생, 시동생을 끝까지 돌봐줄 의사가 있는지 없는지 알 수 있다면서 정성의 기미가 보일 때까지 광과 장롱의 열쇠를 당신이 직접 맡아 관리하겠다고 선언해버렸다.

"경사시런 날 아적부텀 예펜네가 집안에서 큰소리를 허면 될 일도 안 되는 벱이니깨 이만침 혀두고 참는다만, 후사는 느덜이 알어서들 혀라. 나는 손구락 한나 깐닥 않고 뒷전에서 귀경만 허고 있을란다."

말을 마치고 돌아서면서 할머니는 거듭 혀를 찼다.

"큰자석이라고 있다는 것이 저 모냥이니 원, 쯧쯧."

할머니는 양쪽 팔을 홰홰 내저으며 부리나케 안채로 향했다.

"지지리 복도 못 타고난 년이지. 나만침 아덜 메누리 복이 없는 년도 드물 것이여."

사랑채 앞을 지나면서 또 혼잣말을 했다. 말이 혼잣말이지 실상은 이웃에까지 들릴 고함에 가까운 소리였다.

할머니는 정말로 손가락 한 개도 까딱하지 않았다. 방문을 꽝 닫고 들어앉은 후로 밖에서 일어나는 일은 죽이 끓든 밥이 끓든 일절 상관하지 않았다. 그런 대신 봉창에 달린 작은 유리 너머로 늘 마당을 감시하면서 일일이 못마땅한 표정을 지어 보였다. 우리는 수대로 하나씩 빗자루나 연장 같은 걸 들고 나와 감시의 눈초리를 뒤통수에 느껴가면서 마당도 쓸고 마루도 닦고 집 안팎의 거미줄도 걷었다. 고모도 나오고 이모까지 합세해서 모두들 바삐 움직인 보람이 있어 장마로 어지럽혀진 집안이 말끔히 청소되었다. 이모와 고모는 어머니를 도우러 부엌으로 들어가고, 나는 아버지와 함께 대문에서 마당에 이르는 소롯길과 텃밭 사이에 깊은 도랑을 내어 물기를 빼느라고 식전부터 구슬땀을 흘렸다.

하늘은 아직도 흐렸다. 오랜만에 햇빛을 볼 수 있을지 모른다고 기대했던 날씨가 아무래도 신통치 않았다. 그러나 서녘 하늘 한 귀퉁이가 빠끔히 열려 있었고, 구름을 몰아가는 서늘한 바람이 불었다. 다시 비가 내릴 기미 같은 건 어디에도 안 보였다. 그것만도 우리에겐 참으로 다행스러운 일이었다. 우리뿐만이 아니라 모든 사람이 다 그러했다. 이른아침부터 우리집에 찾아오는 동네 사람들이 내미는 첫마디가 한결같이 날씨에 관한 얘기였다. 그리고 그다음 차례가 삼촌 얘기였다. 그들은 날씨부터 시작해가지고 아주 자연스럽게 아버지한테 접근했으며 아낙네들은 부엌을 무시로 드나들었다. 우리집은 완전히 잔칫집답게 동네 사람들로 북적거렸고, 저마다 연줄을 찾아 말을 걸어보려는 사람들 때문에 식구들은 도무지 정신을 못 차릴 정도였다. 그들이 가장 궁금해하는 것은, 우리 식구들이 어느 정도로 미신을 믿고 있는가였다. 물론 그들은 미신이란 말은 입 밖에 비치지도 않았다. 점쟁이의 말 한마디가 이만큼 일을 크게 벌여놓을 수 있었던 데 대해 놀라움을 표시하면서도 속셈이 빤히 보일 만큼 노골적이지는 않았다. 이야기 끝에 그들은, 가족들 정성에 끌려서라도 삼촌이 틀림없이 돌아올 거라는 격려의 말을 잊지 않았다. 아버지는 그저 웃고만 있었다. 그런 말을 하는 몇 사람의 태도에서 아버지는 그들이 우리 일을 가지고 자기네 나름으로 한창 즐기고 있다는 사실을 충분히 눈치챘을 것이다. 마치 죽어가는 환자 앞에서, 금방 나을 병이니 아무 염려 말라고 위로하는 의사와 흡사한 태도를 취하는 사람이 더러 있었기 때문이다. 시간이 진시에 점점 가까워질수록 사람이 늘어 우리집은 더욱더 붐볐다. 마을 안에서 성한 발을 가진 사람은 하나도 안 빠지고 다 모인 성싶었다. 혼자 진구네 집 마루에 앉아 담배를 피우는 낯선 사내의 모습도 보였다. 장터처럼 북적거리는 속에서 우리는 아직 아침밥도 먹지 못했다. 삼촌이 오면 같이 먹는다고 할머니가 상을 못 차리게 했던 것이다. 아주 굶는 건 아니니까 진득이 참는 도리밖에 없지만, 그러자니 배가 굉장히 고팠다.

마침내 진시였다. 진시가 시작되는 여덟시였다. 모두들 흥분에 싸여 초조하게 기다리는 가운데 자꾸만 시간이 흘렀다. 아홉시가 지나고 어느덧 열시가 다 되었다. 그런데도 우리집엔 아무 일도 일어나지 않았다.

사람들이 죄다 흩어진 다음에야 비로소 우리는 점심이나 다름없는 아침을 먹을 수 있었다. 구장 어른과 진구네 식구들만이 나중까지 남아 실의에 잠긴 우리 일가의 말동무가 되어주었다. 안방에 혼자 남은 할머니를 제외하고 모두들 침통한 표정으로 건넌방에 차려진 상머리에 둘러앉았다. 뜨적뜨적 수저를 놀리는 심란한 얼굴들에 비해 반찬만은 명절날만큼이나 걸었다. 기왕 해놓은 밥이니까 먼저들 들라고 말하면서도 할머니 자신은 한사코 조반상을 거부해버렸다. 진시가 벌써 지났는데도 할머니는 여전히 태평이었다. 적어도 겉으로는 그렇게 보였다. 애당초 말이 났을 때부터 자기는 시간 같은 건 그리 염두에 두지 않았다는 것이다. 중요한 것은 '아무 날'이지 그까짓 '아무 시' 따위는 별게 아니라는 것이었다. 하늘이 주관하는 일에도 간혹 실수가 있는 법인데 하물며 사람이 하는 일이야 따져 무얼 하겠냐는 것이었다. 아무리 점쟁이가 용하다고는 해도 시간만큼은 이쪽에서 너그럽게 받아들여야 된다는 주장이었다. 할머니한테는 아직도 그날 하루가 창창히 남아 있었던 것이다. 어느 때 와도 기필코 올 사람이니까 그때까지 더 두고 기다렸다가 모처럼 한번 모자 겸상을 받겠다면서 할머니는 추호도 지친 기색을 나타내지 않았다.

마루 위에 발돋움을 하고 자꾸만 입맛을 다시면서 근천을 떨던 워리란 놈이 갑자기 토방으로 내려섰다. 우리는 워리가 대문 쪽을 향해 으르렁거리는 소리를 들었다. 그리고 이내 함성을 들었다. 수저질을 하던 아버지의 손이 허공에서 정지하는 걸 계기로 우리는 일시에 모든 동작을 멈추었다. 아이들이 일제히 올리는 함성이 매우 빠른 속도로 가까이 오는 중이었다. 숟가락을 아무데나 팽개치면서 나는 밖으로 뛰어나갔다. 우리집 대문간이 왁자지껄한 소리로 금방 소란해졌다. 마당 한복판에서 나는 다시 기세를 올리는 아이들의 아우성과 정면으로 맞닥뜨렸다. 우선 눈에 뜨이는 것이 저마다 입을 크게 벌리고 있는 한 떼의 조무래기였다. 그들의 손엔 돌멩이 아니면 기다란 나뭇개비 같은 것들이 골고루 들려 있었다. 우리집 대문 안으로 짓쳐들어오는 걸 잠시 망설이는 동안 아이들은 무기를 든 손을 흔들면서 거푸 기세만 올렸다. 그중의 한 아이가 힘껏 돌팔매질을 했다. 돌멩이가 날아와 푹 꽂히는 땅바닥에서 나는 끝내 못 볼 것을 보고야 말았다. 꿈틀꿈틀 기어오는 기다란 것이 거기에 있었다. 눈어림으로만도 사람 키보다 훨씬 큰 한 마리의 구렁이였다. 꿈틀거림에 따라 누런 비늘 가죽이 이리저리 번들거리는 그 끔찍스러운 몸뚱어리를 보는 순간, 그것의 울음소리를 듣던 간밤의 기억이 얼핏 되살아나면서 오금쟁이가 대번에 뻣뻣이 굳어져버렸다. 그러나 나는 별수없는 어린애였다. 한순간의 공포를 견디고 나서 나는 고함을 지르며 돌팔매질을 해대는 패거리들과 조금도 다를 바 없는 하나의 어린애로 재빨리 되돌아왔다. 모든 꿈틀거리는 것들에 대해서 소년들이 거의 본능적으로 품는 적의와 파괴욕을 주체할 수가 없었다. 나는 잽싸게 헛간으로 달려갔다. 지겟작대기를 양손으로 힘껏 거머쥐었다. 내 쪽으로 가까이 오기만 하면 단매에 요절을 낼 요량으로 작대기를 쥔 양쪽 팔을 높이 들었다. 그러자 억센 힘으로 내 팔을 움켜잡는 누군가의 손이 있었다. 돌아다보니 외할머니였다. 동시에 째지는 듯한 비명이 등뒤에서 들렸다.

"아악!"

외마디 비명을 지르면서 마치 헌 옷가지가 구겨져 흘러내리듯 그렇게 마루 위로 고꾸라지는 할머니의 모습을 나는 목격했다. 외할머니가 내 손에서 작대기를 빼앗아버렸다. 말은 없어도 외할머니의 부릅뜬 두 눈이 나한테 엄한 꾸지람을 던지고 있었다.

난데없는 구렁이의 출현으로 말미암아 우리집은 삽시에 엉망진창이 되어버렸다. 무엇보다 큰 걱정이 할머니의 졸도였다. 식구들이 모두 안방에만 매달려 수족을 주무르고 얼굴에 찬물을 뿜어대는 둥 야단법석을 떨어가며 할머니가 어서 깨어나기를 빌었다. 그 바람에 일단 물러갔던 동네 사람들이 재차 모여들기 시작했고, 제멋대로 떼뭉쳐 서서 떠들어대는 소리 때문에 혼란은 더욱 가중되었다. 모두가 제정신이 아닌 그 북새 속에서도 끝까지 냉정을 잃지 않는 사람은 애오라지 외할머니 혼자뿐이었다. 미리서 정해놓은 순서라도 밟듯 외할머니는 놀라우리만큼 침착한 태도로 하나씩 하나씩 혼란을 수습해나갔다. 맨 먼저 사람들을 몰아내는 일부터 서둘러 했다. 외할머니는 구장 어른과 진구네 아버지 등의 도움을 받아 집안에 들어온 사람들을 모조리 밖으로 내쫓은 다음 대문을 단단히 걸어잠갔다. 대문 밖에 내쫓긴 아이들과 어른들이 감나무가 있는 울바자 쪽으로 우르르 몰려갔다. 고비에 다다른 혼란의 사이를 틈탄 구렁이는 아욱과 상추가 자라고 있는 텃밭 이랑을 지나 어느새 감나무에 올라앉아 있었다. 감나무 가지에 누런 몸뚱이를 둘둘 감고서는 철사처럼 가늘고 긴 혓바닥을 대고 날름거렸다. 무엇에 되알지게 얻어맞아 꼬리 부분이 거지반 동강날 정도로 상해서 몸뚱이의 움직임과는 각놀고 있었다. 아이들의 극성이 감나무에까지 따라와 아직도 돌멩이나 나뭇개비들이 날아들고 있었다.

"돌멩이를 땡기는 게 어떤 놈이냐!"

외할머니의 고함은 서릿발 같았다. 팔매질이 뚝 멎었다. 그러자 외할머니는 천천히 감나무 아래로 걸어가기 시작했다. 외할머니의 몸이 구렁이가 친친 감긴 늙은 감나무 바로 밑에 똑바로 서 있는데도 아무 일도 일어나지 않자, 그때까지 숨을 죽여가며 지켜보던 많은 사람들 입에서 저절로 한숨이 새어나왔다. 바로 머리 위에서 불티처럼 박힌 앙증스러운 눈깔을 요모조모로 빛내면서 자꾸 대가리를 숙여 꺼뜩꺼뜩 위협을 주는 커다란 구렁이를 보고도 외할머니는 조금도 두려워하지 않았다. 외할머니는 두 손을 천천히 가슴 앞으로 모아 합장했다.

"에구 이 사람아, 집안일이 못 잊혀서 이렇게 먼질을 찾어왔능가?"

꼭 울어 보채는 아이한테 자장가라도 불러주는 투로 조용히 속삭이는 그 말을 듣고 누군가 큰 소리로 웃는 사람이 있었다. 그러자 외할머니의 눈이 단박에 세모꼴로 변했다.

"어떤 창사구 빠진 잡놈이 그렇게 히득거리고 섰냐? 누구냐? 어서 이리 썩 나오니라, 주리 댈 놈!"

외할머니의 대갈호령에 사람들은 쥐죽은 소리도 못했다. 외할머니는 몸을 돌려 다시 구렁이를 상대로 했다.

"자네 보다시피 노친께서는 기력이 여전허시고 따른 식구덜도 모다덜 잘지내고 있네. 그러니깨 집안일일랑 아모 염려 말고 어서 어서 자네 가야 헐 디로 가소."

구렁이는 움쩍도 하지 않았다. 철사토막 같은 혓바닥을 날름거리면서 대가리만 두어 번 들었다 놓았다 했다.

"가야 헐 디가 보통 먼질이 아닌디 여그서 이러고 충그리고만 있어서야 되겄능가. 자꼬 이러면은 못쓰네, 못써. 자네 심정은 내 짐작을 허겄네만, 집안 식구덜 생각도 혀야지. 자네 노친 양반께서 자네가 이러고 있는 꼴을 보면 얼매나 가슴이 미여지겄능가."

외할머니는 꼭 산 사람을 대하듯 위를 올려다보면서 조용조용히 말을 건네고 있었다. 하지만 아무리 간곡한 말씨로 거듭 타일러 봐도 구렁이는 좀처럼 움직일 기척을 안 보였다. 이때 울바자 너머에서 어떤 아낙네가 뱀을 쫓는 묘방을 일러주었다. 모습은 안 보이고 목소리만 들리는 그 여자는, 머리카락을 태워 냄새를 피우면 된다고 소리쳤다. 외할머니의 지시에 따라 나는 할머니의 머리카락을 얻으러 안방으로 달려갔다.

할머니는 거의 시체나 다름이 없는 뻣뻣한 자세로 자리에 누워 있었다. 숨은 겨우 쉬고 있다 해도 아직도 의식을 되찾지 못한 채였다. 할머니의 주변을 둘러싸고 속수무책으로 앉아서 사색이 다 되어 그저 의원이 도착하기만을 기다리는 식구들을 향해 나는 다급한 소리로 용건을 말했다. 누구에게랄 것 없이 아무한테나 던진 내 말이 무척 엉뚱한 소리로 들렸던 모양이다. 할머니의 머리카락이 이런 때 도대체 어디에 소용될 것인지를 이해가 가도록 설명하기엔 꽤 시간이 걸렸다. 그리고 고모가 인사불성이 된 할머니의 머리를 참빗으로 빗기는 덴 더 많은 시간이 걸렸다. 빗질을 여러 차례 거듭해서 얻어진 한 줌의 흰 머리카락이 내 손에 쥐어졌다. 언제 그렇게 준비를 해 왔는지 외할머니는 도래소반 위에다 간단한 음식 몇 가지를 차리는 중이었다. 호박전과 고사리나물이 보이고, 대접에 그득 담긴 냉수도 있었다. 내가 건네주는 머리카락을 받아 땅에 내려놓은 다음 외할머니는 천천히 고개를 들어 늙은 감나무를 올려다보았다.

"자네 오면 줄라고 노친께서 여러 날 들여 장만헌 것일세. 먹지는 못헐망정 눈요구라도 허고 가소. 다아 자네 노친 정성 아닌가. 내가 자네를 쫓을라고 이러는 건 아니네. 그것만은 자네도 알어야 되네. 남새가 나드라도 너무 섭섭타 생각 말고, 집안일일랑 아모 걱정 말고 머언 걸음 부데 펜안히 가소."

이야기를 다 마치고 외할머니는 불씨가 담긴 그릇을 헤집었다. 그 위에 할머니의 흰머리를 올려놓자 지글지글 끓는 소리를 내면서 타오르기 시작했다. 단백질을 태우는 노린내가 멀리까지 진동했다. 그러자 눈앞에서 벌어지는 그야말로 희한한 광경에 놀라 사람들은 저마다 탄성을 올렸다. 외할머니가 아무리 타일러도 그때까지 움쩍도 하지 않고 그토록 오랜 시간을 버티던 그것이 서서히 움직이기 시작한 것이다. 감나무 가지를 친친 감았던 몸뚱이가 스르르 풀리면서 구렁이는 땅바닥으로 툭 떨어졌다. 떨어진 자리에서 잠시 머뭇거린 다음 구렁이는 꿈틀꿈틀 기어 외할머니 앞으로 다가왔다. 외할머니가 한쪽으로 비켜서면서 길을 터주었다. 이리저리 움직이는 대로 뒤를 따라가며 외할머니는 연신 소리를 질렀다. 새막에서 참새떼를 쫓을 때처럼 "쉬이! 쉬이!" 하고 소리를 지르면서 손뼉까지 쳤다. 누런 비늘 가죽을 번들번들 뒤틀면서 그것은 소리 없이 땅바닥을 기었다. 안방에 있던 식구들도 마루로 몰려나와 마당 한복판을 가로질러 오는 기다란 그것을 모두 질린 표정으로 내려다보고 있었다. 꼬리를 잔뜩 사려 가랑이 사이에 감춘 워리란 놈이 그래도 꼴값을 하느라고 마루 밑에서 다 죽어가는 소리로 짖어대고 있었다. 몸뚱이의 움직임과는 여전히 따로 노는 꼬리 부분을 왼쪽으로 삐딱하게 흔들거리면서 그것은 방향을 바꾸어 헛간과 부엌 사이 공지를 천천히 지나갔다.

"쉬이! 쉬어이!"

외할머니의 쉰 목청을 뒤로 받으며 그것은 우물곁을 거쳐 넓은 뒤란을 어느덧 완전히 통과했다. 다음은 숲이 우거진 대밭이었다.

"고맙네, 이 사람! 집안일은 죄다 성님한티 맽기고 자네 혼잣몸띵이나 지발 성혀서 먼 걸음 펜안히 가소. 뒷일은 아모 염려 말고 그저 펜안히 가소. 증말 고맙네, 이 사람아."

장마철에 무성히 돋아난 죽순과 대나무 사이로 모습을 완전히 감추기까지 외할머니는 우물곁에 서서 마지막 당부의 말로 구렁이를 배웅하고 있었다.

이웃 마을 용상리까지 가서 진구네 아버지가 의원을 모시고 왔다. 졸도한 지 서너 시간 만에야 겨우 할머니는 의식을 회복할 수 있었다. 그 서너 시간이 무의식의 세계에서는 서너 달에 해당되는 먼 여행이었던 듯 할머니는 방안을 휘이 둘러보면서 정말 오래간만에 집에 돌아온 사람 같은 표정을 지었다.

"갔냐?"

그것이 맑은 정신을 되찾고 나서 맨 처음 할머니가 꺼낸 말이었다. 고모가 말뜻을 재빨리 알아듣고 고개를 끄덕였다. 인제는 안심했다는 듯이 할머니는 눈을 지그시 내리깔았다. 할머니가 까무러친 후에 일어났던 일들을 고모가 조용히 설명해주었다. 외할머니가 사람들을 내쫓고 감나무 밑에 가서 타이른 이야기, 할머니의 머리카락을 태워 감나무에서 내려오게 한 이야기, 대밭 속으로 사라질 때까지 시종일관 행동을 같이하면서 바래다준 이야기…… 간혹 가다 한 대목씩 빠지거나 약간 모자란다 싶은 이야기는 어머니가 옆에서 상세히 설명을 보충해놓았다. 할머니는 소리 없이 울고 있었다. 두 눈에서 하염없이 솟는 눈물방울이 홀쭉한 볼고랑을 타고 베갯잇으로 줄줄 흘러내렸다. 이야기를 다 듣고 나서 할머니는 사돈을 큰방으로 모셔오도록 아버지한테 분부했다. 사랑채에서 쉬고 있던 외할머니가 아버지 뒤를 따라 큰방으로 건너왔다. 외할머니로서는 벌써 오래전에 할머니하고 한 다래끼 단단히 벌인 이후로 처음 있는 큰방 출입이었다.

"고맙소."

정기가 꺼진 우묵한 눈을 치켜 간신히 외할머니를 올려다보면서 할머니는 목이 꽉 메었다.

"사분도 별시런 말씀을 다……"

외할머니도 말끝을 마무르지 못했다.

"야한티서 이얘기는 다 들었소. 내가 당혀야 헐 일을 사분이 대신 맡었구랴. 그 험헌 일을 다 치르니라고 얼매나 수고시렀으꼬."

"인자는 다 지나간 일이닝게 그런 말씀 고만두시고 어서어서 몸이나 잘 추시리기라우."

"고맙소, 참말로 고맙구랴."

할머니가 손을 내밀었다. 외할머니가 그 손을 잡았다. 손을 맞잡은 채 두 할머니는 한동안 말을 잇지 못했다. 그러다가 할머니 쪽에서 먼저 입을 열어 아직도 남아 있는 근심을 털어놓았다.

"탈없이 잘 가기나 혔는지 몰라라우."

"염려 마시랑게요. 지금쯤 어디 가서 펜안히 거처험시나 사분댁 터주 노릇을 톡톡이 허고 있을 것이요."

그만한 이야기를 나누는 데도 대번에 기운이 까라져 할머니는 가쁜 숨을 몰아쉬었다. 가까스로 할머니가 잠들기를 기다려 구완을 맡은 고모만을 남기고 모두들 큰방을 물러나왔다.

그날 저녁에 할머니는 또 까무러쳤다. 의식이 없는 중에도 댓숟갈 흘려넣은 미음과 탕약을 입 밖으로 죄다 토해버렸다. 그리고 이튿날부터는 마치 육체의 운동장에서 정신이란 이름의 장난꾸러기가 들어왔다 나갔다 숨바꼭질하기를 수없이 되풀이하는 것 같은 고통의 시간의 연속이었다. 대소변을 일일이 받아내는 고역을 치러가면서 할머니는 꼬박 한 주일을 더 버티었다. 안에 있는 아들보다 밖에 있는 아들을 언제나 더 생각했던 할머니는 마지막날 밤에 다 타버린 촛불이 스러지듯 그렇게 눈을 감았다. 할머니의 긴 일생 가운데서, 어떻게 생각하면, 잠도 안 자고 먹지도 않고, 그러고도 놀라운 기력으로 며칠 동안이나 식구들을 들볶아대면서 삼촌을 기다리던 그 짤막한 기간이 사실은 꺼지기 직전에 마지막 한 순간을 확 타오르는 촛불의 찬란함과 맞먹는, 할머니에겐 가장 자랑스럽고 행복에 넘치던 시간이었었나보다. 임종의 자리에서 할머니는 내 손을 잡고 내 지난날을 모두 용서해주었다. 나도 마음속으로 할머니의 모든 걸 용서했다.

정말 지루한 장마였다.

(1973)

코파와 비코파

창문을 통해서 연신 방안을 기웃거리는 어둑새벽의 무례함을 꾸짖는 기세로 자명종이 따갑게 울렸다. 웬만한 강당만큼이나 널찍한 매향실梅香室에서 잠시 사이좋게 머무는 듯하던 어둠하고 밝음이 갑자기 신입구출新入舊出의 자리바꿈을 했다. 누군가 창문의 커튼을 확 열어젖힌 탓이었다.

"닭 모가지 비트는 솜씨로 저놈의 시계 잠재워줄 용사는 없나?"

아직도 잠에 취한 목소리로 누군가 투덜거렸다. 하지만 태엽이 죄 풀릴 때까지 자명종의 외침은 계속되었다. 이를테면 그것은 열여섯 명의 교수들에게 단체생활의 첫 아침이 어떤 것인지를 새벽의 밝음과도 같이 일깨워주는 차가운 소리였다.

"기상!"

체육교육과의 박교수였다. 오랜 세월 운동장에서 목쉰 구령으로 다져진 그의 감때사나운 기합 소리는 방안에서 아직도 주춤거리던 어둠의 마지막 낙오 세력마저도 바깥 추위 속으로 사정없이 내쫓는 눈부신 전등빛하고 동시에 떨어졌다. 어느새 하늘색 바탕에 하얀 세로줄이 쳐진 산뜻한 트레이닝복 차림이었다. 그는 입시기간 중 연금 상태나 다름없이 비밀 장소에 격리된 채점위원들의 건강관리와 규율 문제를 책임 맡고 있었다.

"존경하는 교수님 여러분, 기상이란 말이 안 들립니까?"

그래도 여전히 별무효과였다. 박교수하고 침대를 이웃해서 쓰는 두어 사람만이 겨우 귀찮다는 듯이 몸을 뒤척이는 시늉이었다.

"아무래도 이거 안 되겠는걸. 논산 훈련소 신병들 다루듯이 해야겠어."

체육교육과의 중얼거림을 맨 구석자리의 침대가 비슷한 중얼거림으로 받았다.

"가만있자, 기상이 무슨 말이더라. 이 방엔 국문과 교수 하나도 없나."

"점잖은 분들이 정말 이러시기요? 학장님 명을 받들어서 본인은 지금 임무를 수행하는 중이오. 채점이 다 끝나고 여러분이 아무 탈 없이 여러분의 사랑스런 처자식들한테 웃는 얼굴로 돌아갈 수 있게끔 여러분의 건강을 책임지고 있는 사람이란 말이오."

"여보쇼, 박교수, 너무 그리 땍땍거리지 맙시다. 박교수나 우리들이나 다 똑같이 가르치는 입장인데 학생들 인솔하고 수학여행

나온 지도교사마냥 시어미 노릇 자청하고 나설 것까진 없잖소?"

"오라, 뉘신가 했더니만 신방과 김교수로군. 고교생 취급받기 싫거든 김교수 스스로 지성인답게 행동하시오."

"내 걱정일랑 마시오. 박교수야말로 지성인답게 행동하지 않으면 안 될 사람이오."

"내가 나갔다 돌아올 때까지 여러분이 계속 늑장을 부린다면 그때는 나도 방침을 바꾸겠소."

한바탕 으름장을 놓고 나서 체육교육과는 기세 좋게 방을 나갔다. 옆방인 송죽실松竹室 사람들을 기상시키기 위해서였다.

그러나 그쪽 형편도 마찬가지였다. 옥신각신 다투는 소리가 매향실까지 환히 들려왔다. 그럴 줄 알았다는 듯이 신문방송학과가 두꺼운 콘크리트벽으로 가로막힌 송죽실 쪽을 겨냥하고 착암기의 끝날이나 다름없는 섬뜩한 비웃음을 꽂았다.

"박교수 저 사람, 상당히 웃기는 데가 있단 말씀이야."

"전직 국가대표 육상선수 때문에 공연히 아침잠만 설쳤잖아."

경영학과 이교수가 투덜거렸다. 일행 중에서 가장 연장자인 특수교육과 문교수가 밀림 속의 타잔이 지르는 괴성을 흉내내어 늘어지게 하품을 토했다. 그가 큰 소리로 말했다.

"하룻밤 떨어져서 잤다고 느닷없이 늙은 마누라가 보고 싶어지누만."

"문교수님은 여지껏 부인한테 긁어댈 바가지 하나도 마련해드릴 형편이 못 되시는 모양이군요."

경영학과가 농을 걸었다.

"모르는 소리! 바가지 긁는 소리에 오래 길든 남편일수록 눈뜨자마자 맨 먼저 습관적으로 마누라부터 찾는 법이야. 마누라가 새벽같이 바가지를 안 긁어주면 출발신호를 못 들은 마라토너마냥 도무지 하루를 뛸 엄두가 안 나거든."

"마누라 대신 저 운동선수 출신 교수가 열심히 바가지를 긁어주는데 뭐가 걱정이오?"

신방과가 다시 한번 비웃음의 착암기로 송죽실 쪽 벽에다 구멍을 뚫었다.

"어휴, 피곤해."

영문과 최교수가 뼈마디를 우두둑거리며 기지개를 켰다. 그가 잠옷을 평상복으로 갈아입기 시작하는 걸 보고 국문과 김교수도 침대에서 빠져나왔다. 엄밀히 따지자면 그는 전임강사였다. 그는 순면 내의 차림 위에 혼방 바지를 꿰면서 문득 아내의 부석부석한 얼굴을 떠올렸다. 집을 나설 때 아내는 세면도구 따위가 담긴 손가방을 남편의 손에 들려주면서 마치 입영하는 애인을 떠나보내듯이 눈물바람을 하고 있었다. 아직도 신혼 기분에서 벗어나지 못한 아내는 배가 몹시 부풀어 있었다. 늦장가를 든 그는 앞으로 한 달 후면 애아빠가 될 예정이었다.

"어젯밤에 이 방에서 밤새껏 팥죽 쑨 양반이 대관절 누구요?"

남보다 일찍 옷을 갈아입은 영문과가 불쑥 목청을 높였다. 누가 들어도 결코 몰라서 묻는 형식이 아닌 게 분명했다. 바짓가랑이에 다리를 꿰거나 셔츠의 아가리 속으로 머리통을 쑤셔넣거나 하던 사람들이 갑자기 동작을 멈추었다. 아직도 침대 속에 파묻힌 채로 모자라는 잠을 아쉬워하던 사람들은 상체를 벌떡 일으켜세웠다. 티격태격 체육교육과하고 엉뚱한 기상 시비가 벌어지는 바람에 모두들 깜빡 잊고 있던 문제였다.

"지독하더군, 정말 지독해!"

그것이 영문과의 지적으로 퍼뜩 되살아났던 것이다.

"이건 뭐 팥죽 쑤는 정도가 아니라 증기기관차 한 대가 밤새도록 칙칙폭폭 온 방안을 헤매다니는 것 같더라니까."

경영학과의 말이었다. 여기저기서 한꺼번에 터뜨리는 너털웃음들로 방안이 떠나갈 듯했다.

"안면을 방해한 자가 누구야? 도대체 어떻게 생겨먹은 콧구멍이길래 그렇게 내 꿈자리를 사납게 만들었지?"

신방과였다. 그 말을 신호로 하여 방안의 모든 시선이 일제히 한군데로 쏠렸다. 집중사격의 과녁이 되는 자리에는 수학교육과 구교수가 있었다. 그는 고개를 푹 수그려 공격을 피하려 했다. 매향실에서 여지껏 한마디 말도 없이 그림자처럼 조용히 지내던 유일한 인물이었다. 그러잖아도 왜소해 보이던 그의 몸뚱이가 삽시에 더욱 초라하게 움츠러들었다. 만약 인간들의 쏘아보는 시선을 그만큼의 뾰죽한 물건으로 바꿀 수만 있다면 그는 급소를 무수히 난자당해서 필경 즉사하고 말았을 것이다. 고슴도치 모양으로 창칼이나 다름없는 사람들의 시선을 전신에 받은 채 그는 어찌할 바를 모르는 표정이 역력했다.

“장비나 관운장을 닮았다면 혹시 또 모르겠어. 체격이나마 영우습지도 않게 생긴 사람이 어디서 그렇게 요란한 소리가 나오는지, 원!”

“하루이틀도 아니고 밤마다 계속해서 피해를 볼 수야 없잖아?”

“아무래도 안 되겠어, 무슨 수를 내야지!”

“죄송합니다……”

“죄송하다면 다 끝나는 거요?”

“정말 죄송합니다…… 제가 일부러 그런 건 절대 아니고…… 제 딴엔 안 그럴려고 아무리 기를 써도……”

“흐음, 우릴 골탕 먹이려고 일부러 그런 게 아니라니까 눈물이 나올 만큼 고맙군.”

뭇매를 때리듯이 저마다 한마디씩들 떠들었다. 너무 야박스레 몰아세우는 감은 없지 않으나 사람들의 이야기가 전적으로 틀린 건 아니었다. 사실 수학교육과의 코고는 소리는 요란하다못해 장엄하게마저 들릴 지경이었다.

수학교육과 혼자서만 도맡아서 코를 골지는 않았다. 밝힐 만한 처지가 아니라서 그렇지 실상은 국문과도 같은 일로 말마디깨나 들어야 할 사람이었다. 결혼하고 나서 아내를 한동안 불면증에 시달리도록 만든 것도 다름 아닌 그의 코였다. 간밤에도 그는 뭔가 짚이는 가늠이 있어 자다 말고 얼핏 잠이 깨었다. 천장에 달라붙었다 방바닥에 가라앉았다 하는 요란한 드르렁거림 때문이었다. 그런데 틀림없이 제 것인 줄만 알았던 그 소리가 남의 코에서 나온다는 사실을 알아차리고 나서 그는 비몽사몽중에도 안도의 한숨을 내쉴 수가 있었다. 이웃에 보다 큰 허물이 있는 덕분에 상대적으로 작아 보이는 허물은 다행히도 감추어진 셈이었다.

"사정이 사정이니만큼 우리가 자구책을 강구한다고 구교수는 누굴 원망해선 안 돼요."

신방과가 미리감치 오금을 콱 박았다. 그러자 수학교육과는 두꺼운 안경알 너머로 커다란 눈을 연방 끔적거리며 울상을 지었다.

"죄송합니다……"

K시에서 꽤 멀리 떨어진 한적한 산장에서 맞이한 격리생활의 첫번째 아침은 대충 이런 식으로 우스꽝스럽게 시작되었다.

신설 지방대학이었다. 설립 인가를 받고 처음으로 뽑는 신입생이었다. 재단 이사장의 처남인 학장은 신설 학교를 단기간 내에 명문으로 도약시키려는 의욕에 가득차 있었다. 그러기 위해서는 처음부터 훌륭한 전통을 세워나가야 하는데, 말하자면 공정한 입시 전형은 명문을 향한 첫 관문에 해당되었다. 요즘 아무데서나 흔히 유행하는 보안이라는 말이 말끝마다 강조되었다. 모든 전형 업무가 대외비對外秘를 표방하는 가운데 진행되었음은 물론이다. 보안을 철저히 하기 위하여 채점위원으로 선발된 열여섯 명의 교수들은 스쿨버스를 타고 멀리 유성온천으로 떠났다. 온천에서 목욕하고 술 마시며 웬만큼 시간을 보낸 후에 이번에는 전세버스를 이용해서 밤늦게 다시 K시 근처로 되돌아가 추적자를 따돌린 도둑 모양으로 산장의 별채에다 여장을 풀었다. 애당초 부정의 소지를 멀리하려는 학장의 배려 때문이었다.

아직도 대학으로서의 기틀이 잡히지 않아서 매사에 질서가 물렁물렁한 상태였다. 더구나 최근에 와서야 서둘러 구성된 교수진이기 때문에 동료들끼리도 피차간에 아는 바가 거의 없는 형편이었다. 겨우 통성명 정도나 마치고 서먹서먹하게 지내던 사람들이 갑자기 한군데 모여 숙식을 함께하는 데서 생기는 부작용들이 적지 않았다.

교무과장이 그들을 채점위원으로 지명하는 순간부터 불만은 시작되었다. 사박 오일의 연금생활을 하나같이 마땅찮게 여긴다는 점에서만 공통성을 지녔을 뿐, 그들은 그 밖의 일엔 저마다 다른 바퀴를 굴리려 들었다. 이른바 헛바퀴였다. 아무리 엄처시하라 할지라도 하루이틀도 아닌 격리 기간을 합법적인 외박의 기회라고 반기는 사람은 아무도 없었다.

그들은 격리생활만이 아니라 그들이 떠맡은 채점 업무 그 자체에 반발을 느끼고 있었다. 다른 대학에서는 주로 사무직원들이 관장하는 업무였다. 미처 사무 기구가 갖추어지지 않았다는 이유로 그것이 교수들 손에 떨어졌다. 체제가 미비된 신설 학교로서의 사정을 감안한다 하더라도 한번 곤두박질친 교수로서의 자존심은 여간해서 다시 낭떠러지 위로 기어오를 줄 몰랐다.

체육교육과가 송죽실 사람들을 가축처럼 몰고 매향실로 들어섰다. 그는 창문을 활짝 열어젖뜨렸다. 창밖에 줄지어 대기하고 있던 황소바람이 뿔을 앞세운 채 마구 콧김을 불어대며 방안으로 몰아닥쳤다. 지난번에 내린 눈이 다 녹지 않아서 별채 뒤편 가파른 비탈의 숲속은 아직도 백색의 시련에서 벗어나지 못하고 있었다. 잔설에 발목을 붙잡힌 앙상한 나무들이 오들오들 떨고 있는 창밖 풍경을 국문과는 덩달아 떨면서 바라보았다.

“젊은 사람이 해두 너무나 하네. 나 같은 늙은이는 얼어죽어두 좋단 말인가?”

특수교육과의 항의를 체육교육과는 일종의 어리광으로 받아들이는 눈치였다.

“나이드신 분한테는 아침 운동이 제일 좋은 보약이지요.”

“강아지가 맨발 벗고 다니니까 박교수는 지금이 오뉴월인 줄 아슈?”

방금 송죽실에서 건너온 물리학과 손교수가 창문을 도로록 닫아버렸다.

“손교수, 얼른 창을 열어요! 겨우 요까짓 추위를 무서워하다니,

손교수는 창피하지도 않소?"

"박조교수, 날 자꾸 교수라 부르지 마시오. 교수가 아니고 난 전임강사요."

물리학과하고 체육교육과 사이에 때아닌 입씨름이 벌어졌다.

"그래, 전임강사는 건강치 못한 자신이 자랑스럽기라도 하단 말이오? 사내대장부 체면에 당신 체격이 그게 뭐요?"

"당신하고 나하곤 전공이 다르니까 체격도 다를 수밖에! 입장을 바꿔서 생각해보시오! 갈비씨인 내가 체격 좋은 당신한테 만일 아인슈타인을 과제로 준다면 당신은 추위를 타지 않고도 상대성 원리를 상세히 논술할 수 있겠소?"

"손교수 말씀에 일리가 있어요."

신방과가 사이에 끼어들었다.

"박교수가 운동장에서 축지법으로 육체를 단련하는 동안에 우린 형이상학적인 과제로 두뇌를 단련했어요. 자기 전공이 아닌 분야에 서툴기는 박교수나 우리나 피장파장이란 말이오."

"뭐라구? 당신 지금 내 전공을 모독하는 거요?"

"긴급동의요!"

험악해지는 분위기를 경영학과가 오른손을 높이 들어 깨뜨렸다.

"보건체조보다도 더 급선무가 있습니다. 우리들 건강을 위해서는 소음공해가 훨씬 심각한 문제로 대두되고 있습니다."

"그건 또 무슨 소리요?"

체육교육과의 물음에 경영학과는 다시 오른손을 들어 답했다.

"트럼본을 불어대는 바람에 잠을 잘 수가 없어요. 코고는 사람하고 안 고는 사람을 엄격히 분류해서 각각 방을 따로 쓰기로 합시다!"

"옳거니, 이 동네도 우리하고 사정이 같구만, 그 문제라면 나도 대찬성이오."

물리학과가 즉각 재청을 하고 나섰다. 그러자 체육교육과의 낯빛이 별안간 시뻘겋게 변했다.

"코고는 소리를 빙자해서 날 은근히 비난할 생각들인 모양인데, 어림도 없는 수작이오! 당신네들이 똘똘 뭉쳐서 그런다고 기가 죽을 내가 아니오! 나한테 더 할말 있는 사람은 나오시오!"

말을 마치고 체육교육과는 잡아삼킬 듯이 좌중을 노려보았다. 그가 갑자기 왜 그렇게 나오는지 얼른 납득이 되지 않아 사람들은 잠시 어리둥절했다.

"좋소! 여러분이 원한다면 나는 방을 따로 쓰겠소! 허지만 앞으로 코고는 걸 약점 잡아서 날 인신공격하려는 자는 상대가 누가 됐든 절대로 용서하지 않을 작정이니까 그리 아시오!"

그제야 이유를 알고 사람들은 킬킬거렸다.

"하긴 자수해서 광명 찾는 것도 용기에 속하지."

"운동하는 사람은 역시 화끈한 데가 있다니까."

킬킬거림이 어느새 폭소로 바뀌었다. 이번에는 체육교육과 쪽에서 어리둥절할 차례였다. 그리하여 코고는 소리가 화제의 아랫목을 차지하는 바람에 보건체조 시비는 자연히 윗목으로 밀려나고 말았다.

"쇠뿔은 단김에 빼랬다고, 기왕 말이 나왔으니까 당장에 방을 재편성하는 작업부터 진행합시다."

체육교육과의 콧대를 꺾은 여세를 몰아 물리학과가 이렇게 제안했다.

"우리 이렇게 합시다. 코를 안 곤다고 자부하는 사람은 저쪽 출입구 앞으로 모이고, 스스로 양심껏 판단해서 약간 심하게 곤다 싶은 사람은 안쪽 침대로 모이기 바랍니다."

신방과였다. 그는 말을 마치기 무섭게 솔선해서 출입구를 향해 당당한 모습으로 걸어갔다. 그러나 선착순이기라도 하듯이 많은 사람들이 우르르 몰려가서 그를 에워쌌다. 안쪽으로 걸어와서 침대 모서리에서 털썩털썩 주저앉는 사람은 불과 몇 명밖에 안 되었다. 이미 정평이 나버린 수학교육과하고 체육교육과는 말할 나위도 없는 안쪽 사람이었다. 국문과 또한 출입구 쪽으로 슬그머니 자리를 옮길 만큼 낯가죽이 두툼하지가 못했다.

"내가 괜한 소리를 지껄여서 불집을 건드려놓았구나."

영문과가 국문과에게 나지막한 소리로 말을 건네왔다. 두 사람은 보따리장수 시절에 같은 대학에서 시간을 맡은 적이 있어 기중 가까이 지내는 사이였다.

"그렇진 않아. 최형이 아니더라도 불집을 건드릴 사람은 얼마든지 있었을 거야."

국문과 역시 나지막한 소리로 대꾸하면서 아까부터 방구석에 깊이 박혀 내내 그림자 같은 모습으로 조용히 서 있는 수학교육과 쪽에 신경을 썼다. 영문과가 다시 중얼거려왔다.

"김형은 내 성격 잘 알잖아. 난 구교수를 일부러 궁지에 몰아넣을 생각까진 없었어. 아침 문안 삼아서 한번 가볍게 웃기려고 그랬을 뿐이야."

자기 입으로 맨 먼저 꺼낸 팥죽 운운이 영문과는 영 마음에 걸리는 모양이었다.

"시계가 울기 무섭게 박교수가 설쳐대지 않았더라면 어쩌면 나도 똑같은 소리를 지껄였을지도 몰라. 구교수 덕분에 실은 나도 간밤에 숙면을 훼방당했거든."

"암튼지 미안해. 김형한테는 미안해도 나는 저쪽으로 이사가야겠어."

11대 5로 완전히 패가 갈리었다. 크고 작은 두 무더기의 집단이 마치 서로 용납 못할 어떤 중대한 이질감을 상대편의 면면에서 확인하려는 자세로 팽팽히 대치했다. 분위기가 차츰 이상한 방향으로 흘러가고 있었다. 좀전까지만 해도 전혀 상상조차 하지 못했던 급격한 변화였다.

"이교수는 가짜야!"

아동복지학과 윤교수가 못 먹는 감 찔러나보자는 식으로 약학과를 물고 늘어졌다.

"나 말인가?"

"그럼 이교수말고 가짜가 또 있나? 어젯밤에 자다가 들으니까 드릉드릉 코만 신나게 잘도 골던데 뭘."

"아니라구. 어제는 내가 온천서부터 술이 너무 과했잖아. 술을 안 마신 날은 윤교수가 제발 골아달라고 애걸해도 난 코를 못 고는 성격이야."

약학과는 펄펄 잡아떼었다.

"지성인답게 태도를 분명히 합시다. 양심에 비추어서 이교수는 이쪽이오, 저쪽이오?"

약학과로 하여금 오른손을 들어 선서라도 시키려는 듯이 물리학과의 표정은 매우 엄격했다.

"이러다가 생사람 잡겠네! 윤교수 자기가 코를 고니깐 괜히 심통이 나서 남까지……"

"그렇다면 이교수는 오늘부터 누룩 냄새 근처엔 일체 얼씬도 마시오!"

침대하고 출입구 사이를 오가던 공방을 신방과가 마무리지었다. 그러자 이번에는 또 출입구 사람들 속에서 내분이 일어났다.

"여기 이 김교수처럼 이빨을 오도독오도독 갈아붙이는 사람은 어느 쪽으로 보내야죠?"

야간부 영문과의 조교수가 맞은편에 선 생물학과를 빤히 손가락질했다.

"뭐야? 당신은 잠 한숨도 안 자고 철야하면서 올빼미같이 나만 감시했단 말이지?"

"이빨 가는 소리는 참말로 끔찍해서 못 들어주겠어. 거기 비하면 코고는 소리는 차라리 음악에 가깝지. 소름이 쭉쭉 끼쳐서 이거야 어디 견뎌낼 재간이 있나."

"염려 붙들어 매시지, 조교수처럼 맛없게 생긴 사람은 절대로 안 씹을 작정이니깐."

"당신네 방에서 추방한다 해도 우리 방에서는 한사코 이빨쟁이 따위는 받아들이지 않겠어."

생물학과를 이쪽으로 떠넘길까봐서 아동복지학과가 미리감치 오금을 콱 박아놓았다.

"걱정 말아요, 윤교수는 콧구멍을 틀어막고는 잘 수 없지만 나는 입에다 손수건을 물고라도 잘 수 있으니깐!"

한바탕 설왕설래를 거쳐 방을 재편성하는 작업은 일단락되었다. 코를 안 고는 편에서 송죽실을 사용하기로 결정이 났다. 그 순간부터 송죽실 사람들은 비코파로, 매향실 사람들은 코파로 각각 불리기 시작했다.

열한 명이나 되는 비코파가 방 하나에 몰린다는 건 불공평한 처사라는 주장도 없지 않았으나 어쩔 도리 없는 노릇이었다. 비좁게 지내는 대신 그들한테는 소음공해 없이 편히 잘 수 있다는 이점과 함께 자랑스럽게도 자기는 비코파에 속해 있다는 우월감이 한 가마씩 배급되었다. 코파가 시무룩해 있는 반면에 비코파는 흠결 없는 완벽한 인간으로서 적격 판정이라도 받은 것처럼 활기에 넘치는 모습들이었다. 마치 코를 골고 안 고는 그 차이로 문명인과 야만인을 분별하는 기준을 삼는 그런 분위기였다.

각자 자기 소지품을 챙겨 방을 옮기느라고 한바탕 북새를 떨었다. 괴질이 발생한 마을을 등지고 안전한 곳을 찾아 허둥지둥 피난길에 나서는 행렬 같았다. 코파 대하기를 비코파는 흡사히 전염병자 대하듯이 하면서 송죽실로 썰물져서 물러가버렸다.

"방이 넓고 조용해서 좋구만."

갑자기 휑뎅그렁해진 방안을 둘러보면서 체육교육과가 차라리 전화위복이라는 표정을 지었다. 그러나 그것은 허세에 지나지 않았다. 사실은 열등한 인간으로 낙인찍혀 따돌림당한 자들의 집단이 당연히 가질 법한 을씨년스러운 분위기가 코파의 매향실을 무지근히 내리누르고 있었다.

"미안해요, 김교수."

수학교육과가 머뭇머뭇 옆으로 다가와서 마치 학점을 구걸하는 유급 대상자와도 같은 투로 말했다. 일련의 사태에 대한 책임이 전적으로 자기한테 있다는 식이었다.

"미안하긴요. 구선생님이나 저나 다 똑같은 코판데요, 뭐."

한편으로는 고개를 좌우로 썰썰 내저으면서도 다른 한편으로 저도 모르게 상대방의 콧잔등에 가서 머무는 자신의 시선을 국문과는 의식했다. 그는 수학교육과의 코가 남달리 크고 벌름하다는 사실을 그때 처음으로 알아차렸다. 유난스러운 그 코하고 도수 높은 안경만 들어낸다면 얼굴에 아무것도 남는 게 없을 기형적인 인상이었다. 딱해 보일 지경으로 못생긴 얼굴인데다가 아주 형편없는 약골이었다. 그가 갖추고 있는 것들 가운데서 굳이 사내다운 구석을 들추라면 그래도 그 코하고 코에서 나오는 그 소리를 꼽을 수 있을 것이었다. 상식을 뛰어넘는 수학교육과의 행동을 두고 지난번에 품었던 의문을 국문과는 그제야 풀 수가 있었다.

엊그제의 일이었다. 채점위원 명단이 발표되고 나서 사람마다 희비가 엇갈리는 때였다. 명단에 든 축이 사나운 일진만 애꿎게 탓하는 반면에 명단에서 빠진 축은 호구를 벗어난 만큼이나 흐뭇해하는 것이었다.

자그마치 사박 오일의 귀양살이가 날벼락 같기는 국문과도 예외일 수가 없었다. 집을 비워서는 안 될 이유가 그에게는 충분히 있었다. 아내의 임신중독증 때문에 온 집안이 난리를 치른 지가 불과 얼마 전이었다. 그리고 최근 들어 아내는 조산의 징후를 이따금 호소해오는 터였다.

국문과는 체념이 빠른 편이었다. 다른 사람하고 바꿔달라고 교무과장한테 사정해볼까 하다가 그만두었다. 자기 대신 기꺼이 귀양살이를 떠맡아줄 사람이 있을 것 같지가 않아서 그는 다른 채점 위원들처럼 겉으로 드러내어 불평을 늘어놓지도 않았다. 그는 퇴근길에 처가에 들러서 자기가 집을 비우는 동안 아내를 장모한테 부탁할 작정이었다.

"정교수님……"

화장실로 막 들어서는 국문과를 기다렸다는 듯이 부르는 사람이 있었다. 수학교육과였다. 신설 학교에서 한꺼번에 수많은 동료를 새로 사귀게 되었으므로 같은 계열 과가 아닌 이상 상대방의 이름과 얼굴을 제각각 따로 기억하는 경우는 드물지 않았다. 국문과는 구태여 수학교육과의 실수를 바로잡을 필요를 느끼지 않았다.

"혹시 라이터 가진 것 있으십니까?"

수학교육과가 한껏 정중한 목소리로 물어왔다. 그가 담배를 피우려고 그러는 줄 알고 국문과는 매우 유감스럽다는 듯이 대답했다.

"없는데요."

그러자 우수에 잠겨 있는 듯하던 수학교육과의 얼굴이 다리미질이라도 끝마친 품수로 활짝 펴졌다. 그는 꽉 움켜쥔 손아귀를 자기 얼굴처럼 활짝 펴면서 앞으로 내밀었다. 끈적끈적 땀기가 밴 손바닥 위에 꽤 값이 나가는 고급품임을 첫눈에 알아볼 만한 라이터 하나가 날름 올라앉아 있었다.

"마침 잘됐군요, 그렇다면 이걸 쓰십시오."

"저는 담배를 끊었는데요?"

끊었다기보다도 취중의 빼끔담배질말고는 아예 당초부터 금연자에 속하는 편이었다. 국문과는 어찌된 영문인지를 몰라 그를 우두커니 내려다보았다. 순간적으로 낙망의 빛이 스치는가 싶더니만 그의 표정은 금세 도로 밝아졌다.

"그렇다면 이거는 어떻습니까?"

그는 라이터를 집어넣는 대신 저고리 안주머니에서 만년필을 뽑아들었다. 역시 고급 외제인데다가 신종이나 다름없는 물건이었다. 갈수록 태산이었다. 국문과는 점점 더 영문을 알 수가 없게 되었다.

"무슨 말씀이신지……"

"마음에 드실지 모르겠군요."

"그걸 저한테 주시겠다는 뜻입니까?"

"예, 제 성의로 알고 받아주십시오."

"까닭도 모르고 제가 어떻게 선물을 받겠습니까?"

"부탁이 한 가지 있는데요."

국문과의 손에다 억지로 만년필을 쥐여주면서 그가 말했다.

"집안에 복잡한 사정이 있어서 그러는데요, 염치없는 소리지만 제 대신 채점을 맡아주실 수는 없으신지……"

국문과는 하마터면 실소할 뻔했다. 잔뜩 겁을 집어먹은 얼굴에 두꺼운 안경알을 방패 삼아 커다란 두 눈만 대고 끔적거리고 있는 수학교육과의 모습이 몹시 희극적으로 느껴졌다.

"그런 부탁이라면 곤란하군요."

성의가 부족해서 거절하는 줄로 착각한 모양이었다. 되돌려주는 만년필을 받아들고 당황하는 기색을 감추지 못하던 수학교육과의 손이 저고리 앞섶을 거쳐 혁대에서 머물렀다. 그것 역시 값비싼 외제일 성싶었다. 악어가죽으로 보이는 그 혁대를 만년필에다 얌냥해서 성의를 표하려는 동작으로 비쳤다. 누구하고 뺨 맞기 내기를 걸어도 좋았다. 잘만 하면 화장실 안에서 수학교육과를 홀랑 발가벗기는 일도 가능할 것 같았다. 하지만 국문과는 보나마나 형편없을 게 빤한 그의 나체를 구경하고 싶은 생각이 추호도 없었다.

"사실 저도 채점위원으로 뽑혔거든요."

"그럴 리가 없어요!"

수학교육과가 비통한 목소리로 외쳤다.

"국문과에선 다른 분이 뽑혔잖아요. 정교수님 이름이 명단에서 빠진 걸 이 눈으로 분명히 확인했어요!"

"뭔가 잘못 아셨군요. 정이 아니고 저는 김입니다만……"

국문과 안에 정교수란 사람은 원래 있지도 않았다. 참담하게 일그러지는 상대방의 얼굴을 국문과는 차마 정면으로 대하기가 거북했다.

"아아……"

수학교육과의 입에서 절망적인 신음소리가 흘러나왔다. 국문과가 용변을 다 마칠 때까지도 그는 타일 바닥에 붙박인 채 그대로 멍청히 서 있었다. 국문과는 서둘러 화장실을 빠져나가려다가 복도에서 불쑥 들어서는 사람하고 이마를 부딪칠 뻔했다.

"아, 한교수님!"

국문과는 등뒤에서 울리는 수학교육과의 목소리를 들었다. 내가 언제 절망했더냐는 듯이 그의 목소리는 새롭게 활기를 띠고 있었다. 방금 화장실로 들어간 사람은 아동복지학과 윤교수였다.

학장이 교무과장을 대동하고 격려차 산장을 찾아왔다. 학장은 먼저 보안 상태부터 자기 눈으로 일일이 점검했다. 원래 단체손님만 받으려고 후미진 산자락에다 외따로 지은 별채인지라 상호감시 체제하에 있는 동료들의 눈을 피해 본채의 어떤 투숙객하고 수상쩍게 접촉하는 짓은 거의 불가능했다. 일행이 도착하기 전에 미리감치 별채의 전화기를 치워버렸으므로 외부하고 연락할 길도 끊겨 있었다.

학장은 곧바로 학교로 되돌아가고 교무과장만 남아서 채점위원들의 감독에 임했다. 학장 앞에서는 못 쏟았던 갖가지 불평불만들이 한꺼번에 교무과장한테 쏟아졌다. 어린 나이도 아닌 교수들이 도무지 말을 안 들어서 건강관리에 애로가 많다는 체육교육과의 볼멘소리를 비롯해서, 잠자리가 불편하고 음식이 입에 안 맞는다느니, 외롭고 답답해서 견딜 수가 없다느니 하고 별의별 말들이 다 나왔다.

"여러분의 고충은 충분히 이해하고도 남아요."

교무과장이 말했다.

"그렇지만 학교에 남아 있는 사람들이라고 빈둥빈둥 태평세월을 보내는 건 아닙니다. 예비소집이다, 면접이다 해서 그쪽은 그쪽대로 매일 눈코 뜰 새 없이 바쁘게 돌아가고 있어요. 내년부터는 교수님들한테 이런 일 시키지 않을 작정이니까 금년 한 번만 인내심을 발휘합시다."

오후부터 채점 업무에 들어갔다. 열여섯 명의 채점위원들은 교무과장한테서 담당 과목의 서류를 한 뭉치씩 배급받았다.

"이럴 수가, 감히 이럴 수가 있나!"

첫번째 지원자의 성적을 대하자마자 약학과는 몹시 분개했다.

"아무리 신설에다 지방에다 후기라곤 하지만 그래도 명색이 대학 아닌가! 그런데 간신히 턱걸이해서 딴 이백 점으로 약학과를 지망하다니!"

그는 두번째의 성적을 보고 까무러칠 만큼 놀랐다.

"이번에는 백 점대야, 백 점대! 이런 것도 점수라고 불쑥 디밀다니, 감히 이럴 수가! 이것들이 시방 약학과를 뭘로 알고 까부는 거야!"

약학과의 '감히 이럴 수가!'는 끊임없이 되풀이되었다. 누가 보더라도 인기 학과의 티를 내고 있음이 분명했다. 전날 접수가 마감된 원서의 최종 집계는 예견했던 대로 약학과가 최고 경쟁률을 보이고 있음을 나타냈던 것이다.

"나는 힘 안 들이고 빨리 끝낼 수 있어서 행복한걸."

경쟁률이 가장 낮은 회계학과 유교수가 약학과를 돌아다보면서 약을 올렸다. 우려했던 미달 과가 생기지 않은 것이 다행이었다. 평균 3대 1을 약간 상회하는 경쟁률에 모두들 만족을 표시하고 있었다.

채점 그 자체는 별로 어렵지 않았다. 개인별 학력고사와 고교 내신성적에다 반영률 칠십 퍼센트와 삼십 퍼센트를 각각 계산해서 합한 다음 득점순으로 과별 지원자 전체의 성적일람표를 만들어 커트라인을 정하면 된다. 아주 기계적인 단순작업이었다.

그러나 그 단순성 때문에 사람들은 곧 진력을 내기 시작했다. 교무과장이 본채 옆에 있는 산장 다실에다 차를 주문했다. 보온병과 찻쟁반을 든 여자가 둘이나 나타나자 모두 일손을 놓아버렸다. 하나는 한복이고 하나는 양장이었다.

"아가, 너 손 한번 섬섬옥수구나."

연장자인 특수교육과가 찻잔을 든 한복의 손을 어루만졌다.

"엎질러지겠어요. 뜨겁다구요."

한복이 밉지 않게 눈을 흘겼다.

"괜찮다. 가운데 중요 부분만 화상 안 입으면 된다."

특수교육과가 웬만해서는 한복을 놓아주려 하지 않자 신방과의 눈에 불이 켜졌다.

"노인양반 혼자서만 재미보시지 말고 어서 이쪽으로 돌리시오."

"이 사람아, 찬물도 위아래가 있는 법이네."

나이에 관계없이 하룻밤 새 여자에 주려 있는 사람들 같았다. 여자들의 일거수일투족을 모두들 뜨거운 시선으로 열심히 뒤쫓고 있었다.

"밤에 몇시쯤 다방 문 닫지?"

경영학과가 양장을 붙잡고 은근한 소리로 물었다.

"칠칠맞게 자네는 웬 껌덩어리를 붙이고 다니는가?"

붙어 있지도 않은 껌을 떼려고 체육교육과는 한복의 팡파짐한 엉덩이를 친절히 매만져주었다. 사람들의 시선이 여자들한테 쏠린 기회를 틈타서 수학교육과가 슬그머니 국문과 쪽으로 다가왔다.

"계산하기 복잡하시거든 언제든지 수학 전공을 찾으십시오. 성의껏 도와드릴 테니까."

"뭐 복잡할 것도 없어요. 휴대용 계산기를 준비해왔거든요."

상대방의 친절을 국문과는 가볍게 사양했다. 그러나 그 순간 수학교육과가 짓는 울상을 보고 그는 아차 싶었다.

"하지만 계산기란 게 아무래도 낯설어서 필산보다 외려 더 불편하더군요."

그것 보라는 듯이 수학교육과는 금세 해낙낙한 표정으로 바뀌었다. 그럴 때의 그는 꼭 순진한 어린애 같았다. 그는 국문과의 곁을 떠나려 하지 않았다. 고아원 아이가 보모한테 매달리듯이 그는 국문과의 주위를 빙빙 싸고돌면서 집요하게 말을 걸 기회만 노렸다. 그의 지나친 친절이 오히려 부담스럽게 느껴지기 시작하던 차에 때마침 교무과장이 가까이 왔다. 국문과는 얼른 과장을 불렀다.

"오늘중으로 다시 시내에 들어가실 거죠?"

"그래야지. 내일은 아침부터 면접을 지켜봐야 되니까……"

과장은 갑자기 말을 중단하면서 국문과를 빤히 쳐다보았다. 경계하는 빛이 얼굴에 역력했다.

"그런데 그런 질문은 뭣 땜에 하지요?"

"집사람한테 전화 좀 걸어주셨으면 해서요."

"집안에 우환이라도 있나요?"

"예, 집사람이 걱정돼서 그럽니다. 상태가 심상찮은 걸 보고 나왔거든요."

과장이 미소를 지었다.

"그건 구교수가 벌써 한 번 써먹은 수법입니다."

국문과는 어이가 없어 수학교육과를 돌아다보았다. 눈길이 마주치자 수학교육과는 슬그머니 고개를 돌렸다. 국문과는 화가 났다.

"구선생님 사모님도 한 달가량 앞당겨서 조산할 징후가 뵌다고 그러시던가요?"

"설령 집안에 그런 딱한 사정이 있다 해도 이제 와서 김교수를 여기서 내보낼 순 없습니다."

"절 내보내달라는 얘기가 아닙니다!"

국문과는 핏대를 올려가며 사정을 자세히 설명했다. 그제야 과장은 머리를 끄덕였다.

“댁으로 연락해드리지. 그렇지만 너무 염려할 것 없어요. 난생 처음으로 아빠가 되려는 사람들 심정은 대개 다 그런 법이니까.”

교무과장이 멀리 떨어지기를 기다려 수학교육과가 귓가에 와서 소곤거렸다.

“제가 과장한테 거짓말하는 바람에 김교수님이 손해를 보시는군요.”

“사모님이 편찮으시다는 게 거짓말였습니까?”

“거짓말이고말고요. 제 마누라는 피둥피둥 너무 건강해서 탈이랍니다. 차라리 어디 한두 군데쯤 왕창 아파서 꼼짝 못하고 드러눠 있었으면 좋겠어요.”

“그런데 뭐가 그리 걱정돼서 여길 빠져나가시려고 거짓말까지……”

수학교육과는 대단히 낭패스러운 기색이었다. 무엇인가에 쫓기는 말투로 그는 변명을 서둘렀다.

“제 자신을 위해서가 아니고 마누라 때문에 그래요. 그 여자는 더듬더듬 손을 놀려봐서 만일 남편이 안 잡히는 날이면 온밤을 뜬 눈으로 밝히는 별쫑맞은 체질이지요.”

밤새껏 증기기관차처럼 푸푸거리는 추물단지 사내한테도 자기 마누라를 휘어잡을 만한 매력 한 가지쯤은 어딘가에 숨어 있는 모양이었다. 남자란 모름지기 코가 좋아야 물건도 좋다는 속설이 어쩌면 맞는 말일지도 모른다고 국문과는 생각했다.

두 눈 멀쩡히 뜬 채 대낮부터 코를 드르렁거리는 사람은 있을 턱이 없으므로 그들은 코파와 비코파를 굳이 따지지 않고 평상시의 친소 관계에 따라 송죽실하고 매향실을 자유롭게 왕래했다. 차를 마신 후에 다시 채점 작업에 들어갔으나 사람들 거개가 일손이 안 잡히는 모양이었다. 여자들이 지나간 김에 음담들 나누느라고 웃고 떠드는 소리로 매향실 한구석이 소란했다. 얼씨구나 하고 약학과가 그쪽으로 끼어드는 바람에 '감히 이럴 수가!'는 한동안 자취를 감추었다. 음담판의 한가운데 특수교육과가 좌장 격으로 버티고 앉아 있었다.

"옛날옛적 어떤 두메산골 외딴 오두막에 시할머니과부 시어머니과부 며느리과부, 이렇게 세 과부가 외롭게 살고 있었지. 가을비가 부슬부슬 내리는 깊은 밤이었어. 세 과부가 한방에 모여서 길쌈을 하고 있는데, 이때 며느리과부가 불쑥 한다는 소리가……"

내내 국문과 옆에만 붙어앉아서 치근덕거리던 수학교육과가 웬일로 허둥지둥 물러갈 채비를 했다. 국문과는 이내 그 이유를 알고 쓴웃음을 머금었다. 영문과가 매향실로 들어서는 중이었다.

"아침에 제가 본의 아니게 구선생님한테 실례를 범했습니다."

"최교수님 뵐 면목이 없군요."

영문과의 때늦은 사과를 다른 또하나의 비난인 양 착각했는지 수학교육과는 되레 사과의 말을 입속으로 우물거리면서 도망치다시피 떨어져나갔다.

"산수 공부는 잘 돼가나?"

"말도 마. 최형이 나타나줬으니까 망정이지 안 그랬더라면 저 사람 때문에 아주 파김치가 될 뻔했어."

"그래도 구선생은 자기가 존경하고 의지할 만한 신사분은 이 동네에서 오로지 김형밖에 없다고 철석같이 믿고 있는 눈치던데?"

"글쎄 저 사람이 어쩌다가 그런 착각을 하게 됐는지 나도 모르겠어. 누가 또 자기를 욕하지 않나 하고 노상 남의 눈치만 살피는 것 같아서 측은한 생각이 들긴 하지만, 한마디로 귀찮아 죽겠다는 것이 내 솔직한 고백이야."

직사각형의 한 모서리, 즉 두 면의 벽이 만나 이루는 맨 구석자리에 깊이 들어앉아서 이쪽의 동정을 흘끔흘끔 살피는 수학교육과에 신경이 쓰여 국문과는 더이상 그의 험담을 계속할 수가 없었다. 영문과가 둥글게 모여앉은 사람들 쪽으로 시선을 돌렸다.

"……그때까지 잠자코 길쌈만 하던 시할머니과부가 화를 벌컥 내면서 이렇게 야단쳤다네. 야 이년들아, 찬물도 위아래가 있는 법이니라!"

웃음소리가 요란했다. 이제 막 음담 한 자리를 끝낸 특수교육과는 연이어 다음 음담을 준비하느라고 헛기침으로 목청을 가다듬고 있는 중이었다.

"김형 생각엔 저 사람들이 하루아침에 백팔십도로 달라진 것 같잖아? 이를테면 세단이 똥차로 회까닥 바뀌는 식으로 말이지."

"전에 누가 그러더군. 가정이란 굴레에서 일단 벗어났다 하면 세상의 모든 기혼자는 정신적인 오입쟁이가 되는 법이라고."

"내 얘긴 비단 그런 뜻만이 아니야. 섹스에 대한 관심도 관심이지만, 그보다도 인간성 그 자체가 전혀 딴판으로 달라지는 것 같단 말씀이야. 아침에 눈뜨자마자 겪었던 재편성 소동이 그 단적인 예지. 도대체 무엇이 사람들을 지성이고 나발이고 다 팽개치고 제멋대로 행동하게 만드는지 알 수가 없단 말씀이야. 모두가 일치단결해서 누군가 한 사람 열심히 미워하거나 열심히 병신 만들지 않으면 단체생활이 유지될 수 없는 모양이야. 인간이란 동물이 갑자기 무시무시하게 느껴질 정도라니까."

끔찍스럽다는 듯이 영문과는 진저리를 치는 시늉마저 곁들였다. 그걸 보고 국문과는 음흉스러운 미소를 지었다.

"최형은 예비군 훈련 안 받아봤어?"

"물론 받았지."

"그걸 한번 생각해봐. 민간복일 때는 저마다 다 착실한 가장처럼 보이고 충실한 직장인처럼 보이고 대접받는 사회인처럼 보여. 그런데 예비군복으로 갈아입었다 하면 너도나도 개판을 치려 들거든. 아무데나 대고 오줌도 깔기고 지나가는 부녀자도 희롱하고 무단횡단도 서슴지 않고……"

"그러고 또 그러다가도 민간복으로 돌아왔다 하면 내가 언제 개판 쳤더냐고 시침 뚝 떼고 점잖은 인격자처럼 행세하려 들지."

"맞았어. 귀양살이 마치고 학교로 돌아가면 우리들도 틀림없이 점잖은 교수 자격으로 학생들 앞에 서게 될 거야."

"다른 사람들 눈엔 김형이나 나도 백팔십도 달라진 인간으로 보일까?"

"그럴 테지. 우리도 지금은 예비군복을 입고 있는 상태잖아."

두 사람이 목소리를 맞추어 소곤소곤 이야기를 나누는 동안 수학교육과는 질투심이 가득 어린 눈초리로 내내 이쪽만 지켜보고 있었다.

하루 일과를 마치고 저녁식사를 마친 다음부터 사람들은 다시 코파와 비코파를 구분하기 시작했다. 어둠과 더불어 찾아온 수학교육과의 조바심은 애써 그에게 관심을 두지 않으려는 국문과의 눈에도 환히 비쳤다. 그가 말썽을 부리기 시작한 것은 산장 다실에서 김언니와 미스 장이 세번째로 배달을 나왔을 때였다.

"잠깐만!"

수학교육과 앞에서 찻잔을 내려놓고 막 돌아서는 미스 장의 앞을 교무과장이 막아섰다.

"그게 뭐지, 미스 장?"

"무슨 말씀이세요?"

"방금 쟁반 밑에 받쳐든 그것 말야!"

그러자 미스 장은 낯꽃을 확 붉혔다.

"저분이 주시길래 뭔지도 모르고 그냥 받았을 뿐예요."

빨랫줄 모양으로 뻗어나가는 그녀의 시선 끝에 누더기 같은 수학교육과의 얼굴이 매달려 너펄너펄 흔들리고 있었다. 수학교육과를 한 발짝 앞질러 교무과장이 미스 장의 손에서 뭔가 낚아챘다. 그는 꼬깃꼬깃 접혀진 그것을 펼쳤다. 만원짜리 지폐하고 하얀 종이쪽이 각각 한 장씩이었다.

"부끄러운 줄도 좀 아시오, 구교수!"

쪽지를 읽으면서 교무과장은 부들부들 손을 떨었다. 그는 쪽지를 갈가리 찢어발기고 나서 지폐는 주인한테 되돌려주었다.

"일이 이렇게 된 이상 구교수 말이라면 콩으로 메주를 쑨다 해도 앞으로는 믿지 못하겠소! 모친 위독 급래 아니라 사망 전보가 날아들어도 나는 구교수를 부인 곁으로 돌려보내지 않을 작정이오! 철부지 어린애 같은 이런 짓일랑 아예 두 번 다시 생각도 마시오! 내 말 알아들었소, 구교수?"

그후 교무과장이 산장을 떠나 시내로 향할 때까지 수학교육과는 입을 딱 봉한 채 라이터와 만년필을 번갈아 만지작거려가며 구석자리에서 혼자 시간을 보냈다. 그리고 쪽지 소동이 거의 사그라질 만하니까 이번에는 또 엉뚱하게 급성맹장염 소동으로 한바탕 분위기를 휘저어놓았다. 약학과가 돌팔이의사로 둔갑해서 진찰을 시작하려니까 놀랍게도 그는 왼쪽 하복부를 가리키는 것이었다. 몹시 마누라가 보고 싶을 때는 맹장이 오른쪽에서 왼쪽으로 이동하는 경우도 더러 있다면서 약학과가 꾀병임을 선언하자 그는 길길이 뛰었다. 남자는 맹장이 왼쪽에 있는 법이라고 그가 계속해서 부득부득 우기는 바람에 한바탕 또 웃음바다가 되었다.

"남들이 코를 골기 전에 내가 먼저 잠들어버리는 게 뭣보다도 상책이지."

맹장염 소동과 함께 비코파가 매향실에서 물러나는 걸 보고 체육교육과는 자기 침대 위로 벌렁 드러누웠다. 아닌 게 아니라 그는 눕자마자 남보다 먼저 코를 골기 시작했다. 그의 염치없음을 흉보던 아동복지학과도 회계학과도 곧 뒤따라 코들을 골아대기 시작했다. 코파의 명예를 걸고 그들은 서로 경쟁이라도 벌이는 것 같았다.

"저한테 신경쓰지 말고 어서 먼저 주무십시오."

어둠 속에서 풀죽은 목소리가 건너왔다. 수학교육과한테 신경쓰느라고 잠을 못 드는 건 아니었다. 육신은 몹시 피곤을 느끼는데도 정신만은 말똥말똥했다. 국문과는 아무래도 조산할 징조라면서 문이 약간 열리기 시작한 것 같은 기분이 든다고 호소하던 아내의 얼굴을 떠올렸다. 전임이나 딴 다음에 식을 올리겠다고 그가 생고집을 피우는 바람에 이 년 가까이나 늦어진 결혼이었다. 너무 오래 기다렸던 탓인지 식을 올리자마자 아이가 들어섰다. 난생처음으로 자식을 갖게 되고, 그리하여 한 사람의 애아빠가 된다는 것은 그에게 흔치 않은 기쁨이기 이전에 일종의 거대한 두려움이었다.

"어이, 김교수."

회계학과의 목소리였다.

"국문과는 몇 점대에서 짤라질 것 같애?"

좀전까지도 신나게 팥죽을 쑤던 그가 느닷없이 엉뚱한 질문을 던져왔다. 국문과는 이렇게 쏘아붙일 작정이었다. 성적일람표 작성하려면 아직도 멀었는데 난들 무슨 재주로 커트라인을 알겠소?

"미안한 얘기지만 153점에 8등급짜리 하나 어떻게 욱여넣을 방법은 없을까?"

이쪽 대답은 들어도 안 보고 회계학과는 질문을 계속했다. 곧이어 음냐음냐 입맛 다시는 소리를 듣고서야 국문과는 그것이 잠꼬대임을 알아차렸다. 잠꼬대치고는 생시나 다름없이 발음이 너무 또렷해서 깜빡 속은 것이었다. 국문과는 꼬마전구의 불빛으로 빨갛게 부끄럼 타는 천장을 올려다보면서 허허 소리내어 웃음을 띄웠다. 학력고사와 내신성적이 워낙 지렛대를 받쳐도 꿈쩍조차 않을 확고부동한 것들인 줄 익히 아는 까닭에 어느 누구도 감히 부정을 도모할 엄두를 못 내는 입시제도였다. 그렇긴 하지만 적당히 해내는 방법이 전연 없는 것도 아니었다.

예를 들어 회계학과가 어떤 학부형으로부터 153점에 8등급짜리 자식을 부탁받았다고 가정하자. 그러면 그는 합격 여부가 결정되기 직전에 각 과마다 커트라인을 수소문하고 다닌다. 다행히도 그 점수가 커트라인 안으로 비집고 들어갈 만한 과를 찾아내면 그는 애당초 지망했던 과에서 부탁받은 학생을 빼내어 얼굴에다 새로운 과 이름을 고쳐 써넣은 다음……

국문과는 침대 위에서 조심조심 몸을 뒤척이는 소리를 들었다. 매향실 안에서 마지막 취침자가 되기 위하여 안간힘을 다하는 수학교육과의 눈물겨운 노력이 안 봐도 눈앞에 선했다. 그는 지금쯤 자기 허벅지를 꼬집어가며 눈에다 버팀목을 단단히 괸 채 끙끙 앓고 있으리라.

쉽사리 잠이 들 것 같지가 않았다. 국문과는 어차피 잠을 설칠 바엔 혼자서 억울한 시간을 보낼 게 아니라 마누라를 불러서 도란도란 이야기나 나누는 편이 낫겠다고 생각했다. 그러자 마누라가 득달같이 달려와서 침대 머리맡에 섰다. 연애 시절의 그 마누라였다.

무슨 이야기 끝에 장난꾸러기 마누라가 갑자기 코를 움켜잡는 바람에 국문과는 깜짝 놀랐다. 그는 정신을 차려 제 손으로 제 코를 쥐고 있음을 깨달았다. 어느 겨를에 잠이 들었을까. 그새 틀림없이 코를 골았을 것이었다. 꿈속까지 파고드는 그 소리에 스스로 놀라서 잠이 깬 듯했다. 국문과는 그때 자기 것 아닌 남의 코에서 나오는 네 가닥의 소리를 맑은 정신으로 들을 수가 있었다. 과연 코파는 코파였다. 특히나 수학교육과의 그것은 혼자서만 듣기가 아까울 지경이었다. 뭔가 비상조치를 취하지 않는 한 다시 잠들기는 틀린 일이었다. 수학교육과의 머리통을 옆으로 돌려놓고 베개를 높여줄 셈으로 국문과는 침대에서 일어났다.

무심코 수학교육과의 침대를 만지려다가 국문과는 소스라치게 놀랐다. 반드시 있어야 할 사람이 침대 위에서 보이지 않는 탓이었다. 그런데도 증기기관차가 달리는 소리는 여전했다. 국문과는 다시 한번 놀라지 않을 수가 없었다. 그 소리는 침대 밑에서 나고 있었다.

"구선생님, 구선생님."

그를 흔들어 깨우려고 국문과는 침대 밑으로 팔을 쑤셔넣었다. 그러자 그가 손을 꽉 움켜잡으면서 소리쳤다.

"제가 또 코를 골았지요?"

국문과는 잠시 아무 말도 할 수가 없었다.

"그랬지요? 틀림없지요?"

국문과는 너무도 측은한 생각이 들어 그의 손을 마구 잡아끌었다.

"아무리 그러기로서니 이게 도대체 무슨 꼴입니까. 어서 침대로 올라가서 안심하고 고십시오."

"아아!"

질질 끌려나오면서 그는 방고래가 울리도록 절망에 찬 한숨을 토하는 것이었다.

"김교수님은 혹 자살이란 것에 대해서 진지하게 생각해보신 적 있으십니까?

"글쎄요……"

이럴 경우엔 어떻게 대답해야 좋을지 몰라서 국문과는 애매하게 말꼬리를 흐렸다.

"조금 전에 꿈을 꾸었지요."

그가 엉뚱한 소리를 지껄였다. 국문과는 빨간 불빛을 뒤집어쓴 채 침대 모서리에 위태롭게 걸터앉은 수학교육과를 우두커니 내려다보았다.

"집이었어요. 꿈에 애들만 나타나더군요. 어디로 갔는지 마누라는 코빼기도 안 비쳤어요."

그놈의 꿈은 걸음 한번 빠르다고 생각했다. 침대가 들썩거리게 드르렁거리다 말고 어느새 짬을 내어 집에까지 달려갔다 달려왔단 말인가.

"꿈이니까 얼마든지 그럴 수도 있는 일인데 그게 뭐가 이상합니까?"

"김교수님은 부인에 대해서 혹 진지하게 의심해보신 적은 없으십니까?"

국문과는 어렴풋이나마 질문의 참뜻을 짐작할 수 있었다. 그래서 이번에는 대답을 망설이지 않았다.

"마누라를 의심하지 않는 남편이 세상에 몇이나 있겠습니까. 저 역시 그런 일로 이따금씩 고민하는 평범한 남편에 불과합니다만……"

"거짓말! 김교수님은 방금 거짓말을 하셨습니다. 모르긴 몰라도 김교수님 사모님은 절대로 발바닥이나 비비고 다니는 그런 여자가 아닐 겁니다."

"발바닥을 비비다니요?"

국문과는 저도 모르게 목청이 커졌다.

"춤바람도 모르십니까? 슬로우 슬로우 퀵퀵 말입니다!"

씹어뱉듯이 그는 말했다. 국문과는 한동안 우두망찰할 수밖에 없었다.

"제가 괜한 소리를 지껄였나봅니다."

그사이에 그는 입이 가벼운 자신을 실컷 원망하고 난 눈치였다. 이미 자신의 약점을 쥐어버린 상대를 향한 적의가 빨갛게 독이 올라 보이는 그의 눈에 번뜩이고 있었다. 국문과는 어름어름 뒷걸음 질치면서 이렇게 말했다.

"애당초 없었던 얘기로 알겠습니다. 편히 주무십시오, 구교수님."

편히 자기는 이미 글러먹은 노릇이었다. 그 점은 수학교육과도 마찬가지인 듯했다. 한숨 소리와 몸을 뒤치락거리는 소리가 계속해서 들렸다. 그를 안심시켜서 먼저 잠들게 하려고 국문과는 자는 척하면서 가볍게 코를 고는 시늉까지 했다. 아직도 창창히 남아 있는 밤을 꼬박이 뜬눈으로 밝힐 것만 같던 그는 오래지 않아 슬금슬금 또 수상쩍은 소리를 내기 시작했다. 참으로 놀라운 솜씨였다. 어느새 또 증기기관차 한 대가 여타의 소리를 제압하면서 매향실을 온통 휘젓고 다니는 것이었다.

바로 그것이다!

그때까지 속수무책이려니 하고 거의 체념하다시피 했던 국문과의 뇌리를 기막힌 계교 하나가 퍼뜩 스쳐가는 순간이었다.

비코파들 틈서리로 슬그머니 비집고 들어가서 잠을 청해보는 거다!

국문과는 몸뚱이를 발딱 일으켰다. 그는 침침한 불빛 속에서 민첩하게 움직였다. 놓치지 않겠다고 앙탈하는 침대란 놈으로부터 그는 우격다짐으로 담요와 매트리스를 빼어냈다. 그것들을 둘둘 말아서 가슴에 안고 그는 곧장 송죽실로 향했다.

아, 이럴 수가!

송죽실로 들어서는 순간 국문과는 저도 모르게 약학과의 말투를 흉내내고 말았다. 자기 귀를 의심하지 않을 수 없었다. 비코파만 모여서 자는 방이었다. 그런데 그 방안 여기저기서 코고는 소리들이 동천하고 있질 않은가.

하도 믿어지지가 않아서 국문과는 침대마다 찾아다니며 얼굴 가까이 귀를 들이대고 낱낱이 확인해보았다. 그것은 틀림없는 사실이었다. 과반수의 비코파가 드르렁드르렁 신나게 잘도 코를 골고 있었다. 가장 혹독하게 수학교육과를 추궁하던 신방과하고 경영학과도, 행여 그들에게 뒤질세라 재편성을 주장하던 물리학과도, 과음한 날만 코를 곤다던 약학과도 모두 다 예외는 아니었다. 너나없이 둘째가라면 서러워할 코파였다. 명실상부한 비코파는 영문과 한 명 정도에 불과했다.

국문과는 지체없이 매향실로 뛰어들어가서 수학교육과를 마구 흔들어 깨웠다. 그가 또다시 국문과의 손을 꽉 움켜잡았다.

"방금 또 제가 코를 골았지요? 그렇지요?"

"빨리 일어나요! 구선생님한테 꼭 보여드릴 게 있어요!"

무슨 영문인지 모르는 채로 자꾸만 꾸무럭거리는 수학교육과를 이끌고 국문과는 다시 송죽실의 문턱을 넘어섰다.

"자아, 들어보십쇼. 이게 무슨 소리죠?"

수학교육과는 잠시 벌린 입을 다물지 못했다.

"이게 바로 비코파라는 겁니다. 구선생이 직접 이 사람들을 깨워서 비코파의 정체가 어떤 건지를 밝혀야 해요."

국문과는 흥분을 주체할 수가 없었다.

"아, 뭐하시는 겁니까, 어서 깨우시잖고?"

"제발 이러지 말아요, 김교수님."

국문과의 손을 물리치면서 수학교육과는 잔뜩 겁에 질린 소리로 애원했다. 겨울밤의 문풍지와도 같이 그는 온몸을 발랑발랑 떨고 있었다.

"좋아요. 구선생이 정 사양하신다면 내가 대신 깨우지요."

국문과는 목청을 드높여 고래고래 유행가를 뽑아 제치기 시작했다.

"아아 신라에 바아암이이이여! 부울국사에 조용소리가 들리여

어오네엣!"

"도대체 누구야, 달밤에 체조하는 작자가!"

어둠 속 저쪽에서 누군가 고함을 꽥 질렀다. 그럼에도 불구하고 국문과는 노래를 그치지 않았다.

"지이나가는 나아아그으으네야아……"

(1983)

묘지 근처

1

“국민이 원헌다면……”

매캐한 모깃불 주변에 둥그렇게 모여 앉은 사십여 남정네들의 면면을 둘러보며 황새 유만재는 느릿느릿 입을 열었다.

“국민이 아니라 궁민이겠지.”

한창 기세 좋게 연기를 피워올리는 모깃불 위로 누군가의 취기 어린 목청이 한 깡통의 기름처럼 끼얹어졌다. 뒤이어 터진 한바탕의 폭소가 여름밤의 운동장을 이쪽 골대에서 저쪽 골대까지 축구공마냥 마구잡이로 굴러다녔다. 졸업 사십 주년 기념 홈커밍 행사로 모처럼 만에 모교를 방문한 재경 동창들 거개가 초저녁부터 권커니 작커니 마셔댄 막걸리와 소주 덕분에 나우 취해 있는 상태였다.

"국민이든 궁민이든 좌우지간에 니놈들이 저엉 그렇게 원헌다면 이 유만재가 일착으로 테이프를 화악 끊어버릴 모냥이니께."

"황새야, 서론이 너무 질다아!"

"인마, 어르신들께서 거시기로 밤송이를 까라시면 아새끼는 찍소리 말고 후딱 거시기부텀 끄내들고 봐야지."

"황새 저 새끼, 복덕방쟁이 이십 년에 주둥이만 발랑 까졌다니께."

"방금 그 주둥아리, 어느 주둥아리냐? 방구쟁이 니놈이지? 방구쟁이 너, 그 말본새 조깨 세탁혀야 쓰겄다. 무식이도 영롱허게 복덕방쟁이가 뭣이냐, 복덕방쟁이가? 유식이 문자로 공인중개사란 말여, 공인중개사!"

"건시나 꽂감이나, 백구두나 흰구두나 다 그게 그거잖어, 인마."

"방구쟁이 너, 뒷간 닮은 그 주둥아리로 구린 소리만 골라서 싸지르던 못된 버르장머리는 옛날이나 오날날이나 여전허구나?"

한바탕 또 폭소가 터졌다. 유난히도 웃음이 헤픈 밤이었다. 아무나 덤벼들어 제 겨드랑이를 마구 간질여주기를 잔뜩 기다리고 있다는 듯 시도 때도 없이 만판 웃어줄 태세들이었다. 겨드랑이 근처를 슬몃 스치기만 해도 거추없이 웃음보를 터뜨리는 동창들을 보면서 유만재는, 영락없이 평당 천원 시세의 땅을 만원씩에 사겠다고 난리법석을 떠는 얼간 복부인들을 닮았다고 혼자서 구시렁거렸다.

환갑을 코앞에 둔 저마다의 나이는 전세버스로 서울을 출발할 당시 집결지에다 몽땅 버리고 온 모양이었다. 타관에서 중년의 고비를 허위허위 넘는 동안에 주름살의 형태로 얼굴에 굵다랗게 새겨두었던 세상살이의 온갖 시름과 고달픔도 나이에 묶어서 그곳에다 함께 버린 모양이었다. 그 대신 그들은 해묵은 기억 속에서 용케도 동창들의 별명을 찾아내어 그 위에 덕지덕지 올라앉은 세월의 더께를 닦아내고 번쩍번쩍 광을 낸 다음 손에 익은 맞춤 연장과도 같이 능란하게 다루고 있었다. 처세를 위해 나름대로 익혀 써먹어온 서울말 흉내도 깡그리 잊은 채 그들은 어느 겨를에 소싯적에 놀던 웅덩이 같은 고향 사투리 속에 풍덩 빠져 멱까지 푹 잠겨 있는 꼴이었다. 중년보다는 차라리 초로라 해야 더욱 어울릴 멀쩡한 남정네들이 내남없이 철부지 소년으로 행세하기에 여념이 없었다. 국민학교 입학 당시를 말하면서 그들은 순식간에 국민학교 입학생이 돼버렸다. 동창생들 사이에 단연 최고의 화젯거리로 일찌감치 터를 잡아버린 것은 육이오와 관련된 추억담이었다. 그 나이에 이르도록 산전수전 다 겪어 할말들이 무진장이련만 늙다리 동창생들은 다른 화제 다 제쳐놓고 약속이나 한 듯이 너도나도 오로지 전쟁 이야기에만 매달리는 것이었다. 세상물정 모르던 천진한 시절에 온몸으로 겪은 끔찍한 전쟁의 기억이 마치 백지 위에 뿌려진 먹물처럼 한 장면 한 장면 뇌리에 시커멓게 새겨져 있다가 수십 년 만에 다시 모교에 발을 들여놓는 순간 활동사진으로 생생히 되살아난 모양이었다. 전쟁 당시를 회고하는 동안 그들은 어느새 열 살 안팎의 그 코흘리개 시절로 깔축없이 되돌아가 있었다.

"우리 기쁨조 유만재 낯짝 귀경헌 사람 혹시 없냐? 테이프 끊겼다던 지가 벌써 한나절도 넘었는디 왜 여태 재롱잔치 소식이 안 들린다냐?"

웃고 떠드느라 잠시 잊고 있던 순서를 누군가 갑자기 챙기고 나섰다. 그러자 하마터면 크게 손해볼 뻔했다는 투로 사방에서 독촉이 빗발치기 시작했다.

"그 옛날 핵교 시절 야그 한보따리 물어다준다던 그 황새란 놈, 어느 하늘로 훨훨 널러가뿌렀다냐? 으째 요러콤 야그 대령이 더디다냐?"

"어이, 유일병, 야그 일발 장전! 발사!"

"좋아. 허라면 못헐 것도 없지. 까짓것 허면 될 거 아녀."

친구들의 성화에 못 이기는 척하면서도 유만재는 미적미적 뜸을 들였다.

"그런디, 잘나고 출세헌 동창놈들 도라꾸로 운동장에다 풀어논 판국에 해필이면 왜 나여? 해필이면 왜 황새 유만재가 말품팔이 부역에 개시 업무를 맡어야 되는지, 참말로 알다가도 몰르겄네."

"얀마, 니 입담이 좋아서 개시 맡었다 생각허면 오해다, 오해. 옛날에 키순으로 출석 번호를 정헐 적마다 황새 니놈은 맡어놓고 노상 일번이었잖어."

"에잉? 키순? 나는 또 미남순인지 알었지."

웃음, 또 웃음. 유만재는 허파에 잔뜩 바람이 든 동창들을 보고 덩달아 웃은 다음 헛기침 두어 방으로 목에 일차 기별을 보냈다.

"에에 또, 그러면은 여러분이 오랫동안 고대허고 빠마허시던 옛날 야그를 인자부텀 슬슬 시작헐 모냥이니께 귀뚜껑 활짝 열고 잘 들 들어보드라고. 공동묘지와 저승사자. 요것이 바로 나에 오늘 레파토리여."

"전설의 고향맨치로 으째 초장서부텀 으시시헌 것 같다?"

"알 만헌 놈들은 죄다 알고 있는 사실이지만, 사변 무렵에 우리 집은 남파 바로 밑에 있었지."

청중의 이해를 돕기 위해 유만재는 시내 쪽에서 공동묘지로 향하는 상여 행렬이 반드시 통과해야만 하는 길목이었던 남중동 파출소 앞길부터 먼저 상기시켰다. 그곳은 기억 속의 육이오를 만나러 가기 위해 그 자신 또한 필히 통과하지 않으면 안 되는 요긴목이기도 할 것이었다.

2

으레 바람이 앞장을 서곤 했다. 바람의 손아귀에 꺼들려, 바람 바로 반 발짝쯤 뒤처져서 사내의 절뚝거리는 걸음이 바투 따르곤 했다. 더러는 사내가 앞장을 서서 바람을 이끌며 나타나는 날도 있긴 했지만, 대개는 바람이 먼저였다. 아무튼 그해 겨울 남파 일대의 주민들에게 전봇대를 웅웅 울리고 전선줄로 하여금 후익후익 휘파람을 불게 만드는 어둠 속의 그 바람소리는 곧 사내가 나타날 거라는 전조였고, 밤하늘을 향해 짐승처럼 마구 울부짖는 사내의 목소리는 곧 거센 바람이 몰아칠 거라는 신호가 되었다. 그 신호에 접할 적마다 사람들은 흠칫흠칫 몸을 떨면서 서둘러 머리 위로 이불자락을 끌어다 덮어야 했고, 동네 개들마저도 짖는 소리를 목구멍 안에 깊숙이 감춘 채, 꼬리를 잔뜩 말아붙인 채 허겁지겁 마루 밑으로 기어들곤 했다.

그날도 어김없이 그랬다. 바람이 매우 수상쩍은 기세로 불어닥치고 있었다. 밤이 깊어갈수록 바람소리는 발뒤꿈치를 들어 점점 더 키를 높여가고 있었다. 그러잖아도 원래 외풍이 심한 방인데, 그날따라 더욱 염치 불고하고 안으로 비집고 들어오는 꼬리 긴 겨울바람 때문에 아까부터 문풍지는 찢어질 듯 요란하게 푸릉푸릉 떨고 있었다. 보나마나 우리집 앞마당 가장자리를 따라 줄지어 심어놓은 구기자나무들은 맹수 같은 바람 앞에 가느다란 줄기를 활처럼 휘어뜨리면서 연신 항복을 표시하고 있을 것이었다. 여러 가지 징조로 미루어 저승사자의 행차에 꼭 알맞은 날씨임이 분명했다. 어쩌면 오늘밤에 무슨 일이 벌어질지도 모른다는, 기어코 무슨 일이 벌어지고야 말 거라는 섣부른 기대감이 내 오줌보를 띵띵 부풀리는 바람에 나는 그 무슨 일이 정작 시작도 되기 전에 일찌감치 오줌이 마렵기 시작했다.

"할머니."

나는 어둠 속에서 가만히 할머니를 불렀다. 고양이처럼 가르랑 가르랑 가래 끓는 소리를 내며 할머니는 초저녁잠에 깊이 빠져 있었다. 겨울철로 접어들면서 부쩍 더 심해진 해수병 때문에 할머니는 무척이나 쇠잔해진 상태였다. 이따금씩 발작적으로 터져나오는 기침을 다스리느라 거의 뜬눈으로 새우다시피 하는 자정 이후의 고통에 대비하여 할머니는 습관적으로 초저녁잠을 청하곤 했다.

"할머니! 할머니!"

저승사자가 나타날 때까지 할머니를 위해 잠을 멀리 쫓아가며 보초를 서주는 것이 바로 내 임무였다. 그다음에는 날이 밝을 때까지 할머니가 나를 위해 보초를 서줄 차례였다. 할머니와 나 사이엔 그렇게 번차례로 상대방을 지켜주기로 처음부터 묵계가 이루어져 있었다.

"할머니할머니할머니!"

다급한 마음에 나는 숨가삐 소리치면서 어둠 속으로 손을 뻗쳐 할머니의 뼈만 남은 앙상한 가슴을 사납게 흔들었다. 가르랑거리는 숨소리가 뚝 그쳤다.

"사자가 온단 말여."

"에잉? 사자?"

할머니는 몸을 일으키려고 갑자기 버둥거리다가는 이내 도로 잠잠해졌다.

"그 썩을 것이 시방 어디맨침 왔냐?"

가래 끓는 소리로 할머니가 물었다. 가는귀를 먹은 할머니를 대신해서 나는 밝은 내 귀를 척후병 삼아 방문 밖 어둠 속으로 조심조심 내보냈다.

"시방 육모정 앞을 지나고 있어."

"어서 불을 키거라."

누운 채로 당할 수는 없다며 할머니는 부스럭부스럭 몸을 움직이기 시작했다. 나는 윗목을 더듬어 덕용의 큼지막한 성냥통을 찾기 시작했다.

"싸게 불을 키래도!"

저승사자의 범접을 막는 데는 뭐니 뭐니 해도 대낮 같은 불빛이 제일이라고 할머니는 굳게 믿고 있었다. 때문에 동네 안의 다른 집들은 사내의 행패와 봉변이 두려워 살아 있는 불도 일부러 숨통을 끊어놓는 판인데 유독 우리집만은 죽어 있던 불마저 되살리곤 했다. 나는 그을음이 등피를 시커멓게 뒤덮지 않을 정도로 남포등의 심지를 한껏 돋우었다. 방안을 훤히 밝히는 불빛 속에서 산발했던 흰머리칼을 뒤통수에 그러모아 비녀를 꽂으며 단단히 태세를 갖추는 할머니의 모습이 매우 비장하게 드러났다.

"저것은 사람이 아녀. 저승사자가 틀림없어."

머리털을 쭈뼛 곤두세우는 사내의 울부짖음이 최초로 야트막한 담을 뛰어넘어 우리집 마당으로 들어서던 밤, 할머니의 입에서 부지중에 튀어나온 말이었다.

"날 잡어오라고 염라대왕이 시킨 게여."

문풍지처럼 푸릉푸릉 떨면서 할머니는 그때 겁에 질린 소리로 말했다.

"그 썩을 것이 시방은 또 어디맨침 왔냐?"

"요 아래 깍쟁이네 점방 앞을 지나고 있어."

할머니는 당장이라도 마당으로 뛰쳐나갈 작정인 듯 네발짐승의 자세로 이부자리 위에 잔뜩 웅크려 앉은 채 방문을 뚫어져라 응시하며 저승사자와의 맞대결을 용감하게 기다리는 중이었다.

"저 썩어 문드러질 잡것이 기연시 또 찾어왔고나."

'그 썩을 것'이 어느 겨를에 '저 썩어 문드러질 잡것'으로 바뀌었다. 마침내 가는귀를 먹은 할머니에게도 절름발이 사내의 모습으로 변장하고 나타난 저승사자의 기척이 또렷이 잡힌 모양이었다. 하긴 그 정도 괌질이라면 가는귀 아니라 온귀를 잡수신 사람에게까지 충분히 들리고도 남을 것이었다. 저승사자의 위세에 주눅이 들었는지 그토록 기승스레 설쳐대던 바람도 남포등의 불꽃을 한바탕 희롱하는 것을 마지막으로 하여 갑자기 다소곳해졌다. 바람 소리가 잦아든 자리를 사내의 울부짖음이 그득 메우기 시작했다.

"니가 고로콤 가잔다고, 용천뱅이 떼쓰딧기 자꼬만 보챈다고 나가 호락호락 따러나설 성불르드냐? 어림도 없니라, 어림도 없어!"

퍼렇게 독이 오른, 송곳같이 뾰족한 두 눈으로 남포등 불빛이 노랗게 묻어난 창호지에 숭숭 구멍을 뚫어가며 할머니는 암상떠는 도둑괭이와도 같이 연방 가르랑거렸다.

"우수 갱칩 지나 천지가 왼통 다 해동헐 때까장 나는 죽어도 살어 있을란다!"

그 순간 내 고개가 할머니 쪽으로 홱 돌아갔다. 지난날과는 전혀 딴판으로 자신의 주장이 하룻밤 새에 확 바뀌었다는 사실을 할머니는 도통 깨닫지 못하는 눈치였다.

"춘삼월 전에는 죽어도 못 가겄다고, 꽃 피고 새 우는 호시절에나 날 잡어가든가 말든가 허라고, 가서 느그 대왕님한티 단단허니 전허거라, 이 잡것아!"

눈과 귀를 한데 모아 점점 우리집 쪽으로 다가오는 울부짖음을 가늠하면서 할머니는 가래 끓는 소리로 거듭 새로운 주장을 펴고 있었다.

"우리 병권이 얼골 다시 볼 때까장 나는 죽어도 살어 있을란다. 우리 병권이가 무사허니 살어서 돌아오기 전에는 죽어도 안 따러나설 모냥이니께 그리 알거라."

그전까지는 입버릇처럼 늘 그렇게 말하곤 했었다. 할머니가 매번 저승사자의 뜻을 거역할 수밖에 없는 이유로 내세우곤 하던 '우리 병권이'란 군대에 가 있는 우리 둘째 삼촌이었다. 전투가 한창인 일선에서 졸병으로 싸우는 셋째 아들이 제대해서 돌아올 때까지는 악착같이 살아 있겠다는 할머니의 결연한 의지였다.

"어림도 없니라, 어림 반푼어치도 없어!"

때로는 도야지 멱따는 소리 같기도 했다. 때로는 차마 입에 담지 못할 지독한 욕설로 들리기도 하고, 또 때로는 누군가를 향해 무언가를 애타게 하소연하는 슬픈 가락으로 느껴지기도 했다. 매번 모주망태가 되어 나타나기 때문에 사내의 목소리에 제아무리 귀를 기울여봐도 바람의 훼방 속에서 내가 알아들을 수 있는 말은 겨우 혀꼬부라진 몇 마디가 전부였다. 너 죽고 나 죽자, 씨부랄 놈들, 씨를 말려뿐다, 불을 확 싸질러뿐다, 뿐다, 뿐다……

열댓 발 길이는 실히 되는 괴상한 울부짖음을 뻗쳐 하늘을 원망하고, 자갈이 울퉁불퉁 깔린 길바닥을 지팡이로 마구 두들겨 땅을 저주하고, 온갖 상스러운 욕지거리로 그 사이에 끼인 인간 모두를 한목에 싸잡아 험악하게 위협하면서 사내는 드디어 우리집 근처에 당도했다. 마냥 지척거리던 사내의 절뚝걸음이 우리집 대문 앞에서 멈추는 순간, 내 숨도 덩달아 딱 멈춰버렸다. 내내 염려하면서도 기대해 마지않던 그 무슨 일이 필경 벌어지고 말 것 같은 분위기였다. 얼추 혼백이 달아나 있기는 할머니도 마찬가지였다. 핼쑥하게 핏기가 바랜 낯꽃을 한 채 할머니는 가까스로 입술을 달막거리고 있었다.

"어림도 없니라…… 어림 반푼어치도 없어……"

이제 곧 끔찍한 욕설과 함께 우리집을 향해 돌팔매가 날아들 차례다. 등화관제 훈련하듯 온통 캄캄 일색인 동네에서 홀로 남포등을 환히 밝히고 있는 웬 시건방진 집구석을 오늘밤엔 저승사자가 그냥 곱게 지나칠 리 없다. 이제나저제나 하면서 나는 돌멩이들이 핑핑 날아들어 방문을 박살내고 지팡이가 함석 대문을 난타하는 끔찍한 순간을 잔뜩 숨죽인 채 기다리고 있었다.

"불을 더 키우거라!"

하지만 할머니는 놀랍게도 어느 틈에 용기를 되찾아 저승사자의 범접에 어기차게 맞설 궁리를 하는 것이었다.

"심지를 바싹 더 올리래도!"

밝은 불빛을 무기로 들이댐으로써 저승사자를 물리칠 수 있다는 할머니의 믿음이 결국 효험을 나타낸 것일까. 잠시 머무적거리는 듯싶던 사내의 기척이 우리집 대문에서 차츰 멀어지기 시작했다. 할머니와 나는 얼굴을 마주보며 함께 가슴을 쓸어내렸다. 그 무슨 일이 벌어지지 않은 것에 안도의 한숨을 내쉬면서도 나는 끝내 기대를 배반당한 듯싶어 적잖이 실망을 느꼈다.

"원원이 그러면 그렇겠지. 지깟녀르 것이 누구를 감히……"

목숨을 건 싸움에서 다시 한번 승리를 거둔 할머니가 절뚝절뚝 멀어져가는 저승사자를 만면에 피워올린 조롱기로 배웅했다. 건넌방에서 아버지가 가볍게 두어 방 헛기침을 놓았다. 뒤이어 어머니의 두런거리는 말소리가 들렸다. 식구들 모두가 잠에서 깨어 그때껏 어둠 속에서 잔뜩 숨을 죽이고 있었던 듯했다.

잠시 끊겼던 울부짖음이 되이어졌다. 끔찍하기 짝이 없는 소리로 대고대고 하늘을 원망하고 땅을 저주하고 인간들을 협박하면서 사내는 이미 통행금지가 시작된 전시체제하의 밤거리를 거침없이 헤쳐가고 있었다. 그 시간에 그렇게 대로를 활보하면서 제멋대로 행패를 일삼을 수 있는 사람은 시내를 통틀어 그 사내 하나밖에 없을 것이었다. 사내의 울부짖음은 특히 남파 앞을 통과할 때 절정에 다다르곤 했다. 마구잡이로 휘두르는 지팡이에 얻어맞아 파출소 유리창이 두어 차례 수난을 당한 뒤부터는 순경들도 차마 사내를 단속할 엄두를 못 낸 채 그냥 장님인 척 귀머거리인 척 내버려두곤 했다. 사내의 위세에 주눅이 들었던 전봇대가 어느새 기운을 되찾아 웅웅 다시 울기 시작하고 전선줄들이 다시 후익후익 휘파람을 날리기 시작했다. 등뒤에 섬뜩한 바람소리를 거느린 채 사내는 남파를 지나 벽돌막 쪽을 향해 가고 있었다. 벽돌막 그 너머는 다름 아닌 북망이었다.

북망산이 머다더니 대문 밖이 북망일세

어노 어노 어나리넘차 어허노……

그간 우리집 대문 앞을 지나가는 상여의 행렬을 수도 없이 보아 나온 가늠으로 나는 북망산이 어디를 가리키는지 익히 알고 있었다. 가사의 내용, 특히 후렴에 약간씩 차이가 있긴 하지만, 여러 종류의 상엿소리 속에 담긴 공통점은 모든 상여 행렬이 한결같이 북망산을 향해 간다는 사실이었다. 그러니까 공동묘지가 바로 북망산이 될 수밖에 없었다. 공동묘지는 벽돌막 저편 어딘가에 있었다. 태어나서 벽돌막 그 너머의 땅은 아직 한 번도 밟아본 적이 없기 때문에 내게는 사실상 벽돌막 저편 공동묘지가 이 세상의 끝인 셈이었다.

"그 썩을 것이 북망을 행허고 가는고만."

저렇게 처참하게 울부짖으며 절름발이 사내는 매일 밤 세상 끝 어디를 향해 가고 있는 걸까. 사내의 최종 행선지에 대한 의문을 풀어준 사람은 할머니였다. 북망이 어딘지 궁금해하는 내게 할머니는 확신에 찬 어조로 간단히 대답했다.

"그 썩을 것이 사는 집이니라."

한동안 얌전히 견디던 할머니의 해수병이 갑작스레 도지기 시작했다. 저승사자하고 용맹히 맞섰던 할머니는 또다시 기침의 발작에 맞서기 위해 머리를 양어깨 사이에 깊숙이 파묻고는 얼굴을 가슴팍에 바싹 붙였다. 앙가슴을 물어뜯고 할퀴는 기침이란 놈한테 속수무책으로 당하는 할머니를 돕는답시고 나는 제꺽 요강을 대령했다. 자지러지는 기침소리에 놀란 어머니가 건넌방에서 약사발을 들고 달려왔다. 한 파수 또 기침의 발작을 넘으면서 할머니는 한 뭉텅이의 가래를 요강 속에 뱉어냈다. 어머니가 약사발을 입에 대주자 할머니는 측백나무 잎을 달여 만든 단방약을 벌컥벌컥 들이켰다.

"아이고, 내 새깽이 불쌍혀서 어쩌꺼나."

가까스로 안정을 되찾은 할머니는 자리보전하고 누운 채 눈물이 홍건히 괸 눈으로 나를 올려다보았다.

"이 엄동설한에 할미 죽으면은 초상 치르니라고 우리 만재 꼬추랑 붕알이랑 꽁꽁 다 얼어터질 틴디, 내 새깽이 불쌍혀서 어쩐다냐."

가르랑가르랑 가래 끓는 소리로 한참을 맥없이 중얼거리다가 할머니는 갑자기 끙 하는 신음과 함께 용을 쓰기 시작했다.

"아니지, 아니여. 나가 이 엄동설한 북풍한설에 꽁꽁 언 땅을 파게 헐 수야 없지. 어느 귀신 부자지를 틀어쥐고라도 짐승맨치로 모질음을 씀시나 버티다가 해토머리 봄날 마른땅에 묻혀야지!"

말은 그처럼 강단 있게 했지만, 마치 밥숟갈 놓자마자 밥상머리에 고꾸라져 잠드는 어린애와도 같이 할머니는 말을 마치기 무섭게 곧바로 까라지기 시작했다. 할머니는 며칠 사이에 부쩍 더 병약해져 있었다. 그런 몸으로 둘째 삼촌의 무사 귀환 때까지 버틴다는 건 내가 보기에도 지나친 욕심인 듯싶었다. 언제 끝날지 모르는 전쟁과 언제 돌아올지 모르는 둘째 삼촌을 두고 땅이 꺼지게 걱정하는 아버지와 어머니를 한두 번 본 게 아니었다.

어머니가 자장가 대신 이런저런 듣기 좋은 말로 가만가만 위로를 해서 할머니를 어거지로 잠재우려 했다. 증손자 볼 때까지 오래오래 사셔야 된다는 얘기였다. 할머니가 오래오래 살 수 있는 근거로 어머니가 들먹이는 얘기들이 한동안 나를 혼란에 빠뜨렸다. 남파 지나 벽돌막 너머 공동묘지보다 삼촌이 있는 동부전선이 외려 더 가깝다는 투였고, 꽃 피는 춘삼월보다 삼촌 돌아올 전쟁 끝날이 외려 더 가깝다는 식이었다. 하지만 할머니는 어머니의 말을 그다지 신용하지 않는 눈치였다. 위로의 말이 길게 이어지는 동안 할머니는 고양이같이 가르랑거리며 고개를 옆으로 내젓다가는 어느 순간에 허망하게 잠들어버렸다.

사내가 맨 처음 우리 동네에 나타난 것은 지난 초겨울 무렵의 어느 날이었다. 그런데도 나는 사내의 얼굴을 실물로 접한 적이 그때까지 한 번도 없었다. 먼발치에서 사내의 울부짖음이 얼핏 비칠라치면, 방구석에 처박혀 없는 듯이 숨어 있으라고 아버지가 엄명을 내린 탓이었다. 다만, 나는 주로 상상 속에서, 더러는 꿈속에서 심심찮게 사내의 얼굴과 맞닥뜨리곤 할 뿐이었다. 내 상상 속에서 사내는 이마 위에 두 개의 뿔이 돋친 모습을 한 채 사람 키보다 큰 지팡이를 지니고 있었다. 내 꿈속에서 사내는 상여 앞에 세운 방상시보다 더 무시무시한 형상에 창과 방패 대신 엄청나게 굵고 긴 지팡몽둥이를 들고 있곤 했다.

사내는 오직 소리를 통해서만 자신의 행차를 우리에게 알려올 따름이었다. 그런데도 할머니는 울부짖음과 욕지거리가 난무하던 첫밤부터 대뜸 저승사자가 틀림없다고 단정하면서 '그 썩을 것'을 들먹이기 시작했다. 사정을 제대로 이해하지도 못하는 주제에 나는 할머니의 주장에 쉽게 동조해버렸다. 만일 저승사자가 아니라면 누가 그처럼 밤마다 오줌보를 띵띵 부풀리는 그 공포 속에 나를 빠뜨리겠는가.

밤마다 출몰하는 저승사자 덕분에 나는 그해 겨울방학을 유난히 짜릿하게 보낼 수 있었다. 방학 기간 내내 바람은 거르는 법 없이 밤마다 불어왔고, 바람과 앞서거니 뒤서거니 차례를 다퉈가며 저승사자 역시 거의 매일 밤 우리 동네를 거쳐 북망산으로 향하곤 했다. 애당초 기대했던 '그 무슨 일'만은 끝내 겪음하지 못한 채로 긴 방학을 식은땀 나는 긴장감 속에서 보낸 후 개학을 맞게 되었다. 학교 시설 일부가 지리산 공비 토벌대의 훈련장으로 사용되는 바람에 교실이 모자라서 우리는 바로 옆 농림학교 교실을 빌려 공부를 시작했다. 학생들이 전쟁통에 인민군으로 나가고 국군으로 나가 빈자리가 많이 생겼기 때문에 농림학교는 교실이 남아도는 형편이었다.

개학 첫날, 우리는 농림학교 교정에 끼리끼리 모여 시간 가는 줄 모르고 방학 동안에 겪었던 사건들을 전하느라 이야기에 고부라지곤 했다. 제딴에는 자랑이랍시고 저마다 신나게 떠벌리지만 급우들의 그 어떤 체험담도 나를 감동시키지는 못했다. 그렇다고 할머니와 나 둘만이 아는 저승사자의 비밀을 녀석들에게 함부로 발설할 수도 없는 노릇이었다. 그 얘기를 꺼냈다 하면 만좌중에 당장 웃음거리가 될 것 같기 때문이었다.

"우리 벵원에 상이군인이 와 있다!"

시립병원 관사에 사는, 그래서 옷이랑 학용품에서 노상 소독약

냄새가 난다 해서 아까징끼란 별명을 얻은 소주호가 뒤늦게 이야기판에 뛰어들었다.

"뭣이여? 상이군인?"

"그려. 고무다리를 달었는디, 부애가 나면 다리 한 짝을 뚝 띠어서 아무한티나 막 집어던지고 그런다."

와아, 함성이 일었다. 아까징끼의 얘기는 우리 모두를 감동시키기에 충분했다. 상이군인이란 말에 갑자기 귀가 번쩍 띄는 바람에 나는 어느 누구보다 아까징끼한테 요란뻑적지근한 관심을 보였다. 나는 학교가 파한 후 그 상이군인, 아니, 고무다리를 구경시켜 달라고 졸라대기 시작했다.

"얼매나 겁난다고! 상이군인 아자씨가 고무다리를 띠어내는 숭내만 내도 모다들 무서워서 도망가니라고 벵원이 왼통 난리가 난다니께!"

무섭지 않다면 뭣 땜에 고무다리 구경시켜달라 애걸복걸할까. 다름 아닌 그 무서움 때문에 상이군인을 못 봐서 안달인 급우들 심정을 아까징끼가 제대로 이해하는 데는 약간 시간이 걸렸다.

겁쟁이일 때는 아까징끼고 용감할 때는 소주호였다. 그날의 그는 누가 봐도 소주호임이 분명했다. 주호는 미리감치 겁에 질려 자꾸만 제 뒤꽁무니에 숨으려는 우리 패거리를 연방 비웃어가며 시립병원을 향해 씩씩하게 앞장섰다. 때마침 점심때라서 상이군인 아저씨는 식당 안에 머물고 있었다. 널따란 식당을 혼자서 점령한 채 염색된 미군 잠바 차림의 사내가 조개탄이 벌겋게 타고 있는 난롯가에 앉아 꾸벅꾸벅 조는 모습이 복도 쪽 창유리를 통해 들여다보였다. 상대방이 상이군인임을 알려주는 증표라고는 난로 곁 식탁에 기대 세운, 나무로 된 보조장구 하나뿐일 정도로 사내는 겉보기에 멀쩡했다. 나는 창문턱 위로 고개만 빠끔히 내민 채 작은 움직임 하나라도 놓칠세라 부릅뜬 눈으로 사내를 지켜보았다. 사내가 조는 틈을 노려 병원 직원 하나가 주방에서 철제 식판을 들고 나와 난로 쪽으로 살금살금 다가갔다. 직원은 김이 모락모락 오르는 식판을 조심스레 식탁 위에 올려놓고는 소리없이 물러서기 시작했다. 뒷걸음질치던 직원이 잽싸게 돌아서서 주방 안으로 숨는 것과 상이군인이 잔뜩 수그리고 있던 고개를 번쩍 쳐든 것은 거의 동시였다.

"오른편짝 뺨을 잘 봐둬라."

주호가 조심성 없는 목청으로 터무니없이 크게 말했다. 상이군인이 고개를 홱 돌리자 그때껏 가려져 있던 오른쪽 얼굴이 옴싹 드러났다. 눈길이 문제의 뺨에 달칵 부딪히는 순간 내 간은 갑자기 콩알만해졌다.

"수류탄이 터질 적에 오른편짝 턱이 공중으로 널러가뿌렀단다. 응뎅잇살을 띠어다가 뺨을 땜질혔는디, 날이면 날마닥 술만 퍼마시고 지랄을 허니깨 생채기가 아물 새가 없어서 움직일 적마닥 살이 덜렁덜렁헌다."

자랑스레 일러주고 나서 주호는 히힛 웃기까지 했다. 주호 말마따나 술 탓인지, 아니면 난롯불에 익은 탓인지 몰라도 사내의 얼굴은 대낮부터 벌겋게 상기되어 있었다. 기형의 그 흉측스러운 오른쪽 뺨만 아니라면 지난날 틀림없이 미남 소리를 들었을 법한, 매우 잘생긴 얼굴 바탕의 새파란 청년이었다. 어쩐지 우리 둘째 삼촌하고 비슷한 인상으로 느껴졌다.

"내가 개냐, 도야지냐? 요따위를 음식이라고 날더러 먹으라는 거냐?"

식탁 위의 식판을 노려보며 청년이 식당 안에다가 요란하게 천둥을 내리쳤다.

"이 자식들이 나라에 몸바친 나를 뭘로 알고!"

다음 차례로 청년은 곁에 놓인 보조장구를 집어들어 사정없이 번개를 때리기 시작했다. 한 차례씩 보조장구를 휘두를 적마다 청년의 입에서는 짐승의 포효 같은 울부짖음이 터지곤 했고, 한 방씩 되알지게 얻어맞을 적마다 철제 식판은 쟁강쟁강 튀어오르면서 숨넘어가듯 쇳소리로 비명을 내지르곤 했다.

"저승사자다!"

크워어웍! 많이 귀에 익은 그 울부짖음을 듣고 있자니까 내 입에서 절로 감탄이 새어나왔다.

"저승사자가 뭐여? 상이군인이지!"

영문도 모르면서 주호란 놈이 옆에서 방정맞게 참견하고 나섰다.

"아니다! 저승사자다!"

"아니다! 상이군인 아자씨다!"

"아니다! 우리 할머니가 저승사자라고 혔다!"

빡빡 우겨대는 나를 보고 주호는 자존심에 몹시 상처를 입는 눈치였다.

"황새 너 잘 봐둬라!"

녀석은 나를 향해 묘한 낯꽃을 지어 보이더니만 말릴 겨를도 안 주고 갑자기 창문을 드르륵 열어젖혔다. 그러고는 겁대가리도 없이 식당 안으로 머리통을 불쑥 들이미는 것이었다.

"상이군인 아자씨, 우리들한티 고무다리 쪼깨 귀경시켜줬으면 쓰겄는디!"

한순간 병원 건물 전체에 괴이쩍은 적막감이 감돌았다. 무척이나 길게 느껴지는 적막감이었다. 청년은 보조장구를 머리 위로 번쩍 치켜든 자세 그대로 한참을 우두커니 서 있었다. 내 목구멍으로 꼴까닥 침 넘어가는 소리가 내 귀에 고통스럽게 잡혔다. 청년이 우리를 향해 소름이 쫙 끼치는 웃음을 지어 보이더니만 갑자기 보조장구를 휙 집어던졌다. 그리고 오른쪽 바짓가랑이를 쓱쓱 걷어올리기 시작했다. 황갈색의 퉁퉁한 고무다리가 밖으로 드러나는 순간, 나는 그만 입을 딱 벌리고 말았다. 청년이 고무다리를 척하니 떼어들고는 한쪽 다리로 껑충껑충 앙감질을 치며 우리를 향해 뛰어왔다. 눈알을 희번덕거리고 오른쪽 볼따구니를 덜렁거리며 앙감질로 달려오는 그 끔직한 형상이라니!

"꼼짝 말고 거기 섰거라, 소과장 아들놈아!"

믿을 거라고는 오로지 잽싼 걸음 한 가지뿐이었다. 우리는 복도 바닥을 기운껏 쿵쾅거리며 썰물을 이루어 병원 건물을 빠져나갔다. 또다시 시작되는 울부짖음과 함께 유리창 깨지는 소리가 바로 등뒤인 양 가깝게 들려왔다. 정신없이 내빼는 그 경황에도 나는 모두들 들으라고 큰 소리로 외치는 걸 잊지 않았다.

"내가 뭐라고 그러디야? 저승사자라니깨!"

집으로 돌아가는 길에 동네 조금 못미처에서 상여를 만났다. 유난히도 초라해 보이는 행렬이었다. 울며불며 상여를 뒤따르는 유가족들이 눈에 띄게 적을 뿐만 아니라 잔뜩 꼬부라진 허리를 상장막대에 의지하고 있는 노파를 빼고는 모두가 젊거나 어린 남녀들뿐이었다. 바람에 펄럭거리는 만장 깃대 하나 찾아볼 수 없는, 참으로 쓸쓸하기 짝이 없는 장례 행렬이었다. 그래도 상여를 선도하는 요령소리와 상두가의 가락은 그 어느 호상 행렬보다 더 구슬프고 구성지게 들렸다.

북망산이 머다더니 대문 밖이 북망일세

어노 어노 어나리넘차 어허노……

상여 앞에 세운 영정 안에서 젊은 남자가 가족들의 곡소리도 요령잡이의 상두가도 자기와는 아무 상관 없다는 듯 무심하게 미소를 짓고 있었다. 마치 고인의 친척이라도 되는 양 나는 길 가장자리를 따라 상여와 나란히 걷다가 남파 앞쯤에서 유가족들을 말없이 배웅한 다음 길을 되짚어 타달타달 집으로 돌아왔다.

"요번 생이는 으떻디야?"

집안에 들어서자마자 할머니가 가르랑거리는 고양이 소리로 급히 물었다. 내가 봤던 대로 상여 행렬을 설명하자 할머니는 단박에 낯꽃을 우그러뜨리면서 끌끌끌 혀를 찼다.

"불효막심헌 인사 같으니라고……"

고인을 탓하고 나서 할머니는 합죽한 입을 꾹 함봉해버렸다. 여느 때처럼, 생때같은 젊은 자식 앞세운 할망구가 장차 무슨 낙으로 천수만수 누릴 작정이냐고 혼자서 두런거리지도 않았다. 얼마 전부터 할머니는 칠성판 위에 누운 망인의 처지에 비상한 관심을 보여왔다. 할머니한테는 젊은 나이로 비명에 간 사람은 낱낱이 다 불효자고, 엄동설한 악천후를 자신의 제삿날로 택해 간 사람은 낱낱이 다 부덕자였다.

"이 강취 속에 꽁꽁 얼어붙은 땅바닥 꼬작꼬작 파고 젊은 사람 묻는 꼴 지켜봐야 허는 그 할망구 맴자리는 대관절 으떤 모냥일꼬."

한참 후에 할머니는 먼산 보듯 천장을 올려다보며 다시 중얼거렸다. 여전히 추위는 만만찮아서 아직도 해토머리가 까마득하게만 느껴지는 때였다.

둘째 삼촌한테서 군사우편이 왔다. 할머니 앞으로 온 편지였는데, 아버지가 먼저 뜯어보고 나서 문맹인 할머니를 위해 남포등에 편지를 바짝 들이대고 큰 소리로 읽어주었다. 지난번, 지지난번 편지와 거의 똑같은 내용이었다. 동부전선 아무아무 고지에서 불초 소자는 이 밤도 남쪽나라 십자성을 쳐다보며 몽매에도 잊지 못할 어머님 얼굴을 그려본다는, 피아간에 전투는 아직도 치열하지만 어머님의 염려지덕에 불초 소자는 여전히 무사하다는, 무명지 깨물어 나라님께 병정 되기 소원한 군인의 몸으로 불초 소자는 멸공통일의 그날까지 용감히 싸워 국가와 민족에 충성하고 어머님께 효도하겠다는, 뭐 대충 그렇고 그런 내용이었다.

"그게 언짓적에 쓴 핀지냐?"

두 눈을 지그시 감은 채 조용히 귀를 기울이던 할머니가 갑자기 편지 낭독을 중단시켰다. 아버지는 에멜무지로 편지 여기저기를 살펴보는 척하다가는 고개를 좌우로 흔들어 보였다.

"날짜가 안 적혔구만요."

"얼매나 더 있어야 그 멜공툉일인가 뭣인가가 온다고 그러냐?"

"어머님은 참말로 깝깝허기도 허요! 병권이는 쫄병 중에 쫄병인디 갸가 그런 짚은 속내를 무신 재주로 알어서 후방에다 편지질로 발설할 것이요!"

가래 끓는 소리에 껴묻어 할머니의 입에서 한숨 소리가 들릴락 말락 새어나왔다. 며칠 사이에 더욱 광대뼈가 솟고 눈자위가 움푹 꺼진 할머니의 초췌한 몰골을 남포등의 밝은 불빛이 참혹하게 드러내고 있었다.

그날 밤에도 한길의 오르막과 내리막이 만나는 남파 앞 고갯마루 바람독에는 어김없이 거센 바람떼가 몰려다녔다. 기운이 차악 까라져서 오랜만에 잠의 수렁 속에 빠져 있던 할머니가 느닷없이 외마디비명을 지르며 벌떡 일어앉았다.

"불을 키거라! 싸게 불을 키래도!"

할머니는 전에 없이 서두르고 있었다. 깜깜 일색이던 방안이 환해지자 할머니는 방문 쪽에 조용히 귀를 기울이며 바깥 동정을 살피기 시작했다. 그날따라 웬일로 가는귀먹은 할머니 쪽에서 오히려 귀밝은 나를 앞질러 부르르 한바탕 진저리를 쳤다. 아니나다를까, 짐승의 울부짖음이 멀리서 오르막 비탈을 타고 허위허위 우리 집 쪽으로 다가오는 중이었다.

"날 쪼깨 붙잡어도라."

쇠잔한 몸을 일으켜세우려고 어칠비칠 안간힘을 쓰면서 할머니가 명령했다.

"아부지! 엄니!"

할머니 눈에서 번뜩이는 수상한 광채에 놀라 나는 건넌방 쪽에 대고 냅다 고함쳤다. 속옷 바람의 아버지와 어머니가 득달같이 달려와서 할머니를 붙잡았다.

"어머님이 뭣 땜시 이러신다요? 즈이들이 뭘 잘못헌 일이라도 있다요?"

"놔라, 놔! 이 손 못 놓겄냐? 나 혼자 나가서 담판을 지을란다!"

"이 오밤중에 나가긴 워딜 나가고 담판은 또 무신 말씸이다요?"

어른 둘에다 나까지 합세해서 아무리 붙잡고 말려도 할머니는 막무가내로 모질음을 쓰는 것이었다. 결국 양쪽에서 부축을 받으며 할머니는 거지반 기다시피 기신기신 방안을 벗어나는 데 성공했다. 겨울철 들어 처음 문밖출입인 셈이었다. 함석 대문을 나서자 한길에서 대기하고 있던 된바람이 사정없이 엄습해왔다. 야간 통행금지 때문에 인적이 완전히 끊긴 을씨년스러운 한길 위를 늦겨울 바람이 종횡무진 치닫고 내리닫는 중이었다. 야경꾼의 딱딱이 소리마저 멀찌감치 달아나버린 길거리를 맹수의 포효 같은 저승사자의 울부짖음이 가로로 누비고 세로로 누비는 중이었다. 우리 유씨 일가족은 추위에 떨고 두려움에 떨면서 대문 앞에서 울부짖음이 접근하기를 초조히 기다렸다.

"안 된다, 안 되야! 우리 병권이만은 절대로 안 된다아!"

마침내 어둠을 뚫고 저승사자가 희미하게 모습을 드러내자 상대방 울부짖음에 대항해서 할머니가 마주 울부짖기 시작했다.

"염라대왕 아니라 염라대왕 할애비라도 우리 병권이한티는 손을 대들 못허니깨, 애시당초 손을 대서는 안 되니깨 그리 알거라아!"

갑자기 저승사자의 울부짖음이 뚝 그쳤다. 땅바닥을 저주하던 지팡몽둥이의 움직임도 덩달아 멈춰졌다. 시커먼 모습으로 눈앞에 버티고 서서 저승사자는 우리 식구들과 팽팽히 대치하고 있었다.

"차라리 날 델꼬 가거라! 우리 병권이 대신 차라리 이 늙은이를 델꼬 가란 말여, 이 썩어 문드러질 잡것아!"

"이게 무슨 소리지?"

드디어 저승사자가 입을 열어 음산한 가락으로 대거리해왔다. 시립병원에서 일차로 부닥뜨린 경험이 있기 때문에 한번 해볼 만한 상대라는 생각이 들었다. 저승사자의 지팡몽둥이로부터 어떡하든 집안을 지켜야 된다는 일념으로 나는 발끈 용기를 쥐어짜면서 앞으로 나섰다.

"우리 병권이 삼춘은 내비두라니깨요! 춘삼월 호시절에나 우리 할머니 델꼬 가라니깨요!"

"병권이는 또 웬 놈이지?"

그제서야 비로소 나는 상대방이 시립병원의 그 저승사자가 아니라 딴 저승사자인 줄을 알아차렸다. 목청도 다르고 말투도 달랐다. 덩치가 훨씬 더 우람한데다가 미남형 얼굴도 아니라는 생각이 들었다.

"우리 둘째 삼춘이라니깨요! 동부전선서 하사로 싸우고 있다니깨요!"

비명 삼아 도나캐나 뽑아올리는 내 말을 저승사자가 음산하게 맞받았다.

"느이 삼촌 안 데려갈 테니까 걱정도 말아라!"

그러나 할머니는 땅바닥에 철퍼덕 쓰러지는 바람에 정작 저승사자의 약속을 듣지도 못했다.

할머니는 그 길로 시난고난 앓다가 며칠 후에 끝내 숨을 거두고 말았다. 해토머리가 오기 전이었다. 할머니의 장례 덕분에 나는 난생처음 북망산을 내 발로 직접 밟아볼 수 있었다. 그곳은 결코 이 세상의 끝이 아니었다. 내가 알고 있던 것보다 훨씬 더 광대한 세계가 공동묘지 그 너머에 그득 펼쳐져 있다는 사실을 나는 그때 처음 알았다.

할머니가 그토록 기다렸던 해토머리가 오자 어느날부턴가 저승사자는 우리 동네 근처에 일절 범접하지 않게 되었다. 그리고 얼마 후에 둘째 삼촌이 나무로 된 보조장구를 양쪽 겨드랑이에 낀 모습으로 집에 돌아왔다. 나는 반가움보다 두려움이 더 앞서는 마음으로 둘째 삼촌의 오른쪽 빰 부위를 일삼아 쳐다보고 또 쳐다봐야만 했다.

3

"그때 당시는 참말로 상이군인들이 질바닥에 지천으로 깔리다시피 혔었지. 행패도 이만저만이 아니었고. 그만침 법은 멀고 주먹은 가차운 시절이었으니께."

"맞어. 오죽허면 저럴까, 생각은 허면서도 기찻간 같은 디서 쇠갈쿠리 들이대는 상이군인 만나면은 진절머리를 내곤 혔어."

"나라가 부실혔던 탓이여. 몸 바쳐 충성헌 만침 대접이 안 따르니께 그 많은 상이용사들이 질바닥으로 몰려나온 거여."

"개중엔 가짜 상이군인도 흔혔지. 우리 동네에도 해방 전부텀 외팔이였던 청년 하나가 살고 있었는디, 진짜보담도 외려 더 행패가 심허기로 소문이 자자헌 가짜 상이군인이었어."

당시의 기억이 아직도 생생하다는 듯 여럿이서 번차례로 상이군인들 행패를 입길에 올렸다. 그러자 유만재가 벌컥 소가지를 냈다.

"우리 작은아버지를 모욕허는 놈은 내가 내비 안 둔다! 우리 작은아버지로 말헐 것 같으면, 전쟁터에서 다리 한 짝을 잃고 불구가 된 뒤로도 넘들한티 눈 한번 안 흘기고 평생을 즘잖은 인격자로 곱게 늙으신 분이여!"

몇 단계 절차와 과정들을 단숨에 건너뛰며 유만재가 격한 반응을 보이는 바람에 좌중은 느닷없는 손찌검이라도 당한 듯 일제히 입을 다물어버렸다. 그 어색한 분위기를 녹일 심산인 듯 명문대 교수로 재직중인 김지겸이 불쑥 입을 열었다.

"북일면 근방에 있던 그 시립 공동묘지는 지금도 그 자리에 있나 모르겄네."

"그 일대가 택지로 개발됨시나 공동묘지는 몽땅 팔봉면 쪽으로 욍겨갔지. 물론 그 무렵에 팔봉면도 시에 편입되었고."

모교 교장직을 맡고 있는, 그래서 재경 동창생들의 모교 방문 행사를 처음 제안했던 김기서가 약발이 떨어진 모깃불 위에 생초목을 한 짐 얹으며 대꾸했다. 십원어치만 내도 될 부아를 자그마치 만원어치나 과용했다고 뒤늦게 후회가 들었던지 공인중개사 유만재가 다따가 너털웃음으로 엉너리를 치고 나섰다.

"잘나가던 분위기를 고장내서 미안허다, 니기미. 상이군인 출신 우리 둘째 작은아버지를 너무 존경허다보니께 나도 모르게 고만 헛소리가 새고 말었다, 니기미. 이왕지사 미안헌 짐에 다음 타자로 김교수를 지명허는 바이다."

"황새야, 똥뀐 놈이 썽내딧기 어른들 앞에서 너 그러면 못쓰는 벱이다. 작은아버지 없는 사람 어디 서러워서 살겄냐?"

매캐하게 연기를 되살려내기 시작하는 모깃불 위로 윗몸을 일으키며 누군가 어둠 속에서 볼멘소리를 토했다. 그뒤를 이어 김교장도 점잖게 한말씀 거들었다.

"다 된 죽에 코 풀기도 유분수지. 실컷 지 주뎅이로 좋은 야그 들려준 공을 지 주뎅이로 깎어먹다니, 쯧쯧."

(1999)

종탑 아래에서

1

“대미를 장식헐 만헌 순애보라고 내 입으로 말허기는 약간 거시기헌 구석이 있지마는……”

인테리어 전문점을 운영하는 최건호였다. 묵비권이라도 행사하듯 내내 잠잠코 앉아 남의 이야기를 듣고만 있던 그가 뜻밖에도 자진해서 마지막 이야기 순번을 떠맡고 나서자 그에게도 입이 달려 있었음을 뒤늦게 깨닫고 좌중은 깜짝 반가워했다.

“반세기가 지나가드락 영 잊히지 않는 소녀가 있다면 혹시 순애보 계열에 턱걸이로라도 낄 수 있지 않을까 싶어서……”

묵적보살처럼 입이 천근이기로 소문난 최건호가 절대로 허튼 소리를 할 리 없다고, 최건호가 순애보라 주장하면 그건 백발백중 순애보임이 틀림없다고 모두들 이구동성으로 떠들어댔다. 순애보 여부를 판별하는 첫번째 기준은 아무래도 발화자의 과묵성인 듯했다.

"열 살짜리 머시매, 지지배가 사랑을 알면은 뭣을 얼매나 알 것이냐. 아름다운 러브스토리허고는 애시당초 거리가 먼 얘기라서 혹시라도 낭중에 실망허지 않을까 겁난다."

고백성사라도 하려는 사람처럼 최건호의 표정은 그지없이 진지해 보였다. 그 진지한 태도로 미루어, 본론을 들어보나마나 벌써 순애보가 틀림없는 줄 알겠다고 한바탕 또 떠들어댔다. 순애보 여부를 판별하는 두번째 기준은 아무래도 발화자의 진지성인 듯했다. 모처럼 어렵게 입을 연 최건호가 일껏 꺼낸 이야기를 도로 주워담는 불상사가 일어나지 않게끔 좌중은 온갖 발림으로 충동질했다.

"낭중에라도 순애보가 기네, 아니네, 허고 우리 건호한티 시비거는 놈이 나타났다 허면 당장 내가 가만 안 놔둔다!"

동창생들의 전폭적인 성원에 힘입어 최건호가 마침내 이야기를 풀어내기 시작했다.

"만세주장 근방에 살 적에 있었던 일인디……"

2

만세주장 골목에 살고 있었다. 유명한 술도가를 옆구리에 끼고 산다 해서 특별히 득볼 것도, 해될 것도 없었다. 날만 궂을라치면 주장 건물 전체가 모주망태로 흠씬 취해서 문뱃내를 펑펑 풍기듯 찌든 막걸리 냄새를 사방에 퍼뜨리는 바람에 비위가 많이 상하긴 했지만, 그렇다고 그 집에 따로 유감이 있는 건 아니었다. 다만, 문제가 있다면 그것은 지에밥이었다. 볕이 좋은 날 만세주장에서는 도롯가에 멍석을 여러 개 나란히 펴놓고 술밑으로 쓸 엄청난 양의 지에밥을 말리곤 했다. 입에 넣고 씹기 딱 알맞을 만큼 꼬들꼬들 마른 상태에서 단내를 확확 풍기는 그 고두밥이 배곯는 아이들을 환장하게끔 만드는 것이었다. 멍석 근처에 가까이 다가갈 적마다 뱃속에서 회가 동하는 바람에 참말이지 미칠 지경이었다.

목구멍 안쪽에서 마구 고무래질하는 것 같은 유혹을 견디다 못한 아이들이 학교를 오가는 길에 한 줌씩 지에밥을 슬쩍하다가 주장 일꾼인 짝눈이 아저씨한테 들켜 경을 치기 일쑤였다. 나 역시 짝눈이 아저씨한테 붙잡혀 두 차례나 혼뗌을 당했다. 서로 빤히 얼굴을 아는 이웃지간이라서 나는 다른 아이들보다 훨씬 더 불리한 처지였다. 지에밥을 멍석 위에 고루 펼 때 사용하는 고무래 자루를 휘두르며 세상 이쪽 끝에서 저쪽 끝까지라도 그악스레 뒤쫓아올 성싶은 그 성미 고약한 일꾼의 눈을 피하기 위해서는 다른 아이들보다 더 영악스러워질 필요가 있었다. 짝눈이 아저씨가 짝눈을 한껏 지릅뜨고 주로 감시하는 쪽은 학교가 파해서 집으로 돌아가는 아이들이었다. 주장을 사이에 두고 학교와는 반대 방향에서 하굣길의 아이들 행렬을 거슬러 움직이며 기회를 엿보는 것이 고무래의 위협에서 벗어날 수 있는 가장 효과적인 방법이었다. 그러려면 학교에서 집으로 향할 때 부러 가까운 길을 두고 시내 쪽으로 먼길을 에돌아가는 수고를 감수해야만 했다.

내가 그 계집애를 맨 처음 본 것은 봄볕이 당양하게 내리쬐는 한낮이었다. 아침에 등교하면서 길가에 멍석을 펴는 짝눈이 아저씨를 봤기 때문에 나는 그날도 하굣길에 일부러 네거리 하나를 더 지나 먼길을 에돌아 집으로 향하고 있었다.

경찰서 앞을 지난 다음 시청 앞에서 잠시 발걸음을 멈추었다. 시청 담벼락을 따라 길게 잇대어 세워놓은 게시판이 큼지막한 벽보들로 더덕더덕 도배되어 있었다. 벽보에는 최근의 전황들이 주먹덩이만한 붓글씨로 짤막짤막하게 적혀 있어 지나가던 행인들을 게시판 앞에 한참씩 붙들어 세우곤 했다. '국군 1사단 평양 입성' '국군과 유엔군 청천강 도하, 압록강 향해 진격중' '중공군 참전 사실 밝혀져' 따위 새로운 소식들을 내가 차례로 접하게 된 것도 그 게시판을 통해서였다. 만세주장 고두밥을 훔쳐먹기로 작정한 날은 덤으로 최근의 전황에 접하는 날이기도 했다.

최전방에서는 중공군의 춘계 대공세가 한창이었다. 국군 또는 유엔군 몇 사단이 무슨 고지 전투에서 북괴군 몇 개 연대를 섬멸했고, 무슨 고지 전투에서 중공군 몇 개 사단을 궤멸시켰다는 등등의 내용을 담은 벽보들이 게시판에 어지럽게 나붙어 있었다. 일사 후

퇴를 거쳐 전쟁은 처음 시작되었던 그 자리로 얼추 되돌아와 삼팔선을 사이에 두고 오랫동안 교착상태에 빠져 있었다. 빼앗아 새로 차지한 땅은 거의 없는 셈인데 국군과 유엔군은 날마다 승승장구하는 반면 북괴군과 중공군은 날마다 무더기로 죽어 나자빠진다는 내용만 벽보에 적히는 그 속내를 나는 당최 이해할 수 없었다.

낡은 양복 차림에 중절모를 눌러쓴, 꽤 유식해 뵈는 아저씨가 곁에서 소리내어 벽보를 읽고 있는 중이었다. 나는 그 아저씨에게, 섬멸이 무슨 뜻이냐고 물어보았다. 몽땅 씨를 말린다는 뜻이라고 아저씨가 시원스레 대답했다. 그럼 궤멸은 또 무슨 뜻이냐고 다시 물었다. 아저씨는 잠시 뜸을 들이더니만, 겨우 씨만 남기고 나머지는 모조리 때려잡는 거라고 일러주었다. 언젠가 벽보에 자주 등장하는 그 말들의 뜻을 아버지한테 물어본 적이 있었다. 아버지는 다짜고짜 화부터 버럭 내면서, 쥐방울만한 녀석이 그런 건 알아서 언다 쓰려고 묻느냐고, 욕설이나 다름없는 상스러운 말이니까 굳이 알 필요도 없다고 사정없이 윽박지르는 것이었다. 아버지는 매번 그런 식이었다.

시청 앞을 떠나 시공관 네거리에서 오른쪽으로 꺾어 돌면 곧바로 익산군청이었다. 나는 군청 입구에서 길바닥에 떨어진 나뭇개비를 찾느라 사방을 두리번거렸다. 그다음 차례가 익산군수 관사이기 때문이었다. 관사 정원과 도로 사이에 담장 대신 내부가 훤히 들여다보이는 철책이 쳐져 있었다. 철책에 나뭇개비를 대고 이쪽

끝에서 저쪽 끝까지 힘껏 달리면 따발총같이 타타타타 소리가 요란하게 울리곤 했다.

관사 철책에 나뭇개비를 막 갖다대려다 말고 나는 갑자기 손놀림을 멈칫했다. 며칠 전까지만 해도 나무 몇 그루와 잔디밭만 휑하니 드러내 보이던 정원에서 인기척이 났다. 나하고 동갑 또래로 보이는 계집애였다. 화사한 꽃무늬 원피스 차림에 정갈하게 단발머리를 한 계집애가 한 손에 하얀 고무공을 쥔 채 양팔을 앞으로 나란히 뻗은 괴상야릇한 자세로 도로 쪽을 향해 소리없이 다가오는 중이었다. 계집애가 황금빛 잔디밭 위로 하얀 공을 도르르 굴리면서 말했다.

"나비야! 나비야!"

공은 잔디밭과 철책이 만나는 지점에서 정확히 구르기를 멈추었다. 내가 철책 틈새로 손을 집어넣으면 충분히 공에 닿을 만한 자리였다. 뜬금없이 웬 나비 타령인가 의아해서 나는 계집애의 행동거지를 주의 깊게 살폈다. 그때였다. 얼룩고양이 한 마리가 정원수 가지에서 잔디밭 위로 햇솜뭉치처럼 사뿐히 내려앉더니만 공을 향해 달려왔다. 고양이는 철책 너머에 버티고 서 있는 웬 낯선 사람을 뒤늦게 발견하고는 갑자기 달음질을 멈추었다. 녀석은 노란 눈동자에 잔뜩 경계의 빛을 담아 나를 노려보았다. 나는 뾰족한 근거도 없으면서 옷차림과 용모만으로 계집애를 대뜸 서울 아이라고 단정해버렸다. 그리고 서울내기들은 제아무리 똑똑한 척해봤자 모르는 게 너무 많아 탈이라고 속으로 비웃었다. 멀쩡한 고양이를 나비라 부르다니, 그렇다면 팔랑팔랑 공중을 날아다니는 진짜배기 나비는 대관절 무슨 이름으로 불러야 옳단 말인가.

"거기 누구……"

뭔가 수상쩍은 낌새를 챘는지 계집애가 내 쪽을 멀뚱멀뚱 건너다보며 위아랫입술을 연방 달막거렸다. 계집애의 행동을 훔쳐보다 들킨 것이 창피해서 나는 슬금슬금 뒷걸음질을 치기 시작했다. 계집애의 눈길이 내 움직임을 제때제때 따라잡지 못했다.

"거기 누구?"

내가 처음 서 있던 그 자리에 아직도 눈길을 고정한 채 계집애는 날카로운 목소리로 다시 물었다. 나는 손에 든 나뭇개비를 아무렇게나 땅바닥에 팽개치면서 담박질을 놓기 시작했다. 당달봉사다! 집 쪽을 향해 정신없이 뛰면서 나는 속으로 부르짖었다. 계집애가 눈뜬장님이란 사실을 최초로 알아차리던 순간의 놀라움이 나로 하여금 만세주장 지에밥을 훔쳐먹으려던 애초의 계획을 깜빡 잊도록 만들었다. 그날 밤이 깊도록 서울 계집애의 그 희고도 곱상한 얼굴이, 그 화사한 옷맵시가, 어딘지 모르게 굼뜨고 어설퍼 보이던 그 행동거지 하나하나가 내 머릿속에서 줄곧 떠나지 않았다.

이튿날 나는 학교가 파하기 무섭게 곧장 익산군수 관사로 달려갔다. 관사 정원에서는 전날과 똑같은 상황이 되풀이되고 있었다. 계집애는 양팔을 앞으로 나란히 뻗은 부자연스러운 자세로 거리를 재기 위함인 듯 몇 발짝 조심스레 걷다가는 공을 잔디밭 위로 도르르 굴렸다.

"나비야! 나비야!"

아마도 철책 너머 낯선 사람에 대한 경계심 때문인 듯 나비란 놈은 정원수 가지들 사이에 몸을 숨긴 채 꼼짝도 않고 냐옹냐옹 울어대기만 했다. 공은 전날과 마찬가지로 잔디밭과 철책이 만나는 지점에 거의 정확히 멎어 있었다. 나는 통탕거리는 가슴을 애써 누르면서 철책 틈새로 손을 넣어 공을 집어들었다. 그리고 계집애를 향해 던져주었다. 공이 발치 가까이에 떨어지는 순간 계집애의 얼굴에는 놀라움인지 반가움인지 모를 괴상야릇한 표정이 떠올랐다.

"거기 누구?"

"사람이여."

"아, 어제 바로 그애!"

계집애는 말 한마디로 상대방을 단박에 알아맞혔다. 뿐만이 아니었다.

"난 널 알아. 나이는 나랑 비슷해. 키는 나보다 조금 더 커. 그리고 얼굴이 아주 못생긴 애야."

마치 두 눈으로 똑똑히 본 것처럼 자신있게 말하는 것이었다. 심지어 얼굴 못생긴 것까지 정확히 알아맞히는 바람에 나는 가슴복판이 뜨끔 쑤셨다. 계집애가 내 앞으로 천천히 다가오기 시작했다. 양팔을 앞으로 나란히 뻗지 않은 정상적인 자세로 걷느라고 철책까지 다다르는 데 반나절은 족히 걸리는 듯했다.

"못생겼다고 해서 미안해. 그냥 괜히 해본 소리야."

못생긴 게 사실이라고 나는 하마터면 실토정할 뻔했다. 생기다 만 얼굴 같다고 모두들 나를 놀려대곤 했으니까.

"느그 아부지가 군수냐?"

얼굴 문제에서 빨리 벗어나고 싶어 나는 엉뚱한 데로 말머리를 돌렸다.

"군수가 뭔데?"

"니가 익산군수 딸이냔 말여."

"익산군수가 뭔데?"

군수 관사에 살면서 군수가 뭔지도 모르다니. 역시 서울내기들은 아는 것보다 모르는 것이 훨씬 더 많은 무지렁이들이라고 생각했다. 서울내기들한테는 잠자리면 무조건 다 그냥 잠자리에 지나지 않을 뿐이었다. 실잠자리, 기생잠자리, 비단잠자리, 고추잠자리, 된장잠자리, 쌀잠자리, 보리잠자리, 밀잠자리, 말잠자리, 호랑잠자리 등등 가지각색의 수많은 잠자리가 세상에 있는 줄 꿈에도 모르는 버꾸들이었다.

"난 그런 거 잘 몰라. 외갓집 식구들이 가자는 대로 그냥 여기까지 따라왔을 뿐이야."

계집애가 심드렁한 어조로 중얼거렸다.

"으쩌다가 그러코롬 당달봉사는 되야뿌렀다냐?"

나는 마침내 용기를 내어 간밤부터 줄곧 품어나온 의문을 입 밖으로 불쑥 털어냈다.

"당달봉사가 뭔데?"

역시 서울내기라서 별수가 없었다. 나는 당달봉사가 어떤 건지 설명해주려고 철책에 바싹 달라붙었다. 그 순간 뭔가 이상한 낌새가 퍼뜩 느껴졌다. 나는 반사적으로 고개를 홱 돌려 관사 쪽을 살펴보았다.

머리가 희끗희끗한 노파가 유리창 안쪽에서 무시무시한 눈초리로 나를 쏘아보는 중이었다. 어마뜨거라 하고 나는 전날처럼 또 담박질을 놓기 시작했다. 얘, 얘, 하고 다급히 부르는 소리가 등뒤에서 들려왔지만 나는 뒤도 안 돌아다보고 진둥한둥 줄행랑을 놓았다.

이튿날은 군수 관사 근처에 얼씬도 하지 않았다. 그 이튿날도 마찬가지였다. 관사 쪽을 외면한 채 지낸 그 이틀 동안에는 만세주장 앞길 멍석 위에 널린 지에밥을 봐도 뱃속의 회가 전혀 동하지 않았다. 서울 계집애의 그 새하얀 낯꽃이 끊임없이 눈에 밟히는 바람에 그러잖아도 재미를 못 붙여 애를 먹던 학교 공부가 한결 더 부실해졌다.

이틀 동안이 내 인내심의 한계였다. 좀이 쑤셔서 더 버티지 못하고 나는 사흘 만에 또다시 군수 관사를 찾아갔다. 정원에는 아무도 안 보였다. 나비란 놈도 안 보였다. 하얀 고무공 하나만이 잔디밭 한가운데 동그마니 놓여 있을 따름이었다. 한참 더 기다려보다가 관사 안에 아무런 기척도 없음을 거듭 확인하고 나서 무척이나 아쉬운 마음으로 발길을 돌렸다. 바로 그 순간, 누군가 내 퇴로를 우뚝 가로막고 있다는 사실을 비로소 알아차렸다. 머리가 희끗희끗한 노파였다. 내가 또 달아나려 하자 노파가 갑자기 내 팔을 덥석 붙들었다.

"널 혼내주려는 게 아니다. 아가, 겁낼 것 없다."

할머니는 몬존한 말씨로 나를 안심시키려 했다.

"우리 명은이, 지금 병원에 있다. 그저께 밤부터 갑자기 신열이 끓고 헛소리가 우심해서 병원에 입원시켰다."

노파한테 단단히 붙들려 있던 내 팔이 갑자기 자유로워졌다.

"나는 명은이 외할미다. 우리 명은이 말동무가 돼줘서 고맙구나. 명은이는 아마 내일쯤 퇴원할 게다."

일단 되찾은 팔을 또다시 뺏길까봐 나는 뒷짐을 진 채 명은이 외할머니의 말에 무턱대고 고개를 주억거렸다.

"너는 어디 사는 누구냐? 집이 어디냐?"

나는 대충 만세주장께를 어림하고는 턱짓으로 그쪽을 가리켰다. 그러자 명은이 외할머니가 대뜸 앞장을 섰다.

"나랑 같이 가보자."

집까지 가는 동안 명은이 외할머니는 별의별 시시콜콜한 것들을 다 물었다. 이름은? 나이는? 부모님은? 형제자매는? 전쟁 때문에 혹시 불행을 당한 가족이나 일가친척은?

"건호야, 학교 끝나면 우리 관사에 자주 놀러 와도 괜찮다. 그 대신 너한테 신신당부할 게 있다. 우리 명은이 듣는 데서 절대로 입 밖에 꺼내지 말아야 될 말들이 있단다."

첫째, 부모 이야기. 둘째, 사람이 죽고 사람을 죽이는 이야기. 셋째, 장님 이야기.

"더군다나 당달봉사 같은 말은 아주 좋지 않은 말이니까 우리 명은이 앞에서 다시는 꺼내지 않도록 단단히 입조심해야 된다. 알겠냐?"

나는 홧홧 달아오른 낯꽃을 들키지 않으려고 부러 두어 발짝 뒤로 처져서 걸었다. 명은이 외할머니는 만세주장 뒷골목까지 나랑 동행해서 기어이 우리집을 확인한 다음에야 발길을 돌렸다.

"건호야!"

대문간에 막 발을 들여놓으려는 나를 명은이 외할머니가 등뒤에서 큰 소리로 다시 불러세웠다.

"우리 명은이, 참 불쌍한 아이다. 제 엄마 아빠가 한꺼번에 죽창에 찔려서 죽는 처참한 꼴을 두 눈 번히 뜨고 지켜본 아이다. 그날부터 제 눈엔 아무것도 안 보인다면서, 저는 아무것도 못 봤다면서 하루아침에 장님이 되는, 아주 몹쓸 병에 걸려버렸단다. 의사도 못 고치고 약으로도 못 낫는, 아주 고약한 병이란다."

눈물 구덩이에 퐁당 빠져 허우적대는 눈동자로 명은이 외할머니는 내 얼굴을 간신히 건너다보았다. 때깔이 고운 한복 차림에 기품이 넘쳐나던 명은이 외할머니의 모습이 한순간에 와르르 허물어져내리는 순간이었다. 마땅히 그래야만 될 성싶어 나는 덮어놓고 고개를 끄덕이는 동작만 되풀이했다. 명은이 외할머니가 내 손을 덥석 움켜쥐었다.

"우리 명은이한테 말동무라고는 세상천지 달랑 고양이새끼 한 마리밖에 없었단다. 앞을 못 보게 된 뒤로 우리 명은이가 고양이말고 사람을 말동무로 삼은 건 건호, 니가 맨 처음이란다."

명은이의 퇴원이 예정된 날은 때마침 주일이었다. 우리 식구들은 서울에서 피란 내려온 막내 이모의 전도 덕분에 수복 직후부터 신광교회에 다니기 시작했다. 교회 사찰인 딸고만이 아버지가 힘차게 울려대는 종소리에 이끌려 나는 주일 아침에 신광교회로 향했다.

주일학교 반사의 지시에 따라 나는 예배 도중 죄를 고백하는 기도를 드렸다. 이북 피란민 출신으로 중앙시장에서 철물점을 경영하는 홀아비 반사는 매주 공과 공부가 끝날 때마다 한주일 동안 저지른 죄를 모조리 고백할 것을 어린 제자들에게 강요하곤 했다. 전에는 만세주장 지에밥을 훔쳐먹은 죄와 어쩌다 길에서 주운 돈을 주전부리에 사용한 죄 따위가 내 고백 기도의 주된 내용이었는데, 명은이를 만난 후 당달봉사라는 나쁜 말을 사용한 죄 하나가 내 기도 속에 덧붙여졌다.

나는 주일학교를 마치기 무섭게 신광교회에서 곧장 시청을 향해 달려갔다. 명은이에게 건넬 선물을 장만하기 위해서였다. 선황에 대한 새로운 소식은 앞 못 보는 명은이에게 의미 있는 선물이 될 뿐만 아니라 내가 결코 시골뜨기라고 만만히 볼 상대가 아님을 서울내기 계집애한테 일깨워주는 확실한 증거물이 될 것이었다.

아무도 없는 정원 내부를 기웃거리며 철책 앞에서 서성거리는 참인데 관사 현관문이 빠끔히 열렸다. 명은이 외할머니가 손짓으로 나를 불렀다. 나는 난생처음 익산군수 관사 안으로 주뼛주뼛 발을 들여놓았다. 잔뜩 겁을 집어먹은 채 낯선 구조의 양옥집 거실을 통과하는 나를 액자 속의 이승만 대통령이 근엄한 표정으로 내려다보고 있었다. 나는 명은이가 들어 있는 작은 방으로 안내되었다. 명은이 머리맡을 지키고 있던 나비란 놈이 나를 보더니만 냐옹 소리와 함께 냉큼 책상 위로 튀어오르면서 경계의 눈초리를 보냈다. 명은이는 얇고 보드라운 차렵이불로 턱밑까지 가린 채 반듯한 자세로 드러누워 있었다. 며칠 사이에 눈에 띄게 야윈 모습이었다. 그래서 전보다 더욱 새하얗고 전보다 더욱 예뻐 보였다. 멋쩍고 쑥스러운 나머지 나는 괜스레 히죽히죽 웃기부터 했다. 명은이는 보이지 않는 눈을 내 얼굴에 맞추려고 내 웃음소리를 좇아 머리를 움직거렸다.

"재미있는 얘기 나누면서 천천히 놀다 가거라."

명은이 외할머니가 잣알이 동동 뜬 수정과 그릇과 과자가 수북이 담긴 쟁반을 방바닥에 내려놓았다. 명은이 외할머니가 방에서 나가기를 기다려 나는 준비해온 선물 보따리를 다짜고짜 풀어놓기 시작했다. 트루먼 대통령이 맥아더 원수를 유엔군 총사령관 직에서 해임한 소식부터 먼저 전했다. 연이어 의정부 전투에서 국군 1사단과 미군 3사단이 연합작전으로 북괴군 1군단을 포위해서 1개 연대를 섬멸한 소식을 숨차게 전했다.

"명은이 너, 섬멸이 무신 말인지 알어? 모르지? 몽땅 씨를 말린다는 뜻이여."

초점을 잃은 채 내 얼굴 근처를 헤매던 명은이의 눈이 갑자기 회동그라졌다. 명은이의 그 같은 반응을 이를테면 저보다 훨씬 아는 게 많은 상대에 대한 우러름의 표시로 받아들이면서 나는 더욱 더 신떨음에 고부라졌다. 내친김에 나는 미군 9군단이 '철의 삼각지' 전투에서 중공군 대부대를 궤멸시킨 이야기를 들려주었다.

"명은이 너, 궤멸이 무신 뜻인지 알어? 모르지? 씨만 빼놓고 몽땅 다 때려잡는다는 뜻이여."

"과자 안 먹니?"

"뭣이라고?"

"과자나 먹으라고!"

명은이는 핼쑥하게 핏기가 가신 입술을 바르르 떨면서 눈꺼풀을 아래로 착 내리깔았다. 명은이가 눈을 꼭 감자 그때껏 숨어 있던 속눈썹이 기다랗게 드러났다. 명은이의 권유를 받아들여 나는 아무 눈치코치 없이 쟁반 위의 과자들을 마구 입안으로 걸터들이기 시작했다. 명은이는 끝내 과자에 손도 대지 않았다.

명은이는 단 하루 사이에 놀라우리만큼 기력을 되찾아 이튿날 또다시 정원에서 나비와 함께 공놀이를 시작했다. 나를 피해 정원수 위로 숨어버린 나비를 대신해서 얼른 공을 집어 명은이에게 돌려준 다음 나는 득의에 찬 목소리로 그날치의 선물을 전했다.

"영국군 29여단 글로스터 대대가 육십여 시간 사투 끝에 중공군을 무찌르고 적성고지를 사수혔디야."

시청 앞 게시판에서 공들여 외워온 벽보 내용을 뜻도 모르는 채 앵무새처럼 고스란히 옮기면서 나는 명은이의 반응을 살폈다. 아니나다를까, 명은이의 손아귀에서 스르르 힘이 풀리면서 공이 잔디밭으로 굴러떨어졌다. 명은이의 그런 반응을 나는 일종의 감동의 표시로 받아들였다. 서울내기 계집애를 감동시킨 내 솜씨에 자부심을 느끼면서 나는 곧장 다음 소식으로 넘어갔다.

"중부전선 임진강 전투에서 우리 국군이 중공군 63군 3개 사단을 격퇴허고 대승을 거두었디야."

"듣기 싫단 말야! 제발 그만두란 말야!"

명은이가 쇠꼬챙이 같은 소리를 내지르며 갑자기 잔디밭에 펴더버리고 앉았다. 전혀 예상치 못한 돌발사태에 별안간 어안이 벙벙해져서 나는 어찌할 바를 몰랐다.

"꼴도 보기 싫어! 가버려! 가란 말야!"

제 손으로 제 머리칼을 마구 쥐어뜯으며 명은이는 거푸 쇠꼬챙이 소리를 질러댔다. 명은이 외할머니가 해끔하게 놀란 표정으로 관사 안에서 허둥지둥 달려나왔다. 가라니까 가는 수밖에 달리 도리가 없었다. 아직도 영문을 모르는 채로 나는 부리나케 관사를 빠져나왔다. 무엇이 서울 계집애의 성깔머리를 그토록 버르집어놓았는지 당최 알다가도 모를 일이었다. 내 호의가 무시당한 관사 근처엔 앞으로 두 번 다시 얼씬도 하지 않겠다고 다짐하면서 나는 길바닥의 돌멩이를 발부리로 힘껏 걷어차버렸다.

명은이 외할머니의 신신당부를 기억에서 언뜻 되살려낸 것은 집에 거반 다다랐을 무렵이었다. 사람이 죽고 사람을 죽이는 이야기는 절대로 입 밖에 꺼내지 말 것. 세 가지 당부 가운데서 나도 모르게 두번째 당부를 어긴 셈이었다. 시청 앞 게시판을 기웃거리는 버릇이 내게서 영영 떠나게 되리라는 것을 나는 그때 퍼뜩 예감할 수 있었다.

혼자서 다짐했던 대로 나는 하루 동안 관사 근처에 얼씬하지 않았다. 그러나 집안에 머물러 지내는 동안에도 내 마음은 관사 언저리를 줄곧 배회하고 있었다. 꼴도 보기 싫다고 명은이가 지르던 쇳소리가 내 귓바퀴를 끊임없이 맴돌았다. 더는 참을 수 없어 나는 결국 다음날 해질녘에 관사를 또다시 찾아가고 말았다.

저녁놀에 물든 발그레한 낯꽃으로 명은이는 정원 한복판에 오도카니 서 있었다. 손에 공이 쥐여 있고 곁에 나비란 놈도 알짱거리고 있었지만 공놀이는 아예 시작할 생각조차 하지 않았다. 하릴없이 먼산바라기가 되어 언제까지고 꿈쩍도 하지 않는 명은이 모습을 나는 철책 밖에서 한참이나 몰래 지켜보았다.

바로 그때였다. 종소리가 데엥, 하고 묵중하게 울렸다. 한번 울리기 시작한 종소리는 짧은 쉴 참을 거친 후 뎅그렁 뎅, 뎅그렁 뎅, 연달아 기세 좋게 울렸다. 명은이는 느닷없는 종소리에 움찔 놀라는 기색이었다. 종소리가 들려오는 신광교회 쪽을 향해 명은이의 고개가 천천히 돌아갔다. 저녁놀에 함빡 젖은 채 종소리에 다소곳이 귀를 기울이는 명은이 모습에서 나는 가슴이 철렁 내려앉으리만큼 묘한 감동을 받았다.

"삼일종이여."

나는 철책 밖에 내가 와 있다는 사실을 그예 큰 소리로 기별하고 말았다. 명은이가 화들짝 놀라는 몸짓을 취했다.

"나비야! 나비야!"

하마터면 잊을 뻔했다는 듯이, 마치 내가 나타나기 전까지 줄곧 나비와 함께 공놀이를 하고 있었던 것처럼 명은이는 공을 잔디밭 위로 도르르 굴리면서 부산을 떠는 시늉을 했다. 겨냥이 지나쳐 공은 철책 밑을 통과해서 내 발치까지 데굴데굴 굴러왔다. 나는 공을 주워 철책 안으로 던졌다.

"왔으면 얼른 들어와야지 왜 거기 서 있니?"

거기 누구, 하고 묻는 대신 명은이는 나를 책망하는 척했다. 때

맞춰 관사 현관문이 활짝 열렸다. 명은이 외할머니가 꾸짖음 반 반가움 반의 어정쩡한 기색으로 나를 맞아들였다. 잔뜩 낯꽃을 붉힌 채 나는 관사 내부를 빠른 걸음으로 통과해서 정원으로 나갔다.

"삼일종이 뭔데?"

"수요일에 치는 종이여. 교회 사람들은 수요일 저녁 예배를 삼일예배라고 불러. 저것은 초종이여. 한참 있다가 재종을 칠 거여."

명은이한테 미안해하던 참에 나는 도롱태 굴리듯 빠른 말씨로 한바탕 정신없이 지껄였다.

"어머나, 건호 너 교회 다니니?"

"엉. 딸고만이 아부지가 시방 초종을 치고 있는 중이여. 명은이 너, 딸고만이 아부지가 누군지 몰르지? 딸고만이 아부지는……"

야트막한 언덕 위 신광교회 종탑 밑에서 종줄 끝에 대롱대롱 매달려 허공 속을 연방 오르락내리락하면서 신나게 종을 치고 있을 사찰 아저씨의 앙바틈한 모습을 머리에 떠올리니까 절로 웃음이 비어졌다. 다섯번째로 또 딸을 낳고 나서 지어준 이름이 딸고만이였다.

"딸내미 이름을 그러코롬 엉터리없이 지어놓으면 요담번엔 틀림없이 아들을 낳게 된디야."

명은이는 한바탕 기분좋게 깔깔거렸다. 아, 명은이가 웃는다! 내가 서울내기 지지배를 웃게코롬 맨들었다! 나는 득의양양해서 넋이야 신이야 하며 마구잡이로 떠벌렸다.

"딸고만이 아부지가 종 치는 걸 보면 너도 아매 배꼽을 잡고 웃을 거여. 얼매나 괴상허게 생겼는지 알어? 키는 나보담 쬐꼼 더 크고, 머리는 훌러덩 벳겨지고……"

말을 하다 말고 나는 갑자기 입을 다물었다. 명은이가 앞을 못 본다는 점에 뒤늦게 생각이 미친 까닭이었다. 종소리의 꼬리 부분이 긴 여운을 끌면서 저녁하늘 속으로 천천히 사라지고 있었다.

"딸고만이 아버지 얘길 계속해봐."

명은이가 잔디밭 위에 아무렇게나 퍼벌하고 앉으면서 재촉했다. 나도 덩달아 명은이 앞에 퍽석 주저앉았다.

딸고만이 아버지는 정말 괴짜였다. 교회 종을 치기 위해 이 세상에 태어난 사람 같았다. 종을 치지 않을 때는 우리에게 놀림감이 되지만 종을 치는 동안 만큼은 언제나 존경의 대상이 되곤 했다. 마치 종줄의 일부분인 양 앙바틈한 몸집이 굵은 밧줄 끝에 매달려 발바닥이 땅에 닿을 새가 없으리만큼 위로 솟구쳤다 아래로 곤두박질치기를 되풀이하면서 힘차게 종소리를 울려대는 동안 그는 얼굴이 온통 시뻘겋게 상기한 채 꿈을 꾸는 듯한 표정을 짓곤 했다. 종 치는 일이 거반 끝나갈 무렵쯤 되면 그는 자기 주위로 새까맣게 몰려들어 찬탄 어린 눈빛으로 구경하는 조무래기들 가운데서 딱 한명만 골라 딱 한 차례 종줄을 잡아당기는 영광을 안겨주곤 했다. 그악스레 뒤쫓아다니며 딸고만이 아버지라고 놀려먹은 적이 없는 착한 아이한테 대개 특혜를 베푸는 것이었다.

"딸고만이 아버지를 한번 봤으면 좋겠다."

"나랑 같이 교회 가면 얼매든지 볼 수 있어."

말을 주고받다보니 뭔가 좀 이상하다는 생각이 퍼뜩 들었다. 앞을 못 보는 명은이가 무슨 재주로 딸고만이 아버지를 본단 말인가.

"눈엔 안 보여도 마음으로는 얼마든지 볼 수 있어."

내 속마음을 읽었는지 명은이가 얼른 어른스럽게 말했다. 기왕 말이 나온 김에 우리는 주일 저녁에 함께 신광교회에 가기로 약속을 정했다.

주일 저녁이 오기까지 시간은 굼벵이 걸음처럼 더디 흘러갔다. 외할머니의 허락을 받고 명은이와 나는 딸고만이 아버지가 초종을 울릴 시간에 맞춰 관사를 출발했다. 명은이 손을 잡고 조심조심 길을 인도하는 탓에 관사에서 신광교회까지 평상시보다 곱절 이상 거리가 멀게 느껴졌다. 먼길을 걷는 동안 나는 전에 주일학교 반사한테서 들은 이야기를 재탕해서 명은이에게 들려주는 일로 시간을 때웠다.

옛날 어느 성에 용감한 기사와 바람처럼 빨리 달리는 백마가 살고 있었다. 기사는 사랑하는 백마를 타고 전쟁터마다 다니며 번번이 큰 공을 세워 성주로부터 푸짐한 상을 받곤 했다. 전쟁이 끝났다. 세월이 흘러 백마는 늙고 병들게 되었다. 그러자 기사는 자기와 오랫동안 생사고락을 함께한 백마를 외면한 채 전혀 돌보지 않았다. 늙고 병든 백마는 성내를 이리저리 떠돌다가 어떤 종탑 앞에 이르렀다. 누구든지 종을 쳐서 억울한 사연을 호소할 수 있게끔 성주가 세워놓은 종탑이었다. 백마의 눈에 종탑을 휘휘 감고 올라간 칡넝쿨이 보였다. 배고픔에 못 이겨 백마는 칡넝쿨을 뜯어먹기 시작했다. 그러다 종줄을 잘못 건드리는 바람에 그만 종소리를 울리고 말았다. 종소리를 들은 성주가 무슨 사연인지 자세히 알아보도록 부하에게 지시했다. 그리하여 백마의 억울한 사연을 알게 된 성주는 은혜를 저버린 기사를 벌주고 백마를 죽을 때까지 따뜻이 보살펴주었다.

"억울한 사람은 누구든지 종을 칠 수 있다고?"

느슨히 잡고 있던 내 손을 갑자기 꽉 움켜쥐면서 명은이가 물었다. 나는 괜스레 우쭐해진 나머지 얼김에 말갈망도 못할 허세를 부리고 말았다.

"그렇다니깨. 아무나 다 종을 침시나 맘속으로 소원을 빌으면은 그 소원이 죄다 이뤄진디야."

마침내 신광교회 입구로 들어섰다. 아직 이른 시간이어서 그런지 우리말고 다른 교인들 모습은 교회 근처에서 전혀 찾아볼 수 없었다. 하늘로 오르는 사닥다리인 양 높고 가파른 돌계단이 우리 앞을 떡하니 막아섰다. 발을 헛디디지 않게끔 명은이를 단단히 부축한 채 천천히 돌계단을 오르기 시작했다. 돌계단이 거의 끝나가는 지점에서 나는 명은이가 들을 수 있게끔 돌 위에 새겨진 글씨를 큰 소리로 읽어주었다.

"내가 곧 길이요 진리요 생명이니 나로 말매암지 않고는 아바지께로 올 자가 없나니라."(요 14:6)

그게 무슨 말이냐고 명은이가 물었다. 명은이는 툭하면 내가 설명하기 곤란한 것들만 골라 밑두리콧두리 캐묻는, 아주 좋지 않은 버릇을 지니고 있었다. 예수님은 동정녀 마리아에게 나신 여호와 하나님의 아들이란 뜻이라고 나는 엉이야벙이야 제멋대로 둘러댔다. 명은이는 더욱 무슨 말인지 모르겠다는 표정이었다.

돌계단을 다 오르자 비낀 저녁햇살을 듬뿍 받아 아름답게 빛나는 웅장한 석조 교회당이 시야를 그득 메웠다. 우리는 종탑 앞에서 손을 맞잡은 채 때가 되기를 기다렸다. 잠시 후에 교회당 뒤편 사택 쪽에서 딸고만이 아버지가 모습을 드러냈다.

"딸고만이 아부지다."

나는 명은이에게 귀엣말로 가만히 속삭였다. 길게 뻗은 교회당 건물 옆구리를 따라 통로에 깔린 자갈을 밟으며 딸고만이 아버지가 걸어왔다. 명은이는 몹시 긴장한 자세로 저벅저벅 다가오는 발소리에 조용히 귀를 기울였다. 저녁햇살을 함빡 뒤집어쓴 딸고만이 아버지의 민머리가 알전구처럼 반짝였다. 나는 최대한 허리를 굽혀 예바르게 꾸뻑 인사를 올렸다. 딸고만이 아버지는 나를 금세 알아보았다. 그러나 낯선 얼굴인 명은이 쪽에 짤막한 눈길을 던졌을 뿐, 여느 때와 딴판으로 모범생처럼 구는 나를 거들떠도 안 보면서 그는 되우 뻐겨대는 걸음걸이로 종탑에 다가섰다. 그는 몸에 익은 솜씨로 종탑 쇠기둥을 타고 뽀르르 위로 기어오른 다음 아이들 손이 닿지 않을 높직한 자리에 매어놓은 종줄을 밑으로 풀어내렸다. 그가 굵은 밧줄을 힘차게 아래로 잡아당기자 종탑 꼭대기 그 까마득한 높이에 매달려 있던 거대한 놋종이 한쪽으로 기우뚱 기울어졌다. 또 한차례 줄을 잡아당기자 이번에는 반대편으로 놋종이 휘우뚱 넘어갔다. 오른쪽, 왼쪽, 번차례로 기울어지기를 두 번, 세 번……

"인제 종소리가 울릴 차례여."

내 말이 끝남과 동시에 데엥, 하고 첫번째 종소리가 묵직하게 울려퍼졌다. 갑자기 귀를 먹먹하게 만드는 둔중한 종소리에 놀라 명은이는 눈살을 찌푸리며 잽싸게 손바닥으로 귀를 막았다. 종소리가 차츰 빨리지기 시작했다. 딸고만이 아버지의 앙바틈한 몸집은 어느새 종줄과 한몸을 이루어 쉴새없이 허공을 오르락내리락하느라 발바닥이 땅에 닿을 겨를도 없을 지경이었다. 뎅그렁 뎅, 뎅그렁 뎅, 기세 좋게 울리는 종소리가 귀싸대기를 사정없이 갈겨댔다. 나는 명은이 손바닥을 붙잡아 귀에 붙였다 뗐다 하는 동작을 되풀이했다. 기다란 종소리의 중동을 뚝 잘라 동강을 내었다가 다시 이어붙이기를 되풀이하는 그 장난이 명은이 얼굴에 발갛게 꽃물이 배게끔 핏기를 돋우었다.

건공중에 둥둥 떠 있던 딸고만이 아버지의 발바닥이 어느새 슬그머니 땅으로 되돌아와 있었다. 종 치는 작업을 마무리하기 위해 종줄을 잡아당기는 힘을 적당히 조절하는 중이었다. 나는 실오라기 같은 희망을 품은 채 딸고만이 아버지가 아닌 사찰 아저씨를 향해 최대한 존경의 눈빛을 띄워 보냈다. 하지만 아무 소용이 없는 아침이었다. 사찰 아저씨 아닌 딸고만이 아버지는 결국 나로 하여금 마지막 순간에 딱 한차례 종줄을 잡아당기게 하는 그 특혜를 베풀지 않은 채 매정하게 종치기를 끝내버렸다. 주일마다 뒤꽁무니를 밟고 다니며 딸고만이 아버지라고 그악스레 놀려댄 지난날들이 여간만 후회되는 게 아니었다.

아쉬움을 달랠 요량으로 나는 얼른 고무신을 벗어들었다. 여태껏 늘 해왔던 방식에 따라 나는 바야흐로 저녁하늘 저멀리 사라지려는 마지막 종소리를 고무신짝 안에 양껏 퍼 담았다. 그런 다음 잽싸게 고무신짝을 명은이 귓바퀴에 찰싹 붙여주었다. 그러자 명은이의 얼굴에 해맑은 미소가 가득 번져나기 시작했다. 어미 종은 이미 움직임을 멈추었지만 고무신짝 안에는 새끼 종이 담겨 아직도 작은 움직임을 계속하고 있었다. 그 종이 꿀벌처럼 잉잉거리면서 대고 명은이 귀를 간질이고 있을 것이었다.

왔던 길과는 달리 돌아가는 길은 호사스러운 감동의 보자기에 감싸여 있어서 관사까지 걷는 시간이 조금 전보다 절반 이하로 짧게 느껴졌다. 명은이는 흥분한 기색을 여간해서 감추지 못했다. 관사 앞에서 헤어지기 직전에 명은이는 나에게 고맙다고 말했다. 깍쟁이 서울 계집애 입에서 고맙다는 인사가 나오기는 그때가 처음이었다.

"건호야."

일껏 내 이름을 불러놓고도 명은이는 한참이나 더 뜸을 들인 다음에야 가까스로 뒷말을 이었다.

"네 얼굴이 어떻게 생겼는지 궁금해. 내 손으로 한번 만져보고 싶어."

참으로 난처한 순간이었다. 틀림없이 집안 어느 구석에서 우리를 지켜보고 있을 명은이 외할머니를 의식하면서 나는 잠시 망설였다. 에라, 모르겠다는 심정으로 나는 결국 명은이 손을 끌어다 내 얼굴에 대주었다. 그리고 두 눈을 질끈 감아버렸다. 촉촉이 땀에 젖은 손이 내 얼굴 윤곽을 천천히 더듬어나가기 시작했다. 명은이는 내 이목구비 하나하나를 차례차례 신중히 어루만졌다.

"얼굴이 아주 잘생겼구나. 나한테 얼굴을 보여줘서 고마워."

난생처음 잘생겼다는 소리를 들었다. 나는 홧홧 달아오르는 낯꽃을 주체할 수가 없어 도망치다시피 관사 앞을 떠나버렸다. 관사로부터 멀어지자 나는 겅중겅중 뜀걸음을 놓기 시작했다. 비록 서투른 솜씨나마 휘파람을 후익후익 날리면서 나는 신나게 집으로 향했다.

명은이가 내게 무리한 부탁을 해온 것은 신광교회 종탑에서 색다른 경험을 한 바로 그다음날이었다. 다시 만나자마자 명은이는 나를 붙잡고 엉뚱깽뚱한 소리를 했다.

"건호야, 날 다시 교회로 데려가줘. 내 손으로 종을 쳐보고 싶어."

"그랬다간 큰일나! 딸고만이 아부지 손에 맞어죽을 거여!"

나는 팔짝 뛰면서 그 청을 모지락스레 거절했다. 하지만 명은이는 나한테 검질기게 달라붙으면서 계속 비라리치고 있었다.

"제발 부탁이야. 딱 한 번만 내 손으로 직접 종을 쳐보고 싶어."

"종은 쳐서 뭣 헐라고?"

"그냥 그래! 내 손으로 울리는 종소리를 듣고 싶을 뿐이야."

말은 그렇게 했지만 나는 명은이의 진짜 속셈이 무엇인가를 금세 알아차릴 수 있었다. 동화 속의 늙고 병든 백마를 흉내내고 싶은 것이었다. 버림받은 백마처럼 자신의 억울한 사정을 성주에게 호소하고 싶은 것이었다. 다름 아닌 눈을 뜨고 싶다는 소원을 하나님에게 전할 속셈임이 틀림없었다. 누구든지 종을 치면서 소원을 빌면 다 이루어진다고 명은이 앞에서 공연히 허튼소리를 지껄인 일이 새삼스레 후회되었다. 대관절 무슨 재주로 딸고만이 아버지 허락도 없이 교회 종을 무단히 울린단 말인가.

"알었다고. 알었다니께."

연방 도리머리를 하는 내 마음과는 딴판으로 내 입에서는 승낙의 말이 잘도 흘러나왔다. 끝끝내 명은이의 간청을 뿌리칠 재간이 내게 없다는 사실을 나는 처음부터 잘 알고 있었다.

"일요일은 절대로 안 되야. 수요일도 절대로 안 되야."

"그럼 언제?"

보이지도 않는 눈을 반짝 빛내면서 명은이가 대답을 재촉했다. 예배 모임이 없는 평일이라면 어찌어찌 가능할 것 같기도 했다.

"목요일 밤중이라면 혹간 몰라도……"

목요일 아침이 밝았다. 목요일 낮이 지나갔다. 마침내 목요일 밤이 찾아왔다. 명은이는 시내 산보를 구실 삼아 외할머니한테 밤마을을 허락받았다. 어둠길을 나서는 우리를 명은이 외할머니가 관사 밖 길가까지 따라나와 걱정스러운 얼굴로 배웅했다. 앞 못 보는 외손녀를 걱정하는 백발 노파의 마음이 신광교회까지 줄곧 우리와 동행하는 듯한 기분이었다.

명은이 손을 잡고 신광교회 돌계단을 오르는 동안 내 온몸은 사뭇 떨렸다. 지레 흥분이 되는지, 아니면 두려움 때문인지 땀에 흠씬 젖은 명은이 손 또한 달달 떨리고 있었다. 명은이가 소원을 이룰 수만 있다면 딸고만이 아버지한테 맞아죽어도 상관없다고 각오를 다지면서 나는 젖은 빨래를 쥐어짜듯 모자라는 용기를 빨끈 쥐어짰다. 돌 위에 새겨진 낯익은 성경 구절이 어둠 속에서 조용히 우리를 맞았다.

내가 곧 길이요 진리요 생명이니……

신광교회는 어둠 속에 고자누룩이 가라앉아 있었다. 이제부터 우리가 저지르는 엄청난 짓거리에 어울리게끔 주변에 아무런 인기척이 없음을 거듭 확인하고 나서 나는 종탑 가까이 명은이를 잡아끌었다. 괴물처럼 네 개의 긴 다리로 일어선 철제의 종탑이 캄캄

한 밤하늘을 향해 우뚝 발돋움을 하고 있었다. 깊은 물속으로 자맥질하기 직전의 순간처럼 나는 까마득한 종탑 꼭대기를 올려다보며 연거푸 심호흡을 해댔다. 그런 다음 딸고만이 아버지가 항상 하던 방식대로 종탑 쇠기둥을 타고 뽀르르 위로 기어올라 철골에 매인 밧줄을 밑으로 풀어내렸다.

"꽉 붙잡고 있어."

명은이 손에 밧줄 밑동을 쥐여주고 나서 나는 양팔을 높이 뻗어 밧줄에다 내 몸무게를 몽땅 실었다. 그동안 늘 보아온 딸고만이 아버지의 종 치는 솜씨를 흉내내어 나는 죽을힘을 다해 밧줄을 잡아당기기 시작했다. 종탑 꼭대기에 되똑 얹힌 거대한 놋종이 천천히 한쪽으로 기울어지는 첫 느낌이 밧줄을 타고 내 손에 얼얼하게 전해져왔다. 마치 한 풀줄기에 나란히 매달려 함께 바람에 흔들리는 두 마리 딱따깨비처럼 명은이 역시 밧줄에 제 몸무게를 실은 채 나랑 한통으로 건공중을 오르내리는 동작에 어느새 눈치껏 장단을 맞추고 있었다. 어둠 때문에 잘 보이지 않았지만 내 코끝에 훅훅 끼얹히는 명은이의 거친 숨결에 섞인 단내로 미루어 명은이가 시방 어떤 표정을 짓고 있는지 너끈히 짐작할 수 있었다.

"소원 빌을 준비를 혀!"

내 말이 채 끝나기도 전에 데엥, 하고 첫번째 종소리가 울렸다. 그 첫 소리를 울리기까지가 힘들었다. 일단 첫 소리를 울리고 나니 그다음부터는 모든 절차가 한결 수월해졌다. 뎅그렁 뎅, 뎅그렁 뎅, 기세 좋게 울려대는 종소리에 귀가 갑자기 먹먹해졌다.

"소원을 빌어! 소원을 빌어!"

종소리와 경쟁하듯 목청을 높여 명은이를 채근하는 한편 나도 맘속으로 소원을 빌기 시작했다. 명은이가 소원을 다 빌 때까지 딸고만이 아버지를 잠시 귀먹쟁이로 만들어달라고 빌고 또 빌었다. 명은이와 내가 한몸이 되어 밧줄에 매달린 채 땅바닥과 허공 사이를 절굿공이처럼 오르락내리락하면서 온몸으로 방아를 찧을 적마다 놋종은 우리 머리 위에서 부르르부르르 진저리를 치며 엄청난 목청으로 울어댔다. 사람이 밧줄을 다루는 게 아니라 이젠 탄력이 붙을 대로 붙어버린 밧줄이 오히려 사람을 제멋대로 갖고 노는 듯한 느낌이었다.

한창 종 치는 일에 고부라져 있었던 탓에 딸고만이 아버지가 달려오는 줄도 까맣게 몰랐다. 되알지게 엉덩이를 한 방 걷어채고 나서야 앙바틈한 그의 모습을 어둠 속에서 겨우 가늠할 수 있었다. 기차 화통 삶아먹은 듯한 고함과 동시에 그가 와락 덤벼들어 내 손을 밧줄에서 잡아떼려 했다. 그럴수록 나는 더욱더 기를 쓰고 밧줄에 매달려 더욱더 힘차게 종소리를 울렸다. 주먹질과 발길질이 무수히 날아들었다. 마구잡이 매타작에서 명은이를 지켜주기 위해 나는 양다리를 가새질러 명은이 허리를 감싸안았다. 한데 엉클어져 악착스레 종을 쳐대는 두 아이를 혼잣손으로 좀처럼 떼어내기 어렵게 되자 나중에는 딸고만이 아버지도 밧줄에 함께 매달리고 말았다. 결국 종 치는 사람이 셋으로 불어난 꼴이었다. 그 어느 때보다 기운차게 느껴지는 종소리가 어둠에 잠긴 세상 속으로 멀리 멀리 퍼져나가고 있었다. 명은이 입에서 별안간 울음이 터져나오기 시작했다. 때때옷을 입은 어린애를 닮은 듯한 그 울음소리를 무동태운 채 종소리는 마치 하늘 끝에라도 닿으려는 기세로 독수리처럼 높이높이 솟구쳐오르고 있었다.

뎅그렁 뎅 뎅그렁 뎅 뎅그렁 뎅……

3

"아니, 벌써 다 끝난 거여?"

나서기 좋아하는 나서방이었다. 최건호가 고개를 끄덕거렸다. 나중에 순애보가 기네, 아니네, 시비 거는 놈은 가만 안 놔두겠다고 엄포를 놓던 바로 그 나기형이 되레 노골적으로 시비를 걸고 나섰다.

"그것도 순애보 축에 든다고 여태까장 읊어댔단 말여, 시방?"

"미안혀. 실망시켜서……"

"내 복에 무신 얼어죽을 순애보!"

희붐히 터오는 갓밝이 속에서 홍성만이 끄응 소리와 함께 앵돌아앉는 시늉으로 자기가 느낀 실망의 크기를 드러냈다. 이를테면 그것은 자신이 바로 앞 순번으로 이야기를 끝마친, 역사는 밤에 이루어진다는, 그 문화영화 제목 같은, 소매치기와 창녀의 사랑이 보다 더 순애보에 가깝다고 주장하는 시위인 셈이었다.

"어쨰피 순애보는 벌써 물 건너간 꼴이니깨 어쩰 수 없다 치고, 한 가지만 물어보자. 그 명은이란 지지배는 종소리 울려서 소원을 빈 덕택으로 결국 눈을 떴냐, 못 떴냐?"

나기형이 계속 검질기게 최건호를 물고 늘어졌다.

"잠깐만!"

최건호가 막 입을 열려는 순간, 미술 교사 이진원이 손을 번쩍 들어 대답을 중간에서 가로채버렸다.

"진짜 순애보란 게 가물에 콩 나듯기 귀헌 세상에서 우리가 그 이상 뭘 더 바래? 내 기준으로는 오늘밤 요 자리를 통틀어서 건호가 기중 아름다운 사랑 얘기를 들려준 게 틀림없어. 순애보라 불러도 전연 손색이 없다고 믿어. 다만, 그 순진무구헌 애들끼리 주고받은 동화적인 사랑을 우리가 왈칵 순애보로 받아들이지 못허는 이유는 반백년 세월이 흘러가는 사이에 우리가 늙고 감정이 메마르고 세상 때가 많이 묻어버린 탓에 우리네 심미안에 녹이 슬고 그 만침 가치관이 멍들었기 때문이 아닐까?"

"오냐, 진원이 너 참말로 잘났다! 오냐, 니 똥 굵은지 다 안다! 칠십 미리 총천연색 씨네마스코프다!"

작년에도 멍청했고 금년에도 여전히 멍청하다고 핀잔을 듣는 황만근이 또다시 빠드득 이를 가는 시늉으로 좌중을 웃기려 했다.

"좌우지간 건호는 입을 열면 못써."

이진원이 다시 한번 손을 들어 최건호가 답변할 기회를 가로막았다.

"건호 입에서 사실 여부가 밝혀지는 순간 아름다운 동화는 밋밋헌 다큐멘터리로 변질되고 말어. 명은이가 눈을 떴는지 못 떴는지 그 문제는 각자가 자기 마음속에 여백으로 냉겨두고 그 위에다 자기 상상력으로 그림을 그릴 수 있게코롬 내비두는 것이 좋아."

이진원의 주장에 아무도 이의를 달지 않았다. 그것으로 순애보 여부를 둘러싼 시비는 일단락된 셈이었다. 죽사산 기슭 어디쯤에 목청 좋은 수탉들이 잇달아 새날이 밝았음을 기운차게 고했다. 모기들이 슬금슬금 자취를 감추기 시작할 무렵에 맞추어 모깃불의 생명을 연장해줄 생초목도 얼추 동이 나버린 상태였다.

"제발 잠 좀 자자. 늙다리 침지들이라고 인자는 잠도 다 없어졌냐?"

못 자게끔 누가 곁에서 밤새도록 발바닥에 불침이라도 놓은 듯이 이덕주가 불퉁거렸다.

"맞다. 고만 자러 들어가자. 나는 아직도 젊어서 그런지 하루 밤샘 고스톱을 치고 나면 사흘을 내리 뻗는 체질이다."

삼군 소년단에 들어갈 자격을 얻으려는 일념으로 억지 전쟁고아가 되고자 했다던 조만형이 연방 하품을 꺼가며 땅바닥에 뻗어버리는 시늉을 했다. 야전지휘관 격인 김교장이 제일 먼저 자리에서 일어나더니만 엉덩이에 붙은 모래알을 툭툭 털었다.

"이 시각 이후부텀 재향 동기놈들이 떼로 몰려와서 기상나팔 불 때까장 전원 무제한 취침을 실시헌다!"

(2003)

제식훈련 변천약사

하오의 운동장 안에서 우리말고 또 움직이는 것이라곤 아무것도 없었다. 우리 역시 좋아서 하는 노릇은 결코 아니었다. 우리들 수강생 일동은 구령에 맞추어 마지못해 수족을 놀리고 있었다.

낡은 헝겊 쪼가리처럼 풀기 없이 늘어진 넓은 잎들을 주체스럽게 매단 채 플라타너스의 긴 행렬이 운동장가에서 마냥 힘겨워하고 있었다. 축구장 골문 근처를 휘덮은 바랭이잎과 수작하는 실바람 한 점 느낄 수 없는 날씨였다. 오직 누리에 무성한 것은 햇빛 그리고 또 햇빛일 뿐……

"오伍와 열列! 오와 열!"

특히 그것은 우리를 담당한 체육과 주임 강교수가 쓰고 있는 하얀 운동모의 비닐 챙 위에서 한껏 위세를 떨치고 있었다. 구령에 장단을 넣기 위해 그가 고개를 꺼떡거릴 적마다 파란색의 그 비닐 챙은 위로부터 쏟아지는 무더기 햇빛을 덥석 받아 곧바로 우리들 시야 속에 홱 뿌리고 또 홱 뿌리는 그 노릇을 쉬임 없이 반복하는 것이었다.

운동모 자체가 너무 깊숙이 눌러 씌워진 탓도 있긴 했다. 하지만 그보다도 우리들 쪽에서 강명록 교수의 유명한 세모꼴 눈매를 역력히 볼 수 없는 진정한 이유는 그 비닐 챙이 이루는 짙은 그늘에 있는 셈이었다. 그렇게 강교수는 자기 시선이 어디를 향하는지를 눈치채지 못하도록 계속 유리한 위치를 고수해가며 어느 누구의 태만이나 실수도 허용하지 않았다.

"하나, 하나! 왼발, 왼발! 오와 열, 오와 열!"

그늘의 맨 가장자리가 만드는 날카로운 선 때문에 우리 강교수의 코는 중동이 싹둑 잘린 듯했고, 그래서 두루뭉수리 그 콧잔등 부위가 제 근본을 멋대로 벗어나 저 혼자 허공에 날름 떠 있는 듯했고, 또 거기만 특별히 밝은 조명을 받고 있는 것처럼 보였다. 오전에 이어 오후에도 내처 옥외 강습의 강행이었는데, 그러면서도 그는 얼굴 구석에 얼쩍지근한 땀기 하나 내비치지 않았다. 어느덧 장년의 나이인 그에 비길 때 우리들 수강생 일동은 빛나는 그 젊음에도 불구하고 너나없이 물렁이였다. 모두들 땀독에 빠져 있었다. 소금을 뒤집어쓴 듯이 눈알이 쓰리고 먼지투성이 위아래 트레이닝복은 자꾸만 등덜미와 허벅지에 감겨들었다.

"걸음 바꿔이 갓!"

사실 행진중에 걸음(보조)을 바꾼다는 건 그다지 어려운 동작이 아니었다. 그런데도 이미 더위를 먹을 대로 먹어버린 우리의 지각은 일단 받아들인 명령을 다리에까지 전달하는 일에 몹시 게으르고 불성실했다. 보나마나 결과는 엉망이었다. 일제 동작이 되질 못하고 저마다 뒤죽박죽이어서 그것 때문에 또 한번 고참 교수의 분노를 사고 말았다. 간격을 넓혀 간다든가, 분대별로 방향을 바꿔 일단 흩어졌다가 원위치로 차례차례 되돌아와 다시 대오를 정비하는 등, 어느 정도 기계적 정확성 아니면 순발력을 필요로 하는 복잡한 동작일 경우에는 가뜩이나 그러했다. 그래서 강명록 교수는 영 가망 없이 자주 틀리는 몇 사람을 따로 불러내어 실내 체육관 앞 백화나무를 구보로 돌아오는 선착순을 시키곤 했다.

"제군들은 썩었다!"

적당한 사이를 두고 연방 불호령이 떨어졌다.

"그 썩어빠진 정신머리를 가지고 어떻게 이세들의 앞날을 올바로 인도할 것인가. 본인은 그저 한심스러울 뿐이다!"

그것은 실로 부당한 대우였다. 그와 같은 파격의 체벌을 우리가 달게 견뎌야 할 이유라곤 전혀 없었다. 거기는 논산이 아니었고, 우리는 소집영장을 받고 온 신병이 아니었다. 지금의 처지가 아무리 피교육자 신분이라곤 하지만 어디까지나 우리는 사회인이었다. 다만, 방학 기간을 이용해서 1정(1급 정교사) 강습을 받으러 온 도내 중고교 체육 교사들이기 때문에 1정을 따느냐 못 따느냐의 문제가 있을 뿐인데, 강교수는 그와 같은 약점을 십분 활용하여 우리에게 시종 몰풍 사납게 굴고 있었다. 우리는 입때껏 똑 부러진 항변 한마디 못 건넨 채 질질 끌려만 나온 참이었다. 거개의 수강생들이 과거의 사제지간이란 끈으로 강교수와 질기게 맺어져 있어서 항변해봤자 아무 소용 없는 강교수의 고집불통을 익히 알고 있었던 것이다.

"하낫 둘, 하낫 둘, 간격 좁혀이 갓! 오와 열, 오와 열! 소대원 간 간격 십 센티! 기준 분대 너무 빠르잖나!"

교수의 주문에 응해서 우리는 제꺼덕 몸을 놀렸다. 동령에 맞추어 기준 분대는 반걸음만 전진하고, 나머지 분대는 반우향우 하여 옆 사람과의 어깨 사이가 더도 덜도 아닌 십 센티미터가 되도록 곁눈질을 해가며 용의주도하게 간격을 좁힌 다음, 기준 분대와 마침내 평행이 이루어지는 순간 슬그머니 반걸음 전진해나갔다. 소대 전체가 한덩어리로 오밀조밀 뭉쳐지자 정식간격에서는 맡을 수 없던, 분명히 자기 것 아닌 남의 땀냄새가 사방에서 역하게 풍겨져 왔다.

성의껏 하노라고 그렇게 애를 썼는데도 교수의 입에서는 대고 잔소리가 튀어나왔다. 마치 간격이 십 센티미터를 벗어나거나 오와 열이 행여 삐딱하게 되는 날이면 당장 자기 봉급이 절반으로 깎이기라도 하는 것처럼 그는 무정하게 구는 것이었다.

그의 음성에는 언제나 위엄이 서려 있었다. 입술이나 턱을 거의 움직이지 않는 것 같으면서도 큰 목청을 낼 줄 알았다. 반평생을 연병장 아니면 운동장에서 보낸 사나이답게 그는 별로 힘도 안 들이고 군중을 휘어잡는 재간을 터득하여 비상금처럼 늘 휴대하고 다녔다. 더군다나 악조건의 기후마저 그의 위엄을 배가시키는 데 상당한 역할을 하고 있었다. 걸음을 옮길 적마다 두껍게 생고무를 댄 농구화 밑창을 통해서 후끈거리는 지열이 고스란히 발바닥에 느껴졌다. 앞 사람 그리고 옆 사람들의 발부리에서 이는 먼지가 뽀얗게 오르는 속을 겨우 뚫어 넘고 나면 어느새 또 그다음 먼지구름이 제 차례를 기다리고 있는 것이었다. 그리고 운동장의 모래는 사금가루라도 달팍 쏟아부은 듯 저마다 하나씩들 쬐꼬만 태양이 되어 무수히 반짝이면서 까끌까끌 유난히도 시선에 밟혔다.

우리의 마지막 불평마저 그놈의 더위가 앗아가버린 지 이미 오래였다. 당최 아무짝에도 소용없는 불평들인데다가 또 그런다고 사정 봐줘가며 놓아먹일 강교수도 당최 아니었다. 우리에겐 다만 복종이 있을 뿐이었다. 오직 구령에 맞추어 몸을 움직이는 시늉이나마 해 보일 따름이었다. 하기야 우락부락한 체격에 성깔마저 한가락씩들 지닌 친구들이면서, 좋게 얘기해서 소위 그 체육인 간의 의리란 것, 엄격한 선후배 관념이란 것 때문에도 설령 강교수가 우리 은사가 아니라 해도 어쩔 수 없는 노릇이긴 했다. 먹혀들지 않을 불평보다는 차라리 요지부동의 그 위엄 앞에 몸을 송두리째 내던지는 편이 어떤 의미에선 아주 마음 편했다. 그리고 그것이 더위를 견디는 하나의 방편이 될 수도 있었다.

적막에 가깝던 교정 분위기의 모서리 한쪽이 갑자기 허물어지면서 한 떼의 웃고 떠드는 소리가 운동장을 성큼 가로질러왔다. 그리고 곧이어 소리의 임자들이 모습을 드러내기 시작했다. 방학중이라서 거의 빈집이나 매한가지이던 모교의 교정이 비로소 활기를 띠었다. 멀리 언덕 중간에 자리잡은 문리대 동사에서 쏟아져나오는 서생들 패거리였다. 그치들 역시 우리와 똑같은 수강생 신분인데, 매 강좌마다 시간을 앞당겨 미리감치 끝내고 나오는 바람에 우리의 피곤은 한층 실감이 더했다. 어제의 그 일만 해도 사실 그치들 때문에 일어난 셈이었다. 상대가 이문택이란 놈만 아니었어도 우리는 감히 오후 강좌를 내리 까먹을 생각 같은 건 엄두도 못 냈을 터이었다.

드디어 오후 강좌가 막 끝나려는 마지막 순간이었다. 강명록 교수는 우리에게 '편히 쉬어'를 명한 다음 출석부를 꺼내들고 점호를 시작했다. 호명이 진행되는 동안 나는 열중에 섞여 있는 내 친구들을 눈으로 더듬었다. 별일 있을 게 뭐냐고 큰소릴 쳤으면서도 그들은 누구나 다 속으로 편찮게 여기고 있음이 분명했다.

"안종복!"

안종복이는 나하고 동기동창이자 어제 오후에 행동을 같이한 친구였다. 안종복을 바라보는 강교수의 눈에서 아침에 전해들은 얘기가 단순한 공갈만이 아님을 얼핏 읽을 수 있었다.

"서창원!"

서창원이 역시 똑같은 입장이었다. 더러는 귀에 익은 이름, 또 더러는 전혀 귀에 선 이름들이 주욱 꼬리를 물다가 종내에는 내 차례가 되었다.

"윤성철!"

나는 짤막하게 대답을 했다. 나 자신도 놀랄 만큼 그것은 생판 모르는 사람의 목소리처럼 들리는, 목쉰 대답이었다. 모든 소리들이 한결같이 염천에 녹아 엿가락 같은 길고 끈끈한 형상으로 운동장 바닥을 꼬물꼬물 헤엄치는 모양이 눈에 어른거리는 듯했다. 그게 싫었다. 제식훈련도 싫고 출석 점호도 싫고 호봉이 오르는 1정 자격도 다 싫었다. 어떤 한 분위기 속에 휘말려 그 분위기와 똑같은 형상으로 마냥 엿가락처럼 늘어져가는 나 자신의 모습에 치를 떨면서 나는 호명이 끝나는 순간만을 조급하게 고대하고 있었다. 그것은 성명姓名의 고리에서 또다른 성명의 고리로 끝없이 이어지는 사슬이었고, 그것이 내 몸뚱어리를 열두 바퀴 반이나 감고 돌다가는 어느 순간에 갑자기 탁 풀려나갔다.

"윤성철, 서창원, 안종복, 이상 세 사람은 해산하는 즉시 내 방으로 올 것!"

출석부를 소리나게 덮으면서 강교수가 말했다. 내 수업중에 내가 같은 종류의 은혜 아닌 은혜를 베풀었을 때 내 학생들이 늘 그러했듯이 체육과 수강생 일동은 해산의 구령이 떨어지기 무섭게 우우 기성을 울리면서 한나절 동안 꽁꽁 뭉치고 다져져 웬만한 파괴력 가지고는 쉽게 망가뜨리지 못할 것 같던 4열 횡대의 틀을 간단히 쪼개면서 산지사방으로 흩어져 달아났다. 피교육자 신분으로 돌아오면 누구나 나이 네댓 살씩은 젊어지는 법인 모양이었다.

호출당한 우리만이 휑뎅그렁한 운동장 복판에 버려져 있었다.

"즉시 오라는데 뭘 꾸물대는 거야, 이놈들아!"

우리들 등뒤에서 누군가 호통을 쳤다. 어느새 다가왔는지 이문택이 거기에 서 있었다. 우리를 곤경에 몰아넣은 장본인이면서도 녀석은 무슨 살판이나 난 듯이 혼자 좋고 혼자 재미있었다.

"저거 잡아가는 귀신 없나……"

서창원이 우울하게 중얼거렸다. 체육과가 속해 있는 사대 교수실은 운동장에서 한참 거리였다. 불청객인 이문택이를 꽁무니에 덤으로 달고 우리는 별수없이 강교수 방으로 향했다.

어제 또한 오늘 못잖이 지독하게 무더운 날씨였다. 아침나절에 벌써 녹초가 되어 훈련을 받는다기보다는 당장 운동장에 주저앉고 싶은 충동과 힘겹게 겨루는 상태로 오전 일과를 보내고 있었다. 그리고 오전 일과가 끝날 무렵쯤 해서는 강의가 일찍 파한 서생 패에게 둘러싸여 완연한 구경물 신세가 되었다. 구경하는 사람들 틈에 공교롭게 고등학교 동창 녀석이 끼여 있는 줄은 나중에야 알았다.

오랜만에 고교 동창 이문택이와 어울려 학교 근처 술집과 식당을 겸한 싸구려 음식점에서 점심을 먹게 되었다. 이런저런 얘기 끝에 문택이가 노천에서 직사하게 고생하는 우리를 슬슬 구슬려 충동질하기 시작했다.

"너들 도대체 무신 충성이라고 오뉴월 이 염천에 그따위 강습을 꼬박꼬박 받고 있나. 거 왜 적당히라는 것 있잖어, 적당히. 눈치봐 가며 적당히 빠져버려라, 적당히."

"제발 그랬으면 얼마나 좋겠나."

"그 교순가 교관인가 하는 친구, 되게 깡깡거리더군. 도대체 뭣 때문에 오뉴월 이 염천에 새삼스럽게 제식교련 따위를 들고 나오는 거야, 들고 나오길? 몰라서 가르치나? 다 잊어먹었을까봐서 가르치나? 까짓것 말야, 국어 선생인 이 이문택이도 훤히 꿰는 걸 가지고, 더더구나 군대까지 갔다 온 놈들을 붙잡고 말야, 공자님 앞에서 문자 쓰는 격으로 저 혼자만 아는 것처럼 깡깡거려, 깡깡거리길."

"동작이 많이 개편됐대."

"개편 좋아하네. 까짓것 지가 개편되면 도대체 얼마나 개편됐다는 거야? 아까 보니까 전에 내가 배운 것하고 똑같던데."

"문외한 눈에는 똑같은 것 같아도 전문가들 보기엔 천양지차가 있어."

"야야, 울리지 마라, 울리지 마. 까짓것 앞으로 가라면 앞으로 가고, 뒤로 돌라면 뒤로 돌고, 밤송이로 까라면 까는 것으로 끝나는 거지, 그 알량난 학과에 도대체 무신 개편되고 마잘 건덕지가 있다고……"

국어과 강의실에만 들어앉아 1정 강습을 받고 있는 문택이로서는 우리나라의 제식훈련(또는 제식교련)의 형태가 부분적으로 많이 수정되었음을 전혀 이해하지 못했다. 또 이해해줄 용의가 전혀 안 갖춰져 있었기 때문에 우리가 하는 말이나 강교수의 무리한 교육 방식 자체에 심한 거역 반응을 나타내고 있었다. 그래서 평소부터 체육을 전공했다는 사실에 항상 열등감을 표시해온 안종복이 갑자기 열을 올리며 경례 동작 한 가지를 예로 들어 변명 겸 두둔 비슷하게 설명을 늘어놓았다.

"잘 봐. 똑똑히 잘 봐두란 말야. 학교 다닐 때나 군대 시절에 우리가 배운 경례 동작은 이랬었지. 차렷 자세에서 하의 봉합선상에 붙어 있던 오른손을 곧장 올려가지고 최소의 시간에 최단거리로 인지와 중지 부분을 오른쪽 눈썹 우단 부분에 갖다 붙이면 그걸로 충분했단 말야."

"그랬었지. 오른손을 오른쪽 불알에 갖다 대면 그건 경례가 아닐 테니까."

"그랬는데 지금은 그게 아냐. 요즘 개편된 제식훈련에 따른다면……"

"요즘에는 오른손을 왼쪽 눈썹에 세운단 말인가?"

"얻어터지기 전에 잠자코 들어! 요즘은 최단거리를 유지하지 않고 오른손이 이러엏게 바깥쪽을 돌아서 올라붙는단 말야."

"오른손이 그렇게 장거리 여행을 해야 할 이유가 뭐야?"

"시대가 달라졌기 때문야. 지금까지 우린 미국 아이들 걸 그대로 답습해서 사용해왔는데, 우리 실정에 안 맞기 때문에 시대의 요청에 부응하는 방향으로 절도 있게 개편해놓은 거야."

나중 말은 강교수의 솜씨를 앵무새처럼 고대로 옮긴 것에 불과했다. 그리고 처음 것은 교련 교범에 적힌 내용을 적당히 표절한 것이었다. 그런데도 그만한 정도의 설명에 이문택은 색다른 변화를 보이기 시작했다. 내내 이죽거리고만 있던 문택이의 표정 가운데 느닷없이 진지한 구석이 떠오른 것이다.

"뭔가 심상찮은 것 같은데. 분명히 뭔가 심상찮어."

도수 높은 안경 저편에서 실제보다 비정상에 가깝게 불룩 솟아 보이는 눈알을 서너 번 신경질적으로 끔벅이고 나더니 이문택은 이윽고 제 얼굴에서 거추장스러운 이물을 철거해버렸다. 안경을 벗음은 곧, 이제부터 단단히 흥분할 작정이니 그리 알라는 신호나 매일반이었다. 그는 땀에 젖어 이마 복판에 찰싹 들어붙은 긴 머리카락을 손가락으로 추어올린 다음 안경을 걸쳤을 때보다 훨씬 작아진 눈알을 한껏 부릅떠 좌중을 거만하게 둘러보는 것이었다.

"경례 말고 다른 동작들도 모두 그런 식으로 변했나? 말하자면 최소의 에너지 소비나 최단거리, 최단시간의 원칙 같은 게 무시되고 오로지 절도 위주의 방향으로?"

"뭐, 꼭 다 그렇다는 건 아니지만 대충은……"

"그래 너들은 절도 위주, 질서 위주의 그런 변화에 대해서 어떻게들 생각하지?"

"어떻게 생각하긴, 인마. 싫어도 배우는 거고, 배운 담엔 돌아가서 애들한테 다시 풀어먹는 거지 별수 있어?"

"이 먹통들아!"

주먹을 들어 꽝하고 식탁을 치는 바람에 우리는 하마터면 웃을 뻔했다. 약골이 흥분했을 때의 모습은 아무래도 사랑스러워 보이는 법이다. 그런데 우리는 웃으려다 말았다. 웃을 수만 없는 분위기를 이문택이 우리에게 강제하고 있었기 때문이다.

"거듭 말하지만, 이 먹통들아, 그건 빙산의 일각이야. 진짜로 중대한 변화는 그게 아냐. 다른 데 있어. 그런데 여태껏 그것도 눈치 못 채고 오른손이 어떻고 봉합선이 어떻다고 한가한 소리나 씨월거리고들 있다니, 역시 철봉대에나 매달리고 자란 놈들은 별수없단 말야. 이봐! 여기 술 좀 가져와!"

이렇게 해서 우리는 점심에 곁들여 생각지도 않던 낮술까지 얻어 마시게 되었다. 애당초는 얼굴이 표나지 않을 만큼 냉막걸리 한두 잔 정도로 갈증이나 풀 생각이었는데, 술잔이 거듭될수록 턱없이 고조되는 이문택의 변설에 알게 모르게 말려들다보니 어느덧 오후 강좌가 시작된 줄도 까맣게 잊어먹었다.

이문택은 지겹도록 그놈의 제식훈련을 물고 죽살이를 쳐댔다. 그의 시종여일한 주장에 따를 것 같으면, 요컨대 그것은 대기 중의 산소 함량이 일정 수준 이하로 떨어지는 현상에 비견할 만한 변화였다. 그만한 얘기에도 뭔가 턱 심장에 와서 쨍그랑하고 부딪치는 게 있다는 것이었다. 그리고 또한, 말하자면 그것은 해방 후 이 땅에 이식해놓은 프래그머티즘이나 합리주의 사고의 효용가치를 전면 재평가하려는 의미이며, 되도록 불필요한 형식이나 절차 따위를 매사에서 제거함으로써 우리들 인체에 가해지는 무리를 최소한으로 덜어주려는 인본 사상에 가해지는 일대 수정 작업이며, 동시에 그것은 오늘과는 달리 우리 모두의 내일이 오랫동안 분해 소제 않은 시계처럼 빡빡이 돌아가게 될 것임을 타전해주는 일종의 모르스부호라는 것이었다. 거기에 덧붙여 이문택은 이렇게 선언해버렸다.

"돌대가리들이야 이렇게 손에다 쥐여줘도 모르겠지. 모르는 게 당연할 테지. 허지만 말야, 난 달라. 나는 다르단 말야. 체내의 모든 감각기관이 온통 그쪽을 향해서 열려 있거든. 그 얘길 들었을 때 난 대뜸 그것이 보내는 무전을 해독해낼 수 있었어. 너들 인제 두고 봐라, 내 말이 맞는가 틀리는가……"

문택이는 층계를 한꺼번에 서너 단씩 성급히도 건너뛰고 있었다.

기회 있을 적마다 제놈 입으로 형이하학 전공이라고 의식적으로 한수 접어 깔아보는 우리들 체육 선생 듣기에도 천정 모르게 비약적인 논리를 그는 끝없이 펼쳐내고 있었다.

점심 겸 낮술을 엔간히 끝낸 다음 우리는 곧장 시내로 진출하여 번화가의 다방에 자리를 잡았다. 그때까지 우리는 오후 강좌를 내리 까먹은 걸 아무도 후회하지 않았다. 술김이긴 하지만, 앞으로도 기회만 닿는다면 얼마든지 더 까먹어도 좋다는 배짱들이었다. 이렇게 입으로는 연신 흰소리를 하면서도, 그러나 기실은 모두들 우울했다. 이문택의 성급함은 십분 인정하지만, 일단 그런 얘길 듣고 난 우리는 아무래도 예사스러운 심정일 수가 없었다. 우리에겐 충분히 우울해해야 할 이유가 있었던 것이다. 이문택의 예감이 장차 맞고 안 맞고는 둘째치고, 우선 그런 얘길 서로 간에 입 밖에 내고 귀에 담았다는 그 사실 하나만으로도 젊은 우리는 벌써 겁탈을 당해버린 기분이었다. 솔직히 말해서 문택의 그 변설은 그만큼 우리에게 충격적이었다.

다방 안에 유행가가 흐르고 있었다. 상송에 가까운 번역가요풍의 노래였다. 굵고 낮고, 그리고 약간 쉰 듯한 음색의 여자 목소리가 밋밋한 음정으로, 사랑한다고 말해달라고 거듭거듭 호소하고 있었다.

"언제 들어도 그래. 루비나 노래는 발가락으로 들어봐도 재치 이상의 뭔가가 분명히 있단 말야."

엉뚱하게도 이번에는 대중가요였다. 언제 제식훈련 따위를 들먹거렸더냐는 듯이 천연덕스러운 태도였다. 이문택은 유행가에 관해서도 알은체를 많이 해가며, 외국에 오래 나가 있다가 얼마 전에야 귀국했다는 가수를 이야기했다.

"그녀의 노래는 영혼의 저쪽의 그 저쪽을 손톱으로 북북 할퀴는 것 같은 느낌이 들거든."

문택이를 제외한 우리는 그저 잠자코 듣고만 있었다.

사랑한다고오 말해주우
사랑한다고오 말해주우

그러자 루비나의 나지막한 슬픔이 내게로 서서히 전이되어오는 듯한 기분에 사로잡히게 되었다.

사랑한다고오 말해주우
사랑한다고오 말해주우

그 노래가 계속되는 동안 나는 앞으로 필요 이상의 장거리 여행을 거쳐 오른손을 오른 눈썹 우단右端에 갖다 붙이지 않으면 안 되게끔 된 우리의 처지를 어느새 슬퍼하고 있었다.

"자넨 무슨 용무지?"

고회전하는 선풍기 앞에서 강명록 교수는 대뜸 이렇게 따지는 투로 물었다. 우리 꽁무니에 묻어와 뒷전에 버티고 서 있는 이문택이가 아까부터 신경 쓰였던 모양인지 그는 더이상 참지를 못했다.

"가르침을 받을까 해서 친구들을 따라왔습니다."

"자네는 우리 체육과 출신이 아니지?"

"아닙니다. 허지만 운동이라면 뭐든 조금씩은 다……"

"좋아, 자네 입으로 스포츠맨이 아니라니까 무례를 용서해주지."

그것으로 강교수는 이문택과의 대화를 간단히 끝내버렸다. 더이상 상대할 의사가 없다는 눈치였다. 그는 교수실에 와서 갈아입은 하얀 모시저고리 앞자락을 열어 알통으로 뭉친 그들먹한 가슴에 선풍기 바람을 잡아넣었다. 사람인지라 강교수 역시 덥긴 더운 모양이었다.

"아무리 그래봤자 소용없어. 좋게 얘기할 때 어서들 돌아가!"

강교수는 우리를 향해 재삼 못을 박아 자신의 결의가 얼마나 굳은가를 강조했다. 그러거나 말거나, 우리는 숫제 멍청한 척하고 눌러 버티었다.

"개강 첫 시간에 내 분명히 말했었지, 한 시간이라도 결강하는 사람은 수료증 다 받은 줄 알라고. 내일부터는 너희들 강의 안 받아도 좋아. 재수강 외에는 어차피 수료 못하는 거니까 더이상 나올 필요 없어."

비닐 챙의 그늘에 가려 운동장에서는 눈여겨볼 수 없던 강교수의 눈매가 전보다 더욱 세모꼴이 되어 있었다.

"그렇습니다, 교수님. 이번 기회에 혼 좀 단단히 내주십시오. 아 글쎄, 강의 시간에 대낮부터 술들을 퍼마시질 않나, 이것들 아주 형편 무인지경이더군요."

오직 이문택이란 놈만이 겁없이 방자하게 굴었다. 대척은 안 해도 강교수는 노골히 불쾌한 기색을 얼굴에 나타내었다. 운동장에서 혼자 따돌려보낼 걸 공연히 달고 왔지 싶었다. 나는 이문택의 옆구리를 찔벅거려가지고 서둘러 밖으로 데리고 나와버렸다.

"사관학교 출신 너희 교수님께서 재수강을 선언하셨으니까 너희들 내년 이맘때 여기서 다시 상봉하겠구나."

교수회관 층계를 끌려내려오면서 문택이가 이기죽거리는 소리였다. 바로 뒤쫓아나오던 서창원이 따귀라도 갈길 기세인 걸 겨우 뜯어말렸다.

"재수강 말고도 방법이 있겠지. 지금부터 내가 하라는 대로만 하면 돼."

말만이라도 안종복은 자신 있게 했다. 재수강이라니, 천만의 말씀이었다. 1정 자격 취득이 일 년 후로 미뤄지는 데서 오는 갖가지 손해는 그만두고, 어차피 맞을 매를 내년까지 묵혀가며 키운다는 건 생각만 해도 소름끼치는 노릇이었다. 그리고 이제 와서 포기하기엔 그간 불볕 속에서 공을 들인 며칠 간의 수고가 눈물이 나도록 아까운 생각이 들었다. 곤경을 모면할 수 있는 유일한 길은 용천뱅이 떼쓰듯 물고 늘어지는 외에 달리 도리가 없다고 안종복이 힘주어 말했다. 그런 식으로 해서 학점도 따고 졸업도 한 사례가 재학 중에 더러 있음을 저는 잘 안다는 것이었다. 결국 우리는 종복이의 그 방법에 따르기로 방침을 굳혀버렸다.

자기 집 응접실 푹신한 소파에 앉아 쉬는 두 시간 남짓 동안에 강명록 교수는 모두 해서 담배를 일곱 개비 태우고, 화장실에 두 차례 다녀오고, 냉장고에서 꺼내온 얼음 냉수를 자기 혼자서만 두 컵이나 마시고, 석간신문 한 장을 앞뒤로 골골샅샅 죄 훑어 읽고, 밖에서 걸려온 전화를 세 번 받았다. 교수의 말투로 미루어 통화의 상대는 매번 동일인인 듯 짐작이 갔다. 응접실 바닥에 나란히 책상다리를 하고 앉아 버티는 우리 일행 가운데서 이문택 혼자만이 태도가 당당했다. 그는 도수 높은 안경 너머로 교수의 동작 하나하나를 체크하는 자세를 취하면서 꿀릴 하등의 이유가 없음을 은연중 과시하고 있었다. 같이 가야만 한다고 부득부득 우기는 바람에 근신할 것을 단단히 다짐받고 또 데리고 온 것인데, 와서는 별로 근신하는 기색이 안 보였다. 푹신한 소파에서 쉬는 두 시간 남짓 동안에 강교수가 우리에게 말을 건넨 것은 딱 한 번이었다.

"아무리 그래봐야 나한테는 안 통한다는 걸 잘 알잖나. 괜히 시간 낭비 말고 집에 가서 편히들 쉬기나 해."

그리고 네번째 전화를 받고 외출복으로 갈아입으면서 강교수는 이렇게 막말을 쏟았다.

"예서 더 버티면서 농성을 하든지 데몰 하든지 너희들 하고 싶은 대로 다 해!"

강명록 교수가 밖에서 사람을 만나지 않을 수 없게 된 것은 우리에겐 차라리 잘된 일이었다. 그는 자기 집에서 그리 멀지 않은 다방에서 그와 동년배로 보이는 어떤 풍채 좋은 신사를 만나 악수를 나누고 차를 마시고 잠시 담소를 했다. 고맙게도 그 신사는 바로 옆자리의 우리를 이내 의식해주었다. 신사는 강교수와 우리를 번갈아 보고 나서 배시시 미소를 지어 보였다.

"제자들인가?"

"무슨 소리, 난 저런 제자들 둔 적 없어!"

여전히 우리들 쪽은 거들떠도 안 보면서 강교수는 정나미 확 물러앉는 대꾸를 했다.

"그래? 그렇다면 내가 잘못 본 게로군. 하지만 자네가 날 한사코 밖에서만 만나겠다고 고집부린 이유를 이제 알 것 같구먼. 자네, 설마 마누라 도둑맞을까봐서 날 집안에 끌어들이지 않은 건 아니겠지? 허허허허……"

실없는 농담 끝에 신사는 호걸풍의 너털웃음을 했다. 언행에서 풍기는 체취 같은 걸로 미루어 안정된 기업체를 가진, 수완 좋은 사업가의 틀이었다. 그는 넥타이까지 단정히 매고 철두철미 정장을 갖춘 차림이면서도 말씨나 행동거지 모두가 시원시원해서 조금도 갑갑해 보이지 않았다. 거기에 비하면 우리는 덥고 피곤해서 거의 미칠 지경이었다. 낮 동안에 땀과 먼지로 몇 꺼풀 도배를 해버린 몸뚱어리에 더러운 속옷을 그대로 걸친 채였고, 세수조차 제대로 못하고 나왔기 때문에 스스로 느끼는 불결감을 견디기가 여간만 고통스러운 게 아니었다. 에어컨이 가동되고 있다고는 하지만 아직도 드넓은 다방 안에 깝북 잠긴 초저녁 잔염殘炎을 쫓기엔 아무래도 힘이 부치는 모양이었다.

"모처럼 만났는데 형님 대접을 안 받을 수 있나. 자아, 그만 나가지."

신사가 먼저 자리에서 일어섰다. 그러자 우리들 쪽을 한 번 힐끗 보고 나더니 강교수도 따라 일어났다. 별로 내키지 않는다는 듯 몸짓이 매우 굼떴다.

물론 우리는 애초의 결심대로 술집까지도 줄레줄레 따라들 들어갔다. 화장실까지도 뒤쫓아다니는 판인데, 더구나 명분이 번듯한 출입을 사양할 리 만무했다. 생맥줏집 홀에서 우리는 강교수의 손님인 그 신사와 비로소 수인사를 할 수가 있었다. 옆자리가 선참의 다른 주객들로 꽉 들어찼기 때문에 마땅한 앉을 자리를 발견 못한 채 통로를 어정쩡히 막아선 꼴들이 딱하게 보였음인지 그 신사가 큰 소리로 우리를 부른 것이다. 그의 입에서 합석하는 게 어떠냐는 제의가 떨어지기 무섭게 강교수 쪽에서 끙짜를 놓고 말고 할 겨를을 주지 않고 잽싸게 합석을 단행해버렸던 것이다.

처음에 실업가쯤 될 거라고 예상했던 것과는 전연 딴판으로 그는 교육자였다. 최교수는 마치 자기 학생들을 상대할 때처럼 다짜고짜 말을 턱 놓으며 지방대학에서 강의를 맡고 있노라고 자기를 소개하는 것이었다.

"재학중으로 보기엔 너무들 늙은 사람 같고…… 강교수하고는 덮어놓고 그냥 사제지간 정도로 알면 무방하겠나?"

최교수가 이렇게 묻자, 정작 사제지간인 우리는 말을 아끼는 참인데, 뭣도 아니고 뭣도 아닌 문택이란 놈이 제꺼덕 대답을 가로채고 나섰다.

"네, 사제지간입니다. 그렇지만 약간 복잡한 사정이 낀 사제지간인 셈이죠."

낮부터 이문택과 감정이 나빠져버린 서창원이 내 귀에다 대고, 저 새끼 이담에 죽으면 틀림없이 주둥이부터 썩을 거라고 악담할 정도로 아닌게아니라 문택이 놈은 잠시의 근신을 깨고 나더니 차후의 대화를 혼자서 도맡을 심산이 분명했다.

"호오, 그래? 그 복잡하다는 사정이 뭔지 궁금하군."

"반대로 제가 교수님께 묻고 싶습니다. 최교수님도 추수지도追隨指導의 학점 나부랭일 가지고 제자들한테 쩨쩨하게 구신 적이 있으십니까?"

"뭔가 단단히 오해한 것 같은데, 그건, 그건…… 이군이라고 했지? 이군이 아직도 인간을 몰라서 그래. 나처럼 겉으로 서털구털해 보이는 사람이 일반적으로 학점도 후할 것 같지만, 천만에 말씀! 사실은 무지한 인색한이지. 마찬가지로 강교수 같은 사람은 찔러도 피 한 방울 안 나올 듯이 행동하지만, 만만에 말씀! 속새로는 마음이 여릴 대로 여려서 허물 하나만 벗고 나면 자기 살이라도 깎아 먹일 사람이란 말야. 애로 사항이 있는 모양인데, 이따가 내 강교수의 아킬레스건이 어딘지 일러줄 테니까 잘들 공략해봐."

이문택이 아무렇게나 뱉어낸 말의 여운이 우리를 한참이나 침묵시켰다. 강교수는 방금 마시기 시작한 맥주맛이 유례없이 쓰다는 듯이 오만상을 하고 있었다. 최교수는 강교수와 우리를 한눈에 관찰할 수 있는 자세를 취하고는 이쪽저쪽을 번갈아 보아가며 연방 싱글벙글해하고 있었다. 술집은 초만원이었다. 젊은이도 많고 늙은이도 많고, 개중에는 시건방지게 계집애들의 모습까지 간간이 눈에 띄었다. 낮의 더위에 비례하여 그만큼 갈증을 풀러 오는 사람들도 더 많은 성싶었다. 그러나 아무리 둘러봐야 우리 강교수처럼 술을 멍청하고 살벌하게 마시는 사람은 하나도 안 보였다. 술로 웬수라도 갚을 작정인 듯 조금의 쉴 새도 없이 고래로 퍼마시는 것이었다. 잠깐 동안에 강교수 앞에는 빈 조끼가 즐비해졌다. 주인공이 그 모양이니 우리 역시 잔을 비우는 속도가 자연 빨라지지 않을 수 없었다.

누군가 여름 술은 독약처럼 몸에 퍼진다고 말한 적이 있다. 잘도 못하는 술을 벌컥벌컥 몇 잔 거푸 들이켜고 나서 나는 볼품없이 남들보다 앞질러 취해버렸다.

"그런데 자네들의 애로 사항이란 도대체 뭐지?"

최교수가 이문택에게 넌지시 묻고 있었다.

"사실은 말입니다, 이 친구들이 강교수님 밑에서 일정 강습을 받고 있는 중인데요. 어제 저를 만나가지고 제가 유혹하는 바람에 오후 강좌를 사보타주했거든요. 그래서 그만 교수님의 노여움을 사가지고 이 시간 현재 협박을 당하고 있는 중입니다. 내년에 재수강을 받기 전엔 수료증을 줄 수 없다, 이 말입니다."

이문택이 우리를 대변하고 있었다. 문택이 역시 벌써 꽤 취해 있는 말씨였다. 녀석은 저 나름대로 지금 한창 즐기고 있는 중이었다. 우리가 그토록 어려워하는 강교수를 상대로 겁도 없이 계속 용용거리는 데는 뭔가 목적이 있기 때문일 것이었다. 분위기를 이대로 방치했다가는 뭔가 틀림없이 불상사가 생기지 싶었다.

"우리가 강좌를 빼먹은 건 사실입니다. 하지만 우리는 그 시간에 매우 유익한 토론을 했습니다. 단순히 놀고 싶은 욕심으로 결강한 것만은 아닙니다."

그래서 나는 갑자기 초조하게 굴기 시작했다. 당시의 나는 확실히 취해 있었다. 걷잡을 수 없는 취기가 평상시엔 없던 말을 반죽좋게 시키고 있었다. 애당초 내가 하려는 얘기의 골자는 그게 아니었던 것으로 기억한다. 그런데 나는 어느새 교수 앞에서 무진장 아첨을 떨고 있었던 것이다. 나는 강교수가 지닌 저 탁월한 통솔력과 위엄에 관해서 자주 언급한 것 같다. 강교수의 그 가부장적 위엄과 맨 처음 조우하는 순간에 느끼는 일말의 반발심이나 저항감, 그리고 오래지 않아 그것들을 딛고 군림하는 피치자被治者로서의 우리의 복속 의지服屬意志 같은 것에 관해서 변설이 매우 장황했던 것 같다. 그러다가 끝판에 가서 버릇없는 국어 선생 놈한테 느닷없이 따귀를 얻어맞은 기억이 얼얼하다. 그때 나는, 개인이기를 포기해버린 채 가부장의 슬하에 뛰어드는 순간에 느끼는 감정이 그 얼마나 살갑고 평안한 것인가를 한참 이야기하던 참이었다.

"네놈은 개다! 윤성철이는 개새끼다!"

문택이란 놈이 그 알량한 주먹을 들어 나를 또 치려 하면서 길길이 날뛰기 시작했다. 홀 안의 손님들이 우리를 일제히 주목하게 된 것은 아마 이 소동으로 말미암음이었을 것이다. 최교수를 위시해서 여러 사람이 한꺼번에 사이에 들어 말리는 바람에 소동은 그런 정도에서 곧 가라앉았다. 그런데 한 가지 이해 못 할 변화는, 소동 이후부터 이문택을 보는 강교수의 눈에 어딘지 모르게 따뜻함이 어리기 시작했다는 사실이다.

마침내 우리 강명록 교수는 천근 같은 입을 열어 그러잖아도 이미 묵사발이 된 내 체면에 마지막 일격을 가해버렸다.

"기왕 말이 나온 김에 이 자리에서 흉금을 모두 털어놓는 게 좋겠군. 모두들 내가 너무 심하다고 그러지만, 따지고 보면 나로 하여금 그렇게 심하게 굴도록 유도하는 건 자네들이야. 나와 자네들 사이는 일종의 줄당기기야. 줄당기기에서 번번이 지기 때문에 자네들은 자꾸 마조히스트가 되어가고, 나는 또 반대로 번번이 이기기 때문에 결국 원치 않는 사디스트가 되고 마는 셈이지. 처음에야 물론 불평을 억눌러가며 질서와 단결이 생명인 집체 훈련을 강행할 수밖에 없는 나 자신이지만, 그러다가도 억누름을 서로 주고받는 그 과정에 맛을 들이다보면 차츰 목적하고 수단이 전도되어서 종당에는 가르치기 위해서 억누르는 게 아니라 억누르기 위해서 가르치는 형국이 된단 말야. 내 말 알아듣겠나?"

대충 이런 뜻의 얘길 강교수는 했다.

그리고 자기 얘기를 더욱 실감나게 뒷받침하기 위하여 그는 시골 할머니들이 곧잘 하는 옛날얘기를 덧붙이는 것이었다.

—옛날 어느 시골에 사는 아낙네가 건넛마을 잔칫집에서 떡을 얻어 머리에 이고 밤늦게 고개를 넘다가 호랑이를 덜컥 만났다. 떡을 내놓으면 살려주마고 호랑이가 말했다. 아낙네가 내주는 떡을 맛있게 먹은 호랑이는 이번엔 아낙네의 오른팔을 요구했다. 그것만 떼어주면 목숨만은 살려준다는 조건이었다. 그 말을 믿고 아낙네가 자기 팔 하나를 뚝 떼어 던지자 그걸 덥석 받아먹고 난 호랑이는 또다시 왼팔마저 요구하고 나섰다. 그리하여 다음은 오른다리, 그리고 그다음은 왼다리…… 이런 순서로 아낙네는 자기 몸조각을 시나브로 하나씩 빼앗기다가 결국 마지막에는 송두리째 잡아먹히고 말았다……

"이야기가 점입가경이군, 점입가경이야. 자아, 그런 의미에서 또 한잔!"

최교수는 까닭 없이 마냥 즐거워했고,

"이제까지의 소생의 무례를 용서하시기 바랍니다. 솔직하게 말씀드리자면 이 녀석들로부터 제식훈련의 변천에 관한 얘길 듣고, 이거 예삿일이 아니구나 싶어서 강교수님한테 직접 자세한 얘길 듣고 싶어서 이렇게 따라온 겁니다. 어떻습니까, 교수님만 좋으시다면 소생은 기꺼이 경청해드리겠습니다만."

문택이란 놈은 이렇게 엉뚱한 소리로 강교수를 구슬리는 것이었고,

"그게 좋겠군요."

"선생님, 이 배워먹지 못한 놈한테 따귀 한 대 때리는 셈치고 그 얘기나 들려주시죠."

기를 못 펴고 있던 종복이와 창원이까지 덩달아 나서서 부추김을 하고,

"뭘, 술좌석에서 그런 얘길 다……"

쑥스럽다는 듯이 강교수는 자세를 고쳐 잡으며 갑자기 점잖은 표정을 했다.

모두들 맑은 정신들이 아니었다. 서먹거리던 분위기가 껑충 한 바퀴 재주를 넘는가 싶더니 화제를 점점 이상한 방향으로 몰아들가고 있었다. 아무 영문도 모르는 최교수는 거의 안달하다시피 심한 재촉을 했다.

"무슨 얘긴데 그래? 오른팔을 내놓으라곤 안 그럴 테니까 염려 말고 얘기해봐, 어서!"

그놈의 술이 유죄였다. 평소에 그토록 엄격하기만 하던 강명록 교수였다. 그러던 그가 웬일로 두꺼운 갑옷을 훌훌 벗어던지면서 정말 파격적인 분위기 속에 간단히 투신해 들어오고 있었다.

"이군은 역시 영리한 사람이야. 내 강의를 들은 적이 없어도 내 지론이 뭘 의미하는지를 거의 정확하게 간파하고 있거든. 좋아, 내 이군을 위해서 제식훈련 변천사를 약식으로 강의해주지."

조끼 바닥에 잠긴 생맥주를 마저 비우고 나서 우리의 강교수는 본격적으로 강의 폼을 잡았다.

"입론의 기초를 나는 어떤 한 단위 사회가 처해 있는 시대 상황을 가장 첨예하게 반영하는 것이 바로 그 사회가 실시하는 제식훈련이라는 전제 위에 둔다. 왜냐하면 제식훈련이란 것이 본래 개인과는 거리가 먼 것이며, 그것만으로도 훌륭하게 하나의 소사회를 구성할 뿐만 아니라 그보다 더 높은 상위개념의 사회와 직접적으로 연결되는, 다시 말해서 제식훈련 그 자체가 벌써 하나의 완벽한 집단 행위, 즉 사회적 활동이기 때문이다. 구체적인 예를 들어보자. 우리는 과거에 제국주의 일본 군대의 제식훈련을 경험했다. 그네들은 국민적 단결과 전투력 배양을 도모한다는 구실 아래 거의 인체가 감당할 수 있는 한계치를 무시하는 선으로까지 각개 동작이 기계적이고 정도 이상으로 행동반경이 크고 넓은 형태의 제식훈련을 무모하게 강행해왔다. 일제와 똑같은 예로 나치 독일을 들 수 있다. 전쟁영화 같은 걸 봐서 제군들도 잘 알겠지만, 나치 군대는 경례 동작을 할 때 이렇게……"

그 순간, 말만 가지고는 턱없이 미흡하다 생각했음인지 그는 몸을 벌떡 일으켜세우며 실연까지 해 보였다.

"오른발을 들어 뻗정다리로 이렇게 한 바퀴 원을 그려서 왼발 뒤꿈치에 꽝하고 소리나게 갖다붙인다. 그러고도 모자라서 나치 아이들은 오른손을 번쩍 세워 히틀러에 바치는 충성을 매번의 경례 때마다 목이 터져라고 서약하는 것이다. 여기에 비하면 미국 아이들은 똑같은 전쟁 상황하에서도 훈련의 제식이 흐르는 물같이 유연하고 또 자연스럽다. 그네들은 결코 인체에 무리를 강요하는 법이 없고, 따라서 동작 모두를 최단의 시간에 수행함으로써 최소 에너지를 소비하여 최대의 성과를 올리는 경제적인 방법을 쓴다. 바로 이것이 자유민주 체제와 획일 체제 사이에 존재하는 엄청난 간극인 것이다."

"그래서요?"

"그리고 제군들은 화보나 기록영화 같은 걸 통해서 이북 아이들이 분열을 벌이는 광경을 더러 봤을 것이다. 행진이나 정지 간의 제반 동작이 크고 거창하기로 북괴는 가히 세계적이다. 북괴 아이들은 행진할 때 무릎을 굽히지 않고 거의 수평으로 세워서 번쩍 차올림과 동시에 팔의 전후 행동반경이 앞으로 구십 도……"

이때 강교수가 주먹 쥔 팔을 전방으로 구십 도 힘차게 내뻗는 바람에 오백 시시짜리 조끼 하나가 콘크리트 바닥에 굴러떨어져 요란한 소리를 내면서 박살이 났다. 주위의 테이블에서 손님들이 일제히 일어서고 웨이터가 둘씩이나 달려오는 법석이 있었지만, 그 북새도 아랑곳없이 강교수는 강의를 단호히 계속했다.

"앞으로 구십 도, 뒤로 사십오 도, 도합 일백삼십 도가 넘는 요란한 호弧를 그리면서 흔들어댄다. 우리가 느끼기엔 너무 지나칠 정도로 야단스럽고 꼴불견이고 힘들어 보이지만 북괴 아이들은 그것으로 즈이네들의 왕성한 사기, 철석같은 기강을 과시하는 것이다."

"그래서요?"

"그럼 우리 한국의 제식훈련의 실태는 어떠한가. 아까도 잠시 언급했지만 우리나라는 왜정 때 일제 군국 체제의 제식훈련에 오래 젖어왔었다. 그러다가 해방이 되자 이번엔 미국 아이들 걸 그대로 받아들여 병영이나 학교에서 두루 활용해나왔는데, 그후 급변하는 국제정세나 제반 국내 여건에 대처하기엔 미흡하다는 판단 아래 미식 제식훈련을 한국 실정에 맞게 수정하기에 이른 것이다. 우선 간단한 예를 들어, 경례 동작만 해도 전에는 이렇던(실제로 강교수는 구식, 다시 말해서 미식 경례를 멋지게 올려붙이는 것이었다) 것이 지금은 이렇게(그는 이번엔 신식, 다시 말해서 한국식 경례를 해보였다) 바뀌었고, 차렷 자세나 행진 및 정지 간에 있어서의 주먹도 전엔 달걀을 쥐듯 자연스럽게 쥐던 것이 오늘날은 엄지가 집게손가락 둘째 마디를 꽉 누르도록 힘차게 쥐지 않으면 안 된다. 뿐만 아니라 행진 간의 양팔 동작도 앞으로 사십오 도, 뒤로 십오 도 흔들던 미식을 고쳐 진폭을 크게 넓혀놓았고, 또 팔을 흔들 때는 손등이 반드시 위를 향하도록 하지 않으면 안 된다. 그리고 무릎 각도도 매일반인데, 특히 행진 간에 방향 전환을 할 때는 제일보를 무릎을 굽히지 않은 채 사십오 도 위로 올려 힘차게—이 말에 주의하기 바란다—힘차게 내디뎌야만 한다. 예를 들자면 한이 없는데, 무엇보다 중요한 것은 이와 같은 제식의 변화가 무얼 의미하느냐 하면, 우리 실정이 개인보다는 확실히……"

"이봐, 선생!"

별안간 감때사납게 울리는 웬 목소리가 일사천리로 달리던 강 교수의 말허리를 중도에서 뚝 꺾어놓았다. 이때 우리는 홀 안쪽 테이블에서 이쪽을 향해 거의 뜀걸음으로 다가오는 건장한 체격의 청년을 볼 수 있었다.

"뭐가 어쩌구 어째?"

우리의 숨구멍을 틀어막듯 통로에 버티고 서며 청년은 대뜸 시비를 걸어왔다.

"술집에 왔으면 곱게 술이나 처마시고 갈 일이지, 뭐 나치 아이들이 어떻구 이북 아이들이 어떻다구?"

"당신 뭐야? 누군데 감히 뛰어들어서 학구적인 분위길 훼방놓는 거지?"

이문택이 안경을 벗어 남방 윗주머니에 찌르면서 오는 시비를 맞받았다.

"쪼무래긴 잠자쿠 있어! 다아 그럴 만한 사람이니까 뛰어드는 거야! 선생, 실례지만 신분증 좀 봅시다!"

일껏 마신 그 술이 다 어디로 숨었는지 나는 어느새 맨숭맨숭한 정신으로 돌아와 있었다. 아직도 뭐가 뭔지 어리둥절해서 서 있는 강교수를 턱으로 가리키며 최교수가 내게 눈짓을 했다. 나는 그 뜻을 얼른 알아차리고 기회를 살폈다. 최교수가 청년 옆으로 다가서며 예의 그 호걸풍의 너털웃음부터 터뜨렸다.

"자기 전공 분야에 대해서 잠시 소견을 말한 것뿐인데 뭘 그걸 가지고…… 우리 이럴 게 아니라 앉아서 차근차근 얘기합시다."

그러나 사태는 전혀 예기치 못한 방향으로 진전되고 있었다. 작달막한 체구의 이문택이 불시에 몸을 솟구치더니 청년의 면상에 정통으로 박치기를 놓아버린 것이다. 문택이는 취중의 흥분으로 강교수더러 신분증을 제시하라는 청년의 뒷말을 제대로 듣지 못했음이 분명했다.

안쪽 테이블에 앉았던 청년의 일행이 한꺼번에 우우 덮치는 걸 보는 순간 나는 강교수의 허리를 끼고 밖으로 뛰어나와 재빨리 지나가는 택시를 잡았다.

이상하게도 일진이 사나운 날이었다. 차라리 일찌감치 집구석에 틀어박혀 발가락 사이에 한번 더 무좀약을 바르고 앉았느니만 백번 못한 결과였다. 달리는 택시 안에서 강교수는 내내 눈을 질끈 감고 앉아 있었다. 그 역시 취기가 이미 말끔히 가신 듯 하얗게 질린 얼굴로 시종 말이 없었다. 그는 방금 전 술자리에서 벌인 즉흥 강의에 대해서 심히 후회를 느끼는 눈치가 여실했다. 그러지 않고서야 어떻게 그 듬직한 체구에 걸맞지 않게끔 제자 보는 데서 솔선해서 먼저 그렇게 벌벌 떨 수 있단 말인가.

"뒤에 남은 사람들, 어떻게 될까요?"

내가 먼저 이렇게 말을 걸자 강교수는 고개를 절레절레 흔들었다.

"별일 없을 거야. 최교수가 그만한 일은 능히 처리할 위인이니까."

그러나 강교수의 그 말투 속에는 반드시 별일 없을 것만 같지는 않은 낌새가 엿보였다. 아마 별일 없기만을 간절히 기도하고 싶은 심정일 것이었다.

한참 후에 강교수는 또 이렇게 중얼거렸다.

"자네도 내가 실수했다고 생각하겠지?"

"뭐 별로……"

나는 우선 이렇게 얼버무려두는 수밖에 없었다.

"그저 과음 끝에 주사가 약간 지나쳤을 뿐이야. 내 말에 다른 뜻은 전연 없었어. 나 좀 내려주게. 걸으면서 머릴 좀 식히고 싶어."

더이상 강교수를 붙잡고 말리고 싶지 않았다. 그래서 지체 없이 나는 차를 세우도록 했다. 강교수가 내리자 기사 양반이 백미러 속으로 나를 유심히 쏘아보며 행선지를 댈 것을 재촉했다.

"어디루 모실까요, 손님?"

저만큼 앞으로 다가오는 네거리 하나가 얼핏 눈에 띄었다. 그 네거리에 다다르기 전에 행선지를 결정해야 할 것 같았다. 나는 순간적으로 내가 저지르고 관여한 만큼의 몫은 내 어깨로 감당하고 싶은 심정이 되었다. 그래서 잠시 생각한 끝에 기사 양반의 그 쏘아보는 눈에게 차를 뒤로 돌리도록 부탁했다.

"아까 탔던 자리로 되돌아갑시다."

(1975)

빙청과 심홍

아무도 우하사를 존경하지 않았다. 단장 이하 고급 참모들이야 뭐 당연했다. 사고가 발생하기 그 직전까지는 높은 양반들이 일개 초급 하사관의 존재에 표가 나게 관심을 둔 흔적을 전혀 찾아볼 수가 없다. 실은 그런 이유 때문에 일단 유사시에 그분들은 그처럼 허심하게 요란한 존경을 보일 수 있었는지도 모른다. 하지만 우리는 달랐다. 적어도 우리들 병兵들은 그간 밤낮없이 무수히 겪어왔기 때문에 우하사가 과연 어떤 사람인가를 제법들 알고 있었다. 그는 말보다 늘 주먹이 앞서는 사람이었다. 그는 국가로부터 지급받는 관물이나 사물의 사이즈, 혹은 품질에 별로 신경을 쓰지 않는 편이었다. 언제든지 마음만 먹으면 내무반 병들 가운데서 아무하고나 물물교환할 수 있기 때문이다. 그는 장기 복무자의 입장에서 순전히 단기 복무자라는 그 이유만으로도 얼마든지 병들한테서 복장 위반이나 명령 불복종을 끄집어낼 수 있었고, 그와 같은 병들의 군기 위반을 단속하기 위하여 사흘돌이로 하사관 일동의 대동단결을 선창하곤 했다. 그는 기지병원에 위생병으로 있는 동기생과 짜고 무단히 포경수술을 받은 적도 있다. 우하사에 관해서라면 모르는 게 거의 없었다. 그렇기 때문에 막상 그를 존경하지 않으면 안 될 사태에 직면했을 때 누구보다 당황하고 애를 먹은 건 바로 우리들이었다. 그것은 저마다 근본으로 지니고 있는 배알의 일부를 수정하지 않고는 불가능한 일이기도 했다. 그러나 우리는 결국 그것을 했다. 사실 어떤 의미에서는 빰이나 엉덩이를 내맡기는 것보다 존경심을 내주는 쪽이 훨씬 수월하고 또 실질적인 법이다.

다른 무엇보다도 매일 교대근무로 기지병원 장교 병동에 파견할 간호 당번을 정하는 일이 힘들었다. 사고 당시에 전신 화상을 입은 우하사가 단장님의 특별 배려에 따라 하사관 신분으로 장교 병실에 입원하게 되었을 때, 그것은 우리들에게 3할의 영예요 7할의 부담이었다. 갔다 오기가 불행이었다. 누구나 한 번 갔다 오기만 하면 두어 끼니씩 식사를 건너뛰는 건 예사였고, 특별히 환자의 붕대라도 갈아매는 날에 운수 사납게 걸려본 경험이 있는 사람일 것 같으면 다음번 차례가 당하기 전에 복통이거나 몸살 두통 따위 급성질환으로 숫제 몸져누워 당번을 나가느니 차라리 죽음을 택하겠다는 결의를 보임으로써 애꿎은 당번 조장만 곤욕을 치렀다. 그렇다고 농땡이들만을 탓할 수도 없는 노릇이었다. 아직은 목숨이 붙어 있대서 반드시 사람은 아니었다. 전신을 붕대로 허옇게 동여맨 가운데 그래도 숨을 쉴 수 있도록 콧구멍만은 빤하게 뚫어놓은 것이 여전히 그가 사람임을 주장하는 유력한 근거였다. 그리고 의식이었다. 짜증과 심술과 오기로 뒤범벅된, 잠자지 않는, 끊임없이 살아 움직이는 질기디질긴 의식이었다. 죽은 거나 다름없이 들것에 실려 병원에 입원할 때부터 그는 누린내를 펑펑 풍겼다. 거기에 고름 냄새까지 합세하여 시간이 지날수록 그의 몸에서는 차마 맡을 수 없는 악취가 났다. 붕대 밑에서 비명에 가까운 신음과 웅웅거리는 소리가 그치지 않았다. 악취를 무릅써가며 그의 입 근처에 귀를 바싹 들이대고 주의깊게 해석해보면 웅웅거림은 대개 이런 것이었다.

"조일병은 좀 어때?"

우리들 당번 요원 사이에는 우하사를 위하여 이미 불행해진 조일병을 더욱더 불행한 쪽으로 몰기로 합의가 되어 있었다. 그래서 물을 때마다 이렇게 대답하곤 했다.

"아직두 살긴 살았어요. 허지만 조일병에다 비한다면야 우하사님은 아주 아무렇지두 않은 편예요."

꼭 그런 대답을 듣고 난 후라야 겨우 한참씩 잠을 이루곤 했다. 그의 관심의 표적인 조일병은 병원에서 첫번째 밤을 지낸 다음 바로 숨을 거두었다. 죽은 후에야 우리는 고등학교를 졸업하자마자 입대한 조일병이 얼마나 착하고 참한 애였던가를 밝히 깨달을 수 있었다. 당번 요원들의 수고를 일찌감치 덜어주었대서 하는 말이 아니라 조일병은 정말 매사에 좋은 녀석이었음이 분명했다.

토요일이었다. 모두들 외출 준비에 바빴다. 제일 애가 타는 건 당번 조장이었다. 교대 시간이 지났는데도 기지병원에 올려보낼 간호 당번을 정하지 못한 채였던 것이다. 너나없이 모두 외출을 신청했었다. 조장 고유의 직권을 발동하여 외출을 금지시킨 만만한 몇 사람이 있긴 있었지만, 애당초 만만하게만 보았던 그들도 저마다 한 가지씩들 기지병원에 갈 수 없는 피치 못할 사정들을 확보해 놓고 있었다. 그들의 결의는 죽기 아니면 살기였다. 신하사가 맨 처음 우리들 앞에 구세주의 자격으로 부각된 것은 바로 이런 때였다. 그는 느릿느릿 당번 조장에게로 다가가더니 언제나의 그 산전수전 다 겪은 노름꾼 같은 표정 없는 얼굴로 불쑥 말했다.

"내가 나갈까?"

다른 사람이었다면 또 모른다. 하지만 그가 신하사였기에 조장을 비롯한 모든 사람들은 그 말뜻을 얼른 이해할 수 없었다. 말을 마치고 신하사는 곧바로 나갔다. 마치 용변이라도 보러 가듯이 그가 가벼운 걸음으로 내무반에서 나간 뒤 얼마 안 되어 당번으로 나가 있던 녀석이 병원에서 돌아왔다. 신하사와 근무 교대를 했다면서 녀석은 도무지 믿어지지 않는다는 표정이었다. 믿어지지 않기는 우리 역시 매일반이었다.

신하사는 비밀이 많은 친구였다. 그의 신상에 관해서 동기생인 우리들조차도 별로 아는 게 없었다. 일절 말이 없는 그를 고참 하사들도 두려워했다. 사람들로부터 두려운 존재로 인식되기 이전에 그는 몇 차례 사고를 저지름으로써 자신의 위치를 오늘날의 그것으로 강화하였다. 처음 그가 전속되어 왔을 때 일견 어리숙해 보이는 그 태도 때문에 자주 그는 놀림감이 되곤 했다. 그리고 그는 웬만한 조소나 수모는 그럴듯하게 잘 참아내는 성미였다. 그러나 일단 스스로 정한 어느 한계선만 넘을작시면 물불을 아니 가렸다. 눈앞에 보이는 모든 것이 다 흉기였다. 등신처럼 내내 잠자코 견디다가는 슬그머니 포크나 드라이버 같은 것을 집어 번개 같은 손놀림으로 상대방의 팔뚝이나 허벅지에 푹 박는 것이었다. 몇 번 그런 사고가 있고부터는 아무도 그를 놀리지 않았다. 놀리지 않을 뿐만이 아니라 숫제 상대조차 하지 않으려 들었다. 그로서는 오히려 그게 바라던 바였던지 구정물에 든 호박씨처럼 늘 집단에서 떨어져 따로 놀아도 마르지도 않고 죽지도 않았다.

느닷없이 그가 장기 복무를 자원했을 때도 우리는 그다지 놀라지 않았다. 일반병으로 들어왔다가 도중에 말뚝을 박는 사람이 더러 있는데, 그런 친구들은 비단 동료들뿐만이 아니라 이젠 똑같은 신세가 된 정규 하사관들로부터도 수준 이하의 한심한 대접을 받는 풍토였다. 단순히 군대 사회만이 아니고 인생 자체에까지 말뚝을 콱 박은 놈으로 취급해버리는 바람에 비록 하사를 달긴 했어도 사실상 그는 하사관도 아니고 그렇다고 또 병도 아닌 어정뜬 상태에서 하루아침에 소속을 잃는 꼴이 되었다. 심지어는 우리들마저도 같은 날 입대했다가 같은 날 제대할 수 없게 된 한 동기생에 대해 애석하게 여기지 않았으며, 그런 동기생을 둔 것에 저마다 수치를 느끼기도 했다. 대대 행정계 쪽에서 그가 고아원 출신이라는 소문이 흘러나온 것은 장기 복무를 지망한 그 직후였다. 어느 정도 정확한지는 몰라도 그가 신병 시절에 어떤 가수를 짝사랑했다는 소문도 그 무렵에 나돌았다. 밤마다 가슴을 물어뜯는 외로움 때문에 미칠 것만 같다, 그러니 누구든지 와서 내 가슴의 불을 꺼달라—대충 이런 뜻의 노래를 불러 크게 히트한 가수였는데, 그 애절한 가락을 듣고 동정을 느낀 나머지 즉석에서 편지를 썼다는 것이다. 그리고, 정 무엇하면 자기라도 소방수 노릇을 할 용의가 있다는 그 제의에 영영 답장이 없자 호의를 무시당한 서글픔을 안으로 곱게 삭이더라는 것이다. 설마 그렇게까지 민하게 굴기야 했을까마는, 아무튼 그것은 그가 대대원들의 관심을 한몸에 모은 유일무이의 계기였다.

간호 당번이 되는 자격으로 인격자나 우등생을 요구하지는 않았기 때문에 모두들 신하사에게 감사했다. 하사를 달았기 때문에 원칙적으로 그는 당번 요원이 아니었다. 신하사가 자청해서 당번을 나가는 것이 전체 하사관의 품위를 떨어뜨린다 하여 강력히 반대하는 고참 하사들이 더러 있었다. 그러나 대대는 물론 비행단 안에서 환자가 차지하는 비중이 워낙 큰데다 더구나 상대가 수틀리면 아무 걸로나 푹푹 찌르는 성미이기 때문에 모르는 척 넘기고 말았다. 토요일 이후로 신하사는 거의 매일 밤 간호를 나갔다. 차례를 당한 사람이 신하사를 찾아가서 슬그머니 한두 장의 지폐를 내밀며 부탁하면 그는 밤마을이라도 나가는 투로 가볍게 응했다. 돈이 없는 사람은 건빵 한 봉지도 좋고 그것마저 없을 때는 그냥 맨입으로 부탁해도 선선히 들어주었다. 간호하기 위해서 태어난 사람 같았다. 다른 사람처럼 한 번 갔다 와서는 왝왝 토하면서 며칠씩 밥을 못 먹는다거나 그러지도 않았다. 더구나 때 이르게 파리떼가 들끓어 침대 주위에 모기장까지 쳤는데도 붕대를 갈면서 보니 짓무른 피부에 허옇게 쉬가 슬었더라는 것이다. 그런 소문에 관해 신하사는 끝내 확인도 부인도 않으면서 그저 실쭉 웃기만 했다. 팔십 프로 이상의 화상을 입은 우하사의 상태가 갈수록 악화일로라는 얘길 들을 적마다 우리들 당번 요원 일동은 신하사에게 감사했다. 기왕에 자원한 장기 복무에서 그가 잘되기를 비로소 우리는 빌었다. 상식을 벗어나게 누진을 거듭하여 끝내는 그가 참모총장 자리에까지 영달하기를 축수하는 엉뚱한 친구도 있었다.

불과 며칠을 넘기지 못할 거라던 군의관들의 예상은 자꾸만 빗나갔다. 인체를 100으로 나눌 때 사타구니가 1을 차지한다는데, 그 1마저 화상을 입고 있었다. 아무것도 먹지 못하면서도 주야장천 찔러대는 수액 요법만으로 우하사는 기력을 얻어 끊임없는 짜증 속에서 시간을 보내는 것이었고, 붕대를 뚫고 솟는 웅웅거림 속에서

"조일병은 좀 어때?" 하는 뜻을 계속해서 해석해낼 수 있었다.

우하사가 화상을 입은 지 일주일째 되는 날 그의 약혼녀가 부대 안에 들어와 역시 단장의 특별 조치로 기지병원에 머물면서 수발을 하게 되었다. 그녀가 들어오던 날 대대 안에서는 조심스럽게 농담이 나돌았다.

살어도 못 살어.

부부생활에 없어서는 안 될 가장 중요한 1이 못 쓰게 된 걸 비슷한 경우의 다른 여인의 이야기에 빗대어 하는 소리였다.

살어도 못 살어.

부대에 들어올 때부터 이미 각오가 되어 있는 얼굴이었다. 사전에 충분히 설명을 들은 듯했다. 허겁스럽게 울지도 않고 기절할 만큼 놀라지도 않는 그녀의 얼굴은 솔직히 말해서 그리 예쁜 축이 못 되었다. 약간 검고 두툼해 보이는 얼굴에 어딘지 모르게 촌티가 흘렀고, 거의 말이 없는 점이 실제보다 더 육중한 인상을 주는 실팍한 몸매였다. 그녀는 대대장의 위로의 말에 아무런 반응도 나타내지 않은 채 이내 간호에 임했다. 곁에 약혼녀가 붙어 있다 해서 당번병의 차출이 중지되지는 않았다. 우하사의 간호에는 여자 힘만으로 해낼 수 없는 크고 작은 일들이 많이 따랐던 것이다.

그녀는 우하사에게 주는 표창장을 대신 받기도 했다. 원래는 표창장이 아니라 훈장을 상신했었다. 대대 내무반에서 실권을 장악하고 있는 우하사의 동기생들이 주동이 되어 전 대대원들로부터 도장을 받았다. 사고 당시의 우하사의 활약상을 밝히고 그에게 훈장을 내릴 것을 건의하는 연판장이었다. 그 건의서에 의할 것 같으면, 우하사는 사고 때 몸을 상하지 않고도 불길 속에서 충분히 빠져나올 수 있는 시간적 여유가 있었다. 그가 산소통이 폭발하고 화력이 센 항공유가 걷잡을 수 없는 불길을 내뿜고 기체의 파편이 난무하는 격납고 안으로 재차 뛰어든 것은 순전히 전우애와 사명감 때문이었다. 주기 점검으로 들어왔다가 삽시에 불길에 휩싸인 비행기들과 용광로 속을 방황하는 전우들을 놔두고 자기 혼자만 달아날 수는 없었던 것이다. 그래서 그는 초인적인 의지와 용력을 발휘하여 소속 무슨 대대 무슨 중대, 관등성명 아무개 외 세 명을 죽음에서 구하고 공구함 ×개와 보조장비 ×××를 건져낸 다음 그 자신은 생명이 위독할 정도의 중화상을 입는 영웅적인 활약을 한 것으로 되어 있었다.

건의서 내용을 소상히 밝힐 만큼 우하사의 동기생들은 친절하지 않았다. 다만 도장을 지참하고 일렬로 주욱 늘어서게 한 다음 이렇게 말하는 것이었다.

"뒈지기 전에 불쌍헌 놈 호강이나 시키자구!"

그러나 우리는 우리가 찍는 도장이 장차 무엇에 소용될 것인지를 곧 알았고, 각자가 도장으로 확인해준 내용의 엄청남에 경악을 금할 수 없었다. 우하사의 동기생들은 술을 진탕 마시고는 비틀걸음으로 각 내무반을 돌면서 엉엉 소리내어 울다가 우하사의 이름을 부르다가 했다. 누구도 그들의 서슬을 꺾을 수는 없었다. 그들이 보이는 광란에 가까운 전우애는 누가 만약 입바른 소리라도 할라치면 당장에 때려죽일 것 같은 기세였으며, 그들의 눈물겨운 노력이 대대 분위기를 점점 최면시켜 진실과 허위의 구분을 애매하게 만들어놓았다. 목석이 아닌 이상 그것은 감동하지 않고는 못 배기는 신들린 상태였다. 우리 주위에 그런 인물이 있었던가 새삼스레 돌아다보아질 정도였다. 심지어는 건의서상으로 우하사에 의해 구출된 것으로 지목된 세 명의 사병마저도 정말 자기를 구한 것이 우하사 그 사람인 줄로 믿어버릴 정도였다. 우리는 모두 합심해서 하나의 미담을 엮어내었고, 그 미담 속에서 우하사는 하루가 다르게 완벽한 영웅의 모습을 갖추어나갔다.

대대장 또한 마찬가지였다. 전체 사병의 귀감이 될 영웅적인 하사관 한 명쯤 자기 휘하에 두었대서 조금도 손해날 일은 아니었다. 대대장의 확인을 거쳐 단 본부에 제출된 우리들의 진정 내용은 일차로 단장을 감동시켰다. 그는 자기 권한으로 할 수 있는 모든 조처를 취했다. 우선 빈사의 하사관을 장교 병동에 입실시킨 다음 민간인 연고자가 영내에 거주하면서 간호에 임하도록 했다. 훈장은 시간이 걸리는 거니까 먼저 비행단 이름으로 표창장을 수여함으로써 아쉬운 대로 성의를 표시했다. 그리고 각 언론기관에 연락하여 일단의 기자들을 초청해서 취재를 하도록 했다.

기자회견에 참석할 사람들이 정해졌다. 우하사를 생명의 은인으로 삼게 된 세 사병과 우하사의 동기생 한 명과 대대장 및 대대부관이었다. 그리고 거기에다 신하사가 추가되었다. 그는 우하사의 인간성에 감복하여 헌신적으로 간호를 도맡은 또하나의 미담의 주인공 자격으로 참석하게 되었다. 참석자들은 대대장실에 모여 예상되는 기자들의 질문에 대비하는 훈련을 받은 다음 회견장인 단장실로 향했다. 단장이 배석한 가운데 정훈장교의 사회로 기자회견이 시작되었다.

"사고 당시 각자가 겪었던 체험담을 말씀해주시기 바랍니다."

회견은 예정된 순서에 따라 톱니바퀴가 물리듯 한 치의 오차도 없이 정연하게 진행되었다. 육하원칙에 의해서 각자가 겪은 일들을 진술하는데, 누구를 막론하고 결정적인 순간에 가서는 한 개인의 경험을 떠나 우하사의 행위와 교묘하게 결부시키는 화법들을 썼다. 기자들은 열심히들 기록을 하고 사진을 찍었다. 누가 봐도 결과는 만족할 만한 것임이 거의 확실해진 순간이었다.

"혼자서 간호를 전담하다시피 해오셨다죠?"

여태껏 한쪽 구석지에 우두커니 앉아만 있던 신하사에게 일제히 시선이 집중되었다.

"연일 수고가 많으시겠군요. 어때요, 신하사가 보는 우하사의 인간 됨됨이랄까, 병상에서 있었던 일화 같은 걸 소개해주실까요?"

자리나 메우는 역할이라면 몰라도 직접 입을 열어 뭔가를 조리있게 설명해야 할 사람치고는 분명히 자격 미달이었다. 신하사를 그런 자리에 끌어들인 그 자체가 애당초 잘못된 배역임이 뒤늦게 드러나기 시작했다. 신하사는 꿀 먹은 벙어리였다.

"어떻습니까, 평소의 그답게 투병생활도 영웅적입니까?"

"……"

"사고 당시 격납고 안에서 우하사를 본 적이 있습니까?"

기자들은 쉽게 포기하지 않았다. 신하사가 맡은 몫을 기어코 감당하게 만들 작정으로 그들은 번갈아가며 질문을 던져 말문을 열게 하려 했다.

"예" 하고 마침내 신하사의 입에서 대답이 떨어졌다.

"그때 우하사가 뭘 어떻게 하고 있던가요?"

"불에 타고 있었습니다."

신하사가 입을 열었을 때 반가워하는 표정이던 기자들은 이 예상 밖의 답변에 점잖지 못하게 웃음을 터뜨렸다. 이때부터 그들은 신하사를 노골적으로 깔아보기 시작했다.

"그가 불에 탔다는 건 우리도 압니다. 내가 묻고 싶은 건 그냥 불에 타기만 했느냐는 겁니다."

"예."

회견장이 소란해졌다. 여기저기에서 웅성거리는 소리가 들렸다.

"좀더 자세히 말씀해주실까요? 불이 붙기 전에 우하사는 무슨 일을 했습니까? 그리고 불이 붙은 다음에 어떻게 행동했습니까?"

아아, 가엾은 신하사……

"작업이 거의 끝나가던 참이었습니다. 우하사는 작업복이 기름투성이였습니다. 펑 소리가 나더니 눈앞이 캄캄해졌다가 훤해졌습니다. 정신을 차리고 보니 우하사가 불덩이가 되어서 훌쩍훌쩍 뛰고 있었습니다. 너무나 갑자기 당한 일이라서 무슨 영문인지……"

그날 오후에는 누구나 다 그렇게 당했다. 일과가 끝나갈 무렵에 격납고 안에 있었던 사람들의 공통된 이야기가 그랬다. 펑 하고 터지는 폭발음이 울림과 동시에 졸지에 주위가 불바다로 변하더라는 것이었다. 때마침 운좋게 격납고 밖에 있다가 사고를 목격하게 된 사람들의 얘기는 격납고 안에 있던 사람들이 얼이 빠져가지고 불길 속을 우왕좌왕하는 것도 무리가 아니었음을 뒷받침해주었다. 순간적이었다는 것이다. 훈련 비행기 한 대가 착륙 자세를 잡은 채 내려오고 있었는데, 그간 뜨고 내리는 비행기를 숱하게 보아왔지만, 불길한 예감과 함께 유독 그것만은 눈길을 끌더라는 것이다. 똑바로 자기를 겨냥하듯이 눈 깜짝할 사이에 접근해오는 걸 보니 조종사가 낙하산 탈출할 때 조종석 덮개가 벗겨져나가면서 꼬리날개를 자른 흔적이 얼핏 눈에 띄었고, 그것은 바람을 가르는 쇳소리를 거느리면서 활공비행으로 내려오다가는 활주로를 멀리 벗어나 퍼런 스파크를 튀기면서 용하게 주기장駐機場 빈터에 접지한 다음 휑하게 개방된 격납고 문안으로 마치 골인하듯이 곧장 뛰어들더라는 것이다.

"신하사가 목격한 것은 아마 쓰러지기 직전의 마지막 광경이었을 겁니다. 자아, 그럼 이것으로 회견을 모두 마치겠습니다."

사회를 보던 정훈장교가 서둘러 질문을 마감해버렸다. 이렇게 해서 모처럼 마련한 기자회견의 자리는 더이상의 불상사 없이 끝마칠 수 있었다.

회견이 끝난 그 직후부터 신하사는 몹시 바쁜 몸이 되었다. 여기저기 오라는 데는 많은데 몸뚱이는 하나여서 그야말로 오줌 싸고 뭣 볼 틈조차 없어 보였다. 회견 석상에서의 신하사 마지막 언급이 그만 단장과 대대장의 비위를 상하게 만들었던 것이다. 일단 그 양반들의 비위를 건드려놓은 이상 신하사가 온전치 못할 것임을 상상하기는 어렵지 않았다. 높은 사람들이야 상해서는 안 될 자기 비위가 상했음을 표시하는 선에서 그치는 게 보통이지만 그 아랫사람들은 어디 그만한 정도로 그칠 수가 있을 것인가.

아니나다를까, 신하사는 대대 선임하사한테 불려갔다 돌아와서는 각 내무반장과 반부의 손을 골고루 거쳐 최종적으로 하사관실에 들어갔다. 복마전으로 알려진 하사관실에서 그가 나온 것은 취침이 개시되고도 한참이나 지나서 2번럽 불침번이 영내를 순시할 무렵이었는데, 그는 이미 소등이 되어 먹물로 칠한 것 같은 내무반 속을 절뚝절뚝 걸어들어와서는 더듬더듬 제 침대를 찾아가더니만 옷을 입은 채 잠자코 이불을 뒤집어써버렸다. 그의 침대 속에서는 밤새도록 끙끙 앓는 소리가 났다. 이튿날 기상시에 보니 그는 눈두덩이 퍼렇게 멍들어 있었고 종이 뭉치로 콧구멍을 틀어막고 있었다. 그는 식전부터 사과 보고를 하기 위해 절룩거리며 각 내무반 고참들을 방문하고 다녔다. 그로부터 그는 계속해서 사흘 동안을 꼭 취침 나팔이 울린 다음에야 돌아오곤 했다. 기자회견 이후로 그가 우하사의 간호 당번을 나가지 않아도 되게 되었음은 두말할 나위 없는 일이었다.

아아, 어리석은 신하사……

그는 당최 흐름이라는 걸 몰랐다. 모든 잡다한 가닥을 합쳐 단일의 새로운 가닥을 이루면서 웬만한 장애물쯤은 단숨에 깔아뭉개버리고, 깔아뭉갠 만큼 자체 내에 흡수하여 외려 더욱더 비대해진 형상으로 도도히 진행하는 것이 원래 흐름인 것을 그는 끝내 이해하지 못했던 것이고, 이해하지 못할 뿐만이 아니라 감히 되지 못한 힘으로 그 흐름에 거슬러보려 했던 것이다. 그가 그렇게 중뿔나게 굴지 않더라도 사실은 그가 옳다는 걸 우리는 잘 알고 있었다. 그가 우리하고 근본적으로 다른 점은 흐름을 알고 모르는 그 차이였다. 분명히 그가 옳긴 하지만, 유감스럽게도 옳은 것이 달랑 그 한 사람뿐이기 때문에 결과적으로 옳으면서도 글러먹은 건 다름 아닌 그 자신이었던 것이다.

우리라고 우하사를 모를 까닭이 없었다. 우하사는 연쇄 폭발이 시작된 바로 그 순간에 한 꺼풀 항공유를 뒤집어쓴 다음에 곧바로 불길에 먹힌 희생자 중의 하나였다. 두랄루민 파편의 난무와 함께 폭발에 동반되어 오는 최초의 폭풍에 전신을 강타당했다. 그리고 폭풍이 일과한 후에야 비로소 사람들은 사방을 가로막는 거대한 불구덩이 안에 꼼짝없이 갇혀 있음을 발견했다. 무엇보다도 벽을 찾는 일이 급선무였다. 벽에 의지하여 벽을 더듬다보면 비상 통로에 다다를 수 있을 것이었다. 곳곳에서 단말마의 비명이 울리고, 그 비명을 디디면서 폭발음이 솟는 아수라장을 어떻게 뚫고 나왔는지 모른다. 격납고 밖으로 간신히 기어나와서 보니 통제탑 앞에 사람들이 삐잉 둘러서서 바라보고 있었다. 누군가 달려들어 작업복 등덜미의 불을 투덕투덕 꺼주는 사람이 있었다. 미처 숨도 돌리기 전인데 꼭 사람만한 불덩이 하나가 훌훌 뛰면서 비상구에서 나왔다. 몸에 붙은 작업복은 이미 불에 녹아 너덜너덜 흘러내리고 있었다. 불길이 맨살에 댕겨져 있었다. 훌훌 뛰는 중에도 우뚝 솟은 성기가 얼핏 유난했다. 불은 빳빳이 선 그 성기 끝에서까지 뻘겋게 위세를 떨치고 있었다. 다급한 김에 누군가 소화기를 갖다가 들이대었다. 그러자 불길이 잡힘과 동시에 허옇게 얼음으로 뒤덮이면서 그는 픽 소리내며 쓰러졌다. 우하사였다.

그가 과연 영웅인가 아닌가를 따져보는 시간은 아마 누구나 한번쯤 가져보았을 것이다. 그리고 오래 따지고 말고 할 것도 없이 그가 영웅인가 아닌가를 저마다 마음속으로 판단했을 것이었다. 오래 생각할 여유를 주지 않고 곧이어 소수의 영향력 있는 사람들에 의해서 하나의 흐름이 전개되었다. 그 흐름 속에 휩쓸리면서 각자는 그것이 어제 오늘에야 비롯된 형식이 아님을 얼른 납득했다. 대체로 추서追敍의 형식이란 유사 이래 운좋게 건재해 있는 사람들이 운 나쁘게 부재중인 사람들에게 운의 좋고 나쁨의 차이가 얼마나 치명적인 것인가를 뒤늦게 강조해 보이는 진부한 의식의 일종인 줄을 거개의 사람들은 암암리에 깨닫고 있는 듯했다. 자기는 못 받은 걸 남이 받는다고 배 아파할 이유도 별로 없었다. 영웅이라는 칭호를 못 받는 대신 자기에게는 피둥피둥 살아 숨쉬는 축복이 있기 때문이다. 무릇 살아 있는 자는 죽은 자나 불구자에 대하여 너그러울 필요가 있었다.

그저 그것뿐이었다. 그 이상 다른 이유가 있을 수 없었다. 전우애에 불타는 고참 하사들의 서슬에 눌려서 그랬다면 그것은 말할 수 없이 비참한 고백이 된다. 강압에 못 이겨 비리인 줄 알면서도 거기에 동조했다기보다는 차라리 멀쩡히 살아남은 자들의 축제에 한몫 끼어든 거라고 발명하는 편이 듣기에 한결 부드러울 것이었다. 신하사가 결과적으로 옳지 않았다는 사실은 신문에 기사화되어 나온 내용으로 다시 한번 증명되었다. 해당란에 붉은 선까지 쳐가지고 우하사의 영웅적인 행동을 소개한 신문들이 내무반에 회람되었는데, 신하사가 진술한 내용은 사그리 무시된 채였다.

기자회견이 있은 지 며칠 지나지 않아서부터 이상한 소문이 대대에 나돌기 시작했다. 우하사의 약혼녀와 신하사 사이에 모종의 관계가 있는 것 같다는 것이었다. 회견 이후로 신하사가 간호 당번을 그만두게 된 것은 의심할 나위 없는 사실이었다. 그런데도 기지 병원 근처를 배회하는 신하사를 보았다는 사람이 생겼고, 또 기지 식당 뒷산에서 남녀가 밀회하는 장면을 먼발치로 목격했다는 출처 불명의 얘기도 오갔다. 거기에 덧붙여 병원에서 돌아와서 내무반에다 옮기는 당번병들의 얘기가 예사롭지 않았다. 우하사가 잔뜩 분심을 품고 있는 모양이었다. "조일병은 좀 어때?" 하고 묻는 대신 이제는 "다 낫어서 일어나는 날이면 연놈을 벌집을 만들어놓아야지"라고 웅웅거린다는 것이다. 그리고 그렇게 말하는 남자 곁에서 여자는 들은 둥 만 둥 아무렇지도 않은 얼굴로 여일하게 시중을 들어가며 쏟아지는 악담을 받는 그릇 노릇을 하고 있다는 것이다. 해괴한 일이 아닐 수 없었다. 어느 모로 보나 여자는 미련스러울 만큼 사람이 충직해 보였다. 살아도 못 산다고 넋두리할 여자는 처음부터 아닌 성싶었다. 그런 면에서는 신하사도 못지않았다. 목석이나 다름없는 그가 자기 아닌 누구를 사랑하고 또 그 누구로부터 사랑받는 재주를 가졌다는 것은 전혀 상상 밖의 일이었다. 젊은 남녀가 환자 옆에서 밤을 함께 보내는 사정을 감안한다 해도 우하사가 주장하듯이 동물처럼 그렇게 간단히 어우러질 수 있었을는지는 아무래도 의문이었다. 소문이 나돌면서부터 알게 모르게 던지는 사람들의 감시의 눈초리 속에서 신하사는 스스로 근신하기로 결심한 듯 일과가 끝난 후에는 내무반 안에서 꼼짝도 하지 않았다. 소문은 확인되지 않은 채 흐리마리 꼬리를 감추고 말았다.

우하사는 중화상을 입은 후로 유월 한 달을 꼬박 버티는 놀라운 투병 끝에 숨을 거두었다. 불과 며칠을 못 넘길 거라던 군의관들의 말에 견주면 끔찍할 정도로 모질게도 연명한 셈이었고, 순전히 군대식 우격다짐으로 현대 의학이 동원할 수 있는 모든 수단과 방법을 다해서 어떡하든 살려내라던 단장의 명령에 비기면 결코 오래는 끌지 못한 목숨이었다. 어느 편이냐 하면, 우리들 당번 요원들은 그가 운명했다는 소식을 전해듣는 순간에, 솔직히 얘기해서 너무 오래 살았다는 느낌을 배제할 수가 없었다. 마지막날 밤에 간호를 나갔던 사병은 우하사의 최후가 잠자듯이 평안한 것이었음을 우리에게 전했다. 그는 비난받을 우려에도 불구하고 마지막을 가는 사람에 대한 자신의 봉사가 그렇게 성실한 것이 아니었다고 고백했다.

"깜빡 졸다가 깨가지고 시계를 보니 미스 양허고 당번 교대허기로 약속한 시간이 훨씬 지났잖아. 그래서 당직 간호장교실로 달려가서 자고 있는 미스 양을 깨워가지고 데리고 왔지. 들어와서 보니 여자는 대뜸 알아차리더군. 콧구멍만 남기고 붕대로 친친 동여맸으니 말이야, 내 보기엔 간만에 한숨 잘 자고 있는 것 같은데 여잔 그게 아니야. 콧구멍에다 손가락을 대고 확인해보더니 조용히 입을 열더군. 군의관님을 불러달라고 말이지……"

토요일 오후에 우하사의 장례식이 기지극장에서 비행단장으로 엄수되었다. 구슬픈 진혼곡이 울려퍼지는 가운데 하얀 장갑에 예복 차림의 동기생들 손에 들려 영정과 위패와 유골이 차례로 입장을 했고, 일 계급 특진해서 이제 중사가 된 고인의 약력 보고와 제주祭主 자격으로 등단한 단장의 진혼문 낭독과 복받치는 울음으로 자주 끊기곤 하는 동기생 대표의 조사 낭독 등을 통해 고 우상진 중사는 진정으로 불길 속의 영웅이었음을 다시금 확인한 다음, 그날따라 유난히도 간장을 쥐어뜯는 취침나팔을 끝 순서로 우리는 고인에게 영결을 고했다. 사람들을 기죽이는 장엄한 의식 절차로 뒤를 받친 우하사(중사)의 죽음은 무척이나 감동적이었다. 우리들 가운데 아직도 우하사가 영웅인가 아닌가를 따지는 친구가 있다면, 그의 따귀를 갈기고 복장을 걷어차버리는 역할을 수행한 것은 바로 그 장례식이었다. 그만큼 그것은 엄숙과 굉장을 극한 의식이어서 흐름에 역행하려는 아무리 사소한 기도라 할지라도 제대로 용납되지 않을 어마어마한 기세였다. 이제 대세는 일방적으로 기울어진 셈이었다.

우하사(중사)의 장례를 마치고 난 대대 분위기는 잔치 마당의 뒤끝인 양 매우 어수선했다. 아직도 장례식의 여운을 말끔히 떨쳐버리지 못한 상태에서 외출증을 받은 사람들은 세탁해둔 옷을 꺼내어 주름을 세우고 구두코에 하늘이 비칠 광을 올리기에 여념이 없었고, 영내에 잔류하게 된 사람들은 또 그들대로 마음을 잡지 못하고 뒤숭숭한 얼굴로 내무반 안팎을 서성거렸다. 잔류파인 신하사가 내게로 다가왔다.

"멀리 나가나?"

그가 나에게 말을 걸어왔다는 사실은 실로 기록에 남을 만한 일이었다. 동기생 사이라 해도 그 친구하고 대화가 끊긴 지는 벌써 오래전이었기 때문이다.

"멀진 않아. 시내에서 누구하고 만날 약속이 있어."

"이건가?"

그는 오른손 새끼손가락을 세워 보이며 빙긋 웃었다.

"말하자면 그런 셈이지. 넌 뭐 하고 지낼래?"

"나도 시내에서 만나기로 약속한 사람이 있긴 한데……"

"이건가?"

나는 그저 농담삼아 지나가는 말로 한 번 물었을 뿐이었다. 그런데 그의 입에서는 천만뜻밖의 대답이 예사롭게 튀어나왔다.

"그래, 말하자면 그런 셈이야."

"여자하구 약속했어? 그렇다면 왜 미리 외출 신청을 안 했지?"

"그만두기로 했어. 남아서 할일이 있어. 부탁이 있는데…… 너 이것 좀 대신 전해줄래? 역전 구내 다방이야. 저녁 일곱시에 나가면 너도 잘 아는 얼굴이 기다리고 있을 거야."

그는 두툼한 봉투 하나를 내 앞에 내밀었다.

"얘기가 점점 이상하게 돌아가는군. 그냥 무턱대고 전해주기만 하면 되나?"

"못 나올 사정이 있었다고, 편지 읽어보면 다 알게 될 거라고 그렇게만 얘기해줘."

"물론 내가 뜯어봐선 안 될 내용이겠지?"

신하사는 잠자코 웃어보였다. 빙긋 웃고 나서 그는 전에 없이 가뿐한 걸음으로 내무반을 나갔다.

물론 나는 그 편지를 중간에서 뜯어보았다. 시내에 닿기가 무섭게 아무데나 다방을 찾아가서 신서개피죄信書開披罪를 범하고 있다는 죄책감도 별로 느끼지 않으면서 정성스럽게 침을 발라 피봉을 뜯은 다음 알맹이를 빼내었다. 양면괘지 앞뒤에 인쇄체같이 정교하게 박아 쓴 장문의 편지였다.

(……) 이 편지를 읽으실 때쯤이면 저는 이미 범죄수사대에 자진 출두하여 조사를 받고 있을 겁니다.

이미 숨이 져 있는 사람을 그런 줄도 모르고 살해할 목적으로 그에게 손을 댔다면 그것도 법적으로 살인미수에 해당되는 건지 지금의 저로서는 알 수가 없습니다. 당번병은 그때 졸고 있었습니다. 저는 손수건을 꺼내들고 발소리를 죽이며 다가갔습니다. 우하사를 살해하는 걸 어렵게 생각한 적은 한 번도 없었습니다. 한 오 분 동안 손수건으로 콧구멍만 틀어막고 있으면 끝나는 겁니다. 저는 실제로 손수건을 갖다대기까지 해보았습니다. 갑자기 이상한 예감이 들더군요. 얼른 손수건을 치우고 살펴보았습니다. 우하사는 이미 차디차게 식어 있었습니다. 믿어도 좋습니다. 우하사는 저절로 죽은 겁니다. 제가 그에게 살의를 품은 것이 진실이듯이 제가 그를 죽이지 않은 것 또한 진실입니다. (……) 범죄수사대에서 제 말을 믿어줄지는 의문입니다. 어쩌면 살인 혐의를 자초하는 결과가 될지도 모릅니다. 어리석은 만용이라고 손가락질하는 사람도 생길 겁니다. 그런데도 저는 잠자코 있을 수가 없었습니다. 양심의 가책 때문이 아닙니다. 사내들이란 때로는 우스꽝스러운 동물이 되기도 합니다. 아무리 하찮은 거라도 자기 믿음을 지키기 위해서 스스로 좋아서 동물이 되는 수도 있습니다. 살인미수를 자백함으로써 끝까지 제가 옳았다는 걸 증명해 보일 작정입니다. 가능하다면 그렇게 함으로써 저를 비웃던 사람들을 잠시라도 부끄럽게 만들고 싶습니다. (……) 이미 불행해질 만큼 불행해진 우하사를 두 번 죽이고 싶지는 않았던 겁니다. 우하사는 전신이 불길에 휩싸였을 때 벌써 죽은 사람입니다. 그후 부대 안에서 벌어진 모든 일들은 우하사하고는 전혀 상관이 없는, 우하사가 살아 있다는 가정하에 살아 있는 사람들끼리 펼친 일장의 쇼에 불과합니다. 산 사람들이 즐기는 놀이를 위하여 죽은 사람이 개처럼 질질 끌려다닌다는 건 도저히 용서할 수 없는 일입니다. 우하사는 우하사인 채로 죽어야 마땅합니다. 우하사에서 더도 덜도 아니어야 합니다. 하루아침에 그를 영웅으로 떠받들면서 법석을 떨어대고 존경을 강요하는 건 불행하게 죽은 자에 대한 예의가 아니며, 오히려 그의 인간다운 죽음을 모독하는 처사입니다. 제가 우하사에게 자기를 되찾아주고 더도 덜도 아닌 우하사 본래의 자격으로 잠들 수 있도록 이 모든 추잡스러운 놀음에 종지부를 찍으려고 결심하게 된 것은 바로 이런 이유 때문이었습니다. 하루라도 앞당겨 죽게 하는 것이 이런 상황 아래서는 적선이라고 확신했던 겁니다. (……) 제가 보인 모든 행동을 이해해주시기 바랍니다. 그리고 부디 용서해주시기 바랍니다. 용기를 가지고 새로운 삶을 스스로 열어나가십시오. 아무쪼록 우하사의 영상을, 미스 양과는 전혀 무관한 사람들에 의해서 제멋대로 무책임하게 장식되고 채색된 그 허상을 마음으로부터 말끔히 제거해버리십시오. 미스 양은 미스 양대로 충분히 행복해질 이유가 있다는 걸 기억하시기 바랍니다. 행운을 빕니다.

토요일 저녁 일곱시에 미스 양은 역전 구내 다방에서 신하사를 기다리고 있었다. 미스 양과 얼굴을 마주하는 순간 내가 느낀 감정이 신하사가 바라던 대로 일말의 부끄러움이었는지는 꼬집어 말할 수 없다.

(1977)

아홉 켤레의 구두로 남은 사내

워낙 개시부터가 기대했던 바와는 달리 어긋져나갔다. 많이 무리를 해서 성남에다 집채를 장만한 후 다소나마 그 무리를 봉창해 볼 작정으로 셋방을 내놓기로 결정했을 때, 우리 내외는 세상에서 그 째고 쌘 집주인네 가운데서도 우리가 가장 질이 좋은 부류에 속할 것으로 자부하는 한편, 우리집에 세 들게 되는 사람은 틀림없이 용꿈을 꾸었을 것으로 단정해버렸고, 이와 같은 이유로 문간방 사람들도 최소한 우리만큼은 질이 좋기를 당연히 요구했던 것이다. 그런데 우리의 기대는 어쩐지 처음부터 자꾸만 빗나가는 느낌이었다. 특히 사복 차림으로 학교까지 찾아온 이순경이 주민등록부에 우리의 동거인으로 기재되어 있는 안동 권씨에 관해 얘기를 꺼냈을 때 느낀 배반감은 절정에 달했다.

"조금도 부담감 같은 걸 가질 필요는 없습니다. 매일매일 무슨 보고 형식을 취할 것을 의무적으로 요구하는 건 아니니까요. 약간 특별한 동태가 보일 때, 가령 멀리 여행을 떠나게 되었다든가 좀 이상한 손님이 찾아왔다든가 쌀이나 연탄이 떨어져 굶는다든가 갑자기 많은 돈이 생겨서……"

부담감이란 것에 대해 이순경은 매우 그릇된 견해를 가지고 있음이 분명했다. 적어도 내가 알기로 그것은 갖고 싶다고 가져지고 갖기 싫다고 안 가져지는 그런 임의의 선택물이 아니었다. 더구나 그것은 스스로 원해서 어떡하든 가져보려고 안달할 정도의 그런 기호물은 절대 아니었다.

"나더러 이제부터 당신 밀대 노릇을 하라는 얘깁니까?"

"무슨 그런 거북한 말씀을!"

우리 학교 담당인 학사 출신의 이순경은 한바탕 너털웃음을 한 다음 곧장 진지한 표정이 되었다. 그는 이렇게 말했다.

"오선생님 앞에서 한 사람의 시민으로서의 의무를 강조할 생각은 없습니다. 다만 친절한 이웃이 돼주십사고 부탁드리는 겁니다."

"권씨의 동태를 일일이 사직 당국에 고자질해야만 권씨의 친절한 이웃이 되는군요."

"그렇다마다요" 하고 말하면서 이순경은 다시 너털웃음을 터뜨렸다. "밀대니 고자질이니 하는 말은 우리 쏙 빼기로 합시다. 두고 보면 오선생님도 알게 됩니다. 권씨에 관계되는 그런 말들이 얼마나 적절치 못한 표현인가를 말입니다. 오선생님한테 권씨네가 지나치게 폐를 끼치는 건 아닙니까? 혹시 그 사람을 미워하는 건 아닙니까?"

"뭐 벌써부터 미워할 것까지야 있을까마는……"

"쌀이 떨어졌는지 연탄이 떨어졌는지도 살펴보고 말입니다, 힘닿는 대로 그 사람을 도와주시기 바랍니다. 도무지 제가 표면에 나설 수가 없는 입장입니다. 물론 권씨를 고용하는 기업주 쪽 탓도 있죠. 사찰 대상자를 즐겨 고용하는 기업은 없을 테니까요. 허지만 그것보다는 권씨 자신이 더 큰 문젭니다. 자신이 법에 따라서 내사당하고 있다는 사실을 다른 누구보다도 유별나게 못 견디는 체질입니다. 내 전임 담당자 때는 여러 번 그런 일이 있었어요. 내사당하고 있다는 걸 일단 눈치만 채고 나면 직장도, 생활도, 심지어는 처자식까지도 다 포기해버리는 성미죠. 숫제 드러누워서 며칠씩이고 굶고, 밥 대신 허구헌 날 깡술만 들이켠다거나 짐승처럼 난폭해져가지고 발광 그 직전까지 갑니다. 그렇게 착하고 양순한 사람이 말입니다. 이제 제 말뜻을 이해하셨을 줄 믿습니다. 제 임무를 감쪽같이 수행할 수 있도록 저를 도와만 주신다면 오선생님은 어김없는 친절한 이웃이 될 수 있습니다. 솔직히 말씀드려서 전 경찰관 입장을 떠나서 한 사람의 인간으로서 권씨를 사랑합니다. 가능하다면 그를 돕고 싶은 심정입니다. 아마 불원간에 오선생님도 그렇게 되고 말 겁니다. 부디 친절한 이웃이 돼주십사고 다시 한번 간곡히 부탁드리는 바입니다."

내가 권씨를 사랑하게 되다니, 생각만 해도 끔찍한 일이었다. 차라리 듬뿍 사례금을 얹어서 다른 누구로 하여금 나 대신 그를 사랑하도록 만드는 편이 훨씬 나았다. 애당초 우리 내외가 방을 내놓기로 결심하게 된 동기는 인정보다는 현금이 그리워서였다.

권씨네가 우리집 문간방으로 이사오던 날은 그 풍경이 가관이 다못해 장관이었다. 마침 일요일이었다. 그래서 모처럼 게으른 아침을 먹는 중인데 댕동 소리가 났다. 아내가 나가서 대문을 열어보더니 무척이나 놀라는 기척이 안방에까지 들렸다. 무슨 일인가 하고 나가보고 나서 나는 아내의 호들갑을 이해했다. 나 역시 어지간히 놀랐던 것이다. 웬 아낙네 하나가 자기 몸무게만큼은 나갈 커다란 보퉁이를 머리에 인 채 땀을 뻘뻘 흘리면서 숨이 턱에 닿아 있었다. 그리고 대문에서 약간 떨어진 곳에 아홉 살쯤 먹어 보이는 계집애 하나가, 다시 그 계집애로부터 몇 걸음 떨어져 세 살가량의 사내애의 모습이 얼핏 보였다. 일가의 가장은 가파른 언덕길 저 아래에다 보퉁이를 내려놓은 채 숨을 돌리면서 마악 담배를 꺼내 무는 참이었다. 나를 보더니 사내는 일껏 입에 물었던 담배를 도로 호주머니에 쑤셔넣은 다음 퍽이나 힘에 겨운 동작으로 보퉁이를 들어 어깨에 메는 것이었다. 그런 다음 짐 무게에 압도되어 중심을 못 잡고 이리저리 휩쓸리면서 근근이 언덕배기를 올라오고 있는 그 사내가 우리집에 세 들기로 된 권씨임에 틀림없다면, 그는 예정보다 나흘이나 앞당겨 사전에 주인인 우리의 양해도 구함이 없이 일방적이며 기습적으로 이사를 단행하는 셈이었다. 사내가 금방이라도 짐에 눌려 쓰러질 것만 같았으므로 나는 빼앗다시피 보퉁이를 받아들었다. 생각했던 것보다 짐은 아주 가벼웠다. 북데기만 요란했지 실은 느슨하게 묶어진 이불 보따리였다. 다소 겁을 먹은 눈으로 애들이 나를 깊숙이 올려다보고 있었다. 그애들은 배가 불룩한 비닐가방 따위를 양손에 나눠 든 채 무척 힘든 표정이면서도 잠자코 잘들 견디고 있었다. 아내는 아직도 놀라움이 가시지 않은 얼굴로 힘을 거들어 보퉁이를 받아내릴 생심도 못하면서 저울질하듯이 언제까지고 권씨 부인을 위아래로 찬찬히 훑어보고 있었다. 권씨는 키가 작았다. 보통 키 정도밖에 안 되는 나지만 그래도 권씨에 비기면 거인이나 다름없었다. 슬리퍼를 걸치고 나온 내 발만을 유심히 들여다보면서 권씨는 침묵을 지켰기 때문에 내가 먼저 입을 열지 않으면 안 되었다.

"이삿짐은 차로 옵니까?"

"아닙니다."

그는 피로에 지친 눈을 들어 자기 아내의 머리에서 시작하여 아이들 손을 거쳐, 방금 내가 대문간에 부려놓은 보퉁이에 이르는 기다란 활을 그렸다.

"이게 전부 답니다."

멋쩍은 듯이 그는 어설프디어설프게 웃었다. 보자기 바깥으로 비죽비죽 내민 것으로 보아 권씨의 아내가 이고 온 짐은 취사도구일 것이었다. 그게 농담이 아니고 진담이었다면 결국 쌀을 익히고 빨래하고 그리고 깔고 덮는 데 쓰는 몇 점 세간이 이삿짐의 전부인 셈이었다. 아무리 셋방으로 나도는 살림이라지만 그쯤 되고 보면 해도 너무했다. 내가 어안이 벙벙해 있는 동안에 사내는 슬그머니 한쪽 발을 들더니 다른 쪽 다리 바짓자락에다 구두코를 쓰윽 문질렀다. 이어서 이번엔 발을 바꾸어 같은 동작을 반복했다. 먼지가 닦여 반짝반짝 광이 나는 구두를 내려다보면서 비로소 그는 자기 구두코만큼이나 해맑은 표정이 되었다. 아마 모르긴 몰라도 틀림없이 재고 정리 바겐세일 바람에 하나 주워 걸쳤을, 지그재그 무늬의, 때 이르고 유행 지난, 후줄근한 여름옷과는 영 안 어울리게 그의 구두는 제법 신품이었고 알맞게 길이 난 호사품이었다.

"아무래도 약속이 틀려요."

내외 둘만이 되었을 때 아내가 내 귀에 대고 속삭였다.

"먼젓번 살던 방을 오늘 꼭 비워야만 할 형편이었다잖아. 약속이 틀려도 별수없지. 그리고 어차피 안 쓰는 방이니까 나흘쯤 앞당겨 들어왔대서 뭐……"

"그게 아녜요."

"걱정 마. 수일 내로 마저 다 챙기겠다고 약속했어. 자기네도 사람인데 설마 절반만 내고 입 싹 씻진 않을 테지."

"계약금 받을 때만 해도 그렇게 안 봤는데 사람들이 여간 뻔뻔하지 않아요. 이십만원이면 시세보다 훨씬 싸게 내놓은 줄 자기네도 눈이 있고 귀가 있으니까 잘 알 거예요. 그런데 단돈 십만원만 쥐고 한마디 상의도 없이 불쑥 쳐들어오다니, 생각할수록 괘씸하다니까요. 그런 기본적인 약속마저 어기는 사람들이라면 이담엔 무슨 약속인들 못 어기겠어요. 당신이 그러라고 했으니까 나머지 전셋돈 받아내는 거 당신이 책임지세요."

"무슨 소리야? 기본적인 약속마저 안 지키는 그런 사람을 고른 건 바로 당신이잖아?"

"겉 다르고 속 다른 사람인 줄 누가 알았나요. 감쪽같이 속이려구 뎀비는 데야 도리 있어요? 인제 두구보세요. 우릴 속인 게 한 가지 더 드러날 거예요."

"건 또 무슨 뜻이지?"

"여자가 애를 가졌어요. 다 속여두 내 눈만은 못 속여요. 오륙 개월은 될 거예요. 어쩌면 육칠 개월인지두 몰라요 접때까진 한복을 입어서 몰랐는데 오늘 보니 대뜸 알겠어요."

"퍽도 일찍 알아차렸군."

며느리 늙은 것이 시어미라던가, 아내는 어느새 집주인 행세를 쫀쫀히 하려 들었다. 우리가 셋방에서 셋방으로 전전하며 다리 오그리고 지내던 시절을 아내가 벌써 잊었을 리 없다. 그러나 아내는 벌써 깡그리 잊어먹은 척 행동했다. 적어도 겉으로는 그랬다. 그리 오래지도 않은 과거를 얘기하면서 꿈만 같다는 말로 시간의 단위를 한없이 늘여 잡는 버릇이 생겼으며, 말끝마다 "이게 어떻게 장만한 집인데……" 하면서 혀를 차곤 했다.

하긴 그렇다. 도대체 이게 어떻게 장만한 집인가. 나보다는 아내 쪽에서 대답할 때의 자세가 훨씬 당당해질 법한 물음이었다.

시청 뒷산 은행주택으로 이사오기 전까지 우리는 단대리 시장 근처에서 살았다. 숨통을 죄듯이 다닥다닥 엉겨붙은 20평 균일의 천변 부락이었다. 집주인은 자칭 한의사였다. 간판도 없이 영업 행위를 하는데, 드문드문 찾아오는 환자들의 외모로 봐서 피부병이 전문인 듯했고, 그 효험이 매우 의심스러운 자가 조제의 연고만 팔아가지고는 생활이 어려울 성싶었다. 자칭 한의사 김씨의 낮시간은 거의 낮잠이 일과였다. 그리고 해가 설핏할 무렵부터 마시기 시작하는 술이 통금을 예사로 넘겨 늘 새벽녘까지 동네가 들썩이도록 주사를 떨게 만들었다.

우리가 이사를 들던 날도 김씨는 나우 취해 있었다. 그는 녹슨 기계처럼 톱니바퀴가 잘 물리지 않는 소리로 초면의 나에게 수인사를 청한 다음 곧장 내 겨드랑이를 끼더니 자기네 안방 아랫목까지 납치하다시피 나를 질질 끌고 갔다. 그는 내 아내가 문간방에서 듣기엔, 거의 협박조의 말투로 밤이 이슥할 때까지 자기가 현재 살고 있는 그 집을 불과 한 주일 동안에 지은 걸 자랑했으며, 역시 내 아내가 마당가 펌프 우물 곁을 애가 타서 서성거리며 듣기엔, 신음 혹은 비명을 지르다시피 "핵교 선상님 내외분을 문깐빵에다 뫼셔서 즈이는 인자 아모 근심걱정 없쇠다" 하고 반가워했다. 마지막으로 그는 "집안에 혹 옴이나 뾰루지나 등창, 아구창, 연주창 같은 걸루다 고생허시는 분 기시면 모다 저한테 맽겨줍시오" 하는 말과 함께 나를 불안에 떠는 아내 곁으로 돌려보내주는 것이었다.

이렇게 해서 집주인 김씨와의 첫 대면은 무사히 지났다. 그러나 우리가 대지 30평, 건평 15평 세멘블록 와가의, 김씨 혼잣힘으로 꼬박 일주일 걸려 거짓말처럼 완공했다는 그 날림 중의 날림집에 보증금 삼만원, 월세 삼천원으로 문간방 하나를 세 듦으로써 어째서 김씨의 근심걱정이 없어지는 건지는 여전히 의문이었다. 그 말뜻을 제대로 이해하기엔 다소 시일이 걸렸다.

당장 그 이튿날부터 김씨는 자기네 문간방에 세 든 사람이 다른 누구도 아닌 바로 선생 내외(그렇다, 선생 내외였다)라는 사실을 일삼아 동네방네 외고 다녔다. 성남시 전체를 통틀어 불과 얼마 안 되는 선생에 비해 집들은 부지기수인데, 바로 그 선생 중의 하나가 자기 집에 사글세를 들었다는 것이었다. 그리고 그는 매월 봉급날 저녁만 되면 우리가 당연히 지불해야 할 제반 사용료 외에 금방 앉았다 일어나면서 갚는다는 조건으로 소홀찮은 돈을 꾸어가곤 했다. 봉급날뿐만이 아니라 길거리에서건 집안에서건 얼굴을 마주치기만 하면 번번이 손을 내밀어 여러 푼돈을 강탈하다시피 알겨갔다. 누구보다 못할 노릇이기는 아내 쪽이었다. 김씨가 나한테서 돈을 꾼 다음이면 꼭 그의 부인이 방을 건너와서 한나절씩이나 징징 울다 간다는 것이었다. 제 여편네 속곳마저 술로 바꾸어 마실 인간이라면서, 무슨 수로 받아내려고 그렇게 덥석덥석 꾸어준다냐고 원망이라는 것이었다.

처음엔 제법 들척지근하게 받아들이던 '선생 부인'에 아내는 쉬이 넌덜머리를 내기 시작했다. 단순히 선생 부인이라는 그 이유만으로 이웃 아낙네와 조무래기들이 아내를 잠시도 마음 편히 거처하도록 내버려두지 않았다. 단대리 시장 근처 20평 부락에서 우리는 완연한 별종의 인간으로 취급당했다. 김씨가 열심히 나발불어준 덕분이었다. 선생네가 먹는 저녁 밥상 위에 무슨 반찬이 오르나를 확인하려고 아낙네들은 우리 부엌문 앞을 떠날 생각을 안 했고, 선생 마누라가 얼굴에 뭣뭣을 찍어바르는지 구경하려고 별로 어려워하는 기색도 없이 불시에 방안을 기웃거렸다. 그리고 선생 아들은 주로 무엇을 간식으로 먹나 보려고 때꼽재기 아이들이 눈을 화등잔만하게 해가지고는 문간방 안팎을 연락부절로 오락가락했다. 심지어는 빨래만 해도 그랬다. 펌프 우물에서 아내가 옷가지를 내다 빨고 있을라치면, 동네 아낙들이 떼로 모여들어 합성세제를 물에 풀었을 때 거품이 이는 그 초보적이고도 너무 당연한 화학작용을 무슨 요술이나 되는 듯이 신기한 눈으로 지켜보았다.

"아무래도 여길 떠야 할까봐요."

보충수업까지 마치고 좀 늦게 퇴근한 나에게 어느 날 아내가 심각한 표정을 했다.

"왜 또 무슨 일이 있었어?"

"무슨 일이 있는 건 아니지만 어쩐지 이 바닥 사람들이 무서워요. 꼭 무슨 일을 저지를 것만 같은 눈빛들예요."

"고물장수 여편네 얘긴가?"

"그래요. 오늘두 시장까지 뒤를 밟아왔어요."

아내한테 가장 두려운 상대는 골목길 맞은편 천막 반 흙벽돌 반의 오두막에 사는 고물장수 마누라였다. 골목이 시끄러워서 슬그머니 들창을 열고 내다보면 틀림없이 그 여자가 누군가를 상대로 대판싸움을 벌이고 있었다. 대개는 동네 사람들하고서였고 더러는 자기 남편이거나 아니면 여섯 살배기 자기 아들과였다. 상대가 자기 식구건 동네 사람이건 어느 경우를 막론하고 여자의 입에서는 개와 도야지가 끊일 새 없었으며 이빨과 손톱을 동시에 사용하면서 웬만한 작두 푼수는 되는 어마어마한 고물장수 가위로 인체의 어느 특정 부위를 싹둑 잘라버리겠다고 말끝마다 씹어뱉곤 했다.

고물장수 마누라가 내 가족에게 직접적인 위해를 가한 적은 아직 한 번도 없었다. 다만 궁둥이 근처에 대롱대롱 매달리게 딸애를 들쳐업고 나와서는 일정한 거리를 두고 내 가족을 잠자코 뚫어지게 쏘아볼 뿐이었다. 그러나 아내의 기를 팍 죽이기엔 그런 정도만으로도 충분했다.

어느 일요일 오후에 찬거리를 사겠다고 시장바구니를 들고 나갔던 아내가 예상보다 너무 빨리 돌아왔다. 아내는 고무신 한 짝을 대문간에, 그리고 나머지 한 짝은 펌프 우물 옆에 아무렇게나 벗어

팽개치면서 헐레벌떡 뛰어들어오더니만 멀쩡한 대낮인데 방문을 꼭꼭 걸어닫는 법석을 떨었다. 바구니가 비어 있었다. 아내는 하얗게 질린 얼굴에 가슴마저 할딱거리고 있었다.

"고물장수 여편네가 막 따라왔어요."

훅훅 단내가 치미는 입김을 아내가 내 귓전에 쏟았다.

"그래서?"

하도 어이가 없어 나는 웃을 수밖에 없었다.

"기분 나쁘게 빈정대지 말아요! 시장까지, 시장에서 집에까지 쫓아다녔다니깐요. 푸줏간에 들러서 돼지고길 살까 쇠고길 살까 생각하는 참인데 왠지 모르게 뒤쪽이 이상해서 얼핏 돌아다봤더니, 아 글쎄, 저만치에 여편네가 서 있질 않겠어요. 앨 둘러업구 그 우묵한 눈으로 뚫어지게 쏴보는 거예요. 내가 집을 나설 때 분명히 골목 안쪽에 있었는데 어느새 예꺼정 뒤밟아왔나 싶어서 갑자기 섬뜩한 생각이 들더군요."

"당신 시장바구니 보고 생각난 김에 그 여자도 돼지고긴지 쇠고긴지 사고 싶었던 게지. 고물장수라고 반드시 팔다 남은 강냉이튀밥이나 별식으로 먹으란 법은 없을 테니까."

"그게 아니래두요! 어찌나 가슴이 발랑거리던지 집어삼킬 것같이 노려보는 그 시선 앞에선 차마 고길 살 수가 없었어요. 그래 푸줏간을 그냥 나오고 말았죠. 생선전으로 들어서려니까 여편네가 또 소리없이 뒤를 밟잖아요. 무서워서 아무것도 살 수가 없었어요. 곧장 집으로 종종걸음을 쳤지요. 이만하면 이젠 안 따라오겠지 하고 뒤를 돌아보니까 꼭 고만한 간격을 유지하면서 계속 따라붙어요. 그래서 마구 뛰었어요. 애를 업었는데두 나보담 뜀질을 잘하는 것 같애요. 애가 놀래가지고 울어 보채는데두 대문 앞꺼정 이를 악물구 뒤쫓아왔어요."

나는 살그머니 일어나 들창을 연 다음 고개를 빼고 대문이 있는 골목 쪽을 살펴보았다. 고물장수 마누라가 딸애를 궁둥이에 매단 채로 골목길 한복판에 버티고 서 있었다. 나하고 시선이 딱 마주쳤다. 여자는 내 눈을 피하지 않았다. 오히려 한 외간남자의 시선을 처억하니 받아넘기면서 아무때라도 이쪽에서 물러설 때까지는 눈싸움을 계속할 작정임이 분명했다. 나는 엉겁결에 내밀었던 고개를 잽싸게 수습한 다음 들창을 닫아버렸다.

"도대체 이유가 뭐죠? 무슨 생각으로 그럴까요?"

아내가 나한테 따지는 기세로 물었다.

"아마 당신하고 친해지고 싶은 거겠지."

나는 이렇게 대꾸했다.

"모르긴 몰라도 선생 부인하고 친하게 지내고 싶어서 그럴 거야."

두번째 때도 나는 이렇게 얘기할 수밖에 없었다.

"선생 마누라, 선생 부인, 선생 사모님…… 인젠 말만 들어두 신물이 나요. 어쩌다 내 꼴이 선생 부인이 되었는지! 오나가나 원!"

넨장맞을, 이건 뭐 얼어죽고 데어죽는 꼬락서니였다. 고향을 벗어나 타관살이를 하면서 한때 좀 잠잠해지는가 싶던 아내의 고질병이 어느새 또 도지려 하고 있었다. 그것은 또한 나 자신의 고질병이기도 했다. 아내가 선생한테 시집온 팔자를 그리 자랑스럽게 여기지 않는 이유는 전적으로 여학교 시절의 에델바이스 클럽 회원들 거개가 선생보다는 훨씬 수입이 좋은 직업의 남자와 결혼한 데 있었다. 아내는 학교 때 성적이나 얼굴이 자기보다 훨씬 처지던 계집애들이 서로 음모라도 꾸민 것처럼 집안 좋고 학벌 좋고 직장 좋은, 이를테면 삼박자가 척척 맞는 배필로만 달칵달칵 물어가는 그 점을 아무래도 이해할 수 없었고, 이해할 수 없기 때문에 용서할 수도 없었고, 박봉에서 오는 생활의 불편이나 어려움보다는 영원토록 변치 말자면서 지금도 일 년에 두 차례씩 만나는 에델바이스들의 동정 섞인 우정 때문에 정기적으로 자존심을 상하곤 했다.

나 역시 그랬다. 젊은 나이에 이미 출세했거나 적어도 머잖은 장래에 출세할 조짐이 농후하거나 아니면 치부를 한 동창들을 접할 적마다 속이 뒤숭숭해서 견딜 수가 없었다. 기껏해야 교육위원회 장학사나 교감 교장인데, 그걸 바라고 삼사십 년씩 근속하기엔 너무 억울하다는 느낌을 어쩔 수가 없었다. 적어도 내게는 여러모로 미루어 많이 불공평한 세상에서 어쩌다 잘못 얻어걸려 하는 직업이 바로 선생이었다.

그런데 그 선생을 대단하게 알고 별종으로 취급하는 사람들이 다른 한편에는 또 있는 것이다. 동그라미를 그릴 생각이었는데 네

모가 되었대서 세모가 되지 않은 것만을 다행으로 여길 수는 없다. 나를 대단한 인물로 보아주는 단대리 사람들 앞에서 나는 한 번도 큰 기침을 한 적이 없음은 물론 그들을 쓰다듬어주고 싶지도 않았다.

이순경한테서 들은 안동 권씨의 과거에 관해서 나는 아내에게 아무런 귀띔도 해주지 않았다. 은경이와 영기 사이가 여섯 살이나 터울이 지기까지 그 아비 되는 권기용씨가 어디서 뭘 했는지 나는 얘기하지 않았다. 권씨가 싫고 좋은 걸 떠나 앞으로도 나는 계속 비밀을 지킬 작정이었다. 그러잖아도 벌써 아내의 눈 밖에 난 사람들인데, 만약 권씨가 전과자란 걸 알게 된다면 아내는 필경 까무러치고 말 것이었다. 더구나 다른 것도 아니고 사회의 안녕과 질서를 파괴했다는 죄로 여러 해를 복역하고 나와서는 시방도 경찰의 감시를 받고 있는 위험인물임을 알아차리게 된다면 단 하루도 한지붕 밑에서 살지 않으려 할 것이었다.

아내 말마따나 권씨네가 시초부터 어기고 들어온 약속 외에 전세 입주자로서 상식적으로 지켜야 할 제반 의무를 번번이 이행하지 않는 건 사실이었다. 하지만 그런 따위 자지레한 이유들로 당장 권씨네를 쫓아낼 수는 없는 노릇이었다. 그들이 결정적인 실수를 범할 때까지 당분간은 더 두고보는 수밖에.

그리 오래지도 않아 아내의 짐작은 사실로 드러나기 시작했다. 마침내 아내는 권씨 부인으로부터 임신 육 개월째라는 자백을 받기에 이르렀다. 아내한테는 어느덧 장독대 밑 광 속에 쌓인 연탄 수를 아침저녁으로 점검해야만 직성이 풀리는 버릇이 생겼다. 그리고 무엇보다도 아이들 문제가 항상 말썽이었다. 애들은 왜 제 부모의 입장 같은 건 조금도 생각해주지 않는 것일까. 우리집 동준이 녀석만 해도 그랬다. 우리가 셋방으로 돌 적엔 녀석이 늘 주인집 아이를 때려 나나 아내가 행세를 못하도록 만들곤 했다. 그랬는데 지금은 녀석이 권씨의 오뉘로부터 늘 손찌검을 당함으로써 우리를 속상하게 만들고 또 권씨 내외를 난처한 입장에 빠뜨리는 것이었다.

동준이가 마당에서 커다란 풍선을 가지고 뛰어놀고 있었다. 같이 놀고 싶어서 권씨네 애들이 치근치근 따리를 붙이는 기색이었다. 아무리 따리를 붙여봐도 반응이 없으니까 애들은 동준이를 한대 쥐어박았는지 할퀴었는지 해서 울리고는 문간방에 들어가더니 제 어미를 조르는 눈치였다. 이때부터 아내는 벌써 속이 뒤집혀 있었다. 잠시 후에 동준이가 헐레벌떡 뛰어들어와서는 떼를 쓰기 시작했다. 들이당장 막무가내로 영기네 것하고 똑같은 풍선만 사내라는 것이었다. 녀석은 기어코 제 어미의 손을 이끌고 마당으로 나갔다. 밖에 나갔던 아내가 얼굴이 벌게져가지고 들어오더니만 이번엔 내 손을 답삭 움켜쥐고는 마당으로 끌고 나갔다. 나는 보았다. 권씨네 애들이 손에 손에 여러 개의 풍선을 나눠들고 마냥 희희낙락하고 있었다. 셋방살이 아이들이 즐거워하는 걸 탓하고 싶지는 않았다. 다만 문제는 바로 그 풍선의 정체였다. 커다란 오이처럼 생긴 해괴한 모양의 풍선들이었다. 무엇이 재료로 쓰였는지 나는 한눈에 알아볼 수 있었다. 그것은 의심의 여지 없는 콘돔이었다. 아내는 말할 수 없이 분개했다. 아이의 가정교육을 위해서 도저히 묵과할 수 없는 중대사라는 것이었다. 일요일이긴 하지만 다행히도 권씨가 출근해서 집에 없는 줄 알기 때문에 나는 안심하고 애들 가정교육 문제를 아내에게 일임해버렸다. 벼르고 별러온 끝이라서 아내는 당장에 권씨 부인에게 달려가 이성을 가진 어른으로서 품위를 지켜줄 것을 강경히 요구했다.

참담한 고생 끝에 성남에서는 기중 고급 주택가로 알려진 시청 뒷산 은행주택을 산 다음 자그마치 100평 대지 위에 세운 슬라브 집의 안주인으로서 아내가 전세 입주자에게 내세운 조건은 사실 그리 까다로운 게 아니었다. 첫째, 자녀가 둘 이하라야 한다. 둘째, 집안에서는 언제나 정숙을 유지해야 한다. 이상 두 가지 조건만 지켜준다면 여타의 일, 예컨대 전열기의 사용이나 담요의 물빨래 같은 것에 야박하게 굴지 않을 것이며 오물 수거료나 야경비 따위 제반 공과금 지불에 억울하지 않게끔 선처할 생각이었다. 자녀가 반드시 둘을 넘어서는 안 될 이유는 무엇인가. 아내가 복덕방 영감을 앞세우고 셋방을 구하러 다니면서 귀에 못이 박이도록 들어온 소리였고, 때문에 그 소리가 가슴에 사무쳐서 아내는 변변한 집주인이라면 당연히 그런 조건은 내세우는 것이려니 믿고 있었다. 집안에선 왜 정숙을 유지해야만 하는가. 그것은 돈을 못 버는 이유가 순전히 공부에 있고 공부는 평생을 계속해야만 하는 것으로 폼을 잡아온 자칭 선비 남편을 의식한 조처였다. 아내는 꿈에 그리던 내 집을 장만했는데도 여전히 남의 식구를 둘 수밖에 없는 현실을 슬퍼했다. 하지만 그것은 남의 식구를 둠으로써 주인의 권리를 행사할 수 있는 기쁨을 다분히 염두에 둔 그런 슬픔임이 분명했다. 그리고 더욱 분명한 것은 20평 부락에 사는 사람과 100평 부락에 사는 사람과의 차이였다. 그것은 바로 20평의 마음과 100평의 마음의 격차였던 것이다. 시청 뒤로 이사한 그 이후부터 아내에겐 누구하고 현주소에 관한 얘길 나누는 기회마다 언필칭 우리가 은행주택에 살고 있음을 힘주어 말하는 버릇이 생겼다.

이른아침이었다. 문간방 툇마루에 앉아서 권씨가 구두를 닦고 있었다. 누구나 그렇듯이 그가 솔로 먼지나 터는 정도의 일을 하고 있었더라면 나는 그냥 지나쳤을지도 모른다. 바탕과 빛깔이 다르고 디자인이 다른 갖가지 구두를 대여섯 켤레나 툇마루에 늘어놓은 채 그는 털고 바르고 닦는 데 여념이 없었다.

"그거 팔 겁니까?"

아침 인사 겸 농담 삼아 나는 그에게 말을 걸었다.

"팔 거냐구요?"

갑자기 일손을 멈추더니 그는 내 발을 내려다보았다. 아니, 내가 신고 있는 구두를 유심히 쏘아보는 것이었다. 이윽고 내 바짓가랑이와 저고리 앞섶을 타고 꼬물꼬물 기어올라오는 그의 시선이 마침내 내 시선과 맞부딪치면서 차갑게 빛났다. 그는 얼굴이 시뻘겋게 달아오르는가 싶더니 어느새 입가에 냉소를 머금고 있었다.

"어떻게 보고 하시는 말씀인지는 모르지만……"

"제가 이거 실례했나봅니다. 달리 무슨 뜻이 있어서가 아니고…… 다만 구두가 하두 여러 켤레라서…… 전 그저 많다는 의미루다……"

입을 꾹 다물고는 권씨가 더이상 나를 상대하지 않으려는 의사를 분명히 했으므로 내겐 아무 할말이 없어져버렸다. 그는 손질을 마친 구두를 자기 오른편에 얌전히 모시고는 왼편에서 다른 구두를 집어 무릎 새에 끼더니만 헌 칫솔로 마치 양치질하듯 신중하게 고무창과 가죽 틈에 묻은 흙고물을 제거하기 시작함으로써 내게서 사과할 기회를 아주 앗아가버렸다. 나는 주번 교사를 맡아 다른 날보다 일찍 출근하려던 것도 까맣게 잊은 채로 권씨 앞에서 오래 뭉그적거렸다. 그러나 권씨를 향한 그 찜찜한 마음 덕분에 비로소 권씨를 자세히 관찰할 기회를 얻었다. 여러 날 함께 살면서도 피차 밖으로 나돌며 빡빡하게 지내다보니 이사오던 그날 이후로 변변히 대면조차 할 기회가 없었던 것이다.

보아하니 권씨의 구두 닦기 실력은 보통에서 훨씬 벗어나 있었다. 사용하는 도구들도 전문 직업인 못잖이 구색을 맞춰 일습을 갖추고 있었다. 그리고 무릎 위엔 앞치마 대용으로 헌 내의를 펼쳐

단벌 외출복의 오손에 대비하고 있었다. 흙과 먼지를 죄 털어낸 다음 그는 손가락에 감긴 헝겊에 약을 묻혀 퉤퉤 침을 뱉어가며 칠했다. 비잉 둘러가며 구두 전체에 약을 한 벌 올리고 나서 가볍게 손질을 가하여 웬만큼 윤이 나자 이번엔 우단 조각으로 싹싹 문질러 결정적으로 광을 내었다. 내 보기엔 그런 정도만으로도 훌륭한 것 같은데 권씨는 거기에 만족하지 않고 계속해서 같은 동작을 반복했다. 그만한 일에도 무척 힘이 드는지 권씨는 땀을 흘렸다. 숨을 헉헉거렸다. 침을 퉤퉤 뱉었다. 실상 그것은 침이 아니었다. 구두를 구두 아닌 무엇으로, 구두 이상의 다른 어떤 것으로, 다시 말해서 인간이 발에다 꿰차는 물건이 아니라 얼굴 같은 데를 장식하는 것으로 바꿔놓으려는 엉뚱한 의지의 소산이면서 동시에 신들린 마음에서 솟는 끈끈한 분비물이었다. 권씨의 손이 방추紡錘처럼 기민하게 좌우로 쉴새없이 움직이고 있었다. 마침내 도금을 올린 금속제인 양 구두가 번쩍번쩍 빛이 나게 되자 권씨의 시선이 내 발을 거쳐 얼굴로 올라왔다. 그는 활짝 웃고 있었다. 그의 눈이 자기 구두코만큼이나 요란하게 빛을 뿜었다. 사실 그의 이목구비 가운데 가장 높이 사줄 만한 데가 바로 그 눈이었다. 그는 조로한 편이었다. 피부는 거칠고 수염은 듬성듬성하고 주름이 많았다. 이마가 나오고 광대뼈가 솟은 편이며 짙은 눈썹에 유난히 미간이 좁은 데다가 기형적으로 덜렁한 코가 신통찮은 권투 선수의 그것처럼 중동이 휘었고, 입은 내가 근무하는 학교의 '썰면' 선생과 맞먹을 만했다(입술이 하 두툼해서 썰면 한 접시는 되겠대서 학생들이 붙인 별명이었다). 오직 눈 하나로 그는 구제받고 있었다. 보기 좋게 큰 눈이 사악하다거나 난폭한 구석은 전혀 찾아볼 수 없게 맑고 섬세했다.

이순경이 또 찾아왔다. 지나는 길에 잠깐 들렀다지만 반드시 그런 것 같지만도 않은 것이, 대뜸 책망 비슷한 투로 나왔다.

"그러면 못써요, 못써."

"뭐 보고드릴 게 있어야 전화라도 걸든지 하죠."

"보고가 아니라 협조겠죠. 그건 그렇고, 협조할 만한 게 없었다구요?"

"전혀!"

"이거 보세요, 오선생. 권씨가 닷새 전에 직장을 그만뒀는데두요?"

"직장을 그만두다니, 그럼 또 실직했다는 얘깁니까?"

"출판살 때려치웠어요. 전번하곤 사정이 좀 달라요. 책을 만드는데 저자들 요구대로 고분고분 따르는 게 아니라 틀린 걸 지적하고 저잘 자꾸만 가르치려 드니깐 사장이 불러다가 만좌중에 주의를 주었대요. 네가 저자냐고, 네가 뭔데 감히 고명하신 저자님 앞에서 대거리질이냐고 말이죠. 그랬더니 그담날부터 출근을 않더라나요."

"오늘 아침만 해도 정상적으로 출근하는 것 같았는데…… 어제도 그랬고……"

"그러니까 주의깊게 잘 좀 살펴봐달라는 거 아닙니까."

"이순경이 그렇게 앉아서 구만 린데 내가 구태여 협조할 필요가 있을까요?"

그러자 학사 출신 이순경이 빙긋 웃었다.

"권씨가 드디어 실직했다는 그 점이 중요합니다. 이제부터 슬슬 오선생이 맡아야 할 역할이 무엇인지 분명해질 성부릅니다. 권씨가 다시 다른 직장을 붙잡을 때까진 저나 오선생이나 맘을 놔선 안 됩니다."

내가 꼭 권씨를 감시하고 보호해야 할 이유가 없음을 주장하기에 나는 벌써 지쳐 있었다. 죄가 있다면 셋방을 잘못 내준 죄밖에 없는 줄 누구보다도 이순경이 잘 알고 있기 때문이었다. 이런저런 이야기 끝에 화제가 다시 권씨에 미쳤다.

"사건 당시 권씨는 주모자급이었습니까?"

"제가 경찰관이 되기 전 일이니까 자세한 건 몰라요. 하지만 권씨가 주모자라기보다 주동자였던 것만은 분명합니다. 거의 완벽할 만큼 증거를 남겼으니까요. 경찰 백차를 뒤엎고 불을 지르고 투석을 하고 시내버스를 탈취해가지고 시가를 질주하는 사람들 사진 속에서 권씨는 항상 선두를 서고 있었습니다."

"도무지 믿을 수가 없군요. 이불 보따리 하나 제대로 못 메는 사람이 그런 엄청난 일에 선봉을 서다니!"

"하지만 일단 실직만 했다 하면 굶기를 밥 먹듯 한다는 사실만은 믿어도 좋습니다."

"굶지 않을 능력이 있으면서도 굶는 사람은 아마 굶어도 배고프지 않을 겁니다."

"오선생님, 너무 그렇게 뻣뻣한 척 마십쇼. 접때두 내 얘기했잖아요, 틀림없이 오선생도 권씰 사랑하게 될 거라구요."

누가 누구를 사랑한다는 일이 얼마나 어렵고 피곤한 것인가를 전혀 모르는 사람처럼 이순경은 자신만만하게 웃으면서 갔다. 사랑 중에서도 특히 근린애近隣愛를 주머니 속에 든 동전이라도 꺼내듯이 그렇게 손쉬운 것인 줄 아는 모양이었다. 나 역시 한동안은 혼자 있을 때 공중으로부터 울리는 무거운 음성을 들은 적이 있었다. 네 이웃을 사랑하라, 단대리 사람을 사랑하라, 20평 부락 주민을 사랑하라……

내가 단대리를 떠나기로 결심한 것은 그 사건이 있은 직후였다. 맞다. 그것은 분명히 내게 있어서 하나의 충격적인 사건이었다.

퇴근해서 집으로 돌아가는 길이었다. 집 근처에 이르러 나는 한 떼의 아이들이 천변에서 놀고 있는 걸 보았다. 왁자하게 떠드는 조무래기들 틈에 동준이 녀석도 끼여 있었다. 녀석이 어느새 저렇게 커서 이웃에 친구까지 사귀었나 싶어 나는 먼발치에서 대견스럽게 지켜보았다. 내 아이만 유난히 얼굴이 희었다. 다른 애들이 지나치게 까만 탓인지도 모른다. 특히 그중에서도 고물장수 아들은 방금 굴뚝 속에서 기어나온 꼴이었다. 동준이가 고물장수 아들에게 뭐라고 소리쳤다. 그러자 깜장이 그 아이가 땅바닥에 양팔을 짚고 개구리처럼 폴짝폴짝 뛰기 시작했다. 동준이가 그애 앞에다 뭘 던졌다. 그러고 보니 동준이 녀석은 쿠킨지 뭔지 하는 과자 상자를 가슴에 끌어안고 있었다. 고물장수 아들이 땅에 떨어진 과자를 입으로 물어올리더니 흙도 안 털고는 그대로 아삭아삭 씹어먹었다. 먹는 일이 끝나자 고물장수 아들은 하얗게 이빨을 드러내며 웃고는 다시 스타팅 블록에 들어선 것 같은 자세를 취했다. 동준이가 뭐라고 또 소리쳤다. 깜장이가 이번엔 한쪽 팔로 땅을 짚고 그 팔과 가슴 사이로 다른 팔을 넣어 꺾어올려서 코를 틀어쥔 다음 열나게 뺑뺑이를 돌기 시작했다. 그애는 대여섯 바퀴도 못 돌아 픽 고꾸라졌다. 일어나서 다시 돌다가는 또 고꾸라졌다. 몇 차례고 반복해서 기어코 지시받은 횟수를 다 채우는 모양이었다. 몇 바퀴나 돌았는지, 아이는 다 돌고 나서도 어지러워서 바로 서지를 못했다. 동준이가 과자에다 침을 퉤 뱉어서 땅바닥에 던졌다. 동준이는 삐잉 둘러서서 구경하는 다른 애들한테도 똑같은 방식으로 놀이에 가담할 것을 종용하는 눈치였으나 갈수록 가혹해지는 녀석의 요구 조건에 기가 질려 엄두를 못 내고 군침만 삼키는 듯했다. 동준이가 과자를 쥔 오른팔을 높이 올려 개울 쪽을 겨냥하고 힘껏 팔매질을 했다. 그러자 조금의 주저도 없이 고물장수 아들이 석축을 타고 제방 아래로 뽀르르 달려내려갔다. 나는 그 개울에 관해서 일찍부터 잘 알고 있었다. 그것은 공장에서 흘러나오는 폐수와 집집마다 버리는 오물을 한데 모아 탄천炭川으로 실어나르는 거대한 하수도였다.

내가 뒷전에 서서 구경하기 전에는 그와 같은 놀이가 얼마나 길었는지 모른다. 그러나 내가 목격한 것은 그것이 전부였다. 나는 동준이 녀석으로부터 과자 상자를 빼앗아 개울 속에 집어던졌다. 그러고는 녀석의 따귀를 마구 갈겼다. 마음 같아서는 고물장수 아들을 흠씬 두들겨주고 싶었는데 손이 자꾸만 내 자식놈 쪽으로 빗나갔다. 동준이 녀석을 한참 때리다가 퍼뜩 생각이 미쳐 뒤를 돌아다보니 고물장수 아들은 칙칙한 개울물을 따라 천방지축 과자 상자를 쫓아가는 중이었다.

무슨 수를 써서든 이놈의 단대리를 빠져나가자고 아내에게 소리치던 그날 밤엔 영 잠이 오질 않았다. 줄담배질로 밤늦도록 이리 뒤척 저리 뒤척 하면서 내가 생각한 것은 찰스 램과 찰스 디킨스였다. 나하고는 전혀 인연이 안 닿는 땅에서 동떨어진 시대를 살았던 두 사람이 갈마들이로 나를 깨어 있도록 강제하는 것이었다.

똑같은 이름을 가진 점 말고도 그들 두 사람은 공통점이 많은 것으로 알려져 있다. 우선 불우한 유년시절을 보낸 점이 그렇고, 문학작품을 통해서 빈민가의 사람들에 대한 동정과 연민을 쏟은 점이 그런 모양이었다. 하지만 그들의 성姓이 각각이듯이 작품을 떠난 실생활에서의 그들은 성격이 딴판이었다 한다. 램이 정신분

열증으로 자기 친모를 살해한 누이를 돌보면서 평생을 독신으로 지내는 동안 글과 인간이 일치된 삶을 산 반면에, 어린 나이에 구두약 공장에서 노동하면서 독학으로 성장한 디킨스는 훗날 문명을 떨치고 유족한 생활을 하게 되자 동전을 구걸하는 빈민가의 어린이들을 지팡이로 쫓아버리곤 했다는 것이다. 램이 옳다면 디킨스가 그른 것이고, 디킨스가 옳다면 램이 그르게 된다. 가급적이면 나는 램의 편에 서고 싶었다. 그러나 디킨스의 궁둥이를 걷어찰 만큼 나는 떳떳한 기분일 수가 없었다.

나도 그랬다. 내 친구들도 그랬다. 부자는 경멸해도 괜찮은 것이지만 빈자는 절대로 미워해서는 안 되는 대상이었다. 당연히 그래야만 옳은 것으로 알았다. 저 친구는 휴머니스트라고 남들이 나를 불러주는 건 결코 우정에 금이 가는 대접이 아니었다. 우리는 우리 정부가 베푸는 제반 시혜가 사회의 밑바닥에까지 고루 미치지 못함을 안타까워했다. 우리는 거리에서 다방에서 또는 신문지상에서 이미 갈 데까지 다 가버린 막다른 인생을 만날 적마다 수단 방법을 안 가리고 긁어모으느라고 지금쯤 빨갛게 돈독이 올라 있을 재벌들의 눈을 후벼파는 말들로써 저들의 딱한 사정을 상쇄해 버리려 했다. 저들의 어려움을 마음으로 외면하지 않는 그것이 바로 배운 우리들의 의무이자 과제였다.

그러나 그것은 어디까지나 이론에 불과한 것이었다. 자기 자신을 상대로 사기를 치고 있는 것임을 나는 솔직히 자백하지 않을 수 없다. 우리의 분노란 대개 신문이나 방송에서 발단된 것이며 다방이나 술집 탁자 위에서 들먹이다 끝내는 정도였다. 나도 그랬다. 내 친구들도 그랬다. 껌팔이 아이들을 물리치는 한 방법으로 주머니 속에 비상용 껌 한두 개를 휴대하고 다니기도 하고, 학생복 차림으로 볼펜이나 신문을 파는 아이들을 한목에 싸잡아 가짜 고학생이라고 간단히 단정해버리기도 했다. 우리는 소주를 마시면서 양주를 마실 날을 꿈꾸고, 수십 통의 껌값을 팁으로 던지기도 하고, 버스를 타면서 택시 합승을, 합승을 하면서는 자가용을 굴릴 날을 기약했다. 램의 가슴을 배반하는 디킨스의 머리는 매우 완강한 것이었다. 우리의 눈과 귀와, 우리의 입과 손발 사이에 가로놓인 엄청난 괴리는 우리로서는 사실 어쩔 수 없는 것이어서 도리어 나는 그날 밤새껏 램의 궁둥이를 걷어차면서 잠을 온전히 설치고 말았다.

이순경이 재차 다녀간 날 밤에 우리집 문간방에서는 이상하게도 세 살짜리 아이의 칭얼거림이 그치지 않았다. 전에는 없던 일로 영기가 자주 잠을 깨는 눈치였고 이부자리에 지도를 그렸다고 야단을 맞는 모양이었다. 영기의 울음소리가 웬만큼 높아질 때까지는 가만 내버려두다가 안방에까지 훤히 들릴 정도가 되면 권씨의 위협적인 목소리가 제꺼덕 천장을 타고 내 귀에까지 건너왔다. 그러면 그럴수록 영기 녀석은 울음 속에 세 살답지 않은 보복 의지 같은 걸 담아 비수처럼 휘둘러대는 것이었다. 급기야는 아내를 비롯한 우리 가족 전부가 잠을 깰 지경이 되었다. 저렇게 처마끝을 들고 서는 애를 달랠 생각도 않는다고 아내가 졸음 겨운 소리로 투덜거렸다. 아닌 게 아니라 권씨 부인은 한마디 말이 없었다. 권씨네가 이사온 이후로 나는 지금까지 권씨 부인이 하다못해 아야 소리 한마디 하는 걸 듣지 못했다.

"나가버릴까부다, 차라리 아빠가 멀리 나가버리고 말까봐!"

부르짖음에 가까운 권씨의 비통한 소리가 들렸다. 그러자 어린 것의 귀에도 그 말만은 놀라운 효험을 보인 모양이었다. 자지러지던 울음이 갑자기 뚝 그쳤다. 그래도 여전히 빨랫줄마냥 뻗으려는 울음의 꼬리를 아이는 도막도막 잘라 숨돌릴 겨를 없이 삼키느라고 잦추 사레가 들렸다.

아침이 되어 보니 권씨는 또 구두를 닦고 있었다. 구두 닦기에 권씨는 여느 날보다도 유난히 더 열심이었다.

"간밤엔 죄송했습니다."

권씨가 슬리퍼를 신은 내 발을 상대로 정중히 사과를 했다. 이상한 일이었다. 권씨의 새삼스러운 사과가 내 귀엔 어쩐지, 간밤의 내 솜씨가 과연 어떻더냐고 묻는 성싶게만 들려 두고두고 떨떠름했다.

학교에서 실시하는 가정 방문 주간이 이틀째로 접어드는 날이었다. 학생 하나를 향도로 세워 '별나라' 부락에 거주하는 학부형들을 차례로 찾아다니는 중이었다. 나는 때마침 어느 학교 신축 공사장 근처를 지나가고 있었다. 콘크리트 골조를 비잉 둘러 얼키설키 엮어 지른 비계가 머리 위로 높다랗게 보였고, 시멘트 벽돌을 등에 진 사내들이 흔들거리는 널다리를 줄지어 오르내리고 있었다. 모두들 걷어붙이고 벗어제친 몸들이 무척이나 탐스럽고 강인해 보였는데, 그중에서 유독 한 사내가 내 눈길을 끌었다. 그는 흡사히 널벅지들 틈에 낀 간장종지로 왜소해가지고는 후들거리는 다리를 간신히 옮기는 것이었으며, 그토록 험한 일을 하면서도 놀랍게도 완연한 사무원 복장이었다. 비계 바투 밑까지 접근해서 사내의 얼굴을 재삼 확인한 다음 나는 이렇게 외쳤다.

"권선생, 거기 있는 게 권선생 아니우?"

그 순간 벽돌장 하나가 똑바로 내 머리를 겨냥하고 무서운 속도로 낙하해왔다. 잽싸게 몸을 피했기 때문에 다치지는 않았다. 서둘러 널다리를 내려온 권씨가 내 앞에 섰다. 정말 권씨였다. 그의 얼굴에 석고처럼 굳게 새겨진 경악을 보고 나는 그가 나를 죽일 작정으로 그러지 않았음을 알았다. 그는 전신이 땀과 먼지 범벅이었다. 가까이서 보니 베이지색 와이셔츠 위에 받쳐입은 춘추용 해군기지 잠바는 작업에서 얻은 오손과 주름으로 말씀이 아니었다. 그러나 구두만은 여전해서 칠피 가죽에 공들여 올린 초콜릿빛 광택이 권씨의 가장 권씨다움을 외롭게 지켜주고 있었다.

"내가 여기 있는 줄 어떻게 알았죠?"

마치 내가 자기 행방을 일부러 수소문해서 찾아오기라도 했다는 듯이 그는 물었다.

"학생들 가정 방문을 다니다 지나는 길에 우연히……"

그는 가득 의심을 담은 눈으로 나와 내 반 학생을 번갈아 노려보았다. 증거까지 손에 쥐여주는데도 그의 의심이 쉬이 풀릴 기색이 아니었으므로 나는 서둘러 신축 공사장을 뒤로해버렸다.

밤이 꽤 늦어 권씨는 귀가했다. 그는 문간방을 거치지 않은 채 내가 들어 있는 안방으로 직행해와서 두 홉들이 소주병 하나를 푹 꽂는 기세로 방바닥에 내려놓았다. 이미 어지간히 취해 있었다.

"이래봬도 나 안동 권씨요!"

피곤에 짓눌렸던 몸뚱이가 이번에 술에 흠씬 젖어 갱신 못할 지경인데도 목소리만은 제법 또렷했다.

"물론 잘 아시리라 믿지만 안동 권씨 허면 어딜 가도 그렇게 괄신 안 받지요. 오선생은 본이 해주인가요?"

내 구두가 자기 구두보다 항상 추저분하고 또 단벌임을 매번 확인하듯이 이참에는 성씨로써 일종의 길고 짧음을 대볼 작정인 듯했다. 나는 그저 웃어 보였다. 웃으면서도 사람 좋게 보이려는 내 노력이 취중을 뚫고 그의 흔들리는 뇌수 깊이에까지 제대로 전달되기를 바랐다.

"권선생, 많이 취하신 모양인데 얘긴 우리 나중에 하고 들어가서 쉬시죠."

팔짱을 낀 채 문간방 너머 마루에 잔뜩 부어터진 얼굴로 서 있는 아내를 흘끔흘끔 곁눈질하면서 나는 권씨를 편히 쉬게 하려는 생각이 순전히 자발적이며 선의에 찬 것임을 행동으로 강조해 보였다. 권씨가 내 선의를 홱 뿌리쳤다. 그는 반쯤 강제로 일으켜졌던 엉덩이를 도로 털썩 주저앉히더니 병뚜껑을 이빨로 물어 단숨에 깠다.

"전과자허군 벗하기 싫다 이겁니까? 허지만 어림두 없어요. 오늘은 내 기필고 헐말 다 허고 물러가리다."

"전꽈자라구요?"

눈이 벌어진 입만큼이나 되어가지고 거의 이성을 잃을 정도로 냉큼 뛰어들어왔으므로 아내의 음성은 자연히 깜짝 반기는 투와 구별할 수 없게 되었다. 그러나 결코 반기는 투가 아님이 다음 말로써 곧 분명해졌다.

"원 세상에, 세상에나! 방금 전꽈자라고 하셨죠? 지끔 두 분이서 누구 얘길 하시는 거예요? 세상에, 세상에나……"

"아주머닌 모르고 계셨습니까? 오선생이 얘기하지 않던가요? 바루 제 얘깁니다. 왜요, 제 눈빛이 어쩐지 이상해 보입니까? 아주머니 문짜대로 전꽈자허고 사람—그렇지, 사람이지—사람허고 이렇게 가차이 앉은 게 신기합니까?"

뛰어들 때와 똑같은 기세로 아내는 냉큼 몇 발짝 물러섰다. 빤히 올려다보는 권씨 앞에서 아내는 새파랗게 질려가지고 단박 고분고분해졌다. 권씨가 앉으라면 앉고 들으라면 듣는 자세를 취했다.

"모기 앞정갱이 하나 뿌지를 힘도 없는 놈입니다. 뭐 조금도 겁내실 거 없습니다. 편안한 맘으로 내외분이서 제 얘기 들어주십시오. 잠깐이면 됩니다."

그때까지도 나는 적당히 권씨를 구슬려 문간방으로 돌려보낼 기회만을 노리고 있었다. 그러나 그의 입에서 모기 앞정강이 부러뜨릴 힘도 없다는 고백이 나오고부터는 생각이 달라지지 않을 수 없었다. 그가 하는 말을 듣다보면 모기 앞정강이 하나 어쩌지 못하는 주제에 감히 사회의 안녕과 질서를 뚝뚝 부러뜨린 그 불가사의가 다소 풀릴 것도 같았다.

"아마 프로이트가 한 말일 겁니다."

그가 병째 기울여 소주를 꿀꺽꿀꺽 들이켰다.

"성자와 악인은 종이 한 장 차이랍니다. 악인이 욕망을 행동으로 표현하는 대신에 성자는 그것을 꿈으로 대신하는 것에 불과하답니다."

그가 또 소주병을 기울이려 했으므로 나는 병을 빼앗은 다음 아내를 시켜 간단한 술상을 보아오게 했다.

"내 입장을 그럴듯하게 꾸미기 위해서 성현을 깎아내릴 생각은 없습니다. 그렇지만 프로이트한테 커다란 위로를 받고 있는 건 사실입니다. 내가 전과자가 될 줄 미리 알구서 일찍이 그런 위로의 말을 준비해둔 성싶거든요."

술상이 들어왔다. 저녁에 먹다 남긴 돼지찌개 재탕에다 끼니때마다 보는 밑반찬 두어 가지가 전부였다. 우리는 일차로 주거니받거니 했다. 그는 말했다.

"물독에 빠진 생쥐처럼 잔뜩 비를 맞던 저 화요일이 있기 전까지 나 역시 오선생 이상으로 선량한 시민이었지요. 물론 내 안사람도 아주머니만큼 착하고 선량했을 겁니다. 불만이 있고 억울한 일이 있어도 기껏 꿈속에서나 해결할 뿐이지 행동으로 나타낼 줄은 몰랐으니까요."

아내더러 술을 더 사오도록 했다. 술이 들어갈수록 그는 더욱 창백해졌으며, 너름새가 좋아졌다. 술이 그를 지껄이도록 시키고 있음이 분명했다. 그는 말했다.

"모든 게 무리였지요. 우선 나 같은 인간이 태어난 그 자체가 무리였고, 장질부사나 복막염 같은 걸로 죽을 기회 다 놓치고는 아등바등 살아나서 처자식까지 거느린 게 무리였고, 광주단지에다 집을 마련한 게 무리였고, 이래저래 무리 아닌 일이 하나도 없었습니다."

지상낙원이 들어선다는 소문이 특히 없이 사는 사람들 사이에 굉장한 설득력을 지닌 채 퍼지고 있었다. 꼭 그걸 믿어서가 아니었다. 외려 그는 처음부터 낙원이란 게 별게 아님을 믿는 편이었다. 다만 차제에 내 집을 마련할 수 있다는 유혹의 손에 덜미를 잡혀 서울에서 통근 거리 안에 든다는 그 이점을 너무 과대평가했던 과오는 인정하지 않는 바 아니다. 결국 그는 당시 형편으로는 거금에 해당하는 이십만원을 변통해서 복덕방 영감쟁이를 통하여 철거민의 입주 권리를 손에 넣었다.

"난생처음 스무 평짜리 땅덩어리가 내 소유로 떨어진 겁니다. 내 차지가 된 그 스무 평이 너무도 대견해서 아침저녁으로 한뼘 한뼘 애무하다시피 재고 밟고 하느라고 나는 사실은 나 이상으로 불행한 어느 철거민의 소유였어야 할 그것이 협잡으로 나한테 굴러떨어진 줄을 전혀 잊고 지낼 정도였습니다. 당시의 나한테는 이 세상 전체가 끽해야 스무 평에서 그렇게 많이 벗어나게 커 보이지는 않았습니다."

가까스로 대지는 마련되었으나 그 위에 기둥을 세우고 비바람을 가릴 여유는 아직 없어 땅을 묵히다가 또 간신히 낡은 텐트 하나를 구해서 버티기를 몇 달이나 했다. 선거철이었다. 지상낙원 건설의 청사진에 갖가지 공약들이 한획 한획 첨가되었다. 곳곳에서 기공식들이 화려하게 벌어지고 건설 붐이 일었다. 당장 막벌이 날품팔이들의 천국이 눈앞의 현실로 바싹 당겨졌다. 갈수록 선거 열풍이 거세짐과 더불어 지가가 열나게 뛰고 사람값이 종종걸음을 치고 하는 그 사이를 부동산 투기업자들이 훨훨 날아다녔다. 그는 생각하기를, 이와 같은 움직임 모두가 자기하고는 하등 상관이 없는 것이려니 했다. 그런 생각이 얼마나 잘못되었나를 그는 선거가 끝났을 때 이십 촉짜리 전등 밑에서 벼락이 머리에 닿듯이 아찔하게 확인했다.

"국회의원 선거가 끝난 바로 그다음날이었습니다. 이틀만 지났어도 두말 않겠어요. 어제 끝났으면 오늘 그런 겁니다."

한 장의 통지서가 배부되어왔다. 6월 10일까지 전매 소유한 땅에다 집을 짓지 않으면 불하를 취소하겠다는 내용이었다. 보름 후면 6월 10일이었다. 보름 안에 집을 지으라는 얘기였다. 자기가 날품팔이가 아니래서, 자기 생계의 근원이 여전히 서울이래서 대단지의 부산스러운 움직임과는 무관한 것처럼 처신해온 그는 뒤늦게 사타귀에서 방울 소리가 나도록 뛰어다니지 않으면 안 되었다. 우선 며칠씩 출판사를 무단 결근하면서 닥치는 대로 돈을 변통하기에 급급했다. 돈이 되는 대로 시멘트 블록과 각목을 사서 마누라와 함께 한 단 한 단 쌓아올리기 시작했다. '저나 내나' 건축엔 눈곱만큼의 지식도 없었지만 그저 본능이 시키는 대로, 이렇게 하면 최소한 넘어지지는 않겠거니 하는 어림 하나로 소위 집을 짓는 엄청난 일을 겁없이 감행했다. 지상낙원이란 구호에 합당할 그럴듯한 가옥을 당국에서 요구하지 않는 것이 무엇보다 다행이었고 고마운 일이었다. 건자재가 떨어지면 작업을 중단하고 뛰어나가 비럭질하다시피 돈을 꾸어다 재료를 대기를 몇 차례나 거듭하는 사이에 어느덧 사면 벽이 세워지고 지붕이 씌워졌다. 채 보름도 걸리지 않았다. 외양이나 실질이야 아무렇든 자기가 원하고 당국에서 요구한 그 집이 드디어 완성된 것이다.

"서둘러서 집을 짓도록 명령한 당국에다 외려 감사해야 할 판이었어요. 우리는 한 달 남짓 고대광실에라도 든 기분으로 둥둥 떠서 지냈습니다. 그 한 달 내내 마누라는 은경이 년을 끌어안고 쫄쫄 쥐어짜기만 했지요."

겨우 한숨 돌리려는 참인데 또 통지서가 왔다. 전매 입주자는 분양 전 토지 20평을 평당 팔천원 내지 만육천원으로 계산하여 7월 말까지 일시불로 납부하는 조건으로 불하받으라는 것이었다. 만일 기한 내 납부치 않으면 해약은 물론 법에 의해 육 개월 이하의 징역이나 삼십만원 이하의 벌금을 과하도록 하겠다는 단서가 붙어 있었다.

"이번 역시 보름 기한이었어요. 보름 되게 좋아합디다. 걸핏하면 보름 안으로 해내라는 거예요."

엎친 데 덮쳐 경기도에서는 토지취득세부과통지서를 발부했다. 관할과 소속이 각기 다른 서울시와 경기도가 이렇게 쌍나발을 부는 바람에 주민들은 거의 초주검 꼴이 되었다. 광주대단지토지불하가격시정대책위원회라는 유례없이 긴 이름의 임의단체가 조직되었다. 대책위원회는 곧 투쟁위원회로 개칭되었다. 속에 식자깨나 든 것으로 알려져 그는 같은 배를 탄 전매 입주자들에 의해서 대책위원과 투쟁위원을 고루 역임하게 되었다.

"그게 만약 감투 축에 든다면, 나한테 정말 분에 넘치는 감투였어요."

겸손의 말이 아니었다. 그런 일을 감당할 만한 능력도 없을뿐더러 자기는 여전히 광주단지 사람이 아니며 어디까지나 서울 사람이라는 생각 때문에 맡고 싶지도 않았고, 그래서 뻔질나게 열리는 회의에 한 번도 참석하지 않았다. 해결의 실마리라곤 전혀 보이지 않는 가운데 팽팽한 긴장 속에서 7월말 시한을 넘기고 8월 10일을 맞았다. 투쟁위원회에서 최후 결단의 날로 정한 바로 그날이었다.

공기가 흉흉했다. 그 흉흉한 공기가 저기압을 불러왔음직했다. 비가 내렸다. 이른아침부터 거리에 전단이 살포되고 벽보가 나붙었다. 시간이 되면 가슴에 달기로 한 노란 리본이 나누어졌다. 그는 방안에서 꼼짝도 않으면서 밖에서 벌어지는 움직임에 잔뜩 신경을 곤두세우고 있었다. 꼭 무슨 일이 일어나고야 말 것을 예감케 하는 분위기였다. 그게 두려웠다. 무슨 일이 일어난다는 건 그에게 일어나지 않느니만 같지 못했다. 비는 간헐적으로 내렸다. 열한시가 지났다. 열한시에 나와서 위원회 대표들과 면담하기로 약속한 사람이 나타나지 않자 사람들은 기다리는 일을 포기해버렸다. 모두들 거리로 뛰쳐나오라고 외치는 소리가 골목을 누볐다. 맨주먹으로 있지 말고 무엇이든 되는 대로 손에 잡으라고 그 소리는 덧붙이고 다녔다. 누군지 빈지문이 떨어져나가게 두들기는 사람이 있었다.

"권선생! 권선생! 집에 기슈?"

가슴이 덜컥 내려앉는 소리였다. 그는 마누라를 시켜 벌써 출근했다고 거짓말을 하게 했다. 누군지 모를 사내를 따돌리고 나서 그제야 생각해보니 화요일이 아닌가. 일요일도 아닌데 여태껏 출근하지 않고 빈둥거린 그 이유는 또 뭔가. 별안간 그는 깜짝 놀랐다. 그것은 의타심이었다. 자기도 깊이 관련된 일에 정작 자기는 뛰어들 의사가 없으면서도 남들의 힘으로 그 일이 성취되는 순간이 오기를 기다리는 기회주의의 자세였다. 그것은 여지없이 하나의 자각이면서 동시에 부끄러움의 확인이었다. 그는 후다닥 일어나 밖으로 나갔다. 그는 길을 가득 메운 채 손에 몽둥이와 각종 연장 따위를 들고 출장소 쪽으로 구호를 외치며 달려가는 사람들을 보았다. 그들과 마주쳤을 때 그는 낮도둑처럼 얼른 샛길로 몸을 피했다. 부끄럽게 자신을 깨달은 뒤끝이니까 한 번쯤 발길이 그들 쪽으로 향할 법도 하건만 그의 눈은 완강하게 서울로 가는 버스만 찾고 있었다. 그러나 헛수고였다. 외부로 통하는 교통수단은 이미 두절되어 있었다. 차를 찾는 잠깐 사이에도 전신이 비에 흠빽 젖었다. 바람을 받으며 엇비슥이 때리는 끈덕진 비로 거리에 나온 사람들은 저마다 후줄근히들 젖어 있었다. 그는 차 잡기를 포기하고 인적이 뜸한 골목만 골라 걷기 시작했다. 생전 처음 걷는 생소한 길을 서울로 통하는 길이거니 하면서 무작정 걷다가 자기와 비슷한 처지의 동무를 만나게 되었다. 몽둥이와 돌멩이를 든 군중을 피해서 요리조리 골목을 누비며 오는 택시였다. 그는 재빨리 골목길 한복판을 결사적으로 막아섰다. 요금은 암만이라도 좋았다. 택시 안에 일행으로 보이는 신사분 셋이 선승해 있었다. 그들을 태운 택시가 어쩔 수 없이 통과하지 않으면 안 되는 광주단지의 관문에 다다랐을 때 검문에 걸렸다. 원시 무기로 무장한 일단의 청년들이 살기등등해가지고 무조건 차에서 내릴 것을 명령했다.

"아하, 투쟁위원님이 타구 계셨군요. 단신으로 서울까지 쳐들어가서 투쟁하시긴 아무래도 무립니다. 어서 내리십쇼."

웬 청년이 다가오더니 허리를 굽실하고 빙싯빙싯 웃으며 친절히 말했다. 청년은 용케도 그를 알아보는 모양이나 이쪽에서는 상대방이 누군지 전혀 기억에 없었다. 잠시 그가 어물쩍거리자 곁에 있던 다른 청년이 잡담 제하고 몽둥이를 휘둘러 단박에 차창을 박살내버렸다.

"개새끼들아, 늬들 목숨만 목숨이냐?"

"다른 사람들은 몇 끼씩 굶고 악을 쓰는 판인데 택시나 타고 앉았다니, 늘어진 개팔자로군."

"굶어도 같이 굶고 먹어도 같이 먹어! 죽어도 같이 죽고 살어도 같이 살잔 말야!"

각목이나 자전거 체인 따위를 코앞에 들이대면서 청년들이 가뜩이나 쉰 목청을 한껏 드높이고 있었다. 물론 그러기 전에 차에 탔던 승객들은 차창이 부서져나가는 순간 밖으로 뛰어나와 이미 절반쯤은 죽어 있었다.

"권선생님, 저쪽으로 가실까요."

처음 알은체하던 예의 그 청년이 그에게 귀엣말을 했다. 그가 가장 두렵게 느끼는 건 몽둥이가 아니었다. 친절이었다. 청년은 웃음으로 그를 묶어 도로변 잡초 더미까지 손쉽게 연행해갔다. 그러고는 거기에서 일장의 설교를 늘어놓기 시작했다. "물론 잘 아시겠지만……"이라고 말끝마다 전제하면서 청년은 주로, 지금 이 시간에도 먹고 마시고 춤추고 침대에서 뒹굴고 있을 서울의 유한계급과 대단지 안의 처참한 생활상을 침이 마르도록 대비시킴으로써 아직도 잠자고 있는 그의 사회적 지각知覺을 새나라의 어린이처럼 벌떡 일어나게 하려는 수작인 줄은 짐작이 되는데, 한마디도 귀에 들어오지 않았다. 대체 사람이 얼마나 잔인하면 이런 판국에도 저토록 친절할 수 있을까, 그것만 그는 생각하고 있었다. 자신의 설교가 웬만큼 먹혀들었다고 판단했던지 청년은 그를 이끌고 가파른 산등성이를 질러 단지 중심부로 들어갔다.

"바루 저기 저 부근이었어요."

그는 우리 방 들창 쪽을 손으로 가리켰다. 그러나 유감스럽게도 안방 아랫목에 앉아서는 그가 가리키는 저기가 어디쯤인지 가늠키 어려웠다. 우리 내외의 얼굴이 실감한 사람답잖게 맨송맨송한 걸 알아차린 그는 갑자기 벌떡 일어서는가 싶더니 어느새 마루로 뛰어나가고 있었다. 덩달아 내가 뛰어나간 것은 순전히 그를 붙잡기 위해서였다. 언제 들어왔는지 마루 끝 현관 부근에 권씨의 일가족이 오보록이 몰려 차례로 뛰어나오는 우리를 빤히 올려다보고 있었다. 아비를 보자마자 새끼들 입에서 대번에 울음이 터져나왔다. 잔뜩 부른 배를 금방이라도 마루에 내려놓을 듯한 자세를 취한 채 권씨 부인은 홍당무가 된 자기 남편을 그저 멀뚱히 쳐다볼 따름이었다.

"울 것 없다. 느이 애비 아직 안 죽었다."

가장으로서의 체통 같은 걸 다분히 의식하는 목소리로 그가 낮게 말했다. 그는 내친걸음에 아들딸들 울음의 틈서리를 뚫고 마당에까지 진출했다. 말은 똑바로 하면서도 걸음은 비틀거리는 것이 아마 평형을 잃지 않으려는 그의 의지가 혀 아래까지는 미치지 못하는 모양이었다.

"저기 저쯤이었지요."

방안에서보다 훨씬 자신감이 붙은 소리로 그가 재차 설명했다. 언덕 아래 한참 거리에 달팍 쏟아부은 듯한 불빛의 무리가 그의 가리키는 손끝에서 놀고 있었다. 어른들끼리 시방 서로 싸우느라고 그러는 것이 아닌 줄을 벌써 알아차렸을 텐데도 아이들은 봇물 터지듯 나오는 울음을 조금도 누그러뜨리려 하지 않았다.

"저것 좀 보라고 청년이 갑자기 소리칩디다. 그러잖아도 난 이미 보고 있었는데요. 빗속에서 사람들이 경찰하고 한참 대결하는 중이었죠. 최루탄에 투석으로 맞서고 있었어요. 청년은 그것이 마치 자기 조홧속으로 그려진 그림이나 되는 것같이 기고만장입디다만, 솔직히 얘기해서 난 비에 젖은 사람들이 똑같이 비에 젖은 사람들을 상대로 싸우는 그 장면에 그렇게 감동하지 않았어요. 그것보다는 다른 걱정이 앞섰으니까요. 이 친구가 여기까지 끌고 와서 끝내 날 어쩔 작정인가 하고 말입니다. 그런데 잠시 지켜보고 있는 사이에 장면이 휘까닥 바뀌져버립디다. 삼륜차 한 대가 어쩌다 길을 잘못 들어가지고는 그만 소용돌이 속에 파묻힌 거예요. 데몰 피해서 빠져나갈 방도를 찾느라고 요리조리 함부로 대가리를 디밀다가 그만 뒤집혀서 벌렁 나자빠져버렸어요. 누렇게 익은 참외가 와그르르 쏟아지더니 길바닥으로 구릅디다. 경찰을 상대하던 군중들이 돌멩이질을 딱 멈추더니 참외 쪽으로 벌떼처럼 달라붙습디다. 한 차 분량이나 되는 참외가 눈 깜짝할 새 동이 나버립디다. 진흙탕에 떨어진 것까지 주워서는 어적어적 깨물어 먹는 거예요. 먹는 그 자체는 결코 아름다운 장면이 못 되었어요. 다만 그런 속에서도 그걸 다투어 주워먹도록 밑에서 떠받치는 그 무엇이 그저 무시무시하게 절실할 뿐이었죠. 이건 정말 나체화구나 하는 느낌이 처음으로 가슴에 팍 부딪쳐옵디다. 나체를 확인한 이상 그 사람들하곤 종류가 다르다고 주장해나온 근거가 별안간 흐려지는 기분이 듭디다. 내가 맑은 정신으로 나를 의식할 수 있었던 것은 거기까지가 전부였습니다."

그가 더이상 이야기를 계속할 눈치가 아니었으므로 나는 비로소 그에게 말을 걸 기회를 얻었다.

"그뒤 권선생이 어떻게 되셨는지 물어봐도 괜찮겠습니까?"

"벌써 물어봐놓고는 뭘 양해를 구하십니까. 사흘 후에 형사가 출판사로 찾아와서 수갑을 채우더군요. 경찰에서 증거로 제시하는 사진들을 보고 놀랐습니다. 사진 속에서 난 뻐스 꼭대기에도 올라가 있고 석유 깡통을 들고 있고 각목을 휘둘러대고 있기도 했습니다. 어느 것이나 내 얼굴이 분명하긴 한데 나로서는 전혀 기억에 없는 일들이었으니까요."

이제 그 이야기에 관해서는 들을 만큼 다 들은 셈이었다. 느닷없이 소주병을 꿰차고 들어와서 여태껏 잠자코 입을 봉하고 있던 그 이야기를 새삼스럽게 길게 늘어놓은 이유도 능히 짐작할 수 있었다. 하지만 내겐 아직도 궁금한 구석이 공연한 부담감과 함께 남아 있었다. 차제에 그걸 풀 수만 있다면 피차를 위해서 오히려 잘된 일일 것이었다.

"내가 이순경을 만나는 줄 진작부터 알고 계셨습니까?"

권씨가 소리없이 웃었다.

"정확히 말해서 이순경이 오선생을 만나는 거겠죠. 어느 한 부분이 장해를 받으면 다른 한 부분이 비상하게 예민해지는 법입니다. 내 경우 그것은 제육감입니다."

"설마 이순경한테 고자질했다고 생각하진 않으시겠죠? 이순경은 그걸 협조라는 말로 표현했습니다만……"

그는 또 소리없이 웃었다.

"방금 얘기했잖습니까, 경우에 따라서 사람은 자기가 전혀 원치 않던 일을 자기도 모르는 사이에 할 수도 있다고 말입니다. 오선생도 아마 거기서 예외는 아닐 겁니다. 지금까진 하진 않았지만 앞으로도 협조하지 않는다고 장담하실 필요는 없습니다."

그날 밤 잠자리에 들면서 아내가 내 귀에 속삭였다.

"권씨 그 사람 꼴로 볼 게 아니네요. 어리숙한 줄 알았더니 여간내기 아녜요."

"앉으라면 앉고 서라면 서고, 당신 꼼짝없이 당하더구만."

"아이 분해라!"

불을 끈 다음에 아내가 다시 소곤거려왔다.

"당신두 보셨죠? 오늘사 말고 영기 엄마 배가 유난히 더 불러 보였어요. 혹시 쌍둥이가 아닌가 싶어서 남의 일 같지가 않아요. 여덟 달밖에 안 된 배가 그렇게 만삭이니 원……"

"당신더러 대신 낳으라고 떠맡기진 않을 거야. 걱정 마."

나는 그날 밤 디킨스와 램의 궁둥이를 번갈아 걷어차는 꿈을 꾸었다. 내가 권씨의 궁둥이를 걷어차고 권씨가 내 궁둥이를 걷어차는 꿈을 꾸었다.

아내가 권씨네에 대해서 갑자기 관심을 보이기 시작했다. 좀더 정확히 얘기해서 권씨 부인의 그 금방이라도 쏟아질 것만 같은 아랫배에 관한 관심이었다. 말투로 볼 때 남자들이 집을 비우는 낮 동안이면 더러 접촉도 가지는 모양이었다. 예정일도 모르더라면서 아내는 낄낄낄 웃었다. 임신부가 자기 분만 예정일도 몰라서야 말이 되느냐고 핀잔했더니, 까짓것 알아도 그만 몰라도 그만, 어차피 때가 되면 배 아프며 낳기는 마찬가지라면서 태평으로 있더라는 것이었다.

권씨는 여전히 일자리를 구하지 못한 채였다. 일정한 직장이 없으면서도 아침만 되면 출근 복장을 차리고 뻔질나게 밖으로 나가곤 했다. 몸에 붙인 기술도, 그렇다고 타고난 뚝심도 없으면서 계속해서 공사판 같은 데 나가 막일을 하는 눈치였다. "동주운아, 노올자아!" 하고 둘이 합창하듯이 길게 외치면서 일단 안방까지 들어오는 데 성공한 권씨의 아이들은 끼니때가 되어도 막무가내로 버티면서 문간방으로 돌아가지 않는 적이 자주 있게 되었다. 문간방의 사정이 심상치 않다는 징조였다. 그렇다고 권씨나 권씨 부인이 우리에게 터놓고 도움을 청한 적은 한 번도 없었다. 다만 우리로 하여금 그런 꼴을 목격하고도 도울 마음을 먹지 않으면 도무지 인간이 아니게끔 상황을 최악의 선까지 잠자코 몰고 갈 뿐이었다. 애당초 이순경이 기대했던 그대로 산타클로스 비슷한 꼴이 되어 쌀이나 연탄 따위를 슬그머니 문간방 부엌에다 넣어주고 온 날 저녁이면 아내는 분하고 억울해서 밥도 제대로 못 먹었다. 임부나 철부지 애들을 생각한다면 그까짓 알량한 선심쯤 아무렇지도 않다는 주장이었다. 하지만 제게 딸린 처자식조차 변변히 건사 못하는 한 얼간이 사내한테까지 자기 선심의 일부나마 미칠 일을 생각하면 괘씸해서 잠이 안 올 지경이라고 생병을 앓았다. 권씨가 여간내기 아니라고 속삭이던 게 엊그제인 걸 벌써 잊고 아내는 셋방 잘못

내줬다고 두고두고 자탄하는 것이었다.

남편이 여전히 벌이가 시원찮은 상태에서 권씨 부인은 어언 해산의 날을 맞게 되었다. 진통이 시작된 지 꽤 오래되는 모양이었다. 아내의 귀띔으로는 점심 무렵이 지나서부터 그런다고 했다. 학교에서 돌아와 저녁을 먹다가 나는 문간방에서 울리는 괴상한 소리를 들었다. 처음에는 되게 몸살을 하듯이 끙끙 앓는 소리로 시작되었다. 그러다가 느닷없이 몸의 어딘가에 깊숙이 칼이라도 받는 양 한차례 처절하게 부르짖고는 이내 도로 잠잠해지곤 하면서 이러기를 몇 번이고 되풀이하는 것이었다. 나로서는 그것이 방을 세내준 이후로 처음 듣는 권씨 부인의 목소리였다.

"당신이 한번 권씰 설득해보세요. 제가 서너 번 얘길 했는데두 무슨 남자가 실실 웃기만 하믄서 그저 염려 없다구만 그러네요."

병원 얘기였다.

"권씨가 거절하는 게 아니고 돈이 거절하는 거겠지."

아내는 진즉부터 해산 준비가 전혀 되어 있지 않음을 더러는 흉보고 또 더러는 우려해왔었다.

"남산만이나 한 배를 갖구서 요즘 세상에 그래 앨 집에서, 그것도 산모 혼잣힘으로 낳겠다니, 아무래도 꼭 무슨 일이 터질 것만 같애요. 달이 다 차도록 기저귀감 하나 장만 않는 여편네나 조산원 하나 부를 돈도 마련이 없는 사내나 어쩜 그리 짝짜꿍인지!"

서둘러 식사를 끝내고 나서 나는 권씨를 마당으로 불러냈다. 들던 대로 권씨는 대뜸 아무 염려 말라면서 실실 웃었다. 마치 곤경에 빠진 나를 극진히 위로해주는 투였다.

"둘째 때도 마누라 혼자서 거뜬히 해치웠거든요."

"우리가 염려하는 건 권선생네가 아니라 바로 우리를 위해서요. 물론 그럴 리야 없겠지만 만의 일이라도 일이 잘못될 경우 난 권선생을 원망하겠소."

작자가 정도 이상으로 느물거린다 싶어 나는 엔간히 모진 소리를 남기고는 방으로 들어와버렸다. 정히나 어려우면 분만비를 빌려줄 수도 있음을 넌지시 비쳤는데도 작자가 끝내 거절한 것은, 까짓것 변두리 병원에서 얼마 들지도 않을 비용을 빌려 쓴 다음 나중에 갚는 그 알량한 수고를 겁낸 나머지 두 목숨을 건 모험 쪽을 택한 계산속일 거라고 나는 단정해버렸다.

그러나 한결같은 상태로 자정을 넘기고 나더니 사정이 달라졌다. 경산經産치고는 진통이 너무 길고 악착스러운 데 겁이 났던지 권씨는 통금이 해제되기도 전에 부인을 업고 비탈길을 내려가느라고 한바탕 북새를 떨었다. 북이 북채 위에 업힌 모양으로 권씨 내외가 우리집 문간방을 빠져나가는 걸 보는 것만으로도 한 근심 더는 기분이었다. 미역근이나 사놓고 기다리다가 소식이 오면 병원에 가보라고 아내에게 이르고는 출근했다.

오후 수업이 시작된 바로 뒤에 뜻밖에도 권씨가 나를 찾아왔다. 때마침 나는 수업이 없어 교무실에서 잡담이나 하고 있는 중이어서 수위로부터 연락을 받자 곧장 학교 정문으로 나갈 수가 있었다.

“바쁘실 텐데 이거 죄송합니다.”

권씨는 애써 웃는 낯이었고, 왠지 사람이 전에 없이 퍽 수줍어 보였다. 나는 그 수줍음이 세번째 아이의 아버지가 된 데서 오는 것일 거라고 좋은 쪽으로만 해석함으로써 연락을 받는 그 순간에 느낀 불길한 예감을 떨쳐버리려 했다.

“잘됐습니까?”

“뒤늦게나마 오선생 말씀대로 했기 망정이지 끝까지 집에서 버텼다간 큰일날 뻔했습니다. 녀석인지 년인진 모르지만 못난 애비 혼 좀 나라고 여엉 애를 멕이는군요.”

권씨는 수줍게 웃으면서 길바닥 위에다 발부리로 뜻 모를 글씬지 그림인지를 자꾸만 그렸다. 먼지가 풀풀 이는 언덕길을 터벌터벌 올라왔을 터인데도 그의 구두는 놀랄 만큼 반짝거렸다. 나를 기다리는 동안 틀림없이 바짓가랑이 뒤쪽에다 양쪽 발을 번갈아가며 문지르고 있었을 것이었다.

“십만원 가까이 빌릴 수 없을까요!”

밑도 끝도 없이 그는 이제까지의 수줍음이 싹 가시고 대신 도발적인 감정 같은 걸로 그득 채워진 얼굴을 들어 내 면전에 대고 부르짖었다. 담배 한 대만 꾸자는 식으로 십만원 소리가 허망히도 나왔다. 내가 잠시 어리둥절해 있는 사이에 그는 매우 사나운 기세로 말을 보태는 것이었다.

"수술을 해야 한답니다. 엑스레이도 찍어봤는데 아무 이상이 없답니다. 모든 게 다 정상이래요. 모체 골반도 넉넉허구요. 조기파수도 아니구 전치태반도 아니구요. 쌍둥이는 더더욱 아니구요. 이렇게 정상적인데도 이십사 시간이 넘두룩 배가 위에 달라붙는 경우는 태아가 돌다가 탯줄을 목에 감았을 때뿐이랍니다. 제기랄, 탯줄을 목에 감았다는군요. 빨리 손을 쓰지 않으면 산모나 태아나 모두 위험하대요."

어색하게 들린 것은 그가 '제기랄'이라고 씹어뱉은 그 대목뿐이었다. 평상시의 권씨답지 않은 그 말만 빼고는 그럴 수 없이 진지한 이야기였다. 아니다. 그가 처음으로 점잖지 못한 그 말을 사용했기 때문에 내 귀엔 더욱더 진지하게 들렸을지도 모른다. 나는 한동안 망설이지 않을 수 없었다. 그의 진지함 앞에서 '아아, 그거 참 안됐군요'라든가 '그래서 어떡하죠' 하는 상투적인 말로 섣불리 이쪽의 감정을 전달하기엔 사실 말이지 '십만원 가까이'는 내게 너무나 큰 부담이었다. 집을 살 때 학교에다 진 빚을 아직 절반도 못 가린 처지였다. 정상 분만비 일이만원 정도라면 또 모르지만 단순히 권씨를 도울 작정으로 나로서는 거금에 해당하는 십만원 가까이를 또 빚진다는 건 무리도 이만저만이 아니었다. 뿐만 아니라 집안에서 경제권을 장악하고 있는 아내의 양해도 없이 멋대로 그런 큰일을 저질러도 괜찮을 만큼 나는 자유롭지도 못했다.

"빌려만 주신다면 무슨 짓을, 정말 무슨 짓을 해서라도 반드시 갚겠습니다."

반드시 갚는 조건임을 강조하면서 그는 마치 성경책 위에다 오른손을 얹고 말하듯이 엄숙한 표정을 했다. 하마터면 나는 잊을 뻔했다. 그가 적시에 일깨워주었기 망정이지 안 그랬더라면 빌려주는 어려움에만 골똘한 나머지 빌려줬다 나중에 돌려받는 어려움이 더 클 거라는 사실은 생각도 못할 뻔했다. 그렇다. 끼니조차 감당 못하는 주제에 막벌이 아니면 어쩌다 간간이 얻어걸리는 출판사 싸구려 번역 일 가지고 어느 해가에 빚을 갚을 것인가. 책임이 따르는 동정은 피하는 게 상책이었다. 그리고 기왕 피할 바엔 저쪽에서 감히 두말을 못 하도록 야멸치게 굴 필요가 있었다.

"병원 이름이 뭐죠?"

"원산부인괍니다."

"지금 내 형편에 현금은 어렵군요. 원장한테 바로 전화 걸어서 내가 보증을 서마고 약속할 테니까 권선생도 다시 한번 매달려보세요. 의사도 사람인데 설마 사람을 생으로 죽게야 하겠습니까. 달리 변통할 구멍이 없으시다면 그렇게 해보세요."

내 대답이 지나치게 더디 나올 때 이미 눈치를 챈 모양이었다. 도전적이던 기색이 슬그머니 죽으면서 그의 착하디착한 눈에 다시 수줍음이 돌아왔다. 그는 고개를 좌우로 흔들어 보였다.

"원장이 어리석은 사람이길 바라고 거기다 희망을 걸기엔 너무 늦었습니다. 그 사람은 나한테서 수술 비용을 받아내기가 수월치 않다는 걸 입원시키는 그 순간에 벌써 알아차렸어요."

얼굴에 흐르는 진땀을 훔치는 대신 그는 오른발을 들어 왼쪽 바짓가랑이 뒤에다 두어 번 문질렀다. 발을 바꾸어 같은 동작을 반복했다.

"바쁘실 텐데 실례 많았습니다."

'썰면'처럼 두툼한 입술이 선잠에서 깬 어린애같이 움씰거리더니 겨우 인사말이 나왔다. 무슨 말이 더 있을 듯싶었는데 그는 이내 돌아서서 휘적휘적 걷기 시작했다. 나는 내심 그 입에서 끈끈한 가래가 묻은 소리가, 이를테면, 오선생 너무하다든가 잘 먹고 잘 살라든가 하는 말이 날아와 내 이마에 탁 들러붙는 순간에 대비하고 있었는지도 모른다. 그래서 그가 갑자기 돌아서면서 나를 똑바로 올려다봤을 때 그처럼 흠칫 놀랐을 것이다.

"오선생, 이래봬도 나 대학 나온 사람이오."

그것뿐이었다. 내 호주머니에 촌지를 밀어넣던 어느 학부형같이 그는 수줍게 그 말만 건네고는 언덕을 내려갔다. 별로 휘청거릴 것도 없는 작달막한 체구를 연방 휘청거리면서 내딛는 한 걸음 한 걸음마다 땅을 저주하고 하늘을 저주하는 동작으로 내 눈에는 비쳤다. 산고팽이를 돌아 그의 모습이 벌거벗은 황토의 언덕 저쪽으로 사라지는 찰나, 나는 뛰어가서 그를 부르고 싶은 충동을 느꼈다. 돌팔매질을 하다 말고 뒤집혀진 삼륜차로 달려들어 아귀아귀 참외를 깨물어 먹는 군중을 목격했을 당시의 권씨처럼, 이건 완전히 나체화구나 하는 느낌이 팍 들었다. 그리고 내가 그에게 암만의 빚을 지고 있음을 퍼뜩 깨달았다. 전셋돈도 일종의 빚이라면 빚이었다. 왜 더 좀 일찍이 그 생각을 못했는지 모른다.

원산부인과에서는 만단의 수술 준비를 갖추고 보증금이 도착되기만을 기다리고 있었다. 학교에서 우격다짐으로 후려낸 가불에다가 가까운 동료들 주머니를 닥치는 대로 떨어 간신히 마련한 일금 십만원을 건네자 금테의 마비츠 안경을 쓴 원장이 바로 마취사를 부르도록 간호원에게 지시했다. 원장은 내가 권씨하고 아무 척분도 없으며 다만 그의 셋방 주인일 따름인 걸 알고는 혀를 찼다.

"아버지가 되는 방법도 여러 질이군요. 보증금을 마련해 오랬더니 오전 중에 나가서는 여태껏 얼굴 한번 안 비치지 뭡니까."

"맞습니다. 의사가 애를 꺼내는 방법도 여러 질이듯이 아버지 노릇 하는 것도 아마 여러 질일 겁니다."

나는 내 말이 제발 의사의 귀에 농담으로 들리지 않기를 바랐으나 유감스럽게도 금테 안경의 상대방은 한차례의 너털웃음으로 그걸 간단히 눙쳐버렸다. 나는 이미 죽은 게 아닌가 싶게 사색이 완연한 권씨 부인이 들것에 실려 수술실로 들어가는 걸 거들었다.

생명을 꺼내고 그 생명을 수용했던 다른 생명까지 암냥해서 건지는 요란한 수술치곤 너무도 쉽게 끝났다. 보호자 대기석에 앉아서 우리집 동준이 놈을 얻을 때처럼 줄담배질로 네 댄가 다섯 대째 불을 붙이고 나니까 울음소리가 들렸다.

"고추예요. 고추!"

수술을 돕던 원장 부인이 나오면서 처음 울음을 듣는 순간에 내가 점쳤던 결과를 큰 소리로 확인해주었다. 진짜 보호자를 상대하듯이 원장 부인이 내게 축하를 보내왔으므로 나 역시 진짜 보호자 입장에서 수고를 치하하지 않을 수 없었다. 잠시 후에 나는 강보에 싸여 밖으로 나오는 권기용씨의 차남을 대면할 수 있었다. 제 어미 배를 가르고 나온 놈답지 않게 얼굴이 두툼한 것이 속없이 잘도 생겼다. 제왕절개라는 말이 풍기는 선입감에 딱 어울리게끔 목청이 크고 우렁찼다. 병원 건물을 온통 들었다 놓는 억세디억센 놈의 울음소리를 듣는 동안 나는 동준이 놈을 낳던 날의 감격 속으로 고스란히 빠져들어갔다.

우리집에 강도가 든 것은 공교롭게도 그날 밤이었다. 난생처음 당해보는 강도였다. 자꾸만 누군가 내 어깨를 흔들어대고 있었다. 귀찮다고 뿌리쳐도 잠자코 계속 흔들었다. 나를 깨우려는 손의 감촉이 내 식구의 그것이 아님을 퍼뜩 깨닫고 눈을 떴을 때 나는 빨간 꼬마전구 불빛 속에서 복면의 사내를 보았다. 그리고 똑바로 내 멱을 겨누고 있는 식칼의 서슬도 보았다. 술냄새가 확 풍겼다. 조명 빛깔을 감안해서 붉은빛을 띤 검정 계통의 보자기일 복면 위로 드러난 코의 일부와 눈자위가 나우 취해 있음을 나는 재빨리 간파했다.

"일어나, 얼른 일어나라니까."

나 외엔 더 깨우고 싶지 않은지 강도의 목소리는 무척 낮고 조심스러웠다. 나는 일어나고 싶었지만 도무지 일어날 수가 없었다. 멱을 겨눈 식칼이 덜덜덜 위아래로 춤을 추었다. 만약 강도가 내 목통이라도 찌르게 된다면 그것은 고의에서가 아니라 지나친 떨림으로 인한 우발적인 상해일 것이었다. 무척 모자라는 강도였다. 나는 복면 위의 눈을 보는 순간에 상대가 그 방면의 전문가가 못 됨을 금방 알아차렸던 것이다. 딴에 진탕 마신 술로 한껏 용기를 돋웠을 텐데도 보기 좋을 만큼 큰 눈이 착하게만 타고난 제 천성을 어쩌지 못한 채 나를 퍽 두려워하고 있었다. 술로 간을 키우지 않고는 남의 집 담을 못 넘을 정도라면 강력 범행을 도모하는 사람으로서는 처음부터 미역국이었다.

"일어날 테니까 칼을 약간만 뒤로 물려주시오."

강도는 내가 시키는 대로 했다.

"내놔, 얼른 내노라니까."

내가 다 일어나 앉기를 기다려 강도가 속삭였다.

"하라는 대로 하죠. 허지만 당신도 내가 하라는 대로 해야만 일이 수월할 거요."

잔뜩 의심을 품고 쏘아보는 강도를 향해 나는 덧붙여 말했다.

"집안에 현금은 변변찮소. 화장대 위에 돼지저금통하고 장롱 서랍 속에 아마 마누라가 쓰다 남은 돈이 약간 있을 거요. 그 밖에 돈이 될 만한 건 당신이 알아서 챙겨가시오."

강도가 더욱 의심을 두고 경거히 움직이려 하지 않았으므로 나는 시험 삼아 조금 신경질을 부려보았다.

"마누라가 깨서 한바탕 소동을 벌여야만 시원하겠소? 난처해지기 전에 나를 믿고 일러주는 대로 하는 게 당신한테 이로울 거요."

한차례 길게 심호흡을 뿜은 다음 강도는 마침내 결심을 했다는 듯이 이부자리를 돌아 화장대 쪽으로 향했다. 얌전히 구두까지 벗고 양말 바람으로 들어온 강도의 발을 나는 그때 비로소 볼 수 있었다. 내가 그렇게 염려를 했는데도 강도는 와들와들 떨리는 다리를 옮기다가 그만 부주의하게 동준이의 발을 밟은 모양이었다. 동준이가 갑자기 칭얼거리자 그는 질겁을 하고 엎드리더니 녀석의 어깨를 토닥거리는 것이었다. 녀석이 도로 잠들기를 기다려 그는 복면 위로 칙칙하게 땀이 밴 얼굴을 들고 일어나서 내 위치를 흘끔 확인한 다음 본격적인 작업에 들어갔다. 터지려는 웃음을 꾹 참은 채 강도의 애교스러운 행각을 시종 주목하고 있던 나는 살그머니 상체를 움직여 동준이를 잠재울 때 이부자리 위에 떨어뜨린 식칼을 집어들었다.

"연장을 이렇게 함부로 굴리는 걸 보니 당신 경력이 얼마나 되는지 알 만합니다."

내가 내미는 칼을 보고 그는 기절할 만큼 놀랐다. 나는 사람 좋게 웃어 보이면서 칼을 받아가라는 눈짓을 보였다. 그는 겁에 질려 잠시 망설이다가 내 재촉을 받고 후다닥 달려들어 칼자루를 낚아채가지고는 다시 내 멱을 겨누었다. 그가 고의로 사람을 찌를 만한 위인이 못 되는 줄 일찍이 간파했기 때문에 나는 칼을 되돌려준 걸 조금도 후회하지 않았다. 아니나다를까, 그는 식칼을 옆구리 쪽 허리띠에 차더니만 몹시 자존심이 상한 표정이 되었다.

"도둑맞을 물건 하나 제대로 없는 주제에 이죽거리긴!"

"그래서 경험 많은 친구들은 우리집을 거들떠도 안 보고 그냥 지나치죠."

"누군 뭐 들어오고 싶어서 들어왔나? 피치 못할 사정 땜에 어쩔 수 없이……"

나는 강도를 안심시켜 편안한 마음으로 돌아가게 만들 절호의 기회라고 판단했다.

"그 피치 못할 사정이란 게 대개 그렇습디다. 가령 식구 중에 누군가가 몹시 아프다든가 빚에 몰려서……"

그 순간 강도의 눈이 의심의 빛으로 가득찼다. 분개한 나머지 이가 딱딱 마주칠 정도로 떨면서 그는 대청마루를 향해 나갔다. 내 옆을 지나쳐갈 때 그의 몸에서는 역겨울 만큼 술냄새가 확 풍겼다. 그가 허둥지둥 끌어안고 나가는 건 틀림없이 갈기갈기 찢어진 한 줌의 자존심일 것이었다. 애당초 의도했던 바와는 달리 내 방법이 결국 그를 편안케 하긴커녕 외려 더욱더 낭패케 만들었음을 깨닫고 나는 그의 등을 향해 말했다.

"어렵다고 꼭 외로우란 법은 없어요. 혹 누가 압니까, 당신도 모르는 사이에 당신을 아끼는 어떤 이웃이 당신의 어려움을 덜어주었을지?"

"개수작 마! 그따위 이웃은 없다는 거 난 똑똑히 봤어! 난 이제 아무도 안 믿어!"

그는 현관에 벗어놓은 구두를 신고 있었다. 그 구두를 보기 위해 전등을 켜고 싶은 충동이 불현듯 일었으나 나는 꾹 눌러 참았다. 현관문을 열고 마당으로 내려선 다음 부주의하게도 그는 식칼을 들고 왔던 자기 본분을 망각한 채 엉겁결에 문간방으로 들어가려 했다. 그의 실수를 지적하는 일은 훗날을 위해 나로서는 부득이한 조처였다.

"대문은 저쪽입니다."

문간방 부엌 앞에서 한동안 망연해 있다가 이윽고 그는 대문 쪽을 향해 느릿느릿 걷기 시작했다. 비틀비틀 걷기 시작했다. 대문에 다다르자 그는 상체를 뒤틀어 이쪽을 보았다.

"이래봬도 나 대학까지 나온 사람이오."

누가 뭐라고 그랬나. 느닷없이 그는 자기 학력을 밝히더니만 대문을 열고는 보안등 하나 없는 칠흑의 어둠 저편으로 자진해서 삼켜져버렸다.

나는 대문을 잠그지 않았다. 그냥 지쳐놓기만 하고 들어오면서 문간방에 들러 권씨가 아직도 귀가하지 않았음과 깜깜한 방안에 어미 아비 없이 오뉘만이 새우잠을 자고 있음을 아울러 확인하고 나왔다. 아내가 잠옷 바람으로 팔짱을 끼고 현관 앞에 서 있었다.

"무슨 일이라도 있었어요?"

"아무것도 아냐."

잃은 물건이 하나도 없다. 돼지저금통도 화장대 위에 그대로 있다. 아무것도 아닐 수밖에. 다시 잠이 들기 전에 나는 아내에게 수술 보증금을 대납해준 사실을 비로소 이야기했다. 한참 말이 없다가 아내는 벽 쪽으로 슬그머니 돌아누웠다.

"뗄 염려는 없어, 전셋돈이 있으니까."

"무슨 일이 있었군요?"

아내가 다시 이쪽으로 돌아누웠다. 우리집에 들어왔던 한 어리숙한 강도에 관해서 나는 끝내 한마디도 내비치지 않았다.

이튿날 아침까지 권씨는 귀가해 있지 않았다. 출근하는 길에 병원에 들러보았다. 수술 보증금을 구하러 병원 문밖을 나선 이후로 권씨가 거기에 재차 발걸음한 흔적은 어디에서도 찾아볼 수 없었다.

그다음날, 그 다음다음 날도 권씨는 귀가하지 않았다. 그가 행방불명이 된 것이 이제 분명해졌다. 그리고 본의는 그게 아니었다 해도 결과적으로 내 방법이 매우 졸렬했음도 이제 확연히 밝혀진 셈이었다. 복면 위로 드러난 두 눈을 보고 나는 그가 다름 아닌 권씨임을 대뜸 알아차릴 수 있었다. 밝은 아침에 술이 깬 권씨가 전처럼 나를 떳떳이 대할 수 있게 하자면 복면의 사내를 끝까지 강도로 대우하는 그 길뿐이라고 판단했었다. 그래서 아무 일도 없었던 듯이 병원에 찾아가서 죽지 않은 아내와 새로 얻은 세번째 아이를 만날 수 있게 되기를 기대했던 것이다. 현관에서 그의 구두를 확인해보지 않은 것이 뒤늦게 후회되었다. 문간방으로 들어가려는 그를 차갑게 일깨워준 것이 영 마음에 걸렸다. 어떤 근거인지는 몰라도 구두의 손질의 정도에 따라 그의 운명을 예측할 수도 있지 않았을까 하는 생각이 드는 것이다. 구두코가 유리알처럼 반짝반짝 닦여 있는 한 자존심은 그 이상으로 광발이 올려져 있었을 것이며, 그러면 나는 안심해도 좋았던 것이다. 그때 그가 만약 마지막이란 걸 염두에 두고 있었다면 새끼들이 자는 방으로 들어가려는 길을 가로막는 그것이 그에게는 대체 무엇으로 느껴졌을 것인가.

아내가 병원을 다니러 가는 편에 아이들을 죄다 딸려보낸 다음 나는 문간방을 샅샅이 뒤졌다. 방을 내준 후로 밝은 낮에 내부를 둘러보긴 처음인 셈이었다. 이사올 때 본 그대로 세간이라곤 깔고 덮는 데 쓰이는 것과 쌀을 익혀서 담는 몇 점 도구들이 전부였다. 별다른 이상은 눈에 띄지 않았다. 구태여 꼭 단서가 될 만한 흔적을 찾자면 그것은 구두일 것이었다. 가장 값나가는 세간의 자격으로 장롱 따위가 자리잡고 있을 꼭 그런 자리에 아홉 켤레나 되는 구두들이 사열받는 병정들 모양으로 가지런히 놓여 있었다. 정갈하게 닦인 것이 여섯 켤레, 그리고 먼지를 덮어쓴 게 세 켤레였다. 모두 해서 열 켤레 가운데 마음에 드는 일곱 켤레를 골라 한꺼번에 손질을 해서 매일매일 갈아신을 한 주일의 소용에 당해온 모양이었다. 잘 닦여진 일곱 중에서 비어 있는 하나를 생각하던 중 나는 한 켤레의 그 구두가 그렇게 쉽사리 돌아오지 않으리란 걸 알딸딸하게 깨달았다.

권씨의 행방불명을 알리지 않으면 안 될 때였다. 내 쪽에서 먼저 전화를 걸기는 그것이 처음이자 마지막이었다. 나는 되도록 침착해지려 노력하면서 내게, 이웃을 사랑하게 될 거라고 누차 장담한 바 있는 이순경을 전화로 불렀다.

(1997)

비늘

김대장이라는 별명으로 주민들의 입에 오르내리는 문제의 그 인물에 관해서 내가 맨 처음으로 친구인 성낙준成洛俊에게 물었을 때 종곡綜谷에서 단 한 군데뿐인 약국을 경영하면서 그곳의 유지 행세를 톡톡하게 하는 그는 한마디로 이렇게 말했다.

"짐승이지!"

내가 두번째로 김대장에 관해 깊은 관심을 나타냈을 때, 친구는 몹시 마땅찮아하는 기색을 구태여 감추려 하지 않았다.

"그 짐승은 만나서 뭘 하게?"

질문이 세번째에 이르자 마침내 그는 참을 수 없다는 듯이 버럭 역정을 부리고 말았다.

"다시 한번 충고해두겠는데, 넌 무료 진료차 찾아온 치과의사야. 종곡에서 일어나는 일들은 종곡 주민들 손에 맡겨버리고 넌 이

방인답게 잠자코 앉아서 썩은 이빨이나 뽑아주다 떠나면 돼. 우린 지금 그 짐승 때문에 잠자리가 편안칠 못하단 말야!"

분명히 무슨 일인가 벌어지고 있었다. 강원도 산골의 한 조그마한 지역사회 안에서 주민들과 김대장 사이에 진행되는 어떤 심각한 사태를 나는 피부로 느낄 수가 있었다. 그러나 주민들은 어느 누구도 타관 사람인 나에게 그걸 귀띔해주려 하지 않았고 심지어 중고교 동기동창인 성낙준마저도 제발 모르는 척 눈감아줄 것을 나에게 거의 강요하다시피 당부하는 것이었다.

성낙준하고의 인연으로 내가 종곡 주민들한테 베풀게 된 무료 진료의 혜택은 정녕 그것대로 고마운 것이 사실이지만, 아무리 그렇더라도 자기네 고유의 일에 내가 어떤 형태로든 간여해 들어오는 행위만큼은 허용할 수 없다는 것이 대부분 사람들의 생각인 듯했다.

붙박이인 자기네하고 뜨내기인 나 사이에 명확한 한계를 긋고자 하는 그들의 배타적인 태도 이면에는 성낙준의 강한 입김이 암암리에 작용하고 있음을 나는 언제부턴가 눈치채기 시작했다.

아무튼 주민들 스스로 '하늘 아래 첫 동네'라 부르는 해발 팔백여 미터의 그곳에서는 마치 정해진 순서를 밟듯이 어떤 사태가 갈수록 심화되는 중임을 나는 충분히 깨닫고 있었다. 그리고 불가항력과도 같은 필지의 사실로 다가오는 그 사태가 결국 어느 한쪽 혹은 쌍방 모두의 불행으로 끝나고 말리라는 것을 나는 또한 막연히 예감하고 있었다.

우리가 종곡을 방문한 것은 삼월 하순의 주말이었다. 지역사회 안에서 자신의 위치를 더욱 굳히고자 하는 성낙준의 속셈과 친구의 환대를 받아가며 며칠을 색다른 고장에서 즐기고 싶다는 우리의 속셈이 함께 짝짜꿍을 이루어 빚은 결과였으나, 실은 낙준이가 제시한 날짜보다 한 주일을 우리는 일방적으로 앞당기고 있었다. 자가용 차편을 제공하고, 나하고 동행하기로 약속된 유형 쪽 사정이 꼭 요번 주말이 아니면 좀처럼 짬을 낼 수가 없는 까닭이었다.

그래서 아직 준비가 덜 됐으니까 날짜를 뒤로 미루자는 낙준의 시외전화에도 불구하고 나는 내가 손볼 충치나 풍치 외에 다른 준비는 필요 없다는 식으로 묵살해버렸다. 베푸는 것을 받는 입장에서는 베푸는 입장의 의사를 존중하는 것이 당연하다는 건방진 생각으로 나는 일단 일을 저질러놓고 있었다.

출발할 당시는 봄이 완연한 계절이었으나 우리는 불과 몇 시간 후부터는 겨울을 향해 급속도로 뒷걸음질치고 있는 꼴이었다. 꽃 피는 삼월 하순인데도 대관령 근처에는 한겨울의 폭설을 방불케 하는 대단한 규모의 함박눈이 펑펑 쏟아지고 있었다. 헤드라이트를 따갑게 받는 꼬불꼬불한 도로면과 좌우의 산자락들이 온통 흰 빛투성이였으며 차창으로 몰아치는 엄청난 크기의 안대眼帶 같은 눈더미를 벗겨내느라고 한 쌍의 와이퍼는 내내 몸살을 앓았다. 낙준의 말대로 뒤로 미루는 건데 괜히 고집을 부렸나보다고 문득 후회를 느끼게 만드는 때늦은 폭설이었다.

원주를 벗어나면서부터 우리가 탄 소형 승용차는 눈길을 설설 기기 시작했다. 운전사에게 휴가를 주고 자신이 직접 핸들을 잡은 유형은 미끄러운 노면 위에서 바퀴들이 제멋대로 갈지자를 놓을 적마다, 빌어먹을 무엇이 어쩌구 하면서 지독한 욕지거리를 내뱉곤 했다. 그렇게 무지막스럽게 날씨와 하느님을 탓하는 소리를 들을 적마다 나는 간이 콩알만해지는 그런 기분으로 우리가 과연 자정 안에 목적지에 무사히 도착할 수 있을 것인지 어쩐지를 다시 한번 심각하게 따져봐야만 했다.

면허증이 있다고는 하지만 자기 차를 주로 남의 손에만 맡겨왔던 유형의 운전 실력을 나는 당최 신뢰할 수가 없었다. 서울 쪽의 맑은 날씨만 믿고 오후 느지막이 출발한 것부터가 애당초 잘못인데다가, 더구나 사업 관계로 유형이 필히 만나야 할 사람이 있어 원주에서 상당히 지체하는 바람에 사정은 더욱 불리해졌던 것이다.

미로를 헤매는 악전고투 끝에 어찌어찌 폭설을 뚫고 우리는 한밤중이 되어서야 간신히 종곡에 도착했다. 유형은 길가에다 차를 세우고 엔진을 죽이면서 그대로 핸들 위에 엎드려버렸다. 옆자리에서 그의 위험스러운 운전을 내내 지켜보는 것만으로도 십 년은 감수할 만큼 흠씬 지쳐버렸기 때문에 나는 도어의 손잡이를 당기는 수고마저도 귀찮게 느껴질 지경이었다.

“야, 이 불한당 같은 놈들아. 누구 애타 죽는 꼴 볼려구 이제사 기어드는 거냐?”

털이 부얼부얼한 파카의 두건을 머리 위로 훌렁 뒤집어쓴 채 약국 앞 바람독을 초조하게 서성거리느라고 잔뜩 뿔이 돋아 있던 낙준이는 차가 멎기 무섭게 가시 돋친 고함으로 우리를 맞았다.

“말도 마라, 말도 마. 네놈 그 잘난 체면 세워주려다가 하마터면 한꺼번에 과부를 둘씩이나 만들 뻔했다.”

밤늦게 눈길을 뚫고 달려오느라고 우리가 겪은 수고와 우리가 넘긴 위험이 암만이었는지를 유형이 다분히 엄살기 섞인 어조로 설명했다. 유형은 낙준의 죽마고우였다. 낙준의 소개로 내가 유형하고 사귀기 시작한 것은 불과 몇 년 전부터였고, 허물없는 그들 두 사람의 관계에 비해 나하고 유형 사이는 아직도 피차 어려워하는 구석이 남아 있음을 의식하는 그런 처지였다.

“기왕 떼과부 만들 바엔 여기가 여러모로 유리하지.”

비로소 낙준의 얼굴이 활짝 펴졌다. 그는 한바탕 기분좋게 낄낄거렸다.

“왜냐하면, 이곳 종곡은 하늘 아래 첫 동네라서 천당하구 제일 가깝다구.”

그것으로 낙준은 도착 예정 시간을 무려 네 시간이나 어긴 우리를 너그러이 용서해주었다. 진료용 도구들이 가득 담긴 무거운 트렁크를 받아들면서 낙준은 마치 달갑지 않은 생색처럼 또는 피할

길 없는 보복의 손을 인간들의 나약한 어깨 위로 뻗은 어떤 음흉한 의지처럼 함박눈을 펑펑 뿌리고 있는 깜깜한 밤하늘을 암담하게 올려다보았다.

"아무래도 시기가 적당치 못해. 내 말대로 한 주일 뒤에 와야 하는 건데, 늬들이 괜한 똥고집을 부리는 바람에 산통 깨졌어. 때아닌 폭설도 그렇고, 더군다나 또……"

그는 혼잣말같이 중얼거리다 말고 갑자기 무슨 생각이 들었는지 유형과 나를 번차례로 노려보았다. 약국에서 흘러나오는 불빛을 엇비슥이 받아 두건이 이루고 있는 짙은 음영 속에서 그의 눈알이 순간적으로 차갑게 번뜩였다.

"이 엄청난 눈사태는 바로 네놈들이 몰고 온 거란 말이다!"

낙준의 안내로 그가 경영하는 천일약국에서 가까운 관동여관에다 여장을 풀었다. 협수룩하기 짝이 없는 여관이었다. 건물 자체가 아주 볼품없이 낡아빠지고 객실이 대여섯 개밖에 안 되는 소규모인데다가 그새 푸짐하게 쌓인 눈더미를 솜이불처럼 둘러쓰고 있어서 희읍스름한 설야 속에 어렴풋이 드러난 여관의 표정은 마치 질식하기 직전의 목이 졸리는 자와도 같은 인상이었다. 그러나 협수룩해 보이는 인상은 우리들 도회인의 기준일 뿐이지 실상은 종곡에서 기중 깨끗한 축에 드는 여관이라는 것이었다.

본격적인 스키 시즌을 넘겨서인지 여관은 아주 한산했다. 어쩌면 금년의 마지막이 될지도 모르는 백설을 즐기러 달려온 자가용

승용차 한 대가 지붕 위에 스키를 장착한 채로 여관 앞에서 하얗게 눈을 맞으며 서 있었다. 차로 가면 십 분 정도 걸리는 곳에 유명한 스키장이 있다는 이야기를 나는 차 속에서 종곡이 초행이 아닌 유형으로부터 들었었다.

"어떤 대접을 받든 난 상관없어. 난 운전수로 따라온 거니까 괜찮아. 허지만 우리 이형한테는 너무 지나치잖을까? 귀하신 몸을 이런 돼지우리 같은 여관방에다 처박아두고도 너는 따뜻한 안방 아랫목에서 니 여편네 끼고 편히 잘 수 있을 것 같니?"

촌스러운 나뭇잎 무늬의 퇴색한 벽지로 사면 벽과 천장이 뒤덮인, 대략 여덟 자 사방의, 두 사람이 기거하기엔 너무 옹색한 방안을 한 바퀴 휘익 둘러보고 나서 대뜸 유형이 불만을 토했다.

"내 탓이 아니야. 어른 말씀 안 듣고 늬들이 제멋대로 까분 벌이다."

낙준도 지지 않았다.

"한 주일 뒤에 온다고 비렁뱅이 대우가 상전 대우로 달라질까?"

다시 유형.

"실은 집안에서 친척들이 몇 사람 와 있어. 부득이한 사정 때문에 어쩔 수 없으니까 불편한 대로 여기서 그냥 묵어달랄 수밖에. 그 대신 술은 얼마든지 있다."

다시 낙준.

"임마, 내가 권주가 없이 술 마시는 것 봤어?"

유형.

"지금은 색싯집에 갈 처지가 못 돼."

낙준.

"그렇다면 니 마누라라도 불러와야지."

때마침 낙준의 부인이 술을 가지고 나타났다. 우리를 위해서 미리 준비했던 듯, 꽤 잔손이 많이 간 주안상까지 차려서 들여오고 있었다. 격식을 갖춘 인사 대신 허물없는 친구 부인을 두고 항용 있게 마련인 짓궂은 농담들이 오갔다. 낙준의 부인은 여관잠 신세는 물론이고 폭설마저도 깡그리 다 자신의 부덕한 소치라는 투로 우리에게 거듭거듭 사죄했다. 그러고는 남편을 향해 슬쩍 눈짓을 하는 것이었다.

"친척 어른들이 기다리고 있으니까 이만 가봐야겠어. 아주 중요한 얘길 하다가 나왔거든. 이따가 늦더라도 다시 올게."

낙준 역시 제 마누라한테 비슷한 눈짓을 보내고 있었다.

"네놈 소행머리를 보자면 당연히 치도곤을 내릴 것이로되 우리 제수씨 정성이 갸륵해서 이 정도로 참아주는 줄 알아."

국산 양주의 병마개를 따면서 유형은 여전히 삐딱한 소리를 늘어놓았다.

"다시 올 것까진 없어. 유형이나 나나 곤죽으로 지쳐 있으니까 아마 술 한잔 들어가면 금세 곯아떨어질 거야. 내일 아침에나 만나자.”

집에 정말로 어려운 친척들이 와 있나보다 생각하면서 나는 낙준 내외의 등덜미를 떠다밀듯이 서둘러 말했다. 문지방을 넘다 말고 낙준이 불현듯 돌아섰다.

“말해두겠는데, 여긴 서울하곤 좀 달라. 타관 사람들이 밤길을 나다니기엔 위험한 곳이야. 공연히 눈 속을 헤매고 돌아다니다가 혹 무슨 일이라도 생긴다면 곤란하니까 밖엔 절대로 나오지 마라.”

“마치 무슨 일이 반드시 생길 거라는 암시처럼 들리는군.”

“뭐 꼭 그런 건 아니지만…… 어쨌든 밤나들이만큼은 이 종곡바닥에서 삼가는 게 좋아.”

어느새 저만큼 앞장서 나가는 마누라를 뒤따라 낙준은 빠른 걸음으로 여관을 빠져나가고 있었다.

“짜아식, 돼먹잖게 빼기긴! 서울 같으면 통반 유지도 못 될 주제에 손바닥만한 시골바닥에서 지가 무슨 유지라고!”

내 잔에다 술을 따르면서 유형은 여전히 일기죽거렸다. 그러나 그의 본심이 어떤 건지를 나는 알고 있었다. 그만한 감정 때문에 서로 의가 상할 만큼 그와 낙준의 관계는 허술하지가 않았다. 마찬가지로 나 또한 낙준을 전적으로 믿고 있었다. 그래서 험한 바닥에 처음 발을 들여놓은 나를 걱정해준답시고 제딴에 한번 해본 소리거니 하고 나는 낙준의 마지막 말에, 어쩌면 경고같이도 들리던 그 말에 별로 신경을 쓰지 않았다.

모처럼 종곡에서 맞은 첫 밤을 꾀죄죄한 여관방에서 보내면서 동행끼리의 무덤덤한 대작에 우리는 쉽게 술맛을 잡치고 말았다. 유형이 방바닥에 벌렁 드러누워 팔베개를 하면서 길게 하품을 뽑았다.

"어차피 우린 눈 속에 갇혔어. 아마 앞으로 사흘 동안은 여길 빠져나갈 수 없을 거야. 즐길 시간은 충분하니까 오늘은 잠이나 푹 자두는 게 좋겠어."

"잠깐 바깥바람이나 쐬다가……"

미처 내 말이 끝나기도 전에 유형이 재빨리 도리질을 했다.

"그건 낙준이 그 녀석 말이 맞아. 밖에 나가봤자 금방 후회하게 돼. 종곡이 어떤 덴지 난 약간은 알지. 형편없이 삭막한 고장이야. 꿈에도 가본 적이 없지만 난 시베리아가 어느 정도란 걸 짐작할 수 있어. 종곡의 겨울밤을 생각하면 되거든. 이렇게 눈 내리고 바람 많은 날 밤에 이 고장 사람들은 무엇으로 시간을 보내는지 알아? 아궁이에 군불 듬뿍 지피고 뜨신 이불 속에서 사내하고 계집이 어울려서 열심히 새끼 만들어내는 일이라고."

유형은 이내 혼곤한 잠의 늪 속으로 빠져들어갔다. 사지가 느슨히 풀린 듯한 피곤에도 불구하고 나는 여간해서 잠을 이룰 수가 없었다. 처마끝을 떠메고 일어서려는 기세로 강풍은 기승을 부렸다. 멀리서 울리는 사이렌 같은 강풍의 목소리가 유형의 코고는 소리를 자꾸만 윽박지르고 있었다. 북쪽 벽의 창문이 끊임없이 덜컹거리고, 강풍에 실려온 굵은 눈발이 싸르륵싸르륵 창유리를 갈기면서 방안의 불빛을 향하여 마치 며느리 잡도리하는 시어미의 잔소리처럼 연방 나무라고 있었다.

여행길에만 나섰다 하면 으레 물갈음 배탈로 고생하고 잠까지 설치는 내 체질에 종곡이라 해서 예외일 리는 없었다. 나는 벗었던 옷들을 도로 주섬주섬 챙기기 시작했다. 눈보라의 밤길에 대비하여 유형의 자켓마저 껴입었다.

정강이까지 푹푹 빠지는 눈길이 밖에서 나를 기다리고 있었다. 길모퉁이에 숨어서 기회를 노리던 세찬 바람이 여관 밖으로 나서는 나를 불시에 습격했다. 짐승처럼 괴성을 지르며 고원지대에 출몰하는 눈보라의 대열이 차례로 내 뺨을 후려쳐 나를 장님으로 만들면서 물러가는가 하면 어느새 또 달려들곤 했다.

눈보라 사이로 불빛이 보였다. 낙준의 가게였다. 거기에서 흘러나오는 불빛이 종곡의 밤거리에서 볼 수 있는 유일한 밝음인 듯했다. 자꾸만 나를 거부하고 나를 핍박하려는 이중의 적인 엄청난 적설과 설한풍을 상대로 싸워가며 나는 불빛을 향해 힘겹게 나아갔다.

가게에 딸린 방안에서 밝은 불빛과 함께 사람들의 말소리가 새어나오고 있었다. 여러 사내가 한꺼번에 중구난방으로 떠들어대면서 뭔가를 심각하게 따지고 다투는 듯한 소리였다. 집안에 친척들이 와 있노라던 낙준의 말을 나는 그때 상기했고, 아울러서 나는 어쩌면 그가 거짓말을 했을는지도 모른다고 처음으로 그를 의심하기 시작했다. 가게의 유리문 밖에서는 안쪽의 언쟁이 어떤 내용인지 짐작하기 어려웠으나 어쨌든 집안일로 친척들끼리 다투는 소리 같지는 않다는 느낌이 내게 육감으로 전해져왔다. 그러자 아직은 아무 영문도 모르는 상태에서 이상하게도 낙준의 가게 근처에 더이상 머물러서는 안 된다는 판단이 얼핏 섰다. 마치 제삼의 적이라도 만난 듯이 나는 황급히 불빛으로부터 도망쳐나와버렸다.

불빛과 언쟁의 열기로 살아 있는 낙준의 가게를 제외한다면 종곡의 거리는 죽은 거나 마찬가지였다. 얼어붙은 어둠의 땅, 텅 빈 유령의 거리였다. 무인지경을 질주하는 바람이 어느 집 양철간판을 땅바닥에다 내동댕이치는 소리가 요란하게 울렸다. 아마도 종곡을 남북 혹은 동서로 관통하는 유일한 대로인 듯한 이차선 노폭의 번화가 아닌 번화가를 무작정 혼자 걷던 중, 나는 누군가 아까부터 내 행동거지 하나하나를 낱낱이 엿보는 자가 있음을 퍼뜩 느꼈다. 나는 갑자기 걸음을 멈추면서 몸을 홱 돌려세웠다.

바로 그때였다. 방금 지나온 도로변 양쪽의 어둠 속에서 허둥지둥 창문들을 닫는 소리가 들렸다. 비로소 나는 종곡이 유령의 거리가 아님을 알았다. 소리 죽인 인간의 숨결들이 눈보라와 어둠 저편에서 조심스럽게 살아 움직이고 있었다.

내가 앞으로 더 나아가려는 방향의 먼 곳에서부터 차례로 문들이 닫히는 소리를 바람결에 듣고서 나는 얼른 되돌아섰다. 바람만큼이나 빠른 속력으로 눈길을 달려오는 이떤 물체를 나는 보았다. 씨근벌떡 거친 숨소리를 날리며 커다란 눈사람 하나가 바로 내 곁을 통과하는 걸 보고 나는 엉겁결에 한쪽 길가로 물러섰다. 머리끝이 쭈뼛 곤두서면서 대뜸 온몸에 소름이 끼쳤다. 예삿사람과는 비교가 안 되는 엄청난 몸집하며, 하얗게 눈을 뒤집어쓴 그 모양하며, 더구나 정강이까지 빠지는 눈길을 그처럼 맨땅을 디디듯 아무렇게나 질주할 수 있는 유별난 능력하며가 영락없이 히말라야 산중에 산다는 저 설인雪人이었다.

그제서야 나는 절대로 여관 밖에 나가지 말라던 낙준의 경고가 실없는 수작만은 아니었음을 분명히 깨달았다. 그러나 이미 때는 늦었다.

"웬놈이냐!"

갑자기 뜀박질을 멈추더니만 그 괴물이 이렇게 울부짖었다. 가슴이 철렁 내려앉으리만큼 위협적인 으르렁거림인데도, 나는 그 순간 내가 충분히 알아들을 수 있는 한국말로 힐문해준 것만도 고맙고 고마워서 그 괴물에게 머리를 조아리고 싶은 어처구니없는 기분에 사로잡혔다.

"누, 누구시오?"

나는 사타구니 사이로 마구 꼬리를 말아붙이는 불쌍한 강아지가 되어 겨우 비명을 질렀다.

"누구냐구? 날더러 누구냐구?"

하아, 요것 봐라, 하고 놀리는 식으로 괴물이 감탄했다. 요란한 걸음걸이로 뿌지직뿌지직 눈밭을 뭉개면서 거구가 다가왔다. 나는 왜소한 내 몸뚱이를 단숨에 덮어누를 듯이 바로 코앞에 와서 절벽처럼 막아서는 괴물의 윤곽을 어둠 속에서도 똑똑히 보았다.

"이 김대장한테 누구냐고 재롱 떠는 네놈은 도대체 누구냐!"

김대장을 자처하는 그 괴물이 다시 온 종곡 바닥이 찌렁찌렁 울리는 소리로 울부짖었다. 하지만 나는 그의 입에서 풍기는 질편한 술냄새를 맡고는 한결 더 안도의 숨을 내쉴 수가 있었다.

"이, 이빨 뽑으러 온 사, 사람이오."

괴물의 몸에서 코를 지르는 악취 대신 인간을 느끼게 하는 술냄새가 풍긴다는 사실이, 그가 능숙하게 구사하는 한국말과 마찬가지로 나한테는 얼마나 고무적인지 몰랐다. 그 덕분에 나는 내가 누군지를 밝힐 만한 마음의 여유를 되찾았던 것이다.

"뭐야? 네놈이 내 이빨을 뽑으러 왔어?"

"아, 아닙니다! 그, 그런 뜻이 아니고……"

맹세코 그런 뜻은 아니었다. 나는 다만 그의 비위를 거스르지 않으려는 일념에서 치과의사를 짐짓 낮추어 말했을 따름이었다. 그런데 나는 결과적으로 커다란 실수를 범하고 만 셈이었다.

"감히 나 김대장 이빨을 뽑겠다고 큰소리치는 네놈이 대관절 어떻게 생겼는지 어디 모찌방이나 자세히 구경허자!"

김대장은 귓속이 웽 하도록 한바탕 너털웃음을 터뜨리고 나서 내가 더 변명할 겨를도 없이 멱살을 거머잡는 것이었다. 소댕 같은 그의 손아귀에 꺼들린다고 느끼는 순간 내 몸뚱이는 졸지에 허공으로 겅중 뜨면서 발바닥이 땅에서 떨어졌다. 정말 무시무시한 괴력의 소유자였다.

"네놈은 이 김대장이 왕년에 사람 이빨 뽑는 전문가였다는 소문도 못 들었나? 어디 한번 옛날 가락을 보여줄까? 자아, 어서 김대장한테 주문해라! 어금니를 뽑아줄까, 앞니를 뽑아줄까?"

"난 치과의사요, 치과의사!"

캑캑 숨통이 막히는 소리로 나는 간신히 내 직업을 밝혔다. 그러자 그는 깜짝 놀란 눈초리로 자신의 손끝에 대롱대롱 매달린 내 얼굴을 물끄러미 들여다보았다. 이윽고 그는 나를 도로 땅에다 내려놓은 다음 벌컥 화를 내었다.

"왜 진작 그렇다고 말하지 않았어!"

"말하려고 했는데……"

"종곡에 치과의사는 없어. 넌 처음 보는 얼굴이다. 어디서 왔지?"

"서울에서……"

"잡아먹진 않을 거니까 떨지 말구 말해. 여긴 언제 왔어?"

"조금 전, 두 시간쯤 전에요."

"내가 말을 팍팍 놓는데 너라고 존대하구 싶진 않을 테지. 뭐 괜찮아. 같이 말을 놓자구. 그래, 서울서부터 이 하늘 아래 첫 동네까지 돈벌러 왔다, 이런 얘긴가?"

"그런 건 아니고……"

"괜찮다니깐. 그렇게 떨 것 없이 너두 말을 팍 놓아버려."

"무료 진료를 나왔어."

"뭐? 무료 진료!"

"그래, 무료 진료야!"

"이런 빌어먹을!"

김대장은 느닷없이 가래침을 눈길 위에 칵 뱉었다. 그는 몹시 화가 치밀어오르는 기색이었다. 아무래도 내가 그를 또다시 잘못 건드린 듯했다.

"무책임한 놈들 같으니! 원 세상에, 이런 법이 또 어딨어! 이런 얼간이 같은 치과의사를 내 손에 맡겨서 나더러 도대체 어쩌라는 거야!"

그는 잡아삼킬 기세로 구린내 나는 입을 내 얼굴 가까이 들이대면서 마구 투덜거렸다. 눈송이하고는 느낌이 또다른 침방울이 내 얼굴에 사정없이 튀었다. 마침내 그는 한숨을 길게 쉬었다.

"그 개자식들이 너한테 일러주지도 않든? 밤거리에 나서면 위험하다구 말야."

나는 입 한번 벙끗 잘못 놀려서 결정적으로 일을 그르치게 될까 봐 선불리 대답할 수가 없었다.

"싸가지없는 놈들! 그놈들 때문에 넌 하마터면 큰일날 뻔했어.

넌 오늘 재수가 좋았던 거야. 이놈의 종곡 바닥에서 얼마나 더 있을지는 모르지만 단 하룻밤을 묵더라도 담부터는 해가 진 뒤에 밖에 나다닐 생각 마!"

"순전히 김대장 당신 한 사람 때문에 종곡의 밤거리가 그처럼 위험하다는 건가?"

나는 조심스럽게 물었다. 그러자 그는 히힛 하고 나지막하게 소리내어 웃는 것이었다.

"그래, 순전히 나 때문이지. 어느 정돈지 너 한번 구경해볼래?"

그는 발성 연습으로 두어 차례 목청을 가다듬는 시늉을 했다. 그런 다음 벽력같이 고함을 지르기 시작했다.

"아무리 그래봤자 소용없어, 이놈들아! 죽은듯이 자빠져 자는 척하지만 창문 뒤에 숨어서 엿보고 있는 줄 다아 안단 말야, 이놈들아! 당장들 일어나서 불 켜지 못하겠어?"

그러나 종곡을 온통 들었다가 놓는 그 우렁찬 호통 소리에도 불구하고 불이 켜지는 집은 하나도 안 보였다. 김대장은 좌우를 둘러보며 재차 간담이 서늘해지는 고함을 뽑았다.

"야, 거기 쌀가게 최가, 전파상 김가, 세탁소 임가, 담뱃집 김가, 늬들 내 얘기 안 들려? 만일 셋 셀 때까지 불 안 켜면 늬들 집구석 기둥뿌리가 왕창 뽑힐 줄 알어! 하나앗! 두울!"

참으로 희한한 광경이었다. 김대장의 입에서 셋이 튀어나오기 그 직전에 신통하게도 약속이나 한 듯이 정확히 네 개의 불빛이 좌우 길가에서 일제히 켜지는 것이었다.

"김대장님 아닙니까?"

"이 밤중에 웬일이슈?"

쌀가겐지 전파상인지 또는 세탁손지 담뱃집인지는 모르지만 방금 잠에서 깬 것처럼 일부러 하품을 섞어서 지껄이는 인사말들이 들렸다. 그러자 김대장은 술냄새 물씬거리는 입을 내 코앞에 들이대면서 다시 만족스러운 웃음을 흘렸다.

"히힛, 너두 봤지? 방금 니 눈으로 분명히 확인했지? 히히히힛……"

외출하면서 틀림없이 내 손으로 껐던 전등이 다시 켜진 걸 보고 나는 낙준이가 여관방에 와 있음을 알았다. 콘크리트로 미끈하게 다져진 마당에서 내가 구두와 바짓자락에 엉겨붙은 눈덩이를 털고 있을 때 방문이 벌컥 열렸다.

"충고를 어겨가며 밤나들이 나갔다 오신 재미가 어떠셔?"

낙준이 이렇게 비아냥거렸다. 몹시 못마땅해하는 투였다. 나는 눈이 수북이 쌓인 머리와 자켓을 마저 턴 다음 잠자코 방안으로 들어섰다.

"회의는 다 끝났어?"

불쑥 내지르는 내 물음에 낙준은 약간 당황하는 기색이었다. 짬을 두지 않고 나는 다그쳤다.

"김대장은 어떤 사람이지?"

그러자 낙준의 얼굴이 대뜸 묘하게 일그러졌다. 이윽고 그는 온몸으로 분노를 나타내면서 나를 무섭게 노려보는 것이었다.

"짐승이지!"

그는 한마디로 이렇게 씹어뱉었다.

"개척단 출신인가?"

"그 짐승이 너한테 해코지하지 않든?"

그는 몹시 초조하게 굴었다.

"아니, 털끝 하나 건드리지 않던걸."

그의 기분 따위는 아랑곳없이 나는 오히려 농담으로 여유를 보이고 싶었다. 일단 그렇게 말해버리고 나니까 낙준이 말하는 그 짐승이 정말 내 몸에 털끝 하나 다치지 않았다는 생각이 들었다. 그러나 낙준은 내가 짐승의 손에서 놓여나 무사히 살아서 돌아왔다는 사실이 아무래도 믿어지지 않는 모양이었다.

뭔가를 캐내려는 눈초리로 나를 요모조모 뜯어보는 그한테서 나는 갑자기 어떤 거리감 같은 걸 느끼기 시작했다. 그하고의 오랜 우정에 서서히 금이 가는 소리가 들리는 듯했다.

똑같은 인물을 두고 그와 나는 왜 극과 극을 달리는 상반된 견해를 갖는 것일까. 그가 토박이인 반면에 나는 뜨내기라는 입장의 차이가 종곡이란 곳에서는 그렇게도 화합될 수 없는 머나먼 간극을 지니는 것일까.

"완력이라면 나도 어느 정도는 자신 있어. 너도 알다시피 치과란 원래 뚝심 없으면 못 해먹는 직업이거든. 김대장이란 작자, 깡패 우두머리였나? 괜찮아. 잡아먹진 않을 테니깐 떨지 말구 얘기해보라구."

내 농담에 낙준은 어이없어했다. 그는 마시다 남긴 국산 위스키를 두 개의 잔에 나누어 따르면서 정색을 하고 얘기하는 것이었다.

"종곡에서 힘자랑은 절대 금물이라는 얘기도 넌 못 들었니? 내 말 허투루 흘려듣지 마. 니가 알고 있는 것보다 훨씬 더 험악한 고장이야. 다시 한번 얘기해두겠는데, 밤나들인 여기서 아주 위험해. 그 짐승허구 맞닥뜨리는 일이 다시는 없도록 정말 조심해야만 돼."

이튿날 아침에 잠에서 깨었을 때는 하늘이 아주 맑게 개어 있었다. 악천후 뒤에 만나는 청명한 날씨는 산과 들과 거리의 집들을 온통 하얗게 뒤덮은 두꺼운 솜이불 같은 엄청난 적설량과 한데 어울려서 뭔지 모르게 신선하고도 풍요로운 느낌을 가슴 가득히 안겨다주었다.

신선하면서 풍요로운 느낌, 그것은 내가 애당초 종곡에 대해 품고 있던 살풍경한 선입견을 본때있게 배반하는 뜻밖의 감정이었다. 처음 낙준한테서 그리고 후에 유형한테서 종곡 이야기를 들었을 때, 나는 대뜸 그곳이 화전민 아니면 숯구이들이나 살고 있을 법한 문명의 사각지대이며 원시적인 폭력이 난무하는, 험악하기 그지없는, 다시 말해서 몹시 싸가지없는 고장임에 틀림없다고 지레 단정해버렸다.

그것은 전혀 내 탓이 아니었다. 오일육 혁명 직후에 경향 각지의 유명한 깡패들을 붙잡아다가 산골짝에 몰아넣고 강제노동을 시키면서부터 형성되기 시작한 취락이었다는 그들의 설명이 나에게 그와 같은 유추를 가능케 만들었던 것이다.

유난스럽기로 유명하다는 하늘 아래 첫 동네의 아침저녁 추위에 대비하여 미리 트렁크 안에 꾸려온 두툼한 털옷을 꺼내서 완전무장을 하고는 여관을 나섰다. 거의 무릎 근처까지 차오르는 눈을 밟으며 스키장으로 통하는 한 줄기 유일한 포장도로를 따라 한가하게 산보를 하는 동안, 나는 애당초의 종곡에 대한 내 생각이 크게 잘못된 것이었음을 다시금 깨달았다.

눈바탕에 반사되어 더욱 눈부시게 빛나는 아침햇살 아래 고스란히 드러난 종곡의 실체는 문명과 담을 쌓은 동네도, 폭력이 법을 대신하는 무법천지도 아니었다. 울긋불긋한 페인트로 뒤발해놓은 거리의 각종 간판들에서 이제 막 관광지로 발돋움하고자 하는 지역 주민들의 강렬한 의지가 손에 잡히는 듯했고, 눈길을 이른아침부터 오가는 사람들의 표정은 전형적인 시골뜨기들답게 밝고 순박하게만 비쳐서 어느 모로 보나 질서에 순응하는 듯한 틀잡힌 분위기였다.

남녀노소의 주민들이 까맣게 길가에 쏟아져나와 각자 손에 들린 삽이나 나무판때기 따위의 어설픈 도구를 사용하여 스키장으로 통하는 도로 위의 눈을 치우는 중이었다. 그들은 부지런한 손놀림의 사이사이로 자기네끼리 담소를 나누다 말고 낯선 인물인 나한테도 남아도는 웃음과 목례를 아무 스스럼없이 선물했다. 그러고는 얼른 또 마냥 즐겁게만 들리는 자기네끼리의 담소로 되돌아가는 것이었다. 전혀 구김살 같은 게 느껴지지 않는 그런 분위기였다.

하기야 여관잠 신세의 나를 이른아침에 깨운 것은 바로 스피커에서 꽝꽝 울려나오는 건전가요들이긴 했다. 밤의 질서와는 판이하게 다른 낮의 질서가 종곡을 지배하고 있었다. 간밤에 김대장하고의 우연한 조우만 없었더라면 자칫 간과해버리기 십상인 그 양면성, 종곡 특유의 밝음과 어둠에 관해 나는 혼자서 마음으로 되새기고 있었다.

포장도로가 다 끝나가는 곳에서 나는 거푸 심호흡을 했다. 공해에 전혀 물들지 않은 차가운 대기가 일단 코끝에 단내를 훅 끼얹고나서 폐부 밑바닥까지 깊숙이 잠겨들었다가는 잠시 후에 심한 재채기를 유발했다. 투명한 공기층을 가로질러 내 시력은 멀리 바라다보이는 어떤 산정의 낙락장송이 우산살같이 거느리고 있는 가지끝들에까지 섬세하게 달려가 닿았다.

지나온 길을 되짚어 다시 여관으로 향하면서 나는 종곡의 아침이 고맙게도 내게 선사한 건망증에 의하여 김대장의 일을 잠시 까먹어버렸다. 나는 아침부터 밤늦게까지 좁은 치과 건물 안에만 죄수처럼 틀어박혀서 손발이 붓도록 나하고는 사돈의 팔촌도 안 되는 사람들의 악의에 찬 이빨들하고 매일매일 씨름을 벌여야 하는 서울을 떠나오길 백 번 잘했다고 생각했다. 아울러서 나는 이박 삼일 예정의 진료 여행이 뜻밖의 폭설로 말미암아 며칠 더 연장되는 한이 있더라도 결코 하늘을 원망하지는 않겠노라고 스스로 다짐했다.

여관방에서는 이제 막 세수를 하고 돌아온 유형과 낙준이 여자 문제를 주제로 한 짙은 음담들을 주고받으면서 한창 기분좋게 낄낄거리고 있었다. 밝음의 새로운 질서에 지배받는 다른 종곡 주민들과 마찬가지로 낙준 역시 간밤엔 내가 언제 그랬더냐는 듯이 주름살이 활짝 펴진 얼굴이었다.

다른 데서는 맛볼 수 없는 종곡의 명물로서 오징어 불고기를 전문으로 하는 '납짝집'에 낙준이 우리를 안내했다. 거기에서 비방의 양념으로 구운 오징어 요리에 곁들여 아침밥을 포식하고 나서 우리는 곧바로 진료 장소로 나갔다.

우리 일행을 위해 마을금고 사무실 한쪽이 진료장으로 제공되어 있었고, 자연부락마다 설치된 라우드 스피커와 유선방송망을 통한 몇 차례의 공지사항 안내 덕분에 벌써부터 코흘리개 아이들을 동반한 부녀자들과 농사꾼 차림의 사내들 대여섯이 주변을 서성거리고 있었다.

그네들은 묵직한 트렁크와 약품 상자 따위를 나누어 든 채 마을금고 사무실로 들어서는 우리 진료반 일행을 약간은 겁먹은 눈초리로, 그러나 굳이 전달되기를 원치 않는 은근한 호의를 가지고 먼발치에서 환영하고 있었다. 도회인들의 발목을 묶어놓는 눈사태도 눈의 본고장 사람들인 그들에겐 대수롭잖은 장애물인 모양이었다. 치과의 혜택을 거의 못 받고 살아온 그들로서는 눈사태의 불편도 충치나 풍치의 고통으로 손쉽게 물리칠 수 있는 모양이었다.

낙준의 소개로 유형과 나는 마을금고 이사장을 비롯하여 각 부락 이장단과 우선 인사부터 교환했다. 마치 폭행이라도 하는 기세로 내 손을 덥석 움켜잡아 마구 흔들어대는 젊은 이장들의 악수 공세에 나는 뼈가 으스러지는 아픔을 느꼈다.

"이렇게 와주셔서 고맙습니다! 정말 고맙습니다!"

내가 받은 인사들이란 대개 예상했던 범위를 크게 벗어나지 않는, 그렇고 그런 것들이었다. 그러나 유형의 경우는 너무도 뜻밖이었다.

"저희 부락에서도 ××일보를 보는 집이 세 가구나 되지요. 앞으로 자알 부탁합니다."

이장단을 대표해서 가장 나이가 많은 사람이 이렇게 말하며 허리를 경위지게 꺾어 보이자, 유형은 "아…… 예……" 어쩌고 얼버무리면서 심히 난감한 눈짓을 낙준에게 보내어 응원을 청하고 있었다.

"이봐, 우리 유기자한테 그런 인사는 사실 너무 과분해. 괜히 출장 핑계대고 놀러온 거지. 정식으로 취재차 나온 건 아니니까."

낙준이 천연덕스레 지껄였다. 그제서야 유형도 눈치껏 알아차리고는 넉살 좋게 얼른 받아넘기는 것이었다.

"저희 신문을 애독해주신다니 고맙긴 합니다만, 이 친구 얘기가 맞습니다. 이번에 순전히 개인 자격으로 온 거니까 저한테는 조금도 신경쓰실 필요 없습니다."

진료가 시작되었다. 우리 일행은 각자가 지닌 능력과 취향에 따라 업무를 분담했다.

나를 수족처럼 도와 조수 노릇을 맡아줄 사람은 무역업자이면서 졸지에 가짜 기자 행세를 하게 된 유형보다는 그래도 정식 약사인 낙준 쪽이 제격이었다. 그는 내 지시에 따라 고통이 심한 발치拔齒 환자에게 자신이 경영하는 천일약국의 이름으로 역시 무료로 제공하는 항생제나 진통제를 배부하는 역할까지 덤으로 맡았다.

××일보 기자 양반한테는 환자 접수와 장내 정리의 잡일거리가 주어졌다. 유기자는 마을금고 여직원으로부터 노트와 볼펜을 빌려 책상 한쪽을 차지하고 나서는 끼리끼리 모여 무질서하게 웅성거리는 진료 희망자들을 향해 신나게 고함을 질러대기 시작했다.

"차례대로 한 줄로 서주세요! 이렇게 질서가 물렁물렁하다가는 의사선생이 치료를 제대루 할 수가 없습니다. 마지막 한 분까지 제가 책임지구 치료를 받을 수 있도록 노력할 것을 약속드리는 바이니까 걱정 마시고 차례를 지켜주세요!"

잔뜩 겁을 집어먹은 표정인 채로 부녀자들은 자기 아이들을 단속하면서 가까스로 하나의 줄을 이루었다. 나는 회심의 미소를 지으며 가짜 기자를 돌아다보았다. 가짜 기자는 나에게 슬쩍 윙크를 보낸 다음 낙준의 귓가에 대고 나직이 으르렁거렸다.

"너 임마, 버젓한 무역회사 사장님을 사이비 기자로 취직시켜주고도 무사할 것 같니?"

그러나 낙준은 대꾸 없이 점잖게 앉아서 시치미를 떼고 있었다. 이윽고 유형과 환자들 간에 입씨름이나 다름없는 딱한 문답이 개시되었다.

"이름은요?"

"복성이…… 복성이라고……"

아이를 둘씩이나 앞세운 중년의 아낙네가 책상 위에 주욱 늘어놓인 번쩍번쩍 빛나는 쇠붙이들에 잔뜩 주눅이 든 표정으로 어물어물 대답했다.

"이름을 물으면 성까지 같이 대답해야죠. 성씨가 뭡니까?"

"김…… 김해 김씨……"

"본관까지는 필요없구요. 주소는요?"

"예?"

"무슨 리냐구요?"

"요짝편 어금니가……"

"이빨 얘긴 이따가 의사선생한테나 허시구, 아주머니 사시는 부락 이름이 뭐냐 이겁니다!"

"강원도 평창군 도암면 종곡 5리……"

"됐어요. 그냥 간단히 종곡 몇 리라구만 말씀하시면 충분해요!"

매사가 이런 식이었다. 성명, 주소, 성별, 나이 등 필요한 최소한의 문답만 나누는 데도 이렇듯 앞뒤가 안 맞아 번번이 언성이 높아지곤 했다. 정도 이상 설치고 덤벙대는 신문기자 양반의 태도에 그네들은 내심 두려움을 느끼고 있음이 분명했다. 그네들이 그러면 그럴수록 유형은 더욱더 딱딱하게 나오고 있었다. 나는 보다 못해 유형에게 타일렀다.

"호구조사 나온 건 아니니까 대충대충만 적어도 괜찮아."

유형이 그토록 꼬치꼬치 따져 물었음에도 불구하고 나는 첫번째 환자인 중년의 아낙을 의자에 앉히며 진료에 임하자마자 '김복성'이 다름 아닌 그녀의 아들 이름이란 걸 이내 알아차릴 수가 있었다. 뭐 진료라 해봤자 워낙 휴대용 기구가 변변칠 못해서 발치 행위가 거의 전부인 셈이었다. 낙준이 제법 익숙한 솜씨로 앰플로 된 리도카인 마취용액과 주사침을 캐트리지 안에 끼워서 건네주자 나는 그걸 받아 종곡 5리에 산다는 복성이네 엄마의 왼쪽 어금니 주변 잇몸에 찔러 국부마취를 단행했다.

"누가 죽었습니까?"

나는 마취를 끝내기 무섭게 사무실 한구석 소파에 앉아 있는 이

장단을 향해 기습적인 질문을 던졌다. 그때까지 자기네끼리 열심히 수군거리던 이장들이 흡사 마취주사는 복성 엄마 아닌 자기네가 대신 맞기라도 한 듯이 화드득 놀라면서 개개일자로 별안간에 벙어리들이 되었다.

"누가 죽었나요?"

나는 재차 주사침을 가했다. 그러나 젊은 이장들 가운데에서 아무도 대꾸하는 사람이 없었다.

"살인사건이라도 났습니까?"

나도 모르게 어느새 강한 추궁의 어세를 띠기 시작하는 내 질문에 선불리 입을 나불거리는 사람은 여전히 하나도 안 보였다. 진료장의 분위기는 순식간에 찬물을 끼얹은 듯이 돌변해 있었다. 이장들이나 마을금고 직원들은 물론이고 나한테서 무료 진료의 도움을 받으러 온 빈궁한 환자들마저도 모두 다 한통속이 되어 흘끔흘끔 낙준의 눈치를 살펴가며 서로서로 야릇한 눈짓만을 교환하고 있을 따름이었다. 마치 철저히 비밀을 지키도록 목숨이라도 걸고 맹세한 어떤 치밀한 범죄의 집단처럼……

무지근한 침묵이 한동안 마을금고 내부를 고통스럽게 짓누르고 있었다. 그리고 그 침묵의 산의 꼭대기를 불타는 눈빛의 낙준이 바위 같은 무게로 타고 앉아 있었다. 정도 이상의 지나친 침묵이 종곡 주민들로부터 무리없이 자연스레 이루어지는 적절한 해명의 기회도, 그리고 나한테서 거북살스러운 질문을 역시 자연스레 철회할 수 있는 기회도 두루 다 앗아가버렸다. 애당초 나 자신도 매우 엉뚱하고 당돌하게 느낀 그 질문이 실상은 상당히 근거 있는 것이었음을 암암리에 입증해주는 그런 분위기였다.

"신문기자인 내가 가만있는 판인데 이형은 웬 쓸데없는 관심이 그렇게 많아? 치과의사는 잠자코 충치들이나 데리고 놀면 되는 거야."

유형이 갑자기 농담 반 진담 반의 핀잔을 주었다. 하지만 그 어조 자체가 어색한 것이라서 굳어진 분위기를 누그러뜨리려던 소기의 목적과는 거리가 멀었다. 열쇠를 쥐고 있음에 틀림없는 낙준이 마침내 입을 열었다.

"요즘 치과의사들은 저 모양인가? 남의 이빨 손볼 줄만 알았지 제 귓구멍 소제할 줄은 모르거든."

"제가 이거 실례했나봅니다. 저한테 뭔가 착각이 있었던 것 같습니다."

낙준이 덮씌워주는 누명대로 나는 성능 나쁜 내 청각을 그들에게 사과했다. 그러나 지구는 그래도 여전히 돈다. 나는 이장들의 예사롭지 않은 수군거림에 진작부터 귀를 나발통처럼 모으고 있었던 것이다. 누군가의 비참한 최후에 관한 언급이 얼핏 내 귓전을 스쳤음을 나는 진정으로 부정할 수가 없었다.

"다음 분 앉으세요."

나는 우중충하게 서 있는 진료 희망자들을 향해 사무적으로 말했다. 어느새 수많은 사람들이 밀어닥쳐 기다란 줄이 비좁은 공간 속에서 뱀 모양으로 눈치껏 똬리를 틀고 있었다. 유형이 얼른 접수 대장을 일별하고 나서 이렇게 소리쳤다.

"권오봉 아주머니, 권오봉 아주머니 차례요!"

아무나 붙들고 좌충우돌 농지거리를 던져대는 유형의 노력으로 시간이 지나면서 진료장의 분위기는 차츰 회복되어갔다. 뽑아낸 이빨의 숫자가 제법 불어나고, 스스로 요령을 터득한 것같이 가장 알맞은 순간에 경제적으로 기운을 쓸 줄 아는 내 팔뚝에도 저절로 신명이 오르고, 화르르 화르르 떠는 소리를 내면서 기세 좋게 타오르는 장작 난로가 너무 덥지 않나 느껴질 무렵이 되자, 여기저기에서 간간이 웃음소리가 솟기도 했다. 그런대로 첫날의 진료가 성공적임을 예견케 하는 분위기였다.

그러나 전혀 뜻밖의 돌발사태로 말미암아 진료장은 잠시 후에 수라장이 되고 말았다. 마치 모세의 지팡이 앞에서 둘로 딱 갈라지는 홍해를 보는 듯한 기분이었다. 일순간에 돌처럼 굳어지면서 웅성웅성 공포에 질린 귀엣말들을 나누는 주민들의 표정 때문에 나는 갑자기 일손을 놓을 수밖에 없었다.

주민들의 시선이 모여 하나의 뜨거운 초점을 이룬 곳에서 유리창을 그들먹하게 메우고 서 있는 한 거구의 사내를 나는 발견했다. 김대장이었다. 간밤의 어둠과 눈보라 속에서 겨우 윤곽만을 접했을 뿐인데도 나는 그 사내를 보는 첫 순간에 벌써 그가 바로 김대장임을 직감할 수가 있었다.

짚북데기를 들쑤셔놓은 듯한 머리칼에 수염투성이의 얼굴을 한 장년의 사내였다. 봄추위가 뼛속으로 파고드는 날씨인데도 깍짓동만한 몸집에 걸친 것이라곤 지저분한 내복 윗도리와 초콜릿색 골덴 바지뿐이었다. 그는 전혀 추위를 느낄 줄 모르는 사람 같았다. 영락없는 비렁뱅이 꼬락서니에도 불구하고 뭔가 감히 얕잡아볼 수 없는 일면이 그의 걸쭉한 외모에서 풍겼으며, 눈빛이 의외로 맑아 보였다. 아마도 술에 취해 있지 않다는 증거일 것이었다.

"저걸 그냥, 그냥!"

젊은 이장 중의 하나가 주먹을 부르쥐면서 나직이 이를 갈았다.

"오늘은 무슨 바람이 불어서 해가 뜬 뒤에도 김대장이 길거리를 나다닐꼬."

"인제부터는 밝은 대낮에도 안심허고 못 살게 생겼네."

아낙네들 둘이서 내 등뒤에 숨어서 가만히 속삭이는 소리였다. 나는 어떤 식으로든 김대장에게 알은체를 해야 된다고 속으로 무던히 별렀으나 그의 시선이 나를 놓아주지 않는 바람에 어쩔 도리가 없었다. 꼭 카메라의 렌즈와도 같은 눈이었다. 아무런 감정도 개입되지 않은, 광물질의 그것같이 차가운 눈초리로 잠자코 그는 마을금고 내부를 훑고 있었다. 진료장에 모인 사람들의 마음과 그 마음들이 이루어내는 일들을 낱낱이 필름에 담을 작정인 듯했다. 내 얼굴이 무수히 그의 카메라에 붙잡혔다. 내가 책상 위에 벌여놓은 갖가지 도구들과 그것들을 사용하여 수행한 작업의 결과가 차례로 사진찍혔다.

"어이, 김대장!"

마침내 그의 시선이 나한테서 거두어졌으므로 나는 벌떡 일어서면서 큰 소리로 그를 부를 수가 있었다. 그들먹한 그의 몸뚱이가 창가에서 물러가려는 참이었다.

"들어와! 들어와서 나하구 얘기해!"

나는 그가 틀림없이 한두 개쯤 상한 이빨을 가졌을 거라고 멋대로 단정하고는 그를 내 환자로서 취급하고자 했다. 그러나 유형이 곁에서 내 팔을 꽉 틀어잡았다. 낙준이 나한테 눈을 부라렸다.

"꼼짝 말구 넌 치료나 계속해!"

우르르 함께 휩쓸려 나가려는 이장들을 손짓으로 말린 다음 낙준은 단신으로 마을금고 사무실을 떠났다. 방금 김대장이 사라진 방향으로 성큼성큼 걸어가는 낙준의 뒷모습이 유리창 너머로 내다보였다. 관례를 깨뜨리고 느닷없이 대낮에 거리에 나타난 야행성의 그 짐승을 뒤쫓아가서 뭘 어쩌겠다는 건지, 나는 당최 낙준의 심중을 헤아릴 수가 없었다. 아직도 내 팔을 붙든 채 유형이 귀엣말을 건네왔다.

"이형은 참견할 일이 아니라구 그랬잖아."

어색한 웃음과 함께 나이 많은 이장이 다가왔다.

"피곤하실 텐데 좀 쉬셨다가 하시지요."

"커피나 한잔 시켜주십쇼."

나는 한동안 중단되었던 진료 행위를 다시 시작했다. 유형이 접수대장에 올린 기록과 환자의 얼굴을 우연히 맞추어보다가 얼핏 간과한 사실이지만, 종곡의 부녀자들은 대개가 터무니없이 겉늙은 편이었다. 유난히도 자외선이 강한 종곡의 햇볕이 주로 밭일이나 산일 따위에 종사하는 고원지대의 여인들 피부에 잔인한 흔적을 남기는 탓일까. 남자들이 하나같이 나이보다 젊고 건장해 보이는 반면에 여자들은 적어도 대여섯 살 이상씩은 세월을 가불해서 살아온 듯한 시달림의 증거가 각자의 얼굴에 완연했다.

아무리 낮추 잡아도 삼십대 후반쯤으로 보이는 중년의 거친 얼굴을 스물여덟의 나이라고 우기면서, 도무지 믿어지지 않는다는 내 눈초리 앞에서 꼭 거짓말로 속이기라도 했던 양, 썩은 앞니를 손바닥으로 가리며 낯을 확 붉히는 여자가 의자 위에 앉았다.

"저어…… 말씀드릴 게 있는데요, 잠깐만 틈을 내주셨으면……"

마을금고 여직원한테 다방으로 전화를 걸어달라고 부탁한 다음, 나이 많은 이장이 조심스럽게 접근해왔다.

"말씀하시지요."

마치 깊은 동굴의 저 안쪽에 내 말상대가 도사리고 있는 듯이 나는 검붉게 드러난 여자의 구강을 향하여 차갑게 말했다.

"여기서는 좀……"

뒤통수를 긁적거리며 이장은 난색을 표했다.

"무슨 말씀인지는 몰라도 사람들 이목을 꺼릴 이유는 없다고 봅니다. 종곡에서 벌어지고 있는 일에 관해서 아무것도 모르고 있는 사람은 외지에서 온 우리들 두 사람뿐입니다. 주민들은 아주 철저히 결속돼 있습니다. 사방이 우군으로 가득차 있으면서 이장님은 아직도 뭐가 그리 걱정되십니까?"

이장은 하는 수 없다는 듯이 계면쩍게 웃으면서 두 사람의 적과 다수의 우군을 주욱 둘러보았다. 그러고는 마치 암시장에서 흥정을 걸어오는 거간꾼처럼 상체를 기울이면서 나직이 말하는 것이었다.

"어젯밤에 의사 선생님께서 김대장을 만나셨다고 들었습니다만……"

"만났다기보다 우연히 마주쳤다는 게 온당한 표현이겠죠."

나는 환자의 구강 안으로 겸자鉗子를 들이밀면서 그 겸자하고 똑같은 빛깔로 내 목소리가 번쩍번쩍 도금되어 나옴을 느꼈다.

"그자가 혹시 선생님께 무슨 얘기라도 지껄이지나 않았는지……"

"그거야 쌀가게나 전파상 같은 데다 물어보면 금방 알 수 있는 일 아닙니까?"

이장은 사무실 한구석에 몰려 있는 자기 동료들을 의미심장한 눈빛으로 돌아다본 다음, 다시 나를 상대했다.

"아까는 질문에 대답을 못 해드려서 대단히 죄송했습니다. 사건이 워낙 우리 종곡의 불명예인데다가 회장님께서 엄명도 내리셨고…… 또…… 회장님하고 절친한 사이라고는 하지만, 그래도 신문기자 선생님은 역시 좀……"

낙준은 번영회의 회장직을 맡고 있었다. 낙준이 왜 유형을 엉뚱한 ××일보 기자로 둔갑시켰는지가 비로소 확실해졌다. 유형은 잠시의 곤혹스러운 표정을 이내 넉살 좋은 웃음으로 눙치고 나왔다.

"지금 저한테는 녹음기도 필기도구도 없습니다. 이건 볼펜이 아니라 치과의사를 돕는 의료기구의 일종일 뿐입니다. 여러분의 회장님 친구로서 그리고 치과 조수로서 여기 온 거니깐요."

나는 환자가 엄살을 떨 여유를 주지 않고 겸자에 힘을 가하여 신경까지 먹어들어간 어금니를 잽싸게 잦뜨렸다. 뒷걸음질치는 듯한 유형의 말씨에도 불구하고 나이 많은 이장은 아직도 마음이 놓이지 않는 모양이었다.

"하여튼 우리 회장님 얼굴을 봐서라도 선처해주십사고 두 분 선생님께 부탁드립니다. 저희들 종곡 주민 전체의 생계 문제하고 직결되는 중대한 일이니까요. 그렇다고 의사 선생님이 말씀하신 것처럼 살인사건은 아닙니다만……"

"살인사건이 아니라면 그럼 자살쯤 되겠군요?"

"일가족 동반자살입니다. 오늘 아침에 강릉에서 연락이 왔습니다. 부검 결과가 연탄가스로 인한 질식사로 나왔다는 겁니다."

"그 사건하고 김대장하고는 무슨 관계가 있나요?"

"글쎄요, 그게 약간……"

"말씀하시기 거북하다면 뭐, 그만두셔도 상관없습니다."

"죽은 사람들은 김대장 동생네 일가족이지요. 부부하고 아이들 둘이 죽었어요. 친형제는 아니고 개척단 시절에 의형제로 맺어진 사이랍니다. 형과 아우가 번갈아가며 겨우내 야료를 부리는 바람에 저희들은 지난 스키철을 거의 공치다시피 했습니다. 워낙 천하장사들이라서 형제가 한번 눈깔이 뒤집혔다 하면 지서 순경들도 어떻게 손을 쓸 수가 없습니다. 그 덕분에 모처럼 관광지로 개발해놓은 종곡에 손님들 발걸음이 뚝 끊겨버렸지요. 멋모르고 찾아왔던 사람들도 혼비백산해가지고 돈보따리 풀 여가도 없이 허둥지둥 떠나버리는 겁니다. 종곡으로선 이만저만한 타격이 아니었어요. 그래서 앞으로는 더이상 좋지 않은 소문이 바깥세상에 알려지지 말았으면 하는 것이 우리 주민들……"

별안간 이장이 입을 다물어버렸다. 낙준이 출입문으로 들어서고 있었다. 찻쟁반을 든 다방 아가씨가 뒤따라 들어왔다. 나이 많은 이장의 눈이 자기보다 훨씬 연하인 낙준에게 이렇게 묻고 있었다.

어떻게 됐습니까?

낙준의 눈이 이렇게 대답하고 있었다.

알아서 처리할 테니 나한테 모든 걸 일임해두라구요.

"티타임이다. 쉬었다가 하자."

낙준이 큰 소리로 말했다. 방금 내기바둑에서 이기고 돌아오기라도 한 사람처럼 그는 매우 흡족한 기분을 나타내고 있었다.

"이봐, 미스 원, 이분들 아주 귀한 손님들이니까 커피 곱빼기루 따라드려. 그러구 미스 원은 속썩이는 사랑니 같은 거 없어? 떡 본 김에 제사 지내고 활시위 당기는 김에 콧물 훔치더라고, 치과의사 만난 김에 아무거나 하나 뽑지 그래."

"집주인이 방문을 열어볼 때만 해도 색시는 숨이 빨딱빨딱 붙어 있었는데……"

"강릉병원으로 옮기자마자 죽었대요."

"차라리 죽는 게 낫지. 남편하고 자식 둘 한배 태워 보내고 여자 혼잣몸으로 아득바득 살아남아서 무슨 부귀영화를 바라보겠어."

"색시 인물이 아까워. 아주 음전하고 인사성도 밝은 여자였는데, 어떻게든 남편 맘 돌리고 자식새끼 똑바로 거두고 살아볼려고 기를 썼는데, 사내 하나 잘못 만난 죄로, 남편이 아니라 이건 뭐 동서남북 바람편을 만나서 초장부터 신세 그르쳐버린 거지."

"어른들은 그래도 괜찮어. 부모 잘못 만난 죄말고 뭐가 또 있어? 철모르고 같이 따라간 애들만 불쌍하다고."

마을금고 사무실 한구석에 한덩어리로 몰려서서 아낙네들은 피차간에 빤히 알고 있을 소문을 새삼스레 재음미해보느라고 정신들이 없었다. 물어뜯으면 뜯을수록 오히려 더 부피가 커지는 소문의 덩어리에 아낙네들은 저마다 탐욕의 이빨을 들이대고 있었다.

소문의 살찐 다리를, 소문의 그 알맞게 질긴 등심을 그리고 연한 안심과 사태를 덥석 물어 아낙네들은 아귀아귀 게걸스럽게 탐식하고 있었다. 아침에 강릉으로부터 온 경찰의 통보가 아낙네들을 또다시 사건 당시의 흥분 상태로 몰아넣는 모양이었다.

소파로 자리를 옮겨 이장들과 함께 커피를 마시는 동안, 나는 내내 아낙네들의 쑥덕거림에 귀를 기울이고 있었다. 폭설이 물러간 후의 해맑은 햇살과 신선한 대기를 의식하면서 듣는 불행한 죽음의 이야기는 나에게 묘한 감회를 불러일으켰다. 도대체가 죽음의 어두운 그림자와는 어느 한 가닥 인연이 닿지 않을 것 같은 찬란한 날에 무엄하게도 마구 쏟아지는 죽음의 이야기는 내 귀에 아주 비현실적인 화젯거리로 들렸다.

"다들 시끄럽소!"

갑자기 젊은 이장 하나가 벌떡 일어서면서 사납게 고함을 질렀다. 미처 다 감추지 못한 쑥덕거림의 꼬리 부분을 아직도 입안에 문 채 당황해서 어쩔 줄 모르는 아낙네들 쪽을 무섭게 노려보면서 그는 재차 으르렁거렸다.

"짐승들이 제멋대루 날뛸 적에는 행여나 과부 신세 될까봐서 제 서방 바짓자락 부여잡고 이불 속으로 끌어들이던 여편네들이 인제 와서 무슨 잡소리가 그리도 많소! 그렇게 수다 떨어도 괜찮을 만큼 이빨이 성하거든 어서 집으로 돌아들 가시오."

첫날의 진료에서 나는 백 명이 넘는 환자들을 처리하였다. 그런 추세로 나가다가는 종곡 주민들 거개가 내 손을 거치지 않을까 싶을 지경이었다. 내가 그들한테 해줄 수 있는 일이란 발치 행위가 거의 전부인 셈이었다. 내가 가진 휴대용 기구로써는 어쩔 도리 없는 환자들에겐, 더 늦기 전에 강릉에 있는 치과를 찾아가도록 충고하였다. 주머니 사정상 어쩔 수 없는 딱한 노인들에겐, 정식 면허를 가진 치과의사로서 차마 권하기 거시기한 매우 비과학적인 처방이긴 하지만, 아침마다 자기 오줌을 받아서 양치질해보라고 일러주기도 했다. 치과에서도 두 손 바짝 들어버린 험악한 풍치 환자가 마지막 수단으로 그런 민간요법을 사용하여 놀라운 효과를 본 경우를 나는 잘 알고 있었다.

진료를 끝내고 유형과 나는 낙준에게 이끌려 저녁을 먹으러 갔다. 진종일의 노동으로 몸은 녹초가 되었으나 폐부의 벽에 멘톨이라도 바르는 것 같은 종곡 특유의 신선한 저녁공기 속에서 나는 심한 공복감을 느꼈다.

이층 건물의 아래층 한구석에 자리잡은 식당은 작고 볼품없는 곳이긴 하지만 무척 깨끗하고 정성스러워 보이는 인상이었다. 문을 밀고 들어서기 직전에 낙준은 그 식당이 전문으로 하는 해장국을 우리에게 자랑삼아 말했다. 우거지를 주재료로 한, 서울 같은 데에서는 구경조차 할 수 없는 독특한 해장국 맛이라는 이야기였다.

관광지의 주말인데다가 하루 가운데에서도 영업이 한창 활발한 시간인데도 식당 안에는 썰렁한 기운이 감돌았다. 몇 자리 되지도 않는 탁자들이 모두 비어 있었다. 건장한 체격의 식당 주인은 우리를 깜짝 반기며 굳이 안방으로 들라고 고집을 부렸다. 여느 주민들과 마찬가지로 그 역시 낙준을 내심 어려워하고 있음이 얼굴에 역력했다.

"이 집 주인도 냉수 마시고 종곡에 눌러앉은 개척단 출신이지."

우리를 살림살이가 들어찬 안방으로 밀어넣고는 주방으로 향하는 주인 사내를 턱짓으로 가리키며 낙준은 거리낌없이 말했다.

"저야 일찌감치 냉수 먹고 속차렸지만 아직도 정신 못 차리는 사람 때문에 제 버릇 개 못 주는 깡패 출신이라고 나까지 도매금으로 넘어가는 판국입니다."

사내 또한 아무런 거리낌없이 맞받았다.

"그 짐승한테 요즘도 박씨가 병소주를 대준다는 소문이 있던데, 그게 사실입니까?"

"웬걸요, 괜히 넘겨짚고 생사람 잡지 마십쇼, 회장님!"

"박씨도 아니고, 그렇다면 그 짐승이 매일 밤마다 미쳐 날뛰도록 퍼마시는 술은 대관절 어디서 나오는 겁니까?"

"에헤이, 회장님두 참! 그걸 제가 어떻게 압니까? 저는 그저 형님이 사정없이 메다꽂는 바람에 딱 한 차례 마지못해서 술병을 내줬을 뿐입죠. 처자식 굶겨죽일 짓을 제가 어떻게 감히 또 하겠습니까요."

"박씨한테는 그 짐승이 여전히 형님입니까?"

"그, 그거야 뭐, 입에 붙은 버릇입죠! 예에, 그냥 저도 모르게 버릇으로 그럴 뿐입니다요!"

안방과 주방 사이를 뼈 있는 말들이 한바탕 오갔다. 도마를 때리는 요란한 칼질 소리가 낙준의 입을 막았다. 별미의 우거짓국을 기다리는 무료한 시간에 낙준이 나를 집적거렸다.

"니가 지금 무슨 생각을 하고 있는지 난 정확히 알아맞힐 수 있다."

내가 대꾸 없이 그저 웃고만 있자 그는 다시 집적거려왔다.

"넌 내가 몰라보게 사람이 달라졌다구, 과거의 성낙준이가 아니라구 생각하는 거지? 그렇지?"

"쪽집게 점쟁이구나."

"늬들한테는 정말 미안하게 됐다. 하지만 일부러 숨기려던 건 아니냐. 때가 되면 솔직히 털어놓을 작정이었어. 단지, 아직은 적당한 때가 아니기 땜에, 그리고 내놓을 만한 얘깃거리가 못 되기 땜에 당분간은 늬들한테 우리 치부를 까보이고 싶지가 않았을 뿐이야."

"……"

"늬들도 아마 내 입장이 돼보면 지금의 내 심정 충분히 이해하고도 남을 거다. 서울 같은 대처라면 혹 몰라두 우리네 좁은 바닥에선 너무 엄청난 사건이야. 어떤 식으로든 가까운 시일 안에, 늦어두 다음 스키 시즌까지는 지금의 사태가 해결되지 않으면 안 돼. 주민들 전체의 생존을 걸구 우린 폭력에 대항해야만 돼."

"……"

"우리 종곡의 역사는 사실 투쟁의 역사야. 소수의 원주민들이 인근 개척단 막사에서 밤마다 떼뭉쳐 몰려나오는 무법자들하고 죽기 아니면 살기로 싸워서 마을을 지켜냈어. 피도 많이 흘리고 주민들 희생도 컸지. 힘 좋고 악발 센 깡패 출신들을 이기기 위해선 그네들보다 더 큰 용기하고 완력이 필요했지. 결국 우리는 그 어려운 일을 끝내 해내고야 말았어. 그래서 개척단이 해체될 무렵엔 회개한 개척단원들을 식구로 받아들일 만큼 여력이 생겼던 거야. 그 후로 우리는 원주민들하고 깡패 출신들이 하나로 똘똘 뭉쳐서 새로운 사회를 건설하기 시작했어. 우리의 굳은 의지가 점차 밖으로 알려지면서부터 사방에서 이주민들이 몰려오기 시작하고, 그래서 결국 오늘날의 종곡이 급속도로 형성되었던 거야. 국내 유수의 스키장을 낀 관광명소로 요만큼이나 기틀이 잡히기까지는 정말 남모를 고충이 많았어. 불명예스러웠던 과거를 깨끗이 씻고 우린 마냥 희망에 부풀어 있던 판이야. 그런데 갑자기 문제가 생긴 거야. 말하자면 김대장이란 존재는 과거의 더러운 역사가 우리한테 남겨준 마지막 유물인 셈이지. 서 푼어치의 가치도 없는 골동품 같은 존재야."

"니 심정 난 충분히 이해할 수 있다. 난 여기 들어서자마자 뭔가 심상찮은 공기를 대뜸 느꼈어. 허지만 나하곤 상관없는 일이기 때문에 일부러 관심을 갖지 않았던 거야."

비만증의 팔자 좋은 사장님 배를 불룩 내민 채 벽면에 기대앉아 있던 유형이 나른한 소리로 말했다. 그는 몹시 게으른 몸놀림으로 나를 돌아보았다.

"이형도 나처럼 자제할 줄 알았으면 좋겠어. 어떤 사회나 어떤 분야든 나름대로 다 특수 사정이 있고 전문성이 있는 법이지. 그걸 잘 모르는 사람은 특수성이나 전문성에 섣불리 참견해선 안 된다고 믿어. 난 하루종일 이형을 곁에서 거들면서도 어떤 이빨을 빼는데 어떤 기구를 사용해라 혹은 사용하지 말라, 어떤 이빨엔 얼마만큼의 마취주사를 찔러라 혹은 찌르지 말라고 얘기한 적이 없어. 그건 내가 치과 지식에 관해서 전혀 문외한이기 때문이지. 마찬가지로, 누가 내 사업에 이러쿵저러쿵 훈수를 걸어온다면 난 결코 유쾌한 기분이 아닐 거야. 예를 들자면, 바로 이런 거지. 나는 현재 구미 지역에 코쟁이 여편네들이 좋아하는 요상한 잠옷과 여자의 나체상으로 구워진 도자기제 술잔 따위를 수출해서 재밀 보고 있다. 그런데 어떤 사람이, 이를테면 어떤 근엄한 목사가 시비를 걸어온다. 그런 부도덕한 상품을 수출하지 말고 성경책을 수출하시오! 이럴 경우, 난 절대 그 목사님을 존경할 수 없게 된다, 이런 얘기지. 아무래도 이형이 좀 지나쳤던 거 같애."

"썩 적절한 비유는 아닌 것 같군. 김대장이란 인물만 하더라도,

난 종곡 주민들하곤 약간 다른 견해를 느끼고 있어."

"어떻게?"

낙준이 다잡아 물었다.

"아직은 확실치가 않아. 최소한 그자가 짐승은 아니라는 사실 말고는. 그렇지만 이제 곧 모든 걸 소상히 알게 될 거야."

"넌 난생처음 여기 와서 아직 만 하루도 안 지났어. 그리고 나는 여기서 태어나서 여기서 이십 년 가까이나 살았어."

낙준의 어조는 매우 단호했다. 그는 몹시 자존심을 상한 표정이었다. 방안의 분위기가 말할 수 없이 어색해졌으나 그걸 바로잡으려는 노력 없이 나는 입을 꾹 다물고만 있었다. 강원도 산골에서 국민학교를 마치고 서울로 진학하여 중학생이 되던 당시의 성낙준은 이미 아니었다. 고등학교를 마치고 약대로 진학하게 되면서 치대에 들어간 나하고 일단 헤어지던 무렵의 그도 아니었다. 종곡 밖에서 만난 그와 종곡 안에서 보는 그는 전혀 별개의 인물처럼 나에겐 느껴지는 것이었다.

식당 주인 박씨가 음식이 다 되었음을 큰 목청으로 알렸다. 곧 우리들의 시야 안으로 들어선 그는 커다란 양은 쟁반을 들고 있었고, 그 쟁반 위엔 무럭무럭 김을 피워올리는 오지 뚝배기들과 소주병이 얹어져 있었다.

그는 손에 들린 걸 방안으로 들여놓을 생각은 않고 넋나간 사람처럼 우두커니 서 있었다. 그는 출입문 쪽에 시선을 못박고 있었다. 나도 마침내 김대장을 발견했다. 낮에 마을금고 사무실에서 그랬던 것처럼 김대장은 유리문 위쪽을 가린 포렴布簾 틈새로 식당 속을 기웃이 들여다보는 중이었다. 안방 문턱 너머로 쟁반을 난폭하게 디밀고 나서 박씨는 부랴부랴 좌석과 좌석 사이 비좁은 통로를 빠져 문으로 달려갔다.

"제발 돌아가주쇼, 형니임! 형님이 자꾸만 이러시면 우리 식구는 꼼짝없이 산 입에 거미줄 치게 됩니다요!"

출입문이 한쪽으로 드르륵 밀리면서 안으로 성큼 들어서는 거구의 김대장으로 말미암아 식당의 천장은 숨막힐 정도로 갑자기 낮아졌다.

"옛날 의리로 봐서라도 형님은 저한테 이러시면 안 됩니다!"

페널티킥을 막아보려는 골키퍼의 자세로 박씨는 양팔을 좌악 벌려 좌우로 초조하게 움직이면서 김대장의 앞길을 훼방하려 했다. 그러다가 그는 강한 힘에 떼밀려 넘어질 듯이 어칠비칠 뒷걸음질치는 것이었고, 베니어판의 칸막이로 구분된 주방으로부터 여자의 새된 비명이 튀겨져나왔다. 박씨의 마누라가 김대장의 발치에 덜퍽 무릎을 꿇고 엎드렸다. 그리고 울면서 하소연했다.

"김대장님, 김대장님, 차라리 저를 때려주세요! 접때 한번 나동그라진 뒤로 저이는 지금도 허리가 부실허답니다!"

"어디서 또 행패부리려는 거야!"

낙준이 벌떡 일어섰다. 그의 목소리엔 서릿발이 어려 있었다.

"치과 선생님을 뵈러 왔어."

김대장이 처음으로 입을 열었다.

"이분은 내 친구고 내가 초대해서 온 내 손님이야. 귀한 손님한테 공연히 서투른 짓 하려 들었다간 그나마 이 바닥에서 단 하루도 못 붙어날 줄 알어!"

낙준의 위세에 용기를 얻었는지 박씨가 또다시 전면으로 불거졌다. 제 마누라를 얼른 뒷전으로 빼돌린 다음 그는 제법 담차게 나왔다.

"나도 참을 만큼 참아왔습니다. 인제는 아주 지긋지긋헙니다. 솔직히 말해서 형님보다는 번영회 쪽이 더 무섭습니다. 강약이 부동인 것을 난들 어쩔 도리가 있겠습니까?"

옆으로 딱 바라진 박씨를 잠자코 내려다보던 김대장은 방안의 쟁반 위로 시선을 떨어뜨렸다. 그러더니만 느닷없이 팔을 뻗어 번개같은 솜씨로 쟁반에서 유리컵을 낚아채는 것이었다. 그는 아무 말 없이 컵을 입으로 가져갔다. 눈 깜짝할 사이에 그는 컵의 가장자리를 과자처럼 앞니로 물어뜯어 씹기 시작했다. 어금니와 어금니 틈바귀에서 유리 조각이 잘게 부서지는 소리가 빠각빠각 울렸다. 정나미가 확 떨어지는, 정말 기분 나쁜 소리였다. 대번에 사색이 되어 박씨는 주춤주춤 뒤로 물러서고, 그의 마누라는 또 비명을 질렀다.

"망치 너 이놈, 말 다 했니?"

망치란 순전히 깡으로 놀던 시절의 박씨 별명인 듯했다.

"네놈 그 잘난 모찌방, 콩멍석같이 기스 나라구 확 뿜어줄까?"

김대장은 유리 파편을 입안에 담은 채로 우물우물 중얼거리는 것이었다.

"김대장, 그건 구강위생에 아주 좋질 않아."

나는 되도록이면 침착을 가장하고 조용히 말했다. 김대장의 동작이 순간적으로 멈칫하는 걸 확인하고 나서 나는 계속 엉뚱한 소리를 지껄였다.

"왜냐하면 유리를 씹는 것은 치아를 둘러싼 법랑질琺瑯質의 파손을 수반하거든. 김대장은 지금 대단히 무모한 일을 저지르고 있어."

그러자 그는 어처구니가 없다는 표정으로 한동안 내 눈을 가만히 응시했다. 그의 눈자위에 보일 듯 말 듯 웃음이 흘렀다. 그는 고개를 옆으로 돌려 식당 벽을 향하고 빰을 팽팽히 부풀리더니만 입바람을 훅 내뿜었다. 게릴라를 섬멸하기 위한 인마 살상용 클레이모어라도 터지듯 모래알 같은 유리컵의 파편들이 어기찬 기세로 퍼져나가면서 식당 안의 불빛을 섬뜩하게 반사했다.

김대장의 행동은 치과의사의 입장에서 분명 칭찬할 만한 것이 못 되었으나 이상하게도 나는 거의 감동에 가까운 묘한 기분을 느꼈다. 인간의 육신에 치명상을 가할 수도 있는 물질을 그처럼 눈곱만치의 두려움도 없이 오히려 그것을 자연스럽게 안으로 끌어들여 임의대로 주무르는 그의 능력은 가히 일품이었다.

나를 강하게 사로잡은 것은 김대장이 지니고 있는 그 놀라운 수성獸性이었다. 과거 자유당 말기에 영동 일대를 주름잡았다는 유명한 깡패 우두머리의 내면에 오랫동안 잠자고 있던 그 수성이 비록 작은 한 부분이나마 내 눈앞에서 핏빛 같은 원색으로 나타나고 있었다.

그간 종곡이라는 좁은 울타리 안에서 오래 다스림을 당해왔음에도 불구하고 스스로 여전한 야생종임을 그는 그런 식으로 증명해 보이고 있었다.

그러나 나는 또한 알고 있었다. 야생의 거친 면모 뒷전에 그가 감추고 있는 또다른 일면을 나는 알고 있었다. 간밤의 우연한 조우에서 이방인인 나에게 그가 살짝 열어보인 어린애다운 장난기와 끔찍스러운 수성의 대비, 바로 그것이 나를 사로잡은 감동의 정체인 셈이었다.

"치과 선생님한테 꼭 드릴 말씀이 있습니다."

김대장이 아주 공손히 말했다. 낙준이 내 어깨를 찍어눌러 나를 강제로 바닥에 주저앉혔다.

"저것이 얼마나 흉포한지를 니가 몰라서 그래. 만약 종곡에서 너한테 무슨 일이 생긴다면 그건 바루 내 책임이야."

"성회장, 자네도 보다시피 난 지금 맑은 정신이야. 내가 취하지 않았을 땐 동네 똥개조차도 날 보고 짖질 않아."

"맑은 정신인데 죄 없는 컵은 왜 씹어?"

"잠깐이면 됩니다. 제가 선생님을 절대로 해치지 않을 거란 걸 선생님은 아시잖습니까. 단둘이서만 잠깐 따로 만나서 꼭 제 얘길 들어주십쇼."

다른 사람들의 존재는 깡그리 무시해버리고 그는 오직 나 하나만을 상대할 작정이었다. 나는 손가락으로 쟁반을 가리켰다.

"소문난 해장국이 식으니까 얘긴 좀 이따가 했으면 하는데……"

"알았습니다."

그는 더이상 군말 없이 선선히 물러가버렸다.

"김대장 사는 데가 어디지?"

"그 짐승은 만나서 뭘 하게?"

낙준이 퉁명스럽게 쏘아붙였다.

"걱정 마, 내가 알아서 잘 처리할 테니까."

"넌 지금 날 미칠 지경으로 화나게 만들구 있어."

"어쩌면 너한테도 잘된 일일지도 몰라. 좋은 방향으로 결말이 나도록 내가 중간 역할을 해줄 수 있을지 누가 알아?"

"삶은 호박에 이빨도 안 들어갈 소리 마라. 세상만사가 다 니 손끝에서 놀아나는 썩은 이빨같이 그렇게 만만한 건 아니다. 우린 그동안 할 수 있는 최선을 다해왔어."

전혀 예기치 못했던 충돌을 겪었는데도 우거짓국은 확실히 맛이 좋았다. 나는 대관령 특산의 잘 건조된 무청의 향긋한 냄새하고 열게 푼 토장의 구수한 맛이 한데 어우러져 만든 그 별미를 천천히 음미해가며 김대장을 생각했다. 그는 대관절 나한테 무슨 얘기가 하고 싶은 걸까. 그리고 대화의 상대로 생판 낯선 나를 택한 이유는 또 무엇일까.

이른 저녁을 배불리 먹은 후 식당 밖으로 나가봤으나 김대장의 모습은 거리 어디에서도 눈에 띄지 않았다. 천지가 온통 눈과 바람의 차지였다. 북극지방을 연상케 하는 희읍스름한 백야 속에서 인간 따위는 아주 하잘것없는 존재에 지나지 않았다. 하루 낮의 햇볕만으로는 하느님마저도 감히 녹일 엄두를 못 낼 엄청난 적설 위에 찍힌 인간의 발자국들을 소리소리 목청껏 질러대는 성난 바람이 까뭉개어 지우고 있었다.

유형이 잠든 걸 보고 낙준은 약국 제 마누라 곁으로 돌아갔다. 그가 돌아간 후 정확히 삼십 분을 기다렸다가 나는 소리없이 여관을 빠져나갔다. 약국에서 흘러나오는 환한 불빛을 먼발치로 보면서 나는 낙준이 마누라한테 갔다기보다는 종곡의 유지들 곁으로 돌아갔음을 알았다.

나는 낮에 눈여겨두었던 마을금고 근처 식품가게의 닫힌 문을 두드려 네 홉들이 소주 한 병을 샀다. 약속은 막연히 돼 있지만, 간밤처럼 또 김대장을 덜컥 만날 거라는 보장은 없는 상태였다. 나는 그저 요행수에 맡기고 무슨 의무라도 수행하듯이 어제의 그 길을 천천히 걸었다. 술병을 쥔 맨손이 한겨울처럼 시려왔으므로 나는 병모가지를 바꾸어 잡고는 입김으로 언 손을 녹였다. 춘삼월의 밤에 하얗게 얼어붙는 입김을 발광체 같은 순백의 눈바탕에 비추어 보기는 내 생전 종곡에서가 처음이었다.

간밤에 김대장을 만났던 바로 그 자리에 이르렀을 때 나는 뒤에서 뽀드득뽀드득 눈을 밟는 소리가 따라오고 있음을 느꼈다. 내가 걸음을 늦추자 곧 발소리 하나가 쫓아와서 내 발소리와 어깨동무를 했다. 의외로 김대장은 색시만큼이나 얌전했다. 종곡의 대다수 주민들과 매한가지 푼수로 내가 그를 두려워하지 않으면 안 될 어떤 정당한 사유를 나는 그한테서 도통 찾아낼 수가 없었다. 그는 두꺼운 눈더미를 무겁게 내리누르는 자신의 발소리 만큼의 위협도 나에게 가하지 못하는 채로 그 커다란 몸집을 조심스레 놀려 잠자코 길동무를 하고 있었다. 그는 마치 내 경호원처럼 혹은 하인처럼 굴었다. 옛날 같으면 팔십 근짜리 청룡도를 휘두르는 장수였을 대단한 사내를 나는 이상하게도 공깃돌처럼 가볍게 여기고 있었다.

"밤새 또 함박눈이 올 겁니다."

김대장이 넌지시 말했다. 나는 하늘을 올려다보았다. 별빛은 보이지 않았다. 그러나 낮에 그만큼 청명했었는데 아무리 변덕 많은 고산지대의 날씨라 하더라도 밤새 김대장의 예측이 들어맞을 것 같지는 않았다.

"함박눈은커녕 진눈깨비도 안 오겠는걸."

"두고보십쇼. 제 몸뚱이 속에는 관상대가 몇 군데나 있습니다.

모두 다 주먹깨나 휘두르던 시절에 험악하게 다친 상처들이죠."

"이것 받아. 김대장 줄라고 샀어."

"그게 뭡니까?"

"뭐긴 뭐야, 술이지."

김대장이 갑자기 걸음을 멈추었다. 그는 허옇게 뻗친 눈길 한복판에 우두커니 서서 나를 한참이나 내려다보았다.

"종곡 사람들치고 저한테 술을 권하는 사람은 아무도 없습니다. 술만 취했다 하면 제가 천하에 둘도 없는 개차반이 된다는 사실을 너무나 잘 알기 때문이죠. 그런데 선생님은 제가 무섭지도 않습니까?"

"잡아먹진 않을 테니까 떨지 말고 말을 팍 놓아버리라구. 나보다 적어도 대여섯 살은 많은 것 같은데, 체면 차리느라고 괜히 손해볼 필요 없어."

내 말에 그는 소리내어 웃었다.

"주시는 거니까 고맙게 받긴 하겠습니다마는, 여지껏 술을 못 구해서 애먹은 적은 한 번도 없었습니다. 제가 마음만 먹으면 종곡에서 술은 언제든지, 얼마든지 구할 수가 있습니다."

아무래도 나하고 말을 트고 지낼 생각이 없는 눈치였다. 그래서 결국 나도 존댓말로 돌아가기로 작정하였다.

"해장국집 박씨가 대줍니까?"

"왕년에 제 밑에서 똘마니로 놀던 애들이 지금도 종곡 바닥에 여러 명 박혀 있죠. 걔들은 낮에는 성회장 편이고 밤에는 이 김대장 편입니다."

"성회장 친구인 나한테 그런 비밀을 털어놓아도 무방하다고 생각합니까, 김대장은?"

"저는 결코 후회하지 않을 겁니다. 제가 증인 하나는 잘 골랐다고 믿고 있으니까요."

"증인이라니, 그건 또 무슨 뜻입니까?"

"어서 가시지요. 가서 얘기하겠습니다."

"우린 지금 어디로 가려는 참이죠?"

"누추하지만 제집으로 모시겠습니다."

그가 입을 다물었으므로 나도 입을 다물었다. 그가 걷기 시작했으므로 나도 덩달아 걸었다. 우리는 눈구덩이에 푹푹 빠져가며 종곡의 밤거리를 활보했다. 아무도 살지 않는, 텅텅 빈 유령의 마을 같았다. 살아서 움직이는 생명체라곤 오로지 김대장과 나 두 사람뿐인 듯했다. 태초에 인간이 두 발을 디디고 선 장소와 시간은 틀림없이 해발 팔백여 미터의 설원이었을 것이며 지금처럼 어둠과 밝음의 중간 형태인 희붐한 백야였을 거라는 생각이 들었다. 오래지 않아 우리는 큰길을 버리고 좁은 샛길로 들어섰다. 대낮에도 사람의 왕래가 별로 없었던 듯한 언덕길을 오르면서 나는 자꾸만 미끄러졌다. 바람이 일삼아 눈가루를 몰아다붙여 만들어놓은 깊은 함정에 나는 번번이 걸려들어 골탕을 먹곤 했다. 김대장이 내 앞에 주저앉으면서 나에게 등을 돌려대었다.

"저한테 업히시지요."

나는 자존심이 허락지를 않아 그를 피해서 그냥 내처 걸으려 했다. 그러자 그가 등뒤로 팔을 뻗어 내 다리를 붙잡고는 빨끈 들어올렸다.

"제가 귀한 손님 자가용으로 모시는 거다 생각하시고 성의로 받아주십쇼."

우렁우렁한 목청의 울림이 그의 등을 거쳐 내 배로 전달되어왔다. 땅 위에 서 있을 때는 어린이같이 어른한테 업힌다는 게 자존심의 문제였으나 막상 그의 등에 업히고 보니 그것은 어느새 인정으로 변해 있었다. 바윗덩이처럼 탄탄하고도 널찍한 그의 어깨와 등덜미가 나에게 바람막이 구실을 해주었다. 나는 전류처럼 뻗어오는 그의 따스한 체온을 느꼈다.

"술병 이리 주시오."

내 엉덩이를 받친 손에 쥐어져 있을 술병 쪽에 자꾸만 신경이 쏠렸다.

"실례지만 체중이 얼마나 나갑니까?"

아무런 대꾸도 없었으므로 나는 다시 말을 걸었다. 별걸 다 묻는다는 투로 그가 간단히 대답했다.

"스물다섯 관쯤이죠."

나는 관의 단위를 킬로그램으로 바꾸느라고 한참 암산을 해야만 했다. 나한테 맞추기 위해 일부러 자신의 보속步速을 늦추었던 모양이다. 그는 나를 등에 업고도 혼잣몸으로 걸을 때보다 오히려 더 재빠르게 산자락을 탔다. 그는 평지라도 밟듯이 눈에 덮인 산길을 매우 익숙한 걸음으로 무질러나가고 있었다. 종곡의 중심지로부터 꽤나 멀리 떨어진 호젓한 산중이 그의 거처였다.

"이런 데서 뭘 하고 삽니까?"

마침내 그가 나를 땅에다 내려놓았을 때 나는 멀미라도 하는 눈으로 사방을 두리번거리며 물었다.

"삼포를 했죠."

"삼포가 뭡니까?"

"인삼밭입니다."

비싼 인삼을 재배했다면 돈도 제법 벌었겠다 생각하면서 주위를 다시 눈여겨봤으나 내 눈에 비치는 것이라곤 온통 사태난 눈천지뿐이었다.

"남들이 기반 잡았다고 부러워할 만큼 삼포를 일궈서 재미를 봤던 셈이죠, 작년까지는."

내 속마음을 읽었던지 그는 이렇게 중얼거렸다. 울타리도 없이 알몸뚱이로 산기슭에 엎드린 듯한 움막집으로 그는 나를 안내했다. 지붕에 쌓인 눈의 무게를 간신히 견디고 선 그 집은 폐가처럼 보였다. 그가 문고리에 손을 대자 잠기지 않은 방문이 그냥 열렸다. 까맣게 입을 벌린 직사각형의 어둠 속으로 먼저 들어가면서 그는 바로 그 어둠의 부스러기 같은 말을 문턱 근처에다 슬그머니 떨어뜨렸다.

"들어오시지요."

방안은 의외로 훈훈했다. 일찌감치 군불을 듬뿍 넣어두었던 모양으로 방바닥이 윗목까지 뜨뜻했다. 그는 라이터를 켜 램프에 불을 댕겼다. 그가 권하는 대로 나는 아랫목에 깔아놓은 솜이불 속에다 발을 넣고 앉아서 램프가 비쳐주는 방안 풍경을 둘러보았다. 움막집에서 영위하는 그의 생활이란 검소하다 못해 차라리 황폐스러운 꼴이었다. 방구석에 놓인 알루미늄 궤짝과 그 위에 차곡차곡 쌓인 이부자리 따위가 세간의 전부인 셈이었다. 유리갓을 씌운 램프 옆 벽면에 회중전등 하나가 걸려 있고 그 밑에 지역구 국회의원 이름이 박힌 달력이 낡은 꽃무늬 벽지와 함께 풀로 도배되어 있었다. 한쪽 벽을 가로지른 말코지에 성인 남자용 겉옷만 두어 점 걸린 걸 보고 나는 마치 무슨 몹쓸 짓거리라도 저지르는 투로 조심조심 그에게 물었다.

"가족은 없습니까?"

"있었죠. 있었는데, 마누라가 새끼들 셋 데리고 어디론지 도망쳐버렸어요. 벌써 작년 가을의 일이군요."

그의 입에서 두번째로 나오는 작년이었다. 그 자신이 현재 걷고 있는 파탄의 길을 그는 은연중에 작년 쪽으로 몰아쳐서 기점으로 삼고 있었다.

"아무것도 눈에 뵈는 게 없었던 모양이죠. 마누라고 자식이고 사그리 다 죽여버릴 작정으로 엔간히 설쳐댔다는 겁니다. 차마 부끄러워서 종곡 바닥에서 더이상 얼굴을 들고 나다닐 수도 없었을 겁니다. 허지만 그보다는 제가 무섭고 끔찍해서 단 하루도 더 같이 살 수가 없다고 생각했던 거죠. 한동안 잠잠하던 지랄병이 또 도지는 걸 보고 마누라는 결국 맘을 고쳐먹었어요. 뜬구름 잡느라고 좋은 시절 다 보내고 워낙 늦게 장가를 들어서 애들이 아직도 어려요. 수소문해서 찾기로 든다면 방법이 전혀 없는 것도 아니지만 지금까지는 별로 그러고 싶지가 않군요. 제 광기는 저로서도 사실 어쩔 도리가 없는 거니깐요."

남의 일처럼 수월하게 말하고 나서 그는 허전하게 웃었다. 순간적으로 나는 암담한 기분에 사로잡히고 말았다. 재치 있는 자라면 이런 경우 그에게 무슨 말로 대꾸해줄까. 나는 가난한 내 혀를 탓하면서 겨우 이렇게 말했다.

"지금 제가 만나고 있는 김대장은 조금도 그런 성격으로 보이지가 않아서 저는 실감이 나지 않는군요."

"왜 그런지 아십니까? 제가 치과 선생님한테 제 겨드랑이에 달린 비늘을 맡기기로 작정했기 때문입니다. 앞으로 차차 아시게 됩니다."

"비늘 쪽은 제 전문 분야가 아닌데요."

그의 말뜻을 얼른 알아차릴 수가 없어 나는 농담으로 얼버무리고 말았다.

"선생님만 괜찮으시다면……"

그가 갑자기 정색을 했다.

"제가 진심이란 걸 보여드리는 의미로 오늘밤만큼은 술을 일 모금도 안 대고 맑은 정신으로 말씀드리고 싶습니다만……"

어차피 술은 그의 몫으로 산 거니까 나는 아무래도 상관없는 일이었다.

"뭐, 김대장 좋으실 대로……"

나는 술 대신 그에게 담배를 권했다. 아무리 피워도 취하지 않는 것이 담배이므로 그는 그것을 사양하지 않았다. 담배 한 대가 다 탈 때까지 그는 아무 말도 하지 않았다. 한데에서 얼었던 몸이 따끈한 아랫목에서 녹는 바람에 나는 마음도 느긋해졌다. 그를 재촉할 필요는 없었다.

"옛날얘기 중에 이런 게 있지요."

담뱃불을 재떨이에 비벼 끄고 나서 그가 입을 열었다.

"어떤 고을에 신관 사또가 부임만 했다 하면 첫날밤을 못 넘기고 다들 차례차례 죽습니다. 왜 죽는지는 아무도 모릅니다. 그런데 어떤 뱃심 좋은 선비가 그 고을 사또를 자원해서 새로 부임합니다. 첫날밤에 사또가 자는 방에 원귀가 나타납니다. 까무러쳐서 죽고 마는 다른 사또들하고는 달라서 그 사또는 눈을 딱 부릅뜨고 원귀를 꾸짖습니다. 그러니까 원귀는 자기가 억울하게 죽은 내력을 밝히면서 사또한테 원수를 갚아달라고 부탁합니다. 그 사또는 살인범을 붙잡아서 원귀의 한을 풀어주고 명관으로 칭송을 받게 됩니다."

"그 얘긴 저도 들은 적이 있는 것 같습니다."

"제가 왜 이런 얘기를 치과 선생님한테 하는지 아십니까?"

"글쎄요, 잘 모르겠는데요."

"그동안 저는 여러 번 대화를 시도해봤습니다. 그런데 제가 무슨 말만 꺼낼라치면 여기 종곡 사람들은 꼭 첫날밤에 죽은 사또들 꼴이 돼버립니다. 미쳐 날뛰는 이 김대장 앞에서 담차게 나오는 사또를 만나기는 치과 선생님이 처음입니다."

"그거야 제가 타관 사람이라서 김대장을 잘 몰랐던 덕분이죠. 사람들은 더러 아무것도 모를 때 용감해지는 경우가 있습니다. 하지만 참다운 용기는 무지하고는 분명히 구별되어야 합니다. 나중에 김대장이 어떤 사람이란 걸 알고 나서 제가 속으로 얼마나 떨었는지 아십니까?"

"어느 쪽이든 저는 상관없습니다. 저한테 중요한 건 귀신을 보고도 까무러치지 않는 사또니까요. 그런데 치과 선생님께 한 말씀만 묻고 싶습니다. 하늘 아래 첫 동네까지 일부러 찾아오신 건 확실히 용기 있는 행동이십니다. 혹시 그 용기도 무지에서 나온 건 아닐까요?"

"무슨 말씀이신지……"

"무료 진료 말입니다."

"그거는 용기하고는 아무 상관도 없습니다."

"그렇다면 선생님은 뭣 때문에, 무슨 목적으로 이런 데까지 무료 진료를 나오신 겁니까?"

"이빨입니다. 썩은 이빨들이 치과의사 손을 기다리고 있기 때문이죠."

나는 어떤 유명한 등산가의 말을 고대로 흉내내었다. 그러나 그는 내 농담을 받아주려는 기색이 아니었다. 저기에 산이 있기 때문에 산에 오른다는 그 유명한 말도 그는 들은 적이 없는 모양이었다.

"썩은 이빨이라면 종곡에만 있는 게 아니잖습니까. 가까운 데 얼마든지 있는 게 썩은 이빨들일 텐데, 선생님은 벤또밥 싸 짊어지고 무료 진료만 다니실 작정입니까?"

"그, 그거야 물론 그럴 수는 없는 일이죠. 저는 다만 종곡에 친한 친구가 있고, 그 친구한테서 주민들 딱한 실태를 전해듣고서……"

"가난한 주민들한테 동정심을 느꼈다. 그래서 자선을 베풀고 싶었다. 이런 얘깁니까?"

그가 냉소를 머금었다. 어찌나 차갑게 느껴지던지 나는 웃음 아닌 비수를 가슴에 받은 기분이었다. 나도 모르게 변명을 서두르고 있었다.

"동정심이라기보다 딱하게 생각했다고 말하고 싶습니다. 자선 같은 거창한 것은 분명 아니고, 전 그저 제가 할 수 있는 범위 내에서 작은 성의나마 보이고 싶어서……"

"그러셨겠죠. 약간 도와주고 싶었을 뿐이겠죠. 여분 중에서 작은 조각을 뚝 떼어서 없는 사람한테 쥐여주는 것은 물론 있는 사람의 자유죠. 그것으로 주는 입장은 어느 정도 쾌감을 느낄 수도 있을 겁니다. 허지만 말입니다, 허지만 받는 입장은 그게 아닙니다. 선생님이 베푼 작은 은혜가 결과적으로 어떤 사람들한테는 불행의 씨앗이 될 수도 있다는 사실을 선생님은 한 번도 생각해보신 적이 없으십니까?"

함정에 빠져들었음을 나는 그제서야 깨달을 수가 있었다. 나는 내심 그를 두려워하면서도 다른 한편으로는 얕잡아보고 있었다. 솔직히 말해서 나는 은연중 김대장이란 사람을 정확히 이등분하여 전혀 별개의 두 인격체인 양 각각 달리 상대해나온 터였다. 그런데 내가 당한 것은 바로 그 얕잡아보았던 그에 의해서였다. 그가 그처럼 교묘한 함정을 팔 수 있으리라곤 상상도 못했던 터였으므로 나는 크게 당황할 수밖에 없었다.

"어떤 무책임한 자들이 장난삼아서 던지는 값싼 동정심 때문에 어떤 불쌍한 자들이 결국 무서운 불행에 빠지고 말 가능성도 있다는 사실을 선생님은 왜 모르십니까?"

"이빨 한두 개쯤 공짜로 뺐다구 설마 신세 망칠 사람이 누가 있을라구요."

"천만에요, 얼마든지 있을 수 있습니다. 이건 아주 심각한 문젭니다. 그렇게 농담으로 적당히 넘겨버릴 문제가 아니란 말입니다."

"나도 농담할 생각은 없습니다."

갯지렁이 모양으로 검푸르게 두드러지는 이마의 정맥과 울근불근 굼니는 목덜미의 힘줄들이 램프불 밑에서 징그럽게 드러났다. 여차직하면 폭력이라도 휘두를 듯한 기세로 그는 험상을 짓고 있었다.

"난 그저 호의로 종곡 사람들을 대했을 뿐입니다. 아무 사심도 없는 내가 왜 김대장한테서 이런 비난을 뒤집어써야만 하는지 난 이해할 수가 없습니다!"

나 역시 성깔을 부리고 있었다. 모욕을 참고 견디느니 차라리 상대방하고 맞붙어 주먹다짐이라도 벌이고 싶은 심정이었다. 물론 누가 이길지는 처음부터 빤히 정해진 싸움일 테지만……

"지금부터라도 이해하셔야 합니다. 생각해보십쇼. 여지껏 종곡 사람들은 이빨이 쑤시고 잇몸이 썩어문드러져도 그냥 참고 견뎌 나왔어요. 각자 자기 분수를 빤히 알기 때문에 멀리 강릉까지 다니면서 비싼 치료비를 물고 이빨 고치는 걸 일찌감치 포기해버리고는 무작정 몸으로 때우면서 살아온 겁니다. 그런데 어느 날 느닷없이 서울에서 어떤 맘씨 좋은 치과 선생이 찾아옵니다. 그 선생이 돈으로 따져도 엄청 많은 액수가 될 선심을 주민들한테 마구잡이로 베푼다 이겁니다. 늘 이빨 때문에 고생하던 주민들은 이게 웬 떡이냐 하고 모두들 감지덕지해서 구린내 나는 아가리를 딱딱 벌리고는 널름널름 동정을 받아먹습니다. 자기가 보고 듣고 베푼 가늠이 있으니까 치과 선생은 종곡을 떠나면서 천당이나 극락에 갈 보람 있는 일을 했다고 만족을 느낄지도 모르죠. 만족하거나 말거나 그거야 치과 선생님 자유겠죠. 허지만, 허지만 말입니다, 그 치과 선생이 한바탕 휘젓고 지나간 종곡 바닥엔 뭐가 남는지 아십니까?"

"김대장이 말하는 그 치과 선생은 아마 청구서도 영수증도 안 남길 겁니다. 그 사람이 다녀갔다 해서 종곡은 잃는 것도 얻는 것도 별로 없을 줄로 압니다."

"천만에요, 그 이상이죠! 청구서나 영수증 나부랭이로는 계산이 안 끝납니다. 그보다 몇백 배나 고약한 거래를 새로 트는 겁니다. 아주 더럽고 복잡한 계산이죠."

"믿어지지 않는 얘기군요."

"에이 씨팔, 힘들어죽겠네! 내가 꼭 손에다 쥐여줘야만 됩니까?"

그는 별안간 권투 글러브 크기만한 맨주먹을 들어 구들장이 들썩 울릴 만큼 방바닥을 때렸다. 이제부터 본격적으로 곤조통이 나오나보다고 생각하면서 나는 정신을 못 차릴 지경으로 궁지에 몰리고 있는 초라한 나 자신을 마치 타인인 양 속수무책으로 바라보고 있었다.

"이런 제기랄 것, 의타심입니다, 의타심! 치과 선생 바로 당신 덕분에 종곡 가난뱅이들 중엔 틀림없이 자존심을 내버린 사람이 몇 명은 생겼을 거다, 이런 얘깁니다. 아시겠습니까? 자존심을 잃고 그 대신 그 사람들은 거지근성을 얻게 됐다, 이런 얘깁니다. 아시겠습니까? 다른 건 몰라도 최소한 이빨에 관한 한은 앞으로 두고두고 그 사람들은 전적으로 선생님한테 기대고 싶어할 겁니다. 손을 봐야 할 이빨 숫자가 어느 정도 모아지면 그 사람들은, 치과 선생이 또 나타날 때가 됐는데 왜 아직도 안 나타나나, 하고 선생님을 원망하기 시작할 겁니다. 가만 놔뒀더라면 개중에는 남보다도 더 열심히 돈을 벌어서 자기 이빨 자기 힘으로 고칠 사람도 있었을 텐데, 이젠 그렇게 애쓸 필요가 없어졌습니다. 전에는 그럴 줄 모르던 사람들입니다. 아무리 밥알을 못 씹고 잠을 못 자는 한이 있더라도 강릉까지 나가서 병원 앞에서 한푼 보태줍쇼오! 하듯이 이빨 한 대만 봐줍쇼오! 할 줄 모르고 아스피린 한두 알로 배겨내던 사람들입니다. 그런데 그런 사람들한테 기대는 버릇을 가르쳐준 사람이 누굽니까?"

"지나치게 확대해서 해석하는 건 좋지 않다고 봅니다. 설마 나 때문에 그런 사람들이 생기리라곤 상상조차도 할 수가 없군요."

"눈앞에 증거가 있는데두요?"

"증거라니, 무슨 증거를 말씀하시는 겁니까?"

"바루 접니다. 이 김대장이 그 증거물이란 말입니다."

그는 자기 가슴을 꼭 남의 것처럼 주먹으로 무섭게 쾅쾅 쳐대는 것이었고, 나는 불꽃을 튀기는 그의 눈을 보면서 나도 모르게 입을 딱 벌리고 말았다. 그는 와들와들 떨리는 손으로 담배를 꺼내어 입에 물었다.

"죄송합니다."

한참 후에 그가 조용히 말했다. 그는 담배연기를 내뿜는 김에 거기에 긴 한숨까지 함께 얹어서 토해내고 있었다.

"선생님을 괴롭힐 작정으로 그런 건 절대 아닙니다. 저는 그저……"

회오리바람이 한바탕 휩쓸고 지나간 자리를 주섬주섬 정돈하는 것 같은 어조로 그는 담담히 말했다. 나 역시 침착성을 되찾고 있었다.

"사실은 제 얘기를 하려던 참이었습니다. 그런데 남을 빗대서 얘기하다보니까 꼭 선생님을 비난하는 것같이 엉뚱한 얘기가 돼버렸군요. 머리에 털 난 후로 이런 일은 정말 처음입니다. 처음이면서 마지막 기회일 테니까 어떻게 하면 근사하게 폼잡고 얘기할 수 있을까 하고 혼자서 속으로 별러왔는데, 역시 변설로 풀어먹는 일은 저 같은 놈이 할 짓이 못 되는 것 같습니다."

그렇다. 바로 그 점이었다. 김대장이 나를 배반하고 있었다. 본의가 아니었다고 말하지만, 결과적으로 그는 번번이 나의 허를 찔러 나를 얼마나 당황하게 만들었던가.

깡패 우두머리에 관해서 내가 갖고 있던 선입견을 김대장은 조롱하고 있었다. 말보다는 언제나 주먹이 앞서는 사람, 그리고 다른 무엇보다도 우선 무식해야만이 깡패 우두머리로서 자격을 갖춘 사람일 거라고 나는 막연히 믿고 있었다. 그런데 김대장의 경우는 좀 곤란한 상대가 아닐 수 없었다. 아무리 오랫동안 별러서 준비해온 이야기라 하더라도 그처럼 상대방을 차근차근 몰아세워가며 자기 입장을 밝히는 화술은 확실히 놀라운 것이었다. 그리고 그가 구사하는 어휘들 또한 짐작 밖의 수준이라서 짝 없이 거친 욕지거리와 속된 표현만을 염두에 두었던 나로서는 뭔가 단단히 속고 있는 듯한 기분이었다.

내가 두려워하던 김대장은 이젠 나에게 아무런 위협도 주지 못했다. 반면에 나는 이제껏 얕잡아보던 김대장한테서 다른 두려움을 느끼기 시작했다.

"제 얘기 한번 들어보시겠습니까?"

그는 한차례 호젓이 웃어보였다. 그들먹한 그 덩치에 비해 무척이나 어울리지 않는 웃음이었다. 그는 어느새 외로움 잘 타는 나약한 소년 같은 표정으로 변모해 있었다.

그는 탄광촌에서 태어나서 중학교를 마칠 때까지 그곳에서 자랐다. 아버지는 광부로 일하다가 그가 국민학교에 다닐 때 낙반사고로 죽었다. 그후 그는 광부들을 상대로 막걸리를 팔아서 생계를 잇는 어머니의 혼잣손으로 길러졌다. 동료 광부들로부터 장군 소리를 듣던 아버지를 닮아서 그는 어릴 적부터 유난히 발육이 빠르고 힘이 좋아 중학교 때 벌써 어른의 체격이 완연했다. 그러나 그는 남을 때릴 줄도 모르고 욕할 줄도 모르는 숫보기 소년이었다.

어느 날 그는 새까만 석탄빛 먼지가 풀풀 날리는 먼 산골길을 타박타박 걸어 등교하다가 때마침 어떤 맘씨 좋은 운전수를 만나 학교 근처까지 트럭을 공짜로 얻어타는 행운을 얻었다. 그 당시 그가 사는 탄광지대는 교통이 아주 불편했다. 하루에 두 차례 왕복하는 정기 버스와 기차편이 있었으나 버스는 시간이 맞지 않을뿐더러 그나마 툭하면 결행하기 일쑤였고, 기차는 정거장이 멀기 때문에 차라리 그냥 걸어서 등교하는 편이 빠르고 속 편했다. 더구나 어려운 살림에 어머니가 무리를 해서 중학교를 보내는 형편이었으므로 그는 마땅한 교통수단이 있다 하더라도 그것을 이용할 엄두도 못 냈을 터였다.

탄광촌의 주민들은 멀리 나들이를 나갈 경우, 석탄을 실어나르는 트럭을 이용하는 일이 많았다. 버스보다 더 비싼 돈을 받고 운전수가 방향이 같은 손님을 한둘씩 조수석에 끼워서 태우는 것이었다. 하지만 탄차 역시 자기하고는 아무런 인연도 없는 것이거니 하고 일찌감치 체념해버리고는 언제나 거들떠보지도 않았다. 그런데 그날 아침엔 어쩐 일로 그가 손을 들지도 않았는데 등뒤로부터 탄차가 달려와서는 갑자기 끼익하고 멈추는 것이었다.

"임마, 빨리 올라타!"

운전수가 밖으로 얼굴을 내밀면서 소리쳤다. 조수석이 비어 있었다. 그러나 그는 고개를 저었다. 땡전 한푼 수중에 지닌 게 없기 때문이었다.

"누가 너보고 차비 물랬어? 공짜루 태워줄 거니깐 빨리 올라오란 말야, 임마!"

연신 휘파람을 불어가며 신나게 트럭을 몰던 그 운전수의 말이 결국 그의 운명을 바꾸어놓고 말았다.

그후부터 그는 먼길을 오갈 때마다 저도 모르게 탄차를 눈여겨보는 버릇이 생겼다. 특히나 땀투성이의 온몸에 탄가루가 엉겨붙는 여름철과 눈보라가 휘몰아치는 겨울철이면 그는 더욱 유심히 조수석을 살피곤 했다. 그러나 맘씨 좋은 운전수를 만나는 행운은 좀처럼 다시 오지 않았다.

중학교 졸업반이 되었다. 바람이 몹시 부는 아침이었다. 봄이 왔다지만 산골의 날씨는 아직도 추웠다. 커다란 보퉁이를 머리에 인 채 꼬부랑 할머니 하나가 지팡이를 짚어가며 저만큼 앞에서 걸어가고 있었다. 이때 뒤쪽에서 빠른 속도로 달려오는 자동차 소리가 들렸다. 그는 습관적으로 뒤를 돌아다보면서 조수석에 빈자리가 있음을 확인했다. 보퉁이의 무게에 허리가 잔뜩 휜 할멈이 지팡이 쥔 손을 흔들었다. 한 무더기의 먼지구름을 피워올리며 탄차가 급정거를 하자 할멈은 고맙다고 치하를 하면서 허둥지둥 올라탔다. 탄차는 다시 출발했다. 그러나 불과 얼마를 못 달려서 탄차는 갑자기 속력을 줄이기 시작했다. 그는 지팡이와 보퉁이가 차례로 길바닥에 던져지는 것을 목격했다. 심한 욕지거리와 함께 할멈을 밖으로 밀어뜨리고는 또다시 시커먼 먼지를 일구며 탄차는 부웅 떠나버렸다.

그는 순간적으로 주먹 같은 것이 가슴에서 치받쳐오름을 느꼈다. 그는 앞으로 힘껏 달려가면서 길에서 돌멩이를 주워들어 탄차를 향해 마구 팔매질을 했다. 두 사람이 탈 수 있는 자리를 빈 채로 그냥 두고 가면서 돈이 없다고 할멈을 짐짝처럼 떨어뜨리는 그 소행머리를 그는 아무래도 이해할 수가 없었던 것이다. 용서할 수가 없었던 것이다.

탄차에 대고 번번이 팔매질을 해대는 그의 버릇은 그때부터 비롯되었다. 그는 늘 책가방 속에다 실탄같이 돌멩이 몇 개를 넣고 다녔다. 그리고 누군가는 꼭 못된 놈들을 벌하지 않으면 안 된다는 사명감이 순진한 의협심을 부추길 적마다 그는 신나게 팔매질을 하곤 했다. 그러다가는 또 신나게 얻어터지기도 했다. 우락부락한 탄차 운전수나 조수들하고 주먹다짐을 벌이는 일이 점점 잦아졌다. 중학생하고 어른의 싸움이었지만 그는 워낙 장사로 타고난 뚝심과 근성으로 그들을 번번이 혼내줄 수가 있었다.

어느덧 그는 탄광촌 일대에서 알아주는 문제아가 되었고, 상습적인 폭행 때문에 말썽이 뒤따르기 시작했다. 지서에 붙들려가기도 하고 교장선생님 앞에서 무릎을 꿇기도 했다. 그는 자신의 행위가 정당한 것임을 끝까지 고집을 부려 밝히려 했다. 그러나 어른들은 어느 누구도 그의 항변을 귀담아들으려 하지 않을 뿐만 아니라 오히려 미친놈이라고 사정없이 몰아세우는 것이었다. 눈물을 앞세우고 매달리며 용서를 비는 홀어머니의 정성이 경찰관과 선생들을 감동시켜 그는 가까스로 퇴학 처분을 모면하고 그럭저럭 중학교는 마칠 수가 있었다.

탄광촌에 더 머물러 있어봤자 이미 싹수가 노랗다고 판단한 그는 중학생 제복을 벗기 무섭게 가출을 감행했다. 그는 춘천 같은 도시를 떠돌면서 노동판에서 힘을 파는 고된 부랑의 한때를 거쳐 어찌어찌 동해안까지 흘러들고 말았다. 속초에서 어부로 고용되어 고깃배를 타고 한동안 거친 바다생활을 겪은 끝에 그는 마침내 세상을 굳이 힘들게 살아갈 필요가 없다는 결론에 도달했다. 도시의 밑바닥과 어항을 전전하면서 느낀 것은 탄광촌 시절하고 거의 다를 바가 없었다.

어차피 같은 휘발유 들이고 빈 차로 갈 바엔 찻삯 없는 사람들 공짜로 태워줘야 한다는 그의 논리는 비단 탄차뿐만이 아니라 어디에서나 다 적용되었다. 너무 많아서 쉬어터져 필경 못 먹게 될 음식은 기왕이면 배고픈 자에게 베풀고, 어차피 다 쓰지 못하고 한군데에다 쌓아놓을 만큼 남아도는 돈은 기왕이면 조금만 가지고도 요긴하게 쓸 어려운 처지한테 베풀어주어야 마땅하다.

그는 작정한 바가 있어, 일찌감치 터를 잡고 활개치는 주먹 세계에 뒤늦게 단신으로 뛰어들어 내로라하는 유명한 깡패들한테 실력으로 도전해서 그들을 차례로 거꾸러뜨렸다. 영동 일대를 주름잡는 새로운 강자로서 김대장이란 이름이 널리 알려지기까지는 그리 오랜 세월이 걸리지도 않았다.

그는 자신의 폭력 조직을 동원하여 주로 동해안 지방의 수산물 공판장이나 관광업체들을 손쉽게 장악할 수가 있었다. 그는 배부른 선주들이나 호텔 주인들로부터 정기적으로 세금을 거두어들이기 시작했다. 그는 빈자리에 태워달라고 손을 흔드는 고단한 행인을 외면한 채 그냥 달리던 그들을 돌팔매질로 사정없이 응징해버렸던 것이다.

그렇다고 그가 홍길동이나 일지매 같은 의적 행세를 한 것은 물론 아니었다. 그는 주먹을 휘둘러서 벌어들이는 돈으로 그 자신과 부하들이 보다 더 생활의 여유를 누리는 데만 신경쓰는 하나의 깡패 두목일 뿐이었다. 사람들이 그림자만 보고도 벌벌 떨 만큼 그는 악명 높은 동해안의 무법자로 무섭게 변모해갔다. 타락된 선거에서 반대급부를 약속받고는 부패한 정권의 밑구멍을 씻어주는 일까지도 서슴지 않았다.

그는 자신의 변모한 생활을 마냥 즐기고 있었다. 예전에는 그토록 콧대 높던 소위 그 돈이란 것이 주먹 앞에서 꼼짝 못하고 무릎 꿇는 꼬락서니를 볼 때 느끼는 쾌감은 세상의 다른 어떤 재미보다도 훨씬 짜릿한 것이었다.

오일육이 일어나고 나서 그는 곧 체포되었다. 그는 다른 수많은 깡패들과 함께 개척단이란 이름으로 종곡 부근 산중에 투입되어 강제노역에 종사해야만 했다. 군인들의 감시 아래 삽이나 곡괭이 따위로 산비탈을 개간하는 험한 작업이었다. 군대 이상으로 엄격한 규율에 묶여 죄수 이하의 대접을 받으며 매일 작업장과 막사 사이를 오가는 격리생활을 통하여 그는 난생처음으로 자기가 얼마나 하잘것없는 존재인가를 뼈저리게 깨달았다. 천하가 온통 제 것인 양 주먹 하나로 군림하던 화려한 과거 때문에 그가 느끼는 비참한 감회는 더욱 가중되었다. 비로소 그는 세상만사가 동정심 따위와는 전혀 상관없이 어떤 움직일 수 없는 일관된 질서나 관습에 의해서 아주 비정스럽게 진행되고 있다는 사실을 알딸딸하게 터득했다. 동정심 따위는 이 세상의 순조로운 진행에 오히려 거추장스러운 방해물일 뿐이었다.

가령 여기에 한 대의 버스가 있다고 하자. 미리 정해진 약속에 따라 운전수나 차장은 돈을 내는 사람에 한해서만 승차를 허용한다. 손님이 없을 때는 빈 차로 갈 수밖에 없다. 기름을 허비하는 한이 있더라도 절대로 무임승차를 요구하는 얌체들을 받아들여서는 안 된다. 왜냐하면 인정에 끌려서 그들의 요구를 들어줄 경우 사람과 사람 사이의 약속은 깨져버리고 세상은 삽시에 개판으로 변하기 때문이다. 한번 공짜에 맛을 들인 사람들은 시러베아들이 아닌 이상 그후부터는 너도나도 요금을 물지 않고 거저 타려 할 것이므로 결국 버스를 가진 사람과 안 가진 사람의 차이는 흐지부지 실종

되고 만다. 만약 가진 사람과 안 가진 사람 사이에 하등의 차이도 없게 된다면 이 세상에서 어느 누가 부지런히 일하고 절약해서 모으려 하겠는가.

이를테면, 그것은 일종의 득도인 셈이었다. 남들에 비해 터무니없이 뒤늦게 터득한 그만큼 비웃음 사기 딱 알맞은 것이긴 하지만, 어쨌든 김대장 본인한테는 그럴 수 없이 진지하고 절실한 진리의 깨달음이었다. 괜히 남을 동정하지도 않고 괜히 남한테서 동정을 바라지도 않는 그것만이 이 세상을 지배하는 거대한 질서 속에서 낙오되지 않는 길이었다.

그는 자신의 깨달음에 충실하느라고 할당받은 작업량을 후딱 해치우고도 옆에서 허덕거리는 동료를 도와주지 않음으로써 힘이 센 자와 약한 자의 차이가 어떤 것인가를 몸소 보였다.

아직도 소년티를 벗지 못한 어린 단원 하나가 있었다. 김대장은 이상하리만큼 그에게 마음이 끌렸다. 딱하고 억울한 그의 처지와 늘 고통스러워하는 그의 모습에 일찍부터 연민을 느껴오고 있었다. 그러나 김대장은 개척단에 끌려와서 강제노역에 투입된 이후, 자신이 세운 원칙 때문에 계속 그를 모르는 척해버렸다.

김대장이 자신의 원칙을 하루아침에 허망하게 무너뜨린 것은 끝내 격리생활을 견디지 못한 그가 탈출을 기도하다가 붙잡혀 묵사발이 되는 꼴을 보고 난 다음이었다. 안쓰러운 마음을 뿌리칠 수가 없어 김대장은 결국 그하고 의형제를 맺어버렸다. 과거와는 달리 이번에는 김대장 쪽에서 먼저 동정심을 베풀어 찻삯이 없는 그에게 무임승차를 허용하는 일생일대의 실수를 범하고 말았던 것이다.

동생은 고향에서 농고를 졸업하고, 군대에 들어갈 때까지 집안을 거들려고 착실히 농사를 짓다가 때마침 깡패 일제 소탕에 재수없이 걸려 개척단에 끌려오게 되었다. 노름꾼 아버지를 둔 덕분이었다. 어느 날 그는 노름빚을 갚지 못한 아버지가 동네 주막거리에서 새파랗게 젊은 빚쟁이한테 단단히 망신당하는 광경을 목격했다. 입에 담지 못할 욕지거리와 함께 연방 손찌검을 당하는 아버지를 보고 그는 모처럼 한번 효자 노릇을 하자고 결심했다. 아버지하고 빚쟁이 사내의 연령차 그리고 빚쟁이하고 자신의 연령 차를 대충 헤아려본 다음 그는 주저없이 소란의 와중으로 뛰어들었다. 나이로 보아 아버지한테 해대는 꼭 그만큼 자기도 빚쟁이한테 해댈 자격이 있다고 생각한 것이 그의 크나큰 불찰이었다. 어린 나이로 면내 씨름판에 나가서 황소를 끌어온 자신의 완력으로 미루어 만약 막심을 쓰는 날이면 살인이 날 줄 뻔히 알기 때문에 그는 되도록 성깔을 죽이고는 빚쟁이의 멱살을 꺼들어 공중으로 발끈 추어올렸다가 넘어뜨리는 시늉만 했다.

그랬는데도 그것이 화근이 되어 그는 지서 순경한테 포승을 받는 신세가 되었다. 마구잡이로 사람을 치는 깡패라고 몰아세워 빚쟁이가 그를 고발해버린 까닭이었다.

심문 과정에서 그의 변명은 전혀 통하지가 않았다. 가해자와 피해자를 얼른 구분할 수 있는 기준은 체격이었다. 미륵 같은 몸집에 곰 같은 힘의 소유자인 그는 타고난 그 겉모양만으로도 충분히 선량한 국민들한테 위협적인 존재로 보일 소지가 있었다. 그래서 그는 느닷없이 사회의 안녕질서를 해치는 사회악의 표본으로 지목받아 결국 개척단으로 직행하기에 이르렀던 것이다.

김대장은 피를 나눈 친형제 이상으로 의동생하고 깊은 정을 나누며 의초롭게 지냈다. 원한으로 가득찬 동생의 마음을 달래려고 그는 무진 애를 썼다. 동생은 어떡하든 개척단을 빠져나가기만 하면 제 신세를 망쳐놓은 그 빚쟁이 놈을 그예 제 손으로 죽이고야 말겠다며 이를 갈아붙이고 있었다. 뿐만 아니라, 동생은 들끓는 울분 때문에 아무래도 개척단 생활에 적응을 할 수가 없었고, 그래서 저지르는 갖가지 사고를 형인 그가 번번이 수습하지 않으면 안 되었다. 농고를 졸업하고 집에서 농사나 거들던 순진한 시골뜨기가 아니었다.

어느덧 동생은 깡패, 그것도 난다 긴다 하는 관록 있는 선배들이 혀를 내두를 정도의 악바리 깡패로 급속히 변모해가고 있었다. 마치 자기한테 강제로 붙여진 깡패라는 꼬리표에 오히려 충실하려는 사람 같았다. 마치 빚쟁이와 치안 담당자들의 판단이 정당한 것이었음을 스스로 입증하지 못해 안달이라도 난 듯이 동생은 사납게 구는 것이었다.

자신의 불행한 과거를 동생이 고대로 답습하는 것만 같아 그는 몹시 안타까웠다. 그는 날로 비뚤어져나가기만 하는 동생의 성격을 바로잡아주려고 최선을 다해보았으나 늘 허사였다. 남다른 우애에도 불구하고 동생의 가슴을 지배하는 그 복수의 불길만은 그로서도 어쩔 도리가 없었다.

"자, 봐라!"

또다시 동생이 작업장을 무단이탈하여 종곡에 들어가서 술을 잔뜩 퍼마시고 그곳 원주민들하고 대판거리로 충돌하는 사고를 저질렀을 때, 그는 마침내 이렇게 말했다. 자신의 왼손 새끼손가락을 판판한 바윗돌 위에다 올려놓은 채였다.

"우리는 피를 섞어 마신 형제다. 우리는 한날한시에 죽기로 맹세한 사이다. 이건 동생을 똑바로 다스리지 못한 대가로 형이 받는 벌이다."

그는 큼지막한 돌멩이를 집어들어 손가락을 힘껏 내리쳤다.

"앞으로는 네가 사고 한 번씩 낼 적마다 나는 손가락 한 개씩 버리기로 작정했다."

그는 방금 불구가 돼버린 자신의 왼손을 동생의 면전에 들이대면서 나직이 중얼거렸다. 그러자 동생은 그 앞에서 무릎을 꿇었다.

마침내 그들은 자유의 날을 맞게 되었다. 개척단이 해산된 것이다. 일부 다른 동료들과 함께 형제는 원주민들의 따가운 눈총을 무릅쓰고 그대로 종곡에 주저앉았다. 주먹 세계에서 완전히 발을 씻고 이제부터 새로운 인생을 시작하자고 단단히 맹세했다.

두 사람은 버려진 땅이나 다름없는 야산 하나를 헐값에 사들여 밭으로 개간하기 시작했다. 원래 농고 출신인 동생의 체험에 크게 의존하는 생활이었다. 그들은 자기네를 향해서 끊임없이 던져오는 원주민들의 불신에 찬 시선을 솔직하고 성실한 자세로 대함으로써 어두웠던 지난날을 보상받으려고 힘껏 노력했다. 남다른 수고에도 불구하고 첫해의 수확은 변변치가 못했다. 고랭지高冷地 특산의 씨알 좋은 감자와 옥수수 약간이 고작이었다. 하지만 그들은 낙담하지 않고 더욱 억척과 부지런을 떨어 재배 면적을 넓혀나갔고 소출도 해마다 눈에 띄게 불어났다.

웬만큼 자신이 생기자 그들은 참하고 얌전한 색시감을 물색하여 형과 아우가 같은 날 같은 자리에서 나란히 결혼식을 올렸다. 그후 농촌지도소의 도움을 받아 삼포를 일구고 인삼을 시험 재배하면서부터 그는 더욱 자신을 얻었다. 깡패 출신이라고 사뭇 경계만 하던 원주민들도 이젠 그들을 용납하면서 오히려 부러운 눈으로 바라보기 시작했다. 종곡에서의 정착생활은 성공을 보장받는 듯했으며 여생을 농부로 마치고 싶다는 그의 소망은 축복에 휩싸인 듯했다.

그러나 잔뜩 믿고 기대했던 동생한테서 불길한 조짐이 나타나기 시작했다. 생활에 여유가 생기자 동생은 슬금슬금 마을로 기어나가 술을 입에 대어버릇하는 것이었다. 폭음 뒤엔 으레 사고가 따랐다. 개척단 생활에서 얻은 못된 습관들이 어느덧 되살아난 것이다. 그는 달래기도 하고 협박도 하면서 동생을 바로잡으려고 무진 애를 써봤으나 한번 빗나가버린 마음은 걷잡을 도리가 없었다.

노름판에서 벌어진 사소한 시비 끝에 동생이 마을 사람들을 마구 때려 그중의 하나에게 중상을 입히는 불상사를 저질렀을 때 그는 두번째로 자기 손가락을 버리려 했다. 그런데 피해자측하고 거액의 보상금으로 화해하고 가까스로 풀려나온 동생이 그만 엉뚱한 소리를 하는 바람에 그의 오른손 새끼손가락은 무사할 수가 있었다.

동생은 재산의 절반을 나누어줄 것을 요구했다. 자신의 농사 기술이 아니었던들 오늘날의 성공은 불가능했을 것이므로 실은 자기가 밑지는 계산인 줄 빤히 알면서도 절반만 요구한다는 이야기였다. 의형제의 인연이 와그르르 무너지는 소리를 그는 마침내 들었다. 정나미가 떨어진 나머지 그는 더이상 동생을 붙잡지 않기로 작심했다. 그는 단시일 내에 무리를 해서 재산의 절반에 해당하는 돈을 챙겨 군말 없이 동생한테 내주고는 그것으로 하마터면 앰하게 희생될 뻔한 자신의 손가락 하나를 건졌다. 삼포에서 삼년근 인삼들이 한창 자라고 있을 무렵의 일이었다.

동생은 처자를 이끌고 고향으로 돌아갔다. 형한테서 나눠 받은 재산을 동생은 고향에서 무절제한 생활로 쉽게 탕진해버렸다. 어느 날 동생은 누명을 씌워 자신의 신세를 망쳐놓은 옛날의 그 노름

빚쟁이를 찾아내어 죽이려다가 미수에 그치고는 형사 입건되었다.

동생이 그의 눈앞에 다시 나타났을 때는 이미 별이 두 개나 붙은 전과자로서였다. 참으로 더러운 것이 바로 그 인정이란 물건이었다. 그는 오갈 데 없는 신세가 된 동생을 다시 흔쾌히 받아들였다. 울면서 용서를 비는 동생이 이뻐서가 아니라, 남편 하나 잘못 만난 죄로 그 고생이 말씀이 아닌, 그저 착하고 얌전하기만 한 제수와 조카가 불쌍해서였다.

한동안 동생은 정신을 바짝 차리고 소처럼 묵묵히 일만 하는 척했다. 그러나 불과 얼마를 못 가서 고질병이 또 도지기 시작했다. 동생은 걸핏하면 손을 벌리곤 했다. 그것도 그냥 곱게 달라는 정도가 아니라 전번 계산에서 자기가 정녕코 손해본 꼭 그만큼의 재산을 추가로 내놓으라는 것이었다. 거절하면 마을에 나가서 난동을 부렸다.

그는 일생을 통하여 그때처럼 후회스러운 적이 없었다. 사람을 잘못 보고 주인으로 하여금 결정적인 실수를 저지르게 만든 자신의 두 눈알을 후벼파고 싶은 심정이었다. 누가 누군가를 동정한다는 일이 얼마나 위험천만한 노릇인가를 그는 새삼스럽게 절실히 깨달았다. 하지만 이미 한날한시에 죽기로 소주잔에 피를 섞어서 나누어 마신 인연인 것을 이제 와서 어떻게 도로 무른단 말인가.

오랜 고심 끝에 그는 마침내 엄청난 결단을 내렸다. 언제까지고 남의 동정심에 기대려는 마음을 동생이 더이상 먹을 수 없게끔 아예 여지를 없애버리는 방법이었다. 개척단 이전, 다시 말해서 그 유난한 뚝심을 고향에서 논밭 갈고 씨 뿌려서 거두는 일 외엔 도무지 쓸 줄 모르던 순박한 시골뜨기 시절로 동생이 되돌아갈 수만 있다면야 이제까지 애써 이룩해놓은 것들이긴 할망정 모두 탈탈 털어버리고 얼마든지 빈손으로 돌아설 수가 있었다.

"자, 봐라!"

어느 날 그는 술을 빵빵히 마신 다음, 자기네 일가족의 희망의 상징인 삼포 앞으로 동생을 불러내었다. 달빛이 대낮처럼 밝은 밤이었다. 그는 한쪽 손아귀에 날이 시퍼렇게 선 낫 한 자루를 움켜잡고 있었다. 갑자기 그는 삼포로 뛰어들어 낫을 휘둘러대면서 미친 듯이 춤을 추기 시작했다. 선무당으로 돌변한 그는 보름달이 환히 지적해주는 삼포를 마구 유린해나갔다. 소름 끼치는 낫춤과 모지락스러운 구둣발에 의하여 이제 곧 확실한 현금이 될 인삼밭은 삽시간에 결딴이 나고 말았다.

"니가 새사람이 되어만 준다면 나는 이까짓 재산쯤 눈곱만치도 아깝지 않다."

그는 가쁜 숨을 헐떡거리며 동생에게 말했다. 그는 미처 다스리지 못한 흥분으로 초학이라도 앓듯이 온몸을 무섭게 떨고 있었다.

"너나 내나 인제 불알 두 쪽밖에 안 남은 몸이다. 우리 서로 힘을 합쳐서 옛날처럼 다시 빈손으로 시작할 수밖에 없다."

말은 그렇게 하면서도 그는 어떤 계시처럼 그 무시무시한 떨림을 통하여 불길한 예감과 만나고 있었다. 그가 느끼는 흥분은 오르가슴을 겪듯이 아직도 온몸 구석구석에 뿌듯이 남아 있는 희열에서 비롯되고 있었다. 미친 듯이 낫을 휘두르는 동안, 그의 피 속에서 잠자고 있던 파괴본능이 어느덧 또 기지개를 켜기 시작한 것이다. 한동안 잊고 지내던 폭력의 그 저릿한 쾌감을 그는 땀이 촉촉이 밴 통나무 같은 팔뚝을 통하여 야금야금 음미하고 있었다.

한참이나 멍하니 서 있던 동생이 느닷없이 우우 하고 괴성을 지르면서 헛간으로 달려갔다. 곡괭이를 들고 나와 짐승처럼 고함지르고 미친 듯이 춤을 추면서 제 식구가 들어 사는 오두막을 마구 두들겨 부수는 동생을 그는 말리지 않았다. 두 집안의 아녀자들이 한구석에 오보록이 몰려서서 울고불고 비명을 지르는데도 그는 똑같이 파괴의 춤으로 응수하는 동생을 그저 멀거니 바라다보고만 있을 뿐이었다.

그 이튿날부터 형제의 폭력 대결은 이미 쑥대밭이 돼버린 농장을 벗어나 마을로 진출했다. 마치 누가 더 엉망으로 취하고 누가 더 많이 때려부수고 누가 더 개망나니 노릇을 하는지 형제끼리 경쟁이라도 벌이는 꼬락서니였다. 특히나 겨울철이 되어 푸짐한 눈이 산야를 뒤덮자 형제는 거의 미치광이가 되어 약속이나 한 듯이 스키장으로 달려갔다.

새로 개발된 종곡 스키장엔 북쪽과 남쪽 두 개의 슬로프가 있는데 형과 아우가 각각 하나씩 점거한 채 버티면서 멀리서 비싼 운동을 즐기러 온 여유 있는 사람들을 상대로 대낮부터 까닭 없이 불량을 떨어대는 바람에 모두들 혼비백산해서 도망쳐버렸다. 형제의 소문난 괴력을 익히 아는지라 연락을 받고 출동한 지서 순경들도 그들을 선불리 다루지 못했다.

그와 같은 행패가 몇 차례 되풀이되니까 스키장엔 손님의 발걸음이 현저히 줄어들었고, 그들이 종곡 바닥에 떨어뜨리는 돈 역시 같은 비례로 줄어들자 김대장 형제를 공포의 대상으로 여기고 감히 손을 쓸 엄두조차 못 내던 종곡 주민들은 드디어 약국 주인을 중심으로 뭉쳐서 강력하게 제동을 걸어오기 시작했다.

김대장은 동생 쪽에서 먼저 행패를 그치지 않는 한 자기도 언제까지고 함께 날뛸 작정이었다. 오직 그 길만이 동생의 기를 꺾어 얌전히 주저앉힐 수 있는 가장 효과적인 방법 그리고 마지막 방법이라고 생각했다. 걷잡을 수 없이 타오르는 산불을 잡으려면 맞불을 놓는 길밖엔 없는 법이다. 그는 아무때고 동생이 질릴 대로 질려서 나가떨어지기까지 오히려 동생보다 한수 더 떠 불량을 떨고 광기를 부릴 작정이었다.

그러면서도 다른 한편으로는 폭력의 악순환을 통하여 자기도 모르는 사이에 먼 고향처럼 느껴지는 저 파괴본능을 즐기고 그 속에 스스로 안주하고 싶은 심정이었음을 그는 굳이 숨길 생각은 없었다.

자신의 방법이 처음부터 전적으로 틀려 있었다는 사실을 그가 고압선에라도 닿은 듯이 충격적으로 깨달은 것은 그 말썽 많던 스키 시즌이 거의 끝나갈 때였다.

간밤의 취기에서 미처 깨어나지 못한 그를 아내의 허겁스러운 통곡이 뒤흔들어놓았다. 동생네 일가가 연탄가스를 마시고 집단 자살했다는 것이다. 허둥지둥 마당으로 나서는 그를 눈부신 아침 햇살이 따갑게 추궁해왔다.

나도 모르게 자꾸만 그의 왼손에 쏠리는 시선을 나는 어쩌지 못했다. 이미 없어져버린 새끼손가락을 그 근처 어딘가에서 다시 찾아내려는 듯이 나는 여지껏 무심코 그냥 보아 넘긴 그의 왼손에 염치없을 정도로 탐욕스럽게 달라붙고 있었다.

"나중에 증인이 되어달라는 것, 제가 선생님한테 부탁드렸던가요?"

새끼손가락이 시작되는 첫 마디에서 감쪽같이 마무리지어진 왼손의 불구는, 새까맣게 그을음이 낀 등피를 거쳐 나오는 흐릿한 램프 불 밑에서 그리 크게 흉이 되지는 않았다.

"무슨 증인인지는 아직 얘기하지 않았지요."

"앞으로 혹시 저한테 무슨 일이 생기더라도……"

말을 하다 말고 그는 잠시 뜸을 들였다. 담뱃갑에서 빠져나와 입술 사이에 물릴 때까지의 담배의 움직임이 그 공백을 메웠다. 방금 자신이 걸어온 생애를 길게 이야기하고 난 사람 답지 않게 그는 침착했다. 여유만만한 그 태도가 어쩐지 내 마음에 들지 않았다.

"그건 전적으로 제가 자진해서 하는 겁니다. 절대로 누구한테 야코죽어서, 강압에 못 이겨서 비겁하게 쫓기지는 않는다는 걸 선생님은 꼭 알아주시기 바랍니다."

"내 친구도 그 비슷한 얘길 한 적이 있습니다만, 왜 종곡 사람들은 너도나도 꼭 무슨 일이 일어날 것같이들 얘기하는 거죠? 도대체 일어나긴 뭐가 일어난다는 겁니까?"

"그거야 두고봐야죠, 좌우지간에 저는 겁쟁이가 아닙니다. 왕년에 영동 일대를 주름잡던 어깨로서 죽을 때까지 저는 자존심을 굽히고 싶지는 않습니다. 선생님은 그걸 꼭 기억해주시기 바랍니다."

"어떻게 하면 되겠습니까? 재판정에 나가서 김대장한테 유리하게 증언할까요? 아니면 내 친구를 설득해서 불상사를 사전에 막아볼까요?"

"어느 쪽도 아닙니다. 그저 선생님 혼자만 가만히 알고 계시면 됩니다. 누구한테 광고하고 다니실 필요도 없습니다."

"뭘 말입니까?"

"김대장은 겁쟁이가 아니란 것."

"그게 그렇게도 중요한 문젭니까?"

"중요하죠, 중요하다마다요. 저한테는 그게 생명이나 마찬가집니다. 형편없는 깡패들 사회라고 의리도 자존심도 없는 줄 아십니까, 선생님은?"

"그렇다면 될 수 있는 대로 많은 사람한테 광고해야 하지 않겠습니까?"

"아닙니다. 세상에서 이 김대장이란 사람을 자기 혼자서 속으로만 가만히 알아주는 사람 하나만 있으면 저는 그것으로 만족합니다."

"그러지 말고, 김대장, 더이상 불행해지기 전에 피차 적당한 선에서 마을 사람들하고 화해하는 게 어떨까요?"

"선생님은 김덕령이란 사람을 아십니까?"

재떨이 옆에 놓인 라이터를 집어들면서 그는 딴전을 부렸다. 전에 들어본 듯한 이름이었으나 그의 직업이 무엇이고 나이가 어느 정도인지 전혀 짐작이 가지 않았으므로 나는 고개를 흔들었다.

"옛날에 임진왜란 때 의병대장입니다. 어렸을 때 학교 다닐 적에 역사 선생님한테서 김장군 얘기를 듣고는 그분한테 홀딱 반해버리고 말았습니다."

입술의 움직임에 따라 담배가 꺼뜩꺼뜩 놀아나고 있었다. 그는 라이터를 켰다. 그러나 아까까지도 잘 켜지던 그 라이터가 웬일로 불똥만 튀기고는 불꽃을 피워올리지 않았다. 나는 거의 다 닳은 납작한 라이터돌이 파란 불똥과 함께 라이터에서 퉁겨져 방바닥에 떨어지는 미세한 소리를 놓치지 않았다.

"성냥 가지신 것 있습니까?"

그의 물음에 나는 반사적으로 자켓 주머니에 손이 갔으나 여관에 두고 나왔는지 내 라이터는 잡히지 않았다. 그러자 그는 더러운 내의에 싸인 거구를 날렵하게 일으켜 한쪽 벽면에 걸린 램프 쪽으로 다가갔다. 손가락이 네 개뿐인 그의 왼손이 램프의 등피를 약간 들어올렸다. 불꽃이 갑자기 춤을 추면서 시커먼 그을음을 기다랗게 피워올렸다. 그는 심지를 조절하여 불꽃의 키를 낮춘 다음 담배가 물린 입을 뾰족이 내밀었다. 그때 이상하게도 램프 불이 맥없이 꺼지면서 방안의 모든 것은 불시에 밀어닥친 어둠 속으로 곤두박질치듯이 푹 잠기고 말았다. 재수 나쁘다고 한 번쯤 투덜거릴 법도 한데 그의 입에서는 아무 소리도 흘러나오지 않았다. 나는 그것 역시 그리 좋은 징조는 아니라는 느낌이 퍼뜩 들었다.

"성냥통이 어디 있을 텐데……"

그의 중얼거림이 끝나기도 전에 강한 빛줄기가 느닷없이 방안의 어둠을 칼끝처럼 후비고 지나갔다. 일단 스쳐갔는가 싶던 빛줄기는 남향으로 뚫린 조그마한 창문으로 이내 되돌아와 거기에서 흔들흔들 멈추었다. 창유리 저편에서 밝은 조명을 받으며 소리없이 내리는 것들을 나는 보았다. 김대장이 이미 예견했던 대로 밖에서는 언제부터인지 함박눈이 또 쏟아지고 있었다. 뽀득뽀득 눈을 밟으며 다가오는 발소리가 들렸다. 여러 사람의 인기척이었다. 그러고 보니 창문에 매달리는 빛줄기도 한 가닥만은 아닌 듯했다.

"그 안에 치과 선생님 계십니까?"

어떤 사내가 걸쭉한 목소리로 바깥에서 이렇게 외쳤다.

"우리가 선생님을 모시러 왔습니다!"

다른 사내가 또 이렇게 외쳤다.

"어이 이형, 별일 없어?"

말꼬리가 약간 떨리는 그것은 겁에 질린 유형의 목소리였다. 그들이 나타나리라곤 상상조차 못했던 터수여서 나는 얼떨떨한 기분이었다.

"다아 알고 왔다, 김대장!"

"이봐, 김대장, 내 말 들리나? 만일 치과 선생님한테 털끝 하나라도 건드렸다간 재미 적을 줄 알라구!"

"곱게 얘기할 때 순순히 내보내는 게 자네 신상에도 이로울걸!"

미처 말대꾸를 못하고 내가 잠시 어물거리는 그사이에 그들은 중구난방으로 소리치고 있었다. 그리고 단순한 공갈만은 아니라는 표시로 플래시라이트들이 어지러이 춤추면서 창문에 뭇매를 가하는 중이었다. 일판이 참 묘하게도 꼬여간다고 생각하면서 나는 화닥닥 몸을 놀려 방문을 열었다.

"그렇지 않아요! 그게 아니라니까요!"

나는 밖을 향해서 냅다 고함을 뽑았다. 그러나 스스로 느끼기에도 내 목소리는 비명처럼 들렸다.

"아, 선생님, 얼른 거기서 빠져나오십쇼!"

"우리들이 왔으니까 이젠 아무 염려 마십쇼!"

찌르는 듯한 빛살이 단박에 내 몸뚱이를 사로잡았다. 나는 손바닥을 펴 눈으로 파고드는 불빛을 차단하면서 맞받아 목청을 높였다.

"난 아무렇지도 않아요!"

"정말 별일 없으신가요, 선생님?"

"별일이 있을 턱이 없지, 내가 내 발로 걸어서 김대장을 찾아왔으니까!"

도합 세 번에 걸쳐서 불빛들이 차례로 꺼졌다. 마지막 불빛이 내 얼굴에서 숨을 죽이자 나는 속절없는 장님 신세가 되었다. 사람들은 어둠 속에서 잠시 쑥덕거리는 기색이었다.

"밤이 너무 늦었으니까 그만 내려가도록 하지."

많이 귀에 익은 목소리가 타이르는 투로 조용히 말했다. 낮은 처마 밑으로 기어드는 굵은 눈송이 몇 개가 얼굴에 닿았을 때 나는 오싹 한기를 느꼈다. 그만큼 나는 상기해 있는 상태였다.

"역시 너였구나."

낙준이었다. 어둠 저편에 모습은 감추고 목소리만 불쑥 내미는 내 친구에게 나는 단호하게 말했다.

"마을까지는 나 혼자서도 얼마든지 갈 수 있어!"

"오 분간 여유를 주지."

"김대장하고 아직도 할 얘기가 남았어."

"좋아. 회담이 다 끝날 때까지 밖에서 기다리겠어."

"염려 말고 먼저 내려가!"

나는 방문을 탁 닫아버렸다.

“선생님이 여기 남아 있는 한 저 사람들 아마 안 물러갈걸요.”

김대장의 목소리는 내 앉은키보다 훨씬 높은 위치에서 흘러나왔다. 표정도 안 보이고 소리도 안 들렸으나 나는 그가 시방 틀림없이 웃고 있다고 생각했다.

“내가 중간에 들어 있으니까 아무 일도 안 일어날 겁니다.”

김대장의 처지를 감안해서 나는 진심으로 이렇게 얘기해주었다. 그러자 램프가 걸려 있을 벽 쪽에서 갑자기 격렬한 움직임이 일었다.

“아무 일도 안 일어난다구요?”

아차 하고 나는 이내 후회했다. 아니나다를까, 상대방은 내 실언을 가차없이 추궁해왔다.

“그럼 선생님은 저 사람들이 무슨 일을 저지를 수 있다고 믿으십니까?”

“그런 뜻이 아니라……”

“천만에요, 선생님이 안 계시더라도 아무 일도 일어나지 않습니다. 저 사람들은 모두 겁쟁이들입니다. 일부러 제가 틈을 주지 않으면 저 사람들은 제 몸에 손 하나 댈 수가 없습니다.”

그 목소리에 담긴 자신감에 순간적으로 압도당하는 기분이었다. 내가 무슨 말인가를 해야 할 차례인 것 같은데 그가 먼저 선수를 쳤다.

“시간이 없으니까 서둘러야겠군요. 아까 하다 만 이야기나 계속하겠습니다."

육중한 몸뚱이가 벽면을 타고 방바닥으로 주르르 미끄러져내리는 소리가 들렸다.

"의병대장 얘긴데요, 그분은 왜적을 무찔러서 나라에 큰 공을 세웠답니다. 그런데 사람들이 그분을 시기해서 임금님한테 모함을 했답니다. 그래서 막판에는 역적으로 몰려서 사형을 당하게 됐더랍니다."

어미가 모두 '답니다' 아니면 '랍니다'로 끝나는 그의 이상한 말투 속에서 한 불운한 의병대장의 마지막 생애가 어색하게 전개되었다. 칼날이 닿아도 그의 목은 잘리지 않는다. 밧줄로 목을 달아매어도 그는 숨이 끊어지지 않는다. 물속에 처박아도, 장작불로 활활 태워도 그를 죽일 수가 없다. 물론 사약을 마셔도 끄떡없이 견딘다. 대체 이 노릇을 어찌해야 좋을지 몰라 조정에서는 야단법석들이다. 그때 그가 입을 열어 자기 소원 한 가지만 들어준다면 자진해서 죽겠노라고 말한다. 만고 충신 김덕령, 어쩌고 하는 붓글씨를 써달라는 것이다.

"소원대로 글씨를 써줬더니 그분은 자기 어깻죽지를 들어올리고는 겨드랑이에서 커다란 비늘 한 개를 뚝 잡아 떼더랍니다. 그 비늘을 손바닥에다 올려놓고는 회초리로 한 대 딱 갈기니깐 그만 허망하게 숨이 끊어지더랍니다."

전설을 얼마나 제대로 전달하고 있는지 나로서는 가늠이 안 되었다. 다만 그처럼 부황부황한 이야기를 그가 멋대로 꾸며서 지껄이지 않은 것만은 확실할 것이었다. 나한테 꼭 그래야 할 까닭이 없을 테니까.

"아까 얘기하던 비늘이 바로 그런 거였군요."

"오해는 마십시오. 감히 나 같은 폭력배를 그분한테다 빗댈 생각은 애당초부터 없었으니깐요. 그저 비늘 얘기가 제 맘에 딱 들었을 뿐입니다."

"그 비늘을 나한테 맡기겠다고 말씀하신 것 같은데요?"

"세상엔 그런 것도 있다는 걸 치과 선생님 혼자서만 가만히 알고 계시라 이런 말씀입니다."

그는 한차례 가볍게 소리내어 웃었다. 아직도 다 풀리지 않은 수수께끼를 혼자서 곰곰 생각해보다가 나는 그를 설득하기로 작정했다. 확실치는 않지만, 다수의 힘 앞에 절대로 굴복하지 않겠다는 암시 같았기 때문이다.

"반박자만 늦춰서 생각하면 원만하게 지낼 수 있을 것을 서로간에 원수야 악수야 하고 피곤하게 살 필요가 뭐가 있습니까. 때마침 기회가 좋은 것 같습니다. 내가 화해를 주선할 테니까 저 사람들을 안으로 불러들여서 오늘밤에 아주 결말을 지어버립시다."

"소용없는 짓입니다. 제가 이 종곡 바닥에 곱게 붙어 있으려면 앞으로 두고두고 저 사람들한테서 동정을 받아야만 하거든요. 그러긴 싫습니다."

"동정 안 받고 살면 될 거 아닙니까?"

"제 화해를 받아들이는 그게 바로 동정입니다."

"뭘 그렇게 복잡하게 생각하십니까? 저 사람들도 그렇게 하는 편이 자기네한테 이로우니까……"

"모르시는 말씀입니다. 폭력을 휘두를 때 맛보는 그 아편 같은 쾌감을 선생님 같은 분이 어떻게 알겠습니까. 앞으로 두 번 다시 주민들을 괴롭히지 않는다고 장담할 수도 없습니다."

"김대장은 지금까지 내가 깜짝 놀랄 만큼 자기 자신을 논리정연하게 분석해서 남한테 보여주는 분별력을 가진 사람입니다. 그런 사람이 왜 자기 자신을 자꾸만 과소평가하고 일부러 삐딱하게 나가려고만 그러는지 당최 이해가 안 가는군요."

"사나이 대 사나이끼리의 약속은 다른 무엇보다도 중요한 겁니다. 저한테는 앞으로 꼭 해야 할 일이 있습니다. 더 길게 얘기하다가는 밖에 있는 저 사람들 불알 얼어터지겠습니다. 자아, 선생님은 그만 친구분한테나 가보시지요."

그는 나한테 잽싸게 다가오더니만 깜깜한 어둠 속에서도 내 어깨를 정확하게 짚는 것이었다. 방문 쪽으로 나를 잡아끌면서 그는 이렇게 말했다.

"선생님한테 이것 하나만은 약속드릴 수 있습니다. 내일부터는 절대로 마을에 나가지 않겠습니다."

거의 쫓겨나다시피 그에게 등을 떼밀려 나는 밖으로 나왔다. 어느새 처마 밑까지 두툼히 쌓인 눈이 내 몸뚱이를 냉큼 싣고는 미끄럼을 태웠다. 두 사람이 달려와서 양쪽 옆구리를 부축하여 나를 일으켜세웠다. 그들이 저마다 몽둥이 하나씩을 움켜쥐고 있음을 나는 그제야 발견했다. 등뒤에서 방문이 닫히는 소리와 함께 김대장의 너털웃음이 한바탕 낭자하게 울려퍼졌다.

"저 짐승을 그냥……"

내 오른편의 사내가 오두막 쪽을 뒤돌아보면서 어금니를 갈았다.

"어디 다친 데는 없어?"

유형이 앞으로 다가서면서 근심 띤 어조로 물었다. 나는 부축한 손들을 뿌리치고 혼자서 똑바로 서는 것으로 대답을 대신했다. 내 주변을 서로 엇갈려 달리는 강렬한 불빛들을 통하여 나는 거기에 모인 사람들이 낮에 얼굴을 익힌 마을 이장단에 힘꼴이나 쓸 법한 실팍한 청년들 몇이 더 가세하여 이루어진 집단임을 알아차렸다. 저마다의 손에 삐쭉삐쭉 들린 몽둥이들이 불빛 속에서 자못 살벌하게 드러났다.

"무슨 산토끼 사냥이라도 나온 사람들 같군."

내 중얼거림을 낙준의 목소리가 제꺼덕 비아냥거림으로 받았다.

"눈길이 워낙 험해서 귀하신 몸 낙상하실지도 모르니까 우리 치과 선생님한테도 지팡이 하나 빌려드리지."

김대장과 내가 남긴 발자국은 말할 나위 없고 그후 낙준의 패거리가 올라오면서 눈길 위에 어지럽게 찍었을 흔적들까지도 벌써 지워져 있었다. 깊은 눈구덩이 속에 무릎 근처까지 푹푹 빠졌다. 종곡에서나 볼 수 있는, 정말 대단한 폭설이었다. 세찬 바람을 동반한 채 목화송이만한 눈낱들이 사정없이 몰아치면서 시야를 가리고 있었다.

"찻길만 뚫리면 내일이라도 여길 떠나야지."

유형이 곁에서 이렇게 중얼거렸다.

"김대장이 나한테 약속했어. 내일부터는 절대로 마을에 내려가지 않겠다고 말이지."

모두들 들으라고 나는 일부러 목청을 돋우어 말했다. 그러나 누구 한 사람 내 말에 대꾸하지 않았다.

"그 친구, 생각보다는 훨씬 말귀가 통하는 사람이더군."

나는 재차 소리를 높였다. 그러자 그때껏 묵묵히 선두를 걷던 낙준이 걸음발을 늦추어 나하고 어깨를 나란히 했다.

"그 작자한테 틀니라도 끼워주러 갔었나?"

"대화를 나누러 갔었지."

"그래 대화 결과는 성공적이었나? 대체 그 작자하고 무슨 대화를 나눴지?"

"여러 가지…… 인생 전반에 걸쳐서…… 개척단 생활을 위시해서 과거부터 현재까지……"

"그 작자가 그래 치과 선생 앞에서 문잣속으로 진지하게 철학이라도 했더란 말인가?"

"의외로 말솜씨가 좋더군. 주먹만 잘 쓰는 사람인 줄 알았더니, 그게 아니야. 이성도 있고, 게다가 자기 주제 파악도 할 줄 알고……"

허허 하고 갑자기 홍소가 터져나왔다. 낙준은 의도적인 웃음으로 내 말문을 막고 나서 씹어뱉듯이 말하는 것이었다.

"그 작자, 그래두 개보다는 아이큐가 높던가부지."

일행 사이에 웃음의 물결이 번졌다. 바람소리를 디디고 누군가 고함에 가까운 목소리를 짜냈다.

"미친개는 입을 벌렸다 하면 문자보다 이빨이 먼저 나옵니다요!"

내 말이 먹혀드는 눈치가 전혀 아니었다. 등잔 밑이 어둡다는 말 그대로 오랫동안 가까이에서 접해온 그들 쪽이 오히려 나보다도 김대장에 관해서 아는 게 적은 것 같았다. 같은 사람을 두고 내리는 판정이 그렇게도 상반될 수 있다는 사실에 나는 문득 추위를 느꼈다. 입을 다물기 전에 나는 마지막으로 이렇게 고집을 부렸다.

"두고보면 아마 여러분도 아시게 될 겁니다. 차차 모든 일이 잘 풀려나갈 거라고 저는 자신 있게 얘기할 수 있습니다."

유형과 나는 여관 앞에서 다른 사람들과 헤어졌다. 낙준은 우리 방까지 따라왔다.

"한 가지만 물어보자. 우리는 아직도 친구 사이냐?"

낙준이 엉뚱한 질문을 던졌다. 유형이 앞에서 킥킥거리며 웃었다.

"나는 그렇다고 생각하는데……"

"참말로 그렇게 생각한다면 내 입장도 제발 고려해다오. 친구로서 마지막으로 한 번만 더 충고해두겠는데, 여기 머무는 동안 다시는 그 작자 만나지 마라. 이건 어디까지나 우리 종곡 사람들 일이니까 우리한테 맡겨라. 우리는 폭력 앞에서 우리 자신을 지킬 권리가 있고, 그 권리만큼 또 책임도 우리가 진다."

"먼저 닦아라."

나는 수건을 그에게 내밀었다. 그는 받지 않았다. 나는 수건으로 얼굴을 훔치기 시작했다. 하얗게 뒤집어쓴 눈이 방안에 들어서서 기 무섭게 줄줄이 녹아내리고 있었다.

"스키장에서 김대장 형제는 요란했다며?"

나는 슬쩍 화제를 다른 데로 돌렸다. 새하얀 베레모 모양으로 머리통 위에 눈을 아직도 소담스럽게 얹은 채 낙준은 잔뜩 이맛살을 찌푸렸다.

"말도 마라, 말도 마! 아까 이형 구출하러 가면서 낙준이 그러는데, 천하장사 둘이서 쌍나발을 불어대니깐 사람은 두말할 것 없고 산천초목이 다 노오래지더라는 거야."

유형이 자기 방식대로 떠벌렸다.

"경찰에 고발해버리지, 왜 가만 놔뒀어?"

"말도 마라, 말도 마! 경찰은 뭐 손발 다 외출 내보내고 편안히 놀고 먹을 처지가 돼? 여기 지서 병력이 총출동을 했는데도 두 형제를 무찌를 수가 없어서 이웃 지서에다 응원까지 청할 정도였으니까 얘긴 다 끝난 거지, 뭐."

"붙잡아서 단단히 징역까지 살린단 말이지."

자기가 직접 목격한 듯이 열을 올려가며 떠드는 유형을 나는 무덤덤하게 건너다보았다.

"법의 맹점이란 게 바로 그런 경울 두고 하는 말이지."

나보다도 더 무덤덤한 어조의 낙준이 끼어들었다. 그는 이마에 들러붙은 축축한 머리카락을 손으로 쓸어올리면서 덧붙여 말했다.

"동생이 두 번, 형 쪽은 세 번 붙잡혀갔었지. 모두 약식재판에 넘어가서 벌금을 물거나 적당히 구류만 살다 풀려난 거야. 타인에게 혐오감을 주거나 공포 분위기를 조성한 것만으로는 기껏 경범죄밖에 해당이 안 돼. 그자들은 경험이 풍부해서 구체적으로 상해 따윌 입히지 않고도 사람들을 벌벌 떨게 만들거든. 우리가 법에다 기대지 않기로 작심한 이유는 바로 거기에 있지. 종곡 주민 전체가 그자들 때문에 하루도 안심하고 살 수 없을 지경인데도 말이지, 법은 무슨 법 몇조 몇항이 어쩌구저쩌구, 조문 해석에만 매달려서 숲은 보지 못하고 나무만 보는 거야."

"입장에 따라서는 뭐가 숲이고 뭐가 나문지 견해가 뒤바뀔 수도 있잖을까?"

낙준의 눈빛이 순간적으로 차갑게 번뜩였다.

"물론 그럴 수도 있겠지. 우리하고 전혀 다른 견해를 우린 며칠 전에도 실제로 겪었으니까. 동생네가 집단 자살하고 나서 그자는 한바탕 또 광기를 부렸어. 어느 누구도 시체들이 들어 있는 방 근처에 접근을 못하게끔 마구잡이로 낫을 휘두르고 설치는 거야. 결국 한나절 만에 지서 순경들이 격투 끝에 붙잡긴 했지만, 참고인으로 조사만 받고는 금방 풀어주고 말았어. 이번에는 정상참작이었지."

낙준은 집으로 돌아갈 채비를 취하면서 나를 정면으로 쏘아보았다.

"난 말이지, 니가 염려하는 것처럼 그렇게 무모하진 않아. 법을 어길 생각은 추호도 없어. 그자처럼 법의 맹점을 역이용할 뿐이라구."

나는 그를 붙들고 무슨 말인가를 더 하려다가 그만두었다. 그를 설득한다는 건 당장은 부질없는 노릇일 터이었다. 김대장의 변모를 통하여 어차피 그는 김대장이나 나의 본심이 무엇인지를 곧 알게 될 것이었다.

전신을 무섭게 타 누르는 피로에도 불구하고 나는 좀처럼 잠을 이루지 못했다. 깜깜한 방안에서 듣는 유형의 코 고는 소리가 더욱 뾰족하게 내 신경을 곤두세우고 있었다.

얼마나 그렇게 몸을 뒤척이고 있었을까. 나는 울부짖는 소리를 얼핏 들었다. 머리맡에 풀어놓은 시계를 집어들었다. 새벽 세시에 가까운 시간이었다. 나는 들창으로 다가가서 귀를 기울였다. 밖에서는 여전히 어기찬 기세로 쏟아지는 굵직한 눈낱들이 싸르락싸르락 창유리를 때리는 소리가 들렸다.

울부짖음은 다시 들렸다. 멀리서 종곡의 변두리 어딘가를 이리

저리 내닫는 그 울부짖음은 바람소리를 앞세우고 바람과 같은 걸음으로 달려와서 다시 바람소리를 꽁무니에 거느린 채 멀어졌다. 짐승처럼 포효하는 그 소리는 어쩌면 바람 그 자체의 소리 같기도 했다. 법이라든지 도덕 이전의 저 태고의 목소리와도 같이 고삐 안 걸린 오만한 본능, 방자스러운 자유를 연상케 만드는 별난 울부짖음이었다.

나는 어둠 속에서 슬며시 미소를 머금고 말았다. 이를테면 그것은 우리끼리만 통하는 방법으로 김대장이 나에게 보내는 은밀한 신호였다. 다시 말해서 그것은 그 자리가 밥상머리인 줄 번연히 알고도 눈 딱 감고 누어버리는 똥무더기와도 같은 성질의 것이었다. 이번을 마지막으로 해서 앞으로 다시는 마을에 내려가지도, 주민들을 괴롭히지도 않겠다는 의미임을 익히 아는지라 나는 공포나 혐오감보다는 오히려 그의 등에 업혔을 때 가슴 부위로 전해오던 따스한 체온을 다시 느끼고 있었다.

울부짖음이 완전히 사라졌음을 확인한 다음, 나는 다시 잠자리에 들었다. 이젠 마음놓고 잠들 수 있을 것 같았다. 그런데 이때 깜깜한 천장에서 뚝 떨어지듯이 갑자기 엄습해오는 어떤 생각에 소스라치게 놀라 일어났다. 반드시 짚고 넘어가지 않으면 안 되는 문제를 뒤늦게야 발견했던 것이다. 주민들을 괴롭히지 않겠다고 장담할 수 없기 때문에 화해가 불가능하다던 말과 내일부터는 마을에 나가서 주민들을 괴롭히지 않겠다던 말 사이에 가로놓인 커다란 모순을 어떻게 풀이해야 좋을지 몰라서 나는 또다시 이리저리 뒤척거리기 시작했다.

이틀째나 계속해서 눈이 내렸다. 그래도 주민들은 눈길을 뚫고 진료장으로 나왔다. 나는 많이 생각해본 끝에 낙준의 귀에 대고 내 의견을 슬쩍 귀띔해주었다.

"아무래도 진료비를 받는 게 좋을 것 같다."

고개를 홱 돌리면서 낙준이 나를 빤히 응시했다.

"서로를 위해서 무료는 아무래도 좀 곤란하다고 생각해. 나나 주민들이나 양쪽 모두 떳떳해지기 위해선 환자 자신이 형편대로 성의 표시를……"

"무슨 얘긴지 알겠다."

낙준이 말했다. 하지만 그가 내 말을 전혀 알아듣지 못했음을 그의 표정이 여실히 증명해주고 있었으므로 나는 다음 말을 서두르지 않으면 안 되었다.

"감자 한 알도 좋고 잎담배 한 장이라도 괜찮아. 어떤 형태로든 무료라는 인식만 떨어낼 수 있다면 난 그것으로 충분해."

"널 여기까지 불러들인 사람은 나니까 경비 일체를 내가 다 부담하겠어."

나에게 귀엣말을 남기고 낙준은 총총히 진료장을 빠져나가버렸다. 나는 낙준을 향한 감정을 곧 엉뚱한 상대한테 폭발시켰다. 내 솜씨가 어찌나 난폭했던지 맞은편 의자에 앉아 입을 한껏 크게 벌리고 있던 중년의 사내가 별안간 아악 하고 비명을 지르며 벌떡 일어서는 것이었다.

간밤의 약속대로 김대장은 하루종일 마을 근처에 얼씬도 하지 않았다. 밤이 되어도 예의 그 짐승 같은 울부짖음은 들을 수가 없었다. 폐허가 된 농장으로 그를 만나러 가고 싶었으나 상식을 뛰어넘는 엄청난 폭설 때문에 엄두가 나질 않아 밤나들이는 포기했다.

원래는 이틀로 예정했던 진료가 하루 더 연장되었다. 폭설로 갇혀 외부와 완전히 단절된 종곡을 벗어날 재간이 없던 탓이었다. 김대장은 여전히 모습을 나타내지 않았다. 천지가 온통 하얀 눈뿐인 그 외딴 오두막 속에서 그가 무슨 일로 소일하고 있는지 나는 몹시 궁금했다.

밤사이에 눈발이 그쳤으므로 나는 조반을 마치자마자 여관을 나섰다. 구두에다 새끼줄을 칭칭 동이고는 험한 눈비탈을 간신히 더듬어 농장을 찾아갔다. 그러나 김대장은 거기에 부재중이었다. 농장 어디에서도 그의 흔적을 찾아볼 수가 없었다. 얼음장같이 식어버린 방바닥과 끼니를 챙긴 자취라곤 전혀 안 보이는 휑뎅그렁한 부엌을 기웃거리면서 나는 김대장의 행방을 잠시 상상력으로 추적해보았다. 결론은 간단했다. 그 새벽에 마지막 광기를 부린 다음 사태난 눈길을 뚫고 고립된 종곡을 탈출해서 처자식이 가 있는 곳에라도 찾아가지 않은 이상 그가 갈 만한 곳은 아무데도 없는 것이다. 그렇게 결론을 내리자 여지껏 모든 일이 순조롭게 진행되어 간다고 혼자서 속으로 흡족해하던 내 낙관적인 견해를 불시에 뒤덮어오는 먹구름이 눈앞에 보였다.

유형과 나는 본의 아니게 종곡에서 오래 머물렀다. 하는 일도 없이 빈둥빈둥 여관에서 시간을 보내는 답답한 한때였다. 그즈음에야 주민들은 마을에 일어난 변화를 눈치챘다. 아침햇살을 노래하는 새들 모양으로 끼리끼리 모여서 재재거리는 주민들의 모습을 나는 자주 목격했다. 벌써 연 나흘째나 묘연한 김대장의 행방이 그들의 공통된 화젯거리였다. 낙준에게 넌지시 퉁겨봤으나 오히려 그쪽에서 나한테 비상한 관심을 건네올 뿐이었다. 그 역시 김대장이 지금쯤 어디서 무얼 하고 있는지 도무지 짐작조차도 못했다.

부근에 주둔하는 군부대에서 제설차 한 대가 덜덜덜 굴러와 숨통을 터준 덕분에 종곡은 가까스로 고립을 벗어나 외부 세계하고 연결되었다. 유형과 나는 예정을 훨씬 초과해서 오랜만에 서울로 돌아갈 수가 있었다. 종곡을 떠나기 직전, 나는 승용차에 오르면서 낙준에게 김대장을 보거든 즉시 연락해달라고 당부했다. 주민들이 새까맣게 몰려나와서 떠나는 우리를 향해 열심히 손을 흔들어대고 있었다. 나는 조수석에 앉은 채로 점점 작아지는 사람들의 키 너머 뒤쪽을 자꾸만 돌아다보곤 했다. 사람들 뒷전 어느 구석에 숨어서 김대장이 나를 훔쳐보고 있을 성만 싶었다.

미처 떼지 못한 삼월의 달력이 뒤늦게 간호원의 손으로 제거되는 걸 보았다. 어느새 사월 초순이었다. 서울에 돌아온 지 벌써 며칠이 지났는데도 종곡에서는 아무런 연락도 오지 않았다. 나는 종곡으로 시외전화를 신청할 것을 간호원에게 지시했다.

"어때, 고생 많았지? 내 본심은 그게 아니었는데 말야, 괜히 아무것도 아닌 일로 친구 간에 심정을 상하게 해서 두고두고 너한테 미안하다. 나 때문에 멀쩡한 여자 생과부 만들었다고 제수씨가 날 원망 안 하든?"

전화기 속에서 낙준의 한마디 한마디는 싱싱한 생선처럼 팔딱팔딱 뛰었다.

"김대장 소식부터 얘기해."

나는 조바심을 감추지 못했다.

"아, 그 친구 말이지?"

감이 멀고 잡음도 많은 수화기에 귀를 모으면서 나는 침을 꼴깍 삼켰다.

"늬들이 떠나고 나서 바로 그다음날 스키장 계곡에서 발견됐어. 순경들이랑 주민들이 조를 짜서 종곡 일대를 샅샅이 뒤졌지. 가벼운 찰과상 외엔 상처도 별로 없었어. 눈구덩이에 깊이 파묻혀 있었으니까 물론 부패할 리도 없고, 살아 있는 거나 다름없이 생생한 모습이더라. 경찰이 조사한 바로는 실족 추락사라는 거야. 인사불성이 되도록 과음한데다가 또 사망 추정 시간에 쏟아진 폭설이 시야를…… 여보세요? 여보세요?"

나는 숨을 죽인 채 낙준의 거침없는 말소리를 듣고 있었다. 전혀 반응이 없는 그 점이 낙준으로 하여금 혹시 전화선이 잘못된 게 아닐까 의구심을 낳게 한 모양이었다.

"그래, 듣고 있어."

나는 또 침을 꼴깍 삼켰다.

"물론 장례 절차는 우리가 나서서 주민들 손으로 치러주었지. 참 안된 친구야. 성질이 너무 괄괄하고 힘이 넘쳐서 더러 속을 썩이긴 했어도 본바탕만큼은 아주 좋은 사람이었는데……"

나는 그 대목에서 통화를 끝냈다. 사월이었다. 봄이 간호원 박 양의 곱다란 얼굴과 성숙한 몸매에 와서 완연히 머무르고 있었다. 그럼에도 불구하고 나는 문득 병원에서 석유난로를 철거하기엔 아직도 시기가 이르다고 생각했다. 나는 난로 앞에서 습관적으로 두 손바닥을 마주 비볐다.

바로 그때였다. 뭔가 손바닥 사이에서 납작하게 만져지는 이물질의 감촉을 느꼈다. 깜짝 놀라 합장을 푸는 순간, 나는 내 손바닥에 찰싹 붙어 있는 그것을 마침내 보고야 말았다. 은빛으로 반뜩이는 커다란 비늘 한 장이 내 손에 남겨져 있는 것이었다.

(1981)

꿈꾸는 자의 나성

그 사내를 내가 처음 만난 것은 매일 한두 차례씩은 꼭 들르곤 하는 단골 다방에서였다. 하기야 만났다는 표현은 어디까지나 나 혼자만의 일방적인 생각일 뿐이며, 실상은 그가 어쩌다가 잠깐 내 기억의 가장귀를 슬쩍 스쳐간 셈이었다. 그러다 그는 구두 뒤축으로 남의 발등을 밟고도 사과의 말 한마디 없이 그냥 지나쳐버리는 무례한 사람처럼 내 마음 가운데다 깊은 자국을 남겼다.

"저어…… 실례지만 말씀 좀 묻겠는데요……"

사내는 약간 머뭇거리는 태도로 이렇게 공손히 말하고 있었다. 그때 사내하고 나는 똑같이 다방 카운터 앞에 서 있었다. 나는 내 일행들하고 내가 함께 마신 찻값을 계산하기 위해서였고, 사내는 어디론지 전화를 거는 중이었다. 내 차례도 아닌데 남의 찻값을 덤터기로 뒤집어쓰는 떨떠름한 기분이라서 나는 사내한테 신경쓸 겨를이 없는 상태였다.

"로스앤젤레스행 비행기편이 몇시에 출발합니까?"

얼마 되지도 않는 찻값을 두고 바글바글 속이 끓는 내 쩨쩨한 계산속을 비집으며 그 사내가 갑자기 내 의식 속으로 뛰어든 것은 바로 그 무렵이었다. 카운터를 보는 미스 민의 찌르는 듯한 날카로운 시선이 사내의 면상에 꽂혀 있음을 보고 비로소 나는 뭔가 심상찮은 기척을 느낄 수가 있었다. 미스 민은 기계적인 손놀림으로 내가 내미는 종이돈을 받아서 챙기고 쇠돈을 거슬러주는 그사이에도 여전히 낚싯바늘처럼 끝에 갈고랑이가 달린 시선으로 사내를 위협하고 있었다. 이윽고 금속성에 가까운 뾰족한 목소리가 그니의 무기로 추가되었다.

"통화는 간단히 끝내주세요!"

깡마른 체구에 검고 거친 피부의 사내였다. 마흔은 족히 넘겼을 듯한 중년의 나이에 행색이 몹시 꾀죄죄해 보였다. 그리고 흠씬 피로에 지쳐 있는 듯한 인상이었다.

"이틀 후에 출발하는 엘에이행 말입니다. 네에, 예약 관계로 그럽니다만…… 네네…… 그게 정확히 몇시에 뜨는지 알고 싶습니다만……"

사내의 통화 내용에 특별히 신경을 곤두세울 만한 이유라고는 내게 없었다. 행색이 그 모양 그 꼴이라 해서 미국행 항공편에 관해 문의하지 말란 법은 어디에도 없으니까. 나는 그저 미스 민하고 사내 사이에 오가는 그 팽팽한 긴장에서 뭔지 모르게 석연찮은 구석을 느꼈을 따름이다. 그리고 그런 느낌마저도 앞서 나간 일행을 부지런히 따라잡는 동안에 어느새 놓쳐버렸다. 나는 양쪽 고층 건물 사이로 비뚤배뚤 뚫린 우중충한 골목길을 어슬렁어슬렁 걸어가는 일행의 뒷모습을, 그중에서도 특히 손대리의 살찐 엉덩이께를 일삼아서 노려보았다.

찻값은 당연히 손대리가 낼 차례였다. 다섯 명이 일행인 우리는 회사가 세 들어 있는 빌딩 안에도 시설이 깨끗한 다방이 있지만 굳이 '운동 삼아서'라는 핑계로 제법 멀리 떨어진 그 허술한 종탑 다방을 점심때마다 이용해왔다. 언제부턴가 우리 사이에는 매일 순번을 바꾸어가며 일행의 찻값을 한 사람이 도맡아 계산하기로 묵계가 이루어져 있었다. 그런데 잘 나가다가도 손대리 차례만 당하면 그 묵계는 번번이 엉망이 되곤 했던 것이다. 점심시간이 다 지나 오후 일과가 개시되는데도 손대리는 시침 뻭 뗀 채 그냥 의자에 앉아서 뭉갠다. 결국 성질 급한 누군가가 참다못해 먼저 자리를 털고 일어서게 마련이고, 그 성질값을 하는 사람은 곽선배일 경우가 대부분이고, 그때까지 끊임없이 새로운 화젯거리로 좌중을 붙들어매다가도 손대리는 모두들 곽선배를 뒤따라 우우 일어서는 우리를 향해, 벌써 시간이 그렇게 되었나, 어쩌고 하면서 맨 꽁무니에 슬그머니 따라붙는다.

"찻값은 맨 뒤엣 사람한테 받아!"

어쩐 일로 호주머니가 비었던가보다. 전에 없던 일로 곽선배는 평소의 그답지 않게 심통을 부리며 다방을 빠져나갔다. 맨 뒤가 손대리고 나는 그 바로 앞이었다. 그 방법 한번 고소하다 싶었던지 다른 두 사람은 미스 민을 향해 비죽비죽 웃어 보이며 카운터 앞을 잽싸게 통과했다. 바로 그때 손대리가 뒤에서 내 팔소매를 붙잡았다.

"자네 불 있나?"

나는 어쩔 수 없이 양복 주머니에 손을 넣어 라이터를 찾아야만 했다.

"아, 여기 있군."

그 틈에 손대리는 자기 라이터를 꺼내면서 나를 한 걸음 앞질러 카운터 앞을 통과해버렸다. 그리하여 모처럼 나온 곽선배의 아이디어도 허사가 되고 계산은 졸지에 내 차지로 넘어오고 말았던 것이다.

매사가 이런 식이었다. 그럼에도 불구하고 손대리한테 대놓고 따지거나 불평하는 사람은 아무도 없었다. 왜냐하면 먼저 그런 말을 꺼내는 사람만 쩨쩨한 인간으로 낙착되기 십상인 까닭이었다. 우리가 저마다 쪼아대는 무언의 바늘끝도 손대리의 굵은 신경을 어쩌지는 못하는 모양이었다. 남이야 자기를 어떻게 보건 말건 그는 언제나 여유만만한 자세였다. 자질구레한 일 따위엔 전혀 신경을 안 쓴다는 투의, 어쩌면 대인다운 풍모까지도 가장해 보일 지경이었다. 나는 그의 그런 허세나 쩨쩨성을 혐오하지는 않았다. 회사의 재무구조에서 부채負債도 자산의 일부로 평가되듯이 그것들은 어디까지나 그 자신의 몫이었다. 문제는 다름 아닌 우리의 몫이었다. 내가 그를 마음으로 노상 혐오하는 까닭은 그가 우리 모두를 쩨쩨한 인간군으로 전락시키기 때문이었다. 쩨쩨한 한 인간의 행위로 말미암아 매일매일 몇 푼의 찻값에 집착하지 않으면 안 될 정도로 나를 포함한 여러 사람의 의식이 황폐케 된다는 사실은 분명 억울한 노릇이었다. 아마 그 점은 나뿐만이 아니라 다른 동료들도 전적으로 동감이었을 것이다.

내가 두번째로 그 사내를 만난 것도 종탑다방에서였다. 그 이튿날이었다. 그날은 웬일인지 손대리의 모습이 보이지 않았으므로 나는 설렁탕을 전문으로 하는 단골 식당을 나서면서 일행들한테 불쑥 이런 제안을 했다.

"또 꼽사리가 붙기 전에 오늘은 아예 구내 다방으로 장소를 옮겨버리는 게 어떨까요?"

그러자 진선배와 조선배가 걸음을 우뚝 멈추면서 좌우에서 동시에 나를 돌아다보는 것이었다. 나를 향한 비난을 담은 무자비한 눈초리들이었다. 나이도 어린 녀석이 어떻게 그런 쥐새끼 같은 간교한 생각까지! 하고 호되게 꾸짖는 찰나였다.

"거긴 회사 간부들이 수시로 드나드는 데잖아. 레지 아가씨 치마 밑으로 손 집어넣는 꼴을 빤히 건너다보고 앉았으면 안경잽이 그 이사 영감 체면이 뭐가 되겠어."

때마침 우리가 구내 다방을 기피하는 또 하나의 이유를 들어 난처해진 내 입장을 곽선배가 얼렁뚱땅 얼버무려주었다. 종탑다방 쪽으로 향하는 입사 선배의 뒤를 따르면서 나는 모닥불과 같은 열기로 화끈화끈 얼굴에 와닿는 수모감 앞에 초라하게 위축되어야만 했다.

손대리는 혼자서 뒤늦게 종탑다방에 나타났다. 오늘은 어쩐 일이냐고 조선배가 물었고, 친구하고 약속이 있어서 모처럼 칼질을 좀 했노라고 대꾸하면서 손대리는 연신 이쑤시개질을 계속했다. 나만 빼놓고는 손대리하고 다른 선배들 사이엔 본디부터 아무런 악감정도 존재하지 않는 것으로 착각되는 풍경이었다. 나는 시종일관 아무 말도 없이 그저 우두커니 앉아만 있었다. 다른 선배들이 빤히 지켜보는 가운데서 마치 손대리의 사타구니 속에 손을 집어넣다가 들키기라도 한 듯한 기분이었다. 때문에 나는 손대리란 인간을 더욱 미워할 수밖에 없었다. 아울러서 나는 다른 선배들한테도 끊임없이 경멸을 보내고 있었다. 그들하고 나하고의 차이점이란 끽해야 자기 진심을 곧이곧대로 토설하고 않는 그런 정도에 불과했다. 그런데도 그토록 나한테 여지없이 무안을 주고는 저렇게 손대리 면전에서 태연한 표정들로 아무 일도 없었던 것처럼 노닥거릴 수가 있다니!

"비행기편을 알아보고 싶습니다만……"

그때였다. 예의 그 사내의 목소리가 얼핏 들렸다. 확실하면서도 아주 예절바르게 들리는, 그래서 다른 한편으로는 몹시 수줍어하는 듯이도 다가오는 그 특이한 목소리가 말짱 잊은 채로 지낸 하루 건너편의 내 기억 속에 꼬마전구 하나를 반짝 켜놓았다. 공중전화가 따로 없기 때문에 어쩔 수 없이 손님들도 카운터의 전화통을 이용해야만 하는 볼품없는 다방이었다. 시내 중심가의 뒷골목에 자리잡은, 주변에 즐비한 화랑畵廊들에 붙어서 고서화의 거간질로 살아가는 이른바 나까마들이나 인근 빌딩의 사무실에 근무하는 월급쟁이들로 한창 붐비는 비좁은 다방 안에서도 나는 사내의 목소리를 또렷이 분별할 수가 있었다. 나는 카운터 쪽으로 얼른 고개를 돌렸다.

"네, 엘에이로 출발하는…… 네에, 이틀 후에요……"

전날과 마찬가지로 또 이틀 후였다. 그리고 전날에 내가 보았던 그 옷차림, 그 몰골 그대로였다. 위아래로 걸치고 있는 신사복은 천이 엷은 체크무늬의 합섬 종류였으며, 옷걸이에 비해 옷 쪽이 너무 푼더분해 보였다. 아마 모르긴 몰라도 그것은 시장바닥 같은 데서 아무렇게나 골라 사 입은 싸구려 기성품이기 십상일 것이었다.

"어디 경유지요?"

그렇게 묻는 대목까지 별로 이상스러운 구석은 집어낼 수가 없었다. 사내가 외모로 풍기는 인상과 그가 들먹거리는 외국의 삐까번쩍한 대도회 이름 사이에는 사실 엄청난 거리감이 끼여 있는 듯싶긴 하지만, 그래도 그 음성만은 그럴 수 없이 진지하고도 절실하게 들리는 것이었다.

"예매는 지금 가능합니까?"

기필코 그곳에 가지 않으면 안 되는 어떤 특별한 사정이 있다면야 이틀 후가 아니라 지금 당장 떠난다 해도 누가 뭐라 시비하겠는가. 싸구려 기성복 아니라 홀랑 발가벗고 트랩에 오른다 해도 누가…… 아니지, 그것만은 좀 곤란할 테지……

"다른 손님들도 좀 생각해서 통화는 간딴간딴히 끝내주시라니깐요!"

카운터의 미스 민이 끼어들었다. 사내의 뒷전에서 다음 차례를 기다리는 손님도 없을뿐더러 아직 한 통화도 채 못 끝냈을 무렵이었다. 그런데도 그처럼 볼썽사납게 구는 미스 민이 아무래도 이상했다. 단골들이라면 원래는 그렇게 인정머리없는 암팡진 성깔의 계집애가 아닌 줄 누구나 잘 알기 때문에 더욱 이상하게 느껴지는 대목이었다.

"그래요? 아아, 이거 정말 낭패났는데!"

인조 속눈썹으로 짙게 치장된 미스 민의 갸름한 얼굴을 힐끔 올려다보면서 사내는 약간 떨리는 음색을 띠기 시작했다.

"모레 떠날 수 없다면 아주 야단인데……"

절망적인 심정을 표현하는 비통한 노래처럼 들리는 그 사내의 그 독백에도 아랑곳없이 미스 민은 노골적인 면박을 퍼부었다.

"간딴간딴히 끝내라니깐요!"

서양 여자처럼 요란하게 꾸미려 애쓴 흔적이 역력한데도 그녀는 엘에이란 이름의 서양 도시에 의외로 강한 일면을 보였다. 상대방이 이틀 후에 엘에이에 용무가 있는 사람인데도 그를 존경하고 싶은 생각이 추호도 없다는 단호한 태도를 취하는 것이었다.

"네에, 잘 알겠습니다. 나중에 다시 연락을 드리도록 하지요."

사내는 통화를 마치면서 퀭하니 큰 눈을 한껏 슬프게 떠서 매우 안됐다는 듯이, 혹은 당신의 인생이 정말 불쌍하다는 투로 미스 민을 형편없이 아래로 내려다보기 위해 가늘고 긴 상체를 곧추 폈다. 그런 다음 아주 인상적인 동작으로 수화기를 아주 느릿느릿 전화통 위에 갖다가 얹는 것이었다. 이윽고 그는 카운터에서 물러나 껑충한 다리를 휘청거리면서 자기 자리를 찾아갔다. 그의 모습이 홀 중앙에 자리잡은 열대어의 수족관 아래쪽으로 가라앉기를 기다려 그 옆에 지켜서 있던 미스 전이란 아가씨가 재빨리 입을 놀렸다.

"자아, 이제 전화두 결구 하셨으니깐 차를 드셔야 할 차례죠?"

사내 쪽에서 묵묵부답이자 미스 전은 카운터의 제 동료한테 야릇한 눈짓을 주었고, 거기에 답하여 미스 민은 열대어 주둥이 모양으로 입을 괴상하게 벌렸다. 한자리의 일행이 앞서거니 뒤서거니 일어나는 바람에 사내한테 쏠렸던 내 관심은 그제야 가장 비근한 현실로 얼른 되돌아왔다. 나는 또다시 뒷전으로 처지는 손대리의 존재를 강하게 의식하면서 잽싸게 달려갔다. 전날에 이어 자청해서 찻값을 지불하면서도 나는 사내의 모습이 자꾸만 비현실적인 기이한 것으로 느껴지는 그런 기분이었다. 비단 그의 허깨비를 닮은 외모에서 비롯되는 연상 작용 때문만이 아니고, 그가 지껄인 모든 말들까지도 마치 수족관 안에 맴도는 소리였던 양 공허하게만 생각되는 것이었다. 그 사내하고의 세번째 만남은 엉뚱한 시간에 이루어졌다. 그리고 세번째에 이르러서야 비로소 만났다는 표현에 어울릴 만한 작은 교류가 그하고 나 사이에 싹텄다.

아침에 출근하자마자 인사이동의 내용이 밝혀지면서 회사의 분위기는 걷잡을 수 없이 어수선해졌다. 구매과의 강과장이 울산 공장의 생산 부서로 전출되고 대신 그 자리를 손대리가 차지하게 되었다. 회사 안에서 지방 전출은 대개 좌천으로 통했으며, 특히 승진 아닌 수평 이동에 의한 전출 명령은 이를테면 그만두라는 통고나 마찬가지로 받아들여지고 있었다. 오랜 불황의 늪에서 허위적거리면서도 회사는 집단 해고 같은 불상사만은 절대로 없을 것임을 누차 강조해왔다. 공장에서는 조업을 단축하고 본사에서는 경비 절감 캠페인을 대대적으로 벌이는 등 가능한 한 안간힘을 다할 뿐 기구를 축소하는 선까지는 가지 않았다. 그 대신 고과 평정을 철저히 활용하여 흠결이 발견된 사원들을 가차없이 다스림으로써 실질적인 감원의 효과를 거두었다. 자존심상 차마 지방 전출이나 대기 발령에 승복할 수 없는 사람들은 아예 사표를 던지고 마는 경우가 흔했다. 회사는 또 회사대로 웬만해서는 결원을 보충하지 않는 인사 방침을 억세게 밀고 나가는 판이었다.

강과장은 관리부 안에서 나하고 동향인이자 유일한 배경이었다. 지방대학의 직접 선후배 관계까지 겹친 인연으로 그는 서울의 명문 출신들이 판을 치는 회사의 인맥 구조 속에서 신출내기 부하인 나를 끔찍이도 아끼고 보살펴주었다. 그러던 강과장이 출근하기 무섭게 날벼락을 맞은 것이다. 자못 심란스러운 얼굴로 자기 책상을 건성건성 정리중인 강선배한테 손대리 아닌 손과장이 정중한 몸짓으로 다가갔다. 나는 강선배를 정중히 위로해주고 있는 손과장의 두툼한 얼굴을 멀뚱멀뚱 지켜보다가 끝내 더 참지 못하고 근무 장소를 무단 이석해버렸다.

아침시간이라서 한산하다못해 을씨년스럽기조차 한 종탑다방에 들어서자마자 나는 회사에 전화를 걸어 강선배를 찾았다. 그는 경황없는 목소리로 웬 전화질이냐고 따졌다.

"종탑에 나와 있는데요, 커피라도 같이 나누고 싶어서요. 잠깐만 바깥바람을 쐬시지요."

"아침부터 커피 못 마셔서 몸살난 사람인 줄 알아? 쓰잘데없는 걱정 말고 당장 들어와서 자기 자리나 착실히 지켜!"

그는 신경질을 부리면서 전화를 끊으려 했다. 그러나 그는 얼른 이렇게 덧붙이는 것이었다.

"알았어. 우선 급한 일부터 대충 끝내고 나갈 테니까 좀 기다려."

시간이 꽤 지나도 강선배는 좀처럼 나타나지 않았다. 나는 네 사람 몫의 구석자리를 혼자 차지하고 앉아서 커피를 마셨다. 주방 옆에 딸린 살림방에서 배마담이 얼굴을 빠끔히 내밀었다. 어둠침침한 조명 속에서 그니는 눈도 밝게 구석자리의 나를 알아보았다.

"어머, 미스터 김이 아침부터 웬일이야?"

다른 때는 늘 한복 차림이던 배마담이 양장에 감싸인 엉덩이로 나를 벽 쪽에 밀어붙이면서 옆자리에 바싹 다가앉았다. 방금 끝내고 나온 아침 화장으로 그니의 몸에서는 짙은 향내가 풍겼다. 나는 오랜만에 뽀얗게 드러난 그니의 무릎 근처에다 손바닥이나 다름없는 내 시선을 슬그머니 내려놓았다.

"이렇게 일찍 나오니까 겨우 배마담이 내 차지가 되는군."

"총각이 못하는 소리가 없네!"

그니는 째지게 눈을 흘기면서 내 팔을 꼬집었다. 나이 먹은 과부 행세로 우리 일행들하고 곧잘 지독한 음담도 서슴지 않는 얼굴마담이지만 실은 나보다 나이가 세 살 아래인 처녀였다.

"어쩌면 내일부터 이 다방에 발을 끊을지도 몰라."

손님을 맞을 준비가 덜 된 채로 홀에 나온 배마담의 알다리를 여전히 눈으로 더듬으면서 나는 중얼거렸다.

"왜 그래? 무슨 일이라두 있어?"

"무슨 일이 꼭 생길 것만 같아서 지금 심각하게 고민중이지. 그런데 발을 끊기 전에 내가 이 다방에서 처음이자 마지막으로 꼭 하고 싶은 일 하나가 있어."

"그게 뭔데?"

배마담은 일부러 과장해서 눈을 동그랗게 떠보였다. 나는 불시에 그니의 스커트 속으로 손을 쑥 집어넣어 오동포동한 허벅지를 훔침으로써 직장 선배들이 곧잘 하던 수법을 그대로 흉내내어보았다.

"바로 이거야."

그러자 그니는 깔깔거리면서 웃기 시작했다. 그 바람에 갑자기 머쓱한 기분이 되어 얼른 도망치려는 내 손을 그니는 오히려 제 손으로 덮어 눌렀다. 그러면서 그니는 무릎 위로 얼굴을 기울여 내 손에게 이렇게 타이르는 것이었다.

"엄마가 돌아올 때까지 넌 꼼짝 말구 여기서 놀아야 돼. 알았지, 아가야?"

그 손의 주인인 나를 돌아보면서 그니는 새삼스레 또 깔깔거렸다.

"어이구, 쑥맥 같으니! 겨우 나한테 오형제 떠맡기려구 그 쇼를 다 부렸어? 난 또 무슨 심각한 고민거리라두 생겼나부다 했지."

36.5도의 체온이 유난히도 그리워지는 계절이었다. 성숙한 여인의 매끄럽고 통통한 허벅지를 만지다가 나는 문득 고향이라는 걸 생각했다. 시골의 어머니를 떠올렸다. 그리고 지난여름에 이모의 중매로 딱 한 차례 맞선을 보고 나서 너무나 촌티가 난다는 이유로 딱지를 놓은 적이 있는 국민학교 여선생의 얼굴을 얼핏 떠올렸다.

"다방에도 이젠 난로를 놓아야겠어."

썰렁한 분위기가 도는 실내를 둘러보면서 나는 이렇게 중얼거렸다. 다방으로 오는 길에 보았던 앙상한 가로수와 길바닥을 뒹구는 낙엽들이 다방 안에까지 내 뒤를 따라온 듯한 기분이었다.

"변명할 필요는 없어. 그런 주변머리 갖구선 미스터 김은 아마 노총각 신세 면하기 좀처럼 어려울 거야."

내가 우물쭈물 손을 거두자 배마담은 내 귀를 살짝 잡아당기는 시늉을 하고는 자리에서 일어났다. 나는 다시 절실해지는 36.5도의 체온을 생각했고, 그것을 수삼 년째 계속해 나온 서울 생활에다 연결지었다. 결국 나는 촌티를 벗고자 하는 것과 서울티를 부단히 경계하려는 것의 두 몸부림 틈바구니에서 허덕이고 있는 셈이었다. 그러면서도 나는 내가 그토록 경계해 마지않던 서울의 생리에 차츰 물들어가는 나 자신에 이따금씩 깜짝깜짝 놀라고, 그러면서도 다른 한편으로는 촌티를 잃어가는 자신을 아쉬워만 했지 정작 그 촌티의 본바닥인 고향 쪽하고는 애써 무관한 척 행세하고 싶은 어처구니없는 모순에 빠진 채로 거기서 좀처럼 헤어나지 못하고 있었다.

수족관 앞의 사내를 내가 알아본 것은 배마담이 내 곁을 떠난 그 직후였다. 아까부터 다탁 위에 팔꿈치를 괴고 손바닥으로 턱을 받친 채 얼굴을 수족관 쪽으로 돌리고 있는 한 사내가 눈에 띄었으나 잔뜩 웅크려붙인 앉은키가 너무도 왜소해 보여서 나는 그에게 별로 관심을 두지 않았었다. 배마담이 아니었더라면 나는 사내가 누군지를 전혀 모를 뻔했다. 사내의 바로 등뒤에서 배마담은 걸음을 멈추었다. 무슨 말인가를 할 듯한 표정으로 사내의 옆얼굴을 잠시 내려다보던 그녀는 이내 나한테로 고개를 돌리면서 딱하다는 듯이 희미하게 웃어보이고는 물러가버렸다. 남이야 자기를 어떻게 대하든 상관없이 사내는 열심히 수족관만을 들여다보고 있었다. 그냥 들여다보는 정도가 아니라 수족관 속으로 흠빡 빠져들어 그의 넋은 열대어들과 함께 무아지경을 헤엄치고 있는 듯했다. 비로소 나는 그가 다름 아닌 '이틀 후의 로스앤젤레스행' 사내임을 알아차렸다. 나는 사내의 맞은편 의자 위에 세워져 있는 두툼한 서류 가방을 보았다. 그 가방을 보고서야 나는 처음으로 사내의 직업에 궁금증을 느끼기 시작했다. 전직 교수 출신? 외판원 아니면 채권장수? 그것도 아니면……

명함하고 달라서 가방만 가지고는 그의 직업을 알아맞힐 수가 없었다. 나는 단지 손때가 까맣게 묻은 그 낡아빠진 가죽가방과 그의 얼굴에서 풍기는 인상을 근거로 하여 그가 상당히 배운 사람이며 최근까지도 그 배움에 걸맞은 어떤 직업에 종사했을 거라고 막연히 추측할 수 있을 따름이었다.

오랫동안 무아지경을 헤매던 사내는 자기 친구인 열대어들과 작별하고 수족관을 빠져나왔다. 그는 자기 의자로 되돌아와 흠빡 젖은 넋을 말리면서 가쁜 숨결을 골랐다. 그러다가 갑자기 생각났다는 듯이 그는 맞은편의 가방을 눈여겨보았다. 가방을 본 그 순간부터 그는 심한 동요의 기색을 나타내기 시작했다. 이마로 흘러내리는 앞머리칼을 신경질적으로 쓸어올리기도 하고 손가락의 관절들을 뚝뚝 꺾는가 하면 다리까지 달달 떨어가며 몹시 초조하게 구는 것이었다. 마침내 그는 무엇에 쫓기듯이 자리에서 벌떡 일어났다. 그 서슬에 그는 본래의 껑충한 키를 되찾았다. 그러나 앉은키의 왜소함에서 벗어났다 해서 그가 갑자기 의젓한 풍모로 탈바꿈하는 건 아니었다. 오히려 더욱 처량해 보이는 큰 키를 휘청거릴 때마다 그의 호주머니에서는 동전 소리가 짤랑거렸다. 그는 몽유병자와 같은 걸음걸이로 카운터에 다가가서 전화통을 붙잡았다. 그는 첫번째 번호에 실패하고 다음 번호에 도전했다. 끝자릿수까지 다이얼을 다 돌리고 나서 이번에는 제대로 신호가 가는지 그는 손아귀를 펴서 동전을 딱 소리나게 카운터에다 때렸다. 미스 민 대신 카운터를 지키던 미스 전이 마치 살아서 꿈틀거리는 벌레라도 대하듯이 오만상을 찡그리며 그 동전과 사내의 얼굴을 번갈아 쏘아보고 있었다.

"실례합니다만 말씀 좀…… 로스앤젤레스행 비행기 출발이 몇 시입니까?"

예의 그 귀에 익은 통화가 시작되었다. 전날이나 그 전전날이나 똑같은 내용이었다. 약간 망설이는 가락을 띤 정중한 어조로 그는 여전히 이틀 후의 로스앤젤레스행에 관해 문의하고 있었다. 전화를 받는 항공사 또는 여행사의 안내 담당 직원들이 날마다 되풀이되는 똑같은 목소리, 똑같은 내용의 문의에 과연 성실하게 답변이나 해줄지가 의문이었다. 그러나 내가 만약 담당자란다면 나는 그것이 하릴없는 놈팡이의 장난전화로만 받아들이지는 않을 것 같았다. 나의 성실한 답변을 끌어내기에 충분할 만큼 그의 목소리는 너무도 진지하고 절실하게 들렸으니까.

"어서 오세요."

연인 사이로 보이는 젊은 두 남녀가 문을 밀고 들어서는 중이었다. 날렵하게 카운터에서 빠져나온 미스 전은 필요 이상의 친절을 베풀어 새로운 손님들을 깊숙이 안내했다. 그니가 수족관 바로 옆자리를 권하자 청바지 차림의 아가씨가 가방을 얼핏 손가락질하면서 장발의 청년에게 귀띔해주었다.

"손님이 있나봐."

"상관없어요, 저쪽으로 옮겨드리면 되니깐요."

청년의 입에서 무슨 말이 나오기 전에 미스 전은 냉큼 가방을 들어 환기통 밑에 있는 구석자리, 그러니까 다방 안에서 가장 후미진 자리에다 쓰레기처럼 버렸다.

"그렇다면 이거 낭패났는데! 모레까지 못 떠난다면 아주 야단인데!"

바야흐로 사내의 목소리는 절망의 절정에서 안타깝게 떠는 중이었다. 그러나 그는 체념도 빨랐다.

"잘 알겠습니다. 나중에 다시 연락드리겠습니다."

그는 휘청휘청 걸어서 다시 자기 자리를 찾아갔다. 자기 자리에 앉아 있는 젊은 남녀를 뒤늦게야 발견하고 그는 무척이나 당황하는 표정이었다. 그는 수족관 근처를 떠나지 못하는 채로 자기 자리에 앉은 또하나의 절망의 얼굴을 대하듯이 낯선 젊은이들 앞에서 안절부절못하는 것이었다. 그러자 가장 알맞은 순간에 미스 전이 등장했다. 그니는 뒷전에서 사내의 하는 양을 아까부터 내내 지켜보고 있었다.

"내가 자리를 바꿨어요. 왜요, 뭐가 잘못됐나요?"

따귀를 못 맞아서 안달이라도 난 계집애 같았다. 사내의 두 눈을 똑바로 올려다보면서 미스 전은 아주 도발적인 자세로 맞섰다.

"여기 앉으십시오, 선생님. 저희가 다른 데루 옮기겠습니다."

딱해서 차마 못 보겠던지 청년이 자리를 비키면서 이렇게 말했다. 그러나 그 말은 들은 시늉도 않고 사내는 유심히 미스 전을 내려다보기만 했다. 보는 사람의 가슴을 철렁하게 할 만큼 참담한 슬픔을 나타내는, 매우 인상적인 눈초리였다. 그렇게 웬만큼 내려다본 다음에 사내는 미스 전이 손가락으로 지시하는 구석자리를 향해 순순히 물러갔다. 거기에 그냥 앉아야 할지, 아니면 기왕 일어선 김에 다방을 나가야 좋을지 몰라서 망설이는 듯 사내는 가방을 손에 든 채 통로에 어정쩡하게 서 있었다.

"그냥 나가면 안 된다구요. 오늘은 무슨 일이 있어두 댁한테 꼭 차를 팔아야 되겠어요. 매상 올리구 싶어서가 아녜요. 댁이 다방을 꼭 무슨 대합실 같은 걸루 아는 게 괘씸해서 그런다구요."

사내의 앞길을 막으면서 미스 전은 더욱 어기차게 나왔다. 그니의 행동이 너무 지나치다 싶어 나는 사내 쪽에서 눈치채지 못할 정도로 살그머니 손을 까불렀다. 나는 그니의 주의를 끈 다음 한쪽 눈을 연방 끔쩍끔쩍해 보였다. 하지만 이미 소용없는 노릇이었다. 무언의 내 핀잔을 받고도 그니는 눈곱만큼도 자숙하려는 기척을 보이지 않았다.

"내일모레면 그래 미국까지 가실 양반께서 커피 한 잔 마실 형편두 못 된다, 이런 말씀이신가요?"

거침없이 쏟아붓는 막말에 떼밀려 사내는 막다른 골목까지 쫓기고 말았다. 그는 가방을 잔뜩 끌어안고는 그것을 무기 또는 방패로 삼아 미스 전을 밀어붙이면서 출입구를 향해 분연히 걸어나가기 시작했다. 나는 서둘러서 미스 전을 불렀다. 나는 그니를 책망하는 대신 빨리 사내를 쫓아가도록 그니에게 일렀다.

"가서 내가 그러더라고, 아니, 어떤 손님이 그러더라고, 선생님한테 꼭 차를 대접하고 싶다고 그렇게 전해줘."

"아아니, 김대리님두! 글쎄 저게 어떤 건달인 줄 알고 차를 대접해요, 차를?"

"잔말 말고 빨리 모셔오기나 해!"

미스 전이 마지못해 쫓아나갔다. 사내는 출입구 바로 앞에서 그니에게 붙잡혔다. 그니의 짤막한 설명이 끝나자 사내가 뒤로 돌아서며 홀 안을 한 바퀴 둘러보았다. 미스 전이 나를 지목하는 순간 내 시선과 사내의 시선이 중간에서 딱 마주쳤다. 나는 사람 좋게 한 차례 미소를 지어 보이고 나서 바로 그 미소에 이끌려 사내가 나한테 다가오기를 희망했다. 그러나 그는 고개를 설레설레 흔들면서 방금 내가 그랬듯이 역시 사람 좋게 한 차례 웃어 보이는 것으로 간단히 빚을 갚아버렸다. 그러고는 피로와 슬픔이 반반씩 담긴 듯싶은 묘한 눈초리로 어쩌면 나를 동정이라도 하는 것같이 애처롭게 바라보는가 싶더니만 후닥닥 출입문을 열고 지하 다방의 층계를 올라가버리는 것이었다.

"이 다방 진짜 너무하잖아."

장발의 청년이 불만을 터뜨렸다.

"아무리 엽차 손님일망정 점잖게 생긴 분한테 그러는 법이 어딨니? 난 그분이 불쌍해서 아주 혼났단다, 얘."

청바지의 아가씨가 이렇게 받았다.

"우리 김 팍 새서 차 못 마시겠다. 나가자."

합의가 이루어지자 젊은 두 남녀는 아무 말도 없이 퇴장해버렸다. 그들의 대화를 다 듣고 있었으므로 미스 전은 감히 붙잡을 엄두도 내지 못했다. 미스 전이 다가와서 내 옆자리에 질펀히 주저앉았다.

"뉴욕두 있구 빠리나 런던 같은 데두 얼마든지 있을 텐데 하필이면 왜 맨날 로스엔젤레슨지 난 알다가두 모르겠네요."

"저 사람 여기 단골인가?"

"단골은 무슨 단골!"

마치 그런 질문이 자기 일신상에 가해진 모욕이기나 한 듯이 그니는 펄쩍 뛰었다.

"드나들기 시작한 지 한 일주일가량 됐나요. 아침부터 들어와서는 한나절씩 죽치구 앉아서 커피 한 잔 안 시키구 순전히 엽차로만 버티는 거예요. 구석자리에 국으로 처박혀 있어만 준다면 그래두 괜찮게요? 하필이면 젊은 연인들이 좋아하는 수족관 옆자리만 꼭꼭 차지한다니깐요. 그러니 내가 신경질 안 부리게 됐냐구요."

수족관 옆이 그토록 상석인 줄 나는 비로소 알았다. 입이 열린 김에 그니는 계속 따발총처럼 쏘아대고 있었다.

"그런데다 또 그 꼬락서니허구서는 걸핏하면 그놈의 로스구인지 엘에이갈비인지를 들먹거리는 거지 뭐예요, 글쎄에! 아주 아니꼽구 치사해서 까무라칠 지경이라니깐요. 아마 전화두 순 후라이빵이나 아닌지 모르겠어요. 내 예감이 맞을 거예요. 아무데나 그저 손가락 가는 대루 다이알 돌려서 저쪽에서 뭐라구 그러든 귀 꽉 틀어막구설랑 자기 말만 막무가내루다 지껄이는 걸 거예요. 틀림없다구요. 난 장담할 수 있어요. 미국은커녕 제주도두 갈 형편이 못되는 작자라구요. 나란히 세워놓구서 딱총을 땅 쏜다면 그 작자보담두 내가 한 걸음 앞서서 미국 땅에 끌인할 자신 있어요, 흐흥, 엘에이 좋아하네!"

설마 그러지는 않았을 것이다. 나는 미스 전의 추측이 제발 틀렸기를 바랐다. 사내가 그렇게 엉터리는 아니라고 믿고 싶었다. 다이얼을 돌려서 자동으로 돌아가는 일기예보 테이프 따위나 들어가며 그렇듯 심각하고 진지한 표정을 지을 수는 없을 것이었다. '아닌데요. 여긴 홍제동입니다' 혹은 '청량린데요' 하는 야유를 무릅써가며 어떻게 그처럼 절실한 어조로 이틀 후의 로스엔젤레스행 항공편에 관해 문의할 수가 있단 말인가.

"미스 전아, 넌 무슨 말버릇이 그렇게 고약하니?"

웬일인지 나는 심사가 잔뜩 뒤틀리기 시작해서 그니한테 짜증을 부렸다.

"어머머, 김대리님두! 제가 언제 다른 손님들한테두 그러는 거 보셨어요? 그 사람은 손님이 아니란 말예요."

"손님이 아니래두 그렇지. 혹시 그 사람한테 어떤 말 못할 기막힌 사정이라도 있을지 누가 아니? 커피 안 마신다고 사람을 앉혀 놓고 그렇게 바지저고리 만들어버리면 너 이담에 좋은 데루 시집 못 간다."

"어머머머머, 정말 기가 막혀서! 제가 시집가는 거하구 그 사람하구 무슨 상관이에요? 그냥 커피만 안 마시는 정도루 그친다면 차라리 이쁘겠다구요. 이건 뭐 자기 주제 파악이나 하구서 우리한테 먹혀들 공갈을 때려야지, 늦가을에 후줄근하니 구닥다리 여름 양복 걸치구 사흘에 피죽 한 그릇도 못 얻어먹은 얼굴을 하구서는 로스앤젤레스는 무슨 일어죽을 로스앤젤레스냔 말예요."

"아무리 그렇더라도 너 그렇게 사람 괄시하는 법 아니다. 그 사람 내일이라도 또 나타나거든 나한테 전화로 슬그머니 귀띔해라. 그러고 참, 날 찾을 때 김대리님 어쩌고 하면서 사람 입장 곤란하게 만들지 마. 대리가 될려면 난 아직도 멀었단 말야."

강선배가 나타났다. 이미 각오가 섰는지 그한테서는 침울한 구석을 전혀 느낄 수가 없었다. 좌천을 통고받은 사람은 그가 아니고 오히려 내 쪽인 것 같았다.

"차제에 저도 사직원을 던져버릴까 합니다."

두 잔째의 커피를 다 비우고 나서 나는 우물쭈물 서두를 꺼냈다.

"임마, 그따위 징징 쥐어짜는 소리 할려구 바쁜 사람 오라가라 했어?"

강선배는 어이없다는 표정이었다.

"아닙니다. 우는소리가 아니고 이건 진심입니다. 갑자기 서울 생활이 싫어졌습니다. 직장생활도 마찬가지고요."

"회사 그만두면 뭐 할래?"

"어머니한테 가서 모처럼 효자 노릇 좀 하죠. 직장이랍시고 숨통 꽉 막히는 분위기에서 구차스럽게 연명하기보다는 차라리 농사짓는 쪽이 마음 편할 것 같습니다."

강선배가 불시에 너털웃음을 터뜨렸다.

"야 임마, 농사는 뭐 아무나 다 짓는 것인 줄 알아? 도대체 니가 바라는 서울 생활이란 게 어떤 건데?"

"그건 말입니다, 그건 저……"

그걸 막상 말로써 표현하려니 혀가 잘 돌지 않았다. 나는 한참을 더듬거린 후에야 간신히 이렇게 대답했다.

"이를테면 말이죠, 대처에 사는 사람들답게 도량이 넓어서 남의 약점도 감쌀 줄 알고, 안목이 높아서 진실하고 허위를 정확히 가릴 줄도 알고…… 그리고 또…… 상대방의 인격이나 사생활을 존중할 줄도 알고, 정직하게 노력하는 사람한테는 반드시 응분의 보상이 뒤따르고……"

"허허허, 그건 서울 얘기가 아니지. 넌 지금 천국을 얘기하고 있어."

강선배가 한바탕 또 껄껄거리다가 느닷없이 탁자 너머로 팔을 뻗어 내 가슴을 툭 쳤다.

"그런 따위 감상적이고 나약한 자세로 인생을 보내다가는 넌 결국 서울에서 낙오자가 될 수밖에 없어. 어금니를 악물고 좆빠지게 뛰어도 결국 제 밥 찾아 먹을까 말까 하는 세상이야. 날 보라구, 날! 난 말이지, 이번에 당한 수모를 결단코 잊지도 않고 그것 때문에 꺾이지도 않을 거야. 절치부심에다 와신상담을 짬뽕해가지고 언젠가는 내가 되로 받은 것을 상대방한테 말로 갚아버릴 작정이지."

"아니, 형님은 그럼 이번 인사에 승복하시는 겁니까? 때려치우지 않는다, 이런 말씀입니까?"

나는 놀라서 소리쳤다.

"너 임마, 돌았어? 때려치우긴 임마, 내가 뭣 땜에 직장을 때려치워? 그럴수록 더 사나이 오기로 버텨나가야지!"

강선배도 맞받아 소리쳤다. 전혀 뜻밖이었다. 평상시의 그 깐깐한 자존심으로 미루어 나는 그가 이번 기회에 본때 있게 사표를 던짐으로써 억울한 좌천에 반발하리라고 믿고 있었다.

"최소한 이사로 승진할 때까지는 난 절대로 회사를 그만두지 않을 거다. 가라고 그러니까 일단 울산으로 내려가긴 한다만, 난 앞으로 이 년 안에 반드시 본사로 되돌아오고 말 거다. 내가 서울 땅에 재입성하는 날 누군가 한 놈은 죽게 돼. 난 어떤 새끼가 이번에 날 무고했는지 잘 알고 있지."

강선배는 엽차를 한 모금 입안에 담고는 마치 그것이 질기디질긴 무슨 살점이라도 되는 양 어금니로 잘근잘근 씹고 있었다. 그는 구체적으로 이름까지 들이대지는 않았다. 그러나 그것이 손대리, 아니 손과장을 지목해서 하는 말임은 불문가지였다. 강선배를 모함해서 끝내 좌천의 수모를 겪도록 암암리에 작용한 자가 있다면, 그자가 누군지는 당초부터 빤했다. 부장급 이상의 간부들이 사원 개개인의 근무 동태랄지 비정상적인 사생활에 관해서 꽤 빠르고 정확한 정보를 쥐고 있다는 사실을 슬쩍 흘리는 경우가 간혹 있었다. 그리고 수첩에다 뭘 깨알같이 적어넣고 있는 손과장의 모습이 동료 사원들에 의해 이따금 목격되었다. 그 은밀한 행위를 들킬 적마다 손과장은 몹시 계면쩍은 표정이 되면서 비장의 수첩을 도로 안주머니 깊숙이 허둥지둥 집어넣곤 했었다. 철저히 연막에 가려진 인물이라서 우리는 노상 같은 사무실에 근무하면서도 그 자신이나 그의 집안 내력에 관해서는 거의 아는 바가 없었다. 지독한 구두쇠 작전 끝에 그가 지난봄에 새집을 장만해서 어딘가로 이사했다는 풍문이 돌았으나 집들이는 고사하고 이사했다는 사실마저 완강히 부인하는 바람에 우리는 그가 달나라에 사는지 별나라에 사는지도 모르는 채로 깜깜하게 지내는 판이었다.

"아까 부장하고 잠시 얘길 나눠봤는데, 책임 있는 답변은 못 되지만 좌우간 내가 모종의 누명을 쓰고 있다는 인상을 부장한테서 받았어. 말하자면 내가 노른자위 직권을 악용해서 제반 기자재 구매 과정에서 업자하고 결탁하고 냄새나는 돈을 챙겼을 거라는 식이지."

강선배는 어느새 얼굴이 검붉게 상기되어 있었다. 그는 물컵을 으스러뜨리려는 기세로 손아귀에 부쩍 힘을 가하면서 이렇게 선언했다.

"옆구리 찔러서 절 받는 격으로 오늘 저녁에 송별회를 열어달라고 부장한테 자청했다. 아마 그 새끼도 내 송별회에 참석하지 않고는 못 배길 거다. 난 기필코 그 자리에서 그 새끼 정체를 밝혀내고야 말겠어. 만좌중에 껍데기까지 홀딱 벗겨낼 작정이야."

인사이동 자체가 전격적이었던 만큼 송별회 또한 전격적으로 열렸다. 퇴근 후에 화식집 이층의 널따란 방을 빌려 벌인 술잔치에는 부장을 비롯해서 관리부 직원들 거개가 참석했다. 절대로 손과장이 빠져서는 안 될 자리였다. 승진턱을 따로 낼 위인이 아니니까 송별연 다음에 이차에 끌고 가서 톡톡히 바가지를 씌워야 된다고 남들은 미리감치 별렀지만, 내 생각은 그게 아니었다. 강선배한테 이미 들은 바가 있기 때문에 나는 전혀 엉뚱한 각도에서 잔뜩 기대에 부풀어 있었다.

개회사 삼아 부장이 일어서서 졸지에 시골로 떠나게 된 강과장의 입장을 위로했다. 불황, 특히 섬유계의 심각한 불황을 넘긴 다음 경기가 웬만큼만 회복되면 강과장 같은 유능한 인재는 회사에서 다시 중용하게 될 거라는 이야기였다. 부원들의 성의로 급히 마련된 선물이 새 과장에 의해서 헌 과장에게 전달되고, 두 사람은 서로 웃으면서 악수를 나누었다. 웃음이 비수처럼 느껴지는 아슬아슬한 대목이었다. 형식적인 절차 다음에 일제 건배가 한 차례 있었고, 그후부터 술잔들이 어지럽게 돌기 시작했다.

경사스러운 자리가 아니라서 분위기는 처음부터 굳어 있었다. 그 어색함을 적당히 눙치려는 노력으로 사람들은 말보다 술잔을 앞세웠다. 자연히 강선배는 안경을 한꺼번에 두세 겹씩 겹겹으로 쓰게 되었으며 좌석의 주빈답게 그는 자기한테 집중되는 잔들을 전혀 사양하지 않았다. 강선배가 끌어가는 갈급스러운 분위기의 영향으로 비단 강선배뿐만 아니라 참석자들 대부분이 일찌감치 취하기 시작했다. 여기저기서 혀꼬부라진 소리가 나오고 시들어진 유행가 가락에 곁들여 젓가락 장단도 등장했다. 판매관리과의 언변 좋은 최선배가 사회자로 나서서 그의 지명에 따라 노래판이 벌어지자 분위기는 그런대로 무르익어갔다.

"에에또, 다음은 청코나, 관리부 전 챔피언, 봉급 사십오만육천칠백팔십구원, 카앙과장니임!"

최선배의 지명이 떨어지자 강선배는 좌중을 향해 의미심장하게 씨익 웃어 보인 다음 자리에서 어칠비칠 일어섰다.

"내 노래 솜씨야 들으나마나 뻔한 거니까 그만두고, 그 대신 오늘은 내 특별 원맨쇼를 하나 보여드리지."

박수를 받으며 그는 벽 쪽으로 천천히 걸어갔다. 그가 벽에 주욱 걸린 윗옷들을 등지고 섰을 때 나는 퍼뜩 그의 의도를 알아차릴 수가 있었다. 그가 멈추어 선 자리는 정확히 손과장의 겉저고리 앞이었다.

"자아, 인제부터 여러분은 내 손끝을 자알 쳐다보세요. 이 손에서 뭐가 나올지, 뭐가 나올 것인지 기대하시라."

넥타이가 느슨히 풀린 와이셔츠 차림에 취기 어린 목청으로 너스레를 떨다 말고 그는 갑자기 돌아서면서 손과장의 윗옷 안주머니 속으로 손을 쑥 밀어넣었다. 실로 눈깜짝할 사이의 일이었다.

그때까지도 사람들은 사태의 심각성을 미처 깨닫지 못한 채 여전히 낄낄거리고만 있었다.

"자아, 이것이 무엇이냐! 바로 이 물건으로 말할 것 같으면……"

까만 표지의 수첩을 꺼내들면서 강선배가 막 약장수 흉내를 시작하려는 순간, 그제껏 멍청하니 앉아만 있던 손과장이 느닷없이 괴성을 지르면서 자리를 박차고 일어났다. 그는 수첩을 낚아채려고 강선배를 향해 무섭게 돌진했다.

"야, 너 이것 받어!"

잽싸게 몸을 피하면서 강선배가 나에게 수첩을 집어던졌다. 수첩을 좇아 허둥지둥 방향을 돌리는 손과장의 허리를 강선배가 뒤에서 꽉 껴안았다. 술자리는 대뜸 난장판으로 변했다. 두 당사자 사이에 때아닌 격투가 벌어졌다.

"야 임마, 뭐 허구 자빠졌어! 빨리 그 수첩에 적힌 걸 큰 소리로 읽으란 말야!"

손과장의 엉덩이 밑에 깔리기 직전인 강선배가 고래고래 고함을 질러댔다. 마치 안전핀이 빠진 수류탄을 든 심정으로 문제의 수첩을 손에 쥔 채 나는 엎치락뒤치락하는 두 사람을 난감하게 건너다보았다.

"왜들 이래? 도대체 어쩌자구 이 야단들이야?"

부장이 소리를 꽥 질렀다.

"그 수첩에 별게 다 메모돼 있지요! 들어보면 아시겠지만 부장님도 틀림없이 이놈한테 약점 한두 가지는 잡혀 있을 겁니다. 야 임마, 얼른 읽어! 다들 알아듣게 큰 소리로……"

"제발 그러지 마! 제발, 미스터 김!"

싸움을 뜯어말리려는 사람들에 에워싸여 손과장이 사뭇 구슬픈 목청으로 나에게 애원했다.

"뭐가 적혔길래 그래? 어이 미스터 김, 한번 들어나 보자구!"

조선배가 짓궂게 나왔다. 진선배랑 다른 몇 사람들도 덩달아 그러는 게 좋겠다고 맞장구를 쳤다. 손과장이 다시 한번 나한테 구원을 청했다.

"이 사람들이 갑자기 실성을 했나, 공연히 생사람 못 잡아서……"

부장의 꾸중을 강선배가 가로막았다.

"아닙니다! 저놈을 놓아서 기르다간 부장님도 언젠가는 저처럼 당할 날이 있을 겁니다!"

드디어 나는 결단을 내렸다. 용서를 비는 손과장의 멱에 칼날을 들이대는 기분으로 나는 아무 페이지나 수첩을 열었다. 목청을 가다듬어 막 낭독을 시작하려는 순간, 눈 안으로 들어오는 깨알 같은 글씨를 보고 나는 소스라치게 놀라지 않을 수 없었다. 단박에 취기가 말끔히 가시면서 입이 딱 얼어붙는 기분이었다. 나는 초조하게 다음 장, 다음다음 장을 넘겨보았다. 하지만 수첩은 어느 장이나 다 어슷비슷한 내용들로 가득차 있는 것이었다. 아아, 어떻게 이럴 수가 있단 말인가.

"뭐라구 적혀 있어?"

침을 꿀꺽 삼키며 진선배가 다그쳐 물었다. 그도 아마 나하고 똑같은 상상을 하고 있었으리라. 예를 들자면, 모월 모일 몇시경 모 납품업자한테서 강과장 몇만원짜리 자기앞수표 뇌물로 받다, 모월 모일 몇시와 몇시 사이 모처의 호텔에서 관리부장 모 홀의 호스티스 모 양하고 오입하다 등등으로……

내 얼굴에서 하얗게 핏기가 가시는 걸 보고 사람들은 저마다 긴장의 빛을 감추지 못했다. 침묵 일색의 한순간이 흘렀다. 사람들을 헤치고 손과장이 천천히 나에게 걸어왔다. 그는 내 앞에 조용히 손을 내밀었다. 나는 그의 손바닥 위에다 조심스럽게 수첩을 올려놓았다.

"야 임마, 읽어봤으면 부장님 앞에서 어서 증인이 돼야지!"

방안에 팽팽하게 드리워진 긴장의 줄을 싹독 자르면서 강선배가 소리쳤다. 손과장은 겉옷도 그냥 놔둔 채 셔츠 바람으로 아무 말도 없이 방안을 빠져나가는 중이었다.

"구월 십칠일 콩나물 백원, 순두부 한 봉지……"

나는 창문 쪽으로 다가가면서 중얼거렸다.

"뭐가 어째?"

"구월 십구일 라면 다섯 개…… 양파 반 관에 얼마……"

나는 창유리에 이마를 갖다대었다. 섬뜩한 한기가 등골을 타고 엉치뼈 근처까지 단숨에 곤두박질했다.

"누가 그 따윗 걸 읽으랬어? 진짜를 봐야지, 진짜를!"

아직도 미련을 버리지 못하고 집요하게 달라붙는 강선배한테 나는 마지막으로 이렇게 말했다.

"다른 페이지도 다 마찬가집니다. 어쩌다 가끔 나오는 소무릎뼈 따위 특별한 것 빼고는……"

시야를 굵게 가로지르는 전선 케이블이 창 너머 바로 코앞에 보였다. 골목길을 지나가는 행인들 머리 위로 바람개비처럼 팔랑팔랑 떨어져내리는 가로수의 낙엽들 서너 잎이 맞은편 식료품점의 불빛에 비쳤다. 어깨를 웅크리고 두 손을 호주머니에 찌른 채 행인들이 걸음을 서두르는 것으로 보아 바깥 기온은 밤이 되면서 더욱 쌀쌀해지고 바람 또한 많이 부는 모양이었다.

"그런 짓은 집단폭행이나 마찬가지야! 손과장한테 자네들은 인간적으로 차마 몹쓸 짓거릴 했어! 난 진즉부터 손과장이 어떤 사람인지 누구보다도 잘 알고 있었다, 이거야!"

술상을 발길로 걷어차가며 부장이 마구 화를 내기 시작했다. 나는 어둠자락이 두껍게 덮인 서울의 골목길을 내려다보면서 부장의 고함소리를 한쪽 귀로 듣고 있었다.

"부인이 오래전부터 심장병으로 고생하고 있었단 말야. 그래서 매일 퇴근길에 손과장이 직접 장을 봐야만 했던 거야. 자네들 집안 사정이 그 정도였다면 자네들은 아마 가불이다 성금이다 해서 동네방네 궁끼를 흘리고 다녔을 테지만, 그 사람은 안 그래. 속은 곪

아터지면서도 겉으로는 의젓하게 보이려고 그간에 얼마나 애썼는지 자네들이 그 사람 심정을 알기나 해? 누구든지 손과장보다 더 사나이답다고 자부하는 사람 있으면 이리 나와보라구. 진짜 자존심이 어떤 건지도 모르는 것들이 어디라고 감히……"

이튿날 손과장은 사무실에 나타나지 않았다. 나로서는 입사 이래 처음 보는 손과장의 결근이었다. 오전 일과 중에 그는 부장한테 전화로 의원면직을 요청해왔다. 평사원 가운데서 구매과의 수석이자 자기 상사를 벌거벗기는 일에 가담했던 곽선배를 대동하고 부랴부랴 손과장네 집으로 떠나는 부장을 보면서 나는 불현듯 세상살이가 왜 이렇게 점점 더 힘들고 복잡해져만 가는지를 생각했다. 그리고 강선배를 원망했다. 일껏 일을 저질러놓고서 자기는 훌쩍 울산으로 떠나버리면 그만일지 모르지만, 간밤부터 내 등에 덥석 올라타고 있는 십자가는 나로서는 견디기 어려운 중압이었다.

"그 사람 다녀갔어?"

점심시간에 종탑다방으로 들어서자마자 나는 내부를 한 바퀴 둘러보고 나서 카운터의 미스 민에게 물어보았다.

"그 사람이라니, 누구 말예요?"

"로스앤젤레스……"

그러자 미스 민은 쿡하고 치미는 웃음을 참지 못했다. 그니는 고개를 좌우로 흔들었다.

"로스앤젤레스 신사분한테 혹 돈이라도 꿔준 거 있어요?"

이번에는 내가 고개를 흔들어보일 차례였다.

"그렇다면 다행이네요. 장담하긴 아직 빠르지만, 어제 미스 전한테 그만큼 창피당했다니까 그 사람 아마 여긴 두 번 다시 안 나타날 거예요. 달리 또 어떤 어수룩한 다방 물색해서는 종업원들한테 쫓겨날 때까정 매일 수족관 옆에 죽치고 앉아서 또……"

풍성한 한복 차림의 배마담이 우리 좌석으로 나들이를 와서 조선배 옆에 꽃처럼 앉았다.

"오늘은 웬일루 정원 미달이지?"

한복 빛깔처럼 노란 목소리로 배마담이 물었다. 그니의 등뒤로 조선배의 한쪽 손이 곧장 들어갔다. 그 손이 엉덩이를 쓰다듬기 편리하도록 그니는 의자의 등받이로부터 약간의 간격을 만들어주었다.

"한 사람은 사표 내고 결근해버리고 다른 한 사람은 결근한 사람 만나보러 갔어."

조선배가 열심히 피아노를 치면서 나른한 목소리로 대답했다.

"오라, 뭔가 그런 낌새가 보여서 어제 아침에 미스터 김이 그런 말을 했구나?"

그것으로 그만이었다. 그니는 사표를 낸 사람이 누구냐고 묻지 않았다. 오랜 단골손님이 사표를 냈거나 안 냈거나 간에 그니는 전혀 상관없는 눈치였다. 하기야 그니의 허벅지와 엉덩이가 손과장이 있고 없음에 영향받을 일이라곤 아무것도 없긴 했지만……

"장갑 위로 손등 긁는다고 거기가 시원할까?"

또다시 음담이 나올 조짐으로 그니는 이렇게 말하면서 치맛자락을 펴 조선배의 손을 가려주었다. 향기 헤픈 꽃을 가장하고 남자들에 둘러싸여 있는 동안은 무조건 행복하다는 듯이 늙은 나까마들 틈에서나 젊은 월급쟁이들 틈에서나 공평하게 허벅지와 엉덩이를 내맡긴 채 까르르 웃음을 터뜨리는 배마담을 나는 물끄러미 건너다보았다. 식은 죽 떠먹기로 쉬운 여잔 줄 알고 진선배와 조선배 둘이서 그니에게 무던히도 공을 들여나왔다. 그러나 어느 입에서도 성공했다는 소리는 아직까지 나오지 않았다. 진짜 한 가지를 끝까지 지키기 위해서 엉덩이나 허벅지 따위 가짜들을 그처럼 양동작전에 사용하는 것 같기도 했다. 그니 역시 참으로 어려운 세상을 살아가는 사람의 하나이기는 마찬가지인 듯했다.

다방에서 나는 그 사내만을 내내 생각했다. 그의 초라한 행색하며 세계에서 가장 자유로운 나라, 가장 부자 나라의 화려한 대도시하며 계집애들의 인정사정없는 구박 앞에서 번번이 지어보이던 그 슬프디슬픈 눈초리하며를 나는 차례로 떠올려보았다. 그리고 그가 현재 끌어안고 있을 법한 말못할 속사정이 어떤 것인지를 나름대로 상상해보았다. 그러나 낡아빠진 가죽가방 하나만으로는 그의 전직 내지 현직을 알아맞히기가 불가능한 것과 마찬가지로 '이틀 후의 로스앤젤레스행' 또한 속사정을 푸는 실마리가 되지는 못했다. 다만 한 가지 확실히 알 수 있는 것은 그가 정상이 아니라는 분명한 사실뿐이었다.

부장과 곽선배가 돌아왔다. 부장은 들이당장에 사무실 한복판에 서서 모든 부하 직원들을 상대로 한바탕 험상을 떨었다.

"송별회에 참석했던 자네들 전부가 공동으로 책임져야 돼! 이런 결과가 나왔으니 이제 자네들 속이 후련한가? 자네들이 바라던 결과가 이런 거였나? 여러 사람이 한 사람을 파멸시키는 건 쉬운지 몰라도 그 여러 사람이 한 사람을 살려내긴 어렵다는 사실을 자네들은 왜 모르나! 지위 고하를 막론하고 자네들은 전원 시말서 열 장감인 줄만 알고 있어!"

곽선배는 표정 없는 얼굴로 자기 자리에 가서 얌전히 앉았다. 구매과 사람들의 시선이 일제히 곽선배한테로 쏠렸다. 사람들의 소리없는 질문 공세에 곽선배 역시 소리 없는 대답으로 응해왔다. 장장 한나절에 걸친 설득이 결국 실패로 끝난 것이다. 손과장이 끝내 사의를 굽히지 않았다는 사실은 나에게 또 하나의 새로운 충격을 안겨주었다. 금년도 4/4분기에 비해 훨씬 더 수량의 감소가 예상되는 신년도 1/4분기의 원자재 수급 계획서 위로 다시 시선을 돌리다가 나는 가슴앓이와도 같은 통증에 깜짝 놀랐다. 남들이 부장의 호통에 주눅들어 찍소리 한마디 못하는 동안에 나는 오히려 속으로 쾌재를 부르고 있었던 것이다. 그가 만약 사의를 번복하고 내일부터 다시 출근한다면 그때는 거꾸로 내가 사표를 내야 할 판이었다. 수첩 사건을 기억하는 한 앞으로도 계속 그하고 얼굴을 맞대고 근무한다는 건 나로서는 견디기 어려운 고역이었다. 그런 점에서 나는 한번 먹은 마음을 고치지 않는 손과장에게 고마움을 느꼈던 것이다. 나 자신에게서 그 같은 놀라운 일면을 발견한다는 건 결코 유쾌한 노릇이 못 되었다.

곽선배가 내 책상 위로 종이쪽을 슬쩍 건넸다. 여간 심각한 사태가 아님을 그의 엄격한 표정이 말해주고 있었다.

아무래도 묶은 사람이 풀어야 되겠어. 강과장은 아직 울산으로 안 떠났겠지?

쪽지 내용을 읽고 나는 몹시 불쾌했다. 강과장의 행방을 하필 나한테 묻는 점으로 보아 그하고 나를 같은 꿰미에 얽으려는 의도가 넌지시 드러났기 때문이다.

"그 양반이야 서울에 있든 울산에 있든 내가 알 게 뭡니까?"

나는 노골적으로 볼멘소리를 했다. 그러나 곽선배는 다른 쪽지를 또 건네왔다.

이따가 이야기하자. 퇴근 후에 종탑에서 기다려라.

"그 사람 안 나타났어?"

퇴근 후에 나는 미스 민에게 다시 물었다. 그니는 여전히 고개를 옆으로 흔들었다.

"두 번 다시 안 나타날 거래두요."

나는 왠지 모르게 가슴이 허해지는 기분이었다. 말없이 카운터를 등지는 나에게 미스 민이 장난기 섞인 말참견을 했다.

"김선생님 참 이상하시다. 무슨 용무로 그 사람을 자꾸 찾으실까?"

나는 꼭 그 사내를 다시 만나고 싶었다. 다시 만나서 그하고 따끈한 커피 한 잔이나마 꼭 나누고 싶었다. 커피만이 아니고 경우에 따라서는 대폿잔이라도 함께 기울여가며 흉금을 털어놓고 대화를 트고 싶은 심정이었다. 하지만 그를 다시 만나기는 아무래도 어려울 것 같았다. 나는 미스 민의 답안지에다 동그라미를 쳐주고 있었다.

"사람이 길을 가다보면 세단도 만나고 똥차도 만나고 별의별 걸 다 만나게 되는 법인데 말야. 그만한 일로 회사까지 그만둘 건 또 뭐야. 도대체가 난 손과장이란 사람 성격을 이해할 수가 없단 말야."

미스 민의 말마따나 사내는 이제 종탑 근처엔 두 번 다시 얼씬도 하지 않을 것이었다.

"나는 손대리 그 심정 이해할 것 같다."

사내는 공중전화도 없는 허술한 다방을 달리 또 물색하고는 거기서 종업원들의 따가운 눈총을 무릅써가며 카운터 전화로 여전히 또 이틀 후의 로스앤젤레스행 항공편에 관해 문의하고 있을 것이었다.

"난 달라. 나는 손대리가 어떤 사람인지 아직도 감이 안 잡혀. 까짓거 말야, 형편상 사내가 마누라 대신 시장 좀 보다가 들켰기로서니 그게 뭐가 그리 자존심 상해? 부장이 말하는 그 사나이 자존심이란 게 결국 그렇고 그런 거고, 자기 모가지하고 맞바꿀 만큼 그 자존심이 그렇게 소중하단 말인가?"

"니가 암만 그래도 난 손과장을 이해할 수 있을 것 같다."

대리하고 과장 사이를 멋대로 넘나들면서 진선배와 조선배가 다투고 있었다. 다툼 속에 말려들지 않으려고 절반쯤 돌아앉은 자세로 나는 여전히 그 사내를 생각했다. 겨울 벌판의 까마귀떼 모양으로 내 머리 위에 까맣게 내려앉아 연방 내 뇌수를 쪼는 듯한 손과장의 존재로부터 멀찌감치 달아나기 위해서는 성도 이름도 모르는 그 사내한테 더욱 집요하게 매달릴 필요가 있었다.

한나절의 이석 때문에 지체된 업무를 마저 처리하고 나오느라고 곽선배는 시간이 꽤 더디 걸렸다. 그가 종종걸음으로 나타나자 진·조 두 선배가 깜짝 반색을 했다.

"그래 어떻게 됐어?"

그쪽엔 대꾸도 없이 곽선배는 대뜸 나부터 상대했다.

"자네 강과장하고 직접 선후배 관계잖아. 강과장을 만나서 자네가 부탁하는 게 좋겠어. 손과장한테 찾아가서 사과하라고 말이지. 사과가 빠르면 빠를수록 강과장 자신을 위해서도 유익한 일이라고 말이지."

"강과장이 사과만 하면 도로 출근하겠대?"

조선배가 끼어들었다.

"거취 문제는 벌써 결판이 났어. 송별연 참석자를 대표해서 내가 손이 발이 되게 몇 시간이나 빌었지. 부장님도 옆에서 계속 거들고. 그런데도 눈 하나 까딱 안 해. 정말 지독한 외고집이더군. 그러잖아도 그만둘까 하던 참인데 자기로선 계제에 차라리 잘됐다는 거야. 이번 기회에 전셋돈을 빼내고 거기다 퇴직금을 합쳐서 부인을 수술시켜줄 작정이라는 거야."

"그럼 여지껏 전세로 살고 있었단 말인가?"

이번에는 진선배였다.

"그래. 안양에서 아파트를 전세 내서 살고 있어. 입원비다 약값이다 뭐다 해서 심장병 치료에 들어가는 돈을 당할 수가 없어서 지난봄에 수유리 집을 처분했다는군. 새집을 장만해서 이사했다던 소문은 잘못된 거였지. 그뿐만이 아냐. 난 말이지, 차 속에서 부장님한테 자세한 얘길 들으면서 우리가 얼마나 엉터리 정보의 홍수 속에 빠져서 얼마나 많은 오류를 범해나왔는가를 실감할 수가 있었어."

곽선배는 차라리 웃고 싶은 모양이었다. 그는 무슨 낭보라도 들려주는 투로 헤프게 웃음기를 흘리면서 부장한테서 들은 이야기를 우리에게 전하는 것이었다.

부장이 손과장의 집안 사정을 처음 알게 된 것은 벌써 삼 년 전의 일이었다. 어느 날 그는 회사에서 뒤가 몹시 급한 김에 노크할 새도 없이 화장실 문을 벌컥 열었다가 그 안에 들어 있는 사람한테 크게 실례를 범하고 말았다. 미안하다고 사과하면서 얼른 문을 닫으려다가 그는 깜짝 놀랐다. 손과장이었다. 손과장이 변기를 타고 앉아서 소리없이 우는 중이었다. 눈물로 뒤범벅된 손과장의 얼굴을 보고 그는 차마 보아서는 안 될 끔찍한 장면이라도 본 것처럼 허둥지둥 화장실을 도망쳐나왔다. 아래층 화장실을 이용하면서 곰곰이 생각해보니 자꾸만 해괴한 느낌이 들었다. 덩치마저 남보다 큰 사내가 엉덩이도 까지 않은 채 변기에 걸터앉아서 소리 죽여 우는 그것부터가 우선 괴이쩍거니와 그가 다른 사람 아닌 손과장이기 때문에 더욱 그랬다. 언제나 자기 직분을 충실히 이행하는 모범 사원으로 상사들의 신임이 두터운데다가 아무 근심 걱정 모르는 편안한 얼굴에 여유 있는 몸가짐으로 언제나 자신감에 넘쳐 보이던 사람이었다. 그런데 그런 사람한테 무슨 번민거리가 있기에 그처럼 뒷간에 쭈그리고 앉아서 도둑울음을 우는 걸까.

상대방이 무안해할까봐서 그는 될수록 손과장하고 시선이 마주치는 기회를 피했다. 내가 언제 울었더냐는 듯이 말짱한 표정으로 여전히 근무에만 충실하는 눈치였으나 애써 시선을 피하기는 상대방 또한 매한가지였다. 피차 서먹서먹한 가운데서 불편한 관계가 며칠 지속되었다. 그러던 어느 날 손과장이 그를 조용히 찾아왔다. 용건은 아주 간단했다. 회사를 그만두고 싶다는 이야기였다. 이유가 뭐냐고 아무리 캐물어도 대답은 한결같았다. 그냥 그러고 싶습니다. 이유를 알기 전엔 절대로 사표를 수리할 수 없노라고 못을 박자 그제야 고개가 수그러들었다. 부끄럽기 때문입니다. 기회다 싶어 그는 정색을 하고 지난번의 화장실 건을 끄집어내었다. 울 수밖에 없었던 사연을 상대방의 입에서 게워내게 만들기까지 그는 남의 목구멍에 손가락을 쑤셔넣는 만큼의 억지와 말재간을 부리지 않으면 안 되었다.

"쓰으팔, 사정이 저엉 그랬다면 허위대라도 꾀죄죄했어야지!"

나는 너무도 분개한 나머지 곽선배가 이야기를 마치기 무섭게 부재중인 사람을 비난하고 나섰다. 무슨 말을 그따위로 하느냐고 꾸짖는 표정들이 역력했으므로 나는 더욱 분개해야만 했다.

"안 그럽니까? 자기 분수에 넘치게 혈색 좋고 자신만만한 사람을 투시경도 아닌데 누가 무슨 재주로 꿰뚫어본단 말입니까? 상대방으로 하여금 오해를 불러일으키도록 만드는 행위는 함정수사나 마찬가지로 죄악의 일종입니다!"

"저 친구 말도 일리가 있어. 호주머니가 달랑거린다고 솔직히 얘기만 해줬던들 우리가 데데하게 찻값 몇 푼 때문에 손대리를 천대는 하지 않았을 거 아닌가."

나를 거들어 진선배가 이의를 달고 나왔다.

"사람마다 제각기 살아가는 방식이 다르기 때문이야. 손아랫사람들 앞에서 그렇게 고백하기엔 도무지 손대리 그 유별난 자존심이 허락지를 않았던 게지."

조선배가 말했다.

"자존심 문제라면 차라리 점심때 그까짓 쓴 커피 한 잔 안 얻어

마시는 쪽을 택하는 게 훨씬 더 떳떳하지 않았을까?"

진선배의 말이었다.

"그건 아마 외롭기 때문이었을 거야. 자존심 때문에 가정하고 직장에서 이중생활을 할 수밖에 없었던 데서 느끼는 지독한 외로움이 우리가 눈치하는 줄 빤히 알면서도 손과장을 점심때 혼자 있게 가만 내버려두지 않은 진범이겠지."

이번에는 곽선배가 그럴 듯한 주석을 달았다. 부재중인 사람의 지난 행위를 두고 콩팔칠팔 열심히들 따져쌓는 데 나는 밸이 꼴렸다. 자존심이란 것이 손과장 혼자만의 전유물일 수는 없는 노릇이었다.

"오래 살다보니 별 끔찍하게 못난 사람도 다 겪는구만."

나도 모르게 이런 소리가 나왔다. 내 말에 내가 놀라 나는 얼른 곽선배 쪽으로 말머리를 돌렸다.

"내가 저지른 일은 저지른 꼭 그만큼 내가 책임질 겁니다. 그 점은 아마 강과장님도 마찬가지겠지요."

마치 외눈박이 아니면 세눈박이쯤의 기형종을 구경하듯이 나를 한동안 이상한 눈초리로 쏘아보던 곽선배가 천천히 입을 열었다.

"우리는 지금도 똑같은 오류를 계속해서 범하고 있는지도 몰라. 어제까지 우리는 손과장을 수전노, 아첨꾼, 밀대, 비열한 등등으로 보았어. 그런데 오늘은 못난 사람으로 몰아치게 되는군. 내일은 손과장이란 인간을 어떤 눈으로 바라보게 될지 궁금해지는걸."

마침내 나는 자리에서 발딱 일어서고 말았다. 뉘우치는 자에게 복이 있나니! 나는 그들 세 선배의 면전에 대고 이렇게 외치고 싶은 걸 간신히 참았다. 자나깨나 마구잡이로 뉘우칠지어다!

다방 밖으로 나가면서 나는 아차! 금세 후회를 느꼈다. 감정이 격해지기 전에 미리감치 곽선배한테 안양에 있다는 아파트의 동호수를 물어두지 않은 것은 전적으로 나의 불찰이었다.

그뒤부터 나는 종탑다방 쪽에는 일절 발걸음을 하지 않았다. 나를 일종의 기형 인간으로 치부해버리는 사람들에게 사실상 빠이빠이를 고한 셈이었다. 점심때면 으레 회사 근처 다른 다방을 혼자서 찾는 새로운 버릇이 생겼다. 매일매일 양말을 갈아신듯이 나는 뜨내기 손님이 되어 근처의 허술한 다방들을 차례로 물색해서 한 군데씩 뒤지고 다녔다. 새로운 다방에 들어설 적마다 나는 맨 먼저 수족관 근처부터 살폈다. 그리고 다음번으로 카운터 전화 말고 공중전화가 따로 있는지 없는지를 살피곤 했다.

"여기 혹시 카운터 전화로 로스앤젤레스행 비행기편에 관해서 물어보는 사람 안 다녀갔습니까?"

내가 정한 기준에 일단 합격된 다방에서는 종업원한테 반드시 이렇게 묻곤 했다. 그러나 공중전화도 따로 못 갖출 정도로 설비가 허술한 다방은 아주 드물 뿐만 아니라 가뭄에 콩 나듯 어쩌다 한 군데씩 있다 하더라도 내 질문에 대한 대답은 번번이 뻔한 것이었다.

십여 군데의 다방을 차례로 떠돌다보니 어느덧 초겨울로 접어

들어 있었다. 그 사이에 손과장의 후임(실질적으로는 강과장의 후임이 되겠지만)으로 총무부에서 이과장이 전보되어왔다. 부임 제일성으로 동료 간의 인화와 신뢰를 유난히 강조하는 새로운 과장이 근무를 시작한 지 사흘 후에 손과장 앞으로 한 통의 두툼한 편지가 배달되었다. 발신인은 울산의 강과장이었다. 수신인한테 직접 전달해주기로 하고 곽선배가 그 편지를 윗옷 안주머니에 간수했다. 수첩 사건 때문에 손과장이 바로 회사를 그만둔 것을 강과장은 아직도 까맣게 모르는 모양이었다.

난데없는 그 편지로 말미암아 나는 또다시 착잡한 기분에 빠지지 않을 수가 없었다. 나는 여지껏 손과장한테 정식으로 사과하지 못한 채 엄벙덤벙 시간만 끌고 있었다. 내가 아직도 사과하지 못한 것은 손과장을 만나지 못한 탓이었다. 그를 아직도 못 만난 것은 거처를 모르는 탓이고, 아직도 그의 거처를 모르는 것은 곽선배한테 물어보지 않은 탓이고, 아직도 곽선배한테 물어보지 못한 것은…… 그것은 일종의 게으름 탓이라고나 할까. 말하자면 자존심이란 이름의 똥고집에 의해서 부지런해야 할 것과 게을러도 괜찮을 것의 앞뒤가 뒤바뀐 결과였다. 전에 내가 스스로 쩨쩨한 손과장이 아니라 자기 쩨쩨함으로 남들까지 쩨쩨한 인간으로 전락시키는 손과장을 미워할 수밖에 없었던 것과 똑같은 이치로, 나는 아무짝에도 쓸모없는 자기 자존심을 마구 휘둘러 마치 길바닥에 슬그머니 돈지갑을 떨어뜨림으로써 지나가는 사람을 공연히 도둑으로 만들듯이 나로 하여금 두고두고 죄책감에 허덕이게 하는 손과장한테 여전히 강렬한 분노와 반발을 느끼고 있었다.

손과장을 향한 감정이 고조될 적마다 나는 꼭 자기 혈육을 만나려는 이산가족의 노력과도 같이 로스앤젤레스행 사내의 행방을 추적하는 일에 맹렬히 집착하곤 했다. 어떤 근거에서인지는 몰라도 그 사내를 만나서 대화를 트고 나면 덩달아 손과장하고의 문제도 자연스럽게 해결될 것만 같다는 얼토당토않은 생각이 나를 지배하고 있었다. 손과장이 대리인을 시켜 회사에서 퇴직금을 수령해갔다는 풍문이 돌았다. 부인의 심장판막증 수술을 준비중이라는 풍문도 함께 관리부 안에서 나돌았다. 나는 하루에 두세 군데의 다방을 순회하면서 더욱 초조하게 사내의 종적을 수소문하고 다녀보았으나 모두가 허사였다. 어쩌면 미스 민이나 나의 추측이 터무니없이 빗나간 것일지도 모른다는 의구심이 강하게 고개를 들기 시작했다. 우리의 예상을 뒤엎고 실제로 그는 이미 로스앤젤레스에 도착하여 거기서 헛고생만 자초하는 나를 비웃고 있을 것만 같았다.

다방 순회도 이젠 시들해져서 거의 포기해갈 무렵, 시골에서 갓 상경한 동창 친구가 만나자고 전화로 연락해왔다. 퇴근하는 길로 나는 저쪽에서 일방적으로 지정한 약속 장소를 찾아갔다. 회사에서 상당히 멀리 떨어진 정부종합청사 뒤편 골목에 있는 청솔다방이었다. 나는 오랜만에 만나는 고향 친구를 보고 반가움보다는 짜증부터 앞세웠다. 워낙 후진 다방이라서 찾는 데 어지간히 애를 먹었기 때문이다.

"임마, 그런 소리 마. 단돈 오백원밖에 안 되더라도 기왕이면 우리 선배님네 가게 걸 마셔줘야지."

"선배네 가게?"

"그래, 거 왜 있잖냐, 연대장 하던 십칠회 김아가리! 바로 그 김선배 부인이 하는 다방이다."

그러면서 녀석은 보퉁이 하나를 탁자 위로 올려놓았다.

"아가리는 지금 뭐 허고 지낸대?"

나는 새삼스럽게 다방 안을 휘휘 둘러보면서 물었다.

"천호동에서 전자제품 대리점을 하다가 무슨 일이 잘못돼서 재산을 솔찮이 깨물어먹고는 그냥 빈둥빈둥 복덕방이나 출입하면서 지내는갑더라. 가만있거라, 아까 형수씨한테 수배를 부탁해뒀으니까 좀만 기다리면 아가리를 코뚜레해서 끌고 나타날 거다."

나는 보퉁이를 우두커니 내려다보았다. 어머니가 보낸 물건이었다. 고향에서 서울로 가는 인편이 생길 적마다 어머니는 꼭 그런 식으로 뭔가를 보내지 않으면 직성이 안 풀리는 모양이었다.

"끌러봐라. 아마 겨울 내의 두 벌하고 경옥고 한 통이 들었을 거다."

보퉁이를 빈 의자 위에 치워놓는 나를 보더니 친구 녀석은 의뭉스러운 미소를 지었다.

“아들 불알 얼어터지지 말라고 겨울옷 보내는 것이사 괜찮지만 총각한테 경옥고까지 먹여서 그 뒷감당을 어떻게 해내려고 그러시냐고 내가 농담을 걸어봤더니 어머님이 펄펄 뛰시더라. 무슨 소리냐고, 총각일수록 몸보신을 단단히 해둬야 되는 법이라고 그러시면서 경옥고 먹고 근력이 뻗쳐서 다른 집 자식들같이 쓸 만한 처녀라도 슬쩍 건드려줬으면 여한이 없겠다고 말씀하시더라.”

나는 보퉁이에 묻어온 고향집의 흙냄새를 맡을 수가 있었다. 칠순을 내다보면서도 아직도 기력이 정정해서 집안의 대소사는 물론이고 농사까지 주관해나가는 홀어머니, 그리고 그 밑에서 어머니를 도와가며 두 조카를 기르고 있는 형수를 생각했다. 어머니보다도 나는 형수 쪽에 더 큰 미안함을 느끼고 있었다. 김씨 가문에 시집와서 아들 둘을 연년생으로 뽑고는 곧 청상이 되어 주위에서 권해쌓는 개가도 마다하고 죽어도 김씨네 귀신이 되기로 일찌감치 작심해버린 형수를 떠올릴 때마다 나는 곤혹을 느껴야만 했다. 나이 많은 홀어머니와 역시 홀로된 형수 그리고 아비 없는 두 조카들의 존재는 내 결혼 문제에 적잖은 영향을 미치고 있었다. 내가 어떤 여자를 아내로 맞느냐에 따라서, 예를 들자면 그니가 시골스러운 여자냐, 도시스러운 여자냐에 따라서 시골에 있는 가족들의 장래가 좌우될 가능성이 농후한데, 나는 유감스럽게도 아직까지는 내 성격이나 그들의 처지를 두루 만족시킬 만한 배필을 발견하지 못한 채로 한 해를 또 넘기려 하고 있었다.

"뭣에다 써먹을라고 배운 글인지 모르겠다면서 너무 무심한 자식이라고 섭섭해하시더라. 가을일도 다 끝내고 했으니까 한번 올라가볼 작정이라고 그러시더라만, 자주 내려갈 형편이 못 되거든 엽서라도 가끔 띄워드리도록 해라."

친구의 충고에 뭐라고 대꾸하는 대신 나는 고향 선배네가 경영한다는 다방을 새삼스레 다시 둘러보는 척하다가 얼핏 그 허술함에 생각이 미쳐서 습관적으로 내부 구조를 눈여겨보았다. 있을 법한 자리를 다 뒤져도 공중전화는 눈에 띄지 않았다. 그러나 회사로부터 너무 동떨어진 곳에 자리잡고 있다는 점이 결격 사유인 양 느껴져서 나는 한참을 망설이지 않으면 안 되었다. 그러다가, 에라 밑져야 본전이다 하는 기분으로 때마침 옆을 지나가는 레지를 불러 친구 옆자리에 앉혔다.

"말 좀 물읍시다. 혹시 이 다방에 오는 손님 중에 가끔 이상한 전화 거는 사람 못 봤습니까? 이틀 후에 출발하는 로스앤젤레스……"

내가 말도 다 끝맺기 전인데, 오동통한 볼에 실눈을 뜨고 수다스러운 역을 자주 맡는 어떤 탤런트하고 얼굴이 흡사한 그 아가씨는 드라마 속에서처럼 갑자기 방자스럽게 웃기 시작했다. 그니의 심상찮은 반응에 나는 바싹 긴장하기 시작했고, 갑자기 굳어지는 내 표정이 금세 그니의 얼굴로부터 웃음을 거두어버렸다. 그니는 멋쩍은 표정이 되면서 저울질하듯이 나를 위아래로 가만히 살피는 것이었다.

"그 사람하고 아는 사이세요?"

"아, 여길 다녀갔구나!"

나는 부지불식간에 큰 소리를 지르고 말았다.

"요즘은 안 와요."

"마지막으로 다녀간 게 언젭니까?"

"삼사 일쯤 전일 거예요."

"아가씨들이 너무 심하게 구박했으니까 그렇지!"

나도 모르게 목소리에 잔뜩 노기를 담고는 그니를 호되게 꾸짖었다.

"선생님이 잘 아시는 분이라면 미안해요. 그치만 저 혼자서만 그런 게 아니라구요. 쥔아줌마도 참다참다 못해서……"

"저쪽 수족관 옆자리를 영 떠나려 하지 않더란 말이지?"

이렇게 묻는 대목에서 나는 그만 웃음을 풀썩 날리고 말았다. 그러자 아가씨도 나를 따라 히쭉 웃는 것이었다.

"말씀하신 그대로예요. 해도 정말 너무한다 싶을 정도였어요."

"대관절 누구 얘긴데 그러냐?"

어리벙벙한 표정으로 잠자코 앉아만 있던 친구 녀석이 비로소 비상한 관심을 나타내기 시작했다.

"우리 집안 친척 되는 사람이다."

나는 정말 북간도에서 몇십 년 전에 헤어진 혈육의 소식에라도 접한 만큼이나 가슴이 뛰고 있었다. 친구 녀석이 고개를 갸우뚱했다. 녀석이 우리 집안에 관해서라면 제 손바닥같이 훤한 놈임을 깨닫고 나는 얼른 정정했다.

"앞으로 내 처외숙이 될 양반이지."

"어머나, 그러세요? 그런데 그분 차암 이상하데요. 그분이 왜 그런 엉뚱한 행동을 하는지 아직도……"

이야기를 하려다 말고 그니는 내 눈치를 흘끔흘끔 살폈다. 그니의 시선 속에는 짙은 의혹과 때늦은 연민이 반반으로 섞여 있었다. 아마도 그 수수께끼 같은 이상한 인물의 조카사위가 될 나한테 갑자기 또 미안해지는 모양이었다.

"어떻게 이상한 사람인지 구체적으로 말해봐."

친구 녀석은 나보다도 아가씨를 상대하는 편이 더 빠르고 효과적일 거라고 믿는 눈치였다. 그는 나한테 처가 운운할 만한 대상이 생겼다는 사실 하나만도 우선 놀랍거니와 더욱이 그 처가의 외가 쪽에 이상한 인물이 섞여 있다는 점에 혹해서 대단한 호기심을 기울이고 있었다.

"참 안된 사람이야. 따지고 보면 그만큼 불행한 사람도 그리 흔치는 않겠지."

내 입에서는 어느새 거짓말이 술술 나오기 시작했다. 두 사람의 애독자를 상대로 나는 오래전부터 머릿속에서만 뒹굴려온 갖가지 상상의 가닥을 소설로 엮고 있었다.

"일가족이 모두 미국으로 이민가게 되었어. 비자까지 받아놓고 떠날 날만 기다리는데 뒤늦게 부인이 암에 걸렸다는 사실을 알았어. 부인은 한국 땅에서 죽어서 한국 땅에 묻히기를 소망하는 거야. 그래서 그분은 별수없이 자식들만 먼저 떠나보내고 자기는 부인 곁에 남게 되었지. 지금으로부터 삼 년 전 일이야. 자식들이 떠나고 나서 삼 개월 후에 부인이 죽었어. 그래서 이젠 그분도 자식들 사는 엘에이로 떠날 수 있게 됐지만, 바로 그때 심각한 문제가 또 터진 거야. 부인을 너무도 사랑했던 나머지 그분은……"

친구 덕분에 우연히 청솔다방에서 사내의 소식을 접한 다음부터 나는 마냥 들뜨기 시작했다. 미스 민의 추측이 빗나간 게 아니었다. 회사와 종탑다방을 축으로 하여 종로 일대일 거라는 안이한 지레짐작만을 벗어났을 뿐이지 아직도 그가 엘에이 아닌 서울의 뒷골목 어딘가를 배회하고 있는 것만은 분명해졌다. 노력 여하에 따라서 찾으려면 충분히 찾아낼 수도 있는 사람이었다. 더구나 나는 좋은 협력자까지도 얻게 되었다. 나는 고향 쪽에 퍼질 괜한 소문에 신경이 쓰여 친구 녀석한테만은 나중에 따로 처외숙 운운이 말짱 거짓이었음을 실토했다. 그러나 내 거짓말은 청솔다방의 그 의외로 순진한 아가씨를 크게 감동시킨 나머지 막판에는 눈물마저 쫄쫄 쥐어짜게 만들었다. 미스 서는 나를 돕겠다고 자청하고 나섰다. 그니는 전화번호부를 뒤져서 서울 시내에 촘촘히 박힌 그 수많은 다방들에 모조리 전화를 거는 한이 있더라도 자기 손으로 쫓아낸 그 불행한 분을 기어코 자기 손으로 찾아내고야 말 결심이었다.

나는 회사에서 먼 곳으로 점점 범위를 넓혀나갔다. 그리고 점심시간뿐만 아니라 퇴근 후에도 하숙집으로 돌아가는 걸 늦춰가며 닥치는 대로 다방을 뒤지고 다녔다. 들르는 다방마다 나는 이러이러한 사람이 나타나면 즉시 연락해달라고 신신당부하면서 회사 전화번호가 찍힌 명함 한 장씩을 카운터에 놓고 나왔다. 그러나 청솔다방에서 얼핏 꼬리가 잡혔던 사내는 이렇듯 열병에 가까운 내 집념에도 불구하고 여전히 행방이 묘연한 상태였다. 명보극장과 을지로 사이에 있는 어떤 다방에서 딱 한 차례 사내의 흔적을 찾아낸 적이 있으나 그것은 이미 두 달 전의 일이며 내가 사내를 처음 만나기 훨씬 이전의 것이었다. 몸으로 직접 뛰는 내 방식보다는 차라리 전화통을 붙잡고 늘어지는 미스 서의 방식이 보다 효과적이어서 그간 그니로부터 두 차례 중간보고가 들어왔다. 한 군데는 엉뚱깽뚱하게도 신촌역 근처의 다방이고 다른 한 군데는 인사동 골목에 있는 다방이었다. 그니가 애써 찾아낸 사내의 발자국 역시 행차 뒤의 나팔 격이기는 매일반이었다.

사내하고의 숨바꼭질이 한창일 무렵에 부장의 입에서 불쑥 또 손과장 이야기가 나왔다. 부인을 대학병원에 입원시켜서 수술을 준비하고 있다는 것이었다. 비록 회사를 떠나기는 했지만 손과장하고의 지난 정리를 생각해서 부조금을 거두기로 했다는 내용의 회람장이 관리부 사무실을 한 바퀴 돌았다. 내 차례가 왔을 때 나는 회람장에 각자 자의대로 적어넣은 숫자들을 주욱 훑어내리다가 문득 부조 금액의 많고 적음이 곧바로 손과장에 대한 죄책감의 크고 작음과 정비례할 수도 있다고 생각했다. 나는 넘치지도 처지지도 않는 중간 액수를 택했다. 부원 일동을 대표하는 문병 사절로 곽선배가 지명되었다. 진·조 두 선배와 함께 대학병원으로 떠날 채비를 차리면서 곽선배가 내 이름을 큰 소리로 불렀다.

"자네는 같이 안 갈 텐가?"

나는 볼펜 대가리를 누르고 눌러 때깍때깍 소리를 내면서 이렇게 대답했다.

"나중에 따로 조용히 가죠."

세 사람이 한꺼번에 빠져나가자 구매과 자리는 갑자기 썰렁해졌다. 블라인드가 창틀 위쪽에 깡똥하니 말아올려진 창문 너머로 금방 첫눈이라도 펑펑 쏟아질 것 같은 하늘이 만삭의 임부처럼 무지근히 내려와 있었다. 나는 손에 쥔 볼펜으로 연방 때깍때깍 소리를 내면서, 어서 부지런히 해야지, 일이나 해야지, 하고 자신의 근무 동태를 스스로 감독하고자 했다. 그러나 때깍거리는 소리가 자꾸만 귀에 거슬려서 한번 놓았던 일손을 되잡는 데 여간만 방해가 되지 않았다.

"김선생님, 삼번 전화에요."

미스 박이 말했다. 나는 맞은편 조선배의 책상으로 팔을 길게 뻗어 삼번 전화기를 끌어당겼다.

"당신이 김달휘씨요?"

웬 남자 목소리가 대뜸 시비조로 나왔다.

"그렇습니다만……"

"젊은 사람이 그렇게도 할일이 없소?"

상대방은 계속 험악하게 나오고 있었다. 자기 분을 삭이지 못해 씩씩거리는 숨결이 말소리 틈새로 주먹처럼 불거져나오는 듯했다.

"실례지만 댁이 누구신지……"

"도대체 무슨 억하심정으로 내 뒤를 밟고 다니는 거요? 경고해 두겠는데……"

"아, 선생님!"

"경고해두겠는데, 남의 일에 쓸데없이 참견 마시오! 만약 앞으로 또다시 내 뒤를 밟는 날이면 그때는 내가 당신을 저주하게 될 거요!"

한바탕 퍼붓고 나서 상대방은 일방적으로 전화를 끊어버렸다. 바로 그 사내였다. 다방마다 돌리고 다니는 내 명함이 드디어 효험을 나타내기 시작했다는 징조였다. 그럼에도 불구하고 나는 전혀 유쾌하지가 않았다. 최후의 몸부림을 연상케 하던 그 절망에 찬 목소리가 뭔가 불길한 앞날을 예고하는 것 같았기 때문이다.

밤이었다. 하숙집이었다. 나는 극도로 곤핍해진 심신을 내 방안에다 아무렇게나 구기박질렀다.

나는 번잡한 시장통을 헤매다 가방점에 들러 가죽제의 서류가방 한 개를 샀다. 가방 속에다 치약과 칫솔 수건 따위 세면도구나 안전면도기, 속옷과 잠옷 등등 오만 잡동사니를 빽빽이 쟁여 담고는 회사로 출근했다. 근무중에도 나는 그 가방을 손에서 놓지 않았다. 점심시간에 식당에서도 나는 가방을 내내 끌어안고 있었고, 종탑다방에서도 일행들하고 떨어져 수족관 옆자리에 혼자 앉아서 오직 가방하고만 대화를 나누었다. 마침내 가방은 꼭 그만한 크기의 괘종시계가 되어 나에게 땡! 하고 행동 개시의 시각을 알려주었다.

나는 부리나케 카운터로 달려가서 동전을 내고 전화를 걸었다. 저어…… 실례지만 말씀 좀 묻겠는데요…… 로스앤젤레스행 비행기편이 몇시에 출발합니까? 까르르 웃음판이 터졌다. 귀밑까지 째지게 웃는 미스 민의 입이 돌팔매처럼 내 면전에 날아들었다. 곽선배와 조선배, 진선배가 차례로 다가들어 입들을 한껏 벌렸다. 그들의 입안에서 줄줄이 튀어나오는 '하' 자와 '호' 자의 무수한 행렬은 글자마다 낱낱이 불에 뜨겁게 달구어져 있었고, 그것들이 내 몸에 닿을 적마다 나는 밀랍처럼 흐물흐물 녹아내리고 있었다.

아주 기분 잡치는 꿈이었다. 후줄근히 식은땀에 젖은 채 악몽에서 깨어난 다음에도 나는 가시지 않는 충격으로 몸을 떨고 있었다. 그것은 말도 안 되는 이야기였다. 나는 꿈속에서의 나 자신을 용서할 수가 없었다. 아무리 꿈이긴 할망정 다른 누구도 아닌 내가 그런 따위 해괴망측한 짓거리로 사람들의 비웃음거리가 된다는 건 도저히 참을 수 없는 노릇이었다.

악몽의 충격은 나에게 고통스러운 시간을 가져다주었고, 나는 긴 겨울밤의 나머지 부분을 뜬눈으로 지키면서 문제의 근본으로 되돌아가려는 노력을 계속해서 시도했다. 애당초는 나 자신을 자유롭게 하려는 의도에서 속박을 푸는 도구로 그 사내를 이용하려 했던 것 같다. 그랬던 것이, 어느덧 입장이 완전히 바뀌어 오히려 그 사내 쪽에서 그나마의 내 자유마저도 빼앗아버리고는 전보다 더욱 단단히 나를 옭아매려는 꼴이 되었다. 내가 맨 처음 그에게 관심을 갖기 시작한 것은 그의 불행한 모습에 대한 호사가적인 궁금증과 연민의 정 때문이었다.

날마다 하필이면 왜 이틀 후인가. 엘에이에는 무슨 일로 그처럼 가고자 하고, 거기서 그를 기다리는 사람은 또 누구인가. 낡은 서류 가방은 무엇들로 배가 불러 있으며 가방 주인의 전직 또는 현직은 무엇인가. 수족관 옆자리가 그에게 주는 의미는 어떤 것이며 어째서 공중전화가 없는 허술한 다방의 카운터 전화이어야만 하는가. 그 사내는 도대체 어떤 인물인가. 당신은 누구요? 당신은 누구냔 말이오!

그런데 이제 그와 같은 의문들이 나에게 서푼어치의 값어치도 지니지 않게 되었던 것이다. 의문마다 수많은 가정을 세우고 그중에서 나름대로 정의를 내리려던 노력 자체가 송두리째 무효였다. 동기야 어떤 것이든 나하고는 이미 상관없는 일이었다. 나한테는 이제 그가 얻은 지금의 결과만이 중요했다. 한마디로 때려잡아서 그는 낙오자였다. 낙오자이면서 몽상가임에 틀림없었다. 생존 싸움에서 패배하고 도망치려는 자에 지나지 않았다. 느닷없는 악몽을 통해서 터득한 나 자신의 체험에 비추어 나는 그것을 확실히 깨달을 수가 있었다. 한국 땅에서 더이상 버티지 못하고 미국에 쫓겨 가게 될 입장이었다. 엘에이가 그의 도피처이며 신천지이며 이상향이었다. 그러나 그는 왈칵 떠나지도 못하고 서울과 엘에이 사이에서 아직도 방황만 계속하고 있는 것이었다.

선생님, 이 세상에서 낙원이란 게 어디 따로 있을라구요.

이것이 내가 내린 결론이었다. 그 사내한테 나는 이렇게 말할 작정이었다. 바로 이 말을 하기 위해서라도 나는 반드시 그를 만나야 할 필요가 있었다. 그의 저주를 무릅쓰고서라도 내가 그를 다시 만나지 않으면 안 되는 이유는 그것이 다름 아닌 나 자신에게도 꼭 해당되는 말이기 때문이었다. 더 늦기 전에 미리감치 나 자신을 설득시켜두지 않는다면, 혹시 누가 알 것인가, 앞으로 나도 언젠가는 어떤 다방의 카운터 앞에서 이틀 후의 엘에이행 비행기편에 관해서 문의하는 날이 오게 되지나 않을지.

나는 추적의 발걸음을 더욱 재게 놀렸다. 크리스마스가 점점 가까워지면서 나는 몹시 초조하게 굴기 시작했다. 뭔가 결단을 내리지 않으면 안 될 시기가 임박해오고 있었다. 회사 안에서 나는 이제 완전히 외돌토리였다. 진선배의 둘째 아이 돌잔치 때는 나한테 알리지도 않았다. 나는 그것을 십이월분 월급봉투에 적힌 경조비

내역을 보고서야 알았다. 버스 속에서 내가 소매치기를 당하고, 저 놈 잡으라고 소리쳐도 눈 하나 까딱 않을 사람들 같았다.

"날마다 자네가 국기 하강식만 끝나면 무섭게 혼자 내빼니까 그렇지. 직장생활 하면서 자네처럼 그렇게 개인플레이만 하면 곤란하다구."

곽선배가 넌지시 충고했다. 옳은 말이었다. 하지만 내가 아니라 그들이 먼저였다. 진작부터 그들은 나에게 혐의를 몰아씌워 상종도 못할 형편없는 인간인 양 따돌려버림으로써 자기네가 최소한 나보다는 형편이 있는 인간들로 자임하는 길을 택하지 않았던가.

"요즘 달휘씨 신상에 무슨 일이라도 있나?"

새로 부임한 이과장이 안경 너머로 나를 차갑게 쏘아보며 묻는 말이었다.

"아무 일도 없으면서 근무 태도가 왜 그 모양이지? 이 불황중에 다니던 직장 그나마 잃고 나면 다시 잡기가 어디 쉬운 줄 아나?"

이과장이 몹시 못마땅해하면서 내가 게으름을 피우던 '사무용품 시세 동향 조견표'의 작성을 당장 조선배한테 넘기라고 지시하는 것이었다. 다음과 같은 중얼거림이 그 증거였다.

"아마 달휘씨는 선배 따라 울산 가고 싶은 모양이군."

사람들은 상대방에 관해서 정작 관심을 가져줘야 할 것엔 냉담한가 하면 냉담해도 좋을 것엔 오히려 지나치게 관심을 갖는 것이었다. 보기 좋게 실연을 당했다는 둥, 좀더 나은 직장으로 옮겨앉을 속셈으로 아무도 모르게 열심히 외국어 학원에 다니는 중이라는 둥, 나를 두고 이러쿵저러쿵 찧고 까부는 모양이었다. 그런 것은 그래도 괜찮았다. 내가 가장 비위 거슬려하는 것은 학벌 관계였다. 연말연시가 다가오자 출신 학교별로 동문 단합대회가 뻔질나게 열리고 있었다. 주로 서울의 명문대 출신 사원들끼리 회사 간부급 선배들을 모시고 요정에서 하룻밤 진탕 때려먹으면서 자기네 선후배 동문들 간에 똘똘 뭉쳐서 회사를 통째로 말아먹자고 갖가지로 음모를 꾸미는 자리가 아닌가 싶을 지경이었다.

크리스마스를 불과 사흘 앞두고 청솔다방의 미스 서한테서 전화가 걸려왔다. 수화기를 들자마자 그니의 숨가쁜 소리가 귀를 찔렀다.

"찾았어요! 드디어 찾아냈다구요!"

"어디지?"

"빨리 달려가보세요! 지금 기독교회관에서 종로 5가 쪽으로 빠지는 샛길로 나가다보면 오른편에 있는 금모래다실에 앉아 있어요."

"그래, 알았어!"

"이쪽에서 사람이 나갈 때까지 꼭 붙잡아두라고 제가 단단히 일러놨어요. 그랬더니 그쪽 매담상 얘기가, 아는 사람 같으면 제발 빨리 데려가달라는 거예요."

"수고 많았어! 고마워!"

미스 서하고 내가 공동으로 쳐놓은 포위망이 점차로 좁혀들고 있다는 사실을 나는 육감으로 알아차리고 있었다. 요 며칠 사이에 사내의 행적은 미스 서나 나의 촉수에 자주 걸려들었다. 나를 그다지도 애먹이던 발빠른 도망질이 이젠 현저히 둔화되어 있었다. 그리고 몹시 신경질적이 되어 시내 중심가의 일정한 지역을 초조하게 배회하고 있음이 확인되었다. 술래와 도둑놈 중 어느 한쪽이 참을성을 잃으면 그 숨바꼭질은 쉽게 결판이 나는 법이다. 사내는 나보다 훨씬 더 조급성을 드러내는 중이어서 내 손이 장독대에 머리를 박고 숨은 그의 엉덩이를 잡아당길 날도 머지 않았다고 막연히 짐작은 하고 있었다. 그런데 그날이 그렇게 빨리 오게 될 줄은 술래인 나도 전혀 몰랐던 것이다.

이젠 지칠 대로 지쳐서 숨바꼭질엔 넌덜머리가 난다는 듯이 사내는 방심한 자세로 수족관 옆자리에 홀로 앉아 있는 중이었다. 양해도 구하지 않은 채 내가 말없이 맞은편 자리에 주저앉으니까 그제야 사내의 시선에 초점이 모아졌다. 마담하고 레지가 카운터 옆에서 우리 쪽을 손가락질해가며 쑤군거리는 모습이 보였다. 그 다방의 단골로 보이는 몇몇 손님들이 우리를 향해 일제히 던지는 야릇한 눈초리도 나는 충분히 의식할 수가 있었다. 사내가 여지껏 그 다방에서 어떤 대접을 받아왔는가를 단적으로 말해주는 분위기였다. 레지가 쪼르르 달려와서 나를 보고 연신 한쪽 눈을 찡긋거리며 뭔가 신호를 전해왔다. 빨리 데리고 나가달라는 건지, 아니면 차를 주문하라는 건지 얼른 이해가 가지 않았다.

"커피 두 잔."

역시 나는 물어도 안 보고 상대방의 몫까지 주문했다. 놀랍게도 사내는 내가 처음 만났을 때 입었던 그 구닥다리 여름 양복을 아직도 그대로 걸치고 있었다. 비어 있는 옆 의자를 낡아빠진 서류 가방이 차지하고 앉은 것도 그 당시나 마찬가지였다. 난로가 있는 실내라서 추위를 타는 얼굴은 아니지만, 그래도 전반적으로 춥고 배고픈 인상은 감추지 못하는 몰골이요 차림새인 것만은 분명했다.

"정말 오래간만이군요."

어렵사리 해후한 친척이나 동지를 대하듯이 나는 감회 깊은 목소리로 말문을 열었다. 사내의 표정은 의외로 담담했다. 그의 눈에서는 전에 그가 선언했던 원망이나 저주 따위를 추호도 찾아볼 수가 없었다. 다만 피곤해 보일 따름이었다. 너무도 피곤해서 더이상 도망칠 기력은 물론이고 이젠 저주할 의욕조차도 상실해버렸다고 실토하는 그런 눈초리였다. 그는 한참이나 나를 물끄러미 건너다보다가는 손바닥으로 얼굴을 덮었다. 손바닥으로 문지를 때 그의 얼굴에서는 까칠까칠한 수염들이 지르는 비명소리가 들렸다.

"그간에 제가 저지른 실례를 용서하시기 바랍니다. 나쁜 뜻으로 그런 건 아닙니다."

그가 부스럭부스럭 주머니를 뒤지더니 뭔가를 꺼내어 탁자 위에 가만히 놓았다. 내 명함이었다. 얼마나 오래, 그리고 자주 매만졌던지 그것은 꼬깃꼬깃 구겨진데다가 손때가 까맣게 앉아 있었다. 다방의 스피커에서는 빨간 코의 루돌프 사슴이 요란하게 썰매를 끌면서 눈길을 달리는 중이었다.

"이담에 혹 또 필요하실지 모르니까 도로 넣어두시지요."

"그 명함에 적히지 않은 것들까지 나는 죄다 기억하고 있소."

사내가 마침내 입을 열었다. 때마침 아가씨가 주문했던 커피를 가져왔다.

"우선 커피부터 드시지요."

전에 종탑다방에서처럼 이번에도 내가 사는 커피를 거절할까봐 은근히 조바심이 일었다. 그러나 그는 아무런 스스럼없이 뜨거운 김이 모락모락 피어오르는 찻잔을 집어들고 있었다. 향기 짙은 원두커피의 첫 모금이 목구멍을 타넘는 순간에 그의 표정은 마치 만금의 재산을 한 손에 거머쥔 사람이나 느낄 법한 성취감과 행복감으로 갑자기 번뜩였다. 그리고 그의 웅숭깊은 눈매는 천진난만한 어린애의 그것이라고밖에 표현할 수 없는 타고난 맑음을 비치기 시작했다.

"뜨거운 커피에 대한 보답으로 내 달휘씨한테 저걸 가르쳐드리지요."

그가 수족관을 턱짓으로 가리켰다. 그것이 뭘 뜻하는 말인지를 몰라서 나는 그저 애매하게 웃기만 했다. 그러자 그가 정색을 하고 물어왔다.

"달휘씨는 열대어에 관해서 얼마나 알고 계십니까?"

나는 그제야 그의 말뜻을 알아차리고 솔직히 대답해주었다.

"저기 저 지느러미가 치렁치렁한 놈이 에인절피쉬고 수초 뒤에 숨은 저놈이 키싱이란 정도밖에는 아는 게 없습니다만……"

그럴 줄 알았다는 투로 그는 고개를 두어 번 끄덕이고 나서 자기 얼굴이 수족관을 정면으로 향하도록 허리를 잔뜩 뒤트는 것이었다.

"맞았습니다. 세로줄 무늬가 있는 요 앙증맞게 생긴 녀석이 수마트라고, 꼬리가 칼날같이 뻗어나온 저 빨간 놈들은 검미어라고 부릅니다. 그리고 공작새만큼이나 화려한 지느러미를 부채처럼 흔들고 다니는 저놈은 구피라고 부르지요. 색깔이 총천연색으로 알록달록하고 작은 놈이 수놈이고 유독 꼬리 쪽에다만 잔뜩 힘을 준 놈이 암놈이랍니다. 이 다방은 비교적 종류가 적은 편이지만 이 밖에도 별의별 열대어가 다 있지요."

이렇게 말한 다음 그는 생전 들어본 적도 없는 별 희한한 열대어 이름들을 줄줄이 수십 가지나 주워섬기기 시작했다. 무슨 그리움의 대상이라도 되는 양 색다른 이름들을 차례로 입에 올릴 적마다 그의 눈빛은 남들이 못 가진 많은 것을 지닌 자의 자랑스러움으로 반짝거리고 있었다. 그는 자기가 나보다 우위에 서 있음을 낱낱이 확인하고자 하는 듯했다.

"에인절피쉬…… 이름이나 생김새가 그럴듯하지요. 에인절…… 에인절피쉬……"

이름의 열거가 끝나자 이번에는 개개의 열대어 종류에 대한 비평으로 들어가는 것이었다.

"그야말로 천사처럼 착하고 우아한 몸으로 기품 있게 움직이는 놈입니다. 허지만 이름하고는 달라서 사실은 아주 불행한 놈이지요. 녀석의 불행은 성품이 너무 착한 데서부터 시작됩니다. 모양은 아무리 그럴듯해 보여도 바로 그 모양이란 것이 생존에 방해가 될 때는 그걸 과감히 버려야 합니다. 그런데도 저놈은 여전히 제 몸뚱이보다 큰 지느러미를 치렁치렁 달고 다니면서 그걸로도 모자라서 끝에다 기다란 끈까지 거느리고 있습니다. 바로 그 없어도 무방한, 오히려 없는 편이 생존에 훨씬 유리할 거추장스러운 장식물들은 굶주린 적들한테 제법 식욕을 돋우는 좋은 표적이 되곤 합니다. 적한테 쫓길 때는 또 불필요한 그 장식들 때문에 동작이 마냥 굼뜨고 게을러져서 큰 손해를 보게 됩니다. 하늘나라에 있을 때나 천사지 이 혼탁하고 잡박한 생존의 전쟁터에 내려오면 에인절피쉬도 볼장 다 보는 겁니다. 악마가 아니고 천사이기 때문에 숙명적으로 비극의 주인공이 될 수밖에 없는 거지요."

천사어를 이야기하는 동안에 그의 목소리는 알게 모르게 높아지고 차츰 열기를 띠어갔다. 때마침 아기 예수의 탄생을 축하하는 종소리가 다방 안에 가득 울려퍼지고 있었다.

"키싱…… 참 재미있는 이름이지요. 두 놈이서 열심히 뽀뽀를 해대니까 그런 이름을 붙였겠지요. 사람들은 키싱을 원앙새나 잉

꼬같이 부부간에 금실이 좋은 고기로 믿고 있습니다. 하지만 천만의 말씀입니다. 알고보면 저놈들은 키스가 아니고 싸우고 있는 겁니다. 말하자면 공격과 방어를 겸한 전투 행위인 셈이지요. 저놈들은 유일한 공격 무기가 바로 주둥이입니다. 싸움에 이기기 위해선 먼저 상대방 주둥이부터 봉쇄한 다음에 상대방을 들이받을 적당한 기회를 노려야 합니다. 그래서 그렇게 서로 열심히 쫓고 쫓기다가는 갑자기 돼지 같은 주둥이를 짝짝 벌리면서 마음에도 없는 키스를 열심히 해대는 겁니다. 둘이서 다정하게 포옹하는 척하면서 서로 상대방의 옆구리에다 비수를 들이대는 꼴이라고나 할까요."

무슨 생각을 했는지 그는 이야기를 중단한 채 한동안 멍하니 수족관을 들여다보면서 꼼짝도 하지 않았다. 스피커에서는 곡목을 바꾸어가며 계속 크리스마스캐럴들이 흘러나오는 중이었다. 이번에는 아주 어린 소녀가 어리광이 철철 넘치는 목청으로 부르는 〈산타 할아버지〉였다. 나는 그를 방해하고 싶지 않았다. 그가 다시 입을 열 때까지 나는 잠자코 기다렸다. 나는 그가 지금 매우 중대한 신상 발언을 하고 있는 중이라고 생각했다. 그가 들려주는 열대어 이야기를 나는 고도의 비유법으로 받아들이고 있었다.

"불쌍한 수마트라……"

나직한 중얼거림에 잇대어 그의 입에서는 탄식이 흘러나왔다.

"수마트라는 지금 이 수족관 안에서 한 놈뿐입니다. 바로 엊그제 짝을 잃었기 때문입니다. 피살된 거지요. 적하고 싸우다가 당한 거라면 얼마나 떳떳한 죽음이겠습니까마는…… 혼자서 살아남은 저놈이 바로 범인이지요. 제 동족의 주둥이에 피살된 겁니다."

자기를 심히 구박하는 종업원들 앞에서 지어 보이던 그 슬프디 슬픈 표정으로 바뀌면서 그는 어느새 눈물마저 글썽거리고 있었다.

"수마트라는 투어과에 속하는 열대어지요. 갈고리 모양으로 완강하게 굽은 주둥이가 아주 날카롭고 순간 동작이 아주 민첩해서 체구는 작은 것 같아도 싸움만은 기가 막히게 잘합니다. 그런데 문제는 누구하고 싸우느냐지요. 그 좋은 싸움 실력을 주로 제 동족한테만 발휘하는 겁니다. 종류가 다른 열대어끼리 싸우다가 죽는 경우는 거의 없습니다. 힘이 부친다 싶은 쪽이 도망쳐버리면 싸움은 싱겁게 끝나니까요. 이때 이민족한테 제 동족이 당하는 걸 빤히 보면서도 다른 놈은 합세해서 대항할 생각은 않고 방관만 합니다. 허지만 동족끼리 맞붙는 싸움에서는 촌치도 양보가 없습니다. 어느 한쪽이 지쳐서 나가떨어질 때까지 공격은 집요하게 계속됩니다. 지느러미가 뜯기고 비늘이 벗겨져서 패배한 쪽이 비실비실 구석자리로 숨어다니기 시작하면 호전적인 다른 종족이 용케도 죽음의 냄새를 맡고는 끈덕지게 달라붙습니다. 동족이 가한 초벌 죽음 위에 곧 이민족의 재벌 죽음이 가해집니다. 그런 다음엔 너도나도 번차례로 덤벼들어서 미처 숨이 끊기기도 전에 아귀아귀 먹어치우는 일만 남습니다."

갑자기 이야기를 그치면서 그가 나를 똑바로 쏘아보았다. 그가 들먹거린 그 동족이란 것이 혹 나를 비유적으로 가리키는 말이나 아닐까 하고 나는 가슴 한구석이 뜨끔 쑤시는 순간을 겪었다. 그의 눈은 가해자이면서 승리자인 동족을 겨냥한 어떤 특별한 감정으로 가득차 있는 것처럼 보였다.

"비단 수마트라만이 아니고 모든 종류의 열대어에 해당되는 이야기지요. 그래서 어느 다방의 수족관을 보든 공통적인 현상으로 짝을 잃고 혼자 사는 홀애비 물고기, 과부 물고기들이 흔한 겁니다. 동족을 죽이고 저 혼자 살아남은 홀애비나 과부는 으레껏 처량해 보이게 마련이지요. 어쩌면 외롭고 고달픈 신세를 뼈저리게 느낀 다음에야 비로소, 동족끼리 오손도손 양보해가며 의좋게 사는 건데 괜히 죽였다고 두고두고 후회할는지도 모르지만, 그때는 이미 돌이킬 수 없는 대목 아닙니까. 패배한 놈은 승리한 놈으로 하여금 죽는 그날까지 두고두고 후회하게끔 만드는 것으로 죽어서까지 복수하는 셈이라고나 할까요. 물론 그렇게 복수하는 재미를 노리고 어느 한쪽이 자결해줄 수는 없는 노릇이겠지만……"

그 대목이 이야기의 끝이었다. 그는 한 손으로 가방을 집으면서 벌떡 몸을 일으켰다. 그는 작별인사 대신 나에게 마지막으로 이런 말을 하는 것이었다.

"김달휘씨, 당신은 후회하지도 말고 그렇다고 복수하지도 마시오."

떠나는 그를 나는 붙잡지 않았다. 감히 붙잡을 엄두도 못 내게 만드는 그 무엇이 그에게는 분명히 있었다. 나는 혼자가 되어 탁자 위에 놓인 헤진 명함을 한동안 물끄러미 들여다보았다. 그것을 집어서 호주머니에 챙기는 순간, 내 손가락에 닿는 후줄근한 종이의 질량감을 통하여 나는 불현듯 그 사내의 체온과 체취를 동시에 느끼는 듯한 야릇한 기분을 맛볼 수가 있었다.

선생님, 이 세상에 낙원이란 것이 어디 따로 있을라구요.

그를 만나서 꼭 들려주려고 오래 별러온 말이 호주머니 안에 들어 있음을 나는 뒤늦게야 깨달았다. 하지만 사실은 그에게 들려줄 필요도 가치도 없는, 이미 죽어 있는 말이란 것도 나는 함께 깨달았다. 열대어들 이야기 속에 내 궁금증을 풀어주는 모든 실마리가 들어 있는 것만 같아서 나는 그것들을 한 줄로 꿰어 여태껏 그가 겪어나온 삶의 역정을 탁자 위에 재현해보느라고 기독교회관 옆 골목 금모래다실에 한참을 더 앉아 있지 않으면 안 되었다. 때마침 몹시 기쁨에 들떠 있는 소리의 합창단이 찬송과 찬송으로 다 같이 구주를 맞으라고 만백성에게 거듭거듭 권고하는 중이었다.

크리스마스 바로 전날이었다. 날씨는 비교적 푸근한 편이었으나 잔글씨의 숫자를 읽는 데 지장을 느낄 만큼 하늘은 아침부터 잔뜩 찌푸려 있었다. 가뜩이나 저기압인데다가 각종 외상값의 수금원들이 한꺼번에 몰려들기 딱 알맞은 오후 시간에 지급될 예정인 연말 보너스가 예년에 없이 실망적인 규모임이 밝혀지자 사무실의 분위기는 더욱 어수선해졌다. 설령 보너스가 이삼백 프로를 초과한다손 치더라도 일손이 안 잡히기는 마찬가지일 성탄절 전날이었다.

"이보라구, 자네 친구 간에 의리 없이 이렇게 약속 안 지키기야? 때가 됐으면 내가 졸라대지 않더라도 당연히 크리스마스 선물을 보낼 줄 알아야지!"

소리의 전달이 유난히 섬세해지는 저기압 특유의 공기를 뚫고 아까부터 부장석에서는 전화 거는 소리가 계속 건너왔다. 부원들의 축 늘어진 기분 따위는 아랑곳없이 부장은 전화 통화에 아주 열심이었다. 그가 말하는 크리스마스 선물이란 손과장의 취직 건이었다. 며칠 전부터 그는 여기저기로 전화를 걸어서 시간과 장소를 정하고는 꽤 여러 사람을 만나는 눈치였다. 직접 대면이 여의치 않은 상대한테는 부득이한 사정으로 회사를 그만둘 수밖에 없었던 유능한 인재, 자신이 가장 신임하고 자신 있게 추천할 만한 오른팔 같은 사람의 마땅한 취직 자리를 주선해달라고 전화로 신신당부를 했다. 그의 통화 내용을 엿듣고서 나는 손과장 부인의 심장병 수술이 극히 최근에 성공리에 끝났음을 알았다.

"구매과 김선생님, 삼 번 전화 받으세요."

부장이 전화통의 열기를 잠깐 식히는 사이에 미스 박이 저쪽에서 뾰족하니 소리를 높였다. 나는 얼른 맞은편 책상으로 손을 뻗어 삼번으로 접속된 전화를 받았다.

"김달휘씨요?"

상대방은 다짜고짜 이렇게 물었다.

"나 이상택이요, 이상택."

처음 들어보는 이름이 나를 잠시 혼란에 빠뜨렸다. 나는 이상택이란 이름을 속으로 두어 번 뇌어보면서 전에 어디서 듣던 목소리 같다고 어렴풋이 느꼈다.

"벌써 날 잊으셨소? 그끄저께 만났던……"

"아아! 네네!"

그제야 나는 깜짝 반가워하는 기색을 나타낼 수가 있었다.

그 사내였다. 처음 들어보는 그 사내의 이름이었다. 뭔가를 착각했는지, 물어본 적도 없고 일러준 적도 없는 생소한 이름을 마치 오래전부터 통성명하고 익숙하게 지낸 사이인 양 그는 서슴없이 들이댔던 것이다. 하지만 내가 느낀 혼란은 이름보다도 그의 목소리 탓이 더 컸다. 그것은 내가 알고 있던 이상택씨 본래의 목소리가 아니었다. 상당히 다부지고 활기에 차 있는 전혀 엉뚱한 인물의 목소리였다.

"함박눈이 내리기 시작하니까 기분도 그렇지 않고, 또 눈을 보니까 갑자기 달휘씨 생각도 나고 해서 한번 걸어본 거요."

"함박눈요?"

중얼거림과 함께 나는 얼핏 창문 쪽으로 시선을 돌렸다. 그러고는 곧 이렇게 소리쳤다.

"야아, 정말 함박눈이 내리기 시작했구나!"

그러자 사무실 여기저기서 사람들이 웅성거리기 시작했다. 벌떡 일어나서 창문 쪽으로 달려가는 사람도 있었다.

"뭐야? 함박눈이라고?"

"와아, 진짜다! 처음 시작하는 기세치고는 알이 굵기도 하다!"

"한바탕 쏟아지려나부지? 금년에는 그야말로 화이트 크리스마스가 되겠는걸."

"화이트 크리스마스면 뭘 해? 호주머니도 가벼운 판인데 괜히 귀가 시간만 늦어지게 생겼잖아."

개구쟁이 아이들이나 강아지들말고도 이 세상에는 눈이 내려서 좋아할 사람이 아직도 얼마든지 많이 남아 있는 모양이었다. 때아닌 함박눈 타령으로 사무실의 분위기는 갑자기 술렁거리기 시작했다. 모두들 세속적인 관심사에만 고부라져 있는 그 틈을 노려서 마치 공휴일을 이용해서 기습적으로 인상되는 물가처럼 함박눈이 은밀히 내리고 있었던 것이다.

"여보세요? 여보세요?"

통화 상태의 잘못 여부를 이상택씨가 습관적인 방식으로 점검해왔다. 나는 잠시 팽개쳐두었던 사람을 다시 상대했다.

"네, 지금 제가 있는 자리에서도 함박눈이 보입니다."

"난 오늘 여길 떠나기로 했습니다."

"떠나다니, 아니 그럼 기어이 로스앤젤레스로……"

"아닙니다."

멋쩍은 웃음소리가 들렸다.

"그쪽은 포기한 지가 벌써 며칠 전입니다."

"그렇다면 어디로 가실 계획입니까?"

"고향으로 내려갈까 합니다."

"이선생님은 고향이 어디신가요?"

"서울입니다."

"서울요?"

"네, 서울이 내 고향이지요. 이번에 고향에 내려가면 아마 달휘씨를 만나기가 어려울 것 같습니다. 아무쪼록 건강하시고 행복하시기 바랍니다. 여길 떠나도록 내 등을 힘껏 떠밀어준 달휘씨한테 절대로 그 고마움을 잊지 않을 작정입니다."

더 붙잡고 말고 할 겨를도 없이 찰칵 하고 전화가 끊겼다. 이씨의 말뜻을 헤아려보느라고 나는 수화기를 제자리에 놓을 생각도 미처 못하고 있었다. 고향인 서울로 가기 위해서 그는 시방 그 서울을 떠나려 하고 있다. 그 모순을 어떻게 풀어야 할지 몰라서 나는 한동안 난감한 기분이었다.

고향이라……

그러자 이씨가 말하던 그 고향의 의미가 갑자기 확연한 모습으로 눈앞에 육박해오는 것이었다. 그것은 복숭아꽃, 살구꽃, 아기진달래가 피는 그런 고향이 아니었다. 매우 상징적인 의미를 띤 다른 어떤 고향을 가리키고 있었음에 틀림없다.

고향!

나 역시 그 고향에 돌아가야 할 시기가 되었음을 나는 퍼뜩 깨달았다. 그 고향으로 가기 위해서는 다른 무엇보다도 고향길의 초입에 해당되는 손과장의 관문부터 우선 뚫을 필요가 있었다. 그래서 나는 손과장의 부인이 들어 있는 대학병원의 입원실 번호를 물어보려고 당장 눈에 안 띄는 곽선배의 모습을 사무실 안에서 두리번두리번 찾기 시작했다.

(1982)

산불

즐거운 놀이터에 연꽃이 만발한 듯
십리 강굽이에 노을이 짙은 듯
몹쓸 임금의 궁전을 횃불로 태우는 듯
반공중에 검은 연기 비껴 일고

불티는 끝없이 올라 하늘을 밝힌다
산짐승들 곤두서고 물속의 용도 놀란다
이렇게 풀 태우면 산은 기름져
삼사월에 고사리들 새순이 돋을 테지

시골사람 들불 놓는 이 재미를
누가 당하리

그대 읽어보아라 내가 부르는
산을 태우는 이 노래를

—이춘영, 『체소집』(1647), 「소산행」에서

작가의 말

엄밀한 의미에서 이건 작가의 말이 아니다. 왜냐하면 나는 이 작품의 작자가 아니기 때문이다. 신원이 밝혀지지 않은, 또는 신원을 밝힐 수 없는 어떤 인물을 대리하여 나는 다만 이 글을 독자들에게 소개하고자 할 뿐이다. 때문에 작가의 말이라기보다는 거간쟁이의 말이란 표현이 더욱 어울리겠다. 이 작품을 소개하게 되기까지의 과정을 간략히 밝히는 것으로써 거간쟁이의 말에 갈음할까 한다.

자그마치 수십번째였다. 올해 들어서만도 벌써 네번짼가 다섯번째의 산불이었다. 캠퍼스 전경을 말굽형으로 둥그렇게 에워싸고 있는 넓은 산자락 한 굽이에 또다시 시뻘겋게 불이 붙기 시작했다. 여태껏 산불이 일어날 때의 상황이 대개 그러했듯 그날도 어김없이 꽤 맵찬 꽃샘바람이 불고 있었고, 갈수기라서 초목들은 바싹 메말라 있었고, 학기중의 평일이라서 캠퍼스 내부와 인근 대학촌에는 수많은 학생들과 교직원들이 잠재적인 구경꾼의 자격으로 머물고 있었다. 범인은 주로 그런 상황을 노려 상습적으로 방화를 저지르곤 했다. 굳이 여느 경우와 비교한다면, 그날의 산불은 밤중이 아니라 벌건 대낮에 일어난데다가 발화점 또한 학교에서 멀리 떨어진 곳이 아니라 손에 잡힐 듯이 빤히 건너다보이는 아주 가까운 곳이라는 점이 달랐다. 약간의 차이 같지만 그것은 실로 엄청난 차이였다. 아직도 방화범의 정체가 오리무중인 상태에서 갈수록 범행 수법이 더욱더 대담해지고 더욱더 정교해지고 있다는 증거였다.

이른바 도깨비불이었다. 모두들 그렇게 불러버릇했다. 모름지기 도깨비불이란 시골 공동묘지 같은 데서 한밤중에 숨바꼭질하듯 또는 덧게비장난 치듯 파르댕댕한 빛깔로 여기저기 출몰하는 그 귀기 서린 인광을 가리키는 말인데도 학교 안팎의 사람들은 약속이나 한 듯이 그렇게 부르곤 했다. 수년 간에 걸친 경찰의 끈덕진 수사에도 불구하고 아직도 범인이 검거되지 않았음은 물론 범인의 윤곽이나 범행 동기조차 전혀 밝혀지지 않았으니 그럴 수밖에 없었다. 인간의 소행임이 명명백백한데도 꼭 도깨비란 놈의 장난에 모두들 놀아나는 기분이었다. 잦은 산불을 보면서 느끼는 그 가슴 서늘한 귀기의 농도나 규모 역시 날궂이하던 밤에 시골길에서 진짜배기 도깨비불을 목격했을 당시의 그것에 결코 못지않았다.

그날은 공교롭게도 연구일이었다. 강의가 없는 탓에 연구실에서 혼자 빈둥거리며 학교에서 하라는 연구 대신 뭔가 마땅한 파적거리가 없을까 하고 한참 궁리하던 참이었다. 때마침 멀리서 사이렌

이 울리기 시작했다. 흘게가 느즈러진 마음을 바짝 다잡아 죄고 잠든 호기심을 마구 흔들어 깨우는, 귀에 익은 소리였다. 요란한 사이렌 소리에 겹쳐 급박한 상황을 알리는 확성기 소리가 숨을 헐떡이며 대학촌 쪽에서 허위허위 캠퍼스를 향해 뜀박질로 달려왔다. 냉큼 일어나지 않고 뭘 꾸물거리냐는 본능의 꾸짖음에 순종하여 나는 반사적으로 의자에서 엉덩이를 뽑고는 잽싸게 창문에 달라붙었다. 산불 현장은 뜻밖에도 지척인 양 매우 가까워 보였다. 연구실 바로 맞은바래기 산중턱을 먹장구름처럼 휘덮고 있는 시커먼 연기를 보는 순간, 그 어떤 알 수 없는 흥분으로 말미암아 내 가슴은 마구잡이로 쿵덕거리기 시작했다. 일과 시간 중에 그처럼 가까운 곳에서 산불을 구경하기는 그때가 처음이었다. 마침내 봄날 오후의 무료에서 벗어날 수 있는 마땅한 구실이 생긴 셈이었다. 나는 슬리퍼를 제꺼덕 운동화로 갈아신은 다음 연인과의 약속 시간에 대려는 젊은 대학생의 발걸음 흉내로 서둘러 연구실을 나섰다.

이쯤에서 솔직히 고백하건대, 도깨비불을 대하듯 산불에서 서늘한 귀기를 느꼈다는 건 말짱 다 빈말이다. 실인즉슨 흥분이 맨 먼저고 귀기는 맨 나중 차례였다. 맹렬한 기세로 번지는 산불을 바라볼 적마다 매번 제일착으로 내게 엄습하는 것은 출처 불명의 흥분이곤 했다. 엉뚱깽뚱한 핑곗거리 한 짐 그득 걸머메고 어슬렁어슬렁 강의실에 들어서는 상습 지각생처럼 귀기는 언제나 불길이 거지반 잡힐 무렵에야 뒤늦게 모습을 드러내곤 했다. 낫살깨나 좋이 훔친 점잖은 체면에 불구경 따위나 즐기고 있다니, 지각 있는 어른으로서 이게 어디 할 짓인가, 하는 반성이 있은 연후에야 면피 삼아 의무적으로 슬며시 출석하곤 하는 것이 바로 그 귀기란 놈임을 솔직히 고백하지 않을 수 없다.

산불 현장은 삽시에 새까맣게 몰려든 대학촌 주민들과 학생들로 한바탕 북새판을 이루고 있었다. 워낙 잦은 출동 덕분인지 주민들은 화재 진압에 이미 상당한 노하우를 쌓은 듯했고, 스스로 경방단 체제를 갖추어 꽤나 조직적으로 움직이는 눈치가 완연했다. 소방대가 당도하기 전에 자력으로 얼추 불길을 잡아볼 요량인 듯 그들은 저마다 한 가지씩 낫이며 곡괭이, 삽서껀 연장들을 손에 거머쥔 채 불길의 꼬리 부위를 도막도막 잘라가며 괴물 같고 맹수 같은 산불을 열심히 뒤쫓고 있는 중이었다.

불길은 그 자체의 판단력과 의지를 지닌 거대한 생명체처럼 느껴졌다. 마치 인간의 가당찮은 노력을 비웃기라도 하듯 그것은 히득히득 웃음소리를 터뜨리며 시뻘건 혓바닥으로 급한 비탈면을 빽빽이 덮은 솔숲을 욕심껏 핥으며 산마루 쪽으로 성큼성큼 달아나고 있었다. 때마침 알맞추 불어주는 꽃샘바람의 부조에 힘입어 그것은 갈수록 세를 넓혀나가는 중이었다. 땅에서 남아도는 불길이 공중 높이 솟구치면서 거대한 입을 열어 검은 연기를 뭉클뭉클 토해냈고, 연기는 다시 하늘을 시커멓게 뒤덮으면서 그야말로 장관을 이루었다. 불길 근처의 나무들을 잘라 서둘러 방화벽을 치고 나뭇가지를 휘둘러 불길의 가장자리를 마구 두들겨패고 삽으로 흙을 끼얹는 등으로 안간힘을 다하는 인간의 노력이 참으로 하잘것없이 느껴지는 순간이었다. 소방대가 당도하기 전에 주민들 자력으로 불길을 잡기는 아무래도 무리인 듯싶었다.

진화 작업을 그렇게 가까이서 그만큼 생생하게 지켜보기도 그때가 처음이었다. 가로 뛰고 세로 뛰면서 진화 작업에 한창 고부라진 무리 속에는 내가 알 만한 얼굴들도 여럿 섞여 있었다. 학교 정문 근처 중국집 주인도 보이고 노래방 아저씨랑 생맥줏집 아저씨도 얼핏 눈에 띄었다. 더러는 현장에 도착하는 즉시 진화 대열에 합류하는 학생도 있고 더러는 장관을 이룬 불길에 압도되어 넋을 잃은 채 구경만 하는 학생도 있었다. 낯선 구경꾼들을 바라보는 주민들의 눈매가 그다지 곱지 않았다. 남들은 산불 때문에 죽살이를 치는 판인데 웬 신선놀음이냐는 눈초리였다. 땀흘려 수고하는 사람들 근처를 괜히 얼쩡대는 게 아무래도 분수에 안 맞는 사치 같았다. 주민들 눈치만 뵈는 게 아니었다. 혹여 좋은 구경 놓칠세라 치신머리도 없이 운동화 바람으로 달려왔느냐고 핀잔하는 듯싶어 주변 학생들 보기도 심히 민망했다. 구경 중에서도 불구경이 최고라는 말이 있긴 하지만, 그것도 먼발치기로 하는 불구경 얘기지 바투 현장에서 할 짓은 못 된다는 사실을 처음 깨달은 것도 바로 그때였다.

요란한 경음을 울리고 경광등을 번뜩이며 소방차들이 들이닥쳤다. 꼬리를 물고 경찰차도 달려왔다. 첨단 장비가 동원되고 전문 인력이 투입되자 그토록 맹위를 떨치던 불길의 기세도 마침내 꺾이기 시작했다.

산불은 예상 외로 빨리 잡혔다. 위로는 산마루까지 거의 다 태운 셈이지만 옆으로는 더이상 넓게 번지지 않은 채 인간과 화마가 적당히 무승부를 이루는 선에서 상황은 대충 끝이 났다. 매캐한 냄새와 함께 아직도 군데군데 하얀 연기를 피워올리는 역삼각형 모양의 불탄 자리를 올려다보며 나는 왠지 모르게 아쉬움 비슷한 감정을 느꼈다. 생명의 위험을 무릅써가며 진화 작업에 매달려 악전고투를 벌인 사람들한테는 대단히 미안한 얘기지만, 뭔가 기대를 배반당하기라도 한 듯한 기분이었다. 불길이 한창인 동안에는 분명 진화자들 편이 되어 마음으로 그들을 응원하면서 얼른 불길이 잡히길 바랐었는데, 막상 그 불길이 예상보다 쉽사리 잡히고 나니까 어쩐지 마음 한구석에 미진한 대목이 남는 것이었다.

진화 작업을 마치고 산에서 내려오는 주민들 모습이 하나둘 눈에 띄었다. 그들은 불에 시커멓게 그을은 연장을 한 자루씩 어깨에 멘 채 자신의 무용담과 상대방의 무용담을 서로 견주어 자랑하느라 큰 소리로 웃고 떠들며 다가오고 있었다. 그들과 정면으로 맞닥뜨릴 때의 계면쩍음을 피하기 위해 나는 얼른 발길을 돌리며 그들보다 먼저 하산을 서두르기 시작했다. 내가 그를 처음 만난 것은 바로 그 순간이었다.

얼핏 등뒤에서 나를 부르는 소리가 들린 성불렀다. 갑자기 웬 사내가 달려와 나하고 어깨를 나란히 하는가 싶더니만 또렷한 발음으로 다시 한번 내 이름을 입초시에 올리는 것이었다. 결코 잘못 들은 게 아니었다.

"맞지요? 제 눈이 정확하지요? 지상을 통해서 선생님이 이 학교에 와 계신다는 소식을 벌써부터 듣고 있었습니다."

생면부지의 젊은이였다. 학생은 분명 아니었다. 그렇다고 대학촌 사람 같지도 않았다. 대학생이라기엔 너무 노숙해 보였고 지역주민이라기엔 너무 도회적으로 되바라져 보이는 인상이었다.

"그러잖아도 일간에 한번 찾아뵐까 하던 참인데, 이런 곳에서 이렇게 우연찮게 만나뵙게 되는군요. 정말 반갑습니다."

상대방의 정체를 도무지 알 수가 없어 내가 잠시 어정쩡한 태도를 취하는 사이에 사내는 여차하면 한 방 내리칠 작정인 듯 손에 쥔 곡괭이 자루를 더욱 단단히 고쳐잡고 있었다. 용감히 불길과 맞서 싸웠던 흔적으로 얼굴이 온통 연기에 검게 그을어 있어 입을 놀릴 적마다 이빨이 유난히도 새하얗게 드러나곤 했다. 왠지 모르게 당돌하고 야비해 보이던 그의 첫인상이 어디서부터 비롯된 것인지 비로소 알 수 있을 것 같았다.

"누구시더라……"

"대학 다닐 때 독서 그룹에서 선생님 작품집 돌려가며 읽던 기억이 아직도 생생합니다. 그런데……"

"아, 대학을 나오셨구만……"

"그런데 이렇게 가까이 실물을, 아, 실례했습니다, 이렇게 실제로 얼굴을 뵈니까 전에 책에서 사진으로 느꼈던 인상하고는 많이 다른 것 같군요. 사진에서는 브루스 리같이 다부지고 예리한 모습으로 나오시던데."

"브루스 리 같은 쾌남아가 못 돼서 미안하구만. 그런데 댁은 대관절 누구요?"

사진과 실물이 다르다는, 사진보다 실물이 못하다는 소리를 그간 한두 번 들어본 가늠이 아니라서 생면부지의 청년이 면전에 대고 여반장으로 범하는 무례가 내게 상처를 주지는 못했다. 다만, 불쾌할 따름이었다.

"불구경은 잘 하셨습니까?"

송곳처럼 파고드는 갑작스러운 추궁에 나는 명치라도 찔린 듯 적잖이 당황하고 말았다. 남의 채마밭에서 참외 서리라도 하다가 들켜버린 기분이었다.

"불구경은 무슨!"

펄쩍뛰는 시늉을 하는 나를 향해 그는 매연과도 같은 웃음을 풀풀 날렸다. 조롱기가 담긴 야비한 웃음임이 분명했다.

"설마 작가로서의 직업의식 때문에 화재 현장을 방문했노라는 식으로 대답하시려는 건 아니겠죠?"

그것과 똑같은 모양은 아닐지라도 때마침 그 비슷한 대답을 속으로 준비하고 있던 참인지라 나는 또다시 찔끔 움츠러들 수밖에 없었다. 검은 낯꽃을 활짝 열고 하얀 치열을 반짝 꺼내면서 그는 무척이나 방자스럽게 들리는 웃음소리를 기탄없이 곁들이고 있었다.

"이유야 뭐가 됐든 상관없는 일이죠. 뭐니 뭐니 해도 세상에서 불구경이 제일 재미있다는 건 삼척동자도 다 아는 사실이니까요."

사람을 취하게끔 만드는 불꽃의 유혹으로부터 미처 깨어나지 못한 탓일까. 아직도 그는 꽤 흥분해 있는 상태였다. 그는 온몸에 묻혀온 알싸한 숯내를 펄펄 풍기면서 계속 나와 어깨를 나란히 하고 걸었다. 혹시라도 속내평을 잘 모르는 사람이 볼작시면 정체불명의 웬 무뢰한과 나를 각별한 사이로 오해할까봐서 나는 발걸음을 재우치기 시작했다. 아닌 게 아니라 떼뭉쳐 뒤를 밟던 대학촌 주민들 네댓이 불쑥 우리를 앞지르면서 자꾸만 예사롭지 않은 눈초리로 흘끔흘끔 살펴보는 품이 아무래도 마음에 걸렸다.

"불구경 그 자체는 절대로 죄가 될 수 없지요. 불구경은 원래 방화 행위하곤 전혀 성질이 다른 거니까요."

주변의 따가운 눈초리 따위는 아랑곳없이 그는 어깨동무라도 할 기세로 내게 바투 다가들면서 친근감을 과시하려 했다. 잘만 하면 헤어지는 순간에 젊은 친구 쪽에서 시건방지게 먼저 악수라도 청해올 듯싶은 기색이었다.

"그런 식으로 자꾸 넘겨짚지 마시오."

이쯤에서 젊은이의 일방적인 수작에 본때 있게 제동을 걸어두는 것이 좋겠다고 생각했다. 그래서 따끔하게 한마디 쏘아붙였다.

"내 주제에 진화 작업에 나설 경우 괜히 훼방꾼 노릇만 할 것 같아서 자중하고 있었던 거요."

"쑥스럽게 생각하실 필요 없습니다. 불구경에 매달리는 그 심정, 저는 누구보다 잘 이해하고 있으니까요."

딱하다는 투로 젊은이는 나를 향해 너그러운 미소마저 지어보였다. 만일 이 건방진 녀석이 내게 불쑥 손을 내밀어온다면, 하고 나는 혼자서 속다짐을 했다. 단연코 그 손을 거절해버려야지. 그러면서 그럴 기회가 빨리 오기를 기다렸다. 마침내 그 기회가 찾아왔다.

느닷없이 등뒤에서 뭔가가 확 덮쳐드는 기척이 느껴졌다. 깜짝 놀라 뒤를 돌아다보니 가죽점퍼 차림에 건장한 몸집의 웬 중년 사내가 나를 향해 소댕 같은 손을 일직선으로 뻗쳐오고 있는 중이었다.

"이봐, 김건식이!"

그러나 중년 사내는 나 대신 내 곁의 젊은 친구를 우악살스레 덮쳤다.

"안녕하세요, 양형사님."

정작 소스라치게 놀랐어야 옳을 김건식은 의외로 천연덕스럽게 굴었다. 저를 노리는 양형사의 존재를 뒤통수에 달린 눈으로 진작에 알아차리고 있었다는 투였다. 그는 상냥하게 웃는 척하면서 제 뒷덜미를 단단히 거머잡고 있는 양형사의 손을 슬쩍 밀쳐냈다.

"보다시피 자네 덕택에 영 안녕치가 못해! 어쩔 작정으로 여직 요 동네를 안 떠나고 있는 거냐? 언제까지 요 근처만 뱅뱅 돌면서 계속 내 속을 썩일 거냐?"

"양형사님도 잘 아시잖아요, 우리나라는 민주주의 국가라는 거. 대한민국 국민이면 누구나 주거의 자유가 보장돼 있다고 배웠습니다."

"김건식이 너 이 자식, 정말 안 되겠구만. 지딴엔 알리바이 만든 답시고 한바탕 불 끄는 쑈 하느라 수고가 많았는데, 미안하지만 서까지 같이 좀 가줘야겠어."

"영장부터 보여주시죠."

"영장 같은 소리 하고 있네! 임의동행이다, 임의동행!"

"누구 임의 말입니까?"

"누군 누구야, 김건식이 바로 네놈 임의지."

심각하여 마땅한 사태가 심각성하고는 형편없이 동떨어진 양상으로 전개되는 바람에 어안이 벙벙했다. 되풀이되는 행사에 이력이 붙은 듯 그들은 어떤 면에서 손발이 척척 맞는 단짝처럼 기이해 보일 지경이었다. 일판이 점점 묘하게 돌아가고 있었다. 자칫하면 죄는 막둥이란 놈이 짓고 벼락은 샌님이 대신 맞을 판이었다. 방화혐의를 받고 있는 정체불명의 청년과 전혀 무관한 사이임을 시위라도 하듯이 나는 씩씩한 걸음걸이로 내 길을 걷기 시작했다.

"잠깐만!"

그러자 감때사나운 목청이 뒤에서 내 덜미를 확 낚아채버렸다.

"댁은 누구쇼?"

선량한 국민의 한 사람이 자기와는 전혀 무관한 어떤 사건으로부터 겨우 서너 발짝 이상 멀어지는 꼴마저 상대방은 전혀 용납하려 하지 않았다. 나는 난감한 기분에 사로잡혀 마지못해 슬그머니 되돌아서면서 나도 모르게 그만 반편스럽기 짝이 없는 대꾸를 하고 말았다.

"나 말입니까?"

"그렇소. 댁 소리 들을 만한 사람이 당신말고 여기 누가 또 있소?"

참으로 일진이 사나운 날이었다. 보아하니 양형사는 낫살깨나 좋이 훔친 사람을 새파란 범죄 용의자하고 거의 동류로 취급하고 있는 기색이었다.

"저분은 여기 교수님이십니다."

고맙게도 김건식군이 곁에서 참견하고 나서주었다.

"누가 자네한테 물었나?"

집어삼킬 기세로 김건식을 향해 험상을 들이대고 나서 양형사는 다음번 집어삼킬 대상으로 나를 지목하면서 그 험상 그대로를 고스란히 내 쪽으로 돌리는 것이었다. 만일 다른 장소에서 다른 일로 마주쳤더라면 그냥저냥 무던하게 보아주었을 법한 인상인데, 워낙 상황이 상황인지라 의심으로 똘똘 뭉친 그의 낯꽃에서는 세모꼴로 각진 눈초리가 번뜩번뜩 빛을 발하고 있었다.

"실례지만 신분증 좀 봅시다."

"저 청년은 정말로 금시초견입니다. 이름이 김건식이란 사실도 형사님 입을 통해서 방금 전에야 겨우 알았습니다. 참말이지 방금 전에 처음 만나서 수인사도 제대로 못 닦은 처집니다."

아, 나는 또다시 반편스러운 대꾸를 하고 말았다. 김건식하고는 어떤 관계냐고 추궁당했을 경우에나 할 법한 대꾸를 당황한 나머지 두어 박자 앞질러 미리감치 해버린 셈이었다. 김건식의 입가에 묘한 웃음이 번지고 있었다.

"정말 여기 교수님이 맞습니까?"

"그럼요. 유명한 작가 선생님이시기도 하죠."

"자네한테 물은 게 아니라니까!"

재차 집어삼킬 기세로 김건식에게 무섭게 눈을 부라린 다음에야 비로소 나를 대하는 양형사의 태도가 전보다 한결 누신해졌다.

"교수님이시라면 요담에 뵐 기회가 얼마든지 또 있겠군요. 실례 많았습니다."

그것이 가도 좋다는 뜻임을 뒤늦게 깨닫고 나는 인사고 뭐고 챙길 겨를도 없이 허둥지둥 돌아섰다. 등뒤에서 젊은 방화 혐의자가 사복 경찰관의 임의동행 요구에 순순히 응하는지, 아니면 영장 제시 여부를 놓고 계속 승강이질을 벌이는지 어쩌는지 따위는 전혀 내 관심사가 되지 못했다. 생면부지의 젊은 친구로 말미암아 백줴 아무 죄도 없는 백성한테까지 뻗친 그 톡톡한 망신살만이 머릿속을 그득 메움으로써 학교 쪽을 향해 발걸음을 재우치는 내 마음을 이루 다 형용할 수 없으리만큼 참담하게 만들고 있을 따름이었다.

"선생님, 불구경 그 자체는 절대로 죄가 될 수 없잖습니까!"

나는 하마터면 뒤쪽을 돌아다볼 뻔했다. 나는 귓구멍을 틀어막는 심정으로 발걸음을 더욱 빨리했다. 울부짖음에 가까운 김건식의 목소리가 눈치도 없이 계속 내 뒤를 밟아오고 있었다.

"수일 내로 다시 한번 찾아뵙겠습니다, 선생님!"

그 이튿날부터 나는 누군가를, 그 누군가에 의해서 벌어질 어떤 뜻밖의 사태를 은근히 기다리기 시작했다. 수일 내로 다시 한번 찾아뵙겠노라고 일방적으로 선언하던 그 버릇없는 청년을 한편으로 기다렸다. 요담에 실례할 기회가 얼마든지 많을 테니 오늘 실례는 요 정도로 그치겠다는 투로 아량을 베풀던 중년의 그 사복 경찰관을 다른 한편으로 기다리기도 했다. 그들이 내 앞에 나타나기를 기다린 게 아니라 사실은 그들이 꿈에라도 나타날까봐 무척 신경을 곤두세우고 있었다는 게 좀더 정확한 표현이겠다.

예기치 못한 김건식과의 조우로 말미암아 나는 운명적으로 연쇄 방화 사건에 그만 깊숙이 연루돼버린 느낌이었다. 단 한 차례 점잖지 못한 불구경 행위의 대가를 나는 혹독히 치르고 있는 셈이었다. 그들이, 혹은 그들 중 어느 한쪽이 학교로 불쑥 찾아올까봐 전전긍긍하면서 나는 불편하기 짝이 없는 며칠을 보냈다. 그들을 다시 만나보고 싶은 생각은 추호도 없었다. 방화 사건과 관련된 방문은 말할 나위도 없고, 그 어떤 용무로도, 심지어는 내 머리 위에 금관 따위를 씌워줄 목적으로 행해지는 방문조차도 나는 정말이지 눈곱만치도 달가워하지 않을 판이었다. 그날의 그 일은 그만큼 불유쾌한 기억으로 내 뇌리에 각인되어 있었다.

내 마음이 끊임없이 면회 사절을 부르짖고 있는 그동안, 고맙게도 그들은 일절 내 앞에 모습을 나타내지 않았다. 하루이틀 시일이 지나면서 나는 차츰 그들의 존재를 잊어갔다. 방심의 허를 찌르듯 그들 중의 하나가 불쑥 나를 기습해온 것은 그들이 가해오는 정신적인 속박으로부터 이제는 거의 벗어난 셈이라고 믿을 무렵이었다.

어느덧 초여름날, 기말고사가 시작된 학기 마지막 주였다.

"네에."

나는 쌓인 과제물을 채점하다 말고 문 쪽을 향해 가벼이 응수했다. 하지만 문밖의 방문객은 내 대꾸를 못 들었는지 재차 문을 두드렸다. 똑, 똑, 똑.

"들어오라니까!"

나는 목청을 좀더 뾰족하게 가다듬었다. 그랬음에도 상대방은 세번째로 문을 두드리는 것이었다. 나는 마침내 의자에서 벌떡 일어섰다.

"몇 번씩이나 대꾸를 해야 알아듣겠나?"

주변머리 모자라는 어떤 학생이겠거니, 지레짐작하고 퉁상스러운 힐책과 동시에 문 손잡이를 거칠게 잡아 비틀었다. 아마도 체중의 상당 부분을 문짝에 떠맡긴 채 멍청히 기대서 있었던 모양이었다. 말쑥한 양복 차림새의 웬 젊은이가 금세 복도에서 연구실 안쪽으로 픽 쓰러질 듯 쏠리던 몸뚱이를 가까스로 바루어 균형을 잡으면서 소스라치게 놀라는 낯꽃을 짓고 있었다.

"무슨 일로……"

학생은 아니었다. 그런 차림새로 예고도 없이 들이닥치는 불청객들이란 거개가 뭔가 영리를 목적으로 찾아온 외판원 같은 귀찮은 손님이기 십상이었다.

"갑자기 찾아뵙게 돼서 죄송합니다."

청년은 아직도 당혹감이 덜 가신 어벙벙한 낯꽃이었다. 청각이 아니라 정신 쪽에 문제가 있을 것이었다. 철제 문짝 안쪽의 대꾸를 잽싸게 알아채지 못하거나 일껏 두드려놓고도 문안으로 들어서기를 망설이는, 간덩이 작은 외판원들이란 거개가 그 방면의 초보자이기 십상이었다.

"용무가 뭡니까?"

문전 축객을 서두를 요량으로 나는 가능한 한 찬바람이 쌩쌩 도는 목소리를 꾸몄다. 청년은 풋밤이라도 씹은 듯 떨떠름한 미소를 흘렸다.

"저어…… 김건식인데요, 지난번 산불 때 잠깐 뵌 적이 있는……"

이런, 하고 나는 속으로 탄성을 발했다. 본인 입으로 자기가 김건식이라고 부득부득 우긴다면 별도리 없이 그렇겠다고 인정해줄 수밖에 없는 상황이었다. 그러고 보니 전에 어디선가 얼핏 본 적이 있는 듯한 인상이었다. 상대방을 일찍이 못 알아본 실수를 만회하기 위해 나는 마치 난짝 보듬고는 입이라도 쪽 맞출 작정인 듯 과잉으로 환영을 표시하지 않으면 안 되었다.

"지난번에 봤을 때하곤 인상이 너무 달라져서…… 김건식씰 거라곤 정말 상상도 못했어요. 정말로 미안해."

경찰로부터 상습 방화의 혐의를 받고 있는 고약한 손님을 응접소파로 모시면서 나는 이미 문간에서 애벌로 닦은 바 있는 사과의 말을 재벌질로 한 차례 더 닦아야만 했다.

"선생님께서 절 몰라보시는 것도 무리는 아니지요. 중요한 볼일로 급히 서울 좀 다녀오느라고 제가 모처럼 한번 때 빼고 광을 좀 냈거든요."

김건식은 말꼬리에다 맥빠진 웃음을 한 가닥 공허하게 매달았다. 그러나 달라진 것은 때 빼고 광낸 겉모양만이 아니었다. 청솔가지 타는 연기로 시커멓게 그을은 얼굴에다 막일꾼 차림새이던 사람이 갑자기 개가 핥은 죽사발마냥 허여멀쑥해진 신수에 신사복 정장까지 하고 나타났대서 그를 몰라본 건 결코 아니었다. 전혀 딴판인 양 사람 자체가 무섭게 변모해 있었다. 초대면의 그때에 비해 낯빛이 눈에 띄게 핼쑥해진데다가 몸도 많이 수척해졌는지 모처럼 한번 차려입었다는 연푸른빛 여름 양복이 잘못 빌려입은 남의 옷마냥 헐렁해 보였다. 자신감이 지나쳐 도발적으로 느껴지리만큼 당당하던 자세가 가뭇없이 사라진 대신 그 자리를 의기소침 아니면 만성피로 따위가 빼곡이 차지하고 있었다. 나는 불과 석 달 전의 김건식과 눈앞의 김건식을 동일인으로 인정할 만한 근거를 그의 외모에서 찾아내는 데 결국 실패하고 말았다.

"그날 일은 그뒤로 어떻게 됐지요?"

천 근의 무게로 변해버린 그의 입을 열기 위해 나는 양형사와의 뒷이야기를 열쇠로 사용했다.

"내 눈이 잘못됐는지는 몰라도, 그날 이후로 무척 시달림을 당한 것 같은데, 많이 힘들었었나요?"

"힘들긴요, 산불 때마다 단골로 자주 겪는 일인걸요."

그것으로 그만이었다. 그가 입을 함봉하면 할수록 그의 신상에 대한 내 궁금증은 더욱 그 북데기를 키워만 가는 것이었다.

"우리 뭘 좀 마시면서 얘기할까요? 커피도 있고 녹차도 있는데……"

"선생님께 방해만 안 된다면……"

그는 테이블 위에 어지러이 널린 채로 내 처분만 기다리는 과제물더미를 흘끗 곁눈질하고 나서 음울한 어조로 말을 이었다.

"잠깐 그냥 이렇게 가만히 앉아 있다가 돌아갔으면 하는데요."

물론 방해가 되다마다. 갑작스러운 출현에 이은 그 요령부득의 태도는 나를 이만저만 곤혹스럽게 만드는 게 아니었다. 그렇다고 피차 닻 모양의 침묵만을 무겁게 드리운 채 연구실 바닥에 언제까지고 두 척의 폐선인 양 나란히 정박해 있을 수만도 없는 노릇이었다.

"나한테 뭔가 할말이 있어서 찾아온 줄 알았는데, 아닙니까?"

"그냥요. 그냥 한번 뵙고 싶었습니다. 어쩌면 이것이 선생님을 뵐 수 있는 마지막 기회가 될지도 모르거든요."

"꼭 유언처럼 들리는데, 그 형사 말대로 이 바닥을 정말 뜰 작정인가요?"

자라처럼 그가 흠칫 목을 움츠렸다. 내가 듣기에도 내 목청은 턱없이 높았다. 하지만 나는 상대방의 반응 따위에 개의치 않고 계속 목청을 높였다.

"그 형사가 김건식씨를 끝내 여기서 강제로 추방합디까?"

"양형사한테는 저를 추방할 권한도 무엇도 없습니다."

이번에는 내 쪽에서 흠칫 놀라야 할 차례였다. 말의 외피를 뚫고 송곳처럼 비어져나오는 강한 어세에서 만만찮은 분노가 느껴졌다.

"김건식이를 추방할 권한을 가진 인물은 세상에서 딱 한 사람밖에 없습니다. 오직 김건식이만이 김건식이한테 그렇게 할 수 있지요."

"물론 지당한 얘기지요. 실은 나도 그래서 물어봤던 거요. 그렇다면 한쪽 김건식씨한테 추방당한 다른 한쪽 김건식씨는 여길 떠나서 장차 어디로 향할 계획이라고 그러던가요?"

농조의 내 질문에 그는 대답 대신 갑자기 한숨을 토했다. 너무도 처연한 가락으로 건너오는 대짜배기 한숨 소리였다. 그가 빠져 있는 상심의 심연을 얼핏 들여다본 느낌이었다. 그의 신상에 대한 궁금증이 독사처럼 대가리를 빳빳이 쳐들기 시작했다. 아하, 하고 나는 속으로 탄식했다. 결국 그랬었구나. 사법 당국의 추적을 받는 방화 용의자가 혹시라도 날 찾아올까봐 그동안 전전긍긍하면서 지낸 게 아니었구나. 아하, 하고 나는 속으로 거푸 탄식했다. 수수께끼에 싸인 한 젊은 친구에 대한 극도의 호기심에 사로잡혀 석 달 가까이의 긴 기간을 알게 모르게 김건식군의 출현을 기다리는 일로 거의 소진하다시피 하면서 지낸 듯한 기분이 퍼뜩 드는 것이었다.

"주제넘은 소리 같지만, 산불이 발생할 적마다 김건식씨가 번번이 단골 용의자로 지목받았다면 말이지……"

호기심이 시키는 바에 따라 나는 조심스럽게 본론으로 접어들었다.

"그렇게 되기까지는 필시 그 이면에 뭔가 그럴 만한 까닭이 있었을 것 같기도 한데 말이지……"

"작가로서의 직업의식 때문에 하시는 질문입니까?"

날카로운 눈매로 그가 일삼아 나를 째려보았다. 비로소 초대면 당시에 그에게서 느꼈던 그 당돌하고 방자한 면모가 되살아나기 시작하는 듯싶어 나는 순간적으로 당황하지 않을 수 없었다.

"천만에! 만약에 그런 뜻으로 받아들였다면 그건……"

"선생님께 한 가지 여쭤보고 싶습니다."

그가 정색을 한 채 진지한 어조로 물었다.

"혹시 선생님께서 저지른 범행 아닙니까?"

"뭐라고?"

나는 순간적으로 내 귀를 의심했다. 그러나 결코 잘못 들은 게 아니었다.

"연쇄 방화 사건의 진범은 어쩌면 선생님일지도 모른다는 뜻입니다."

"지금부터 자네를 자네라고 부르겠네!"

이제야말로 이 무례한 젊은이에게 예절이 뭔지를 똑똑히 가르쳐줄 때라고 생각하면서 나는 꿀꺽 소리내어 마른침을 고통스럽게 삼켰다.

"예끼 사람! 말이면 다 말인 줄 아는가?"

"방화범이 아니라는 무슨 결정적인 증거라도 갖고 계십니까?"

"있지. 암, 증거가 있다마다! 과실범이나 우발범이 아닌 이상 모든 범인한테는 반드시 범행 동기란 게 있게 마련이지. 동기 없는 고의범은 애시당초 있을 수가 없어. 그런데 방화에 필요한 그 동기가 나한테는 전연 없단 말씀이야."

"선생님이 작가고 교수라서요? 사회 지도층 인사시고 고명하신 인격자라서요? 과연 그런 형식적인 신분 조건이 증거 능력을 가질 수 있을까요?"

"이봐, 김군. 날 그렇게 봐줘서 고맙긴 하지만, 난 방금 자네가 들먹인 그런 대단한 인물이 못 돼. 일개 글쟁이에 지나지 않을 뿐이야. 물론 작가도 사람이니까 추악한 인간 본성에서 열외일 순 없겠지. 허지만 작가는 오직 상상의 세계 안에서만 그 본성을 실현해. 실제 범죄까지 이르지 않고 상상을 통해서 글로 표현하는 것으로 만족할 줄 아는 존재지. 그렇기 때문에 세상 사람들이 흔히들 작가를 가리켜서 무해한 거짓말쟁이요 허가받은 사기꾼이라고 부르잖던가."

"겨우 그 정도 문학개론 수준의 말씀 갖고는 절 감동시킬 수 없지요. 허지만, 다 좋습니다. 선생님이 말씀하신 바로 그 점이 문제지요. 작가는 범죄의 유혹을 행동으로 옮기지 않고 상상에 그치는 것으로 만족하는 존재다, 하는 식의 그릇된 사회통념이 결국 연쇄방화의 진범을 오리무중으로 도피시키고 무고한 사람들한테 억울한 누명을 씌우게 만드는 겁니다. 진범은 사회통념 뒷전에 안전하게 숨은 채로 엉뚱한 사람들이 혐의자로 몰려서 억울하게 고통당하는 꼴을 회심의 미소로 지켜보면서 또다시 다음번 범행을 준비하고 있을지 혹 누가 압니까."

"보자보자 하고 듣자듣자 하니까 이 사람이!"

마침내 나는 더 참지를 못하고 소래기를 꽥 내질렀다.

"자네가 날 끝끝내 방화범으로 몰 작정인가? 날 능멸할 목적으로 여기까지 이렇게 어려운 발걸음을 했단 말인가?"

꽁뒤까지 뻔치는 부앗살을 도무지 주체할 수가 없어 나는 두 주먹을 불끈 쥐고 부르르 떨기까지 했다. 그런 한심한 내 꼴을 그는 팔짱을 낀 채 우두커니 지켜보고 있었다.

"선생님께서 그렇게 이해하셨다면, 정말 죄송합니다. 제 말은 절대로 그런 뜻이 아니었습니다."

결국 그는 정중히 사과했다. 하지만 몇 마디 사과의 말로 간단히 끝날 일이 아니었다. 마치 내가 방화 사건과 모종의 관련이라도 있는 양, 불구경하는 재미가 어떻더냐는 식으로 그가 은근슬쩍 냄새를 피울 적마다 공연히 가슴이 철렁 내려앉곤 하던 그 불쾌한 경험을 나는 더이상 되풀이하고 싶지 않았다. 그래서 그따위 망발을 두 번 다시 못 하게끔 나는 천원어치만 내도 될 화를 자그마치 만원어치나 낼 필요가 있었다.

"자네 같은 사람을 상대하는 내가 한심한 인간이지! 당장 이 방에서 나가주게!"

"선생님을 명토박아서 범인으로 지목하는 그런 뜻은 맹세코 아닙니다."

"잔말 말고 내 눈앞에서 빨리 꺼져주게!"

"말하자면 사회적으로 좀체 의심받지 않는 지위나 신분, 예를 들어 점잖은 교수님 또는 목사님이나 신부님, 스님 같은 종교인 아니면 경찰관이나 소방관 같은 의외의 직업인 가운데서 천만뜻밖에도 범인이 나올 가능성이 있다는 얘기지요. 그런 인물들은 첨부터 성역으로 제쳐놓고 나 같은 만만한 놈들만 붙잡아다 닦달질하니까 여지껏 범인이 안 잡히는 거라고 양형사한테도 누차 제 생각을 밝힌 적이 있습니다만……"

"그래, 그 형사는 자네 말에 뭐라 그러던가?"

"한마디로 절 정신이상자라고 단정하더군요. 통계적으로 상습방화범들 중엔 정신이상자가 다수를 점하고 있다나요."

"그 형사 말에 박수갈채까지 보내지는 않겠네. 허지만 건전한 판단력을 가진 경찰관이 우리 관내에서 근무하고 있다는 사실을 나는 무척 다행으로 여기겠네. 이제 그만 돌아가주지 않겠나?"

"이제 그만 노여움을 푸시지요. 요 근처에서 최초로 산불이 발생한 건 이곳에 대학 건물이 신축될 무렵입니다. 그때부터 지금까지 내리 육 년째 요 고장에 머물면서 그동안 수십 차례 산불을 겪어낸 제가 재작년에사 처음 요 대학에 부임하신 선생님을 어찌 모를 리가 있겠습니까. 선생님 알리바이에 관해선 아마 누구도 부정 못할 겁니다. 물론 누군가의 선행 범죄가 뒤늦게 다른 사람의 모방심리를 자극할 가능성은 완전히 배제할 수 없겠지만 말입니다."

등 치고 배 어루만진 다음 다시 뺨을 때리는 격이었다. 특히나 마지막으로 슬쩍 덧붙인 말은 언중유골임에 틀림없었다. 그 말만으로 부족했던지 그는 야릇한 미소마저 머금어보였다.

"김건식이 자네!"

나는 소파에서 벌떡 몸을 일으킴과 동시에 그의 면상에 대고 똑바로 찌르듯 오른손 집게손가락을 뻗었다.

"기왕 사과하는 김에 그 모방 범죄 운운까지 깨끗하게 다 사과하게. 만약에 안 그러면 자네를……"

그러자 그도 덩달아 벌떡 일어서더니만 코끝이 탁자 위에 닿도록 느닷없이 최경례를 올리는 것이었다.

"무례를 용서하십시오. 다른 사람이라면 몰라도 선생님만은 이해하실 줄 알았습니다. 작가 선생님이야말로 제 입장을 충분히 이해해주실 분이라고 믿고 찾아뵌 겁니다. 정말입니다."

"아무리 자신이 누명을 쓰고 곤경에 처해 있다 할지라도 일단 자기한테 건너온 혐의를 핑퐁알같이 되받아쳐서 엉뚱한 사람한테 덤터기 씌우려는 심보는 옳지 않아. 왜냐하면 또다른 무고한 희생자들을 양산할 소지가 다분하니까."

"어쩌면 그 핑퐁알을 제 입으로 그냥 꿀꺼덕 삼켜버릴지도 모릅니다."

그게 정확히 뭘 뜻하는 말인지 그때는 미처 생각할 겨를이 없었다. 다만, 그것 역시 온당한 방법이 못 된다는 사실을 설명하기 위해 그를 도로 소파 위에 주저앉힐 궁리만 앞세우고 있었다. 그러나 막상 자리에 앉히고 보니 김건식이란 인물에 관해 너무 아는 게 없다는 데 생각이 미치자 갑자기 막막한 기분이 드는 것이었다. 뭐라도 좀 알고 있어야 핑퐁알을 날것으로 삼키든지 잘게 빻아서 전을 부쳐 먹든지 하라고 충고할 게 아닌가.

"자네 직업이 뭔가?"

"선생님, 갑자기 왜 이러십니까? 벌써 육 년쨉니다, 육 년째. 본적은? 현주소는? 주민등록번호는? 직업은? 그동안 경찰서 뻔질나게 들락거리면서 천편일률적으로 주고받았던 문답입니다. 인적사항에 대한 질문이라면 이젠 정말이지 신물이 납니다, 신물이 나."

"듣고 보니 그렇겠네. 미안하네."

"요즘 애들 문자로 백수라고나 할까요. 말하자면 뜨내기 막일꾼인 셈이지요. 대학 건물 신축 때 이 고장에 우연히 잡역부로 흘러들어왔다가 공사가 끝난 뒤에도 여기 그냥 눌러앉고 말았습니다."

"아, 그랬었구만."

"그다음 순서로 양형사는 꼭 이렇게 추궁하길 잊지 않더군요. 연고지도 아닌데 방화 용의자로 노상 시달림을 받는 떠돌이 주제에 무슨 미련이 많아서 이 바닥을 훌쩍 못 뜨는 거냐고 말입니다."

"말하기 싫으면 말하지 않아도 괜찮네."

"그럴 때마다 제가 뭐라고 대꾸하는지 아십니까? 대학촌이 자리 잡고 있는 이 산골 마을에 나도 모르게 정이 듬뿍 들어서 그런다고 빡빡 우겨대곤 하지요. 선생님 같으면 이 말을 믿으시겠습니까?"

"뭐, 믿을 것도 못 믿을 것도 없는 일이겠지."

"그 말씀은 절반쯤 사실입니다. 나머지 절반은 순전히 오기 때문이지요. 진범이 붙잡혀서 누명을 완전히 벗게 되는 그날까지 악착같이 버티겠다는 그 오기가 제 발목 한쪽을 오늘날까지 이 바닥에 붙들어매고 있는 겁니다. 산불이 발생할 적마다 언제나 가장 유력한 용의자로 지목받으면서도 어떻게 번번이 혐의를 벗어날 수 있었는지, 선생님은 궁금하지 않으십니까?"

"……"

"그건 제가 방화범이 아니기 때문입니다. 첫번째 산불이 일어난 육 년 전, 용의자로 붙잡혀 한번 호되게 경을 치고 나온 뒤로부터는 유사시에 대비해서 항상 주도면밀하게 알리바이를 확보하는 일에 신경을 써왔기 때문에 양형사도 결국 눈엣가시 같은 저를 차마 어쩌지 못하는 겁니다."

폭력이나 진배없이 매우 거친 방식으로 자신의 처지를 설명하는 그의 괴이한 화법이 나를 단박에 지치게끔 만들었다. 흠씬 지쳐 있기는 그 역시 나와 매일반인 듯했다. 여기가 어딘가, 하고 갑자기 의아해하는 눈초리로 그는 연구실 내부를 뚜릿뚜릿 둘러보다 말고 하얀 벽면 한복판에 안쓰럽게 매달린 작은 액자에 시선을 고정했다. 흔들리는 그의 마음을 확실히 붙들어두는 끈 노릇을 하기엔 액자 속의 가느다란 난초잎들이 아무래도 역부족일 것 같았다. 복도 건너편 어느 강의실에서 어떤 깐깐한 교수가 결국 종강의 순간을 선언한 모양이었다. 요란한 박수 소리와 함께 터져나오는 학생들의 기성이 빈집처럼 조용하던 학기말 강의동 전체를 한바탕

왁자하게 뒤흔들었다.

"선생님께 마지막으로 한 가지만 더 여쭙고 싶습니다."

그 소란 덕분에 번쩍 정신을 차린 듯 난초잎에 위태롭게 시선을 머물리던 그가 별안간 내 쪽으로 고개를 홱 꺾으며 말했다.

"불구경 행위에 대해서 어떻게 생각하고 계시는지, 선생님의 솔직한 의견을 듣고 싶습니다."

또 그놈의 쓰잘데없는 소리.

"먼저 자네 의견부터 말해보게."

상대방의 보조에 말려들어 선불리 내 의견을 좀좀 털어놓는 우를 범함으로써 아직도 정체를 알 수 없는, 어떤 성깔 고약한 젊은 친구에게 또다시 책잡힐 빌미를 내주고 싶지 않았던지라 나는 잠시의 궁리 끝에 회심의 역습을 가했다.

"그 문제에 대해서 저는 이렇게 생각합니다."

"어떻게?"

"물론 산에다 불을 지르는 건 반국가적 반사회적 범죄임에 틀림없지요. 고의적인 방화로 소중한 삼림자원이 하루아침에 잿더미로 변하고 아름다운 자연환경이 파괴되는 것도 안타까운 일이고요. 그렇지만 원인이야 어떻든, 누가 저질렀든 간에 일단 발생한 산불을 구경하는 건 별로 부도덕한 행위가 아니라고 생각합니다. 구경하는 눈들이 좀 있다 해서 산불이 더 심하게 번지는 것도 아니잖습니까."

"진화 작업에 지장을 주지 않는 한도 내에서 각자 눈치껏 구경만 한다면 굳이 도덕, 부도덕을 따질 필요도 없는 일이겠지."

"제 개인적인 경험은 이렇습니다. 마른풀을 태우고 잡목숲을 태우고 솔숲을 태우면서 무서운 기세로 번져나가는 산불을 보고 있으면 솔직히, 통쾌한 기분이 듭니다. 낡은 것들을 일거에 쓸어 없애는 혁명의 열기에 접하기라도 한 것처럼 십 년 묵은 체증이 쑥 내려가는 것 같은 카타르시스를 느낍니다. 제 생각에 산불은 죽음이 아니라 새로운 탄생이고 재생이지요."

"식물분류학을 전공한 어떤 교수가 그러는데, 소나무는 경제 수종이 못 된다더군. 산불이 반드시 나쁜 것만은 아니라는 거야. 자연은 그 자체로 놀라운 치유력과 재생력을 갖고 있기 때문에 인간이 과학의 이름으로 간섭만 하지 않으면 제 스스로 알아서 빠른 시일 안에 생태계를 원래의 상태로 복원시켜놓는다는 얘기지. 그 증거로 그 교수는 바로 저기를 가리키더군."

나는 팔을 소파 등받이 뒤로 뻗어 보이지 않는 창문 쪽을 가리켰다. 창문을 통해 바깥을 내다보면 산기슭 군데군데 새까맣게 불탄 자리에 새롭게 형성되는 자생의 숲이 눈에 띈다. 누가 심은 적도 없는데 사라진 침엽수 대신 여러 종류의 활엽수들이 제발로 걸어들어와 곳곳에 자리를 잡은 채 점차 세력을 넓혀가면서 초여름 속에 싱그러운 녹음의 띠를 이루고 있다.

"맞습니다. 저도 전적으로 동감입니다."

눈에 반짝 생기를 담은 채 그가 탁자 앞으로 바싹 다가앉았다.

"산불을 보면서 나는 아름다움의 원형질 같은 걸 느낀다네. 젊어 한때 벽지 분교에서 교사로 근무한 적이 있었지. 그 무렵, 한 해 겨울을 교실에서 나게 됐는데, 추운 날씨에 땔감이 부족했어. 그래서 아이들이 방학 전에 모아놓은 솔방울하고 산더미같이 쌓인 아이들 그림 도화지로 난롯불을 지피기 시작했지. 그때 봤던 그 불꽃의 아름다움을 지금도 잊을 수가 없네. 땔감의 재질이나 화력의 정도에 따라서 불꽃의 모양이 그처럼 형형색색으로 조화를 부린다는 사실도 그때 처음 알았지. 아무도 없는 교실에서 한밤중에 혼자 앉아 난로 속을 일삼아 들여다보고 있으니까 마치 너훌거리는 불꽃이 내 넋을 통째로 빨아들이는 것 같은 기분이었어. 난로 속에서 알록달록 무당옷을 입고 미친듯이 너훌너훌 춤을 추는 건 불꽃이 아니라 어쩌면 내 넋일지도 모른다는 생각이 언뜻 들더군."

"선생님, 어떻게 감히 그따위 난롯불하고 산불을 비교할 수 있습니까?"

마치 산불에 대한 모독이라는 듯 그는 강하게 불만을 표시했다.

"파괴적인 열정으로 따진다면야 물론 비교가 안 되겠지. 허지만 내 넋을 온통 사로잡는다는 점에서 그 둘은 똑같은 거라고 볼 수 있지. 닥치는대로 휩쓸고 삼켜버리는 그 엄청난 파괴력을 동반한 산불에서 나는 역설적이게도 원시적인 생명력을 발견하면서 부르르부르르 전율한다네."

그가 느닷없이 탁자 너머로 팔을 뻗쳐 내 손을 덥석 움켜잡았다. 그리고 십년지기라도 만난 듯이 손을 위아래로 마구 흔들어 요란하게 반가움을 나타냈다.

"바로 그겁니다! 그 말씀을 듣고 싶어서 선생님을 찾아뵌 겁니다!"

"말하자면 자네하고 나는 심정적으로 공범인 셈이구만."

"그런데 진짜 방화범은 누굴까요?"

"난 절대로 아니야!"

어마뜨거라 하고 그에게 붙잡힌 손을 잽싸게 빼내면서 나는 터무니없이 큰 소리로 무죄를 주장했다.

"물론 저도 아닙니다. 어쩌면 우리 모두가 방화범일지도 모르지요. 그래서 경찰이 아직도 범인을 어느 한 사람으로 특정하지 못하고 있는 게 아닐까요?"

그는 묘한 미소를 지으면서 소파에서 일어났다.

"이만 가보겠습니다. 앞으로 선생님을 다시 뵙게 될지 어떨지 모르겠군요."

"이 바닥을 멀리 뜬다고 산불이 자네를 자유롭게 그냥 놔둘 성부른가?"

꾸뻑 인사를 마치고 출입문 쪽을 향해 뚜벅뚜벅 걸어가는 그의 뒤통수를 겨냥해 나는 주먹 같은 힐문을 한 방 날렸다.

"오늘밤 꿈에 불구경하시다가 이부자리에 지도나 그리지 마십시오."

그는 출입문 앞에서 핼끔 뒤를 돌아보며 짓궂은 미소를 지어 보였다. 절간같이 조용한 강의동 건물을 쿵쿵 울리며 발소리가 복도를 지나 계단 쪽으로 점점 멀어져가는 그 사이, 나는 꽤나 긴 시간 대화를 나누었음에도 불구하고 결국 그의 신상 명세에 관해 알아낸 게 거의 없다는 사실에 스스로 놀라고 말았다. 눈에 띄게 길어진 초여름의 해가 누군가의 연쇄 방화로 자주 시달림을 겪는 서쪽 산달 위에 나른하게 걸려 있었다.

그후 곧바로 여름방학에 접어든 탓에 나는 김건식을 만날 수 있는 기회에서 자연 멀어졌다. 모처럼 맞은 방학을 서울에서 가족들과 함께 보내면서 나는 시골의 학교 쪽과 연관된 일들을 가급적이면 잊은 채로 지내고 싶었다. 그동안의 경험으로 미루어 방학 기간에는 산불도 함께 방학이라는 사실을 알고 있었기 때문에 그쪽에 특별히 신경을 쓸 일도 없었다.

녹음이 우거지고 비가 자주 오는 여름철인지라 제아무리 솜씨를 발휘해서 불을 싸질러봤자 시원시원히 잘 타지 않는 탓도 있을 것이었다. 하지만 그보다는 방학으로 학교가 텅텅 비다시피 해서 구경꾼이 대폭 줄어든 탓이 더 클 것이었다. 그 점을 누구보다 잘 아는 방화범이 공연히 여름산을 택해 새로운 범행을 도모할 리가 만무했다. 내가 방화범이라 해도 마땅히 그랬을 것이었다. 치솟는 화광에 놀라 수많은 사람들이 한꺼번에 쏟아져나와서 이리 뛰고 저리 뛰며 우왕좌왕하는 그 아수라판을 먼빛으로 지켜보면서 쾌감을 느끼는 재미로 번번이 불을 질러왔을 텐데, 어떤 미친 방화범이 하필이면 방학 중의 어느 하루를 골라 빤히 손해볼 그 어리석은 결과를 자초하겠는가.

마치 방화범이 온전한 정신의 소유자인 양 표현하는 건 다소 어폐 있는 말이 되겠다. 학교 안팎의 드넓은 소문밭에 무성히 심어진 갖가지 추측들에 의할 것 같으면, 도깨비불이라 불리는 문제의 연쇄 방화는 어떤 정신이상자의 소행이기 십상이었다. 그게 아니라면 한적하던 산골 마을에 느닷없이 대학 캠퍼스가 들어섬으로써 천지개벽하듯 주변이 급격하게 개발되는 과정에서 크게 재산상의 불이익이나 억울한 꼴을 당한 어떤 얼빠진 작자의 치졸한 복수극일 것이고, 그도 아니라면 세상에 대한 불평 불만으로 가득 차 있는 어떤 낙오 인생이 벌이는 맹목적인 화풀이 장난일 것이었다.

듣자하니 경찰에서도 대충 그런 각도에서 사건을 다루는 모양이었다. 그 바람에 그들 세 가지 범주에 들 법한 인근 삼동네의 모모한 인물들이 번차례로 불려가 몇 바탕씩 곤욕을 치렀다는 소문도 심심찮게 들려왔다. 이를테면 김건식은 그런 식으로 날벼락을 맞은 여러 용의자 가운데 내가 유일하게 아는 구체적 인물인 셈이었다.

다년간에 걸친 경찰의 집요한 수사에도 불구하고 상습 방화범의 정체는 여전히 오리무중의 상태였다. 범행 수법이 워낙 치밀하고 정교한 까닭이었다. 주로 모기향을 범행에 이용한다는 소문이었다. 모기향이 최소한 삼십 분 이상은 타들어간 다음에야 마른풀에 불이 붙게끔 잔머리를 잘 굴리기 때문에 그새 산에서 내려온 범인이 산불 발화 때까지 사방을 활보하면서 이 사람 저 사람을 상대로 수단껏 확보해놓은 단단한 알리바이를 깨부수기가 경찰로서도 여간만 어려운 노릇이 아니라는 것이었다.

학교 쪽과 연관해서 방학중에 딱 한 가지 마음에 걸리는 대상은 다름 아닌 김건식이었다. 상습 방화의 혐의를 받고 있는, 무례하고 방자한 한 젊은이의 존재가 내 안온한 방학 생활에 불쑥불쑥 딴죽을 걸어 나를 무단히 자빠뜨리려 했다. 특히나, 선생님을 뵐 수 있는 마지막 기회일지도 모른다며 유언처럼 넌지시 밝힐 당시의 그 무례를 들치고 떠오르던 의기소침의 기색과 방자함 속에 감추인 만성피로의 흔적이 방학 기간 내내 내 맘자리를 자주 불편하게 만들었다.

개강 날짜를 손꼽아 기다렸다는 듯 학생도 아니고 교수도 아닌 김건식이 뜻밖에도 나보다 한 발 앞서 등교해서 문이 잠긴 내 연구실 앞에서 방 주인이 도착하기만을 기다리고 있었다. 철늦은 바캉스라도 떠나려는 사람처럼 그는 운동화 바람에 청바지와 티셔츠 차림의 가벼운 여행자 복장을 하고 있었다. 복도 바닥에 동그마니 앉은 채 어서 주인의 손이 와서 들어주기를 기다리는 뚱뚱한 배낭을 보는 순간 나는 공연히 가슴 한복판이 철렁 내려앉는 기분이었다.

"죄송하지만……"

그는 소파에 앉자마자 배낭 속에서 뭔가를 부스럭부스럭 꺼내 들었다.

"제 대신 이걸 좀 보관해주시지 않겠습니까?"

꽤나 두툼한 서류 봉투였다. 서류가 드나드는 부분을 까만 공업용 테이프로 철저하게 단속해놓은 점이 대뜸 눈에 띄었다. 왠지 모르게 사위스러운 느낌이 들어 나는 선뜻 그 봉투를 받아들 엄두를 못 냈다.

"그게 뭔가?"

"별거 아닙니다."

여간해서 손을 빌려줄 눈치가 아닌 나를 대신해서 내 방의 탁자가 마지못해 그의 서류를 맡아주었다.

"내 눈엔 별것으로 뵈는데?"

"집도 절도 없는 몸이라서 달리 마땅히 보관할 데가 없습니다. 선생님께서 정확히 이 년 동안만 요 물건을 보관해주십시오."

"기어이 이 바닥을 뜨기로 결심했나?"

"양형사 때문이 아닙니다. 색안경 낀 눈초리 속에서도 대학촌 주민들이 절 믿어주고 절 필요로 하는 것이 저한테는 유일한 위안거리였고, 여지껏 그 힘으로 그럭저럭 견뎌나온 셈이지요. 그런데 이젠 그 버팀목마저도 없어져버렸습니다."

"주민들이 떠나라고 등이라도 떼밀던가?"

"특별한 사정이 없는 한 대학생들로 북적거리는 이 젊은 땅을 제이의 고향으로 알고 아예 말뚝까지 박아버릴 생각이었지요. 대학생 때 잠깐 배운 알량난 지식으로 가전제품 수리나 이집 저집 허드렛일 도와주고 받는 푼돈으로 제 한 몸뚱이 옹색하게나마 꾸려나가는 생활에도 아무 불만이 없었습니다. 그런데 요즘 들어 동네 인심이 싹 달라지기 시작하더군요. 가을철 갈수기가 다가올수록 점점 더 저를 부담스러워하는 눈치들이었습니다. 며칠 전엔 오랫동안 흉허물없이 지내던 주인집 아저씨가 고장난 티브이를 평소처럼 저한테 안 맡기고 굳이 읍내까지 고치러 나가더군요. 그걸 보고 드디어 떠날 때가 왔다는 걸 깨달았습니다."

"앞으로 이 년 동안 어디 가서 뭘 하고 지낼 작정인지 물어봐도 괜찮겠나?"

그는 대답을 하려다 말고 무엇에 쫓기듯 갑자기 출입문 쪽을 홱 돌아보았다. 아직은 뒤쫓아오는 그 무엇의 발걸음이 출입문 가까이 이르지 않았음을 확인이라도 했는지 그는 영화에서 자주 봤던 서양 사람들 몸짓으로 양어깨를 한 번 으쓱 추어올렸다 내리는 시늉을 해 보였다.

"만약의 경우를 생각해서 지난 몇 달 동안 나름대로 준비는 해왔습니다만, 구체적으로 뭘 할 건지는 아직도 미정입니다. 새우잡이 멍텅구릿배를 타게 될지 원양어선을 타게 될지, 이도 저도 아니면 밀항이라도 하게 될지……"

그는 말끝을 흐리마리 얼버무리면서 풀썩 웃고 말았다. 진공상태를 연상케 하는, 무척이나 허전한 웃음이었다. 쫓기는 자의 초조한 기색은 이미 그를 떠나 있었다. 그 대신 내가 오히려 초조하게 굴기 시작했다.

"그런 식으로 자기 자신을 꼭 벼랑 끝으로 몰아세워야만 자네 직성이 풀리겠는가? 결국 그렇게 극단적인 방법으로 자기 자신을 학대하지 않고서는 사는 재미를 도무지 느낄 수가 없단 말인가?"

"선생님은 어느 날 갑자기 세상이 지긋지긋하게 싫어졌다고 느끼신 적이 없습니까? 여지껏 불어주고 닦아주고 쓰다듬어주고 싶은 그런 세상만을 살아오셨습니까? 내가 모르는 다른 어떤 세상으로 훌쩍 망명해버리고 싶다는 생각은 한 번도 해보신 적이 없습니까?"

그의 목청이 턱없이 높아지는 사품에 나는 그만 찔끔할 수밖에 없었다. 내 짧은 혀를 놀려 그를 설득한다는 게 아무래도 무리일 것 같았다. 제아무리 서발막대만한 혀를 지녔다 할지라도 진작부터 다져온 그의 결심을 흔들지는 못할 성싶었다. 그가 손바닥을 부채 삼아 흔들어 홧홧이 달아오른 제 낯꽃을 향해 영세한 바람을 옮겨 나르기 시작했다. 팔월 하순의 눅눅한 기운이 그의 이마에서 기름 같은 땀방울을 찌걱찌걱 짜내고 있었다.

"죄송합니다. 실은 이것도 저한테는 많이 늦은 겁니다. 지금까지는 시기를 놓치는 법 없이 제때제때 비교적 잘해나왔습니다. 사람들이 절 버리기 전에 선수를 쳐서 제가 먼저 사람들을 버리는 형식을 취해왔습니다. 어떤 세상이 절 싫어하기 전에 제 쪽에서 먼저 그 세상을 축구공마냥 뻥 걷어차버리는 방식에 늘 익숙해져 있다고 믿었습니다. 그런데 그 빌어먹을 정이란 물건에 끌려서 이번에는 제가 크게 실수를 한 겁니다. 실은 벌써 떠나버렸어야 옳은 겁니다."

"속에 뭐가 들었는지 몰라도 나는 저 봉투를 맡을 수가 없네."

누런 서류 봉투가 날름 올라앉은 탁자 쪽을 애써 외면하면서 나는 신음하듯 나지막이 중얼거렸다. 그러자 그가 떼쓰는 어린애 다루는 어른의 표정으로 가볍게 소리내어 웃어 보였다.

"죄송합니다. 선생님하고 더이상 말씨름하고 있을 시간이 없습니다. 마지막으로 저한테 두 가지만 약속해주십시오. 첫째는 제가 없는 동안 절대로 겉봉을 뜯어서 내용물을 확인하지 않으시는 겁니다. 둘째는 정해진 이 년 기한이 지나도 제가 나타나지 않을 경우 선생님께서 책임지고 저 봉투를 통째로 태워 없애시는 겁니다. 저를 위해서 그 정도 약속은 지켜주실 수 있겠지요?"

"맡은 적이 없으니까 약속도 할 수가 없네."

"선생님, 정말 감사합니다. 그럼 그 약속의 말씀을 믿고 저는 이만 물러가겠습니다. 아무쪼록 건강하셔서 두고두고 좋은 작품 많이 쓰시기 바랍니다."

나는 탁자 옆의 배낭을 불끈 집어드는 그를 애써 외면했다. 나는 작별인사를 마치기 무섭게 마치 무엇에 쫓기듯 황황한 걸음걸이로 출입문을 향하는 그를 애써 외면해버렸다. 나는 내처 소파에 앉은 자세 그대로 결국 그를 박정하게 떠나보내고 말았다.

손님이 떠나버린 연구실에서 당장 내 마음을 사로잡은 관심사는 어떤 위험 속으로 풍덩 투신하고 싶어 한창 안달이 나 있는 한 무모한 젊은이의 안위가 아니었다. 처음 놓였던 그대로 아직도 탁자 위를 꼼짝 않고 지키고 있는 두툼한 서류 봉투를 상대로 나는 한동안 짱짱한 힘겨루기를 벌이지 않으면 안 되었다. 별것 아니라 했는데 자꾸만 별것으로 느껴지는 그 봉투가 엄청난 끌힘으로 내 의식을 사정없이 잡아당기고 있었다 대관절 저 안에 뭐가 들었길래 그 유난을 다 떨고 갔단 말인가. 봉투의 유혹을 거스르려는 내 팔의 밀힘이 너무 보잘것없다는 점에서 내가 지닌 교양이랄지 지성 따위는 사실 미개인 아니면 야만인 수준에 지나지 않는 셈이었다. 우선 내게서 우격다짐으로 약속을 받아내려 했던 김건식의 두 가지 요구 사항만 하더라도 그랬다. 봉투를 보관만 하고 내용물은 절대 확인하지 말라? 이 년 후까지 찾아가지 않으면 송두리째 불에 태워 없애버려라? 내용물이 뭔지 알고나 있어야 보관하든지 태워 없애든지 할 게 아닌가. 만약 실정법에 저촉될 만한 어떤 불온한 내용물이라도 들어 있다면 나더러 장차 무슨 수로 그 뒷감당을 하라는 건가. 애당초 지키지 못할 약속을 강요하는 건 이를테면 약속을 어겨도 괜찮다는 뜻이나 다름없는 행위였다. 한바탕의 망설임 끝에 마침내 나는 기꺼이 미개인이 되기로 작심해버렸다.

봉투 속에서 하얗게 질린 채로 내 손에 끌려나온 것은 뜻밖에도 두툼한 원고지 묶음이었다. 묶음의 겉장에는 주먹덩이만한 글씨로 '산불'이란 제목이 적혀 있었다. 작자의 성명 삼 자는 원고의 어디에도 밝혀져 있지 않았다. 굳이 분야를 따지자면 소설 형식에 가까운 글인 셈이었다. 비상한 호기심으로 내용을 파악하고 나서 나는 그것이 김건식 저 자신의 이야기라고 결론을 내렸다.

그로부터 이 년 세월이 흘렀다. 정확히, 이 년하고도 사 개월이 지났다. 그동안 나는 김건식이 언제 무슨 일이 있었냐는 듯이 어느 날 심상한 낯꽃으로 내 앞에 다시 나타나기를 무던히도 기다렸다. 그가 그리워서 그랬던 건 결코 아니었다. 내가 보관중인 「산불」을 원래의 주인에게 되돌려주고 싶다는 일념 때문이었다. 내 손으로 「산불」을 불에 태워 없애버리는 그 끔찍한 사태만은 어떡하든 기피하고 싶은 심정이었다. 그러나 그는 끝내 나타나지 않았다. 한번 떠나버린 후로는 땅에 있는지 하늘이나 바다에 있는지 반토막 소식조차 내게 전해오지 않았다.

약속 기한이 훌쩍 지나가버리자 그믐밤 같은 얼굴을 한 고민이란 녀석이 찾아와 밤마다 나를 칠성판 위에 뉘어놓고 고문하기 시작했다. 때로는 약속을 끝까지 지키라고 고문하고 또 때로는 그 약속을 당장 헌신짝같이 팽개쳐버리지 않는다고 고문했다. 어느 장단에 춤을 추어야 좋을지 당최 종잡을 수 없는 혼란스러운 나날이 계속되었다. 김건식의 당부대로 「산불」을 불에 태워버리는 행위는 인간으로서 차마 할 짓이 못 되었다. 그것은 김건식이란 인간 그 자체를 송두리째 화형에 처하는 거나 다름없는 만행이 될 것임에 틀림없었다. 이미 그는 세상으로부터 여러 차례나 화형을 당한 자가 아니던가. 오랜 고민 끝에 나는 결국 김건식과의 두번째 약속마저 먹어치우는 야만인이 되기로 작심하고 말았다.

간단히 끝낼 줄 알았던 '작가의 말'이 예상 외로 장황해졌다. 남의 글을 내 이름으로 발표할 수밖에 없는 고약한 사정은 충분히 이해되었으리라 짐작한다. 이상으로 작가의 말 아닌 거간쟁이의 말을 마친다.

피의자 신문조서

주민등록번호: 631107-×××××××

성명: 아무개

위의 사람에 대한 산림법 위반 피의 사건에 관하여 1993. ×. ××. ○○지방검찰청에서 검사 아무개는 검찰주사(보) 아무개를 참여하게 하고 피의자에 대하여 아래와 같이 신문하다.

문: 피의자의 성명, 연령, 생년월일, 직업, 본적, 주거를 말하시오.

답: 성명은 아무개, 연령은 31세, 생년월일은 1963년 11월 7일생, 직업은 무직, 본적은 아무데, 주거는 아무데입니다.

검사는 피의 사건의 요지를 설명하고 검사의 신문에 대하여 형사소송법 제200조 제2항의 규정에 의하여 진술을 거부할 수 있는 권리가 있음을 알려준즉 피의자는 신문에 따라 진술하겠다고 대답하다.

문: 피의자는 형벌을 받은 사실이 있는가요.

답: 도로교통법, 집회 및 시위에 관한 법률 위반 등으로 형사 처분을 받은 사실이 있습니다.

문: 피의자의 가족, 재산, 학력, 경력 등은 ○○경찰서 수사과에서 진술한 대로 사실과 틀림이 없는가요.

답: 네. 틀림이 없습니다.

문: 언제 어떤 행위로 도로교통법과 집회 및 시위에 관한 법률을 위반했는가요.

답: 대학생 때 데모를 하다가 그리 되었습니다.

문: 데모 당시 진압 경찰관에게 화염병을 투척한 사실이 있는가요.

답: 네, 있습니다.

문: 피의자는 이와 같은 범행을 범한 사실이 있는가요.

이때 검사는 사법경찰관 작성 의견서 기재 범죄 사실을 읽어주다.

답: 네. 저는 어려서부터 고아원에서 자라 어려운 환경에서 공부하는 과정에서 사회에 대하여 부정적인 시각을 갖게 되었고, 대학에 진학한 후 고학으로 학비를 조달하여 학업을 계속하면서 불법 단체에 참여하여 횟수 불상의 반체제 시위에서 개수 불상의 화

염병을 투척하는 등 과격 활동에 적극 가담한 사실이 있습니다. 1984. ××. ××. 경찰 수배중 친우의 가에 은신하다 체포되어 구류 처분을 받고 출소한 후 대학을 자퇴하고 주거 부정의 상태에서 공단과 공사판 등을 전전하면서 연명하다가 ○○건설회사 현장 사무소를 따라 ○○대학 신축공사에 잡역부로 고용되어 현재의 주거지와 처음 인연을 맺게 되었습니다. 외롭고 힘든 잡역부 생활을 계속하던 중 사회에 대한 반감은 가일층 높아져 급기야 세상 전체에 대한 무조건적인 적개심으로 발전하기에 이르렀고, 장래에 대한 전망이 암담하다는 자포자기의 심정에 빠져 수시로 범죄의 충동을 느끼던 중 1992. ××. ××. 야음을 틈타 주거지 뒷산에 1차 방화를 하였습니다. 1차 방화에 크게 희열과 쾌감을 맛본 저는 그후 연속 4회에 걸쳐 추가 방화를 한 사실이 있습니다.

문: 피의자의 자취방에서 수사관이 압수한 이것들은 피의자의 소유물이 틀림없는가요.

이때 증 제1호 모기향, 증 제2호 양초, 증 제3호 일회용 라이터, 증 제4호 이춘영의 한시 「소산행」 번역본 원고, 증 제5호 로스앤젤레스타임스 등 화재 사건을 보도한 미국 신문 기사철 등을 피의자에게 보여주다.

답: 네. 저의 소유물이 틀림없습니다.

문: 모기향과 양초 등을 무엇에 사용했는가요.

답: 방화시 모기향만 범행도구로 사용하고 양초는 불시의 정전

사고에 대비하여 그냥 보관만 하였습니다.

문: 방화 문제를 다룬 이춘영의 시 「소산행」을 소지한 이유는 무엇인가요.

답: 산에 불을 지르고 구경할 시 느끼는 저의 기분을 그 시가 대변하는 것 같아 평소에 애독하고 있었습니다.

문: 외국 신문에서 유독 화재 사건을 취급한 기사만 따로 모아 보관한 이유는 무엇인가요.

답: 외국인들은 주로 어떤 사람이 어떤 동기, 어떤 심리에서 어떤 수법으로 방화를 하는지 소상히 알아보고 싶었습니다.

문: 이 진술서의 내용은 사실인가요.

이때 깔끔이슈퍼 자영주 아무개의 참고인 진술서를 피의자에게 읽어주다.

답: 네. 사실과 틀림이 없습니다. 1차 범행 직전에 깔끔이슈퍼에서 모기향과 양초 등을 구입한 사실이 있습니다.

문: 이 진술서의 내용은 사실인가요.

이때 피의자와 주민등록상 동거인이자 집주인 아무개의 참고인 진술서를 피의자에게 읽어주다.

답: 네. 구체적인 시간과 장소 등은 정확히 기억할 수 없으나 산불 발생일을 전후한 무렵의 저의 거동에 대한 참고인 아무개의 진술은 대체적으로 사실과 부합한다고 말할 수 있습니다.

문: 피의자에게 유리한 증거나 더 할말이 있는가요.

답: 이번 사건을 통하여 국공유림에 고의로 방화하고 주산물을 소산하는 행위가 얼마나 반국가적 반사회적 범죄인지 확실히 깨닫게 되었습니다. 그 점 깊이 뉘우치면서 앞으로 다시는 같은 범죄를 저지르지 않기로 맹세하고 있으니 한 번만 관대한 처분을 바랄 뿐입니다.

위의 조서를 피의자에게 읽어준바 진술한 대로 오기나 증감 변경할 것이 전혀 없다고 말하므로 간인한 후 서명 무인하다.

진술자 아무개 (무인)
1993. ×. ××.
○○지방검찰청
검사 아무개 (인)
검찰주사 아무개 (인)

일방적 대화 쌍방적 독백

이렇게 자주 만나게 돼서 무지무지 반갑구만.

저는 별로 반갑지가 않습니다.

그럴 리가 없어. 최소한 나만큼은 자네도 반가울 거야. 그간 별고 없었나?

별고가 있으니까 여기 이렇게 붙잡혀 와 있는 게 아닙니까.

이런, 자네 지금 잔뜩 화가 나 있구만. 그런 식으로 나한테 화내지 말라구. 진짜로 화를 내야 될 사람은 자네가 아니니까.

사적인 대화는 집어치우고 빨리 신문이나 시작하시죠.

서두를 필요 없어. 서둘러야 될 사람은 자네가 아니고 바로 나니까. 자아, 그럼 우리 이제부터 슬슬 시작해보실까?

성명은 김 아무개, 주민등록번호는……

이것 보라구, 내가 서두르지 말랬잖아. 자네도 지성인이고 나두 지성인이야. 우리 지성인답게 초장부터 살벌하게 나가지 말고 어디까지나 오순적도순적으로 점잖게 한판 붙어보는 거야.

사양하겠습니다. 형사님은 어떤지 몰라도 저는 지성인이 아닙니다.

성명은?

아시면서.

주민등록번호는?

다아 아시면서.

좋아. 시간 관계상 지난번 조서대로 적기로 하지.

부탁입니다. 지난번처럼 무직이라 적지 말고 이번에는 가전제품 수리업 정도로 직업을 격상시켜주시기 바랍니다.

그래, 자네 말대로 직업은 무직이라…… 주거는 부정이라……

너무 고마워서 눈물이 다 나올 것만 같군요.

시간 낭비할 것 없이 자네, 이쯤에서 깨끗이 다 불어버리는 게 어때?

뭘 불란 말입니까? 지난번처럼 또 증거 불충분으로 풀려나서 형사님 빛나는 경력에 재차 오점을 남겨드리면 미안해서 어쩌지요?

그때하고 지금은 상황이 달라! 새로 보강된 증거들이 지난번 내 불명예를 깨끗이 씻겨줄 거야. 방화범이 한 명 이상이란 걸 그때 미리 알았더라면 그런 실수는 절대로 범하지 않았을 거야.

제가 수감중일 때 저 대신 동일 수법으로 연속 방화를 해준 그 자한테 지금도 감사하고 있지요. 제 흉내로 저를 구원해준 그 은인이 대관절 누굽니까?

날 비웃고 싶은 모양인데, 실컷 비웃으라구. 허지만 곧 알게 될 거야.

차라리 그자부터 먼저 붙잡는 편이 더 빠르지 않을까요?

그건 자네가 간섭할 일이 아냐! 우선 자네부터 잡고 봐야겠어!

형사님 승진길이 막힐까봐 걱정돼서 그러는 겁니다.

지난 3월 5일 20시경에 어디서 무슨 일을 하고 있었는지 바른대로 말해!

금년 들어 첫 산불 때 말입니까? 자세한 건 형사님이 보관하고 계신 제 수첩을 봐야만 말씀드릴 수 있겠는데요.

아니지. 자네 그 비상한 기억력으로 충분히 암기할 수 있어.

그 전날 원터마을 원룸 아파트 마감 공사로 많이 무리를 한 덕분에 그날은 몸살이 나서 하루종일 꼼짝 못하고 자취방에 누워 끙

꿍 앓고 지냈습니다. 몸살 땜에 그 아까운 불구경까지 놓쳐서 이래저래 손해가 막심했던 하루였지요.

자넨 불구경이 그렇게도 재미있나?

전에 말씀드렸지요. 부인하지 않겠다고 말입니다. 그 진술이 저한테 계속 불리하게 작용한다 해도 저로선 어쩔 수가 없습니다. 저한테는 불구경이 세상에서 제일 재미있는 구경인 것만은 엄연한 사실이니까요.

전경들한테 화염병을 던지는 기분은 어땠나? 그때도 그렇게 재미있었나?

불도 불 나름이죠. 아무 불이나 다 구경의 대상이 되는 건 아닙니다.

무슨 말씀! 전경들이 화염병 세례를 받고 불덩이로 변해서 어쩔 줄 모르고 펄쩍펄쩍 뛰는 걸 볼 때, 전경대 빠스나 페퍼포그 차량이 화염에 휩싸여서 전소되는 걸 볼 때 자넨 어떤 기분이었나? 그때 그 불구경하고 지금 불구경하고 어떤 차이점이 있는가?

미란다원칙에 따라서 방금 그 신문에 대한 진술을 단호히 거부하겠습니다.

좋아. 이건 내 개인적인 소감인데, 그때 법이 자네한테 너무 관용을 베풀었다고 생각해. 물론 자네가 그 당시 우리 경찰 수사에 적극 협조한 점은 제법 인정되지만, 아무리 그렇더라도 구류처분은 너무 심했던 거라구. 몇 년 징역을 때려서 정신이 번쩍 들도록 실형을 살렸더라면 오늘날 자네하고 내가 이런 관계로 만나서 이렇게 고생할 일도 없었을 텐데 말씀이야.

거기 대해서도 할말이 없습니다.

좋아, 좋아. 그건 그렇고, 자네 취미가 불구경 쪽이 아니고 방화 쪽이란 증거는 여기 이 자네 애창곡에도 분명히 나와 있어.

이춘영의 시 말입니까? 전에도 그 문제로 형사님하고 여러 번 대화를 나눈 것으로 기억하고 있는데요.

못된 임금님 궁전을 횃불로 태운다, 이 말은 무슨 뜻인가?

독자한테는 잘못이 없습니다. 시인한테 물어보시죠.

지금 나허고 농담 따먹기 하자는 거야?

잘 모르겠습니다.

그래? 모르면 내가 일러주지. 이건 청와대에 화염병 공격을 하겠다는 뜻이야. 다시 말해서 폭력으로 체제 전복을 기도한다는 뜻이지.

조선시대 시인이 어떤 의도로 그런 표현을 했는지 저는 잘 모르겠습니다. 다만, 자유민주주의 대한민국 국민인 제가 주목하는 건 그 아랫구절입니다. 이렇게 풀 태우면 산은 기름져 삼월에 고사리들 새순이 돋을 테지, 하는……

좌우지간 요 시가 내용이 불순한 건 사실이잖아! '소산행'이란 요 제목부터가 불구경이 아니고 산에다 불을 지른다는 뜻이잖아!

내 손으로 직접 불을 지르겠다는 뜻이 아닙니다. 옛날 시인이

상상 속에서 지른 산불을 저는 다만 구경하면서 감동을 받을 뿐입니다.

도대체 산에 불지르는 게 뭐가 그렇게 감동적인가?

지난날 잘못된 것, 옳지 못한 것들을 몽땅 다 불태워 없앤 자리에 새롭게 돋아나는 아름다운 것들이 주는 감동이죠. 말하자면 불이 가진 정화작용, 재생능력 같은 것에 흠뻑 매료당한다고나 할까요.

요번만큼은 꼭 밝혀내고야 말겠어. 불온사상을 담고 있는 이춘영의 선동시를 어떤 경로를 통해서 입수했는지 육하원칙에 입각해서 말해봐!

같은 실수를 두 번 다시 되풀이하고 싶지 않습니다. 입 한번 잘못 놀려서 죄 없는 친구들을 다치게 만드는 어리석은 짓은 철부지 대학생 시절 한 번으로 족합니다. 몇 년 전에 한문학을 전공한 어떤 친구를 도서관에서 우연히 만나 산불을 화제 삼아 얘기하다가 그 친구한테서 원문 없이 번역문만 달랑 얻은 겁니다. 전에도 누차 말씀드렸다시피 단지 그것뿐입니다. 그 이상은 정말이지 목에 칼이 들어와도 밝힐 수 없습니다.

좋아. 자네가 정 그렇다면 그냥 통과하기로 하지. 원점으로 빠꾸해서 다시 묻겠는데, 지난 3월 5일 20시경의 자네 행적을 입증해보라구.

제 행적을 입증할 책임은 형사님한테 있는 게 아닙니까? 골백번을 물으셔도 제 대답은 한결같을 겁니다.

당일 15시경부터 20시경 사이에 자네 자취방에서 라디오 소리만 크게 들리고 인기척은 일절 끊겨 있었다는 참고인 진술이 벌써 확보돼 있어.

형사님이 그새 누굴 또 닦달했는지 어렵잖게 짐작이 가는군요. 차라리 오가작통법을 실시하는 게 좀더 효과적이지 않을까요?

오가작통? 무슨 법 이름이 그따위야?

옛날에 그런 법이 있었답니다. 왕정시대 때 나라에서 민가를 다섯 가구씩 한 통으로 묶어서 무슨 일에 연대책임을 지우던 제도지요. 그 편리한 법으로 은닉 범인도 색출하고 천주학쟁이들도 몽땅 잡아들이고……

누가 오가작통법을 몰라서 그런 줄 알아? 유식 작작 떨고 묻는 말에 빨랑빨랑 대답이나 하란 말야! 3월 5일 15시부터 20시까지 다섯 시간 동안 자넨 어디서 무슨 짓을 하고 있었나?

14시 무렵에 집쥔 아주머니가 감기몸살에 특효라면서 얼큰한 콩나물국을 제 방에 들여놓았지요. 아침 점심을 내리 굶었는데도 통 입맛이 안 땡겨서 두어 모금 마시다 말고 도로 쓰러져 잤습니다. 그날 오후 내내 약기운에 취해서 비몽사몽간에 방송 소리를 들으며 시간을 보냈지요. 18시 무렵에 누군가 방문을 두들기는 기척이 들렸지만 기운도 없고 만사가 다 귀찮아서 계속 그냥 자는 척했습니다. 그뒤 20시 조금 지나서 쥔집 아저씨가 갑자기 산불이 났다고 마당에서 떠들기 시작하더군요. 꼬리를 무는 사이렌 소리, 확

성기 소리에 펀뜩 정신이 들어서 이럴 때가 아니지 싶어 벌떡 일어났지요. 그래서 그날은 산불이 난 시간에 그 좋아하는 불구경을 하러 나가는 대신 수첩에다 제 알리바이를 적기 시작했지요. 그날 오후 방송 순서하고 내용을 대충은 다 기억할 수 있습니다.

길에서나 산에서도 얼마든지 들을 수 있는 게 바로 라디오야!

죄송해서 어쩌지요? 그날 제가 방에서 줄창 켜놓고 들은 건 라디오가 아니라 티브이였습니다. 눈을 감고 누웠어도 유선방송에서 틀어주는 중국 무술 영화랑 연속극 재탕 소리는 제법 잘 들리더군요. 지금 와서 생각해보니 그날 하루종일 티브이를 틀어놓은 게 정말 잘한 짓인 것 같습니다.

담배 한 대 태우고 나서 계속하기로 하지. 자네도 한 대 태울 텐가?

제가 담배 안 피는 줄 형사님도 잘 아시잖습니까.

허어, 그랬던가? 자넨 그뒤로도 여전히 담배 못 배웠나? 그런데 자네 방에서 일회용 라이터는 왜 지금도 눈에 띄는 거지?

담뱃불 붙일 때 말고도 일회용 라이터 용도는 다양하다고 생각합니다.

어떻게 다양하지? 임금님 궁전에 불지를 때? 화염병 심지에 불을 붙일 때? 모기향이나 양초에 불을 붙일 때?

직업상 요긴하게 사용할 데가 많습니다. 전자제품 수리하면서 알코올 램프 켜놓고 작업하는 경우도 못 보셨습니까? 노총각 자취

살림에 휴대용 버너 사용하는 게 이상해 보이십니까? 어쩌다 정전이라도 돼서 양초를 켤 때 성냥이나 라이터 대신 손가락을 비벼서 불을 일으켜야 정상입니까?

듣고 보니 자네 말이 제법 그럴듯하긴 하구만. 그런데 자넨 요즘도 모기한테 물어뜯기며 사나? 춘삼월에 웬 모기향을 그렇게 잔뜩 끌어안은 채로 지내나?

산골 마을 각다귀떼가 좀 많고 좀 극성스럽습니까. 작년에 쓰고 남은 걸 버리기 아까워서 반 통 남짓 보관하고 있을 뿐인데, 겨우 그 정도 갖고서 잔뜩 끌어안고 지낸다는 표현은 좀 지나친 과장의 말씀 아닐까요? 혹시 욕심나신다면 그건 형사님께 선물하고 저는 의심을 피하기 위해서라도 금년에는 기필코 전자 모기향으로 바꾸고 싶습니다.

좋아. 다시 원점으로 빠꾸해서 묻겠는데, 3월 5일 17시 30분경에 대학교 앞 필승당구장 앞길을 혼자서 지나간 적이 있지? 자네허구 비슷한 인상착의를 한 청년이 밤색 인조가죽 잠바를 입고 지나가는 걸 봤다는 목격자가 나타났어. 자네 그 밤색 인조가죽 잠바는 지끔도 잘 있겠지?

제가 자주 다니는 길입니다. 그 무렵에도 당구장 앞을 지나다닌 건 사실이지만, 3월 5일은 아닙니다. 왜냐면 그날은 아침부터 꼼짝도 않고 하루종일 방안에 누워만 있었으니까요. 어느 양반인진 몰라도 그 목격자하고 대질을 시켜주십시오.

내가 서두르지 말랬잖아. 자네가 원치 않더라도 곧 대질을 시킬 거니깐 걱정 말라고. 사건 당일날 케이블 티부이 프로그램 따위를 암기한다고 그것으로 자네 알리바이가 성립되는 건 아니야. 티부이 켜놓은 채로 슬쩍 방을 빠져나와서 17시 30분경 당구장 앞을 지나 일단 산하고 반대 방향인 큰길 쪽으로 나간 다음 읍내 쪽으로 한참 가다가 철판구이집 너머 인적이 뜸한 지점에서 산길을 타기 시작하면 18시 30분경엔 범행 현장에 도착할 수 있어. 거기서 모기향에 불을 붙이고 한 시간 반쯤 후에 발화되도록 모기향 길이를 조절해서 낙엽을 잘 덮은 다음 갔던 길을 돌아온다면 20시 이전엔 충분히……

잠깐만요. 말씀 도중에 대단히 죄송하지만, 17시 30분이면 아직 어두워지기 전이잖습니까? 그리고 방에 티브이를 켜두는 건 알리바이를 방안에서 조작하려는 짓이잖습니까? 날이 어둡기 전에 낯익은 잠바 차림으로 필승당구장 앞을 통과하자면 목격자가 한둘이 아닐 것이고, 그렇게 되면 방안에만 있었다는 알리바이도 저절로 깨질 판인데 세상에 어떤 바보가, 나 아무개 지금 산불 지르러 행차하는 중이요, 하고 광고 돌리면서 대학로를 활보할지 궁금하군요. 혹시 형사님 추리에 약간 무리가 있는 게 아닐까요?

뭐야? 내가 형삿밥 한두 해 먹어본 솜씬 줄 알아? 건방진 짜식! 잔말 말고 당일날 봤다는 그 티부이 푸로, 10분 단위로 잘게 쪼개서 조목조목 내용을 적어내!

좀 엉뚱한 얘기 같지만, 혹시 형사님이 문제의 방화범 아니십니까?

뭐가 어쩌구 어째? 보자보자 하니깐 이 새끼가 정말!

외국에선 실제로 소방대원이나 경찰관이 남들보다 먼저 공을 세울 욕심으로 일부러 불을 지른 사례가 더러 있지요. 형사님 경우도 혹시 그래서 이렇게 무고한 사람 붙잡아다 놓고 우격다짐으로 범인을 만들려는 게 아닌가 싶어서요.

너 지난번처럼 또 혼꾸녕 좀 나볼래? 진짜 우격다짐이 어떤 건지 다시 한번 뜨거운 맛을 보여줄까?

사양하겠습니다. 우격다짐이 겁나서라기보다는 지금처럼 저를 인간적으로 그리고 인격적으로 대접해주시는 형사님 모습이 보기 좋아섭니다.

허어, 이것참…… 그래, 좋아! 낫살이나 더 먹은 내가 참기로 하지.

감사합니다. 피의자로서 저도 다음 신문에 성실히 진술할 준비가 돼 있습니다.

자네 입에서 기왕 말이 나온 김에 이 외국 방화 사례들부터 먼저 짚고 넘어가기로 하지. 지난번 조사 이후로도 계속 신문 기사 자료들을 수집해놓느라고 수고가 대단히 많았겠구만.

수고는요. 다 인터넷 덕분이죠. 컴퓨터란 요술 상자가 수도꼭지같이 온갖 정보들을 콸콸 흘려보내주는 참 편리한 세상이거든요.

레벨 원 다시 훠티쎄븐 오부 투 헌드레드…… 이게 뭐지? 자네가 가장 최근에 읽은 기사 같은데, 여기 뭐라고 적혀 있는 건가?

글쎄요, 영어 같은데요.

한번 번역해봐.

입수 증거물에 대한 번역 책임은 경찰 쪽에 있지 않을까요?

영어 나부랭이 좀 지껄일 줄 안다구 내 앞에서 지금 폼잡는 건가? 나두 자네만큼 대학물 먹어본 몸이야. 딕쇼나리 옆에 놓고 단어 한두 개씩 찾아가며 읽는다면 나두 이 정도는 얼마든지 해석할 수 있다구.

저는 아무 말도 안 했습니다.

범죄와의 전쟁 오래 치르다보니 그새 낮에 배운 영어 밤에 안 되고 밤에 배운 영어 낮에 안 되는 게 사실이긴 하지만.

정중히 부탁하시면 변변찮은 실력이나마 제가 어떻게 성의껏 도와드리는 방법도 있습니다만……

부탁하겠네. 까불지 말고 빨랑 번역이나 하라구.

더 컬럼버스 디스패치 신문, 1996년 2월 25일자.

그 대목까진 나도 알고 있어.

Headline: Arsonists fit no set pattern, one could even be a nun. 제목: 방화범에는 특정 유형이 없다, 수녀일 수도 있다…… 화재들은 성냥불을 댕기는 사람들만큼이나 다양한 이유로 저질러진다고 화재 전문가들은 말한다. 질투심에 사로잡힌 연인들은 분노에 휘말려든다. 신성함에서 안식을 찾는 교활한 수녀도 있다. 성냥에 대한 집착을 버리지 못하는 어른들…… 계속할까요?

제법 재미있는 기사구만. 내가, 그만, 하고 말할 때까지 계속하라구.

존 캘러헌은 컬럼버스 소방관으로 이십삼 년간, 조사관으로 이십 년간 근무하면서 그들을 모두 보았다. 매디슨 타운에서 최근 18건의 의심스러운 화재가 발생했다. 범인들이 일정한 특징을 갖는 보통 범죄와는 달리 방화는 모든 유형의 사람들에 의해 저질러진다고 방화조사관 래리 파이퍼는 말했다. "점잖은 신사일 수도 있고 길거리의 운수 나쁜 사람일 수도 있죠." 방화의 동기로는 사기, 복수, 범죄 은폐, 청소년 비행, 주의를 끌려는 목적, 시민적 소요 사태, 방화광 등이 있다. 조사관들은 화재가 범죄적으로, 의도적으로 일어났을 때 그것을 방화로 분류한다. 증거는 명확하지 않으나 의도적인 화재로 나타나면 그것은 의심스러운 것으로 분류된다고 캘러헌은 말했다. (중략) 불을 계속 지르는 방화범들은 비교적 흔하지 않다고 캘러헌은 말했다. 그는 방화광, 파괴적인 화재를 저지르려는 지속적인 충동을 가진 방화광을 연쇄 살인범과 비교했다. "동기는 흥분을 느끼거나 분노를 터뜨리려는 것일 수도 있습니다"라고 캘러헌은 말했다. 그의 말에 따르면, 다른 동기는 심리적이거나 성적인 안도감을 찾으려는 것일 수도 있다. "그것은 남

몰래 하는 범죄입니다. 밤에, 혼자서, 목격자 없이." 그는 말했다. 대부분의 방화범들은 믿을 수 없고 의기소침한, 고독을 사랑하는 사람들로 분류할 수 있다고 한다. 대부분이 남자지만, 예외도 있다. 캘러헌은 수년 전 이스트사이드의 노파들을 위한 집에서 일어난 12건의 설명할 수 없는 화재들을 기억했다. 그 화재들은 한 달가량 그 집에서 잠복근무했던 조사관들을 좌절시켰다. "조사관들이 떠나기만 하면 화재가 일어났지요"라고 캘러헌은 말했다. 결국 방화범은 붙잡혔다. "범인은 우리를 건물로 들여보내주었던 작은 수녀였어요. 우리한테, 부엌이 어디 있는지 아시죠, 당신들을 위해 커피를 마련해놓았어요, 하고 말하던 바로 그 수녀 말이죠."

그만!

그 수녀는 법정 정신과 의사로부터 상담을 받았고……

됐어. 수고했어. 방화범한테도 유익하겠지만 우리 경찰관한테도 대단히 유익한 기사 같구만. 나중에 전문가를 시켜서 몽땅 다 번역해놓을 거니깐 이 껀은 이 정도로 끝내기로 하지.

번역이 끝나는 대로 돌려주셔야 합니다.

물론이지, 자네가 혐의를 벗기만 한다면 말이야. 그런데 자넨 어느 쪽인가?

무슨 말씀이죠?

자네 동기는 도대체 뭔지 말해주겠나? 화염병은 벌써 졸업했으니깐 시민적 소요는 아닐 테고, 청소년 비행이나 사기는 물론 아닐 테고…… 복수? 주의를 끌려는 목적? 방화광? 아니면 그 셋을 모두 합친 것?

그 질문에 꼭 대답을 해야만 되나요?

대답해야 돼. 내가 보기엔 캘 뭣인가 허는 그 조사관이 얘기한 대로 자넨 방화범이 갖춰야 될 삼박자를 골고루 갖추고 있어. 믿을 수 없고, 의기소침하고, 고독을 사랑하는 사람. 어때? 바로 자네 얘기잖아.

방금 그 기사 뒷부분에선 현직 소방수가 방화범으로 밝혀집니다. 그리고 아마 앞쪽에 들어 있는 버팔로 뉴스지 기사일 겁니다. 거기 보면 현직 경찰관도 방화범으로 등장하지요. 아까도 제가 말했듯이 승진에서 번번이 누락된, 무능하고, 의기소침하고, 고독하고, 그래서 믿을 수도 없는 공무 집행자들이 제 손으로 불을 지르고는 맨 먼저 화재 현장에 나타나서 공을 세워 영웅이 되려 하지요.

소방수나 경찰관 얘기가 아니라 자네 얘길 묻고 있는 중이야!

저는 아닙니다.

왜 아니지? 뭐가 아니야?

불을 지른 적이 없기 때문에 방화범이 아닌 겁니다.

방화범이 아니란 증거를 대봐!

제가 방화범이라는 증거를 대십시오!

유독 방화 사건을 다룬 외국 신문 기사들만 탐독하면서 그걸 집중적으로 연구하는 이유가 뭔가?

개인적인 호기심 때문입니다. 조용하던 시골 마을에 언젠가부터 방화임에 틀림없는 도깨비불 같은 산불이 자주 발생하는 걸 보면서 갑자기 방화 문제 쪽에 관심을 갖기 시작했던 겁니다.

그건 말이 안 돼! 말이 되는 소릴 하란 말야!

좋습니다. 경찰 탓입니다. 우리 경찰이 유능해서 사건 초기에 일찌감치 범인을 검거했다면 아무 관심도 안 가졌을 겁니다. 도깨비불 같은 산불이 계속 일어나는 판인데 주민의 한 사람으로 어떻게 방화에 관심을 안 가질 수 있겠습니까?

그래서 지금 범인을 검거하기 위해 자넬 붙잡고 이렇게 애쓰고 있잖아!

좋습니다. 동기가 복수라구요? 방화 동기가 아니고 불구경 동기라면, 맞는 얘깁니다. 나 자신을 상대로 철저하게 복수극을 벌이고 싶었습니다. 동지들을 헐값에 경찰에다 팔아넘기고 풀려난 과거의 나를 열 번이고 백 번이고 불구덩이 속에 처넣고는 태워 죽이고 싶었습니다. 그래서 그렇게 산불이 날 때마다 득달같이 달려가서 나를 불속에 집어던지고는 내가 타죽는 꼴을 만판 즐겼던 겁니다. 이제 됐습니까? 빌어먹을!

많이 흥분한 모양인데, 건강상 해로우니깐 절대 흥분하지 말라구. 이런, 시간이 벌써 이렇게 됐네. 자네 배고프지? 우리, 민생고부터 해결하고 나서 나중에 천천히 계속하기로 하지. 짜장면 시켜줄까?

필요없습니다, 빌어먹을!

어이, 김일경! 여기 짜장 곱빼기 둘, 번개 배달!

형사님이나 많이 드시고 많이 힘내서 무고한 사람 많이 괴롭히십쇼, 빌어먹을!

자네, 젊은 사람이 그러는 게 아니야. 사정이 이렇게 어려운 땔수록 어쨌든 많이 먹고 뱃심을 든든히 키워서 오래 견디는 게 상책이지. 그건 그렇고, 짜장면 도착할 때까지 막간을 이용해서 삼월 오일 십오시경부터 이십시경 사이 자네 행적을 여기다 다시 한번 상세히 적어주겠나?

비일어먹을!

불이야, 불!

오랜 기간에 걸쳐 재수사에 철저히 대비해왔던 듯 그는 처음부터 매우 자신만만한 표정이었다. 경찰 경력에 오점으로 남아 있는 몇 년 전의 불명예를 이번 기회에 기필코 만회하고야 말겠다는 빳빳한 의지가 그의 얼굴을 고슴도치 모양으로 그득 뒤덮고 있었다.

"이 친구가 바로 그 친군가?"

그의 동료 하나가 내 어깨를 툭 건드린 다음 그에게로 다가서면서 물었다. 그는 노트북 컴퓨터를 꺼내놓고 신문을 준비하다 말고 말없이 고개만 끄덕였다.

"보아하니 어설프게 상대했다간 양형사가 거꾸로 되치기당하겠어. 옴짝달싹 못하게끔 첨부터 아주 단단히 다루라구."

늙수그레한 고참 형사가 자리를 뜨기 전에 그에게 건넨 충고였다. 지난번 조사 때와 비교하면 분위기가 그래도 많이 달라진 편이었다. 그때는 이 사람 저 사람 오며가며 동네북 취급하듯 머리통을 툭툭 쳐대거나 괜히 호통을 쳐 잔뜩 겁을 주는 험악한 분위기였다. 아, 달라진 게 또 있다. 컴퓨터였다. 그때는 구닥다리 타이프라이터였었는데, 그새 그의 기록 수단이 신형 노트북으로 바뀌어 있었다. 혹시 신문 방법 또한 첨단 과학적인 것으로 바뀌지 않았을까. 단단히 별러대는 그의 태도로 보아 어쩌면 이번에는 쉽사리 풀려나지 못할지도 모른다는 생각이 얼핏 들었다. 그의 강압에 맞서 이기기보다는 차라리 내가 구속돼 있는 동안 지난번처럼 또 그 미지의 진범이 산에 불을 지름으로써 극적인 방법으로 나를 도와주는 요행수를 재차 기대하는 편이 나을 것 같았다.

"어이, 김일경!"

그는 정식 신문에 앞서 자신의 위엄부터 먼저 드러낼 심산인 것 같았다. 의경 하나가 황급히 달려와 그의 옆에 부동자세로 섰다. 새내기 대학생 시절에 입대한 듯 어리디어린 티가 쪽쪽 흐르는, 순진한 인상의 젊은이였다.

"저것 좀 빨랑 치우지 못하겠어?"

그의 호통을 듣고서야 뒤늦게 젊은 의경은 비어 있는 옆자리 책상 밑에서 뭔가를 발견한 모양이었다. 의경이 꾸부정한 키를 접고는 한목에 포개진 설렁탕 뚝배기 세 개를 바닥에서 허둥지둥 건져 올렸다. 그 순간 의경의 눈과 내 눈이 공교롭게도 딱 마주쳤다. 피의자 보는 자리에서 젊음의 스타일을 구겼다 해서 자존심에 상처라도 받았는지 의경의 얼굴은 대번에 홍당무로 변했다. 자존심 때문에 얼굴을 붉히다니, 참 좋은 나이구나. 들어올 때와 마찬가지로 황급히 달려나가는 젊은 의경의 뒷모습을 바라보면서 나는 한숨을 포옥 쉬었다. 화염병 투척 경력을 쌓을 일 별로 없이 제 자존심 건사한 채로 대학 다니고 병역의무 수행하면서 젊음을 보낼 수 있다는 게 대한민국에서 얼마나 큰 축복인지 저 친구가 짐작이나 할까.

"이렇게 자주 만나게 돼서 무지 반갑구만."

개회 선언이라도 하는 투로 그가 활짝 웃어 보였다. 그 웃음 속에 담긴 강자의 여유가 갑자기 내 잠든 전의를 흔들어 깨웠다.

"저는 별로 반갑지가 않습니다."

나는 대드는 기세로 퉁명스럽게 대꾸했다. 이건 아닌데. 계속 느물거리며 시간을 끄는 그를 보고 나는 비로소 상대방의 속셈을 알아차렸다. 강압 일변도로만 몰아세우던 지난번 조사 때와는 태도가 영 딴판이었다. 이런 식으로 대응했다간 결국 또 큰코다치지. 조급히 굴면 굴수록 상대방 작전에 말려들어 피를 보게 된다구. 자꾸 내 성깔을 건드려 실수를 유발하려는 술책임에 틀림없었다.

"성명은?"

마침내 신문이 시작되었다. 결코 호락호락한 상대가 아님을 일깨워주기 위해 나는 그보다 한술 더 떠 느물거릴 필요가 있었다.

"아시면서."

"주민등록번호는?"

"다아 아시면서."

워낙 구면인지라 그와 나 사이의 인정신문 형식은 사실상 요식행위에 지나지 않는 것이었다. 거듭되는 내 진술 거부를 그는 강자의 여유로 진드근히 잘 참아내는 기색이었다.

"그래, 자네 말대로 직업은 무직이라…… 주거는 부정이라……"

내 의사에 반하여 내게 불리한 상황으로 조서를 꾸미고 있는 그를 나는 속수무책으로 바라만 볼 수밖에 없었다. 그는 양손의 집게 손가락만을 사용해서 컴퓨터 자판을 두드렸다. 이른바 독수리타법이었다. 날카로운 부리로 먹잇감을 콕콕 쪼아대듯 갈고리 모양으로 구부린 두 개의 손가락을 교대로 내리찍어 필요한 자모들을 자판 위에서 홱홱 낚아채고 있었다. 도구만 첨단으로 바뀌었을 뿐 사용법은 과거 타이프라이터 시절에 비해 전혀 달라진 게 없었다. 덩치에 안 어울리게 애들 장난감 갖고 서툴게 노는 어른이 연상되어 그에게서 일말의 인간적인 면모를 느끼게 만드는 장면이었다.

"지난 3월 5일 20시경에 어디서 무슨 일을 하고 있었는지 바른대로 말해!"

그것은 인정신문의 종식이자 본격 신문의 개시를 알리는 신호였다. 요식행위에 지나지 않는 인정신문이 경우에 따라서는 물고문이나 전기고문보다 더한 고통을 피의자에게 줄 수도 있는 법이었다. 가족관계를 묻는 상투적인 절차를 생략한 채 다음 단계로 넘어가주는 건 그의 또다른 인간적 면모에서 비롯되는 아량일까.

아, 아버지……

"그 전날 원터마을 원룸 아파트 마감 공사로 많이 무리를 한 덕분에 그날은 몸살이 나서 하루종일 꼼짝 못하고 자취방에 누워 끙끙 앓고 지냈습니다."

그가 상기시켜주지 않는 아버지를 나는 실로 오랜만에 나 스스로 상기했다. 그러자 당국으로부터 소환장도 받지 않은 아버지가 그 먼길을 단숨에 달려와 경찰서에 자진 출두하는 것이었다.

"전경들한테 화염병을 던지는 기분은 어땠나? 그때도 그렇게 재미있었나?"

어떻게 알아냈던지 아버지가 불쑥 구치소로 면회를 왔다.

"불도 불 나름이죠."

어렵게 마련해준 입학 등록금을 들고 천성원 문을 나선 이후 처음 대면하는 아버지였다.

"무슨 말씀! 전경들이 화염병 세례를 받고 불덩이로 변해서 어쩔 줄 모르고 펄쩍펄쩍 뛰는 걸 볼 때, 전경대 빠스나 페퍼포그 차량이 화염에 휩싸여서 전소되는 걸 볼 때 자넨 어떤 기분이었나?"

사람 새끼로 태어나 세상 살아가는 데 필수불가결한 성씨를 내게 나눠주고 튼튼하게 번식하라는 뜻으로 이름까지 지어준 분이었다. 아버지를 대하는 순간 내부에서 교차하는 만감을 나는 엉뚱한 말로 대신해버렸다.

뭐 하러 이런 데까지 찾아오셨습니까, 원장님.

"미란다원칙에 따라서 방금 그 신문에 대한 진술을 단호히 거부하겠습니다."

아버지는 자신의 귀를 의심하는 듯 한참을 우두커니 바라만 보다가 파들파들 경련이 묻어나는 입술을 간신히 달막거렸다.

인제는 아버지라 부르지도 않는구나.

원장님도 이젠 많이 늙으셨군요.

"좋아. 이건 내 개인적인 소감인데, 그때 법이 자네한테 너무 관용을 베풀었다고 생각해. 물론 자네가 그 당시 우리 경찰 수사에 적극 협조한 점은 제법 인정되지만, 아무리 그렇더라도 구류처분은 너무 심했던 거라구."

얘야, 제발 그러지 마라. 부탁이다.

총무님도 안녕하시죠? 동생들도 잘들 있고요?

누가 뭐래도 너는 내 아들이다. 나는 니 애비고. 언제나 나는 니 편이고, 여전히 널 사랑한다.

"좋아, 좋아. 그건 그렇고, 자네 취미가 불구경 쪽이 아니고 방화 쪽이란 증거는 여기 이 자네 애창곡에도 분명히 나와 있어."

"이춘영의 시 말입니까?"

지난번 조사 때와 붕어빵처럼 닮은 꼴이었다. 이춘영의 「소산행」을 둘러싸고 지겨운 공방이 또다시 전개되기 시작했다. 이춘영은 조선 선조 연간의 문신이자 문장가로서 같은 서인 출신의 정철이 세자 책봉 문제로 유배당할 때 함께 연루되어 함경도 삼수 땅으로 귀양살이를 갔던 인물이다. 이춘영에 관해서 내가 아는 건 단지 그 정도밖에 없었다.

"못된 임금님 궁전을 횃불로 태운다, 이 말은 무슨 뜻인가?"

무엇이 착한 내 아들을 이다지도 강팔지게 만들었는지 모르겠구나. 아버지는 가슴 복판이 움푹 꺼져내리도록 크게 한숨을 내쉬었다.

"잘 모르겠습니다."

"그래? 모르면 내가 일러주지. 이건 청와대에 화염병 공격을 하겠다는 뜻이야. 다시 말해서 폭력으로 체제 전복을 기도한다는 뜻이지."

글쎄요, 태어나자마자 버려져서 원장님 슬하에 들어간 후로 제가 한 번이라도 착해본 적이 있었는지 의문이군요.

애야, 부탁이다. 제발 이 애비 앞에서 그런 식으로 말하지 마라. 세상살이가 정 힘들거든 다시 집으로 돌아오너라. 집에서도 니가 할일은 얼마든지 있으니까.

집으로 돌아가는 길을 잃어버렸습니다. 아버님 어머님께로 돌아가는 길도, 동생들한테로 돌아가는 길도 모두 다 잃어버렸습니다. 애시당초 내 슬하에 그런 놈 없었거니, 알지도 못하거니, 생각하시고 그만 저를 잊어주십시오.

아니다. 사람이 그럴 수는 없다. 밤마다 우리 온 식구들이 한자리에 모여서 널 위해 간절히 중보기도를 올리고 있단다.

이전에 천성원에서 지내던 제가 아닙니다. 그 작자는 이미 죽었습니다. 가족들 중보기도를 감당할 대상이 없어져버린 겁니다. 그만 돌아가주십쇼, 원장님.

수십 명 가족의 기대를 한몸에 받던 시절이 있었다. 한때 나는 천성원에서 최고의 스타요 우상이었다. 부모님은 물론이고 수많은 동생들까지도 내가 장차 크게 될 인물임을 믿어 의심치 않았다. 한 번도 입밖에 내어 말한 적은 없지만, 어쩌면 부모님은 내가 장차 큰 인물로 성장해서 제법 싹수가 보이는 어린 동생들 두엇쯤 뒷배를 봐주기를 은근히 소망했을지도 모른다. 큰 인물이 되기만 한다면 나 역시 기꺼이 그럴 생각이었다. 동생들 두엇쯤이 문제가 아니라 가뜩이나 어려운 대식구 살림에 허리가 휘는 부모님께도 든든한 기둥이 되어드리고 싶었다. 친혈육보다 더 끈끈한 사랑의 유대로 뭉친 그 작고 아름다운 공동체를 위해서라도 나는 반드시 큰 인물이 될 필요가 있었다.

집 떠난 아들을 위해서 항상 문을 열어놓고 기다리마. 마음이 바뀌거든 아무때라도 집으로 돌아오너라.

앞으로 그럴 일은 아마 절대로 없을 겁니다. 제 문이 꽉꽉 닫혀 있으니까요.

그러나 서울에서의 유학 생활이 내 청운의 꿈을 잠깐 사이에 백팔십도 바꿔놓고 말았다. 나는 대학에 입학하고 나서 나를 거두고 키워준 천성원으로부터 빠른 속도로 멀어지기 시작했다. 집과 부모님과 동생들 모두로부터 나 자신을 철저히 격리시켜버렸다. 때로는 서럽고 또 때로는 분하기도 한 고학생활을 통해 너무 빨리 부조리한 현실을 알아버린 까닭이었다. 가족들의 사랑에 대한 배신행위로 그들로부터 멀어지려는 게 아니라 오히려 보다 진정한 방법으로 그들을 사랑하기 위해 어쩔 수 없이 멀어져야 한다는 논리로 나 자신을 애써 설득했다. 힘이 부치는 아버지를 도와 기껏 싹수 있는 동생들 두엇 맡아 거두어주는 것만이 능사는 아니었다. 그것은 끽해야 떡고물 푼수에 지나지 않는 알량한 선물이었다. 독재정권을 무너뜨리고 민주주의를 회복시켜 기울어진 나라를 바로 세우는 그것이야말로 이 사회에서 대표적 소외계층인 내 가족들에게 떡시루를 통째로 안겨주는 가장 값진 선물이자 진정한 사랑임에 틀림없었다.

날이 갈수록 스크럼을 짜고 거리로 진출하는 일이 잦아졌다. 이튿날 사용할 몰로토프 칵테일을 만드느라 동아리 사무실에서 번번이 밤을 꼬박 새우다시피 하기도 했다.

"불온사상을 담고 있는 이춘영의 선동시를 어떤 경로를 통해서 입수했는지 육하원칙에 입각해서 말해봐!"

그가 갑자기 워드 작업을 중단하면서 컴퓨터를 두드리던 손으로 책상을 탁 내려쳤다. 유들유들하던 그의 표정은 그새 많이 허물어져 있었다. 차츰 신경질을 나타내는 그를 보면서 나는 회심의 미소를 지었다.

"같은 실수를 두 번 다시 되풀이하고 싶지는 않습니다."

나한테는 다른 무엇보다도 아버지를 밖으로 내보내는 일이 급했다. 청하지도 않은 자리에 스스로 입회해서 이제는 방화범의 혐의까지 뒤집어쓰게 된 아들의 초라한 꼬락서니를 당신 눈으로 직접 확인하게끔 방치한다는 건 자식 된 도리로 차마 못할 짓이었다.

원장님이 먼저 일어나셔야 저도 일어날 수 있습니다.

나는 아버지에게 간곡한 말씨로 거듭 종용했다. 어느새 아버지의 주름진 두 눈은 붉게 충혈되어 있었다.

명심하거라. 이 애비는 언제나 니 편이고 언제나 널 위해 기도한다.

안녕히 가시고, 다시는 찾지 마십시오.

허청거리는 걸음으로 면회실을 나가는 아버지를 나는 눈으로 배웅했다. 죄송합니다, 아버님. 저도 아버님을 사랑하고 존경합니다. 나는 쏟아지려는 눈물을 가까스로 참으며 돌아섰다. 바르게 살아라. 의롭게 살아라. 늘 성경 말씀을 꽉 붙들고 살아라. 어린 시절부터 귀에 못이 박이도록 들어온 아버지의 가르침이 새삼스레 또 귓전을 때리기 시작했다. 그 가르침을 헌신짝같이 팽개쳐버린 나는 이미 아버지의 아들이 아니었다. 아버지의 아들이 될 수가 없었다. 바로 그 빌어먹을 사랑이란 것 때문에 다시는 아버님께로 돌아갈 수 없는 몸이 된 이놈을 부디 이해해주시기 바랍니다.

"입 한번 잘못 놀려서 죄 없는 친구들을 다치게 만드는 어리석은 짓은 철부지 대학생 시절 한 번으로 족합니다."

지방대학에서 시간강사로 나가는 동창 친구를 통해 찾아낸 자료였다. 번역도 그 친구의 솜씨였다. 내가 이름을 댈 경우 그 친구는 괜한 오해 속에 툭하면 이리저리 불려다니며 뜻밖의 곤욕을 치르는 등으로 갖가지 불이익을 당할 게 뻔했다. 뻔히 알면서 같은 바지에 또다시 똥을 지릴 수는 없는 일이었다.

"좋아. 자네가 정 그렇다면 그냥 통과하기로 하지. 원점으로 빠꾸해서 다시 묻겠는데, 지난 3월 5일 20시경의 자네 행적을 입증해보라구."

그는 한편으로 크게 선심을 쓰는 척하면서 다른 한편으로는 내 발목을 더욱 단단히 옭아맬 올무를 놓고 있었다. 일정한 시차를 두고 같은 질문을 반복함으로써 저번 대답과 이번 대답 사이에 비어져나오는 미묘한 차이를 취약점으로 들이대며 그걸 집중 추궁하겠다는 상투적인 수법이었다. 이번 재수사의 핵심이 거기 있으니까 3월 5일 오후의 내 행적은 아마도 조사가 다 끝날 때까지 몇 번이고 더 추궁당하게 되겠지.

그는 마치 경찰 업무에 협조한 대가로 내가 엄청난 은택이라도 입은 양 불만스럽게 말한 바 있지만, 그건 실상을 모르는 소리였다. 엇비슷한 죄를 짓고도 실형을 살았거나 강제 징집되어 최전방에서 죽도록 고생한 후 제대한 다른 친구들에 비한다면 내가 받은 구류처분은 물론 은택일 수 있었다. 하지만 그게 과연 나한테 명실상부한 은택이 되었던가. 주민등록증처럼 평생 지니고 다녀야 될 배신자로서의, 변절자로서의 낙인이 과연 은택의 징표일 수 있단 말인가. 한바탕 호된 고통을 겪고 나와 당당한 자세로 대로를 활보하며 두고두고 자유를 누리는 친구들의 삶이 오히려 진정한 의미의 은택에 해당할 것이었다. 결과적으로 나는 잠시의 외출을 얻기 위해 평생의 휴가를 반납해버리는, 어리석기 짝이 없는 거래를 하고 만 셈이었다. 내가 은신처나 연고자를 찍어주는 바람에 차례로 검거되어 줄줄이 들어온 친구들이 뒤늦게 졸경을 치르는 광경을 보면서 나는 내 허약한 맷집을 무던히도 원망했다. 불침불면의 고통을 오래 견디지 못하는 내 박약한 의지를 원망하고, 함께 수배되었던 동료들 중 하필이면 제일착으로 검거될 수밖에 없었던 내 재수없음을 두고두고 원망했다. 만일 나 대신 제 놈들이 제일착으로 검거됐더라면 제 놈들 역시 용빼는 재주 없었을 테지, 만일 그랬더라면 지금쯤 제 놈들하고 나는 입장이 완전히 바뀌어 있을 테지, 하는 어거지 생각으로 무수히 자위하기도 했다. 그 신산스러운 체험을 통해 나는 그제껏 모르고 있던 내 주제를 비로소 파악하게 되었다. 애당초 나는 나라가 어떻고 사회가 어떻고, 해가며 대의를 추구할 그릇이 못 되었다. 그저 비겁하고 허약한 일개 범부에 지나지 않는 인간이었다. 배운 도둑질 적당히 활용해서 어찌어찌 푼돈이나 손에 쥐게 되면 싹수머리 내다뵈는 동생들 두엇 뒷배를 봐주는 정도가 나한테는 제격이었다. 그러나 이미 때는 늦어 있었다. 어쩌겠는가, 동생들이 있는 집으로 돌아갈 그 길을 이미 잃어버리고 만 것을.

"좋아. 다시 원점으로 빠꾸해서 묻겠는데, 3월 5일 17시 30분경에 대학교 앞 필승당구장 앞길을 혼자서 지나간 적이 있지?"

구치소를 나서자마자 내가 맨 먼저 한 일은 자퇴 절차를 밟는 것이었다. 대학생 생활을 중동무이한 다음 나는 곧바로 삼수갑산만큼이나 나 자신을 세상으로부터 완전 격리시키기에 적당한 유배지를 찾아 여기저기를 전전하기 시작했다. 한때의 판단 착오로 나라가 내게 미처 가하지 못한 징벌을 나 스스로 마저 다 치르는 일이 나한테는 다른 무엇보다 급선무였다.

"제가 자주 다니는 길입니다."

그러는 과정에서 어찌어찌 연줄이 닿아 한창 대학 건물 신축공사가 진행중이던 현재의 산골 마을까지 흘러들어오게 된 것이다.

"그 무렵에도 당구장 앞을 지나다닌 건 사실이지만, 3월 5일은 아닙니다. 왜냐면 그날은 아침부터 꼼짝도 않고 하루종일 방안에 누워만 있었으니까요. 어느 양반인진 몰라도 그 목격자하고 대질을 시켜주십시오."

대학이 정식으로 개교를 하고 학생들이 떼지어 다니기 시작하면서 캠퍼스 주변엔 어느새 대학촌이 형성되기 시작했다. 공사가 끝나 잡역부로서의 일거리가 끊긴 뒤에도 나는 산골 마을을 떠나지 않았다. 마침내 내 유배지가 결정된 까닭이었다. 높고 낮은 산들로 빙 둘러싸인 산골 마을이 여간 마음에 드는 게 아니었다. 배소配所 앞에 서면 보이는 거라곤 산과 대학 캠퍼스뿐일 정도로 세상 쪽과 한참 거리를 두고 있는 곳이었다. 마을 주민들도 마음에 들었다. 골짝 전체가 빠르게 대학촌으로 변모하면서 마을 인심도 덩달아 변해가는 것 같았지만, 알고 보면 여전히 순박하고 좋은 사람들이었다. 급격한 변화를 겪는 마을인 만큼 사방에 내가 거들 일도 지천으로 널려 있었고, 나를 필요로 하는 사람들도 많았다. 주민들 사이에 나는 심성 좋고 부지런한 청년으로 통했고, 노총각 신세를 딱하게 여긴 나머지 적극적으로 중매쟁이 노릇을 하려는 사람들까지 생겨날 정도였다. 특히 내게 셋방을 내준 이씨 아저씨 부부가 그랬다.

"잠깐만요. 말씀 도중에 대단히 죄송하지만……"

한참 잘 나가는 듯싶던 그가 부지중에 자신이 파놓은 함정에 스스로 빠져드는 순간을 나는 놓치지 않았다. 나 자신을 위해서나 그를 위해서라도 그 심각한 논리의 모순을 부득이 지적하지 않을 수 없었다.

"뭐야? 내가 형삿밥 한두 해 먹어본 솜씬 줄 알아? 건방진 짜식!"

그러자 그는 마치 헛불 맞은 짐승처럼 무섭게 화를 내면서 갑자기 사납게 굴기 시작했다.

"잔말 말고 당일날 봤다는 그 티부이 푸로, 십 분 단위로 잘게 쪼개서 조목조목 내용을 적어내!"

주민들과의 좋은 관계는 내게 최초로 방화범 혐의가 씌워진 다음부터 어느 정도 손상을 입은 게 사실이었다. 하긴 대학촌 주위 산기슭에 도깨비불이라 불리는 괴이한 산불이 자주 일어나고, 그에 따른 경찰 수사가 본격화하면서 터줏대감을 자처하는 주민들 사이에도 묘한 긴장과 불신의 징후들이 차츰 그 두께를 더해가는 판국이었다. 그런 분위기 속에서도 집주인 이씨 내외와 가까이 지내는 몇몇 이웃들은 그가 마을을 한 바퀴 헤집고 돌아갈 때마다 내게 슬쩍 귀띔해주기를 잊지 않았다. 내 동태에 관해 그에게 뭐라고 제보했는지를 자진해서 밝히면서 그들은 매번 내게 미안해하는 것이었다. 그들이 귀띔해준 제보 내용은 외려 나 자신을 방어하기 위한 알리바이를 구축하는 데 많은 도움이 되었기 때문에 내 쪽에서 특별히 그들에게 악감정을 품을 일도 없었다. 집주인네를 비롯한 대학촌 주민들과의 신뢰 관계는 오랫동안 지속되었다. 이를테면 수사관으로서의 그와 피의자로서의 내가 하나의 정보망을 의초롭게 공유하고 있는 꼴이었다.

"좀 엉뚱한 얘기 같지만, 혹시 형사님이 문제의 방화범 아닙니까?"

그가 기록을 요구한 3월 5일 오후의 유선방송 프로그램 내용은 이미 그가 압수해서 수사 자료로 활용중인 내 수첩 안에 깨알 같은 글씨로 적혀 있었다. 그럼에도 불구하고 홧김에 무리한 요구를 함으로써 구겨진 자존심을 펴고자 하는 그에게 나는 어떤 식으로든 앙갚음을 할 기회를 노렸다. 그러자 그의 얼굴이 대뜸 소나기 맞은 소방차의 빛깔로 변했다.

"뭐가 어쩌구 어째? 보자보자 허니깐 이 쌔끼가 증말!"

그토록 돈독했던 주민들과의 신뢰 관계가 최근 들어 급작스레 흔들릴 조짐을 보이고 있었다. 언제부턴가 나를 대하는 이씨 아저씨 내외의 태도에 어딘지 모르게 피곤의 기색이 묻어나기 시작했다. 다른 이웃들도 나하고 자기네 사이에 일정한 거리를 두고 싶어 하는 눈치였다. 이를테면 내 정보망에 구멍이 뚫리기 시작한 셈이었다. 일방적으로 유리해진 위치에서 그가 불쑥 들이대는, 3월 5일의 내 행적에 관한 참고인과 목격자의 증언은, 그래서 내게 충격적인 것일 수밖에 없었다. 이중 첩보원으로서 이씨 부부는 형사에게 제보한 후 여러 날이 지나도록 나한테 일언반구 귀띔해주는 법 없이 끝내 입을 다물고 있었던 것이다. 산골 마을 대학촌에 나 자신을 스스로 유배시킨 후 내가 맞이하는 최대의 위기인 셈이었다.

"자네 입에서 기왕 말이 나온 김에 이 외국 방화 사례들부터 먼저 짚고 넘어가기로 하지."

한소끔 퍼르르 끓어오르는 듯싶던 그와 나 사이의 긴장은 인터넷을 통해 뽑아낸 영문 기사의 번역 문제 덕분에 뜻밖에도 해빙의 기회를 맞았다. 마치 동업자라도 되는 양 그와 나는 사이좋게 머리를 맞댄 채 가벼운 농담마저 주고받았다. 상대방이 그리고자 하는 밑그림의 윤곽이 이미 내 눈에 들어온 다음이었다. 그가 한 번 실패를 경험했던 미제 사건의 재수사를 통해 의도하는 바는 사실 뻔한 것이었다. 화염병부터 시작해서 영문 기사철에 이르기까지 나하고 관련된 모든 자료 가운데서 방화 또는 불구경과 사돈의 팔촌만큼이라도 인연이 닿는 요소들을 낱낱이 추려내어 그것들을 모조리 하나의 끈으로 꿰어맞춤으로써 한 편의 장대한 범죄 드라마를 구성할 생각임에 틀림없었다. 그런 줄 뻔히 알면서도 나는 피의자가 수사관을 도와주는 그 해괴한 짓거리에 별다른 불만 없이 앞장섰다. 나에게 불리하게 작용할 가능성이 농후한 증거자료를 변변찮은 영어 실력으로 성의껏 번역하고 있노라니 절로 웃음이 나왔다. 하지만 화기애애한 분위기 속에서 누리는 그 한때의 평안이야말로 내게는 긴장과 울분을 물리치고 마음 편히 쉴 수 있는 모처럼만의 휴식이기도 했다. 전에 이미 몇 차례 숙독한 바 있는 내용이기 때문에 번역에 따른 어려움은 별로 없는 형편이었다.

애당초 방화범죄학의 박사가 되고 싶다는 따위 생각은 내게 추호도 없었다. 내가 컴퓨터 자판에서 자주 'arson' 또는 'arsonist'를 두드려 인터넷이 제공하는 방화 사건 관련 신문 기사를 꾸준히 수집해나온 것은 단지 호기심 때문이었다. 지구촌 저편짝에서는 대관절 어떤 자들이 어떤 동기에 의해 어떤 방식으로 불을 지르고 있을까, 하는 호사가적 취미가 나로 하여금 고집스레 내 알리바이에 불리한 작용을 감수케 만드는 것이었다. 일단 상습 방화 용의자로 전락한 다음부터 나를 대학촌에서 버틸 수 있게끔 해주는 힘은 일종의 오기였다. 까짓것 될 대로 되라는, 어디 한번 늬들 맘대로 해보라는 식의 자포자기에 의해서 충동질되는 팽팽한 오기가 나의 유일한 우군인 셈이었다.

"그만!"

세월아 네월아 하고 마냥 한유하게 진행되는 내 번역 작업을 그가 갑자기 중단시켰다. 그것으로 그와 나 사이의 한시적 휴전은 순식간에 결딴나버렸다.

"됐어, 수고했어."

입으로는 그렇게 말하면서도 그의 눈초리는 어느 틈에 새로운 공격을 준비하고 있었다. 내가 누리던 한때의 평안이 벌써 저만큼 물건너가고 있었다.

"자네 동기는 도대체 뭔지 말해주겠나?"

이런 옘병헐!

"복수? 주의를 끌려는 목적? 방화광? 아니면 그 셋을 모두 합친 것?"

아니나다를까, 그는 내 도움 덕택으로 해석을 마친 바로 그 미국 신문 기사에서 공격의 빌미를 잡아 나를 거칠게 몰아세우기 시작했다. 방화의 동기를 추궁하는 건 내 호의에 대한 그의 명백한 배신 행위였다.

"그 질문에 꼭 대답을 해야만 되나요?"

불구경의 동기라면 또 모를까, 내 입으로 방화의 동기를 진술한다는 건 전혀 불가능한 노릇이었다.

"대답해야 돼. 내가 보기엔 캘 뭣인가 허는 그 조사관이 얘기한 대로 자넨 방화범이 갖춰야 될 삼박자를 골고루 갖추고 있어. 믿을 수 없고, 의기소침하고, 고독을 사랑하는 사람. 어때? 바로 자네 얘기잖아."

그는 뭔가를 크게 착각하고 있었다. 서양의 방화범들 가운데 삼박자를 갖춘 사람이 다수인 점과 삼박자만 갖춘 사람이면 너나없이 모두 방화 대열에 동참하는 점과를 혼동하고 있음이 분명했다.

"방화범이 아니란 증거를 대봐!"

"제가 방화범이란 증거를 대십시오!"

먼길을 고단하게 우회한 끝에 마침내 그와 나는 원래의 출발점으로 되돌아오고 말았다. 개미 쳇바퀴 돌기였다. 누가 지고 누가 이기든 간에 어떤 식으로든 빨리 결판을 내지 않으면 안 될 때였다. 억하심정의 부축을 받아가며 나는 산불에 대한 나의 지속적인 관심을 일단 경찰 책임으로 돌려버렸다.

"좋습니다. 경찰 탓입니다. 우리 경찰이 유능해서 사건 초기에 일찌감치 범인을 검거했다면 아무 관심도 안 가졌을 겁니다."

끝내 엉뚱한 사람에게 혐의를 덮어씌워 자기네 무능을 가리려 한다 생각하니 화가 나서 도무지 견딜 수가 없었다. 홧김에 화냥질 하더라고, 나는 그만 그 앞에서 절대로 해서는 안 될 말들을 폭포수처럼 쏟아내기 시작했다.

"나 자신을 상대로 처절하게 복수극을 벌이고 싶었습니다. 동지들을 헐값에 경찰에다 팔아넘기고 풀려난 과거의 나를 열 번이고 백 번이고 불구덩이 속에 처넣고는 태워 죽이고 싶었습니다. 그래서 그렇게 산불이 날 때마다 득달같이 달려가서 나를 불 속에 집어던지고는 내가 타죽는 꼴을 만판 즐겼던 겁니다. 이제 됐습니까? 빌어먹을!"

이제 막 결승점을 통과한 단거리 선수마냥 나는 무섭게 숨을 헐떡거렸다. 당장 내 몸뚱이를 불살라버릴 기세로 내 내부에서 산불과도 같은 심화가 탁탁 튀는 소리를 내고 뿌지직 튀는 소리를 내며 한바탕 요란하게 타오르고 있었다. 언제나 내 편인 아버지 앞에서마저 끝내 털어놓지 못했던 말이었다. 지난번 조사 때도 끝내 그 말만은 입 밖에 내지 않았었다. 설령 감옥살이를 하는 한이 있더라도 마지막 순간까지 나만 아는 비밀로 내 가슴 구중심처에 묻어두고자 했던 말을 홧김에 토사물처럼 왝왝 쏟아내고 난 뒤의 기분은 이루 다 말할 수 없으리만큼 참담했다. 너무도 초라하게 느껴지는 나 자신이 불쌍하고 또 불쌍했다.

"많이 흥분한 모양인데, 건강상 해로우니깐 절대 흥분하지 말라구. 이런, 시간이 벌써 이렇게 됐네. 자네 배고프지?"

내 기분을 제법 이해해주는 척하면서 그가 민생고를 무기로 내세워 엉너리를 치려 했다. 그러나 형삿밥으로 잔뼈를 굵혔다는 이 조야한 성품의 중년 사내가 과연 복잡하고도 섬세한 인간 심리의 뒷마당을 반의 반만큼이라도 이해했을까. 매번 산불이 나기를 기다려 나 자신을 어김없이 화형에 처하곤 하는 그 비밀한 의식을 이 사내가 과연 이해할 수 있을까. 빌어먹을!

"어이, 김일경!"

앳된 얼굴의 의경이 황급히 달려왔다. 문안으로 들어서면서 나하고 얼핏 눈이 마주치자 의경은 얼른 눈길을 돌려버렸다. 의경의 얼굴을 다시 대하는 순간 나도 모르는 한숨이 내 입에서 흘러나왔다. 아직도 자존심 때문에 내 눈길을 피하다니, 참 좋은 나이구나!

"여기 짜장 곱빼기 둘, 번개 배달!"

"형사님이나 많이 드시고 많이 힘내서 무고한 사람 많이 괴롭히십쇼, 빌어먹을!"

그가 고개를 좌우로 흔들어보이며 마치 단단히 심통이 난 어린애를 달래는 너그러운 어른의 시늉으로 혀를 찼다. 쯧쯧쯧.

"자네, 젊은 사람이 그러는 게 아니야. 사정이 이렇게 어려운 땔수록 어쨌든 많이 먹고 뱃심을 든든히 키워서 오래 견디는 게 상책이지."

그는 내가 자기한테 화를 내는 줄 아는 모양이었다. 초라하고 왜소하기만 한 나 자신을 겨냥한 분노임을 그가 꿈에도 알 리 없었다.

"그건 그렇고, 짜장면 도착할 때까지 막간을 이용해서 3월 5일 15시경부터 20시경 사이 자네 행적을 여기다 다시 한번 상세히 적어주겠나?"

끝까지 사람의 진을 빼려는 그 집요한 공세 앞에서 나는 다시금 나를 맹목으로 만드는 캄캄한 절망감에 휩싸이고 말았다.

빌어먹을! 빌어먹을! 빌어먹을!

"비일어먹을!"

다시 한번 작가의 말

거듭 밝히거니와 이건 작가의 말이 아니다. 왜냐하면 나는 이 작품의 작자가 아니니까. 때문에 작가의 말이라기보다는 거간쟁이의 말이란 표현이 다시 한번 어울릴 법하다.

김건식은 이미 이곳 대학촌 사람이 아니다. 대학촌과 인연을 끊고 떠나버린 뒤로 아직 한 번도 이곳에 다시 모습을 드러낸 적이 없다. 어디선가 김건식 비슷한 사람을 보았다는 사람도, 바람결에 묻어오는 김건식의 소식을 어렴풋이나마 들었다는 사람도 아직까지는 전혀 없다. 그의 행방이 묘연한 채로, 그의 생사조차 불명한 상태로 벌써 이 년여의 세월이 흘렀다.

길다면 길고 짧다면 짧은 그 이 년여의 기간에도 종합대학이 들어앉은 이곳 산골 마을은 많은 변화를 겪었다. 우선 해가 다르게 대학의 몸집이 비대해짐에 따라 학생수도 그만큼 증가했고, 학생들 상대의 숙박시설을 비롯하여 음식점, 술집, 유흥업소서껀이 우후죽순처럼 생겨나면서 그만큼 외지 유입 인구도 대폭 늘어나 마치 대도회의 한 조각을 뚝 떼어다 산골에 박아놓은 모습으로 현란하게 바뀌었다.

조용하던 대학촌의 급작스러운 도회화는 필연적으로 마을 인심의 변화를 동반한다. 저마다 바삐 나부대는 일상 속에 이름 없는 한 젊은이의 존재는 사람들의 뇌리에서 금세 잊히게 마련이다. 과거의 주민 가운데 상습 방화 용의자로 낙인찍혀 오랫동안 곤혹스러운 삶을 영위하다가 끝내 견디지 못하고 어느 날 홀연히 행방을 감춘 어떤 젊은 목숨이 있다는 사실을 기억하는 사람은 오늘날 대학촌에 아무도 없는 형편이다.

한 가지 특기할 만한 사항이 있다면, 그것은 다름 아닌 산불이다. 김건식이 마을을 뜨는 것으로 산불 문제가 완전히 해결되지는 않았다. 그가 떠난 후에도 초목을 바싹 메말리는 갈수기만 닥치면 어김없이 산불이 발생하곤 했다. 그의 알리바이가 확실해진 상황에서 대학촌 주위 산기슭을 와삭와삭 먹어치우는 탐욕스러운 불길을 잡기 위해 온 주민이 한꺼번에 몰려다니며 몇 차례씩 야단법석을 떨어야만 겨우 건기의 한 계절이 그럭저럭 넘어가곤 했다.

그때나 지금이나 방화범의 정체는 여전히 오리무중이다. 그래서 대학촌 주민들이나 대학 안의 사람들은 이제 너무도 익숙해진 그 산불을 가리켜 너나없이 도깨비불이라 부르기를 서슴지 않고 있다.

앞에서도 밝혔듯이 나는 지금 미개인 아니면 야만인의 심정으로 김건식과의 약속을 모지락스레 깨고 있다. 내 글 아닌 남의 글을 이렇게 내 이름으로 발표하는 행위는 어둠 속 어느 구석지에 숨어 있을 김건식을 밝은 세상으로 끄집어내기 위함이다. 감히 바라기는, 그의 글이 세상의 빛을 쬐는 날, 머리꼭지까지 부앗살이 뻗친 그가 야만적인 약속 위반을 따지기 위해 입에 거품을 문 채 나를 향해 득달같이 달려오는 것이다. 아무쪼록 이 변칙적인 작품 발표가 그의 귀환을 강제하는 유력한 수단으로 작용할 것을 나는 기대한다. 내 초대에 응하여 하루속히 그의 몸뚱어리가 내 눈앞에 되돌아오기를 바란다. 내 간절한 초혼에 응하여 산불 때마다 번번이 화형의 고통을 자청하곤 하는 그의 가련한 넋이 사나운 불길 속에서 무사히 빠져나오게 되기를 바란다.

혹시라도 자기 주변에서 김건식을 연상케 하는 인물이 눈에 띌 경우, 또는 김건식과 관련된 토막 소식이라도 알고 있는 경우, 누구든지 나에게 지급으로 연락만 해준다면 반드시 후사할 생각이다.

(2000)

해설

'다르게 말하기'의 세계

정홍수(문학평론가)

1. 아이러니와 '다르게 말하기'

워낙 개시부터가 기대했던 바와는 달리 어긋져나갔다. 많이 무리를 해서 성남에다 집채를 장만한 후 다소나마 그 무리를 봉창해 볼 작정으로 셋방을 내놓기로 결정했을 때, 우리 내외는 세상에서 그 쌔고 쌘 집주인네 가운데서도 우리가 가장 질이 좋은 부류에 속할 것으로 자부하는 한편, 우리집에 세 들게 되는 사람은 틀림없이 용꿈을 꾸었을 것으로 단정해버렸고, 이와 같은 이유로 문간방 사람들도 최소한 우리만큼은 질이 좋기를 당연히 요구했던 것이다. 그런데 우리의 기대는 어쩐지 처음부터 자꾸만 빗나가는 느낌이었다. 특히 사복 차림으로 학교까지 찾아온 이순경이 주민등록부에 우리의 동거인으로 기재되어 있는 안동 권씨에 관해 얘기를 꺼냈

을 때 느낀 배반감은 절정에 달했다.(「아홉 켤레의 구두로 남은 사내」, 257쪽)

하오의 운동장 안에서 우리말고 또 움직이는 것이라곤 아무것도 없었다. 우리 역시 좋아서 하는 노릇은 결코 아니었다. 우리들 수강생 일동은 구령에 맞추어 마지못해 수족을 놀리고 있었다.

낡은 헝겊 쪼가리처럼 풀기 없이 늘어진 넓은 잎들을 주체스럽게 매단 채 플라타너스의 긴 행렬이 운동장가에서 마냥 힘겨워하고 있었다. 축구장 골문 근처를 휘덮은 바랭이잎과 수작하는 실바람 한 점 느낄 수 없는 날씨였다. 오직 누리에 무성한 것은 햇빛, 그리고 또 햇빛일 뿐……

"오伍와 열列! 오와 열!"

특히 그것은 우리를 담당한 체육과 주임 강교수가 쓰고 있는 하얀 운동모의 비닐 챙 위에서 한껏 위세를 떨치고 있었다. 구령에 장단을 넣기 위해 그가 고개를 꺼떡거릴 적마다 파란색의 그 비닐 챙은 위로부터 쏟아지는 무더기 햇빛을 덥석 받아 곧바로 우리들 시야 속에 홱 뿌리고 또 홱 뿌리는 그 노릇을 쉬임 없이 반복하는 것이었다.(「제식훈련 변천약사」, 200~201쪽)

인용한 대목은 두 작품 모두 서두이다. 길지 않은 도입부에서 소설의 목소리와 서사의 실마리를 형성하고 드러내는 방식에 새삼 눈길이 간다. 소설을 읽어나가면서 확인하게 되지만, '워낙 개시부터가' '성남에다 집채를 장만한 후' '무리를 봉창해볼 작정으로' '질이 좋은 부류' '우리의 동거인'과 같은 일인칭 화자의 언어들은('우리 내외'라는 복수의 울타리를 포함해서) 「아홉 켤레의 구두로 남은 사내」(이하 「아홉 켤레」)의 소설적 공기를 만들어내는 것이면서 바로 그 공기로부터 나온 것이기도 하다. 이제부터 흐름을 하나하나 쌓아간다는 시작의 느낌보다는 이미 사태의 중심에서 익을 대로 익은 언어가 쓱 중동무이한 채로 들어서고 있다는 느낌을 주는 것도 같은 맥락이다.

「제식훈련 변천약사」의 경우에도 비슷한 이야기가 가능하지 싶다. 여기서도 일단 '우리'라는 대명사가 먼저 등장하는데, 두 작품 모두 '나'는 개인이면서 '가족'이나 (정교사 연수를 받는) '교사 무리'의 울타리에 단단히 결속되어 있기 때문이다. '하오의 운동장' '수강생 일동' '수족을 놀리고' '운동모의 비닐 챙' '위세를' 등 화자의 언어가 이 소설 고유의 시공간을 '벌써' 떠받치는 느낌인데, 하나의 세계는 이미 도착해 있다. 다만 여기서는 인물 내면의 심리에 대응하는 객관적 상관물로 플라타너스, 바랭이잎, 비닐 챙 위의 햇빛 등을 묘사하는 고도의 정밀한 언어가 화자를 감싸고 있는 또다른 층위로서 작가 윤흥길의 존재를('내포 작가'로 좁힐 수도 있겠다) 좀더 부각시키고 있다. 바람 한 점 없는 운동장, 기세등등한 '햇빛'의 위세를 늘어진 플라타너스잎과 바랭이잎으로 보여주고 그로부터 무력한 강습생들인 '우리' 위에 군림하는 강교수의 삼엄한 권력을 대비하는 뛰어난 묘사의 힘은 인물의 것이라기보다는 작가의 것에 더 가깝기 때문이다. 특히 강교수 운동모의 비닐 챙이 쏟아지는 햇빛을 '우리들'의 시야 속으로 "홱 뿌리고 또 홱 뿌리는" 대목의 묘사는 윤흥길 소설에서 종종 확인하는 위트와 해학의 시선을 범례적으로 담지하고 있다. 일찍이 천이두가 윤흥길 소설에서 '아이러니'가 갖는 중요성을 자세히 언급한 바 있지만,[1] 기실 아이러니를 정의하는 '두 겹의 발화/시선'은 윤흥길 소설의 중핵적 구성 원리라 할 만하다. 구성 원리로서의 아이러니는 윤흥길 소설이 현실 비판의 방법으로 자주 차용한 알레고리의 기법에서부터 인물의 대립적(혹은 평행적) 배치, 주제의 복합적 열림 등 다양한 부면에서 작동하고 있는데, 위의 인용문은 묘사의 차원에서 아이러니의 간극이 소설에 부여하는 복합적인 울림을 잘 보여준다.

그러면서 두 소설의 서두에서 새삼 확인하게 되는 것은 윤흥길 소설의 '미메시스'가 현실의 모방과 재현의 차원보다 그 현실의 복잡성과 미묘함을 환기하는 언어적 질서의 재구축 쪽에 좀더 방점이 있다는 사실이다. 윤흥길에게 소설은 '다르게 말하기'('알레고리'의 뜻이기도 하다)의 공간이다. 이 경우 '다르게 말하기'의 공간은 현실의 직접적 표현보다는 현실과의 불가피한 거리를 인정

1) 천이두, 「묘사와 실험」, 『장마』(민음사, 1980) 작품 해설.

하는 자리에서 이루어지는 언어적 대응물의 자리를 가리킨다. 이 '거리'의 승인이 윤흥길 소설의 '아이러니'를 방법적인 것이 아니라 '필연적인' 것으로 만드는 근본 요인이겠지만, 그의 소설을 좁은 의미의 사실주의와 구분 짓게 한다. 가령 「아홉 켤레」에서 "우리의 동거인으로 기재되어 있는 안동 권씨"로 소개되는 인물은 이미 '안동 권씨'라는 호칭 속에서 현실과는 다른 소설적 공간의 좌표를 드러내고 있는데, 이는 실제 그 인물의 속성의 일부이면서 동시에 현실을 상상적으로 재구조화하고 배열하는 소설 담론의 기호 능력을 강하게 암시한다. 소설이 진행되면서 우리는 이 '안동 권씨'가 "이래봬도 나 안동 권씨요!" "이래봬도 나 대학까지 나온 사람이오"의 계열 안에서 갖는 의미를 그가 이상한 방식으로 집착하는 '구두들'과 함께 충분히 음미하게 된다. 그의 인간적 '선함/무능'과 등을 맞대는 가운데 두드러지는 '자존감'의 슬픈 대비는 '안동 권씨' '대학' '구두'의 소설적 호명이 만들어낸 효과이며, 이 점이 바로 권씨의 시점에서 이야기되는 1971년 8월 10일 광주대단지 사건이라는 강렬한 사회적 현실을 포함하면서도 이 소설을 다층적이고 복합적인 인간에 대한 성찰의 자리로 열어놓은 결정적인 요인이 된다. 그 성찰의 자리는 광주대단지 사건 안에 계기로서 들어 있는 것이기는 하되, 단선적이고 직접적인 재현의 언어로는 포착되기 힘든 것이라는 데에 윤흥길식 '다르게 말하기'의 중요성이 있다. 권씨라는 인물이 현실 속의 인물이면서 실제로는 현실에서 쉽게 관찰되거나 드러나기 힘든 인물이라는 사실도 비슷한 맥락에서 살필 수 있다. 권씨는 그 자신이 술회하는 대로 '비 오는 화요일(광주대단지 사건의 날)' 자신도 잘 의식하지 못하는 가운데 삶의 변곡점을 통과하게 되고 이후 전과자, 경찰의 사찰을 받는 인물로 힘겹게 가족을 이끌게 된다. 이 경우 당대의 부당하고 억압적인 정치 사회 현실이 파괴되는 한 인간을 통해 대비적으로 부각되는 과정이 1970년대 한국 소설의 주도적인 한 양상이라면, 윤흥길 소설은 바로 그러한 통상적 대비의 구도를 지우고 뒤틀린 자존감이라는 심리적 현실 안팎에서 현실을 재구성하는 낯선 길을 보여준다. 권씨의 '기인됨'을 현실의 모방이 아니라 현실의 창조 쪽에서 이해해야 하는 이유이기도 하다. 이 창조의 어려움은 집주인인 오선생의 일인칭 시점에서 일정한 거리를 두고 권씨를 이야기하는 「아홉 켤레」와 권씨가 일인칭 화자로 직접 나서는 후속 연작 「직선과 곡선」을 비교해볼 때 드러난다. 권씨의 내면을 충실히 따라가며 보여줄 필요와는 별개로, 후자에서 술집 작부와의 동반자살 시도나 교통사고를 계기로 한 이상한 취업과 같은 서사의 전개가 다소 부자연스럽게 느껴지는 게 사실이라고 한다면(「아홉 켤레」에서 권씨의 어설픈 강도 행각이 준 신선한 충격을 생각해보자), 그것은 심리적 현실로부터 적절한 매개 없이(이 경우는 화자 장치를 포함해서) 상응하는 소설적 리얼리티를 구축하는 게 얼마나 어려운 일인지를 방증한다고 볼 수도 있다. 그러나 전체적으로 윤흥길 문학은 그 어려움을 무릅쓰는 쪽에서 소설적 모험의 길을 열어왔고, 발견과 발굴로서의 현실의 창조적 제시에 값하는 뛰어난 소설적 성취를 새겨왔다.

2. 비판적 거리, 상상력의 최대치

윤흥길의 대표작을 꼽을 때 그 첫머리에 오는 것이 「장마」다. '6·25 유년기 체험 세대'의 소설사적 출현에서도 중요한 의미를 갖는 이 작품은 이데올로기의 극단적 대립과 함께 진행된 전쟁의 비극과 폭력을 모성적 살림의 원리로 이겨내고 치유할 수 있는 가능성을 제시한다. 작품에서 모성적 살림의 원리를 대표하는 두 인물은 사돈 간인 집안의 두 할머니다. 전근대적 '샤머니즘' 혹은 '민화적 세계'에 깊이 몸 담그고 있는 두 사람의 심성은 현실의 폭력과 비극을 전혀 다른 차원에서 해석하고 받아들이는데 이로부터 예상치 못한 갈등 해결의 국면이 도래한다. 그것은 말 그대로 속 깊은 화해의 순간으로, 일차적으로는 두 할머니 사이의 해소되기 힘든 불화와 갈등을 풀어내지만 소설 전체로는 상호 살상을 동반한 극단적 이념 대립의 세상을 중단시킨 듯한 효과를 불러일으킨다.

> "자네 오면 줄라고 노친께서 여러 날 들여 장만헌 것일세. 먹지는 못헐망정 눈요구라도 허고 가소. 다아 자네 노친 정성 아닌가.

내가 자네를 쫓을라고 이러는 건 아니네. 그것만은 자네도 알어야 되네. 남새가 나드라도 너무 섭섭타 생각 말고, 집안일일랑 아모 걱정 말고 머언 걸음 부데 펜안히 가소."(91쪽)

지금 화자인 소년의 외할머니는 집마당으로 들어온 뒤 감나무를 친친 감고 올라가 버티고 있는 구렁이 한 마리를(사실은 장맛비를 피해 우연히 들어왔다가 사람들에 놀라 나무 위로 올라간 것일 테지만) 사돈 할머니가 몽매에 기다리던 아들의 현신으로 대접하며 정성껏 갈 길을 안내하고 있다. 점쟁이로부터 빨치산이 된 아들이 돌아올 날을 점지받은 뒤 약속된 당일을 맞아 가족들을 진두지휘하며 기다리고 있던 사돈 할머니는 구렁이의 출현에 놀라 의식을 잃은 상태다. 정성껏 차린 음식을 바치고 사돈 할머니의 머리카락을 태우자 놀라운 일이 벌어진다. 꿈쩍도 않던 구렁이가 나무에서 툭 떨어진 뒤 외할머니 앞으로 다가오기 시작한 것이다. 몰려와 있던 동네 사람들이 연신 탄성을 지르는 가운데 외할머니는 길을 터주며 구렁이의 길을 안내한다. 구렁이가 뒤란을 지나 대밭으로 들어가자 외할머니는 "고맙네, 이 사람! (……) 이 사람아" 하고 마지막 배웅의 인사를 한다. 의식을 되찾은 할머니가 자신이 까무러친 후에 일어났던 일에 대해 들은 뒤, 사랑채의 외할머니를 모셔오게 해 고맙다는 말을 전한다. "내가 당혀야 헐 일을 사분이 대신 맡었구랴. 그 험헌 일을 다 치르니라고 얼매나 수고시렀으꼬."

국군 장교로 전선에 나간 아들의 전사 소식을 들은 뒤 "더 쏟아져라! 어서 한번 더 쏟아져서 바웃새에 숨은 뿔갱이 마자 다 씰어가그라!"라고 대놓고 저주를 퍼붓고, 마침내는 "이런 뿔갱이 집"에서는 나가겠다며 외할머니가 집안의 금기어를 발설해버린 뒤 돌이키기 힘든 사이가 된 두 할머니 사이에 화해의 순간이 찾아든 것이다. 물론 「장마」의 이 같은 화해는 김윤식이 한국 소설의 '샤머니즘적 체질'이라고 부른 전근대적 심성의 세계(다르게는 김동리의 「무녀도」, 황순원의 「필묵 장수」로 대표되는 '문협정통파'의 소설사적 압력)에 이어져 있는 만큼, 그 한계 또한 뚜렷하다고 할 수 있다.

> 이러한 근대적 원근법의 시각에서 보면 두 할머니의 화해는 이데올로기와 전혀 무관한 일에 지나지 않는다. 따라서 이데올로기의 극복이 아니라, 그것의 잠정적인 '없앰'이거나, 혹은 아무런 해결도 아닌 일시적인 눈가림이라 할 수 있다.[2]

「장마」의 두 할머니는 아들을 각기 국군과 인민군으로 내보내야 했고, 두 아들 모두 살아서 돌아오지 못한다. 이 처참한 비극의 원인은 전쟁을 둘러싼 냉혹한 국제정치의 역학에 있고, 그 속에는

2) 김윤식, 「우리 문학의 샤머니즘적 체질 비판」, 『운명과 형식』, 솔, 1992, 208쪽.

이성을 앞세운 근대의 이데올로기가 적대적 쌍생아의 형태로 대립하며 작동하고 있다. 그 정치와 이데올로기는 생명의 차원에서 구렁이와 사람을 등치시키는 샤머니즘적, 민화적 세계를 망각하고 배제시키는 가운데 성립된 것이기도 하다. 「장마」에서 동네 사람들이 아들의 귀환을 확신하는 할머니에 대해 내심 품고 있는 생각대로 그것은 '미신迷信'의 영역일 뿐이다. 구렁이는 어떻게 해도 사지로 간 아들의 현신일 수 없다. 그럼에도 「장마」는 구렁이를 사돈의 아들로 대접하는 외할머니의 연극적 제의를 통해 근대적 원근법이 사라진 시간을 불러내는데 그것의 효과가 소설 전체를 크게 감싸고 있다는 점에서, 그리고 두 할머니의 화해를 이끌어내고 있다는 점에서 이 소설적 해결의 방식은 비판적 점검의 대상이 될 수 있다. 동시에 「장마」가 초등학교 삼학년인 소년 동만의 시점을 취함으로써 현실의 총체적 이성적 파악으로부터 비켜나 있는 점도(실제로 회상 시점은 어른이 된 동만의 것으로, 사건 당시 소년 시점의 순진무구함을 소설적 아이러니로 활용하고 있는 것이긴 하나) 지적될 수 있다.

그러나 우리는 앞서 김윤식의 비판이 「장마」의 소설적 완성도나 소설적 감동을 향하고 있지 않다는 사실을 확인해둘 필요가 있다. 그 글은 김동리로 대표되는 문협정통파의 샤머니즘적 체질이 한국 소설의 무의식에 얼마나 완강히 뿌리내리고 있는가 하는 데 대한 검토이며, 그 소설사적 압력이 텍스트의 차원에서 일으키는 영향의 차원을 해명하려는 시도였다. 그리고 그를 통해 전체적으로 한국 소설의 '근대성' 미달 혹은 결핍을 충격하려 한 것이다. 바로 이 점을 승인한 후라면, 우리는 윤흥길의 「장마」가 바로 그 '샤머니즘'을 소설 안에 어떻게 들여놓고 있는가 하는 데로 시선을 돌릴 필요도 있어 보인다. 실제 「장마」는 샤머니즘의 늪에 빠졌다기보다는 샤머니즘을 아주 명민하고 적절하게 활용한 작품으로 보이기 때문이다. 그렇다면 「장마」 안에 샤머니즘의 시간 혹은 세계는 어떻게 소설적으로 구조화되어 있는지, 그리고 그 결과 샤머니즘으로부터 어느 정도 비판적 거리가 확보되고 있는지 살필 필요가 있는 것이다.

이와 관련해서는 우선 소년 동만의 시점이 실제로는 소설의 현실 파악에 그다지 제한적으로 기능하고 있지 않다는 점을 지적할 수 있다. "밭에서 완두를 거두어들이고 난 바로 그 이튿날부터 시작된 비가 며칠이고 계속해서 내렸다. 비는 분말처럼 몽근 알갱이가 되고, 때로는 금방 보꾹이라도 뚫고 쏟아져내릴 듯한 두려움의 결정체들이 되어"로 시작되는 소설의 서두부터가 동만의 언어가 아니라 동만의 시점(정확히는 성인이 된 후 회상하는 동만의 시점)을 빌린 내포 작가의 언어이며, 이후 소설 전체적으로 내포 작가와 동만의 시점/언어는 계속 동행한다. 그때그때 필요에 따라 한쪽이 전면화되기도 하지만 그 경우에도 내포 작가의 통제를 벗어나 있는 것은 아니다. 실제로도 「장마」에서 동만의 시점 때문에 사태의 진상이 드러나지 않는 일은 없다. 삼촌이 집에 온 문제의 밤 "정작 눈을 떴어야 될 중요한 시간엔 이미 나는 깊은 잠에 빠져 있었다"고 하지만 방바닥에 부딪는 둔중한 소리에 잠을 깬 뒤 동만이 몰래 듣는 이야기에는 사람을 죽였다는 삼촌의 고백부터 어렵게 자수에 동의하는 순간까지 결정적인 대목이 모두 들어 있다. 오히려 방바깥의 인기척에 놀라 삼촌이 황급히 집을 탈출하는 장면에서 발소리의 주인공을 정확히 알아챈 이는 동만뿐이다. 그리고 외할머니나 어머니의 이야기를 통해, 그리고 동만 자신의 어릴 적 기억을 빌려 드러나는 외삼촌의 존재는 중학부터 대학까지 축구 선수로 이름을 날린 것과 함께 해방 직후 좌우 대립에서 우익 쪽에 섰던 대학생의 모습으로 재현되고 있는데("나중에 어머니한테 들은 얘기지만, 그때 그들은 한참 쫓고 쫓기는 중이었다. 좌익 학생들과의 오랜 싸움 끝에 뭔가 일을 저지르고 잠시 쉬러 내려왔다는 거다."), 이는 좌파 학생이나 좌파 지식인이 상대적으로 더 많이 조명된 한국 소설의 경향을 생각해보면 조금 이례적이라 할 만하다. 게다가 단편적이기는 하나 이데올로기적 대립의 상황을 자연스럽게 해방 공간까지 끌어올리고 있다는 점에서도 의미가 적지 않다(삼촌의 경우, 그 밤의 대화에서 할머니의 걱정에 대한 응대를 통해 빨치산 생활을 구체적으로 알려주기도 한다). 요컨대 화자 동만의 자리는 소년의 순진성을 적절히 활용하는 가운데 오히려 서사의 자유와 아이러니의 효과를 얻는 데 기여하고 있다고 해야 옳다. 회상의 시점과 소설 내적 시간 사이에 거리가 존재한다는 점도 당연히 사태의 종합적 파악에 기여하고 있음은 물론이다.

그러면서 소설이 두 사돈 할머니로 대표되는 샤머니즘의 세계를 보여주는 방법도 그리 단선적인 것은 아니다. 외할머니는 이빨이 뽑히는 꿈을 꾼 뒤 전선에 소대장으로 나가 있는 아들의 신변에 무슨 일이 일어났다고 믿는데, 아닌 게 아니라 그 직후 아들의 전사 통보가 날아든다. 외할머니는 자신의 선견지명을 몰라준 가족들을 한껏 질책한다.

> 우스꽝스러울 정도로 의기양양해하고 있는 그 표정을 오래 보고 있자니까 주술에 가까운 어떤 강렬한 기운이 가슴속에 뜨겁게 전달되어와서 외할머니란 사람이 내게는 별안간 무섭게 느껴지기 시작했다.(19쪽)

그러나 동만은 완두를 까는 외할머니의 손놀림에 변화가 생겼음도 정확히 알아챘다.

> 우리가 밖에 나갔다 온 뒤부터 줄곧 외할머니는 강마른 두 팔을 가늘게 떨고 있었다. 그리고 일껏 까낸 연둣빛 싱싱한 자실을 빈 깍지가 수북이 담긴 치마폭 속에 아무렇지도 않게 떨어뜨리는 것이었다.(17쪽)

「장마」의 샤머니즘은 이 균형감 속에 포착되어 있다. 사실은 전란의 와중인데도 시골까지 전사 통지서가 제대로 전달된다는 점도 중요하다(소설은 동만의 시선을 빌려 쏟아지는 장맛비 속에서 '구장 어른과 방수포를 뒤집어쓴 두 사내'가 아버지를 만나는 모습을 전해준다). 점술에 의지하여 아들의 귀환일을 확신하는 할머니의 행동에 대한 동네 사람들의 속내 또한 동만에 의해 다음과 같이 포착되는데, 할머니를 따르고 있는 가족의 마음도 정확히 드러난다.

> 그들이 가장 궁금해하는 것은, 우리 식구들이 어느 정도로 미신을 믿고 있는가였다. 물론 그들은 미신이란 말은 입 밖에 비치지도 않았다. (……) 이야기 끝에 그들은, 가족들 정성에 끌려서라도 삼촌이 틀림없이 돌아올 거라는 격려의 말을 잊지 않았다. 아버지는 그저 웃고만 있었다. 그런 말을 하는 몇 사람의 태도에서 아버지는 그들이 우리 일을 가지고 자기네 나름으로 한창 즐기고 있다는 사실을 충분히 눈치챘을 것이다.(84쪽)

말하자면 「장마」 속 샤머니즘의 세계가 전란의 현실에 무력하다는 것은 소설에 충분히 표현되어 있다. 그것은 두 할머니가 더 정확히 아는 대로 소망의 영역일 뿐이다. 「장마」는 그 대비를 강조하는 방식으로 6·25의 비극과 폭력성을 드러낸다. 두 사돈 할머니가 한집에 기거하게 된 것은 피난이 일상화된 당시의 상황을 반영하면서 좌우 갈등의 극적 공간 또한 제공한다. 그 할머니 세대의 심성에 깊이 남아 있었으리라 짐작되는 샤머니즘적 믿음은 전근대 한국인의 삶을 오랫동안 감싸온 정신의 원리다. 근대적 합리성의 자리에서 보면 부정될 수밖에 없는 영역이지만 여기에는 근대성이 망각하고 억압해버린 중요한 삶의 원리가 있다. 그것은 생명의 존중에 바탕한 살림의 '모성적' 지혜라 할 만한데, 이성적 분별/셈법이 가닿지 못하는 세계를 포괄하려 한다는 점에서 근대성의 일방향성을 반성하게 할 측면을 포함하고 있다. 앞서 김윤식의 비판은 한국 소설의 주류적 흐름에 드리워진 샤머니즘적 체질을 향하면서 「장마」가 그 압력에서 자유롭지 못하다는 점을 지적한 것일 텐데, 큰 틀에서 그 비판을 수긍한다 하더라도 작품의 정당한 평가를 위해서는 세심한 차이 또한 놓쳐서는 안 되리라. 그때 새삼 돋보이는 「장마」의 소설적 성숙함은 소년 동만의 시선이 가진 아이러니의 공간을 최대한 활용하는 가운데 현실의 엄혹한 질서를 외면하지 않았다는 점이다. 「장마」가 발표된 시점으로부터 다시 반세기가 흐른 지금, 분단 체제는 많은 변화에도 불구하고 여전히 완강하게 지속되고 있다. 서구적 근대성 개념에 대한 반성도 충분히 제기된 상태다. 「장마」의 하늘을 뒤덮은 지긋지긋한 비와 구름은 아마도 정확히 전란을 겪은 당시 사람들이 세상에 대해 가졌던 느낌의 실체일 수 있다. 그 비와 구름에 사실은 누구나 다 무력했다면, 두 할머니의 소망과 제의祭儀의 행동은 바로 그 한국 땅에서 일어날 수 있는 상상력의 최대치 중 하나였다고 할 수도 있다. 그것은 모사나 반영의 차원을 넘어 현실을 '다르게' 말하는 방법을 찾아내려는 윤흥길 소설의 특별한 모색이자 뚜렷한 성취였다.

3. 징후와 예언의 언어

「장마」의 두 할머니의 세계가 윤흥길 소설 속에서 차지하는 좌표는 「아홉 켤레」의 권씨로 대표되는 '기인' '괴짜'의 계보에서 살필 수도 있을 것 같다. 이 계보로는 「내일의 경이」(1976)의 문명남, 「무제」(1978)의 봉무제, 「꿈꾸는 자의 나성」의 이상택이 우선 같이 꼽히지만, 「빙청과 심홍」의 신하사, 「비늘」의 김대장, 「산불」의 김기식도 넓은 범주에서는 포함될 수 있을 것 같다. '현실 일탈자' '몽상가' 정도로 이야기해볼 수 있는 그 인물들은 자신들의 실패와 좌절을 통해 현실의 지배적 질서를 선명하게 드러낸다. 그때 그들의 낙오와 일탈, 몽상을 배제하는 현실의 질서는 은폐하고 있던 왜상歪像을 드러내며 일그러진다. 가령 「빙청과 심홍」에서 우하사의 사고를 영웅적 희생으로 조작하는 부대 전체의 공모에 맞서 그에게 인간적인 죽음을 돌려주려는 신하사의 양심적 결의는 살인까지 감수하려 한다는 데서 통상적으로는 이해하기 힘든 일이다. 그런데 신하사의 돌출 행동은 여기서 더 나아간다. 우하사가 자연사함으로써 그의 '선의'의 살인은 미수에 그치는데, 그럼에도 그는 범죄수사대에 출두하여 자신의 살인 의도를 밝힌다.

> "살인미수를 자백함으로써 끝까지 제가 옳았다는 걸 증명해 보일 작정입니다. 가능하다면 그렇게 함으로써 저를 비웃던 사람들을 잠시라도 부끄럽게 만들고 싶습니다."(255쪽)

윤흥길 소설 전체와 관련지어 이야기한다면, 여기서 핵심어는 '부끄럽게'와 함께 '잠시라도'일 것 같다. 아마 신하사의 충격적인 행동에도 불구하고 공모의 구조는 흔들림 없이 남을 것이다. 그가 불러일으킬 부끄러움도 '잠시'를 벗어나기는 힘들 것이다. 그러나 바로 이 미약함이야말로 지배적인 질서의 완강함을 거스르는 소설의 거의 유일한 역능이라는 사실을 윤흥길의 소설은 철저히 자각하고 있었던 것 같다. 「아홉 켤레」에는 권씨가 겁 많은 평범한 소시민이자 이름만 올린 투쟁위원에서 자신도 모르게 격렬한 투사로 바뀌게 된 계기를 화자인 오선생에게 설명하는 대목이 있다. 빗속에서 경찰과 군중이 대치하고 있는 가운데 길을 잘못 든 삼륜차 한 대가 뒤집어지면서 참외를 길바닥에 쏟아놓자 시위 군중들이 일제히 달려들어 한 차분의 참외를 동내어버린다. 권씨는 말한다. "내가 맑은 정신으로 나를 의식할 수 있었던 것은 거기까지가 전부였습니다." 부끄러움과 분노가 서로 몸을 바꿀 만큼 맞닿아 있다는 것을 이렇게 적실하고 생생하게 보여주기는 쉽지 않을 것이다. 그러나 이 경우에도 권씨를 기다리고 있는 것은 공권력의 구속이었고, 바닥을 모르는 실업과 가난의 세월이었다. 여기서 권씨의 마지막 저항은 우리가 다 아는 대로 '안동 권씨', '대학' 그리고 '열 켤레의 구두'라는 자존심이었다. 사실 그 자존심은 허울뿐인 것으로, 마침내 권씨는 오선생의 집에 어설픈 강도로 나타남으로써 돈키호테적 행각의 정점을 찍는다. 권씨가 식칼을 들고 왔던 자신의 본분을 망각하고 엉겁결에 문간방으로 들어가려 할 때, 오선생이 대문의 위치를 가르쳐주는 장면은 잔인한 느낌마저 준다(그래선지 화자인 오선생은 미리 변명을 해둔다. "그의 실수를 지적하는 일은 훗날을 위해 나로서는 부득이한 조처였다."). 권씨의 응답은 터무니없이 부조리하다. "이래봬도 나 대학까지 나온 사람이오." 물론 이때 그 부조리의 몫을 가장 많이 받아안는 것은 권씨의 느닷없는 발언에 노출되는 세상 자신일 테다. 이 대목이 한없이 슬프고 아이러니한 느낌을 주는 것은 그 때문이다.

생각해보면 여기서 작가는 자신의 소설 안에서 미장아빔mise en abyme처럼 작동하는 구도를 치밀하게 반복하고 있다. 무력한 개인은 부끄러움, 분노, 자존심의 궤적을 따라 계속 미끄러진다. 그것은 실패가 예비된 행로이지만 현실의 타락과 폭력, 부조리에 그 미약한 정동情動의 울림과 얼룩을 남긴다. 「장마」의 할머니들을 이 구도 안에서 다시 읽을 수 있다면, 그때 구렁이라는 현신은 아마도 그이들의 '부끄러움' '분노' '자존심'이었을 것이다.

윤흥길 소설은 아마도 근현대 한국문학에서 가장 높은 수준의 어휘와 문장이 구사된 한국어의 보고寶庫라는 점만으로도 바래지 않는 성가를 지닐 테다. 「묘지 근처」가 잘 보여주는 대로 그 한국어는 지방어의 생생한 입말에서부터 심리적 현실이나 세상의 이치를 포착하는 지성의 언어에 이르기까지 언제나 풍성하고 정확하다. 풍자와 위트, 알레고리와 상징을 넘나드는 작가의 적실한 레토릭은 그 언어들을 소설이라는 또다른 공간으로 옮기면서 현실을 비추는 또다른 세계를 직조한다. 종종 문제적 인물은 짝패로 증식되면서 복합적이고 중층적인 구도를 형성하고 화자의 시선이라는 제3의 균형점을 통해 반추된다. 윤흥길 문학은 그렇게 소설의 미학적 구도에서도 전범적 사례를 이룬다. 그 상상력과 미학이 금기와 재갈, 검열의 시대에 대한 도덕적 실존적 대응이기도 했다는 점은 우리를 숙연케 한다. 그러면서 그의 소설이 시대 현실에 대한 직접적 재현을 넘어 징후적 보고報告, 예언적 언어의 힘으로 울리고 있다는 사실은 특별히 기억해둘 만한 일이다. 어느 모로 보나 윤흥길 소설은 전쟁과 분단, 산업화, 정치적 억압의 시대를 통과해온 한국인의 행동과 심성에 대한 대체할 수 없는 탐사의 장이다.

「꿈꾸는 자의 나성」에서 떠나지 못할 엘에이행 비행기표를 연신 알아보는 이상택씨는 아내의 병 때문에 내핍생활을 하느라 회사에서 오해받고 외톨이가 되는 손과장의 짝패다. 두 사람 사이에서 이상한 부채의식에 시달리는 소설 화자 '나'까지 세 사람이 이루는 삼각형은 내가 사랑하는 윤흥길 소설의 원형적 구도다. 그 '나'는 결국 작가 자신의 자리이자 우리 독자의 자리일 테다. 소설에서 '나'는 오래 여투어두었던 한마디를 끝내 꺼내지 못한다. "이 세상에서 낙원이란 게 어디 따로 있을라구요." '나성'의 꿈을 접고 고향인 서울로 '내려가기'로 한 이상택씨의 후일담이 궁금한 사람이 나뿐만은 아닐 것이다. 그리고 그 궁금증이 여전히 지속되고 있다는 사실이야말로 윤흥길 소설의 생생한 현재성을 증거하는 것이리라.

윤흥길

1942년 전라북도 정읍에서 태어나 전주사범학교와 원광대학교 국문과를 졸업했다. 1968년 한국일보 신춘문예에 단편 「회색 면류관의 계절」이 당선되면서 작품활동을 시작했다. 주요 작품으로 『황혼의 집』 『아홉 켤레의 구두로 남은 사내』 『묵시의 바다』 『무지개는 언제 뜨는가』 『순은의 넋』 『에미』 『완장』 『백치의 달』 『빛 가운데로 걸어가면』 『소라단 가는 길』 『문신』 등이 있다. 한국문학작가상 한국창작문학상 현대문학상 21세기문학상 대산문학상 박경리문학상을 수상했다.

문학동네 한국문학전집 027
꿈꾸는 자의 나성

초판 인쇄 2021년 7월 28일
초판 발행 2021년 8월 20일

지은이 윤흥길

펴낸곳 (주)문학동네
펴낸이 염현숙
출판등록 1993년 10월 22일 제406-2003-000045호
주소 10881 경기도 파주시 회동길 210
전자우편 editor@munhak.com | 대표전화 031) 955-8888 | 팩스 031) 955-8855
문의전화 031) 955-3578(마케팅) 031) 955-2679(편집)
문학동네카페 http://cafe.naver.com/mhdn | 트위터 @munhakdongne
북클럽문학동네 http://bookclubmunhak.com

ISBN 978-89-546-8146-9 04810
978-89-546-2322-3 (세트)

www.munhak.com